anagramma

1237

Della stessa autrice:

Matrimonio di convenienza
Stronze si nasce
Una Cenerentola a Manhattan
Due cuori in affitto
La verità è che non ti odio abbastanza
Appuntamento in terrazzo
Prima regola: non innamorarsi
Il mio regalo inaspettato
Bugiarde si diventa
Non è un paese per single
Ti aspetto a Central Park
Innamorati pazzi
Una ragazza d'altri tempi
Lo Spezzacuori

Questo libro è un'opera di fantasia. Personaggi e luoghi citati sono invenzioni dell'autrice e hanno lo scopo di conferire veridicità alla narrazione. Qualsiasi analogia o riferimento a fatti, luoghi e persone, vive o scomparse, è assolutamente casuale. Parole, pensieri e azioni dei personaggi descritti sono finalizzati a una loro corretta caratterizzazione e pertinenti al contesto storico e geografico della storia, non sono da ritenersi espressione dei pareri personali dell'autrice.

Prima edizione: settembre 2024

ISBN 978-88-227-8787-3

www.newtoncompton.com

Realizzazione a cura di Caratteri Speciali, Roma
Stampato nel settembre 2024 da Puntoweb s.r.l., Ariccia (Roma)

Hot

Felicia Kingsley

Una conquista fuori menù

Newton Compton editori

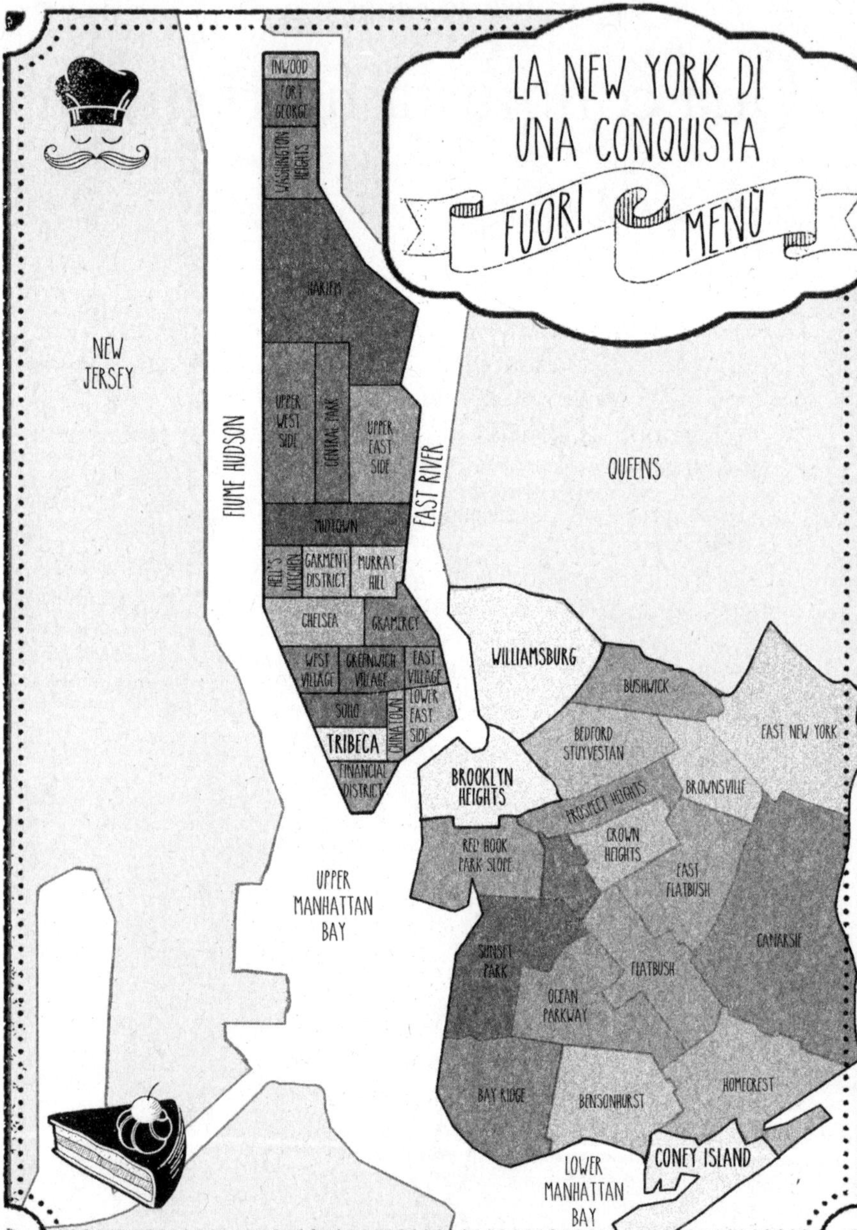

LA NEW YORK DI
UNA CONQUISTA
FUORI MENÙ
NEW JERSEY
FIUME HUDSON
INWOOD
FORT GEORGE
WASHINGTON HEIGHTS
HARLEM
UPPER WEST SIDE
CENTRAL PARK
UPPER EAST SIDE
EAST RIVER
QUEENS
MIDTOWN
HELL'S KITCHEN
GARMENT DISTRICT
MURRAY HILL
CHELSEA
GRAMERCY
WEST VILLAGE
GREENWICH VILLAGE
EAST VILLAGE
SOHO
CHINATOWN
LOWER EAST SIDE
TRIBECA
FINANCIAL DISTRICT
WILLIAMSBURG
BUSHWICK
BEDFORD STUYVESTAN
EAST NEW YORK
BROOKLYN HEIGHTS
PROSPECT HEIGHTS
BROWNSVILLE
RED HOOK PARK SLOPE
CROWN HEIGHTS
EAST FLATBUSH
UPPER MANHATTAN BAY
SUNSET PARK
FLATBUSH
CANARSIE
OCEAN PARKWAY
BAY RIDGE
BENSONHURST
HOMECREST
CONEY ISLAND
LOWER MANHATTAN BAY

Trigger Warning: attenzione, nella storia sono presenti menzioni relative ad argomenti che possono toccare la sensibilità dei lettori quali linguaggio e scene esplicite, uso di alcol, discriminazione di genere, violenze fisiche, abusi psicologici, maltrattamenti.

Adoro alzare le aspettative nei confronti degli uomini,
ma forse stavolta ho esagerato.
Mi dispiace.

F.

Abbiamo mangiato ottimo cibo,
bevuto vino d’annata e fatto sesso.
Se c’è un buon momento per morire
è proprio questo.

Blake Avery

Dio ha creato il cibo, il diavolo i cuochi.

James Joyce

La frase d’amore, l’unica, è: «Hai mangiato?».

Elsa Morante

1
Julia

Ci sono due cose che mi piacciono: il buon cibo e il buon sesso.

Dato che la vita ha deciso di privarmi della gioia del primo, almeno vorrei godermi appieno il secondo. E invece…

C'erano tutte le migliori premesse perché il rendez-vous estemporaneo tra me e Luca – così si chiama il ragazzo che ho conosciuto sul volo Roma-New York – fosse deliziosamente soddisfacente: attrazione immediata appena allacciate le cinture, chimica istantanea al primo scambio di battute, intesa crescente per tutta la tratta… In breve: una volta atterrati al JFK, non abbiamo resistito al richiamo della sua suite, dove siamo arrivati dopo un lungo e rovente tragitto in taxi.

E poi è sfumato tutto.

Due secondi dopo aver messo piede in camera, Luca ha ricevuto una telefonata di sua madre e ha pensato bene che fosse il momento di rispondere. La chiamata è durata mezz'ora, per rassicurarla almeno dieci volte di star bene, di aver mangiato, che la camera è pulita e l'hotel è in una zona sicura della città, che la richiamerà più tardi, che non prenderà la metro di sera e comprerà dei souvenir per la nonna e le zie…

M'interessava una cosa, una sola, che riattaccasse quel dannato telefono e riprendessimo da dove ci eravamo fermati.

L'atmosfera si è raffreddata e, quando ho cercato di ravvivarla, Luca non si è dimostrato all'altezza delle promesse. «Ti farò urlare di piacere», mi aveva detto in taxi.

Certo. Da me ha ricevuto un trattamento "all-inclusive", se così possiamo chiamarlo, mentre nei miei confronti non si è prodigato oltre il minimo sindacale e, quando gli ho fatto timidamente notare che io ero rimasta a metà strada, lui mi ha guardata come se non potesse farci nulla, derubricando la situazione con un: «Peccato, mi dispiace», prima di buttarsi in doccia, impassibile davanti alla mia delusione.

Dispiace anche a me.

Stupida io a dar retta alle attrazioni istintive. La prossima volta imparo.

Ripreso il mio trolley lascio l'hotel, attraversando la hall sotto lo sguardo malizioso del concierge.

So cosa sta pensando, mi sta giudicando. Me, non Luca, lui è un uomo, è normale che abbia incontri occasionali, non mi stupirei se, più tardi, gli schiacciasse pure il cinque.

Io, invece, mi becco l'occhiatina maliziosa.

Le donne pensano al sesso quanto gli uomini, hanno le stesse esigenze e vogliono pari soddisfazione, ma guai a dirlo perché alle brave ragazze non piace il sesso.

La mia camminata della vergogna mi squalifica come brava ragazza, ma ho tutte le carte in regola per esserlo.

Sono una bravissima ragazza, vorrei dire al concierge ammiccante; forse non la più brava del mondo, ma nessuno è perfetto.

Per punti:

1 - Sono una brava figlia e una brava sorella, mi prendo cura di papà e dei miei due fratelli maggiori dalla morte di mamma (avevo tredici anni).

2 - Sono una brava lavoratrice, cresciuta nelle attività di famiglia: finiti i compiti, mi mettevo a impastare, infornare o lavare i piatti a seconda delle mansioni che mi venivano affidate al ristorante.

3 - Sono stata anche una brava fidanzata – almeno, prima che decidessi di porre fine alle relazioni a lungo termine – premurosa e piena di attenzioni per il ragazzo di cui ero innamorata. Il fatto che premure e attenzioni fossero indirizzate alla persona sbagliata l'ho realizzato tardi.

Col tempo, avrò anche rinunciato al grande amore, ma le porte sono sempre aperte ai grandi amanti, senza che questo faccia di me una poco di buono, quindi, caro concierge, la tua malizia puoi anche cacciartela nel...

"Dove sei? Papà chiede di te e ho dovuto dirgli che sei rimasta in aeroporto perché la tua valigia non arrivava. Torna a casa prima che si presenti lui stesso al terminal".

Un messaggio di Liza, la mia quasi-sorella, mi richiama all'ordine.

È la figlia del compare di mio padre, Tony Lo Bianco. I nostri genitori sono stati prima i rispettivi testimoni di nozze, poi i rispettivi padrini di battesimo dei figli. Anche se non abbiamo una goccia di sangue in comune, non si capisce bene dove finisca la mia famiglia e dove inizi la loro. I Villa e i Lo Bianco sono un binomio inscindibile.

Liza mi ha accompagnata in Italia – abbiamo trascorso tre settimane tra Palermo, Napoli e Roma –, ma in aereo avevamo posti separati e non sa che piega ha preso il mio volo anche se può immaginarlo.

"Sono in taxi", rispondo e il suo "Bugiarda" di replica mi conferma che sa già senza che le dica nulla.

Uscita dall'hotel mi dirigo sulla Broadway, a cercare davvero un taxi nonostante la strada sembri piuttosto intasata e il traffico si muova a passo d'uomo.

Almeno ha smesso di piovere; siamo atterrati sotto il diluvio universale e io sono senza ombrello.

Adocchio un cab giallo libero, con l'insegna accesa, e faccio per raggiungerlo ma, appena mi trovo sul ciglio del marciapiede, una moto passa nell'angusto spazio tra la banchina e un furgone in sosta alzando uno tsunami di acqua piovana putrida dalla pozzanghera che si è accumulata a bordo strada.

Sono infradiciata di liquame marroncino da capo a piedi.

«Idiota!», urlo con tutta l'aria che ho nei polmoni.

Il semaforo diventa rosso, la moto è costretta a fermarsi così decido di andare a dire il fatto mio a quel cretino.

«Ehi, tu!», grido avvicinandomi al tizio. Ha il casco con su scritto "*Dirrrty Daddy*" e lo stecchino di un lecca-lecca gli sporge dalle labbra... patetico. «Coglione patentato! Cosa ti è saltato in mente, pirata della strada?!».

2
Dwight

Ieri non sapevo chi sarei stato oggi, oggi non so chi sarò domani.

Quest'affermazione, che potrebbe suggerire un disturbo di personalità multipla, descrive il mio lavoro: c'è chi pagherebbe per cambiare identità ogni giorno; io, invece, sono pagato per farlo.

Una cosa, però, la so per certo: il mio cellulare sta suonando e la persona che mi sta chiamando non dovrebbe farsi viva per almeno una settimana.

«Dove sei, Faraday?», sbraita il capitano Bristol dall'altra parte della linea.

«Dove il protocollo prevede che io sia: a riposo», mugugno ancora avvolto dalle nebbie del sonno. «Nel mio letto, se vuole un'ubicazione specifica».

«Non fare lo spiritoso. Alzati e presentati nel mio ufficio tra mezz'ora. Vestito e lavato».

«Perché ha sentito il bisogno di specificarlo?»

«Non si sa mai, con te, ma con questa domanda inutile ti sei già giocato un minuto».

«Capitano, senza offesa ma no, grazie».

«Agente speciale Faraday, matricola 0124, il mio non è un invito a prendere tè e biscotti».

Mi rigiro nel letto, ormai sveglio. «Davvero? E io che pensavo…».

«Tu non pensi, Faraday, tu rispondi ai miei ordini. Abbiamo un caso sul tavolo e c'è scritto il tuo nome. Ti voglio operativo oggi stesso», comanda sfoggiando tutta l'autorità che la sua posizione gli consente.

«Facciamo domani?»
«Sono le due del pomeriggio, Faraday, ti voglio davanti alla mia porta non più tardi delle tre. Tarda di un minuto e ti spedisco a…».
«…A dirigere il traffico, lo so», lo anticipo io, che conosco il copione a memoria.
«No, all'ufficio passaporti», sbotta. «In Ohio».
Bristol riattacca e io fisso il cellulare con un misto di resa e sconforto.
Ho chiuso da poco l'ultimo caso che mi è stato assegnato, l'arresto di una banda criminale su cui l'FBI cercava di mettere le mani da anni, il cartello di narcotrafficanti comandato dalla famiglia Aguilera. È stata una missione lunga, in cui a un certo punto perfino io ho smesso di credere, e durante la quale sono anche andato molto vicino a lasciarci la pelle, quindi speravo di avere a disposizione il giusto tempo per decomprimermi.
In realtà, il riposo mi fa più male che bene; vivo così tanto sotto pressione che poi, quando mi capita di rallentare, ho perfino un crollo fisico: emicrania, abbassamento di voce, disturbi del sonno. Ormai lo stress è l'unica condizione naturale che il mio corpo conosce.
Il dolore che mi appesantisce gli occhi da due giorni a questa parte scompare nell'attimo in cui m'infilo il casco e salgo in sella alla mia moto, diretto al Bureau, ma non c'è bisogno che Bristol sappia questo dettaglio.
Poche cose mi danno soddisfazione come sfrecciare per le strade di New York dopo un acquazzone in sella ad Auggie, una MV Agusta che ho riscattato a un'asta di beni sequestrati, centrando tutte le pozzanghere che riesco a intercettare.
Percorro la Broadway, l'arteria che scorre da nord a sud per tutta Manhattan, diretto a Federal Plaza, dove ha sede il quartiere generale dell'FBI. Procedo a zigzag tra le auto finché non mi ritrovo imbottigliato tra furgoni in doppia fila, autobus in sosta e un cantiere che occupa metà carreggiata.
Il telefono mi vibra in tasca senza tregua, con Bristol che non mi concede neanche il quarto d'ora accademico.
Passare tra il furgone fermo e il marciapiede è una mossa da multa, ma ho alle spalle diversi corsi di guida d'emergenza su-

perati a pieni voti, un gradino sotto gli stuntmen, so cosa sto facendo.

Controllo che nessun pedone sia in posizione di rischio, e apro il gas: mi infilo impennando in quel mezzo metro di spazio e sollevo due ali d'acqua dalla pozzanghera che si è accumulata nella canalina di scolo allagata.

Libero dall'ingorgo, mi rimetto in carreggiata ma mi ritrovo ancora fermo al semaforo rosso. Una multa posso anche togliermela, due no.

Mentre sono impegnato a pulire uno specchietto, mi sento spintonare con un colpo alla spalla destra.

«Ehi, tu! Coglione patentato! Cosa ti è saltato in mente, pirata della strada?!», mi urla addosso una ragazza furibonda e fradicia, con una lunga treccia di capelli neri che le penzola su una spalla e un trolley gocciolante al seguito.

"Non ti sento", gesticolo indicandomi il casco. È un modello jet, ci sento benissimo, ma lei non può saperlo.

«Ti sembra normale tagliare a tutto gas in mezzo alle pozzanghere?!», grida più forte. «Deficiente! Potevano esserci dei bambini. O dei disabili».

Mi levo il lecca-lecca di bocca. «Sì, ma non c'erano», obietto.

«Che stronzo!», sbotta. Allunga la mano verso la chiave e la gira, spegnendo la moto. «Allora, ci senti!».

«Tana per me», rispondo senza particolare senso di colpa, alzando la visiera del casco.

«Guarda in che schifo di stato mi hai ridotta», ringhia indicandosi. La camicia le si è incollata addosso effetto seconda pelle, mettendo in risalto un décolleté di tutto rispetto.

«Be', schifo non direi», commento ad alta voce.

«Mi hai fatta bagnare tutta!».

«E senza neanche sfiorarti con un dito, lo considero un complimento», replico, spudorato. Mi ha servito una battuta così plateale che sprecarla sarebbe stato un peccato.

«Ed è l'unico modo in cui riuscirai mai a far bagnare una donna, pezzo di cretino».

«Sei stata battezzata con l'acqua santa di Manhattan, porta fortuna», ribatto. Il verde scatta e io rimetto in moto Auggie. «Benvenuta a New York, goditi il soggiorno», la saluto prima di sgasare via.

Turisti! Non sanno che due schizzi d'acqua sono il meno che può succederti per le strade di questa città.

~

Raggiunta la base mi dirigo ai controlli di sicurezza prima di salire al ventinovesimo piano.

«Scusi, lei con la giacca di pelle, dove sta andando?», mi ferma la guardia all'ingresso.

«Buongiorno anche a te, Alvin», gli dico mostrandogli il mio badge.

Lo controlla, con fare sospettoso. «Crimine organizzato, Dwight Faraday...», legge ad alta voce. «Dwight?!», esclama scioccato.

«Ieri sera ho sfornato una teglia di muffin», replico tendendogli un sacchetto. «I tuoi preferiti: mou e cioccolato bianco».

«Non dirlo in giro ma i tuoi muffin sono pure più buoni di quelli di mia madre», dichiara infilandosene in bocca uno. «Ma... ma... ma che fine hanno fatto le treccine ossigenate, i baffoni alla *Magnum P.I.*, gli occhiali da Jeffrey Dahmer e le camicie hawaiane?»

«Caso Aguilera chiuso», annuncio con un moto d'orgoglio. Per sgominare le operazioni del clan mi sono infiltrato tra loro, e anche l'aspetto che ho dovuto adottare doveva adeguarsi a quello della famiglia. I baffi non mi mancheranno, le camicie non erano male, però.

«Non ti ho riconosciuto, scusa». Alvin mi restituisce il badge.

«Non sarai l'unico, mi sa». Prevedo una lunga giornata.

«Se l'operazione è finita come mai non sei a riposo?»

«Bristol sente la mia mancanza», ribatto infilandomi in uno degli ascensori.

Un secondo prima che si chiudano le porte, una ragazza si butta dentro a perdifiato. «Un attimo, salgo anche io», afferma col fiatone per poi bloccarsi alla mia vista, tra la sorpresa e l'imbarazzo. «Ehm, salve... io... vado al...».

«Ventinovesimo», concludo.

Lei sbatte le ciglia, mettendosi una ciocca dietro l'orecchio con fare nervoso. «Sì, anche tu... ehm... lei?»

«Sally, sono Dwight».

Lei strabuzza gli occhi. «D-Dwight?!».

Sally, a differenza di Alvin, non mi ha mai visto con il mio aspetto "civile", ha cominciato a lavorare alle intercettazioni che io ero già infiltrato tra gli Aguilera.

«Non ti ho…».

«Riconosciuto», la anticipo. «Non preoccuparti, mi capita sempre».

«Non credevo che tu fossi così…».

«Ordinato?», la imbecco.

«Non è il termine che avrei usato ma, stai… stai bene».

«Non ti ci abituare. Bristol ha un nuovo caso per me, probabilmente il mio aspetto, domani, sarà ancora diverso».

Raggiunto il piano, affronto il mio destino, Chupa Chups panna e fragola in bocca e pugno pronto a bussare alla porta del capo.

«Entra», bercia lui, prima ancora che io abbia sfiorato l'uscio. Fisso l'angolo in alto a destra, dove la lucina della telecamera mi fissa.

«Era ansioso di vedermi», dico aprendo la porta. Accanto a lui siede la recluta, che è la sua ombra. «Ehi, F.P.», lo saluto. Siamo tutti stati degli F.P., ovvero dei Fottuti Pivelli, e ora è il suo turno.

«Sei in ritardo», mi riprende Bristol.

Estraggo un altro sacchetto dallo zaino e lo sventolo verso di lui. «Muffin?»

«Lo sai che sono a dieta».

«Ho usato la farina integrale», ribatto con un sorriso da orecchio a orecchio.

Sbuffa dal naso e allunga la mano. «Dai qui, Faraday, accidenti a te».

Il capitano afferra la tortina e l'addenta con un grugnito soddisfatto. «Questo», mugugna indicando il muffin, «questo è il motivo per cui sei perfetto per il nuovo caso».

Fa scivolare verso di me una cartellina. Spero non sia ciò che penso, ma le probabilità di sbagliarmi sono basse.

«Operazione *Mamma mia*», leggo sul frontespizio. Mi abbandono sulla poltroncina di fronte a lui, grattandomi la fronte. «Quella degli Aguilera si chiamava Operazione *Chiquitita*, che problemi ha Steven?»

«È un fan degli ABBA», bofonchia Bristol facendo sparire il resto del muffin in un boccone. «Ascolta, ci è arrivata una soffiata da un informatore, un detenuto della New York State Prison. Ha saputo che il gestore di un night a Tribeca ha ricevuto un "invito" a farsi proteggere da persone vicine ai Maniscalco».

"Invito" è un modo grazioso per dire che il tizio è stato minacciato: o paghi il pizzo e puoi condurre i tuoi affari in pace – quindi vieni "protetto" da chiunque altro voglia intromettersi nel tuo business – o ti daranno molto fastidio.

«Ma... ni...», sillaba F.P. prendendo appunti, «shal...».

«Scalco», lo correggo. «Ma-ni-scal-co».

«Con la C o con la K?», domanda lui.

«Gesù», impreca Bristol con gli occhi al cielo, maledicendo in silenzio chi gli ha affiancato F.P.

«Con la "C" di "coglione". Una delle famiglie della Commissione», gli spiego. «Scrivi: tra il 1930 e 1931 a New York si è consumata *La guerra Castellammarese*, una sanguinosa faida tra famiglie italiane per il dominio della città. Il boss che la spuntò decise di organizzare la Commissione, una specie di consiglio di amministrazione criminale controllato da quelle che, fino alla fine degli anni '80, chiamavamo "Cinque famiglie": i Bonanno, i Colombo, i Gambino, i Genovese e i Lucchese. La Ivy League dell'illegalità».

F.P. scrive in fretta per starmi dietro. «E cosa è successo alla fine degli '80?»

«Sono diventate sei, con i Maniscalco», continua Bristol. «Terry "Il vampiro" Maniscalco è l'ultimo di una dinastia di spazzini: soldati che facevano "pulizia" per le Cinque famiglie».

«Perché lo hai soprannominato vampiro?», mi chiede.

«Per la forma appuntita del suo orecchio sinistro, deturpato da un proiettile che ha schivato per miracolo», risponde il capitano. «Si è guadagnato tanta influenza e potere da pretendere una sedia al tavolo della Commissione. Le sei si sono spartite il territorio e ciascuna ha la sua area di influenza. Che accidenti insegnano all'addestramento a Quantico oggi?!».

F.P. arrossisce fino alle orecchie. «Ehm, e di cosa si occupano con precisione i Maniscalco?»

«Racket, traffico di droga, contrabbando, gioco d'azzardo, prostituzione, usura, ricettazione, estorsione, scommesse, corruzione amministrativa, riciclaggio», snocciolo. «Nomina un'attività illegale, sul loro curriculum c'è».

Bisogna aver vissuto sotto un sasso per non sapere chi sono i Maniscalco. E soprattutto, che subito dopo gli Aguilera, il Dipartimento di Giustizia vuole loro dietro le sbarre. Lo immaginavamo tutti, ma francamente speravo che stavolta non toccasse a me.

«Si è aperta una breccia nella loro cortina impenetrabile e tu ti c'infiltrerai», annuncia Bristol.

Non è una bella notizia: insinuarsi nella malavita sudamericana è una cosa, entrare nella rete di Cosa Nostra è un'altra.

Nel primo caso, è fingersi ricchi: ostenta gioielli e macchinoni e saranno ai tuoi piedi; nel secondo, è fingersi nobili. La mafia italo-americana è l'aristocrazia del crimine organizzato, con riti di passaggio, tradizioni e titoli gerarchici, forse è per questo che molte – troppe – volte viene romanticizzata nella cultura popolare: c'è qualcosa di affascinante nella loro impenetrabilità.

Joaquin – Jack Falcone – Garcia ci ha messo tre anni a guadagnarsi la fiducia dei Gambino.

«Fate infiltrare Rudy lo Smilzo... o Hank Lo Scarso», rilancio. Tutti abbiamo un soprannome: Rudy è un armadio di due metri per centodieci chili; Hank invece avrà detto cinque parole in tutto da quando lo conosco.

«Rudolph è in "prestito" al distretto di Chicago in un'operazione contro la mafia russa e non abbiamo il tempo materiale per istruire Hank. Ci vorrebbero settimane di *Mob school* per renderlo credibile».

«Bob School...», si appunta F.P. sul taccuino. «Chi è Bob?»

«Ho detto "Mob", non "Bob", Cristo santo», sbotta Bristol.

«È un corso intensivo per insegnare agli agenti sotto copertura come parlare, camminare, mangiare, vestire, perfino pensare come un mafioso», chiarisco.

«Tu, Dwight, non ne hai bisogno e saresti operativo da subito. Sei mezzo italiano, conosci la lingua, hai vissuto a Bay Ridge, una delle enclave italiane più dense di Brooklyn, non c'è nessuno più credibile di te per questo caso».

«Perché per una volta non posso avere qualcosa di facile?», mi lamento.

«Perché sei l'agente speciale migliore che abbiamo», afferma con uno dei rarissimi complimenti nei miei confronti. In quasi dieci anni sotto il suo comando – sono entrato tra le reclute che avevo ventitré anni – ho registrato solo due "Bravo", un "Niente male". Questa sua ultima frase va oltre ogni aspettativa.

«Sta cercando di blandirmi, capitano?»

«Sto constatando un fatto: Q.I. di 146 nella scala Wechsler, ventidue infiltrazioni con la copertura a rischio una sola volta, parli sei lingue, tiratore scelto, e poi non hai l'aspetto di un federale, quindi non metti in allarme i target». L'ultima caratteristica non è affatto scontata. La maggior parte degli agenti "urla" FBI a mezzo chilometro di distanza. «E sai cucinare, requisito fondamentale per questa operazione».

«Terry Maniscalco sta cercando un cuoco personale?», butto lì sarcastico nella speranza che traspaia tutta la mia svogliatezza.

«Non siamo così fortunati. Maniscalco ha cinque capiregime ai quali rispondono almeno dieci soldati che fanno tutto il lavoro sporco a Lower Manhattan, il territorio che la Commissione gli ha attribuito. Secondo l'informatore una delle famiglie affiliate sta per aprire un ristorante proprio a Tribeca». Bristol mi indica il fascicolo. «Vai a pagina sei».

«*Villa's* di Gualtiero Villa», leggo.

«Sospettiamo sia un altro canale per riciclare denaro sporco. I Maniscalco e i Villa sono legati da due generazioni e cinque anni fa Maniscalco ha dovuto sostenere un trapianto renale. Indovina chi è stato il generoso donatore?», mi domanda Bristol.

«Gualtiero Villa».

«Esatto. Donare un rene a un boss sancisce una fratellanza. Ma, tornando al ristorante, se un'attività del genere non vuole dare nell'occhio, a Tribeca, deve funzionare davvero. Ha bisogno di far entrare la città nella sua cucina», continua Bristol.

«E devo andarci io», concludo.

«Il ristorante sarà guidato da Angelo, il figlio minore di Gualtiero, e l'informatore ha confermato che cercano personale».

«Hank potrebbe presentarsi come cameriere», propongo.
«Non è in sala che si raccolgono le informazioni, abbiamo bisogno di vedere ciò che succede in cucina, nel magazzino, in ufficio, per questo ci serve una persona che sappia muoversi tra i fornelli e tu non solo te la cavi alla grande, ma essendo mezzo italiano, riesci già a preparare i piatti del menù».
«Un quarto», lo correggo. «Un quarto italiano, da parte della madre di mia madre».
«È uguale».
«Non è uguale», ribatto. «Inoltre, mia nonna era di Verona. Villa è siciliano».
Prendo il mio nuovo identikit e non riesco a trattenermi dall'esternare la mia frustrazione. «Romeo? Sul serio?»
«È romantico».
«È ridicolo», obietto richiudendo il fascicolo, scocciato.
«Abbiamo già preparato i tuoi nuovi documenti», afferma, ignorando le mie proteste. «Sei l'unico che può sostenere questa copertura: infiltrati nella brigata di cucina, conquista la fiducia dei Villa, raccogli le informazioni che ci servono per ricostruire i loro rapporti con Maniscalco e ritieniti candidato a diventare supervisore delle operazioni speciali. Ma la pianti di rigirarti quel lecca-lecca in bocca? Quanti anni hai, cinque?»
«Ognuno scarica la tensione a modo suo: c'è chi fuma, chi mastica gomme, il mio è questo». Fino a tre anni fa fumavo anche due pacchetti al giorno.
«Maniscalco dietro le sbarre, promozione per te. Come la vedi, Faraday?»
«Se accetto…».
«Abbiamo già predisposto il tuo nuovo appartamento a Brooklyn, fermati a ritirare le chiavi prima di andartene», m'istruisce indifferente ai miei dubbi.
«Non mi sta neanche ascoltando, vero?»
«Il colloquio è tra due giorni, entra nella parte e datti una ripulita: devi avere l'aria del bravo ragazzo. Capelli pettinati, barba fatta, camicia stirata e, buon Dio, per una volta non potresti indossare dei jeans interi?!».
«Che hanno questi che non va?», chiedo.
«Non pretendo che tu vesta in giacca e cravatta, ma almeno

indossa degli indumenti che non mostrino i tuoi boxer… con i quadrifogli?!».
«Eh, sì, capo, sono quelli di San Patrizio. Sono in ritardo con il bucato».
«Un bel po' in ritardo, direi».
«O questi o quelli con scritto "Ti piace lo spettacolo?" davanti e "Dovresti vedermi senza" dietro».
Bristol scuote la testa, con un sospiro. «È uno spettacolo che mi risparmierei volentieri, se possibile».
«Non vado bene così?», domando piroettando su me stesso. Ormai sono tornato al vecchio me, prima del camuffamento da affiliato degli Aguilera. «Treccine via, baffoni via, abiti chiassosi via».
«E via anche quel coso», decreta Bristol.
«Cosa?»
«Lo sai cosa».
«No, che non lo so», insisto.
«Non fare il finto tonto, sto parlando di quell'affare».
«Affare?»
«Il piercing alla lingua, Faraday», sbotta lui.
«Neanche mia madre mi ha mai imposto di levarlo».
«Io non sono tua madre».
«E meno male».
«Fuori di qui!», tuona lui scattando in piedi. Che poi è il modo con cui quasi sempre si concludono i nostri colloqui.
Bene, ho due giorni per diventare Romeo Corelli e infiltrarmi nel cuore della mafia italo-americana di New York. Ma il piercing non me lo levo.

3
Julia

In casa mia regna il caos.

Il caos è la condizione normale di casa Villa, in realtà, ma c'è caos e caos.

Il caos in inglese, quando comunichiamo ad alta voce per scambiarci informazioni; il caos in italiano, quando litighiamo, sempre ad alta voce; e il caos in italiese, un mix dei due precedenti che utilizziamo per fare a gara a chi parla più forte sugli altri. Sfortunatamente per me, siamo nel terzo caso.

C'è papà, ci sono i miei fratelli Pietro – detto anche Pete – e Angelo, Liza e sua madre Cetty.

Il tema che scalda gli animi? Il menù del *Villa's*.

«Arancino, con la "O"!», tuona Cetty sventolando il foglio.

«Ma cosa vuoi saperne tu, che li fai pure a punta! Dove si sono mai viste le arance a punta?!», ribatte mio padre.

«Io, se lo scrivi con la "a", non te li faccio», dichiara lei, incrociando le braccia.

«E io, se lo scrivi con la "o", non le servo», replica Angelo.

«Potremmo scrivere arancin*, gender neutral», propone Liza. «Così siamo tutti d'accordo».

«Ristorante mio, regole mie: si scrive arancina», decreta papà.

«Friggitoria mia, regole mie», Cetty risponde al suo braccio di ferro. «Si scrive arancino».

La faida arancina/o è un grande classico dei confronti Villa-Lo Bianco: la famiglia di papà ha origini palermitane e usa il termine arancina, mentre quella di Cetty proviene dalla zona di Catania, e lì dicono arancino. Ovviamente entrambi sostengono di avere ragione.

Il fatto che papà e Cetty abbiano messo piede in Sicilia giusto una volta da ragazzini non li fa sentire meno siciliani.

Mia madre, invece, era di origine sarda, e lei si è recata dai suoi nonni molto più di frequente, quindi in casa nostra si è sempre respirata un'atmosfera molto contaminata tra le due culture gastronomiche.

«E se non mettessimo proprio le arancine nel menù?», rilancio io.

È difficile zittire i Villa e i Lo Bianco tutti insieme, ma la mia frase a quanto pare ci è riuscita.

«Cosa?!», esclamano tutti, spiazzati.

«Giulietta, sei impazzita?», mi domanda papà guardandomi come se non mi riconoscesse.

«Non sono mai stata più in me e non chiamarmi Giulietta», sbuffo. «Apriamo a Tribeca, uno dei quartieri più trendy di Manhattan. Non possiamo servire a Maxime Keller roba piena, ripiena, fritta e rifritta».

«Ancora con questa Maxime Keller?!», borbotta papà seguito da Pete e Angelo.

Maxime Keller è l'apprezzata nonché temuta e severissima critica di «Manhattan Bites – Mordi la mela», il sito gastronomico di riferimento della città. Una sua recensione positiva è una porta aperta alle guide Michelin; viceversa, una sua stroncatura taglia l'ossigeno al ristorante e molti non sono sopravvissuti neanche un anno.

Non ha un volto, si dice che abbia un armadio solo di travestimenti, la voce più consolidata è che qualunque parrucca indossi sia di un abbagliante biondo platino. Ho studiato la sua rubrica a memoria, e so cosa apprezza e cosa detesta.

«Quindi niente fritto?!». Cetty è quasi alle lacrime. Lei e il padre di Liza, prima che morisse due anni fa, hanno aperto una delle friggitorie più amate del quartiere, per cui olio e impanatura sono alla base della sua piramide nutrizionale.

«Poco fritto», la tranquillizzo. «Ma non può essere la spina dorsale del menù». Prendo uno dei fogli sparpagliati sul tavolo e scorro le varie pietanze. «Qui non c'è niente che non si sia già visto in ogni ristorante di Little Italy, non proponiamo nulla di nuovo».

«E cosa dovremmo servire?», domanda Cetty. «Involtini primavera?»

«Non sto dicendo questo, e comunque anche quelli sono fritti», obietto. «Anzitutto pensiamo a cosa non mettere nel menù».

«Vuo-vuoi togliere piatti?», chiede Pete storcendo il naso.

Annuisco con decisione. «A cominciare da questo "Chicken parmesan", c'è l'ergastolo in Italia per chi mette il pollo insieme alla parmigiana!».

La mia frase solleva un boato.

«Solo perché tu sei stata in Italia non venire a dare lezioni di cucina a noi», commenta acido Angelo.

«Serviamo aria», conclude mio padre con piglio infastidito. «A sentire te, non si salva niente».

«Se nessuno di voi lo ha notato c'è un problema», riappoggio il menù sul tavolo. «Dobbiamo rivedere tutto: portate, impiattamento, porzioni! È tutto troppo. A Tribeca non possiamo servire tre etti di maccheroni a testa, spadellati nel piatto senza forma». La mia occhiata si dirige ad Angelo, che sta inforchettando mezza dozzina di penne grondanti di formaggio da un piatto che potrebbe sfamare una famiglia di tre persone.

«Dobbiamo, possiamo», mugugna lui a bocca piena. «Che c'entri tu?»

«Credo di avere voce in capitolo su quello che cucineremo, no?»

«Tu non cucini», taglia corto lui, in tono tagliente.

«Cosa?», stavolta quella stupita sono io. Che Angelo intervenga sul ristorante è già ridicolo di per sé, tanto poco che gliene frega, ma che si metta a comandarmi, poi, non sta né in cielo né in terra. Angelo ha un anno più di me ed è quello con cui ho sempre avuto più attriti e un rapporto spigoloso, ma come maschio minore è stato sempre il più coccolato, il cucciolo di casa. «E chi l'ha deciso? Tu?»

«No, papà».

Il mio sguardo si posa sul diretto interessato. «Sta scherzando, vero?».

Papà tossicchia nervoso, cercando alleati tramite sguardi furtivi rivolti a Cetty. «Ecco, ho pensato che sarebbe meglio per te…», tergiversa.

«Sono in cucina sì o no?», lo interrogo in tono ferreo.

«Sarai in sala con Liza», Cetty arriva al sodo. Un sodo che non mi piace per nulla.
«In sala a fare cosa?»
«A prendere le prenotazioni, accompagnare i clienti ai tavoli...», elenca lui come se mi stesse magnificando il lavoro dei sogni.
«Io volevo stare in cucina», sbotto alzando il tono. «Mandaci Angelo in sala!».
La mia reazione porta tutti a farsi da parte.
«Si è fatto tardi», butta lì Cetty, indicando il suo orologio, «magari noi andiamo, eh, Liza?».
Che, tradotto, significa: lasciamo che se la sbrighino tra loro.
«Vi accompagno». Pete si offre di scortare a casa Liza, alla quale fa una corte spietata da anni senza essere ricambiato, ma non demorde. Le porge la giacca e le apre la porta come se non stesse aspettando altro.
«Abito dall'altra parte della strada, Pete», ribatte lei.
«Ti faccio da guardia del corpo».
«Guardalo quanto vuoi, il mio corpo, ma da lontano».
«Io esco», annuncia Angelo, deciso a sfilarsi dalla discussione.
«Tu resti», ribatto nera.
«Vuoi la cucina del *Villa's*? Spicciatela da sola». Prende le chiavi dell'auto, se le fa roteare intorno all'indice e si dirige all'uscita.
Resto sola con papà che sospira come se fosse già stanco della conversazione ancora prima di iniziare.
«È vero quello che hanno detto Angelo e Cetty?», domando piazzandomi le mani sui fianchi.
«Non usare quel tono con me, Giulietta».
«Mi chiamo Julia».
«Ti chiamo con il nome con cui ti ho battezzata, non con quello che pare a te», replica, sfoggiando tutta l'autorità di cui dispone.
Quando quattro anni fa ho formalizzato l'atto per cambiare Giulietta in Julia, sono quasi crollate le pareti di casa. Anche più di quando papà ha scoperto il mio primo tatuaggio. Con il secondo è andata meglio, ha urlato ma non ha rotto nulla, dal terzo si è arreso a qualche giorno di broncio e risposte smozzicate.
Ma col nome... Giulietta era sua madre. Papà ha vissuto la

questione come un tradimento e si ostina a chiamarmi Giulietta anche se i miei documenti dicono altro.

Mi spiace solo che non abbia compreso il mio bisogno di cambiare.

«Perché hai deciso di spostarmi in sala?!». Non che ci sia nulla di male nel fare la hostess, ma io ho molte più risorse da spendere che non sorridere con cortesia ai clienti. «E soprattutto quando pensavi di dirmelo?! Sono settimane che mi scervello a comporre un menù originale, sono andata fino in Italia per vedere che direzione sta prendendo la vera cucina italiana, sto provando ingredienti nuovi, cotture e adesso salta fuori che la cucina è di Angelo?!», sbraito. Anche io so urlare, cazzo, se so urlare quando voglio.

«Non potrebbe essere altrimenti, Giulietta».

«Pete ha il panificio, il ristorante doveva essere mio!», rimarco decisa. «E Angelo in sala».

«Angelo non è un tipo da sala».

«Non è neanche un tipo da cucina, se è per questo!». Apro la credenza "dei ricordi", quella stipata delle bomboniere di matrimoni, battesimi, comunioni, nozze d'oro, d'argento e ogni ricorrenza possibile immaginabile, e sfilo uno degli album di foto dalla pila. «Guarda», dico sfogliandolo frenetica. «Io e il mio primo uovo in camicia». Indico la foto un po' sbiadita. Mamma era una fanatica delle foto ma non si sentiva abbastanza brava da comprarsi una vera macchina fotografica, così prendeva quelle usa e getta e ogni settimana c'era un rullino da sviluppare. Ha raccontato tutta la vita della nostra famiglia con le foto, inclusi tutti i miei progressi in cucina: la prima arancina che ho appallottolato, la prima pizza che ho impastato, e il primo uovo in camicia riuscito. Avevo nove anni. «Angelo non sa nemmeno farlo un uovo in camicia!».

«Insegnagli tu». Papà non si smuove.

«Oh, certo, ha senso che la hostess insegni allo chef a cucinare!», ribatto. Angelo sa cucinare, tutti in famiglia sappiamo cucinare, ma lui è l'unico a cui la cucina non interessa, non ci mette il cuore, e preferisce mangiare ciò che ha preparato qualcun altro.

Cucinare e fare da mangiare sono due cose diverse. Lui fa da mangiare, io cucino. Per lui è una fatica, per me è passione.

«Scambiaci di ruolo! Sai benissimo che io sarei più adatta, guiderei la brigata, proporrei un menù competitivo, sceglierei gli ingredienti giusti. È perché sono femmina, vero? Le attività di famiglia ai maschi, sia mai che tu metta una donna a capo di una brigata di uomini».

«No, Giulietta, tu non puoi stare in cucina mica perché sei femmina», risponde papà. Prende uno spolverino e si mette a pulire l'altarino con la foto di mamma che tiene sulla mensola del soggiorno. Ogni sera butta il cerino consumato e gliene accende uno nuovo. «Da sola vali come Pietro e Angelo messi insieme».

«E allora perché non posso essere io lo chef?», domando ancora al culmine dell'esasperazione, abbandonando le braccia lungo i fianchi.

«Perché lo chef deve assaggiare tutto quello che fa e tu non puoi!», sbotta papà voltandosi verso di me, con lo spolverino sospeso in aria. «Non puoi», decreta con una durezza tale che mi sento come se mi avesse colpita un sasso.

«Non è vero che non posso», obietto.

«Non puoi e lo sai anche tu», ribadisce. «E non intendo affrontare questa discussione che abbiamo già fatto cento volte».

Lui mi volta le spalle, tornando a rivolgersi alla foto di mamma, di cui accarezza il vetro. «Testarda uguale a te».

«Ma, papà, assaggiare non è mangiare», provo a farlo ragionare.

«E ti stancheresti. Uno chef si alza all'alba…».

«Oh, e in questo Angelo è un campione. Quando è stata l'ultima volta che lo abbiamo visto svegliarsi prima delle undici?»

«Si abituerà», taglia corto lui.

«Illuditi pure», commento con un sarcasmo che trasuda tutto il mio fastidio.

«Adesso basta, Giulietta, ho deciso così e non sarà una ragazzina di ventisette anni a mettermi i piedi in testa».

«Ne ho quasi ventotto», lo correggo, «e non sono una ragazzina».

«Ah, davvero? E allora, perché fai questi capricci da mocciosa?»

«Perché hai preso la decisione sbagliata e lo sai. Trovati un'altra hostess, io non la faccio».

«Ne ho abbastanza delle tue lagne, vai in camera tua».

«No, non mi mandi via», ribatto decisa ad avere l'ultima parola. «Sono io che me ne vado perché ne ho abbastanza delle tue paranoie».

4

~~Dwight~~

Romeo

Ho trascorso le ultime quarantotto ore a cucinare tutte le ricette di mia conoscenza, dalle preparazioni più semplici a quelle articolate, il tutto riguardando *Quei bravi ragazzi*, *Casinò* e *Il padrino 1-2-3* in italiano.

Romeo Corelli conquisterà Gualtiero Villa. Anzi, a giudicare da come sta andando il colloquio, siamo già sulla stessa lunghezza d'onda.

«Diploma di cucina conseguito a pieni voti, master in pasticceria e cioccolateria, e assaggiatore di vini abilitato», legge con voce carica di ammirazione. Il curriculum è ovviamente finto, inclusi gli attestati che ho allegato.

«Senza il vino, un pasto è a metà», dico.

«Sono d'accordo», annuisce Gualtiero. Ha esattamente l'aspetto di un mobster della vecchia generazione, rifinito nei particolari: capelli freschi di piega, non un'ombra di barba nonostante sia metà pomeriggio, completo doppiopetto gessato, pochette cifrata nel taschino, orologio d'oro, chevalier con le iniziali G.V. al mignolo. Alza lo sguardo per intercettare il mio e mi scruta con gli occhi a fessura. «Bevi? Quando? Quanto?». Il tono sa di esame.

«Solo nelle occasioni. I vini che piacciono a me costano più di quanto possa permettermi».

«Mhmmm», la risposta sembra averlo convinto. «Che vini preferisci?»

«Non direi di no a un Barolo o a un Masseto se qualcuno volesse offrirmene un bicchiere», rispondo pronto, «ma se potessi mettere in tavola una bottiglia al giorno, sceglierei a occhi chiusi un rosso Etna di carattere. E un Ben Rye per concludere».

«Vedremo, se ti comporterai bene». Gualtiero riabbassa lo sguardo sul curriculum. «Poi... Hai lavorato sulle navi da crociera in tutte le posizioni fino a diventare sous chef».

«È così», affermo molto più concentrato a individuare i punti dove piazzare le cimici. Siamo nell'ufficio del ristorante, una delle aree calde da tenere d'occhio – e d'orecchio.

«Dove hai navigato?»

«Con la Compass Cruise ho fatto Golfo del Messico e Caraibi; con la Corsali Crociere tutto il Mediterraneo; con la Cunard sono rimasto solo una stagione, fiordi norvegesi; infine sono tornato con la Compass, con cui ho fatto Giappone e Sud-Est asiatico».

«Hai girato il mondo», constata grattandosi il mento con fare pensoso. «Di sicuro, l'aver lavorato sulle navi da crociera ti ha allenato a un'alta produttività in tempi stretti, alla gestione dello spazio e alla pulizia, tuttavia mi chiedo se tu sia davvero affidabile».

«Cosa la fa dubitare, Mr. Villa?», gli domando mantenendo l'approccio disinvolto e rilassato.

«Vedi, Romeo, i miei dipendenti li pago bene, molto bene, perché non si guardino intorno e non siano tentati da altri offerenti. Ho bisogno di fidarmi delle persone che mettono piede nelle mie proprietà, e che tengano al lavoro come se avessero qualcosa da perdere. Chi mi assicura che non mi molli tra un mese per andare a Dubai? Non voglio saltafossi, né in cucina né altrove».

Gli uomini d'onore si circondano solo di persone d'onore e c'è solo un modo per sapere se chi hai davanti terrà fede all'impegno: ha famiglia o no? Lavorano con chi ha moglie e figli perché sono una responsabilità, ed eseguiranno anche gli ordini più sporchi senza parlare per non avere ritorsioni sui propri affetti. Un uomo solo non è affidabile perché non ha niente da perdere. Non me lo dice, ma io lo so e il silenzio che riempie la stanza è denso e pesante.

«Voglio sposarmi», affermo con piglio sicuro. «Sono stanco di viaggiare. Visitare posti nuovi è stimolante, ma mi sono anche sentito molto solo in questi anni».

Gualtiero alza le sopracciglia, colpito. «Hai una fidanzata?»

«Jenny», confermo. «Le farò la proposta quando avrò

abbastanza soldi da parte per trasferirci in una casa più grande».

Mi fissa ancora come se fossi sotto un microscopio. «Vivete già insieme?»

«No». Tra i punti fondamentali del personaggio di Romeo, mi hanno sottolineato in rosso che la convivenza prima del matrimonio è vietata. Non faccio affermazioni religiose, ma la croce d'oro che mi pende al collo tra i primi due bottoni slacciati della camicia parla per me. «Al momento abito in un monolocale, ma una casa più grande con almeno due camere da letto ci vuole, se un domani dovessero arrivare dei bambini». Ok, mi sono giocato tutte le carte.

«Hai trentatré anni, io alla tua età avevo già Pietro e Angelo».

«Non abbiamo le famiglie vicine che possano aiutarci». Calo l'asso della pietà. «Da soli è tutto più difficile».

Gualtiero giocherella col tappo di una stilografica appoggiata sul copriscrivania di pelle. «Sei pulito?», mi domanda a bruciapelo.

«Pulito?», chiedo.

«La tua fedina penale».

Anche qui siamo in una zona grigia. Non avere precedenti farebbe di me un bravo ragazzo troppo bravo, tuttavia la malavita ha molti uomini in prigione che potrebbero tranquillamente smentire una mia bugia, se dicessi che sono stato dentro.

«Sono sempre riuscito a cavarmela senza finire dietro le sbarre».

«Quella». Gualtiero accenna col capo al casco che tengo appoggiato in grembo, riferendosi alla moto. «È tua o è "un regalo"?». Intende se è rubata.

«Un amico di un amico aveva bisogno di soldi e ho fatto un affare». Uno dei grandi pregi delle operazioni sotto copertura è poter attingere al magazzino dei sequestri. Il Bureau ha un parco motori da fare invidia a un emiro, tutti requisiti ai criminali durante le operazioni. Una Cadillac non sarebbe stata in linea con il mio personaggio, ma una bella due ruote nuova di zecca sì. Usare la mia è fuori questione.

Aspetto il responso della mia recita ma il rumore della porta che si apre ci interrompe.

Gualtiero cambia espressione, illuminandosi in volto. «Giulietta!», esclama con la voce traboccante d'orgoglio. Poi guarda di nuovo me. «Ora conoscerai mia figlia minore. Giulietta, lui è Romeo».

Mi volto e mi trovo faccia a faccia con una ragazza dai lunghi capelli scuri, pelle abbronzata e la frangetta che scende su due occhi verde scuro che mi fulminano.

Proprio come tre giorni fa, quando l'ho travolta con l'ondata d'acqua in moto.

«Romeo, eh?», ripete in tono gelido. «Puoi andare, papà, continuo io il colloquio».

Merda.

5

Julia

Io e papà siamo arrivati a un accordo. Non mi piace ma, come dicono gli avvocati, un buon accordo è quando entrambe le parti sono scontente.

Io non sono contenta perché non sono in cucina.

Papà non è contento perché mi assumerò un impegno maggiore, maggiore fatica, maggiore responsabilità e quindi un maggior rischio che io mi trascuri.

Dirigerò la sala e il personale, e supervisionerò la cucina, lasciando a Liza l'accoglienza dei clienti.

Liza, a differenza mia, ha fatto carte false pur di non essere trascinata nell'attività di famiglia – la friggitoria –, odia l'odore del fritto. Dopo aver abbandonato il corso da parrucchiera, poi quello da truccatrice e infine quello da onicotecnica, si è data alla compravendita di borse contraffatte e ora è arrivata qui, ma senza accantonare il business dei "fake".

Purtroppo il mio subentro alla direzione dello staff arriva tardi perché papà ha già assunto tutti i ruoli di cucina e sala quindi non posso dire nulla.

Come previsto, sono tutti figli di "amici a cui non poteva dire di no", senza particolare esperienza nella ristorazione. Vinnie e Sonny Vercetti sono i più acerbi, infatti saranno in sala: il primo clonava carte di credito e documenti e il secondo li rivendeva; Mickey Mannino, Denny D'Amico e Rob Pisano, in ordine di capacità, staranno in cucina.

Denny rubava auto, Mickey faceva il palo e Rob raccoglieva puntate per un allibratore, ma ha lavorato in un supermercato ed è in grado di distinguere una melanzana da una zucchina. Almeno, credo.

Ho potuto avanzare una sola richiesta: trovare un sous chef capace che affianchi Angelo, quindi io e papà oggi incontreremo alcuni candidati.

Io voglio competenza, papà invece una persona "come dice lui".

Angelo ci ha passato la palla liquidando la questione con: "Fate voi, mi fido", che tradotto nella sua lingua significa: "Non me ne frega niente".

Ho dovuto lasciare che papà iniziasse senza di me perché avevo un appuntamento di cui lui è all'oscuro, altrimenti mi giocherei la direzione; gli ho detto che dovevo risolvere un problema di fornitura delle stoviglie perché secondo me ci avevano fatto un prezzo gonfiato e se c'è da tirare sui prezzi papà è sempre d'accordo.

Lui è perfettamente in grado di selezionare il personale da solo, ha condotto il *Regina*, il ristorante che avevamo a Brooklyn fino a quattro anni fa, quando lo ha chiuso, ma sa che per il *Villa's* voglio dire la mia.

Ci serve un sous chef mago del pesce, master in cottura al dente e cintura nera terzo dan di pasticceria. La mediocrità non è sul menù.

Il taxi mi lascia proprio davanti al locale, con le vetrine ancora oscurate e l'insegna incellophanata. L'input che ho dato all'appaltatore che l'ha allestito è stato: fresco, moderno, luminoso, di design senza seguire trend che rischiano di farlo sembrare vecchio una volta passata la moda.

Anche su questo Angelo non ha messo becco. "Fate voi, per me gli arredi sono tutti uguali".

Ho dovuto battagliare con papà perché non volevo che il *Villa's* sembrasse una trattoria con le tovaglie a quadretti e il cestino di vimini con i grissini.

«Che hanno di male le trattorie con le tovaglie a quadretti?», ha brontolato lui.

«Niente, a parte che questa è Tribeca», ho sottolineato io.

Siamo lontani dall'impenetrabile Upper East Side, culla degli ultraricchi storici di Manhattan, o dal suo gemello nel West Side, che coccola la *niche* intellettuale della città, qui a sud dell'isola, sotto a Canal Street, c'è la New York giovane, modaiola, che ama le gallerie d'arte e la vita mondana, e attira tantissime celebrità di nuova generazione. Con la trattoria rischiamo di sembrare fuori contesto.

Così, ho trascorso due giorni a discutere con Tindaro, il capocantiere, nonché lontano cugino di papà (abbiamo un parente per ogni necessità edile: falegname? C'è; elettricista? Idem; idraulico? Pure): lui sosteneva che in un ristorante ci volesse lo spatolato giallo, io invece ho scelto un bianco caldo opaco liscio.

Ha passato tutto il tempo a mugugnare: «Sembra un ospedale», mentre dava su e giù con il rullo, ma lui non ha la visione d'insieme, io sì.

Tolgo alcune foglie secche dalle due fioriere di erbe aromatiche che ho fatto mettere ai lati dell'ingresso e, nel mentre, il mio occhio cade su una moto parcheggiata a bordo strada.

È una Triumph Bonneville T100 naked, celeste e arancio, da bava alla bocca. La moto che comprerei io se potessi permettermelo.

Pete e Angelo, da ragazzini, truccavano motori per gare clandestine e io davo loro una mano. Per lo più era una scusa per vedere Luis Pantieri, il loro terzo "socio", per cui avevo una cotta non corrisposta clamorosa. Poi, Luis si è trasferito in New Jersey, la cotta è passata ma la passione per le moto è rimasta.

Stacco un rametto di rosmarino e lo annuso, entrando nel ristorante dove trovo Liza al bancone del bar ad asciugare bicchieri già asciutti e con lo sguardo curioso teso alla porta dell'ufficio.

«Juls», mi saluta appena mi vede entrare. «Ti prego, ti prego, prendiamolo», supplica guardandomi con occhi sgranati.

«Cosa dovremmo prendere?», chiedo stranita.

«Non cosa, chi!». Mi toglie la giacca con gesto ruffiano e mi prende sottobraccio. «È con tuo padre, sta facendo il colloquio per sous chef ed è il mio futuro marito, ma lui ancora non lo sa».

Le lancio un'occhiata scettica. «Mi sono persa qualcosa?».

Ci dirigiamo verso la porta con scritto "Privato" che dà accesso all'ufficio e allo spogliatoio. «Hai presente quando ti dicevo che l'uomo dei miei sogni deve avere un sorriso dolce ma sexy, la faccia da schiaffi, labbra da mordere e un fisico da svenimento, e ho dichiarato che sarei rimasta single per sempre perché una tale combinazione di perfezione non poteva esistere? Invece esiste ed è di là con Gualtiero».

«E Jimmy Caputo che fine ha fatto?». Jimmy è il ragazzo con cui sta uscendo.

«È finita», liquida la questione. «Con lui non mi è scattato niente. Ora, ti prego, entra e fai in modo che tuo padre lo assuma. Io ti porto un caffè».

«Non voglio un caffè», obietto.

«Lo vuoi», ribadisce risoluta. «Come sto?».

La osservo veloce. «Carina».

Liza si slaccia un bottone del vestito. «E ora?»

«Carina e scollata?», spero che sia la risposta giusta.

«Meno male che ho messo il push-up, stamattina. Perché non ho le tue tette?!».

«Se potessi te le darei». Da quando mi sono sviluppata, il mio seno è sempre stato una fonte di stress. Essere una tredicenne con una quarta è una tortura psicologica. Le mie compagne di classe mi invidiavano, io volevo solo sparire ogni volta che un maschio incrociava il mio cammino.

«E mi raccomando, non spaventarlo. Fai un bel sorriso».

«Io non spavento nessuno», protesto.

«Juls, quando si tratta di cibo fai paura».

Tendo le labbra da un orecchio all'altro. «Va bene così?», chiedo a denti stretti.

«Sembri Dracula davanti all'Associazione donatori di sangue. Meno. Meno. Ok, ora è perfetto».

Apro la porta dell'ufficio dove mio padre mi accoglie allargando le braccia. «Giulietta!», poi guarda l'uomo che ha davanti e che mi dà la schiena. E a giudicare dall'ampiezza della medesima e delle spalle, capisco l'entusiasmo di Liza. «Ora conoscerai mia figlia minore. Giulietta, lui è Romeo».

L'uomo si volta verso di me. E lo riconosco.

Non dai suoi capelli corti castano chiaro o dagli occhi nocciola incorniciati da folte ciglia lunghe e scure, e non dal sorriso convinto di chi si sente al proprio posto. A tradirlo è il casco che tiene in grembo, con aerografato il nome *Dirrty Daddy*. Lo stesso che indossava il motociclista che mi ha travolta con l'acqua della pozzanghera.

Così come lo stecchino di un lecca-lecca che gli sporge tra le labbra.

So che non mi sbaglio perché dal suo sguardo attonito capisco che anche lui ha riconosciuto me.

«Romeo, eh?», il mio tono è glaciale. Mi dispiace, Liza, mi sa che resterai single. «Puoi andare, papà, continuo io il colloquio».

«Veramente ho quasi finito», risponde papà.

«Tu». Prendo una sedia e mi metto accanto a lui, le mani intrecciate sul piano della scrivania. «Io non ho ancora iniziato».

«Fatevi una bella chiacchierata, allora», si arrende, alzandosi. «Io controllo che i vini siano a posto e ce li abbiano consegnati tutti».

Noi due restiamo soli e nella stanza piomba il silenzio. C'è aria di duello.

«Romeo», dico io.

«Senti», inizia lui in contemporanea.

«Parlo io».

«No, io», ribatte lui.

«Ti credi anche in diritto di prendere la parola per primo? Presuntuoso da parte tua».

«Volevo farti le mie scuse, ma se la metti su questo piano».

«Le scuse sono dovute, non è qualcosa che dipende dalla tua volontà, sempre che tu conosca l'educazione, e al momento propendo per il no. Avresti dovuto scusarti già l'altro ieri, al semaforo, anziché sfottermi. Al posto tuo, chiunque si sarebbe offerto di farsi carico della tintoria…».

«E poi, cosa? Dovrei stendere un tappeto di rose ai tuoi piedi?»

«Non mi dispiacerebbe».

«Ok, scusa, hai ragione. Ti ho travolta con l'acqua della pozzanghera ma non era mia intenzione».

«E vorrei pure vedere lo facessi come hobby!», esclamo.

«Ascolta, Giulietta».

«È Julia», rimarco. «Con la "J"».

«Tuo padre ti ha presentata come Giulietta, mi pare».

«È un nomignolo».

L'angolo sinistro della sua bocca si tende all'insù. «Che non ti piace».

«Non sono affari tuoi».

«Mi spieghi cosa stiamo facendo?»

«Il colloquio».

«Quello con tuo padre cos'era?», mi sfida.

«Mio padre è il proprietario del ristorante, io lo dirigo».

Lui non sembra convinto delle mie parole. «Lo chef è Angelo, non dovrebbe essere lui – semmai – a farmi il colloquio?»

«La cucina risponde a me».

Romeo sbuffa dal naso, arreso. «Va bene, cosa vuoi sapere?»

«La besciamella: come la fai?»

«Stai scherzando?»

«Sono serissima».

«Farina e burro in parti uguali, latte, sale e noce moscata», risponde con tono ovvio.

«Quando metti la farina?», continuo a interrogarlo.

«Dopo che è evaporata tutta l'acqua del burro, altrimenti si attiva il glutine e si potrebbero creare grumi».

Trattengo il disappunto. «E il latte? Lo metti caldo o freddo?»

«Toc-toc», interviene Liza mettendo un piede nell'ufficio.

«Non ora», la fermo. Il mio tono dev'essere particolarmente autoritario, perché lei batte in ritirata senza obiettare. Torno a fissare Romeo. «Il latte».

«Preferisco a temperatura ambiente, così non gelifica la farina».

Sfoggio un sorriso tirato di circostanza. «Bene».

«Altro?»

«Cosa metti nell'amatriciana? Il bacon o la pancetta?». Questa, se non sei stato in Italia, non la sai.

«Nessuna delle due», replica sicuro. «Il guanciale. Poi?».

Adesso ti frego. Qui ci cadi, sono certa che ci cadi. «Che riso usi per fare l'arancino?»

«Il Carnaroli è il migliore per le arancine». Ha usato il femminile, accidenti a lui. «Ma in mancanza di quello, tutte le varietà da risotto possono andare, basta che abbiano un alto tasso di assorbimento». Risposta impeccabile, non può vederlo ma mi sto piantando le unghie nei palmi dal fastidio e quel mezzo sorriso che ha stampato in faccia mi dice che lo sa.

«Bene», osservo nel tentativo di prendere tempo.

«Abbiamo finito?»

«Il pesto?», continuo a tartassarlo senza pietà.

«Serviremo pesto?», mi domanda scettico.

«Se lo servirai tu, non lo so. Con cosa lo fai?»

«Basilico, ovviamente», risponde sicuro. «Olio extravergine d'oliva, parmigiano, pecorino, sale e aglio. Il tutto frullato ma per poco».

Al "parmigiano e pecorino" ero pronta a gettare la spugna, ma con il frullatore si è fregato. Ho vinto. «Mortaio e pestello», lo correggo. «Le lame del frullatore si surriscaldano e il pesto si ossida, diventa amaro e color melma».

«In piccole quantità hai ragione, ma per un ristorante?! E poi basta mettere coppa del frullatore e lame in freezer prima».

«Ti faremo sapere, Romeo», concludo secca con un tono che lascia intendere chiaramente che non gli farò sapere proprio nulla.

«Mi scarti per un procedimento opinabile? Che fine ha fatto la professionalità?»

«Non saprei che professionalità aspettarmi da uno sbruffone arrogante, che non riconosce i propri errori. Non voglio problemi in cucina e tu sei uno che li darà di sicuro. Spiacente». Spingo il suo curriculum verso di lui per fargli comprendere che abbiamo terminato. «Grazie di essere passato, ti auguro miglior fortuna in un altro posto».

Lui scuote il capo, accartoccia i fogli, li infila malamente nella giacca da moto e se ne va molto più scornato di quanto dovrebbe essere una persona dopo un colloquio bucato.

Pazienza, New York è piena di locali in nuova apertura. A primavera sbocciano più ristoranti che margherite a Central Park. Sono sicura che entro sera avrà già un altro lavoro ben pagato.

Certo, rimane il problema di chi affiancare ad Angelo…

Lascio l'ufficio e sgattaiolo in cucina che è ancora tutta immacolata e scintillante.

Accarezzo il bancone del pass, i miei palmi caldi lasciano piccole impronte di condensa sull'acciaio freddo; mi ci sollevo a sedere, cercando di immaginare i fuochi accesi, le padelle che danzano tra le fiamme, i coltelli che ticchettano sui taglieri, l'aria intrisa del vapore delle cotture, il calore dei forni che fanno arrossare gli occhi, le narici piene dell'odore del burro fuso, i camerieri che entrano chiamando le comande e i piatti bianchi allineati pronti per essere riempiti con le pietanze, io che controllo gli impiattamenti…

«Allora?». Liza piomba dentro, con una bottiglia di Nero d'Avola in mano, interrompendo il mio sogno a occhi aperti.
«Allora, cosa?»
«L'uomo perfetto! L'abbiamo assunto, vero?», domanda ansiosa.
«No», le comunico.
Liza mi fissa sgomenta. «Perché?»
«Non sa fare il pesto», mento. Lo sa fare il pesto, e anche io per far prima spesso uso il frullatore. Perdonami, Padre, perché ho peccato.
«Non c'è niente sul menù che contenga il pesto!», protesta lei.
«Magari un giorno ci sarà».
«Sembra uscito da un romanzo», piagnucola Liza. Io e lei abbiamo un debole per le storie d'amore ad alto tasso erotico, abbiamo anche un piccolo book club la domenica sera tardi dove le discussioni finiscono immancabilmente con la frase: "Ma perché non esistono uomini come quelli dei libri?!".
«È tutta illusione, fidati».
«Sono molto delusa, ho bisogno di berci su. Il cavatappi dov'è?», mugugna guardandosi intorno.
«Appeso alla rastrelliera degli utensili, laggiù», glielo indico.
Lo prende e lo pianta nel sughero della bottiglia. «Benissimo. Se tu non assumi il mio uomo dei sogni, io dico a Gualtiero di quella cosetta che nascondi nel mio garage», butta lì, sibillina.
«Non lo farai».
«Se non vuoi scoprirlo, non mettermi alla prova, Juls». Alza la bottiglia e se la porta alle labbra. «Salute».
È crudele. Bermi il vino davanti agli occhi è davvero una crudeltà inaudita. «Ti odio… quanto ne vorrei un sorso».
«Non puoi».
«Oh, va' al diavolo, Liza… hai vinto». Forse c'è una soluzione che può accontentare lei e salvare me. Sa il Cielo quanto Liza sia l'unica persona che mi permette di vivere una vita seminormale. «Passamene un sorso».

6

~~Dwight~~

Romeo

«Mi sono bruciato», comunico a Bristol, non senza un certo grado di delusione verso me stesso, nel nostro debriefing. A terra, accanto a me, c'è la valigetta con tutti gli effetti di Romeo Corelli, pronti da riconsegnare: cellulare, chiavi dell'appartamento, documenti falsi…

«Questo non era previsto. Com'è accaduto?». Prima che io possa rispondere, bussano alla porta. Per la terza volta da quando sono arrivato. «E adesso che diamine c'è?! Avanti!».

«Chiedo scusa», ci interrompe Brenda Callaghan, entrando con una cartellina. «Ho qui l'ultimo rapporto sul caso *Dancing Queen*».

Bristol la guarda con gli occhi a fessura. «Ho già l'ultimo rapporto sul caso *Dancing Queen*, me lo hai portato stamattina, ricordi?»

«In questo ho aggiunto gli allegati e…».

Lui le strappa la cartellina di mano e la ficca nel cestino. «Gli allegati me li avete dati a mezzogiorno. Ora stammi bene a sentire e riferisci a tutte, di là, che la prossima che entra qui dentro con una scusa la degrado. Di' a Susan che no, non vogliamo un caffè, a Martha che non ci serve nessun supporto psicologico, a Kate che non ci sono feriti, niente di niente».

«Signorsì, signore». Brenda fa dietrofront chiudendosi la porta alle spalle.

Bristol mi fissa con aria sfinita. «Ti preferivo quando avevi le treccine e i baffi da Magnum P.I., Faraday. Da quando sei tornato al tuo aspetto naturale, in questo ufficio è scoppiata la frenesia. Ogni giorno qualcuna domanda: "Oggi Dwight c'è?". Un'altra settimana così e chiederò la pensione anticipata».

«Addirittura».
«Fammi un favore: sposati».
«E chi mi prende?»
«Là fuori c'è la fila, Faraday, non hai che l'imbarazzo della scelta».
«Nessuna vuole un uomo che non può essere del tutto sincero con lei, che non ha mai una vera casa, e che da un giorno all'altro sparisce senza dire dove va e perché». È un discorso tutto sommato inutile da fare a Bristol. Anche lui si è sposato solo una volta lasciate le operazioni sotto copertura. Molti agenti hanno divorziato a causa della loro doppia vita, per non parlare di ciò che non puoi condividere, dove vai, con chi, perché, se o quando tornerai.
«Da supervisore, però...».
«Cosa che non diventerò perché non riuscirò a infiltrarmi nel clan di Villa e assicurare Maniscalco alla giustizia», commento con amarezza.
«Avevi un'identità di ferro. Che hai detto a Gualtiero? Che non vai in chiesa la domenica e usi i santini per rollarti le canne?»
«Ne avrò fumate tre in tutto in vita mia, capitano. Ed è stato per non farmi piantare un proiettile in testa dagli Aguilera», mi giustifico. Noi agenti non siamo autorizzati a usare sostanze stupefacenti e, in missione, ci sono diverse tecniche per fingere di farlo, ma in *extrema ratio*, per salvarmi la pelle, posso scegliere per me stesso. Forse un paio di spinelli, a scopo ricreativo e mentre ero fuori servizio, mi sono scappati, ma chi è senza peccato... «Gualtiero Villa ormai era convinto. Il problema è stato sua figlia».
«Figlia?», Bristol sembra sorpreso. «Cosa c'entra lei con il ristorante?»
«Un dettaglio trascurabile: lo dirige», rispondo.
«Questo non lo avevamo messo in conto. Eppure non vedo che problemi potresti aver avuto con una donna, dato che paiono tutte piuttosto contente di averti intorno, a meno che...», la sua espressione cambia, fissandomi inquisitorio, «...non sia una tua ex».
«Non ho ex da moltissimo tempo».
«Te la sei portata a letto? Un'avventura di una notte?»

«No e no».
«E allora cosa è successo?»
«L'ho accidentalmente investita con l'acqua di una pozzanghera in cui sono entrato in moto. Abbiamo avuto una breve ma accesa discussione, che evidentemente si è legata al dito, e oggi ha colto l'occasione per avere la sua stupida e infantile vendetta», spiego in sintesi.
«Questo rimette in discussione tutto, e sono preoccupato perché il piano B non era buono come il piano A». Bristol si tiene le tempie con le dita, come se stesse cercando di scacciare una potente emicrania. «Operazione *Super Trouper.* E prima che tu lo dica, sì, il nome lo ha scelto Steven».
«Cosa devo fare?»
«Niente. Tu, nel piano B, non ci sei».
La giornata ha preso una svolta positiva inaspettata. «Quindi posso prendermi delle ferie?!», esclamo con la testa già impostata sul fuso orario delle Hawaii. Una settimana di surf è quello che mi serve.
«Per tua gioia, sì».
«Posso andare, capo?»
«Schiodati, Faraday. E vedi di non fare altri danni, altrimenti ti metto la moto sotto sequestro».
Afferro la giacca e faccio per lasciare l'ufficio. La pacatezza con cui mi congeda Bristol mi colpisce molto più che se mi avesse sbraitato addosso come suo solito. Non mi sembra arrabbiato, ma deluso, che è peggio. Anche se tra me e lui, all'apparenza, c'è un rapporto ruvido e a volte ostile, sotto sotto ci piacciamo, io lo stimo e voglio essere all'altezza delle sue aspettative.
Il suono di un cellulare riempie la stanza, spazzando via il muro di silenzio che appesantisce il clima.
«Non risponde?», chiedo a Bristol.
«Non è il mio», dice senza alzare gli occhi dagli incartamenti sparsi che ha sulla scrivania.
«Neanche il mio».
La suoneria, però, aleggia, tra me e Bristol. Ci guardiamo intorno per identificare la sorgente: la valigetta della mia copertura.
La apro e il telefono di Romeo squilla più forte, ma il numero che compare sullo schermo non lo conosco.

«Rispondi», mi ordina il capo.

«Pronto?», apro la chiamata, dubbioso.

«Julia Villa». Quelle due parole bastano a farmi raddrizzare la schiena. "È la figlia di Villa", mimo con il labiale a Bristol. Lui mi fa cenno di mettere in vivavoce e io attivo l'altoparlante.

«Dimmi».

«Sei ancora libero?», chiede lei senza giri di parole. Il suo tono tradisce un'ombra di scocciatura, come se fosse stata obbligata a fare questa telefonata.

«Sì, perché?»

«Presentati martedì mattina al *Villa's*, sei assunto».

«Assunto?», ripeto stupito.

«Se non t'interessa più, dillo subito e non farmi perdere tempo».

Bristol sgrana gli occhi e fa di sì con la testa.

«Certo che m'interessa».

«Bene. Puntuale alle dieci. Tarda di un minuto e sei fuori», e riattacca senza un ciao.

7
Julia

Sul mio conto ci sono novemilasettecentotrentasei dollari: tanti o pochi, dipende da cosa ci si vuole fare.

Per me rappresentano una vita di risparmi da quando ho messo via il mio primo dollaro l'estate in cui ho iniziato a pelare le patate per fare gli gnocchi al *Regina*.

Ai Villa i soldi non sono mai mancati, certo non siamo i Rockfeller, ma papà ha smentito i luoghi comuni sulla terza generazione che disperde. A nessuno di noi tre figli è stato regalato denaro solo perché ce n'era, lo abbiamo ricevuto per aver fatto qualcosa meritevole di una gratifica.

Buoni voti, buone azioni, lavori, lavorini e lavoretti, tutto aveva un compenso. Papà ci ha sempre detto: "Quando i soldi te li guadagni col tuo lavoro, non devi nulla a nessuno. Puoi farci quello che vuoi".

Mi è sempre piaciuta quella chiosa: puoi farci quello che vuoi. E io volevo farne di cose, così mi sono ingegnata per mettere insieme il mio gruzzoletto. A otto anni mi sono detta: "Se metto da parte tre dollari al giorno, ogni anno saranno più di mille dollari e a diciotto anni avrò diecimila dollari tutti per me". Diecimilanovecentocinquantasei per l'esattezza. Mi sembravano tantissimi.

Forse lo sarebbero anche stati, ma la ruota della fortuna ha deciso di girare in senso contrario mettendo in stand-by tutte le mie prospettive: scuole di cucina, viaggi, conoscere nuovi cibi, nuove culture.

C'è stato anche un momento in cui sono pure sembrati troppi, considerando che la mia vita era praticamente circoscritta alle pareti di casa.

Ora, a ventotto anni, mi sembrano decisamente pochi. Da un po' mi sono data la regola che prima di spendere devo guadagnare, per non erodere il capitale.
In teoria dovevano essere il mio tesoretto per trovarmi un posto tutto mio, ma dato che mi ritrovo a dirigere la sala del *Villa's* e non in cucina dove volevo stare, li utilizzerò per reinventarmi da capo.
Non intendo prendere ordinazioni o controllare la pulizia di piatti e posate per sempre.
Invidio Liza, che è riuscita ad andare ad abitare da sola senza prima essersi sposata.
Certo, vive nell'appartamento sopra la friggitoria, accanto alla casa di sua madre, ma comunque è già un grande successo.
Nella casella di posta elettronica lampeggiano le notifiche di tre nuove e-mail: la prima mi ricorda una visita di routine per domani; la seconda è il promemoria mensile per l'acquisto di una nuova fornitura di kit-cambio di cui non posso rimanere senza, e l'ultima è la promozione con sconto "porta un amico" per un week-end di rafting in Colorado, viaggio e pernottamento compreso.
Imposto la sveglia per la visita, approvo il carrello per il kit che arriverà tra due giorni e contemplo il week-end di rafting col cuore schiacciato sotto un macigno.
Milleduecento dollari, mille se venisse Liza, che però detesta ogni tipo di sport tranne l'hockey. Non so se guardare i giocatori di hockey valga come seguire l'hockey, ma non posso biasimarla, a chi non piacciono?
Subito dietro ci sono quelli di football, seguiti da quelli di basket, ma lo sport le interessa solo da spettatrice.
Io però l'apprezzo anche in altri modi: paracadute, parapendio, bungee-jumping, tree-climbing… cosa non si diventa a crescere con due fratelli maggiori!
Pur di farmi includere nelle loro attività fin da piccola ho sempre cercato di dimostrarmi spericolata quanto e più di loro in tutto, e lo dimostrano tutte le sbucciature e lividi che sfoggiavo come medaglie.
Liza invece era quella che ci cronometrava, faceva l'arbitro o teneva i punti.
Io però non riesco a stare a guardare e basta, ecco perché oggi

sono al ristorante per passare in rassegna tutta la squadra, sala e cucina, prima dell'apertura della settimana prossima.

«Pronta?». Liza mi compare davanti chiudendomi di scatto il portatile in faccia, con un colpo della mano. «I ragazzi sono tutti fuori, li facciamo entrare? Oggi c'è un sole da luglio, non vorremo farli cuocere, poverini».

«Come sei umana, tu». Sbircio l'ora dal cellulare – in sala non ci saranno orologi, le persone non devono mangiare con l'ansia – e aspetto che le "9:58" diventino "10:00". «Apri pure».

Osservo i ragazzi entrare a uno a uno – Denny, Mickey, Rob, Vinnie e Sonny –, felice di notare che Romeo non fa parte della combriccola.

Ho fatto la mia parte per accontentare Liza, se lui non si presenta io non posso farci nulla, no?

«Prego, accomodatevi», dico indicando i tavoli e le sedie che ospiteranno i clienti. Giò Ponti per Cassina in faggio chiaro e imbottitura crema, che sono riuscita ad acquistare per la metà, ma in un modo che non sono sicura sia proprio legale.

«Benvenuti a tutti, saltiamo le presentazioni dato che ci conosciamo. Spero che possiate considerare il *Villa's* una seconda casa, dato che vi trascorrerete molto tempo».

«Buondì», si annuncia Romeo, entrando con il casco sottobraccio e un vassoio di cartone penzolante nell'altra mano.

«Avevo detto dieci in punto», lo riprendo algida.

«Lo so, e sarei stato qui tre minuti fa se non avessi trovato fila da Pintori». E così dicendo appoggia il vassoio su uno dei tavoli, lo scarta e la fragranza di cannoli freschi riempie la sala. «Ho pensato che sarebbe stato carino un piccolo rinfresco per rompere il ghiaccio».

Lo odio.

«Lo amo», mi sussurra Liza prima di dare un morso al cannolo con i pistacchi.

Lo ignorerò come nulla fosse. «Io dirigerò il ristorante, quindi per qualsiasi problema, dubbio o richiesta, sono a vostra disposizione. Liza sarà la hostess, si occuperà dell'accoglienza dei clienti, mentre lo chef è mio fratello...», mi avvicino a Liza. «Dove accidenti è quel disgraziato?», sibilo tra i denti.

«Non pervenuto», risponde mantenendo un sorriso smagliante. Come hostess è perfetta.

«...Angelo, che al momento è impegnato in una serie di commissioni». Lo strozzo, io, Angelo lo strozzo. «Al servizio in sala ci saranno Sonny e Vinnie. Nei due giorni di pre-apertura ci eserciteremo ad allestire i tavoli e presentare il menù, ben ricordando ai clienti di segnalarci le allergie. Studieremo la carta dei vini per proporre gli abbinamenti migliori o assecondare le richieste che ci verranno poste, e prenderemo confidenza con gli spazi: se a un commensale cadesse una forchetta, non voglio vedere nessuno vagare spaesato come se non avesse idea di dove trovare quelle di ricambio. Per questo, attueremo una pratica molto comune nei ristoranti di alto livello: ci alleneremo bendati». Sono premesse necessarie perché Sonny e Vinnie non hanno mai fatto i camerieri.

«Eccomi! Che mi sono perso?», si annuncia Angelo, entrando come se nulla fosse. «Uh, cannoli!».

«Niente, a parte l'avviamento del tuo ristorante», gli sussurro infastidita.

Si schianta su uno dei divanetti che coprono il perimetro della sala, neanche fossimo a casa, e io fisso con insistenza i suoi piedi, finché non si rende conto che deve riappoggiarli a terra.

«Noi della cucina, invece?», mi domanda Denny, uno dei ragazzi della brigata.

«Voi vi allenerete a eseguire a memoria tutti i piatti del menù».

«E ricordate la pulizia», tuona papà sbucando dall'ufficio. «Il ristorante dev'essere sempre pulito in tutti i possibili significati della parola pulito: ogni giorno voglio che controlliate le scadenze degli alimenti in dispensa e delle preparazioni conservate nella cella frigo; ogni postazione sia sempre in ordine e alla fine del servizio lustrate cucina e sala da cima a fondo come se dovesse venire a cena il Presidente. E voi», indica tutti i ragazzi con fare minaccioso. «Lavatevi».

Sembra superfluo fare questo tipo di osservazione, ma come diceva Oscar Wilde, nulla è più necessario del superfluo.

«Lavate voi stessi, lavate i vostri vestiti, lavate le vostre divise e, quando dico che voglio un locale pulito, intendo anche che qui dentro non deve entrare alcun tipo di droga, o arma, o merce rubata. Non vogliamo attirarci addosso gli occhi della polizia».

Romeo alza la mano e papà gli concede la parola. «Cosa intende con arma? Solo da fuoco o anche da taglio? Perché i coltelli sono armi da taglio e la cucina è piena di coltelli».

«Credo tu sia abbastanza intelligente da distinguere un oggetto concepito per essere un'arma da uno che non lo è», risponde asciutto papà, per nulla desideroso di stare al gioco. «Vi voglio svegli, sobri e puntuali, tenetelo presente quando deciderete di fare bisboccia. Sappiate anche che compilo un inventario aggiornato di tutto ciò che entra ed esce dal locale. Se dovessi notare degli ammanchi e scoprissi qualcuno di voi a rubare... Nessuno ha mai rubato a Gualtiero Villa, quindi non provate a fare i pionieri solo per il gusto di scoprire le conseguenze».

La combriccola annuisce diligente.

«Un'ultima cosa: giù le mani dalle mie figlie», dichiara. «So che le state guardando e qualcuno di voi ha già pensato: "Che belle". Bene, sarà l'ultimo pensiero che formulerete su di loro, quindi conservatelo gelosamente».

«Sta parlando di Julia», s'intromette Liza. «Io sono solo la figlioccia, non mi riguarda».

«Se vedo uno di voi ronzare intorno alle ragazze, vi ricordo che possiedo anche una macelleria industriale. Non avrò alcun problema ad affettarvi e servirvi ai clienti su un letto di patate e rucola. La carne umana ha un sapore simile a quella di maiale, non noteranno alcuna differenza».

Romeo si china verso Mickey. «Come fa a sapere che gusto ha la carne umana?»

«Chiedete a Frankie-Quattro dita-Solfrizzi come faccio a saperlo», interviene papà. «Sempre che riusciate a trovarlo».

Meglio che nessuno chieda di Frankie-Quattro dita.

Papà ci lascia, ma con un clima decisamente più teso.

«Tranquilli, non correte pericolo. Per me esistete solo sul piano professionale, in più sono una forte sostenitrice della politica "Niente relazioni sul posto di lavoro", fisse o passeggere», lancio un'occhiata di sguincio a Liza. «Auspicabilmente uscirete di qui tutti interi. Domande?»

«Possiamo provarci con le clienti?», mi domanda Sonny.

«No», rispondo secca.

«Con i clienti?», chiede Vinnie.

«La risposta è sempre no».

«Possiamo avere un anticipo sulla paga?», si informa Rob.

«Niente anticipi. Si comincia con l'anticipo e poi chiederete l'anticipo dell'anticipo. Altre domande che abbiano senso?»

«Le divise dobbiamo pagarcele noi o sono a carico del ristorante?», domanda Romeo.

«Le divise le fornisce il *Villa's*», dico battendo la mano sulla pila di scatoloni alle mie spalle. «E anche la lavanderia. Ciascuno di voi avrà il proprio armadietto e vi cambierete prima del turno. Lo spogliatoio ha anche una doccia, per ogni evenienza».

Liza apre lo scatolone con le camicie di sala e le distribuisce.

«Così, bianche e scialbe?», domanda Vinnie deluso.

«Eleganti», lo correggo.

«Con una cravatta glitter nera sarebbero molto più vivaci», obietta.

«Niente glitter, rischierebbero di cadere nei piatti e il nostro primo comandamento è "Non si uccidono i clienti"», replico. Che fatica.

«Mentre queste sono di Angelo», dico passandogli la sua pila di cambi, «Rob, Denny e Mickey. Per oggi siete liberi, ci vediamo domani per il primo giorno di pratica».

La sala si svuota in fretta, a parte Romeo.

«Ti sei dimenticata la mia divisa», mi ricorda.

«Non l'ho scordata».

«Il sous chef cucina senza divisa? Cioè, non ho alcun problema con la nudità se non disturba i miei colleghi ma potrebbe essere pericoloso con coltelli, fuochi e olio bollente in giro».

Lo guardo e un sorriso si allarga sulla mia bocca. «Il sous chef non sei tu, è Rob. Denny è alle preparazioni e Mickey è il commis».

«E io?»

«A te bastano questi», dico passandogli una pila di grembiuli.

Romeo mi guarda stranito. «Solo?»

«Cos'altro serve a un lavapiatti?».

L'espressione che si dipinge sul suo volto è impagabile. È come una maschera di cera che si scioglie in una pozza di arroganza. Che fine ha fatto tutta la tua sicurezza, adesso?

«Lavapiatti?».

8

~~Dwight~~
Romeo

Ho un feticismo per il burro al rosmarino. Devo averne sempre un vasetto in frigo e la dispensa della casa di Romeo Corelli non fa eccezione.

E non deve mancare l'olio alle erbe, che faccio io, con le mie piantine aromatiche che mi seguono ovunque io vada: il basilico, la salvia, la menta, il timo e il rosmarino.

In realtà è molto difficile capire dove giace il confine tra me, Dwight, e i personaggi che devo interpretare.

Anzi più che interpretare, direi diventare.

Nel momento in cui comincia un'infiltrazione sotto copertura, il profilo che mi viene assegnato diventa la mia nuova identità a tutti gli effetti.

Sono anni che non ho davvero una casa mia e mi trasferisco da un appartamento all'altro secondo le indicazioni del Bureau.

Le mie "cose" si riducono di anno in anno, copertura dopo copertura, per agevolare gli spostamenti senza traslochi inutilmente lunghi. Ho sintetizzato la mia vita in quattro scatoloni: bagno, vestiti, varie e cucina.

L'appartamento in cui abiterò per i prossimi mesi è a Williamsburg, Brooklyn, all'ultimo piano di una palazzina dall'aspetto trascurato. È composto da una stanza che funge da soggiorno con angolo cottura, un bugigattolo in cui è incastrato il letto – dalla porta mi butto dritto sul materasso, largo da parete a parete –, un bagno cieco e la terrazza che affaccia proprio sull'East River e da cui lo sguardo abbraccia tutta Manhattan. Io la chiamo "terrazza" ma in realtà è solo la copertura dell'edificio su cui poggia il serbatoio dell'acqua. Dato il clima piacevole, scavalco la finestra e mi stappo una birra usando il bordo del cornicione come apribottiglie. Questa è forse la parte migliore e, poco ma sicuro, le mie erbe aromatiche staranno meglio di me.

Il mio cellulare personale squilla. Bristol. Peccato, sta rovinando un momento molto romantico con me stesso.

«Faraday», rispondo.

«Come è andato il team building?»

«Quasi bene», rispondo.

«Quindi non è andato bene», taglia corto lui.

«Poteva andare meglio».

«Cos'è andato storto stavolta?», il suo tono è già scocciato. Me lo immagino alzare gli occhi al cielo.

«Diciamo che non sono proprio nel ruolo che avevamo previsto», rispondo vago. «Qualche gradino sotto».

«Affetti le verdure?», domanda. «Non importa, troverai un altro modo di renderti utile».

«Un po' più sotto».

«Metti in ordine la dispensa? È comunque un modo per controllare cosa entra e cosa esce».

«*Più* sotto».

«Faraday, non abusare della mia pazienza: cosa sei?»

«Laghmbdti», mugugno mangiandomi la parola.

«Eh?»

«Lavaghmbti».

«SCANDISCI, FARADAY!».

«Lava. Piatti», ammetto.

«COSA?!».

«Senta, capitano, stavolta l'ho detto bene, non può non aver capito».

«Ho capito benissimo, è quello il problema», sbotta adirato. «Il lavapiatti è del tutto fuori dalla catena di comando».

«Lo so, ma posso ancora essere utile».

«Ne dubito. Nessuno si relazionerà con te più del dovuto, inoltre sei assolutamente sostituibile. A chi serve la fiducia di un lavapiatti?»

«Farò amicizia con i ragazzi della brigata. Il fatto che io non sia parte del gruppo non vuol dire che io non possa far parte del "gruppo". Socializzare è la mia carta vincente, capitano».

«La brigata ci interessa fino a un certo punto, per arrivare a

Maniscalco devi fare breccia nella famiglia Villa. Che mi dici di Angelo?»

«Se devo essere onesto, mi sembra la persona meno interessata al ristorante di tutti. Non era al mio colloquio, è arrivato tardi alla riunione dello staff e non ha detto mezza parola sul menù. Ha fatto tutto Julia».

«La figlia più piccola di Gualtiero? Quella con cui sei in contrasto?»

«Sì, la principessa di papà. È lei che ha il controllo di tutto, sala e cucina e, visto Angelo, non metto nemmeno in dubbio il perché: sembra che stia lì per fare un favore a qualcuno».

«È single?», domanda Bristol.

«Angelo? Secondo me sì».

«Non Angelo! Julia! Lei è single?»

«Che ne so! Perché?». Dall'altro capo del telefono sento solo silenzio. «Capitano Bristol?».

Sospira forte, come se stesse per darmi una brutta notizia. «Faraday, Faraday, Faraday...».

«Dica, capitano».

«Non ci resta che una strategia. Indovina un po' quale?».

So cosa sta per dire ma non voglio sentirlo. «Capitano, no».

«Oh, sì».

«Piuttosto vado all'ufficio passaporti in Ohio», protesto.

«Non se ne parla neanche. Ti tocca la cara vecchia honey trap».

«La honey trap no», ribatto.

«Stammi a sentire, cocco, ti ci sei impantanato tu in questa situazione e ora farai ciò che è necessario per venirne fuori e rimettere l'operazione *Mamma Mia* in pista, costi quello che costi».

«Non intendo provarci con Julia Villa», dichiaro con fermezza. La honey trap è una delle strategie più controverse: sedurre il target per raccogliere informazioni significa manipolarlo sfruttando i suoi sentimenti. Ho interpretato molti ruoli nella mia carriera, ma quello del finto innamorato mai. «Non credo di riuscirci».

«È brutta?»

«Mhmm, no. Direi anzi che è notevole. Begli occhi, bella bocca, gran bel seno».

«Vedi!», ribatte lui come se tutto fosse risolto. «Non sarà chissà che sacrificio».

«Ha un carattere di merda, capitano».

«Mica te la devi sposare! Cerca di interessarti a lei, fatti perdonare per il tuo iniziale approccio sbagliato, conoscila, corteggiala… Prendila per la gola: falle i tuoi muffin!».

Non se ne parla neanche. «Non funzionerà, tra noi due non ci sono punti di tangenza. Inoltre, come se ciò non fosse sufficiente, Gualtiero ha messo in guardia tutto lo staff del ristorante: chi ci prova con sua figlia è un uomo morto. Ci ha minacciato di farci fare la fine di un tale Frankie-Quattro dita…».

«Quattro dita? E cos'è successo al quinto?»

«Gualtiero se l'è mangiato. Lo sapeva, capitano, che la carne umana sa di maiale?». Devo dissuaderlo da questa follia. Ne ho fatte di cose strane, ma così mai. «Non mi sembra il caso di pugnalare alle spalle colui che devo agganciare per arrivare a Maniscalco. Potrei trovarmi fuori prima ancora di cominciare».

«Non mi dire che uno come te si ferma davanti a una minaccia da niente. Se Julia la conquisti, la vittoria è legittima».

«Come la mettiamo con la storia che ho una fidanzata e intendo sposarla? Comprometterei il personaggio».

«Nuovo ordine: la tua fidanzata ti ha appena lasciato. Ha ricevuto una grossa proposta di lavoro, così ha scelto la carriera e si è trasferita chissà dove. Domani mostrati affranto».

«La credibilità in persona».

«Stasera guardati uno di quei film strappalacrime che ti piacciono tanto, pieni di melensaggini… *I diari della nostra vita*».

«Pagine», lo correggo. «*Le pagine della nostra vita*».

«Sì, quelle cose lì. Struggiti davanti a coppie ostacolate dal destino, divise dall'estrazione sociale e maledette da qualche malattia incurabile, e calati nella parte del fidanzato abbandonato».

«E poi il giorno dopo ci provo con Julia? Non funziona, non sta in piedi. Un uomo innamorato e col cuore spezzato non ci prova con un'altra il giorno dopo».

«Il fine giustifica i mezzi. Concentrati su Julia: studiala, usa tutte le armi che sfrutteresti per conquistare la donna della tua vita».

«Non credo esista la donna della mia vita, difficile che mi spinga a tanto».

«Fai quei cazzo di muffin». Bristol chiude la chiamata senza aggiungere altro.

Scuoto il capo, finisco il fondo di birra ormai calda rimasto nella bottiglia e riscavalco la finestra per entrare in casa.

Muffin. Quelli non mi costa nulla farli.

Apro lo scatolone con scritto "cucina" in cui ho stivato i miei attrezzi e gli essenziali da dispensa.

Burro, uova e latte sono in frigo; farina e zucchero non mancano mai, e tra le mani mi capitano una confezione ancora sigillata di uvetta disidratata e una di noci.

Andata.

~

Il giorno seguente la brigata è riunita: cucineranno tutto il menù e i colleghi della sala assaggeranno ogni piatto così da presentarlo adeguatamente ai clienti.

L'inaugurazione è dopodomani e, pur non essendo io un cuoco professionista, quello che vedo tra i fornelli fa accapponare la pelle.

Per poco Mickey non diventa davvero Frankie-Quattro dita, Rob rischia di fare flambé tutto il ristorante e Denny zucchera l'acqua della pasta invece che salarla. L'unico che sembra effettivamente sapere cosa sta facendo è Angelo, peccato che per servire una porzione di linguine ci mette un secolo dato che se la prende con tutta la calma del mondo.

Io raccolgo attrezzi e padelle sporchi, scrostando con olio di gomito tutti i fondi prima di caricare la lavastoviglie. Sembra una scuola di cucina per dilettanti allo sbaraglio e la cosa non mi stupisce: i ristoranti della malavita che servono solo come copertura per il riciclaggio spesso sono gestiti per improvvisazione, perché il punto non è far da mangiare bene, ma far uscire denaro sporco e farne entrare di pulito.

«Non ho parole», sospira sconsolata Julia, terminato l'esame dei piatti.

Lei, Liza, Vinnie e Sonny sono seduti davanti al pass, su cui sono disposte le portate del menù spizzicate qua e là.

Le prove in sala non sono andate meglio: Vinnie ha fatto fuori una bottiglia d'olio e Sonny, che passava con un vassoio di bicchieri, è scivolato sulla chiazza unta, lanciando i cristalli ai sette venti.

Julia solleva il piatto e lo capovolge a testa in giù: il blocco di riso vi rimane cementato, impassibile alla forza di gravità. «Stucco ai gamberi rossi», commenta. «Non ricordavo lo avessimo sulla carta».

«Però l'impiattamento è perfetto», obietta Angelo.

«Peccato che il piatto sia la cosa più commestibile». Julia passa al successivo. Affonda la forchetta in una mezza manica al sugo di capesante e quella si spacca in un crack. Stavolta a beccarsi l'occhiata assassina è Rob. «Hai per caso messo il Viagra nell'acqua di cottura al posto del sale?», gli chiede sarcastica. «Questa pasta è uscita più dura di come è stata buttata».

«È croccante», si difende lui.

«È cruda», ribatte lei.

«Hai detto tu che la volevi al dente».

«Non intendo raccogliere denti saltati ai clienti dal pavimento del ristorante», sbuffa Vinnie.

«A me non sembra male», mugugna Denny a bocca piena che, con più fame che paura di un'intossicazione, ha ripulito ogni piatto su cui è riuscito a mettere le mani.

«E i dessert!», prosegue sfinita. «Questa spuma di zabaione al profumo di marsala è liquida. Qualcuno sa perché?»

«Ribattezziamolo "Lacrime" di zabaione», propone Sonny.

«Per piangere, fa piangere», gli fa eco Vinnie.

«Io l'ho sifonata, ma è uscita così», si giustifica Denny.

«Posso vedere il sifone?», domanda Julia sull'orlo dell'esaurimento.

Mickey glielo porge e lei lo controlla. «Manca la cartuccia. Il sifone non sifona senza cartuccia».

«Al volo», dico lanciandogliene una che lei agguanta nel pugno, con i riflessi pronti. Non un grazie, non un sorriso, non un cenno. Per Julia non esisto.

La monta, agita la bomboletta, capovolge il sifone e preme la leva. Nel piatto si gonfia una nuvola gialla, lucida e soda. Lei vi pianta un cucchiaino al centro, che resta in piedi. «Questa è una spuma».

«Che ne dite di una pausa?», propongo, notando i musi lunghi radunati intorno al pass.

Angelo guarda il cellulare, distratto; Rob e Denny sono scocciati dalla strigliata, Mickey è abbattuto e gli altri hanno la faccia da "abbiamo un problema".

«Una pausa?», mi domanda Julia incrociando le braccia al petto. «Qui c'è da rimboccarsi le maniche finché questo menù non riesce alla perfezione».

«Credo che con un clima più leggero e meno inquisitorio tutti si sentirebbero più a loro agio», ribatto.

Julia aggrotta il sopracciglio destro, interdetta. «Non so in che ristoranti hai lavorato tu, ma una cucina è sempre sotto pressione, quando la sala è piena».

«Ma oggi non è piena». Dal mio angolo lavapiatti afferro il sacchetto che tenevo nello zaino e lo appoggio sul pass. «Muffin? Uvetta e noci caramellate».

Sollevati, tutti ne pescano uno e lo addentano. Tutti tranne Julia.

«Buoni», si complimenta Rob a bocca piena. «Dove li hai comprati?»

«Li ho fatti io», rispondo.

«No, li ha fatti Dio», interviene Vinnie.

«Dovete assaggiarli con la spuma», esclama Liza che vi sta spalmando sopra lo zabaione. «Romeo, tu hai un dono». Mi fissa leccandosi insistentemente le labbra.

«Ieri sera avevo bisogno di consolazione: io e la mia ragazza ci siamo lasciati», comunico.

Uno coro di "oooh" si alza dal gruppo.

«Che peccato», commenta Liza senza che nella sua voce vi sia un'ombra di dispiacere. «Stavate insieme da molto?»

«Io e Jenny ci siamo messi insieme due anni fa», invento sul momento. Devo ricordarmi di appuntarlo sulla mia scheda. «Cucinavo sulle navi da crociera e ho deciso di tornare sulla terra ferma per stare di più con lei. Nel frattempo ha ricevuto una proposta di lavoro che l'avrebbe portata a Seattle e, alla fine, ha deciso di accettarla».

«Fammi indovinare». Sul viso di Julia si tende un sorrisetto affilato. «Tu invece speravi che restasse a casa a fare la calza aspettando il tuo rientro?»

«Assolutamente no», la correggo.

«E, allora, perché non vai con lei, se ci tieni tanto?»

«Juls», sibila Liza dandole una gomitata.

«Già, perché?», le fa eco Mickey, curioso.

«Non mi voleva», ammetto con voce carica di sconfitta. «Se la distanza che ci ha separato per quasi due anni a me ha provocato nostalgia, a lei invece ha fatto capire che stava meglio sola».

Devo aver recitato con convinzione a giudicare dagli sguardi impietositi che mi rivolgono tutti. Parcheggiare la questione fidanzata: fatto. Ora devo solo sgombrare il campo dai sentimenti, o quelli che si suppone dovrei avere. «Ma cerco di guardarla con obiettività: meglio che sia finita subito così che trascinare una storia agonizzante per anni rendendo infelici due persone. Più che per lei, sono un po' giù per il cambio della prospettiva».

«Idea!». Liza balza giù dallo sgabello e mi raggiunge cingendomi la vita con un braccio. «Oggi è una giornata no per tutti: puliamo, chiudiamo e usciamo tutti a bere qualcosa insieme, stasera. Ci tireremo su di morale».

Julia non pare d'accordo. «Forse dimentichi che sabato tireremo su la serranda del ristorante, altro che morale».

«Invece Romeo ha ragione», insiste Liza. «Manca coesione nel gruppo, che è fondamentale per una brigata».

Ecco, potrei provarci con Liza. Lei mi sembra molto più amichevole.

«Certo, far sbronzare lo staff è la soluzione giusta», ribatte sarcastica Julia. «Come vi pare, siete adulti, non sono la mamma di nessuno. Andate pure, purché siate di nuovo qui, domani, puntuali».

«Con "andiamo", intendevo anche tu, Juls», aggiunge Liza.

9
Julia

Non farò da paraninfa per Liza. Se vuole Romeo, che se lo conquisti da sola.

Invece no, ha voluto coinvolgerci in questa pantomima dell'uscita di gruppo, quando nemmeno siamo un gruppo, solo perché vuole stare con lui e, ora che sa che è single, ha perso proprio ogni inibizione.

Nel tragitto a piedi gli si aggancia al braccio e, arrivati al TriBe, ci costringe a stiparci in un divanetto sottodimensionato.

«È stretto per nove persone», le faccio notare.

«È più intimo», ribatte. Prevedibile che il suo intento fosse quello di finire appiccicata a Romeo.

Strano che lui però non si faccia coinvolgere dal suo flirt spudorato. Liza di solito fa sempre colpo: bionda, occhi azzurri, sempre sorridente e chiacchierina, gli uomini la adorano.

Non ricordo un momento, dalla pubertà, in cui lei sia stata davvero single: è passata da un ragazzo all'altro senza soluzione di continuità. Il tutto sotto gli occhi veneranti di mio fratello Pete che le fa da cavalier servente, immune alla sua indifferenza.

Se Liza decide che vuole un uomo, il risultato è già suo in partenza.

Diversamente da me, è una maestra nella sottile arte del compiacimento, tuttavia Romeo non sembra prestarle così tanta attenzione.

«Questo posto è così etero», osserva Vinnie. «Faccio un giro della pista per vedere se riesco a trovare materiale interessante».

Rob e Denny sfidano Mickey a una gara di shots, che, per

non dimostrarsi un novellino, accetta. Lo trascinano al bancone al grido di "Tre vodka".

Sonny invece adocchia una ragazza a un tavolo poco distante e la raggiunge.

Restiamo in quattro, con Angelo che si fa i fatti suoi sul cellulare.

«Sta andando alla grandissima questa uscita di team building», osservo con sarcasmo. «L'affiatamento è palpabile».

«Aiuterebbe se tu non ci squadrassi come un secondino», butta lì Romeo.

«Io non squadro nessuno».

«Tu squadri tutti, sempre. Anche gli oggetti inanimati», controbatte. «Non mi sorprende che in tua presenza le persone preferiscano darsela a gambe».

«Devo andare», annuncia Angelo balzando in piedi.

Romeo solleva le sopracciglia come a dire "Appunto".

«Dove?», domando a mio fratello.

«Saranno affari miei», risponde lui asciutto.

«Sì, Angelo, sono affari tuoi, almeno finché non diventano anche di qualcun altro», aggiungo. Deve sempre andare da qualche parte, incontrare qualcuno, fare cose, ma dove, chi o cosa rimangono sempre un mistero. L'unico che sa è papà, ma è una cassaforte di cui io non ho la combinazione.

Solo una volta ho sentito una frase in più del dovuto e quello che ho ascoltato non mi è piaciuto.

In particolare quel "Ne parliamo con Terry".

«Rilassati, Juls. Togliti un po' quel palo dal culo ogni tanto. Non sei la mamma». Poi fa scivolare una banconota da cento sul tavolo. «Offri un giro a tutti da parte mia». Così dicendo sparisce, lasciandomi sola con Liza e Romeo a fare da reggimoccolo.

Che bello.

«Problemi tra fratelli?», si informa lui.

«Angelo ha problemi con tutti», rispondo. «È quello con il carattere brutto in famiglia».

«Ah, davvero? E io che pensavo fossi tu», mi prende in giro.

«Oh, no, Julia è un cioccolatino, la sua è tutta posa», interviene Liza. «Sul letto ha ancora il pupazzo di quando era bambina».

«Grazie, stavo cercando di costruirmi una credibilità».

«Guarda che non devi per forza dimostrare a tutti che sei più dura di un chiodo da bara, puoi anche rilassarti ogni tanto», continua lui. «Come ha detto Angelo, toglierti il palo dal cu…».

«Il mio culo non ha nulla che non va», lo interrompo. «Siete tutti voi che non avete una spina dorsale».

«Mhmm, è una mia impressione o fa freddino qui?», interviene Liza.

Ci saranno ventotto gradi. «È una tua impressione».

«Mi presteresti la tua giacca, Romeo?», gli chiede simulando un brivido.

«Certo».

Mentre gliela sistema sulle spalle, al nostro tavolo si manifesta Jimmy Caputo che, guarda caso, Liza ha piantato due giorni fa. E lui non sembra affatto contento.

«Dobbiamo parlare, Liz», decreta.

Liza alza gli occhi al cielo. «Non ora, Jim. Sentiamoci domani».

«Sappiamo entrambi che tu non mi chiamerai e se ti chiamassi io non risponderesti, quindi parliamo adesso».

«Non vedi che sono con altre persone?»

«Eccome se lo vedo, per questo dico che mi devi un minimo di chiarimento. Non puoi scrivermi "Ho bisogno di stare da sola" e non farti più sentire, e poi flirtare con un altro neanche settantadue ore dopo», la redarguisce lui. Un penny per ogni volta che ho visto questa scena.

«Oh, e va bene, parliamo». Liza si alza e segue Jimmy verso un angolo meno affollato del locale.

Io e Romeo ci guardiamo intorno, evitando di incrociare lo sguardo di proposito, ma non dura a lungo.

«Eccoci qui», dico imbarazzata.

«Eccoci qui», ripete lui.

«Già».

«Sei stata l'unica a non assaggiare i miei muffin», mi fa notare.

«Non mi piacciono», mento. In verità, quando li ha fatti comparire sul pass in mezzo a quel disastro nucleare che era il menù del *Villa's*, la salivazione mi è schizzata a mille.

Se il sapore era all'altezza del profumo… Accidenti a quell'uvetta e a quelle noci.

«Oppure non vuoi darmi soddisfazione».

«Anche». Su questo ha ragione: potendo mangiarli, non avrei assaggiato i suoi muffin comunque per tenere il mio punto. Forse lo avrei fatto di nascosto, ma avrei negato fino alla morte.

«Sai, vero, che questo conflitto contro di me non ti porterà a nulla, Giulietta?»

«Non chiamarmi Giulietta».

«La tua è una presa di posizione infantile. Il *Villa's* ha un problema e lo sai anche tu».

«Qualunque sia il problema del *Villa's* non ti riguarda. Finché funziona la lavastoviglie non hai di che preoccuparti».

«Sarò anche solo il lavapiatti ma sei perfettamente consapevole che col menù me la sarei cavata molto meglio della brigata dei fornelli. Eppure, insisti con questo gioco masochista».

«La brigata l'ha scelta papà. Se hai delle proteste da avanzare, puoi farlo con lui, ma ti avverto: detesta essere contraddetto, potrebbe non gradire».

«Ecco da chi hai preso». Romeo sorride a una cameriera di passaggio e questa si precipita al tavolo da noi per prendere l'ordinazione.

«Cosa ti porto?», gli domanda. Non "vi", "ti". Vede benissimo che siamo in due ma ha deciso di escludermi dall'equazione. E gli sorride a sua volta come se fosse il cliente che aspettava da anni.

«Due gin tonic e...», chiede.

«Che fai? Ordini al posto mio?», lo interrompo. «Sono capace di chiedere da bere da sola».

«No, in realtà i gin tonic sono per me, stavo per farti ordinare ma tu hai questa fastidiosa abitudine di tagliare le gambe alle persone».

«Non taglio le gambe alle persone, solo a te», ribatto. «Niente gin per me, solo il tonic».

«Solo tonic?». Il tono della cameriera lascia trapelare un "Che noia".

«Il gin che non mettete a lei versatelo a me», risponde Romeo. Poi mi guarda appoggiandosi allo schienale imbottito e con le braccia incrociate al petto in un modo che a Liza piacerebbe. Non avrebbe tutti i torti, gli uomini con la camicia a maniche arrotolate hanno un non so che di attraente. «Salutista?»

«Bisognerà pure che qualcuno finisca la serata sobrio». Sciolgo i capelli dallo chignon e mi ricadono sulle spalle dando sollievo al mio cuoio capelluto. «E ho già abbastanza mal di testa così, senza aiutarlo».

«Sul serio, cosa pensi di fare con il ristorante?», mi domanda. «L'inaugurazione è sabato».

«Le decisioni che prenderò non sono affar tuo, Romeo».

«Ascolta», lui si tende verso di me. «Non essere immatura, perché ostinarti a odiarmi per il nostro primo incontro?»

«Non ti odio, Romeo. Odiare costa fatica e ti conosco troppo poco per dedicarti così tante energie».

«Magari se ci conoscessimo meglio…».

«Ecco a te, gin tonic rafforzati». La cameriera si manifesta di nuovo al tavolo con il vassoio e i drink, e si rivolge ancora sempre a Romeo. «E il solo-tonic», aggiunge secca, senza considerarmi. Quando Romeo prende il bicchiere per bere un sorso, noto che sul suo sottobicchiere c'è scarabocchiato "Tamzin" seguito da un numero di telefono.

«Non ho bisogno né voglia di conoscerti. Non mi piaci, punto. Non sono obbligata a farmi piacere ogni persona che incrocia la mia strada. Anzi, ritengo particolarmente ipocrita chi finge di andare d'accordo con tutti», puntualizzo. «Dovresti ringraziarmi».

«Ringraziarti del tuo sincero disprezzo anziché di un'ipocrita benevolenza?»

«Sì… Oh, cazzo». Con la coda dell'occhio noto che ora, nel club, è arrivata una persona che proprio non ci tenevo a incontrare: Dominic De Palma. Un mio ex. Anzi, IL mio ex.

Dominic si fa spazio tra la folla come se il locale fosse suo.

Lo sapevo, lo sapevo che stasera non dovevo venire! Accidenti a Liza.

«Tutto ok?», mi domanda Romeo.

«Sì», rispondo in tono affatto convincente.

«Provaci ancora ma stavolta fai finta di crederci almeno tu».

Mi avvicino a lui, il gomito puntellato sul tavolo, la testa appoggiata alla mano e i capelli che spero mi facciano da cortina difensiva. «Ah, ah, ah, divertente!», ridacchio in maniera forzata.

Romeo ha l'aria di non capire. «Cosa?»

«Oh, mio Dio! Sei così spiritoso!», continuo allungandogli un buffetto sul braccio.

«Mi fai paura».

«Reggimi il gioco, Romeo», dico a denti stretti.

«Che gioco?»

«È appena entrato un mio ex che non ho voglia di vedere, salutare o altro, quindi fingi di essere coinvolto in una vivace discussione con me e fammi sorridere come se ci stessimo divertendo un mondo».

«Ah, è un sorriso, quello?»

«Certo che sì, non sai riconoscere un sorriso quando lo vedi?»

«Sembrava di più uno spasmo facciale».

«Bastardo».

«Non ti ho neanche mai vista sorridere, non ero preparato».

«Non farmi pentire pure di averti assunto come lavapiatti, sai».

«Quindi cosa devo fare? Flirtare con te?»

«Credi di poterci riuscire?».

Romeo scivola verso di me sul divanetto, fino a che ci ritroviamo letteralmente con i volti a una spanna di distanza.

Riesco a notare una piccola cicatrice alla fine del sopracciglio sinistro; le ciglia folte e scure che, se non fosse per la sua perenne espressione di sfida, renderebbero il suo sguardo molto più dolce; i tratti marcati e affilati di zigomi, naso e mandibola, accentuati dai faretti del locale che bucano la penombra.

L'angolo delle sue labbra si tende all'insù. «Quello che mi stai chiedendo assomiglia molto a un favore, Giulietta».

«Julia».

«Non sei nella posizione di dettare regole al momento».

«Perché devi per forza indispormi a ogni costo?», chiedo stizzita.

«Perché posso».

«Lascia perdere!», esclamo raddrizzandomi con la schiena contro la spalliera del divanetto. «Come se non ti avessi chiesto nulla».

Ma lui riguadagna lo spazio che avevo ripristinato tra noi. Con due dita mi sposta una ciocca dal viso. «Stai bene con i capelli sciolti, le onde ti ingentiliscono il volto», osserva giocando con un boccolo.

«I miei capelli sono dritti, ora sono così solo perché li ho tenuti legati tutto il giorno», spiego secca.
«Ma certo, tu sei dritta come una baionetta, eppure non ti farebbe male lasciarti andare ogni tanto. Potresti pure scoprire che ti piace...».
«Oh, e piantala», ribatto. «Si può sapere che diamine stai facendo?»
«Scusa, non volevi che flirtassi con te fino a un secondo fa?»
«Mi stai solo facendo irritare, cosa che ti riesce benissimo».
Romeo mi porta la ciocca a cui si stava dedicando dietro l'orecchio destro e vi si accosta come per sussurrare qualcosa. «Nel caso non te ne fossi accorta, trovo molto divertente farti scattare. Sei come una corda tesa che basta sfiorare perché vibri».
«Forse dovresti trovarti degli hobby».
«Cosa ti dice che io non li abbia?»
«Ti diverti davvero con poco», taglio corto.
Romeo si mette a ridere. «Non svalutarti in questo modo».
«Se è così che flirti con le donne, mi dispiace per te».
«Mi hai chiesto di fingere; se vuoi che flirti con te per davvero, ti accontento, ma la serata potrebbe terminare con un esito imprevisto». Finito il suo primo gin tonic, prende un sorso dal secondo.
«Romeo», gli dico lanciandogli uno sguardo di compatimento. «Non ci sono esiti imprevisti. Non per me. Mai».
«Tu sei una che prevede tutto?»
«Tutto il prevedibile e il programmabile».
«Dovresti lasciarti sorprendere dalle possibilità che ti offre il presente».
«E questa dove l'hai letta? Nell'oroscopo del giornalino della metro?»
«Può darsi. Non bevi il tuo drink?», accenna al mio bicchiere intatto.
«Senza gin non è granché invitante».
«Vuoi il mio?»
«Preferisco essere sobria domani, ma sarà molto divertente guardarti combattere con il doposbronza».
«Ok. Allora questa la prendo io», dice sfilando il ricciolo di scorzetta di limone dal bordo del mio bicchiere. Se l'appog-

gia sulla punta della lingua e la fa sparire nella sua bocca, poi prende un sorso di gin tonic e si lecca le labbra.

Quello… quello era un piercing. Non so se sia una mia impressione o meno, ma mi è parso di vedere Romeo muoversi al rallentatore. Il mio cervello si disconnette, ipnotizzato dal suo gesto. Non solo: i miei occhi hanno registrato il fotogramma di quei tre secondi, scorzetta-lingua-piercing-labbra, e la mia mente lo sta riproiettando in loop.

«Sicura?», chiede.

«Di… di cosa?»

«Neanche un sorso?», ripete la domanda.

L'odore del gin tonic nel suo respiro mi fa vacillare.

«S-s-sì», rispondo con voce strozzata.

Lui inclina il capo, squadrandomi di sottecchi. «Secondo me, non tanto». Affonda due dita nel suo bicchiere, recupera un cubetto di ghiaccio mezzo sciolto e gocciolante di gin tonic e lo porta davanti al mio viso.

«Che vuoi fare?».

Lo avvicina alla mia bocca e, un secondo dopo, avverto il freddo del ghiaccio sulle mie labbra. Lo fa scorrere avanti e indietro con lentezza, una carezza gelata.

«Apri», la sua voce è un sussurro ma, nonostante la morbidezza del tono, l'ordine che impartisce è fermo e deciso.

E io eseguo. Socchiudo la bocca e Romeo fa scivolare il cubetto nello spazio che gli lascio. Sulla lingua sento l'aroma del gin, i suoi occhi sono fissi nei miei, il suo indice è ancora appoggiato alle mie labbra, mentre il ghiaccio si scioglie.

Lui potrebbe scostare la mano, io potrei indietreggiare, ma nessuno dei due si muove, con il cubetto che, nella mia bocca, sparisce liquefatto sulla mia lingua.

Anzi, lui mi si accosta ancora di più, il viso alla sinistra del mio. «Visto? Lo sapevo che non eri sicura, e mi sa tanto che non sei sicura di molte altre cose. Questa tua aria da dura è tutta una facciata».

In risposta io gli mordo la punta dell'indice, sempre sulle mie labbra. Lui reagisce ritirando il dito.

«Tieni le mani a posto e non toccarmi più senza permesso», lo avverto.

Lui mi guarda con quell'aria strafottente che non lo abbandona mai. «Come vuoi. Ai tuoi ordini, capo». Poi si alza, s'infila la giacca e afferra il suo casco. «Ma non scordare che mi devi un favore. A domani, Giulietta».

E se ne va prima che possa correggerlo, come al solito.

Pochi secondi dopo, torna Liza. «Jimmy è un piagnone. E si domanda perché ho rotto con lui?! Ehi, ma dov'è Romeo?»

«È andato via poco fa».

«Ecco, lo sapevo! Lo hai fatto scappare», commenta rivolgendomi un'aria di rimprovero. «Che gli hai detto? Avete litigato?»

«Noi non...». Non abbiamo litigato. Non so proprio dire cosa abbiamo fatto. Ma nulla che a Liza piacerebbe che le raccontassi, credo. «Non è successo niente».

«Che serata inutile». Lei si siede accanto a me, prendendo la mia acqua tonica. «Ah, ho visto entrare Dominic».

Giusto, Dominic. Mi ero perfino scordata di Dominic... e dire che è cominciato tutto per via di Dominic.

«Ah, sì?», domando fingendomi sorpresa. «Meno male che non mi ha vista».

«Jimmy mi ha detto che questo posto l'hanno "rilevato" lui e suo fratello Freddy. Immagino che sarà l'ennesimo locale che depenneremo dalla nostra lista per le uscite».

«Senza dubbio». Non intendo incrociare di nuovo la mia strada con Dominic, Freddy o altri della famiglia De Palma. «Anzi, per quanto mi riguarda la serata non sarebbe nemmeno dovuta iniziare. Andiamo?».

Mentre lasciamo il tavolo, però, mi cade l'occhio sui nostri drink: tre bicchieri – il mio e i due di Romeo – e due sottobicchieri. Manca quello con il numero di telefono della cameriera.

Romeo lo ha preso.

E il fastidio che mi pizzica nel petto mi indispettisce.

Chissenefrega. Può farsi chi gli pare, a me non importa.

10

~~Dwight~~

Romeo

Esco dal club e lancio il sottobicchiere in un cestino della spazzatura.

La honey trap è ufficialmente innescata.

11
Julia

«Uh, nuovo look!», esclama Liza nel vedermi entrare al ristorante.

«Mi ci voleva», dico agitando la testa per far ondeggiare i capelli freschi di parrucchiere.

«Stai bene, sembri diversa. Sembri simpatica».

«Grazie, Liz», rispondo tendendo il dito medio verso di lei.

«Ehi, posso chiederti che definizione daresti alla parola "molestia"?», mi domanda lei con aria circospetta.

«Ho paura a risponderti», dico infilandomi dietro il bancone dell'angolo bar. «Posso farmi un caffè, prima?»

«Vorrei capire dove ricade il confine con l'apprezzamento».

«Fisico o verbale?»

«Visivo».

«Ti hanno molestata con gli occhi?», chiedo per capire se ho capito.

«No, non me. Diciamo che ho visto per caso un panorama che mi piaceva molto e ho continuato a guardare... di nascosto».

È tutto così difficile con lei. «Liza, questa tua domanda sulle molestie la stai ponendo a Juls, la tua amica, o a Julia Villa, la tua principale?»

«Alla mia amica che è anche la mia principale indulgente e comprensiva».

«Non la conosco».

Lei si sporge verso di me sul bancone con piglio cospiratorio. «Uscendo dall'ufficio, sono passata davanti allo spogliatoio per caso – tieni a mente le parole "per caso" –; la porta era semiaperta e dallo spiraglio ho intravisto Romeo che si cambiava».

«Non sono sicura di voler ascoltare il seguito».

«Io desideravo davvero andare via, te lo giuro».

«E cosa te lo ha impedito?», mi informo sorbendo il mio caffè.

«I miei occhi». Liza si lascia sfuggire un sospiro. «Esiste il feticismo per la schiena? Se non esiste, dovrebbe. Guarda». Prende il cellulare, apre la galleria immagini e me lo tende.

«Lo hai fotografato?!», esplodo.

«Shhh… solo per mostrartelo, poi cancello».

«Sì, Liza, per rispondere alla tua domanda di prima, è molestia», bisbiglio. «Non si fotografa di nascosto la gente che si spoglia. E neanche la si guarda. Ti dice nulla la parola consenso?»

«Lo so, ma puoi darmi torto?», insiste ficcandomi lo schermo sotto gli occhi.

«Non voglio rendermi complice di… di…». In quel mezzo secondo in cui lo scatto occupa il mio campo visivo, registro un busto tornito, i muscoli sottopelle tesi nel gesto di sfilarsi la maglietta. Premo sul tasto cancella prima che il mio cervello possa ripropormi il flash del piercing sulla lingua. Non mi serve un "Archivio Romeo". «Io non ho visto nulla».

«Non sei divertente», mi rimbecca Liza.

«Neanche tu. Piantala di passare "accidentalmente" davanti allo spogliatoio o ti sequestro il cellulare», la minaccio.

«Però, da donna a donna», riattacca con il sussurro confessionale e il sorrisetto furbo, «ne hai mai visti, così?».

È come un cucciolo che vuole giocare, finché non le tiro la pallina non mi darà pace. «Sì, certo», rispondo.

«Non ci credo», sbotta. E ha ragione.

«Guarda che non è niente di eccezionale». Per mascherare la bugia le do le spalle fingendo di ripulire la macchinetta del caffè.

«Fuori i nomi. Se sei così certa di averne già visti, voglio sapere chi erano».

«Ho scritto "anagrafe" in fronte? Mica li ricordo!».

«Se mi fossero capitati dei tipi così, non solo ricorderei il loro nome, ma pure quelli dei parenti di terzo grado», protesta.

«Sono anni che non frequento un ragazzo per più di due

appuntamenti, inutile memorizzare dettagli personali superflui».

«Belle le avventure – Dio benedica le botte e via –, ma sappiamo benissimo che non lo fai per sfizio, bensì perché hai troppa paura di ricominciare una relazione. Prima o poi, però, ti ricapiterà di doverti spogliare completamente con qualcuno, o che un uomo voglia vederti nuda, e a quel punto che farai? Scapperai?»

«Scusa, come mai siamo finite a parlare di me? Il tema non era il tuo feticismo per la schiena?».

Il sogno segreto di Liza è di metterci con due uomini, possibilmente amici, per fare cene a quattro, uscite a quattro, vacanze a quattro. Tutto a quattro. Sono abbastanza sicura che la sua fantasia si spinga fino a due gravidanze gemelle per avere figli della stessa età, come è successo alle nostre mamme con noi. Sogno che io non manco di mandarle in fumo da almeno quattro anni a questa parte.

«Ti vorrei più complice».

«E io vorrei darti un consiglio: lascia perdere Romeo», le suggerisco sottovoce. «Ieri sera la cameriera gli ha lasciato il suo numero scritto sul sottobicchiere e lui se l'è messo in tasca prima di andarsene».

La mia frase ottiene l'effetto sperato, il volto di Liza si affloscia in un'espressione delusa. «Ah».

«Vuoi davvero essere la sua ennesima tacca sul muro?»

«Ma tu fai sesso con un sacco di ragazzi che non rivedi una seconda volta», obietta. «Tu non sei una tacca?»

«Primo: sono io che scelgo di non rivederli, non sono loro che seducono me e poi mi abbandonano. Secondo: Romeo lo vedresti qui tutti i giorni».

«Buongiorno, fanciulle», annuncia mio fratello Pete entrando nel ristorante con una cassa di legno coperta da un telo. «Ho portato i campioni di pane da scegliere».

Deposita la cassetta su uno dei tavoli, leva il telo di cotone e il profumo fragrante del pane fresco di forno ci solletica le narici. «Grissini al nero di seppia, al pomodoro e al parmigiano», elenca indicando i lunghi stick colorati. «Tirati a mano».

Pete è il Re Mida dei lievitati, gli basta accarezzare la farina per trasformarla in oro.

«Filoncini allo zafferano e semi di girasole», continua. «Rosette al finocchietto selvatico, pan brioche al burro salato e il classico Altamura. C'è tutto quello che mi hai chiesto?»

«Perfetto», commento sollevata che almeno qualcosa stia andando come voglio. Perché Angelo non può essere appassionato come lui?

«E qui», dice estraendo un sacchetto di carta chiuso, dal fondo della cassetta, «un omaggio per Liza». Toglie una focaccia a forma di cuore e gliela porge guardandola come se si fosse manifestata la Madonna.

Attendo come al solito che lei si liberi del sentito omaggio senza complimenti, ma Liza lo accetta con slancio. «Sei stato così dolce a preparare questa focaccia per me!».

Poi capisco: è uscito Romeo dalla cucina.

Pete si guadagna perfino un buffetto sulla spalla e quasi sviene di gioia per l'insperata reazione di Liza.

Povero Pete, se avesse un briciolo d'intuito capirebbe che Liza vuole cercare di attirare l'attenzione di Romeo. Dei miei fratelli, Pete è il più affettuoso, ma anche il più ingenuo.

Da bambina mi coccolava tantissimo, trovava sempre un modo per coinvolgermi nei suoi passatempi, ed era lui a consolarmi ogni volta che Angelo mi giocava qualche tiro.

«Romeo», cinguetta Liza, «vieni ad assaggiare il pane che ha fatto Pete, così ci dai una tua opinione. Pete ha le mani d'oro».

Mio fratello ha appena acquisito due centimetri in altezza, che però scompaiono in fretta nel momento in cui la stazza di Romeo lo affianca.

Con la sua solita espressione da arrogante bastardo mi guarda, fissa i miei capelli e scuote il capo con un mezzo sorrisetto irritante.

«Qualcosa ti fa ridere?», sibilo.

Ma lui m'ignora e dà un morso alla fetta di pane. «Questo con i semi di girasole sarebbe perfetto abbrustolito, con una tartare di salmone, burrata e granella di cipolla croccante», propone. Stacca poi un altro pezzo di pane dalla pagnotta e me lo porge. «Che ne pensi?».

Vorrei assaggiarlo? Sì. Posso? No. «Maxime Keller detesta chi usa il pane come base per le pietanze. Dovresti saperlo», rispondo asciutta. In quell'istante Denny sbuca dalla cucina e, notando la tavola imbandita di ogni ben di Dio, ci si fionda come se fosse a digiuno da giorni. Vinnie, Sonny e Rob, un secondo dopo, si uniscono all'abbuffata con la stessa foga.

«Pane fresco», esclama Vinnie azzannando l'Altamura. «Almeno domani potremo servire qualcosa di commestibile, ai clienti. Possiamo venderci come ristorante minimalista».

«Ehi», ribatte Rob offeso. «Non è affatto vero! La salsa di accompagnamento dei secondi è eccellente».

«E ti credo, non la cucinate voi!», lo sbeffeggia Sonny.

La salsa Elena è il condimento storico che affiancava i piatti del vecchio ristorante, il *Regina*, una ricetta tramandata a nostra madre da sua madre, che a sua volta l'aveva ricevuta da sua madre, e che oggi prepara personalmente papà.

«Forse dovremmo portarne un po' a Mickey», propone Denny. «È già corso in strada due volte per vomitare e poco fa l'ho visto svenuto in dispensa».

Pete li osserva preoccupato. «Non avrà preso un virus?»

«Ha preso una sbronza», spiega Romeo. «Rob e Denny lo hanno sfidato a una gara di shot».

«Noi gli abbiamo detto di arrendersi, ma non ne voleva sapere», si giustifica Rob.

«Quanti ne ha bevuti?», chiedo esasperata. Ci mancava solo il commis in coma etilico.

Rob e Denny si guardano con aria colpevole, e poi guardano me. «Uno».

Devo salvare Mickey dall'influenza di questi due. «E, come al solito, all'appello manca Angelo. Dovrei smetterla di stupirmi».

«Starà ancora russando», osserva Liza.

Il mio cellulare prende a squillare: è papà.

«Dimmi», rispondo allontanandomi di qualche passo.

«Dove sei?»

«Al ristorante, dove se no? E prima che tu lo chieda, qui le cose vanno di male in peggio e, in più, Angelo non si è ancora visto. Apriamo domani e…».

«Angelo è qui, a casa. È per questo che ti chiamo». Papà fa una lunga pausa interrotta solo da un sospiro, come se fosse stanchissimo. «E non verrà per un po'. Gli… Si è rotto una gamba».

«Cosa?!», la mia esclamazione acuta di stupore riecheggia nella sala. «Come...?»

«Un incidente». Il tono grave che usa e la pesantezza con cui scandisce la parola mi fanno capire che non è stato proprio un incidente, ma sarà messo agli atti come tale e mai più ridiscusso.

«Quando?»

«Lo hanno accompagnato stamattina a casa».

«Accompagnato, chi?». Ho paura della risposta.

«Amici». Angelo non ha amici. «Torna a casa e porta Pietro con te».

«Come fai a sapere che Pete è qui?», chiedo stranita.

«C'è Liza?»

«Sì».

«Appunto». Conclusione più che semplice. «Dobbiamo fare una piccola riunione, vi aspetto tra mezz'ora».

Papà riattacca e io inspiro forte per calmarmi.

«Cambio di programma», annuncio fingendo una pacatezza a me estranea. «Angelo purtroppo è stato coinvolto in un incidente proprio stamattina e a quanto pare si è rotto una gamba, perciò non sarà dei nostri». Sono stata credibile? Spero di sì. «Io e Pete raggiungiamo papà a casa per decidere il da farsi, ma qui fate come se non fosse cambiato nulla. Voi», indico Liza, Vinnie e Sonny, «ripassate il servizio come se dovessimo ricevere a pranzo la delegazione dell'ONU. Cucina», punto la brigata allo sbando. «Quando torno, voglio trovare il menù eseguito alla perfezione».

Tutti rispondono agli ordini, tranne Romeo.

«Cosa non ti è chiaro?», gli chiedo secca.

«Che fine ha fatto la Giulietta "Ti prego, flirta con me" di ieri sera?»

«Se la vedi, salutamela».

«Ti sei tagliata i capelli», osserva incrociando le braccia al petto.

«E allora?». Stamattina sono andata a farmi un caschetto che mi arriva appena sotto la mandibola.

«Nulla. Solo non posso evitare di pensare che tu lo abbia fatto perché ho detto che stai bene con i capelli lunghi».

«Mettiti seduto, perché sta per arrivare una notizia che sconvolgerà te e il tuo ego ipertrofico: le tue opinioni non sono il parametro che sposta le decisioni che prendo nella vita. Ho tagliato i capelli, sì, come fanno milioni di persone ogni giorno; li avrei tagliati comunque anche se tu non avessi detto nulla».

«Però, guarda caso, è successo dopo ieri sera», ribatte compiaciuto.

«Coincidenza». Avevo in mente un cambio di look già da un po', stamattina mi sono decisa e l'ho fatto. E la soddisfazione di dimostrargli che piacergli non m'interessa ha giocato un'influenza davvero minima sulla mia scelta.

«Qualunque cosa sia accaduta, è finita a quel tavolo al TriBe».

«Questo ristorante è finito prima ancora di aprire», replica lui.

«Ha solo bisogno di avviamento», minimizzo il dramma.

«La cucina sembra la Corte dei Miracoli, nel senso che il vero miracolo è che non intossichino qualcuno», lui si avvicina di più, con piglio sicuro. «Posso fare di meglio».

«Sono d'accordo».

Lui sorride soddisfatto. «Ah, sì?».

Prendo dal tavolo un cucchiaio. «È macchiato», dico mostrandogli il puntino giallo incrostato sul lato concavo. «Lava le posate. Tutte. Di nuovo. Se, quando torno, ne trovo una sporca, te le faccio ripulire con la lingua».

«Allora mi porto avanti con il lavoro». E, fissandomi negli occhi, lecca il dorso del cucchiaio, mettendo di nuovo in mostra quel maledetto piercing che ieri sera si è insinuato tra i miei pensieri.

E mi pento subito di ciò che ho detto.

12

~~Dwight~~

Romeo

Rob e Denny si guardano smarriti, mentre Mickey vegeta su una cassa di patate più morto che vivo.

Anzi, Rob sembra a un passo dall'attacco di panico perché, con Angelo fuori gioco, lo chef è lui.

Io potrei tranquillamente lavarmene le mani in tutti i sensi e con il sapone ultrasgrassante, ma due tipi di informazione rimbalzano nella mia testa.

Uno: Angelo si è rotto una gamba? Come ha fatto? Perché? Julia ha parlato di un incidente ma la sua reticenza ad aggiungere particolari mi dice che qualcosa, nella versione che ci ha venduto, non torna.

Due: la cucina è ferma e gli scenari che emergono sono equamente nefasti per la nostra operazione *Mamma Mia*. Se Gualtiero decide di rimandare l'apertura del ristorante finché Angelo non si sarà ripreso, è rimandata anche l'indagine; se Gualtiero decide di andare avanti mettendo in cucina un'altra persona, potrebbe trattarsi di qualcuno che va a fare da scudo tra me e i Villa, e al momento il mio ruolo è già abbastanza marginale.

La pigrizia di Angelo, in qualche modo, mi dava lo spazio per avvicinarmi anche a Julia e a Gualtiero.

Devo mettere questi tre sbiellati in condizioni di cucinare tutte le pietanze come si deve; so preparare quasi ogni piatto del menù e, per quelli che non conosco, posso arrivarci a tentativi. «Mi serve un uovo, ketchup, tabasco, salsa Worcester, sale, pepe, aceto e cognac», ordino piantando i palmi sul bancone.

«Non abbiamo nulla sul menù con quegli ingredienti», obietta Rob.

«Non è per il menù», prendo un bicchiere e lo faccio roteare in aria. «È per rianimare Mickey».

Denny mi passa l'occorrente che ho richiesto. «Frittata?»

«È un Prairie Oyster o, come lo chiamo io, il salvasbronza». Apro l'uovo nel bicchiere senza rompere il tuorlo, verso i liquidi, condisco e aggiungo una goccia di cognac, poi porgo il drink a Mickey. «Bevi».

Lui, verde in volto, guarda il bicchiere. «Ha un aspetto orrendo».

«È comunque migliore della tua faccia», ribatto. «Bere tanto e bere bene sono due cose diverse. Quanti anni hai, Mickey?»

«Ventitré».

«Per imparare a bere bene hai tempo, intanto impara a sopravvivere al doposbronza, da' retta allo zio Romeo, che ha dieci anni più di te! Tappati il naso e butta giù. E ora diamoci da fare con questo menù».

«Diamoci?», domanda Rob, grattandosi la testa.

«Di certo non posso fare peggio di voi due, no? E poi siete a corto di personale, quindi non mi sembra il momento per mettersi a fare gli schizzinosi», obietto.

«Pensi di cavartela?», chiede Denny scrutandomi scettico.

«Mickey, alle verdure: pelale, affettale, tritale per preparare le basi. Credi di riuscirci, senza amputarti una mano?», dico prendendo le redini della situazione per sbloccare lo stallo.

«Provo», annuisce lui, finito il mio rimedio e riacquistando colore.

«Noi tre, ai piatti». Mi posiziono nella postazione centrale, con Denny alla mia destra e Rob alla mia sinistra. «Copiate tutti i passaggi che faccio, e memorizzateli».

Partiamo con i finti involtini primavera ripieni di caponata, la millefoglie di melanzane e ricotta montata, e le sarde a beccafico. I primi involtini sembra che siano stati investiti da un'asfaltatrice, ma almeno il sapore è buono; le melanzane finiscono bruciate tre volte per arrivare alla cottura ottimale e un giro di sarde viene sacrificato nell'olio freddo prima che Denny si accorga che la friggitrice è spenta.

«Il tagliere», dico a Rob che sta affettando della pancetta direttamente sul bancone, passandogliene uno, «è come il preservativo: devi sempre averne uno a portata di mano».

Dall'altro lato, Denny sta aprendo una spigola. «Ehi, Jack Lo Squartatore, vacci piano con quel coltello», lo fermo. «Devi sfilettarla, non farle un'autopsia».

«Te la cavi bene per essere un lavapiatti», commenta Rob.

«E voi ve la cavate di merda per essere due cuochi di brigata», ribatto prendendo una padella per saltare i gamberi. «Com'è che avete l'aria di due che non hanno mai messo piede in una cucina?».

Rob e Denny si guardano senza dire nulla.

«Avete cucinato prima, vero?», domando, temendo la risposta.

«Diciamo che lavoravamo in un altro campo», resta vago Denny. «Tu com'è che invece sei così capace?»

«Cucino da sempre. Ho imparato da mia nonna, i miei genitori lavoravano all'estero perciò stavo sempre con lei», e questo è vero. «Poi, quando è morta, ho seguito mamma e papà in giro per il mondo – ambasciate, apparati diplomatici – e trascorrevo molto tempo nelle cucine, dove preparavano spesso qualche pranzo o cena ufficiale per ospiti importanti», anche questo corrisponde alla realtà. «Nei consolati ero l'unico bambino, una vera noia per un undicenne, e la cucina era l'unico posto in cui non sentivo parlare di politica».

«Dove hai vissuto?», mi chiede Denny, curioso.

«A Roma, per tre anni. Poi due a Parigi, infine un anno a Singapore e uno e mezzo a Tokyo», racconto sincero. «Al che ho deciso di passare a studi professionali e ho lavorato sulle navi da crociera», mento.

La verità è che ho ricevuto un'ottima borsa di studio che sembrava stupido rifiutare, così sono andato all'università dove, data la mia naturale predisposizione per le scienze matematiche, ho finito per iscrivermi a economia. Ero convinto della scelta? No, ma non c'era nulla che mi piacesse davvero, quindi tanto valeva dedicarmi a qualcosa in cui ero bravo.

Una mattina, rientrando da una festa durata tutta la notte, mi sono trascinato in un'aula vuota, dove mi sono appoggiato per schiacciare un pisolino. Quando mi sono svegliato, l'aula era piena e due tizi in completo grigio illustravano delle diapositive: era un seminario dell'FBI sulle frodi internazionali.

Raccontavano di un caso risolto dopo un anno di infiltrazioni sotto copertura: in Corea del Nord c'era uno stabilimento che stampava banconote contraffatte, quasi indistinguibili da quelle reali, capaci di ingannare perfino la Federal Reserve. I superdollari, li chiamavano, e se avessero inondato il Paese con quella merda, il sistema economico sarebbe esploso. Alla fine del seminario, i due hanno lasciato un plico di schede per il reclutamento per chi volesse tentare una carriera nelle forze dell'ordine e io ne ho compilata una. Dopo la laurea, ho varcato i cancelli dell'accademia di addestramento a Quantico e venti settimane dopo ne sono uscito agente speciale.

«Sei stato in Italia?!». Rob è sorpreso, fissandomi come fossi un marziano.

«Com'è? Bella? E le ragazze?», gli fa eco Denny.

«Voi non siete mai andati a trovare i vostri parenti italiani in Italia?», chiedo stranito.

«Non siamo mai usciti dagli Stati Uniti», ammette Denny perdendo un po' di quella strafottenza con cui mi aveva apostrofato poco prima.

«Se è per questo, neanche da New York», aggiunge Rob.

«Ma se sei così bravo, perché sei finito a fare il lavapiatti?», aggiunge Mickey.

«Questo dovete chiederlo a Miss Giulietta Villa. Non siamo partiti con il piede giusto e a quanto pare lei me la sta facendo pagare».

«Tosta Julia», osserva Rob. «Pugno d'acciaio in guanto di uranio e filo spinato».

«La conoscete da molto?», chiedo sperando di raccogliere spunti validi per la mia honey trap. «La pasta lunga si gira sempre con il forchettone, non con il cucchiaio», aggiungo intanto.

«Siamo cresciuti nello stesso quartiere, frequentando le stesse scuole, la conosciamo da una vita».

«Ed è sempre stata così... respingente?»

«Non è una che regala fiducia alla prima stretta di mano e nemmeno alla seconda; se con lei non ti prendi a pelle, la strada per recuperare è tutta in salita», spiega Denny.

«Me ne sono accorto. Un'altra cosa di cui mi sono accorto è che lei non assaggia mai nulla. Strano atteggiamento per una che si proclama profetessa dei fornelli», osservo.

«Lei non assaggia perché non…». Ma prima che Mickey possa terminare la frase, Rob gli lancia un'occhiata da incenerirlo e lui subito si zittisce.

«Non…?», provo a recuperare io.

«Una fissa sua», risponde vago Denny. «Se mai, te lo dirà Julia».

«In realtà, mi piacerebbe invitarla a uscire», butto lì. «In amicizia, s'intende, per provare a conoscerci meglio. Avete dei consigli?»

«Non usare l'approccio frontale con lei, non serve a niente. Anzi, le renderai solo più facile respingerti», interviene Rob, che non se la sta cavando affatto male con le chitarrine alla carbonara di pesce. Forse c'è una luce in fondo al tunnel.

«E non giocare a fare l'irraggiungibile», aggiunge Denny. «Julia non corre dietro a nessuno. Se la vuoi, devi correre tu».

«E senza farti beccare da Gualtiero», conclude Mickey con gli occhi colmi di lacrime.

«Non dirmi che ti sei commosso!?», lo riprende Rob.

«No», frigna lui tirando su col naso. «È la cipolla. Ne ho tagliati cinque chili».

«Ok, ragazzi. Piatti!», esclamo guardando le preparazioni quasi concluse. «Serviamo il pranzo».

13

Julia

«Come procediamo col *Villa's*?», domando appoggiandomi allo stipite della porta della cucina, dove papà è impegnato a riempire vasetti e vasetti di salsa Elena.

Sebbene io sia in grado di cucinarla, è una cosa che ci tiene a fare lui.

La preparavano sempre insieme, quando la mamma era viva, e ancora oggi credo che lui si immagini che ai fornelli ci sia anche lei.

Non è un caso che la stia preparando ora; secondo me, nella sua testa, sta avendo un dialogo con la mamma proprio riguardo ad Angelo.

"Che facciamo col piccolo?", le starà chiedendo. Anche se la minore sono io, il piccolo di casa è sempre stato lui.

«Rimandiamo l'apertura», risponde con naturalezza.

«Rimandare?!», ripeto sbigottita. «Con la dispensa piena? Con la comunicazione fatta? Con le prenotazioni che stanno arrivando?»

«I disguidi capitano».

«Non parlerei esattamente di disguido», replico a mezza voce, più a me stessa che a papà. «Rimandare è fuori discussione».

«Con Angelo infortunato la cucina è ferma. Ne avrà per un paio di mesi almeno, e poi bisognerà vedere quando sarà in grado di stare in piedi per la durata del servizio».

«Oh, certo, perché in effetti il suo contributo era determinante», ribatto acida.

«Giulietta». Papà si volta verso di me con sguardo di rimprovero. Sarà che normalmente ha un'aria piuttosto autoritaria, ma con addosso il grembiule ricamato a fiori troppo piccolo per lui, non riesco a prenderlo sul serio.

«Quando incontrerai…?». Poi abbasso il tono della voce, come mi succede sempre ogni volta che la conversazione si dirige verso un particolare nome. «Maniscalco?».

Papà si volta verso la pentola, non so se per mescolare la salsa o per non guardarmi. «Ho chiesto al suo consigliere di arrangiare per stasera».

«Ti accompagno?»

«No».

«E se mi occupassi io della cucina del ristorante?», propongo. «Temporaneamente», aggiungo subito.

«Ancora con questa storia?»

«Solo finché Angelo non si rimette».

Lui scuote la testa. «Ne abbiamo già parlato: è stancante, poi ci sono gli assaggi dei cibi che non puoi…».

«Falla provare, papà», interviene Pete, raggiungendoci.

«Ma lei, sola…», obietta.

«Ha tenuto a bada noi tre da quando aveva tredici anni. La cucina del *Villa's* non può essere peggio», insiste mio fratello. «E poi la conosci, sai che ti stresserà finché non le darai questa chance».

Papà mi squadra da capo a piedi, con il coperchio della pentola in una mano e il cucchiaio di legno nell'altra. «Ti terrò d'occhio e, se dovessi accorgermi che qualcosa non va, che portare la cucina tutta sulle tue spalle dovesse stancarti, non esiterò a rispedirti in sala, chiaro, Giulie'?».

Un attimo… questo era un sì? Non ero pronta a un sì. «Chiaro! Chiarissimo!», do la mia parola. «Ora torno al *Villa's*, ho una cucina da far funzionare. Vedrai, papà, che non te ne pentirai».

14

~~Dwight~~

Romeo

«Posso dire "finalmente"?», mugugna Vinnie a bocca piena, una chitarrina che gli pende dalle labbra.

«Che avete messo in più qui dentro?», domanda Liza affondando la forchetta nella millefoglie di melanzane, di cui resta appena un boccone.

Sul pass ci sono tre porzioni di ogni pietanza: la prima è già stata spazzolata e tutti tendono le mani alla seconda, lasciando presagire che anche la terza verrà ripulita.

«In più, nulla. Se mai, in meno: niente paprika». Ho fermato Rob un attimo prima che l'aggiungesse al sugo.

«Queste sarde a beccafico», dice Sonny succhiandosi le dita, «sono quasi meglio di quelle di nonna».

«Perché non sono bisunte», osserva suo fratello. «Le sue sono buone, ma per digerirle ci vogliono tre giorni, due rosari, un cero in chiesa e mezzo litro di idraulico liquido».

«E i dessert». Liza li guarda con aria indecisa. «Sono così belli che è un peccato mangiarli».

«Oh, io li mangio eccome». Denny afferra il piatto con il lingotto di fondente intenso: un trancetto di torta budino al cioccolato di Modica e gocce di caramello all'arancia.

«Eccomi», si annuncia Julia entrando in cucina. Ha l'aria di chi si aspetta di trovare l'ennesimo disastro. «Ditemi che si salva qualcosa. Non pretendo l'eccellenza, mi basta non spedire al pronto soccorso i clienti ed evitare un'ispezione sani...», fissa il pass con la bocca spalancata. «...taria. Cosa sono quelli?», domanda osservando i piatti sul pass che ancora non sono stati toccati.

«Gli antipasti», illustra Mickey, che sembra non aver colto

l'ironia nella sua voce. «Mentre qui abbiamo le paste e i risotti, le carni e i pesci, infine i dessert sono laggiù sempre che Denny ne lasci qualcuno».

«Lo vedo che sono i piatti del menù, intendevo chi li ha cucinati?». La sua voce è un concentrato d'incredulità.

«Noi», risponde Rob ringalluzzito.

«Sono squisiti», aggiunge Liza. «Davvero. Ho assaggiato ciascuna portata e non c'è nulla di mal riuscito».

«Ma ieri era una catastrofe», boccheggia lei. «Voglio dire, sono contenta che vi siate messi d'impegno, ma è davvero inaspettato».

Come se non credesse ai suoi occhi, afferra un piatto dopo l'altro. Li esamina, li annusa, testa le consistenze con cucchiai e forchette, verifica il "tasso di unto" con la carta assorbente, e la guarda sbalordita. «Nessuna macchia d'olio. Fritto croccante, asciutto, leggero. Cosa è cambiato?»

«Non cosa», la corregge Liza, accennando a me con un gesto del capo. «Chi».

«Romeo ci ha mostrato come preparare ogni piatto», interviene Denny.

L'espressione colpita di Julia si contrae in una smorfia di disappunto. «Potete darci un momento?».

La brigata fila in sala senza obiettare.

«Non dovresti renderlo così evidente che vuoi passare del tempo sola con me; cosa penseranno gli altri?», la prendo in giro per smorzare la sua aria trucida.

«Che voglio ucciderti e sbarazzarmi del corpo senza testimoni», risponde. «Perché non sei capace di stare al tuo posto?», domanda stizzita.

«Perché il mio posto non è al lavatoio».

«Nemmeno in brigata».

«Posso dare molto di più al *Villa's* ai fornelli che non con una spugna in mano».

«Te l'ho già detto, non mi piaci», ribadisce risoluta.

«Piacerti non è un requisito fondamentale per cucinare, fattene una ragione. Rob, Denny e Mickey possono imparare se gli mostro come fare. Chiedi a loro».

«Angelo…».

«Nessuno toglie ad Angelo ciò che è di Angelo, ma ora come

ora puoi rinunciare a qualcuno che gestisca come si deve la cucina?», la sfido affrontandola a braccia incrociate, faccia a faccia. Siamo separati solo dal bancone d'acciaio come due avversari in campo.

Le labbra di Julia si tendono in un sorriso affilato. «Non rinuncio a qualcuno che gestisca la cucina. Subentrerò io ad Angelo».

«Tu?!», l'esclamazione mi esce più sorpresa di quanto non dovrebbe. In effetti, ha senso, tuttavia non l'avevo previsto tra le possibili soluzioni.

«Ti sembra così assurdo, Romeo? Una donna a capo della brigata ti sconvolge? Vuoi stenderti un attimo?».

In quell'istante veniamo interrotti da Gualtiero stesso, che entra fasciato nel suo solito completo tre pezzi grigio, con pochette di seta nel taschino. «Che abbiamo qui?», domanda chinandosi sui piatti ancora sul pass. Ne annusa uno, poi un altro, poi tende la mano destra palmo all'aria. «Forchetta».

Gli passo una posata pulita e lui spizzica un assaggio per portata, senza dire nulla, ma annuendo tra sé e sé. «Buono», osserva senza alcun entusiasmo. «Chi l'ha fatto? Non Rob, non sento paprika da nessuna parte».

«Io», rispondo di getto. «Cioè, Rob, Denny, Mickey e io. Ho visto i ragazzi in difficoltà e ho dato loro qualche dritta».

Gualtiero si raddrizza, gesticola con la forchetta come a indicare i piatti, poi la punta verso di me. «Ci sai fare, ragazzo... com'è che l'abbiamo messo a lavare i piatti?», domanda a sua figlia.

«Insubordinazione», risponde lei concisa.

«Lui sarà il tuo secondo», decreta Gualtiero.

«Non mi serve un secondo, papà», obietta Julia sforzandosi di sopprimere un'evidente irritazione.

«Invece sì, lo sai come la penso e cosa ci siamo detti», ribadisce lui con fermezza. «Questa è la mia condizione, prendere o lasciare. Metti Mickey a lavare i piatti», e senza aggiungere altro se ne va.

Rimaniamo io e lei, sul campo di battaglia dove pensava di averla spuntata. «Non ho bisogno del tuo aiuto, per la cronaca».

«Volevo aiutare Rob, Denny e Mickey, non te», ribatto. «Per la cronaca».

Lei non ribatte. Anzi, mi dà le spalle ed esce.

«Che carattere di merda», borbotto tra me e me. Al momento, la voglia di chiamare Bristol e dirgli che mi ritiro dal caso è molto, molto alta.

Dopo qualche istante, Julia rientra in cucina, stavolta con un'uniforme nuova tra le mani. Me l'allunga facendola scivolare sul piano d'acciaio. «Togli quel grembiule e indossala».

«Ecco perché hai mandato via tutti. Non serviva tutta questa pantomima se volevi vedermi spogliare», la provoco. «Bastava chiedere».

«Risparmiami queste battute inflazionate da strappamutande consumato», sbuffa.

«Non ho bisogno di strappare le mutande a nessuna. Le donne, con me, se le tolgono di loro spontanea volontà», ribatto sciogliendo il nodo al grembiule.

«Non ho dubbi che la cameriera di ieri sera se le sia tolte più che spontaneamente».

Centro. «C'è qualcosa che vuoi dirmi?»

«No».

«Sarà mica che sotto sotto un po' ti piaccio?»

«Non mi piaci, Romeo, e mai mi piacerai, ma mi servi, punto», dichiara.

Mi sporgo verso di lei, appoggiandomi al bancone. «Sai, qui dentro è pieno di forbici, coltelli, fiamme, farsi male è un attimo: non credi che un po' di rispetto reciproco potrebbe essere utile alla nostra vicinanza forzata? Da pari a pari».

«È qui che ti sbagli». Ora è lei a tendersi verso di me, sul bancone, il suo viso a un palmo dal mio. Ieri sera eravamo anche più vicini di così, ma al buio non avevo notato la leggera spolverata di lentiggini che punteggiano i suoi zigomi e il naso. «Non siamo pari. Io sono lo chef, tu il sous chef. Sai cosa significa "sous" in francese?»

«Sotto», rispondo.

«Esatto: goditi la vista».

15
Julia

«Ehi, Julie», mi chiama Angelo mentre mi preparo a uscire. Le mie antenne si tendono subito in aria: lui usa il vezzeggiativo Julie solo quando vuole qualcosa. Ruffiano.

Ruffiano e manipolatore senza vergogna. Con giacca mezza infilata e borsa di Mary Poppins in spalla, lo raggiungo in salotto dove ha stabilito la sua nuova residenza da infermo, con la gamba immobilizzata distesa sulla penisola del divano, ed è intento a scarrellare i canali sportivi. «Dimmi».

«Avrei bisogno di un favore».

«Chiedilo a Pete», ribatto per nulla intenerita. «Io ho da fare, oggi apre il *Villa's*. Per poco che te ne importi, potresti disturbarti a chiedere come va, come ce la caviamo, per esempio».

«Mi serve che tu faccia una cosa per me e non è un affare per Pete…». Non deve aggiungere altro, ho capito.

«Se non è adatto a Pete, cosa ti fa pensare che per me lo sia?».

Angelo ride con uno sbuffo divertito. «Sei più sgamata».

«Arrangiati. Te ne occuperai quando sarai di nuovo in piedi».

«Non posso. C'è una scadenza che dobbiamo rispettare».

«*Dobbiamo*?», ribatto infastidita. «Da quando i tuoi problemi sono diventati i miei?»

«Sono problemi di tutti, ma può gestirli solo la più sveglia e la più fredda».

«Carino che tu riconosca i miei pregi solo quando sei nella merda». Tiro su la zip della giacca con uno strattone. «La risposta è ancora no».

«Ci saranno degli avvertimenti. Uno l'ho già ricevuto». Il cosiddetto "incidente" al suo ginocchio. «Potrebbero arrivarne altri».

«Papà ha parlato con Maniscalco, dovrebbe essere tutto a posto».

«Questa è un'altra cosa, che papà non sa». La voce di Angelo si carica di una colpevolezza mista a rammarico che poche volte gli ho sentito.

«Non so che "affari" hai fatto stavolta, ma non voglio entrarci. Mi spiace, Angelo, ma non mi dispiace». Ed esco di casa diretta a Tribeca.

Di solito mi piace camminare per il nostro quartiere, l'enclave italiana di Williamsburg.

Qui si celebrano tutte le festività tradizionali, le vie sono tappezzate di bandiere tricolore o della squadra di calcio del cuore.

Ormai sono sempre meno le strade che sopravvivono alla gentrificazione di Brooklyn. Da periferia sottovalutata, oggi è diventato la mecca di artisti, creativi e start-up, e i vecchi bar in cui i pensionati giocavano a carte sono diventati salotti trendy che servono cocktail da venti dollari, e i take-away di arrosticini hanno lasciato il posto a gastronomie vegane. Anche io ho peccato, adoro i loro burger di falafel, ma ho osato metterci piede solo dopo la morte di mia nonna Puddu.

Gli agenti immobiliari battono il quartiere in cerca di occasioni: edifici da demolire e ricostruire per rivendere a dieci volte il valore d'acquisto. Perfino a noi hanno offerto tre milioni per la nostra casa.

Papà ha respinto l'offerta. «Questa è la casa dei Villa da quando il mio bisnonno è arrivato in America. Tutti sanno che abitiamo qui. I Villa non vendono», ha decretato.

Così anche i Lo Bianco.

Il nostro dirimpettaio, invece, ha ceduto alla lusinga dei dollari e ora, da casa sua, hanno ricavato quattro appartamenti che affittano a seimila dollari al mese. Lui è andato a vivere a Miami per godersi una pensione da ricco.

Ecco, io a Williamsburg cammino per godermi ancora quegli scorci sopravvissuti alla mia infanzia, ma stavolta mi butto nella metro di Graham Avenue.

Apro il cellulare e clicco ancora una volta sull'articolo uscito sul «Times» di stamattina inviatomi da Liza e lo rileggo spinta da un masochismo latente.

Nuovi ristoranti di cui non sentivamo la mancanza è il titolo.

Harvey Collins, giornalista a cui fa sempre schifo tutto e ci tiene a farlo sapere, stila un velenoso elenco delle nuove aperture della ristorazione a New York, *Villa's* incluso.

Scorro le righe fino a quella che riguarda noi.

Noia. Davvero dovrebbe essere una buona notizia l'apertura dell'ennesimo ristorante italiano? A Tribeca mi aspetto di essere meravigliato, ma dal loro menù – già consultabile sul sito – non si evince il minimo guizzo, solo una patina che cerca di nascondere la sua reale appartenenza, una succursale sotto mentite spoglie di Little Italy. La famiglia possedeva un ristorante a Williamsburg, chiuso qualche anno fa, evidentemente perché neanche laggiù sono più disposti a tollerare piatti folcloristici sempre identici a sé stessi. Se non fossi costretto a provarlo per lavoro, sarebbe la mia ultima spiaggia...

Mi friggono le mani per la voglia di rispondere a questo spocchioso ma non posso, così mi limito a travasare la mia bile nella chat con Liza. Prima che possa inviare il messaggio, però, me ne manda uno lei.

È una foto del ristorante, con l'ingresso vandalizzato, e la didascalia: "Ci hanno dato il benvenuto".

Al mio arrivo trovo le fioriere con le erbe aromatiche ribaltate, lo zerbino del locale incendiato insieme a un cumulo di spazzatura indefinita, ammucchiata davanti alle due vetrine.

«Sembra che tutta New York sia contenta della nostra apertura», osservo con un sospiro. «Va bene, ragazzi, voi risollevate le fioriere, noi smaltiamo la spazzatura».

«Non senti la puzza? Qualcuno ha pisciato sul rosmarino», ribatte Vinnie con aria disgustata. «Io non lo tocco».

«Avresti dovuto darmi retta quando ti ho detto che di notte, in città, le fioriere diventano degli orinatoi ed era meglio non metterle», rincara Liza.

Ripenso a quello che mi ha detto Angelo poco prima a casa: "Potrebbero esserci degli avvertimenti".

Il rombo di una moto annuncia l'arrivo di Romeo. Cristo, stamattina non sono in vena di sopportare le sue frecciatine.

«C'è stato un incidente? Qualche ubriaco si è stampato contro l'ingresso del ristorante?», domanda accennando a un copricerchione di plastica nel cumulo dei rifiuti "omaggio".

«Credo che la nostra presenza dia fastidio a qualcuno», rispondo. «E se stai per dire che la mia presenza è sempre fastidiosa, non farlo: non è giornata oggi».

«Il pensiero non mi ha nemmeno sfiorato, ma dato che mi privi di una dignitosa battuta d'entrata, dovrò recuperare domani».

«Porta il culo in cucina, mio padre vuole vedere tutta la brigata», taglio corto. Liza va a prendere scopa e paletta, i ragazzi guanti e sacchi della spazzatura.

«Non vuoi aiuto?», chiede Romeo, ancora sulla soglia del ristorante, metà dentro e metà fuori.

«Non mi serve». Sto per mettermi al lavoro per sistemare il disastro quando mi sento strattonare con violenza alla spalla sinistra.

Un tiro energico mi costringe a una mezza piroetta e non ho nemmeno il tempo di rendermi conto di cosa si tratti che mi sento strappare la borsa dal braccio e vedo un tizio scappare con la mia Louis "fake" Vuitton tra le mani.

«Ehi», urlo. «Stronzo!». Lo rincorro ma lui è molto più veloce.

«Spostati». Romeo mi scansa da parte con una gomitata e lancia il copricerchione di plastica che tiene tra le mani come fosse un frisbee.

Il disco centra il ladro all'altezza della piega delle ginocchia, e quello rovina a terra come un birillo.

«Strike», annuncia Romeo che in quattro falcate piomba addosso al delinquente, mentre io lo raggiungo stringendo tra le dita uno dei manici della borsa che si è staccato.

Peccato. Io sono sempre stata una da borse piccole e pratiche, che danno poco nell'occhio, ma da quando devo portarmi dietro sempre mezza casa per le "emergenze", ho dovuto passare a quelle grandi e capienti, così ne ho comprata una da Liza a prezzo di costo. È quasi indistinguibile dalle originali, non fosse per la puzza di plastica.

Il ladro riesce a sgusciare via, abbandonando la borsa e il suo contenuto sparsi sul marciapiede.

«Bella mira», commento, affiancando Romeo. «Più che un cuoco, direi che sei un cecchino».

«Reminiscenze della scuola», minimizza lui dandosi da fare per raccogliere le mie cose, per poi bloccarsi di colpo.

E quando Romeo alza lo sguardo su di me, so esattamente cosa ha visto.

16

~~Dwight~~

Romeo

«È il tuo giorno fortunato perché non ho con me la mia pistola o in questo momento potresti andartene solo strisciando. La prossima volta potrebbe non andarti così bene, perciò sarà meglio che non ci sia una prossima volta», intimo allo scippatore che sta schiacciato faccia a terra, sotto di me.

Avrà vent'anni scarsi e ogni volta che mi ritrovo davanti un ragazzino già invischiato nella microcriminalità, mi domando dove stia sbagliando il sistema. Più che in prigione, vorrei sbatterlo a scuola, ma poi lui sarebbe il primo a chiedersi a che serve quando può fare soldi facili così.

«Levati dai piedi», gli dico e lui scatta su e si allontana in fretta, sebbene zoppichi per via dell'inciampo con il copricerchione.

«Bella mira», commenta Julia, raggiungendomi. «Più che un cuoco, direi che sei un cecchino».

«Reminiscenze della scuola». Risposta parzialmente sincera. Non serve che specifichi "dell'FBI".

Piegato a terra, mi do da fare per recuperare il contenuto sparso della sua borsa: cellulare, portafogli, chiavi, un romanzo dalla copertina grigia e con una maschera arancione pieno di post-it, un rossetto, una spilletta blu con disegnato un orologio e altre amenità comuni alle donne. Sto per allungare la mano su una bustina di plastica trasparente contenente disinfettante, salviette intime e delle sacche piatte color beige con una valvola adesiva.

Sacche per stomizzati.

L'istinto di prendere il kit per rimetterlo a posto è frenato dal pudore nei riguardi di qualcosa di così intimo e privato. E quando rivolgo lo sguardo a Julia, la sua espressione mi dice che non vuole assolutamente che tocchi nulla.

Per la prima volta scorgo una breccia nel suo muro impenetrabile.

Julia s'inginocchia, evitando i miei occhi, e butta tutto nella borsa alla rinfusa. «Grazie del tuo intervento, Romeo, raccolgo io tu… Tu vai in cucina».

«Sicura?», domando incerto.

«Certo, perché non dovrei?». La breccia si è richiusa. «Avanti, non c'è tempo da perdere».

~

Quando entro in cucina, i ragazzi hanno delle facce sconvolte.

Gualtiero è in un angolo con Rob, che ancora non si è cambiato, e lo sta guardando con aria severa. Rob sta svuotando le tasche.

«Un tirapugni, due coltelli a serramanico, una semiautomatica tascabile…», elenca Gualtiero passando in rassegna tutto ciò che Rob ha consegnato. «È come disarmare la Corea del Nord».

«Che succede?», domando a Mickey, sottovoce.

«Perquisizione a sorpresa. Gualtiero ha scoperto che mancano dei tartufi e vuole controllare che siamo tutti puliti».

«Puliti?», chiedo.

«Sì, ti ricordi il primo giorno? Ha detto che non vuole problemi qui dentro».

«Voi, laggiù», tuona Gualtiero. «Siete i prossimi».

«Merda», sibila Denny tra i denti, «io ho questo». Dalla tasca si sfila un sacchetto con un mucchietto di erba.

«Muschio aromatico?», domanda Mickey, con un candore disarmante.

«Sì, per il presepe», ribatte Denny con insofferenza. «Romeo, tienila tu».

«Io?»

«Tanto, a te mica ti perquisisce il boss».

«E cosa te lo fa credere?»
«Non ti ha preso dal "giro"». Mi allunga il sacchetto e lo prendo. «Se poi ti interessa, per ripagarti il favore facciamo a metà. Questa, su piazza, mi fa duecento dollari».
«Denny», tuona Gualtiero. «Tocca a te».
«Arrivo», balza lui, con tono servile, pacifico della sua "pulizia".
Chissà come mai, vado sempre a ritrovarmi con della droga tra le mani. Certo, questa è nulla in confronto a tutta la marijuana che facevano girare gli Aguilera, per non parlare del resto…
«Mickey», chiama Gualtiero, una volta che Denny ha superato il controllo. «Vieni qui, pure tu. Ragazzi, stavolta passi, ma se vi becco a trasgredire di nuovo alle mie regole, vi metto a pulire i cessi con lo scovolino per i bicchieri, chiaro?»
«Papà, ti si sente urlare dalla sala», dice Julia mettendo dentro la testa.
«Sto dando un giro di vite a questi lavativi».
«Basta che li lasci tutti interi per gestire il servizio di stasera. Sono nell'ufficio se hai bisogno, devo sistemare una cosa».
Dato che io non sono stato chiamato all'appello per la perquisizione, decido di ritagliarmi un attimo con lei perché prima, sul marciapiede, sono rimasti dei non detti.
Userò come scusa la restituzione della spilletta che ho raccolto dal marciapiede e non le ho riconsegnato.
Esco dalla cucina e trovo la porta dell'ufficio già chiusa. Sto per bussare ma sento la voce di Julia. Nessuno le risponde quindi dev'essere al telefono, perciò mi avvicino per sentire cosa stia dicendo.
Sta parlando in italiano.
«Angelo, riguardo stamattina, dove devo andare e quando?», domanda concisa.
Seguono dei "Mhm-mhm, mhm-mhm", come se stesse annuendo. «Posso parlare con Nora, per fare una scambio con il club, che ne dici? Esatto, e poi faccio la consegna. No, domani no. Meglio lunedì, che siamo chiusi», continua. «Non m'interessa, basta che non ci sia lui. Con lui non parlo. Già papà ha accollato a me il compito di andare al porto con Pete

per ritirare i carichi al posto tuo, questo è un extra. Ricordatelo. Ciao».

Di che club parla? Consegna dove? Carichi al porto di cosa? Devo scoprirlo e informare Bristol.

Aspetto qualche istante dalla fine della chiamata perché Julia non pensi che io stia origliando e poi busso.

«Avanti».

«Ehi», dico affacciandomi e lei non sembra il ritratto della gioia nel vedermi. «Posso?»

«Problemi?», mi chiede.

«Non lo so, ci sono problemi?», ribatto prendendo posto sulla sedia di fronte a lei. Davanti a sé ha un blocchetto su cui ha appuntato due righe. Ha ancora la penna in mano, ma non mi dà il tempo di leggere, perché stacca il foglietto e se lo infila in tasca.

«Di che tipo?». Non riesco a capire se sia seria o stia facendo finta di nulla. Julia sa mettermi in difficoltà come nessuno mai prima. Senza falsa modestia, sono il tipo di persona con cui la gente si sente subito a suo agio e spostare la conversazione su un piano più confidenziale avviene naturalmente. Lei, però, mi sembra una cassaforte progettata per resistere a un bombardamento atomico.

Non ha chiave, non ha combinazione… niente.

Se sai aprirla, non hai bisogno di chiederti come. Se non sai aprirla, vuol dire che non puoi aprirla.

Mi hanno detto di non usare l'approccio frontale con lei, ma non mi viene in mente altro. «Poco fa mi è parso vederti vacillare e per un attimo ho pensato che avresti preferito che il ladro fosse scappato con la borsa purché io non vedessi il contenuto sparso a terra. È una mia impressione o sbaglio?»

«Facciamola breve e indolore», risponde a metà tra il risoluto e l'arreso. «Ho una stomia, questo significa che vivo con un sacchetto attaccato alla pancia, ventiquattrore su ventiquattro. Raccoglie quello che mangio e dovrebbe uscire dal mio corpo seguendo il suo tratto fisiologico, come in tutte le persone, ma siccome sono una ragazza fortunata, ho vinto un bel premio e mi hanno asportato praticamente tutto l'intestino. A diciannove anni mi hanno diagnosticato la stessa condizione di mia madre, che le è stata fatale. Solitamente non è ereditaria, invece eccomi qui, con un bel buco sull'addome», dice indicandosi il fianco destro. «È un particolare che amo divulgare? No. Sono fatti tuoi? Nemmeno, ma dato che hai visto il mio kit e che ci tieni tanto a capire perché in questo momento io non dispensi sorrisi a destra e a manca, eccoti servito».

«Non c'è bisogno che tu ti metta sulla difensiva, e la mia non è una curiosità morbosa da pettegolezzo», mi difendo.

«Uno sconosciuto, ovvero ciò che sei, Romeo, che nemmeno mi piace particolarmente è venuto a conoscenza di un mio dettaglio intimo e non dovrei essere sulla difensiva?», ribatte.

«No», confermo. «Ho rispetto per chi è malato e...».

«Non sono malata, ho una malattia», m'interrompe lei. «Sono due concetti differenti».

«D'accordo, mi sono espresso male, ma comunque non farmi muro solo perché ora so di te più di quanto tu avresti voluto». Mi alzo in piedi e faccio per lasciare la stanza. «Mettiti nei miei panni: non potevo sapere cosa ci fosse nella tua borsa, né avevo alcuna intenzione di sbirciarvi dentro. Volevo solo impedire che te la rubassero».

«Di questo ti ho già ringraziato».

«Eppure sento che non ne sei contenta. Mi ringrazi per dovere, ma non per gratitudine».

«Vuoi qualcosa per cui io ti sia grata?», ora è lei ad alzarsi in piedi.

«Qualche esempio mi sarebbe di spunto».

«Non guardarmi così».

«Così, come?»

«Con compassione. È il motivo per cui mi riservo di scegliere con cura le persone con cui condividere la mia condizione: perché non cambino la percezione che hanno di me. Voglio che continuino a vedere Julia, non la mia malattia o la mia sacca. Non voglio la pietà di nessuno, men che meno la tua».

«Nessuna pietà, ricevuto».

«Preferisco che tu mi consideri la stronza capace di rendere le tue giornate un inferno, non un'invalida».

Prima che io possa rispondere, Liza piomba nell'ufficio. «Julia, abbiamo una prenotazione».

«Spero anche più di una», è il suo commento.
«Tavolo per due, vicino alla finestra, ben illuminato, lontano dalla porta della cucina e dalle prese dell'aria condizionata».
Il volto di Julia si accende di sorpresa e devo ammettere che i suoi tratti diventano incredibilmente attraenti: gli occhi sembrano più grandi e luminosi e la bocca imbronciata si addolcisce. È una ragazza davvero bella, se solo sorridesse di più…
«Maxime Keller», esclama Julia elettrizzata.
«Il tavolo è stato riservato a nome Williams», precisa Liza. «Per le otto».
«Certo, nessun critico prenota mai a proprio nome, non deve farsi riconoscere».
«Mi pare una richiesta tutto sommato comune», osservo.
«Nell'ambiente circolano informazioni sul suo conto, e questo è il tipo di tavolo che chiede». Julia inspira ed espira come per recuperare la calma. «Avremo a cena Maxime Keller, capite?! Romeo, vai in cucina e comincia le preparazioni con i ragazzi. Ci giochiamo la reputazione su "Manhattan Bites"», dice facendomi "sciò".
«Ehi, solo una cosa», la fermo. «L'altra sera, al TriBe, mi hai detto che non ti piaccio affatto; poco fa invece hai detto che non ti piaccio particolarmente. Questo per caso significa che ora ti piaccio almeno un po'?»
«Non mi piaci ancora ma adesso ti tollero. A lavorare!».
«Per tua informazione, anche io ti tollero».
Julia trascina Liza in sala per istruire lei e i ragazzi sull'accoglienza a Maxime Keller, io prendo il suo blocchetto di appunti e me lo infilo nel taschino.

~

In cucina tutto pare tornato alla normalità, a parte Gualtiero, che sembra aspettare me.
«Tocca a te, Romeo», dice fissandomi truce, mentre sul tavolo accanto a lui è apparecchiato un arsenale da guerra.
«Tocca a me, cosa?»
«Il controllo», mi fa cenno di raggiungerlo.
Merda. Rob è impegnato a pulire dei gamberi, Denny sta

sistemando le verdure nella cella frigo e accanto a me c'è solo Mickey, intento a spazzolare via la terra dai funghi.

Approfitto dell'attimo in cui Gualtiero è distratto a raccogliere coltellini e tirapugni in un sacchetto della spazzatura, per svuotare la bustina del suo contenuto e ficcarlo nel pugno di Mickey. «Tieni», gli bisbiglio, «falla sparire».

«Romeo!», mi richiama Gualtiero.

«Eccomi», mi costituisco.

«Armi? Droga? Merce illegale?», mi domanda Gualtiero, squadrandomi. «Non farmi faticare pure tu».

«Niente armi, niente droga», dico alzando le mani.

«Rovescia le tasche», mi ordina.

Io eseguo, lasciando sul bancone un pacchetto di gomme, il bloc-notes e il sacchetto di Denny vuoto.

Gualtiero scarta le gomme per sincerarsi che si tratti davvero di chewing-gum, poi prende il sacchetto e lo annusa. «Che c'era qui dentro?»

«Salvia», rispondo io, pronto.

«E io sono Frank Sinatra».

«Salvia del Madagascar», preciso. Risultare un santo tra i peccatori potrebbe mettermi in una condizione sospetta, quindi meglio camuffarmi col gruppo.

«So che odore ha la salvia, e non è questo. Scarpe e pantaloni, via».

«Come?!». Mi sta chiedendo di denudarmi?

«O lo fai tu, o lo faccio io, solo che nel secondo caso non piacerà né a te né a me».

Ringrazio la mia buona stella che in questa fase ancora non sono microfonato, né ho addosso un registratore, o potrei diventare parte del menù della serata. Mi sfilo le scarpe e poi mi abbasso i jeans. «Niente da dichiarare».

Gualtiero però fissa la mia metà inferiore con un sopracciglio increspato e l'aria scettica. «Io e te non ci siamo già visti, per caso?», dice.

La frase mi prende in contropiede. «Eh?»

«È la scritta sulle tue mutande, Romeo», spiega. Dietro di me i ragazzi ridacchiano e si danno di gomito.

«Se vuole, le dico dove le ho comprate», ribatto.

«Spiritoso», commenta Gualtiero senza la minima ironia.

«No armi, no droga e no a mutande sarcastiche?», domando.

«Purché tu le porti, non m'interessa cosa ci sia scritto sopra. Ora rivestiti».

In quello stesso istante Julia entra in cucina, abbottonandosi la giacca bianca da chef, e si ferma a fissarmi. «Credevo di averti dato una divisa intera».

17
Julia

«Questa carbonara di mare per chi è?», domanda Vinnie, prendendo il piatto sul pass.

«Per il tavolo tre», rispondo io.

«Il tavolo tre è uscito dieci minuti fa», interviene Romeo. «Ben arrivata».

«Allora che ne dici di cancellarla dalla comanda?!», ribatto tendendogli il foglietto tra le pinze da cucina.

«Difficile, se la comanda ce l'hai tu».

«I tavoli sei, sette e dieci vorrebbero altra salsa Elena da spalmare sui crostini», annuncia Sonny, «di nuovo».

«Di questo passo la finiremo prima della chiusura», protesto io. «È un accompagnamento, non una portata».

«Be', datevi una mossa a fare uscire i piatti se non volete che i commensali si riempiano di pane», commenta Sonny. «O tra poco mangeranno noi camerieri».

La cucina sta funzionando, ma arranca. Io e Romeo continuiamo a pestarci i piedi, a rubarci le comande, gli ingredienti, gli strumenti, le preparazioni.

«Rob, dammi una mano con le sarde», lo chiamo.

«Sto finendo le parmigiane per Romeo».

«Denny, hai gratinato le capesante?», domanda Romeo.

«Capesante? Julia mi ha detto di gratinare le cozze», risponde quello.

E via così.

«Il coulis di pompelmo è divino, Romeo», cinguetta Liza seduta sul bancone a gambe accavallate, a complimentarsi con lui per ogni sua mossa. "Come affetti bene il prezzemolo", "Come monti bene la maionese", bla bla bla…

«Liza», la richiamo all'ordine. «Se tu sei qui, chi c'è in sala ad accogliere gli ospiti?»

«La sala è noiosa», si lamenta lei. «Non c'è nessun cliente carino, o quelli carini sono già accompagnati».

«Parla per te, quello al tavolo nove è da solo e io un pensierino ce lo farei», ribatte Vinnie. «Capelli ricci scarmigliati, occhialetto da intellettuale e un accento straniero che mi fa ribollire il sangue. Peccato sia così pignolo: "Fa troppo caldo, aprite una finestra"; "C'è troppa corrente, chiudete la finestra"; "Il tavolo traballa, cambiatemi posto". L'ho spostato al due».

«Al due?!», domando allarmata. «È il tavolo per Maxime Keller!».

«Chi?», chiede Vinnie.

«Maxime Keller, la critica gastronomica di "Manhattan Bites", ma è prenotato a nome Williams».

«Williams? Allora, sono i due che ho fatto sedere in attesa al bar», spiega Sonny.

«Liza», la chiamo ancora. «Romeo non ha bisogno di una cheerleader personale, esci e fai accomodare i Kell... cioè, gli Williams, al due».

«Scusa, e il mio turista intellettuale?», domanda Vinnie.

«Sposta lui al bar, lì non c'è freddo, non c'è caldo e di sicuro il bancone non traballa», gli dico. «Apparecchiagli un placée e offrigli un drink per il disturbo. E la comanda per il due portala a me. Ci penso io».

«Cos'è, hai paura che faccia una figura migliore di te?», mi punzecchia Romeo piazzando altri due piatti sul pass, pronti a uscire. È veloce, lo ammetto. Purtroppo mi tocca riconoscergli un'ottima capacità organizzativa. «Piuttosto che guadagnarti una recensione positiva con dei piatti cucinati da me, ti giocheresti il braccio destro».

«Non è una questione di merito, Romeo, ma di responsabilità, anche se so che con i due neuroni che ballano la conga che ti ritrovi non ci arrivi. Non avrei problemi a complimentarmi con te se, con un servizio ben riuscito, ottenessimo una recensione positiva, ma non potrei mai perdonare a me stessa di aver delegato qualcosa di così importante se per caso le pietanze non fossero perfette e ci beccassimo una stroncatura.

Il rischio me lo prendo io, nel bene e nel male. E se sarà male, almeno so che l'errore è stato mio, non di qualcun altro».

«Vuoi metterti a cucinare o continuare il tuo provino per *Braveheart*?», mi prende in giro lui.

«Mi servono due bignè da sifonare con la salsa Elena, come *amuse-bouche*», gli dico, perentoria.

«Per favore», risponde lui.

«Per favore, cosa?»

«Mi sforneresti due bignè, per favore?», ripete lui. «Suona meglio così, non trovi, Giulietta?»

«Non mi stai facendo un favore, è il tuo lavoro».

«In realtà io sto già facendo il mio lavoro, ma dato che vuoi fare la splendida con la critica di "Manhattan Bites", un po' di cortesia sarebbe apprezzata».

«Detto da quello che mi ha travolta con l'acqua di una pozzanghera...».

«Quanto ancora tirerai in ballo quella storia?!».

«A ogni occasione possibile».

«Yu-uh», s'intromette Vinnie. «Il mio turista ha mandato indietro l'antipasto dopo sì e no due bocconi e ora chiede un risotto e il filetto di tonno in crosta brisée e mandorle tostate».

In cucina alziamo tutti gli occhi al cielo.

La triste verità è che, per quanto l'economia di New York debba una grossa fetta al turismo, ai ristoratori non piacciono molto i turisti: non diventeranno clienti abituali, né innescheranno passaparola con amici e vicini allargando la clientela.

«E abbiamo anche finito il pane, con tutti questi assatanati che continuano a chiederne per intingerlo nella salsa», aggiunge. «Non so cosa portargli. Gli apro un pacchetto di cracker?»

«Sono avanzati dei grissini», ci informa Sonny.

«In freezer c'è la focaccia a forma di cuore che Pete ha fatto ieri per Liza. Scaldiamo quella», suggerisce Romeo.

«Buona idea», purtroppo devo ammetterlo. «Romeo, i bignè, per favore».

Dopo gli *amuse-bouche*, molto apprezzati dalla Keller, ci tornano indietro anche i piatti degli antipasti vuoti, con tanto di righe di forchetta sul fondo.

A Vinnie non va altrettanto bene, perché il tizio ci rimanda indietro anche il risotto e nemmeno chiede la doggy bag, cosa che mi punge i nervi, pensando allo spreco.

«Si è già lamentato dello sgabello scomodo, della cassa della musica troppo vicina e dell'acqua troppo fredda. Non so cosa si aspetti, ma evidentemente non gli piace nulla», sbuffa Vinnie. «Il suo filetto in crosta brisée e mandorle tostate è quasi pronto?»

«Ci sto lavorando», urla Romeo dal fondo della cucina.

«Il tonno va alla grande», commenta Sonny, entrando. «Uno anche per i Keller».

«Questo è l'ultimo che abbiamo», annuncia Romeo.

«Cosa?», chiedo stranita.

«È l'ultimo filetto», ripete Romeo, ora giunto accanto a me, al pass, per decorare il piatto con la dadolata di agrumi confit.

Vorrei cavarmi gli occhi pur di non vederlo lavorare per due motivi: uno, la padronanza con cui si muove conferma che lui sa stare in questa cucina meglio di chiunque altro; due, ha delle mani belle, grandi, forti ma comunque aggraziate e ferme e…

Accidenti alla mia testa che mi rimanda di nuovo il flash di lui che mi tende il cubetto di ghiaccio e lo appoggia sulle mie labbra.

Stringo le palpebre per obbligarmi a cancellare quel ricordo. Quando le riapro, mi ritrovo Romeo che mi tende il piatto con il filetto davanti al viso.

«Mandiamolo a Maxime Keller», propone. «So che è il tuo tavolo, ma noi siamo la tua cucina. Lascia che ti aiutiamo. E poi, non vorremo sprecare un ottimo filetto per uno schizzinoso che rimanderà indietro il piatto dopo due bocconi, no?».

Spiazzata da quel suo gesto di altruismo spontaneo afferro il piatto. «Ok», mormoro, colpita.

«E che propongo allo schizzinoso?», mi domanda Vinnie. «Me stesso coperto in salsa agrodolce è un'opzione?»

«Guancialino di maiale affumicato ai legni di Sardegna con riduzione di Cannonau», rilancia Romeo. «Con i complimenti dello chef».

«Tanto lo rimanderà indietro», sbuffa Rob prendendo la carne dal frigo.

E non si sbaglia.

Come previsto, il guancialino torna smangiucchiato per tre quarti – un successo rispetto al resto –, mentre del tonno non rimane nemmeno una briciola della brisée.

Romeo afferra il piatto del tonno, lo gira a faccia in giù come per dimostrare che nulla possa cadere. «Lo prendo per apprezzato».

Liza ci riferisce che Maxime Keller e il suo accompagnatore hanno lasciato una generosa mancia – in contanti, per non lasciare tracce – e si sono complimentati con la cucina, chiedendo se siamo disponibili anche per eventi privati.

«Dato che il tonno l'ho cucinato io, se la recensione dovesse essere positiva, lo riterrò anche merito mio, sappilo», mi sussurra all'orecchio Romeo.

«Vuoi una standing ovation così che lo sappia tutto lo staff?»

«No, mi basta che lo sappia tu».

Il servizio si conclude con l'uscita degli ultimi ordini e con i clienti che via via lasciano la sala, molti dei quali, riferisce Liza, soddisfatti e con già ulteriori prenotazioni fissate per la prossima settimana.

Rob, Mickey e Denny, stremati dalla prima serata, ripuliscono le loro postazioni, desiderosi di tornare a casa.

«Io posso prendere gli avanzi dei dolci?», domanda Denny.

«Ma c'è un momento della giornata in cui non mangi?», lo critica Rob.

«Gli scarti della verdura li prendo io per il mio allevamento di larve», avvisa Sonny.

«Fermi tutti», ordina Vinnie piombando in cucina. «Ho una linguina, due scottadito, una caponata, un tortino caprese con doppia panna, un mascarpone e un gelo di agrumi».

«Sono le dieci», gli ricordo, «la cucina sta chiudendo».

«Lo so, ma al mio intellettualino si è aperto lo stomaco. E vuole che gli faccia compagnia… non so se ci capiamo», ribatte lui ammiccante.

«Abbiamo finito anche le linguine», fa notare Romeo sventolando la cassa di pasta fresca vuota.

«Possiamo far uscire solo i dolci», gli dico. «Riesce a farseli bastare?»

«Ragazzi», interviene Liza con l'aria stravolta. «Lo schizzinoso del bancone sta accarezzando la porta del bagno… Cosa devo fare?»

«Sta accarezzando, cosa?», domando interdetta.

«Si è spalmato contro la porta del bagno e la sta accarezzando», ripete lei.

«Ora si è legato una tovaglia al collo e si è sdraiato a pancia in giù sul carrello dei coperti nella posizione di Superman», ci aggiorna Sonny, sbirciando dalle porte. «Che facciamo?»

«Ehi, Biondo». Il tizio entra in cucina, con passo ciondolante e lo sguardo rivolto a Vinnie.

«Dici a me?»

«Quando stacchi?»

«Adesso». Vinnie si slaccia il grembiule di sala e lo lancia via. «Quei dessert li portiamo via».

«Immagino che la regola del "Non provarci con i clienti" dovremo applicarla da domani», sbuffo prendendo le scatole del take-away che Vinnie si porta via insieme allo strambo.

«Ho un dubbio…», dice Romeo ripescando il guancialino affumicato dal secchio degli avanzi. Lo annusa e riannusa, poi prende la cloche dell'affumicatore e odora anche quella. Infine, prende uno dei barattoli delle essenze e fa lo stesso. «Mickey», lo chiama.

«Dimmi».

«L'erba che ti ho dato stamattina da nascondere, dove l'hai messa?»

«In un barattolo», risponde lui, con naturalezza.

Romeo gli mostra quello che ha in mano. «Un barattolo, tipo questo?».

Mickey lo guarda e annuisce. «Tipo».

«O l'hai messa esattamente in questo?»

«Non ricordo con precisione. Sono tutti uguali».

«Perché?», domando disorientata.

Romeo si gratta la fronte, le labbra tese in uno strano sorriso. «Perché mi sa che ho affumicato il guancialino di maiale con della marijuana».

«Marijuana?!», esclamo.

18

~~Dwight~~

Romeo

Julia ha gli occhi fuori dalle orbite. «Come c'è finita della marijuana nelle erbe da affumicatura?»

«Tuo padre oggi ha perquisito Denny, che aveva dell'erba. Denny l'ha data a me, che l'ho data a Mickey, dicendogli di farla sparire. Deve aver pensato che il barattolo delle essenze da affumicatura fosse il posto giusto», le spiego. «E io ci ho affumicato il guancialino».

Julia mi prende il barattolo dalle mani e se lo porta al naso. «Sembrerebbe buona».

«Te ne intendi?».

Lei mi guarda con aria ovvia. «Ho due fratelli maggiori».

O nel business di famiglia conoscono il prodotto.

«Se non altro sappiamo che quel tizio non è solo e Vinnie gli darà un'occhiata. Gli scrivo un messaggio perché lo tenga d'occhio». Vuota il barattolo nel tritarifiuti e lo mette nella lavastoviglie. «Avanti, puliamo e chiudiamo».

«Ehi, Julia, rilassati», le dico. Mi appoggio al bordo del bancone d'acciaio, accanto a lei. «È finita l'inaugurazione, dovresti voler festeggiare».

«Come?»

«Magari smettendola di fare il generale. Non c'è più nessuno, la sala è vuota, i ragazzi sono andati a casa, dare ordini non serve più», le dico. «Stasera è andata bene. C'erano tutte le premesse per una catastrofe, e invece hai perfino servito una cena con i fiocchi a Maxime Keller. Fermati un attimo, goditi il momento e riservati un "Brava!"».

«È avanzato del Nero d'Avola?», mi domanda.

«Bere gli avanzi?! È la tua prima serata a capo della brigata, dovresti stappare una bottiglia».

«Sai perché non possiedi un ristorante, Romeo?», mi chiede lei, piantonandosi le mani sui fianchi. «Perché il proprietario non beve i suoi vini. Li vende».

«E se offrissi io?», propongo.

«Tu?».

Vado alla cella vini e scelgo un Franciacorta. «Il mio compenso di stasera: lo converto in una bottiglia».

«Tu sei pazzo», commenta mettendosi a sedere sul pass.

«Un dollaro per ogni volta che mi è stato detto».

«E comunque sarebbe uno spreco aprire una bottiglia per me. Non potrei bere… non dovrei bere. È uno sgarro che mi concedo di rado e con estrema misura. Stappare quel Satèn per un bicchiere solo è un insulto».

«Oh, tu credi che sarei tanto generoso da offrirti più di un bicchiere del *mio* Satèn?». Snodo il ricciolo di fil di ferro e faccio saltare il tappo, cui segue un fiotto di spuma.

Poi prendo due calici e uno lo faccio scivolare sul piano d'acciaio verso di lei.

«Solo due dita… aaah basta!», grida mentre continuo a versare. «È pieno fino all'orlo».

«Hai detto solo un bicchiere, no? Questo è un bicchiere: pieno. Altrimenti sarebbe solo mezzo», ribatto riempiendo anche il mio, che poi accosto al suo. «A una recensione bomba su "Manhattan Bites"».

«Sei stato molto gentile, prima», mi dice, sorprendendomi. «A cedere il tonno al mio tavolo».

«Se non te lo avessi ceduto, me lo avresti strappato dalle mani a morsi. Non è stata generosità, ma sopravvivenza», dico prendendo un sorso.

Lei mi imita, emettendo un mugolio sommesso di piacere. «Quanto mi manca bere».

«Di preciso perché non puoi? Se ti va di dirmelo. Cioè, cosa comporta con la tua stomia?»

«Mi manca un bel po' di intestino e questo riduce la mia capacità di assorbire acqua esponendomi a rischio disidratazione. L'alcol già di per sé provoca disidratazione quindi, se proprio intendo concedermelo, devo dosarlo con prudenza», mi spiega con piglio pratico. Poi ne prende un altro sorso. «Ma è così buono! Ehi, non dirlo a mio padre».

«Ti tiene d'occhio?»

«Come un secondino nel braccio di massima sicurezza. A casa ha perfino attaccato al frigo un elenco con tre colonne: una verde, una gialla e una rossa. In quella verde ci sono i cibi che posso mangiare; quella arancione è per gli alimenti da consumare con moderazione o previa particolare preparazione e quella rossa, prova a indovinare?»

«Divieto tassativo d'ingestione», rispondo.

«È esagerato? Sì. A sua discolpa, però, va detto che non sono stata mai il massimo a prendermi cura di me stessa. In principio, ho ignorato tutti i sintomi e i campanelli d'allarme che il mio corpo mi stava lanciando, spingendolo al limite prima di decidere di rivolgermi a un dottore, e poi, una volta ritrovatami con la stomia, ho fatto finta di nulla, provocandomi due occlusioni, poi due ricoveri per disidratazione… Scusami, ti annoio», si blocca di colpo, «troppe informazioni».

«No, anzi! M'interessa». Sono sincero, m'interessa davvero.

«Un po' per la paura che ha preso con mamma, un po' perché io sono stata una pessima paziente, lui ha deciso di farsi carico del controllo della mia salute. La verità è che non c'è nulla che gli altri facciano che, con qualche precauzione, non possa fare anche io; tutti i medici mi hanno dato il via libera, ma lui non è dello stesso avviso».

«Vivi ancora con lui?», mi informo.

Julia annuisce, da sopra l'orlo del bicchiere. «Ventotto anni e ancora a casa di paparino… patetica, vero?»

«Tu sei molto severa con te stessa, vero? Pretendi tanto, ti concedi poco, ti trascuri e sei sempre pronta a rimproverarti qualcosa: se racconti della tua salute, ti autodichiari noiosa; se dici che vivi con tuo padre, ti etichetti patetica… è difficile essere te».

«Ora capisci perché mi manca il vino?», ribatte bevendo ancora un po'. Se lo fa durare, gustando ogni goccia, mentre io sono già al secondo bicchiere. «Vorrei vivere da sola, vorrei avere un'attività mia, vorrei uscire dal cono d'ombra che mio padre proietta su di me, ma i Villa vivono per la famiglia e la famiglia vive per i Villa: se non abitiamo insieme, abitiamo vicino, se non lavoriamo insieme, lavoriamo comunque per una delle attività del clan».

«Clan?», domando sperando di aver trovato il bandolo del gomitolo da tirare per scucirle un po' d'informazioni.

«Villa e Lo Bianco sono un pacchetto unico. I genitori di Liza sono stati la mia madrina e il mio padrino. Cetty è stata una vicemadre quando ho perso la mia e ancora adesso, se sa che ho l'influenza, me la trovo in camera con la tazza del brodo. Poi, oltre a papà, ci sono Pete e Angelo cui devo rendere conto. Sulla carta sono un'adulta autonoma e responsabile, in pratica c'è una lunga lista di persone che si sentono autorizzate a dire la loro sulla mia vita».

«Io non ho nessuno», dichiaro disegnando con il dito sulla condensa del calice. «Non mi suona così terribile, la tua situazione. Hai sempre qualcuno che si preoccupa per te, a me nessuno porterebbe il brodo se fossi a letto con la febbre. Devo pure stare attento quando faccio la doccia perché, se scivolassi e morissi, nessuno se ne accorgerebbe, se non il proprietario dell'appartamento quando non vede la rata dell'affitto il primo del mese».

Julia inclina la testa di lato. «La tua famiglia?»

«Sono figlio unico, mio padre è venuto a mancare due anni fa e mia madre abita in California con il suo secondo marito – un coglione – e ci sentiamo sporadicamente». Raccontare questa mia parentesi familiare non è uno sforzo, perché è la verità. I miei si sono separati che ero alle superiori, si sono risposati entrambi e via via i nostri rapporti si sono allentati. Nessun rancore, nessun conflitto da risolvere, ciascuno ha avuto la propria vita. «Mi affascinano le famiglie numerose, perché io, dall'altro lato, mi domando come sia avere fratelli e sorelle con cui condividere i ricordi del passato e le stranezze della propria famiglia».

«Se vuoi posso dirti com'è stato quando mio padre ha trovato un vibratore sul mio tavolo dei trucchi».

La sua battuta mi spiazza. «Vibratore?»

«Regalo di compleanno di Liza, molto utile: è un pennello da cipria con setole morbide e un comodo manico in silicone che, se caricato con un cavetto USB, dà molte soddisfazioni». Julia alza gli occhi al cielo e si beve l'ultimo goccio di Franciacorta. «Papà cercava un pennello per spolverare delicatamente i Capodimonte di nonna e quello gli era sembrato particolarmente adatto. Oh, mio Dio, non ci credo che ti ho appena detto che ho un vibratore. Visto? Bicchiere troppo pieno».

«Sapevo che questa bottiglia sarebbe stata ben spesa».

«Ora sai davvero troppe cose su di me».

«Ma se a malapena ti conosco», obietto. «Stasera, per la prima volta, ci siamo scambiati più di due battute senza scannarci».

«Mi hai corrotta col Satèn».

«E se invece fosse arrivato il momento di dichiararci una tregua?», propongo. «Io e te non ci siamo neanche mai presentati come si deve, con una stretta di mano, come fanno le persone civili».

«Ma tu non sei una persona civile».

«Mettimi alla prova», tendo la destra verso di lei. «Romeo Corelli, piacere di conoscerti».

Julia la fissa, come se stesse decidendo che fare. Poi alza gli occhi al soffitto, scuote il capo. «Julia Villa, piacere mio». Allunga la sua, che chiudo nella mia stretta.

«Houston, abbiamo il contatto», ribatto, scherzando.

Ma scherzo o no, è davvero la prima volta che ci stringiamo la mano.

La sua è leggermente fredda per aver tenuto il bicchiere di vino, piccola e morbida, ma la presa è ferma e decisa. Tuttavia, i secondi passano e la sua stretta si rilassa, adagiandosi nella mia.

D'istinto mi ritrovo a passarle il pollice sulle nocche. «Ciao Julia», le dico a bassa voce, guardandola negli occhi. Non avevo mai visto delle iridi verde bosco.

«Ciao», risponde con poco più di un sussurro. Ma l'attimo si spezza e, un secondo dopo, Julia sfila via la sua mano e salta giù dal bancone. «Accidenti».

«Che c'è?»

«Devo… devo finire di pulire, riordinare, controllare gli incassi…», elenca guardandosi intorno come se cercasse una via di fuga.

«Ti aiuto, in due faremo prima».

«No!», esclama in fretta. «Cioè, intendo grazie per la disponibilità ma mi piace pulire da sola, mi aiuta a decomprimermi. Tu vai a casa».

«Davvero?», domando stranito dal suo cambiamento repentino.

«Non preoccuparti», continua lei, già con mocio alla mano, pronta a ripassare il pavimento.

Nello spogliatoio mi cambio, poi prendo giacca e casco, e vado a recuperare la mia moto, parcheggiata nel vicolo laterale, dove c'è la porta di servizio del ristorante.

Indosso il casco quando uno splash seguito da un brivido freddo e umido mi paralizza.

Sto gocciolando.

E la T-shirt mi si è incollata addosso, fradicia.

No, non sta piovendo, a meno che a New York il meteo non preveda una tempesta di fettuccine, come quella che mi pende flaccida davanti agli occhi.

Mi sfilo il casco e mi volto: sulla soglia della porta di servizio, la silhouette di Julia si staglia in controluce nel rettangolo giallo, appoggiata allo stipite e con un secchio ai suoi piedi.

«Ops», dice in tono innocente.

«Avevo comunque intenzione di farmi una doccia, una volta a casa», dico avvicinandomi di qualche passo. «Tiro a indovinare: era la risciacquatura dei pavimenti, vero?», chiedo togliendo la fettuccina dal casco.

«Sei stato battezzato con l'acqua santa di Manhattan, porta fortuna», replica lei facendomi il verso, con aria compiaciuta.

«Da quanto tempo stavi aspettando questo momento?»

«Da un po'».

«È per questo che hai detto che preferivi pulire da sola? Stavi premeditando la tua vendetta?».

Julia fa spallucce. «In realtà no, è stato un estro momentaneo: ti ho visto lì, di spalle, non ho resistito».

«Non hai resistito, eh?»

«Vedila così: siamo pari, ora».

«Secondo me no. Io non l'ho fatto di proposito, tu sì».

«Dettagli. Il tempo trascorso mi ha fatto maturare interessi».

«Bene, siamo pari. Questa, però», dico facendo dondolare la fettuccina tra le dita. «È tua», e con uno scatto dell'indice sul pollice, gliela faccio saltare sulla punta del naso. «Buonanotte, Giulietta».

19

Julia

Non so come ci riesca.

Romeo ha questa capacità di scavalcare le mie barriere e farmi dire cose che altrimenti non direi a uno sconosciuto.

C'è stato un momento, prima, in cui stare lì da soli a chiacchierare e bere vino mi è sembrata la cosa più naturale e giusta del mondo.

Non lo sopporto.

20

~~Dwight~~

Romeo

Poco dopo la mezzanotte mi aspetta il briefing notturno con Bristol, dal telefono di servizio.

«Mi ha chiamato proprio mentre Cameron Diaz si è accorta che c'è Jude Law alla sua porta e lei ha il pigiama spaiato e i calzettoni felpati», dico stoppando il film.

«Stai guardando una commedia romantica come al solito?»

«No, capo. È LA commedia romantica: Cameron Diaz, squalo di Hollywood, e Kate Winslet, editor sognatrice, entrambe sfigate in amore, decidono di scambiarsi le case per Natale», gli spiego.

«Non ti annoi sempre con queste coppiette melense con i loro lieto fine stucchevoli?», mi domanda lui con tono disgustato.

«Ognuno si decomprime a modo suo, capo. Vivo letteralmente in un film di Scorsese, gomito a gomito con la malavita di New York, almeno per due ore faccio finta che al mondo non esista nulla di peggio che aver finito la panna per la cioccolata calda».

«Io mi decomprimo con i Lego... Bando alle ciance, Faraday! Ti ho girato via e-mail la cartella clinica che mi hai chiesto», mi comunica cambiando tono e riprendendo l'autorità che gli è consona. «Sotto il nome Julia Villa non abbiamo trovato nulla, come Giulietta Villa invece sì. Risulta infatti che la figlia di Gualtiero abbia cambiato nome quattro anni fa».

Io credevo che Giulietta fosse solo un nomignolo, che abbia seriamente cambiato nome è strano. «Sospetto», osservo.

«Concordo. Come mai vuoi i suoi dettagli clinici? Sai che

ottenere il fascicolo sanitario di qualcuno non sottoposto a indagini è un calvario, ho dovuto chiedere dei favori».

«Mi servono delle informazioni chiave sul suo passato per guadagnarmi la sua fiducia», ribatto. «Lei è stagna come un bunker antiatomico, se aspetto i suoi tempi questa operazione rischia di durare secoli».

«Se fosse facile, non sarebbe una honey trap, Faraday», osserva Bristol. «Eppure, con tutti i film romantici che conosci, dovresti avere la soluzione in tasca».

«Invece no. Ho intercettato solo un movimento interessante: ho sentito Julia discutere al telefono con suo fratello – in italiano – riguardo uno scambio in un club e dopodomani deve recarsi in un posto a consegnare qualcosa».

«Un posto, dove?»

«Quello non l'ho sentito».

«Utile».

«Ma ho preso il blocchetto degli appunti su cui si è segnata l'indirizzo», dico recuperandolo dallo zaino. «Posso ricavare il negativo del solco della penna».

Prelevo un cucchiaino di polvere di caffè dal barattolo e la sfumo sul primo foglietto con il polpastrello. A poco a poco, emerge la grafia di Julia. «91 Berkeley Place, Park Slope, ore 3:00», dico. «E il nome Anya».

«Faccio controllare cosa c'è».

«La seguirò. Da quello che ho capito si recherà anche al porto per controllare l'arrivo di alcuni carichi. Questo però non so quando avverrà».

«Devi scoprirlo e, quando andrà là, bisogna che tu sia lì, pronto a incastrarla e far scattare le manette a tutti i collaboratori dei Villa».

«Se lei avesse modo di conoscere Julia, capo, non darebbe così per scontata la sua apertura nei miei confronti...».

Din. Il timer del forno m'interrompe.

«Che stai cucinando?»

«La mia cena: crème brûlée e brownie». Ho un debole per i dolci; fosse per me, la mia piramide alimentare non sarebbe composta d'altro.

«Come accidenti fai a nutrirti così ed essere ancora vivo?», mi rimbecca lui. «Nei brownie ci hai per caso messo le noci pecan?»

«Vuole che domattina passi a lasciargliene due quadratini?», lo tento.

«Faraday!».

«Tanto non ne sarebbero avanzati».

Lui riattacca e io apro l'e-mail che mi ha inviato. Alterno un morso di brownie a un cucchiaio di crème brûlée, mentre scorro la cartella di Julia.

Leggo velocemente le voci che mi sembrano irrilevanti fino a un accesso al pronto soccorso per una sospetta appendicite, quando Julia aveva diciotto anni. Ne segue poi un intervento per perforazione dell'intestino, e successivamente l'esame istologico che le diagnostica la MdC, la Malattia di Crohn.

Julia si sottopone a diverse visite, segue alcune terapie farmacologiche e poi, a ventiquattro anni, viene sottoposta a un altro intervento, nel quale i chirurghi le praticano una proctocolectomia totale con ileostomia terminale.

L'ho già sentita nominare la Malattia di Crohn ma non ne so nulla, così accantono la cartella di Julia e cerco su internet qualche spiegazione alla mia portata.

Trovo il blog di un ragazzo che racconta il suo percorso, dai disturbi continui senza sapere quale fosse il suo malessere, alla diagnosi, alla vita dopo l'intervento con la stomia.

Potrebbe essere un mio coetaneo. Si chiama Hanson e ha una ragazza, Emery, con la stessa malattia, incontrata proprio in ospedale durante uno dei cicli terapeutici.

Hanson spiega come ha cominciato a sentirsi stranamente affaticato perfino nelle attività più elementari, vivendo come se avesse un virus intestinale perenne.

Passa dalle diagnosi più disparate – ulcera gastrica, intolleranze alimentari – prima di scoprire di avere la MdC: un'infiammazione cronica dell'apparato digerente che non ha cura ma può solo essere tenuta sotto controllo.

Il suo percorso continua tra diverse combinazioni di farmaci per ridurre l'infiammazione, ma senza risultati. Con l'aggiunta di complicazioni e la malattia sempre più aggressiva, i medici atterrano sull'unica soluzione possibile: la rimozione completa del colon e del retto e la creazione di una stomia.

Da quel momento ha un sacchetto che gli pende sulla pancia e che raccoglie quello che normalmente finiva nel water, ma almeno ha di nuovo una vita, che prima gli era stata sequestrata.

Tutto chiaro.

Ed è chiaro anche perché Julia sia sempre sulla difensiva e non abbia alcuno slancio a condividere questa condizione con me. Al suo posto, probabilmente anche io mi comporterei allo stesso modo.

Hanson ha allegato una tabella di gruppi di alimenti suddivisi tra sicuri, critici e pericolosi. Devono essere gli stessi che Gualtiero ha appeso al frigo di casa.

Mi soffermo sugli ultimi due.

Giallo: latte intero, panna, burro, formaggi freschi e grassi, legumi, fritti, cereali integrali, alcolici.

Rosso: frutta secca, semi, frutta e verdura cruda o con buccia, mais, cocco, funghi, frutti di mare, bevande gassate.

La cucina del ristorante per lei è un campo minato.

Sto per farmi intenerire dalla situazione, cercando di immedesimarmi, ma devo tenere a mente che Julia è il target. Qui non si tratta di provare empatia per la sua storia; quella che sto facendo è pura ricerca, funzionale al caso, niente di più.

~

Dato che dopo la secchiata di ieri, io e Julia dovremmo essere pari, decido che è il momento di fare la prima vera mossa da corteggiatore.

Nel tragitto per il ristorante, mi fermo da un fiorista a comprarle un bouquet.

Ok, è un parolone. Sono tre girasoli.

Di certo non sarei partito con delle rose rosse a gambo lungo, eh, non voglio sbilanciarmi subito. Sono dei fiori allegri e simpatici, che non per forza devono essere visti come un omaggio romantico. Un simbolo di riconciliazione, diciamo.

Parcheggio la moto nel vicolo del ristorante ed entro dall'ingresso principale, dove già c'è Liza al bancone del bar.

«Buongiorno», la saluto.

Lei si limita a farmi un ciao con la mano, rigida e un sorriso tirato in faccia. Strano, di solito è molto più espansiva.
Metto la divisa ed entro in cucina, con il bouquet dietro la schiena.
Julia è appoggiata con i gomiti al bancone, gli occhi chiusi e l'aria meditabonda.
«Buongiorno, Giulietta», la saluto porgendole i girasoli.
Lei apre gli occhi, alza lo sguardo pensosa sui fiori, senza prenderli.
«Sono per te», le dico, a scanso di ogni dubbio.
«Per me, eh», ripete. Certo, sa come creare suspence.
«Mi sembrava un gesto carino», replico. «Le mie scuse ufficiali».
Lei abbozza un sorriso tirato, poi fa l'unica cosa che non potevo aspettarmi.
Apre il cassetto degli utensili, ne estrae un paio di forbici trinciapollo e decapita i fiori, che cadono sul bancone cospargendolo di petali gialli.
«Non ti piacciono i girasoli».
«No».
«Sarebbe bastato dirlo, ma evidentemente volevi essere chiara».
«Sei licenziato», dichiara lapidaria.

21
Julia

«Buongiorno, brigata! Carichi per un altro giorno ai fornelli?», saluto con voce squillante, al mio arrivo.

Mi sono svegliata di buon umore. Non quel buon umore da "Fuori c'è bel tempo" o "Nessuno mi ha palpato il sedere in metro", è più un "Sono felice di fare quello che sto facendo".

Quando adocchio la bottiglia di Franciacorta Satèn che io e Romeo abbiamo bevuto ieri sera, nella fila dei vuoti che Mickey sta smaltendo, mi ritrovo con un mezzo sorriso.

Scema.

Non vorrai stendergli il tappeto rosso per un pulcioso bicchiere di vino?!

«Ho una bella notizia e una cattiva notizia», dice Vinnie, sbucando con la sua chioma platinata tra le porte della cucina. «Quale volete per prima?»

«Entrambe, Vinnie. Che è successo?»

«La notizia bella è che il tipo di ieri sera è sopravvissuto al guancialino alla marijuana di Romeo e, dopo esserci divertiti, ha dormito come un angioletto. Si fa per dire, visto che russava da far tremare le pareti, quando stamattina ho lasciato casa sua».

«Grazie per questo prezioso resoconto, Vinnie. Quella brutta?», lo incalzo.

«Prima di uscire ho pensato che fosse un peccato non approfittare del suo sonno pesante per, ehm, dare un'occhiata al suo portafogli».

Un brivido gelato mi corre giù per la schiena. «Non dirmi che hai provato a clonare la sua carta di credito e ti ha colto in flagrante?»

«Avrei potuto benissimo farlo senza che se ne accorgesse ma mi sono fermato».

«Sei stato fulminato da un rimorso di coscienza?», gli chiedo scettica.

«No». Vinnie sfodera il cellulare, apre la galleria fotografica e mi mostra lo scatto sullo schermo. «Da questo».

L'immagine mostra due tessere: una Visa Platinum e una carta d'identità. Entrambe a nome… «Maxime Keller?!», leggo ad alta voce. Mi appoggio al pass, sentendomi mancare.

«Cosa?», «Chi?», «Come?», «Perché?», «Posso vedere anche io?». Intorno a me si assiepano, in ordine sparso: Mickey, Rob, Denny, Sonny e Liza.

«Il cliente che ieri sera ha dato i numeri dopo il guancialino affumicato è Maxime Keller», ripeto in un sussurro. «La critica… il critico… di "Manhattan Bites". Siamo finiti».

«È impossibile», strilla Liza. «E la coppia del tavolo davanti alla finestra, allora? Ben illuminato, eccetera eccetera?»

«Abbiamo… abbiamo drogato Maxime Keller», dichiaro, deglutendo a vuoto. Tra i ristoratori di Manhattan circolano tante voci su Maxime Keller, non si sa quali siano vere e quali sconfinino nella leggenda urbana, ma alcuni punti fermi erano stati fissati: tavolo per due, finestra, luce, parrucche bizzarre, sul sito ha una caricatura di donna stile cartone animato e nella sua bio parla di sé in termini femminili. Depistaggio perfetto.

«Cosa facciamo ora?», domanda Rob.

«Niente, cosa vorresti fare?», ribatto scuotendo il capo, sentendo già salire una potente emicrania da panico. «Nel migliore dei casi, ci troveremo con un'ispezione dell'ufficio sanitario, nel peggiore con una denuncia».

«Potremmo mandare un mazzo di fiori per scusarci», propone Mickey.

«Magari anche con un biglietto con scritto "Salve, Maxime Keller, ci dispiace di averla drogata?"», replico. Devo razionalizzare. «Aspetteremo la stroncatura, ma nel frattempo coccoleremo i clienti con un tableau di assaggi di cioccolateria omaggio alla fine di ogni pasto e lasceremo a tutti uno sconto del 5% sulla loro prossima prenotazione così da invitarli a tornare. E proporremo due fuori menù diversi ogni giorno.

Quando Maxime Keller pianterà la lapide sul *Villa's* valuteremo quanta clientela siamo riusciti a fidelizzare, se abbastanza per tenere aperto o meno». Mi fermo per respirare, ma più che altro il mio è un sospiro. «Sperando che avvenga il più tardi possibile».

«Potrebbe anche non uscire», mugugna Denny, per nulla preoccupato, intento a consumare la sua seconda colazione.

«Fidati, uscirà», confermo io. «Sai quanti click porterebbe la stroncatura di un ristorante che droga i clienti? Per non parlare dell'eco mediatica». Non è un segreto che le stroncature godano di una popolarità ben maggiore rispetto alle recensioni positive, attirano curiosi di ogni genere e tipo, perfino quelli che non si interessano di cucina.

«Al lavoro», dico disperdendo l'audience e tutti tornano alle proprie mansioni.

Tranne me.

Io batto il pugno sul piano del pass, facendomi anche un po' male, e mi ci chino sopra con la testa tra le mani. Non so che santo pregare.

Sono incazzata nera, con Romeo, ma soprattutto con me stessa.

Ho accettato io di fare cambio piatto per mandare al tavolo di quella che credevamo fosse Maxime Keller il filetto di tonno; in più mi sono fidata di Romeo e non ho controllato che piatti ha fatto uscire, e come chef è mio dovere.

Ultimo ma non meno importante: avrei dovuto affrontare il problema già ieri sera, perché il punto non è che non si deve drogare un critico gastronomico, ma non lo si deve fare con nessun cliente in generale.

Pensavo di essere tagliata per guidare la brigata, ma questi tre errori dimostrano che forse non sono poi così brava come credevo.

Sono ancora paralizzata nel limbo dei miei pensieri quando sento sbattere le porte della cucina.

«Buongiorno, Giulietta».

Alzo gli occhi e davanti a me c'è Romeo, sorridente, che mi porge un mazzo di girasoli.

E io, anziché prenderli e ringraziarlo, afferro il trinciapollo e li taglio.

22

~~Dwight~~

Romeo

«È solo per questo che mi licenzi?», domando dopo che Julia mi ha spiegato l'equivoco di Maxime Keller.

«Solo?! *SOLO*?!», sbotta arrossendo. «Come accidenti hai fatto a non accorgerti che stavi affumicando il guancialino con della marijuana?!».

«Primo: in cucina ci sono un sacco di odori nel caso non lo avessi notato; secondo: quando si affumica, si sente sempre odore di erba bruciata. E nella campana non c'era solo la marijuana, ma anche il ginepro e il mirto, quindi l'aroma era miscelato», mi difendo.

«Ti rendi conto che rischieremo di chiudere, quando questa storia verrà fuori?». Anche se la pone come una domanda, la sua è un'affermazione.

«Non succederà». Io potrei impedirlo: per l'indagine ci serve che il ristorante resti aperto e sono sicuro che con Bristol troveremmo il modo di far cadere la denuncia, o almeno ostacolarla per guadagnare il tempo che ci serve.

E a quel punto sarebbe inutile la denuncia stessa, perché, una volta finito il mio lavoro qui, il *Villa's* chiuderebbe in ogni caso. Ma queste sono cose che so solo io.

«Succederà, e sarà anche colpa tua», mi accusa. «Avrei dovuto controllare io, lo ammetto, ma tu sei il sous chef, devo potermi fidare di te e di quello che cucini. È evidente, dopo questo episodio, che non posso quindi, se ti stai domandando perché sei licenziato, eccoti spiegato il motivo».

Merda.

«Chi è che è licenziato, Giulietta?», domanda Gualtiero, entrando in cucina.

«Romeo», risponde lei, le mani piantate sui fianchi.
«E perché?»
«Ha drogato un cliente, ieri sera: ha affumicato un guancialino con della marijuana».
Gualtiero è un uomo d'onore, negare non servirebbe a nulla e, se lo facessi, gli sembrerei solo un vigliacco. «È come dice Julia», mi costituisco subito.
«Il cliente è vivo?», si informa lui.
«Pare di sì», annuisce Julia. «Ha... ehm... passato la notte con Vinnie».
Gualtiero mi fissa dritto negli occhi. Il suo sguardo è duro, non sbatte le palpebre e non riesco a capire cosa stia pensando. «Come è successo?»
«Un mio errore», ammetto. «Ho nascosto dell'erba in un barattolo dove si trovavano le essenze per affumicare. Non ricapiterà».
«Questo è certo», decreta lui.
Le "lavanderie" sono preziose per la malavita, sono come un magico portale che trasforma tutto il loro denaro sporco in patrimonio pulito, ci tengono che siano al di sopra di ogni sospetto.
«Lo so», mi sfilo il grembiule e lo deposito sul bancone. Ho salvato questa missione in corner così tante volte che non posso riuscirci anche stavolta. Bristol mi riserverà un bel pistolotto. «Grazie comunque per l'opportunità».
«Rimettilo», mi ordina.
Julia lo scruta sbigottita. «Co-cosa?!».
«Ho detto a Romeo di rimettersi il grembiule», ripete.
«E perché? Tu stesso hai detto che non vuoi persone che creino problemi: drogare un cliente non ti sembra un problema?»
«Lo è. Se Romeo ha capito l'errore, non lo commetterà di nuovo, perché non ci sarà un'altra possibilità. Una seconda chance non si nega a nessuno, tutti la meritano e anche io ne ho avuta una, quindi so cosa sto facendo. Quello che dev'essere chiaro», e ora Gualtiero si rivolge a me, «è che non ce ne sarà una terza. Un altro errore e non solo non lavorerai mai più qui, ma in nessun altro ristorante della città».
«Seconda e unica chance», replico. «Compreso».
«Io non ce lo voglio qua», insiste Julia. «Non posso controllare tutti i piatti che fa uscire come fosse un allievo alle prime armi».

«Infatti non dovrai», ribatte lui. «Sarete chef alla pari, ciascuno dei due con equi compiti ed eque responsabilità. Lui risponderà dei suoi piatti, tu dei tuoi; lui servirà i suoi tavoli, tu i tuoi, come foste due binari paralleli».

«Una cucina con due chef non può funzionare», si lamenta lei. «Le cucine sono gerarchiche per definizione: serve una persona che decide, che detta i tempi, che sceglie come e cosa fare…».

«Fatela funzionare». Sono le ultime due parole di Gualtiero, prima che se ne vada.

Io e Julia ci fronteggiamo, uno davanti all'altra, dai lati opposti della barricata come sempre da quando ci siamo conosciuti. Lei ha ancora il trinciapollo in pugno. «Sembra che io e te non possiamo andare d'accordo per più di mezz'ora», dico infilandomi di nuovo il grembiule sulla casacca.

«Questa cucina è troppo piccola per tutti e due», dichiara lei.

«Allora, sarà il caso di dividercela», propongo. «Io il lato destro, tu il sinistro?»

«Tu hai l'abbattitore».

«E tu la dispensa», le faccio presente.

«Io prendo Denny», replica Julia.

«Io, Rob».

«Scusate», s'intromette Mickey. «E io?»

«Tu sarai l'ambasciatore, avrai il compito di passare da un campo all'altro con immunità diplomatica», gli spiego. «Mi serve qualcosa in dispensa? Vai a prenderla. Julia deve mettere qualcosa in abbattitore? Lo fai tu».

«Ha senso», osserva lei.

«Io prendo i tavoli dispari».

«E quelli pari a me», concorda Julia. «Liza distribuirà i clienti equamente così che serviamo lo stesso numero di coperti».

«Bene», incrocio le braccia al petto, risoluto. «Gli accordi sono presi, il confine è tracciato».

«Tutto vale in guerra e in cucina».

~

Il servizio è teso come una partita di tennis: ogni volta che io e Julia deponiamo un piatto sul pass per farlo uscire, sbirciamo a turno l'una il lavoro dell'altro.

E quando possiamo, ci rifiliamo frecciatine per interposta persona.

«Mickey, potresti dire a Romeo che il suo piatto è sporco?», mi rinfaccia lei.

«Mickey, informa Julia che nel suo manca il pistillo di zafferano», ribatto.

«Mickey, ricorda a Romeo che al tavolo cinque c'è un allergico ai crostacei. Se riuscisse a non ucciderlo, ci farebbe un favore», mi provoca.

«Mickey, di' a Julia di preoccuparsi dei suoi clienti, invece che dei miei. Il tavolo due sta aspettando quei tagliolini da un'era geologica», la sfotto.

Lei sbuca davanti alla mia postazione come Satana da una nuvola di vapore. «Mai come il tuo tre che ha chiesto i dessert da mezz'ora. Si staranno domandando se tu sia andato a raccogliere le mandorle personalmente».

«Ti comunico che quei biancomangiare sono usciti da un pezzo».

«Eh, veramente no», mi avverte Mickey.

«Come no?!», lo guardo basito. «E perché?»

«L'abbattitore era occupato e ho dovuto aspettare a inserirli. Ma sono quasi pronti».

«E chissà da chi era occupato?», mi lagno, anche se Julia finge di non sentire.

«Chef», chiama Vinnie, facendo capolino dalla sala.

«Sì?», rispondiamo io e Julia all'unisono.

«Di chi hai bisogno?», gli chiede lei.

«Di Romeo, in realtà. Le signore al tavolo sette vorrebbero farti i complimenti», ci comunica.

«A me?!», domando sorpreso. In effetti, il tavolo sette ha regalato molte soddisfazioni, ogni piatto è tornato vuoto.

«Sì, una di loro organizza eventi o roba simile, roba per ricchi ma non ho capito bene, e vorrebbe conoscerti».

«Wow! Superstar», mi acclama Mickey, guadagnandosi un'occhiata in tralice di Julia.

«Mi lavo le mani e ti raggiungo in sala», rispondo con fare trionfante.

«Sicuro che non siano drogate?», commenta Julia.

«A qualcuno brucia? Se vuoi, dopo, ti racconto che sapore

ha il successo», ribatto aprendo le porte della sala. Inquadro il tavolo sette e... «Cazzo!».

Arretro subito di nuovo dentro, in cucina.

Cazzo, cazzo, cazzo!

Al tavolo sette non ci sono quattro donne qualunque; sono le compagne dei miei amici e tutte, dico tutte, mi conoscono: Lexi sa chi sono perché lavoro con Eric; Summer è sposata con il mio migliore amico; Victoria e Riley le ho incontrate sporadicamente ma anche per loro io sono Dwight Faraday.

Questo è l'incubo di ogni agente sotto copertura: ritrovarsi faccia a faccia con persone di propria conoscenza, nel bel mezzo di un'operazione. Il rischio di far saltare la propria identità è quasi una garanzia.

«Allora? Ti muovi?», mi incalza Vinnie, riaprendo la porta.

«Io... non posso uscire». E adesso cosa mi invento?

«Oh, tu esci eccome», ribadisce lui.

«Obbligami», lo sfido.

«Porta male non accettare i complimenti dei clienti, non lo sai?», s'intromette Denny.

«Io non posso davvero andare a quel tavolo», ribadisco a denti stretti.

«E perché?», chiede Vinnie.

«Perché... perché...». Cristo santo, che ne so? «C'è la mia ex!».

«La tua ex?!», domanda tutta la cucina, in coro.

«Sì», confermo. «Con le sue amiche. E non credo che le farebbe piacere incontrarmi».

«Non sapeva che saresti venuto a lavorare qui?», indaga Julia.

«No. Capitemi, non me la sento. Vai tu, Julia, ti cedo tutto il merito, senza riserve».

«Qual è?», si informa lei affacciandosi a uno degli oblò delle porte.

«È quella... seduta con le spalle al muro». A Blake non piacerà ma, tra tutte, Summer è quella che conosco meglio.

«Bene, allora prendi un bel respiro», mi dice.

«Respiro?!», domando disorientato. «Per cosa?»

«Per buttarti». E subito dopo mi coglie di sorpresa scaraventandomi fuori dalle porte battenti, in sala. «Andiamo insieme».

Mi spinge con tutta la determinazione di cui è dotata mentre lei, dietro di me, non mi dà possibilità di fare dietrofront. Dove nasconde tutta questa forza?

«Tu sei sadica», sibilo.

«E tu dovresti vergognarti perché temi il confronto con la tua ex».

«Detto da quella che mi ha pregato di fingere di flirtare per nascondersi dal suo…».

«Ora non si tratta di me. Vai e dimostrale che non è la sola ad avere una promettente carriera davanti a sé».

Più ci avviciniamo al tavolo, più sento la fredda lama della morte solleticarmi il collo.

E quando quattro paia di occhi si posano, sgranati, su di me, capisco che devo agire.

In due falcate mi precipito al tavolo, lasciandomi indietro Julia di alcuni passi, con un balzo che quasi mi fa schiantare sui piatti.

«Dwight?!», esclama Summer da dietro la carta dei dolci.

«Io non sono Dwight», sibilo in tutta fretta. «E non sono un agente, chiaro? E tu…».

Ma prima che io possa finire di istruirla, Julia mi raggiunge, fermandosi alla mia sinistra. «Buonasera, sono Julia Villa, il ristorante è della mia famiglia e vorrei ringraziarvi personalmente per aver scelto di darci fiducia. I piatti che avete apprezzato tanto stasera sono stati cucinati dal nostro…», fa una pausa indicandomi.

«Romeo Corelli», concludo per lei, sottolineando con forte enfasi il mio nome.

«Non sono sorde», mi fa notare Julia sorridendo a denti stretti.

«E sono lo chef del *Villa's*!».

«Co-chef», mi corregge Julia.

«Co-chef», ripeto. «Sono molto contento che abbiate gradito la cena».

«Immagino che il tuo talento ai fornelli non fosse una sorpresa per tutte, a questo tavolo», suggerisce Julia. «No?»

«In realtà, sorpresa è la parola giusta», commenta Summer.

«Julia», riprendo le redini della conversazione. «Queste sono Riley Moore, Victoria Wender, Lexi Sloan e lei è Jenny», le presento. «Jenny, Jenny», rimarco con gli occhi puntati su Summer.

Lei mi guarda sempre più sbigottita. «Jenny?»

«Sì. Non vorrai che io ti chiami Jennifer, per esteso, *solo perché ci siamo lasciati*, vero?», insisto.

«La… lasciati?», stavolta è Riley quella stranita.

«Lasciati, altroché!», ribadisco. «Ma come, Jenny, non hai detto alle tue amiche che tra noi è finita?».

Summer intuisce dal mio sguardo disperato la richiesta di aiuto, perché la sua espressione esterrefatta scompare. «Ehm, no. Sai, Romeo, non ero ancora pronta. Volevo farlo proprio dopo cena».

«Eh già, dopo tutti questi anni, non stiamo più insieme. Jenny e Romeo non esistono più. Ora Jenny è solo Jenny», dichiaro indicando Summer. «E Romeo è solo Romeo».

«Oh, mio Dio!», esclama Lexi portandosi una mano al petto. «Che colpo al cuore. Eravate una così bella coppia. Come avete potuto? Ora non crederò più al vero amore».

Lei è una santa. Per me ha già un posto in paradiso. Dirò a Eric che il suo regalo di Natale lo pago io.

«Al *Villa's* non potremmo essere più contenti», s'inserisce Julia. «Anzi, grazie mille a te, Jenny, per averlo lasciato andare. Romeo è prezioso per la nostra cucina, e la scena culinaria di New York è sicuramente più adatta a lui di Seattle. A proposito, quando partirai?»

«Seattle», ripete Summer.

«La brigata è una grande famiglia, ho raccontato tutto di noi e del fatto che abbiamo rotto perché ti trasferirai presto a Seattle per lavoro».

«A breve», risponde lei. «Ahi!», le sfugge un lamento, il viso contratto in una smorfia di dolore. Lasciando cadere la carta dei dolci sul tavolo, Summer rivela un pancione tondo e teso, che si tasta con la mano.

«Calcio?», le domanda Victoria.

«Tutte le sere, a quest'ora…», sbuffa.

Julia la fissa, boccheggiando. «Sei… sei incinta?»

«Un po'», risponde Summer. «Cinque mesi». E mi guarda come a rivolgermi un muto "scusa".

PANICO.

E adesso, come me la cavo? Non c'è modo di uscire bene da questa situazione, tranne rivelando la verità, il che è escluso.

Colpa mia: sapevo che Summer è incinta, ma non ricordavo di quanto e soprattutto non immaginavo che si vedesse già.

Stavolta Julia guarda me. «Cinque mesi?», mi domanda in tono d'accusa. «Hai lasciato la tua compagna che aspetta un bambino da cinque mesi?».

E qui, il problema non è solo Julia: se Gualtiero venisse a sapere che io lascio fidanzate incinte, sarei subito defenestrato.

«Bambini», precisa Lexi. Ritratto tutto quello che ho detto su di lei poco fa. «Due gemelli».

«Pure!», insiste Julia.

«È surrogata!», esclamo in un lampo. Se di genio o idiozia lo sapremo tra poco. «Non siamo noi i genitori».

«Esatto!», interviene Summer. «Sto portando avanti la gravidanza per una mia cara collega… di Seattle».

«Ok», Julia annuisce con l'aria di chi sta provando a mettere insieme i pezzi.

«Nessuno ha lasciato nessuno in situazioni complicate senza assumersi le proprie responsabilità», dichiaro.

«Romeo non farebbe mai niente del genere», mi difende Summer. «Anzi, in questa decisione mi è stato di pieno supporto».

«Certo, sì». Julia scuote il capo, incerta su dove guardare. «Che imbarazzo, scusatemi. Non che siano affari miei. Voglio dire, come gestite le vostre dinamiche di coppia non mi riguarda».

«Non preoccuparti», la rassicura Summer. «Ci capita di continuo. È tutto a posto».

«Non ci siamo trattenuti fin troppo? Meglio se torniamo in cucina!», mi affretto a chiudere la conversazione imbarazzante.

«Meglio, sì», concorda Julia con mio sollievo. «Dato che state valutando i dessert, posso suggerirvi il biancomangiare con granella di mandorle? Offriamo noi».

«Un momento», ci ferma Lexi, la mano tesa verso Julia con

un biglietto da visita stretto tra le dita. «Io vorrei parlare di lavoro. Ho un'agenzia di concierge service, servizi di lusso per clienti facoltosi, e spesso ricevo richieste di chef a domicilio per cene esclusive. Il cibo italiano è gettonatissimo. Sentiamoci per collaborare, ti va?».

Ti prego, Dio, fa che Julia dica di no.

Ma lei prende il biglietto e se lo infila nel taschino. «Volentieri. Domattina sono libera».

Le odio.

«Noi torniamo al lavoro», dichiaro risolutivo prendendo Julia sotto braccio per guidarla in cucina.

«Sai, dopotutto abbiamo fatto bene a uscire per salutarle», constata compiaciuta.

«Parla per te».

«La tua ex mi sembra carina ma, se devo essere sincera, non mi sembri il suo tipo».

«Vedessi quello con cui sta ora», la battuta mi esce più in fretta di quanto il mio cervello abbia impiegato a formularla.

«Sta già con un altro?!», esclama. «Hai una vita piuttosto strana, Romeo, quasi non ci si crede che sia vera».

«Anche io a volte stento a credere che la mia vita sia vera. Fidati».

~

In qualche modo sfanghiamo anche questo servizio in tandem, ma alla chiusura della cucina, i ragazzi sono sbriciolati.

«Che fai?!», domando a Mickey che si sta leccando il palmo della mano.

«Mangio del sale, mi sento svenire».

«Non riesco più a muovere le braccia», si lamenta Denny.

«Io non mi sento più le ginocchia», frigna Rob.

«Ho i piedi che sembrano due prosciutti», si lamenta Vinnie.

«Non avete il fisico», constato io.

«Non pensavo che cucinare fosse così faticoso», sbuffa Denny. «Di certo non dirò più che la cucina è un posto per donne».

«A guardarvi, di sicuro non è per uomini».

«Per fortuna domani abbiamo il giorno libero», esulta Mickey.

«È il giorno di chiusura», lo correggo. «Non il vostro giorno libero. Noi ci vediamo qui, alle nove».

Rob mi guarda disperato. «E perché, scusa?»

«Lo scoprirete. Vestitevi comodi».

23
Julia

«E secondo te», mi domanda Liza, «basandoti su ciò che hai visto e vi siete dette tu e Jenny, io potrei essere il tipo di Romeo?».

Prima del nostro appuntamento domenicale al club, io e Liza siamo andate a bere un drink, solo noi due. Un Cosmopolitan per lei, un succo di mirtilli e acqua tonica nel bicchiere da Martini per me.

Anche se è sostanzialmente una spremuta annacquata, inganno il mio cervello facendogli credere che sia un cocktail.

«Non ho capito che intendi».

«Se Romeo cercasse una nuova ragazza, ne sceglierebbe una che somigli alla sua ex o una che è l'esatto opposto?», continua.

«Ho poche convinzioni nella vita ma una di queste è che se assomigli alla sua ex, allora è ancora innamorato di lei». Forse dovrei fare stampare questa frase su una maglietta, sai le vendite?

Quello che non dico ad alta voce è che io mi sono posta stupidamente lo stesso quesito; è un'ammissione che mi costa un quintale di vergogna perché io non dovrei preoccuparmi di rientrare nel tipo di Romeo, e invece…

Quando ho visto Jenny, ho pensato: "Sembra una di quelle ballerine di cristallo esposte in vetrina da Baccarat. Io sono infagottata in una divisa piena di patacche di unto e sugo, con i capelli incollati alla fronte, il viso accaldato e odoro di soffritto".

Jenny ha l'aria dolce e il sorriso accogliente, io sono una che tira secchiate di risciacquatura di pavimento.

Jenny non si offende nemmeno nelle situazioni inopportune

come quella di stasera; io non sarei capace di mordermi la lingua neanche se ne andasse della mia vita.

Non dovrebbe importarmi di essere il tipo di Romeo, invece credo di averlo seguito in sala apposta per capire chi fosse la donna con cui era pronto a cambiare vita.

Da lontano Jenny mi sembrava carina e speravo che da vicino non lo fosse così tanto, invece è stato pure peggio. Così ho cominciato a sperare che avesse una brutta voce, ma nemmeno quella.

Poteva almeno essere antipatica? No.

E forse, grazie a una delle sue amiche, potremmo anche allargare il nostro giro d'affari.

Non ho motivi per odiarla, né per coccolare il mio amor proprio pensando "Io sono molto meglio di lei".

Chissà se a lei piacciono i girasoli? Forse Romeo me li ha portati, perché con lei avevano fatto colpo…

«Juls, ci sei?», mi domanda Liza sventolandomi la mano davanti agli occhi. «Non sei granché di compagnia».

«Scusami, sono stanca», liquido all'istante. Certo, sono stanca, ma non al punto da addormentarmi in piedi.

«C'è un ragazzo, laggiù, che non ti stacca gli occhi di dosso da quando siamo entrate», mi avverte, indicandomi un tavolo poco distante.

«Forse guarda te».

«No, fidati. Guarda te», insiste. Seguo il suo cenno e lo vedo. In effetti i suoi occhi sono su di me. Non gli rivolgo nessuna attenzione che possa scambiare per interesse reciproco e torno a dedicarmi al succo di mirtillo.

«Non è male», commenta Liza.

«Dici?»

«Sei uscita con ragazzi peggiori».

«Non mi convince…».

«Da quando sei diventata così difficile?»

«Da quando nessuna uscita si rivela soddisfacente», rispondo disinteressata.

«*MatchMe* cosa propone?», chiede lei sfoderando la app. «Jordan, 27 anni». E mi ficca sotto il naso la sua foto profilo. Io però scorro il dito sullo schermo facendolo scomparire tra i "No".

«Perché?»
«Non mi dice nulla. Anche *MatchMe* mi ha annoiato».
«A questo punto fatti suora… Oh, cavolo!», esclama allarmata. «C'è Dominic, ti ha vista e sta venendo qui».
Nell'attimo in cui mi volto alla mia sinistra, intercetto proprio il mio ex puntare dritto verso di me.
Tra lui e Jenny, stasera è la fiera degli ex. E stavolta non ho modo di evitarlo.
«Julia, sei un incanto», commenta appena mi raggiunge. Prima che io possa dire o fare qualcosa, lui si china a baciarmi una guancia e poi l'altra.
Il profumo del suo dopobarba m'investe. Una volta passavo ore ad annusarlo dal suo collo, dai suoi vestiti, me lo spruzzavo addosso per sentirmelo tutto il giorno, ora mi fa rivoltare lo stomaco.
Da quando ci siamo lasciati, due anni fa, mi scrive ancora per farmi gli auguri di compleanno, di Natale, di buon anno nuovo come se nulla fosse.
«Ciao, Dominic», lo saluto io asettica.
«Sembri diversa», commenta. «Hai fatto qualcosa?»
«Ho tagliato i capelli», rispondo asciutta.
Lui allunga la mano, a sfiorare il bordo del mio caschetto con le dita. «Comunque li porti, stai sempre bene. Cosa bevete?»
«Ce ne stavamo per andare», dico cercando la complicità di Liza con il contatto visivo.
«Ma no, restate, il prossimo giro ve lo offro io», continua lui.
«Non è il caso, Dominic», rifiuto.
«Il locale è mio, mi offendo se pagate la consumazione». Lui alza il braccio verso il barman e con la mano gli fa segno di cancellare i nostri drink.
Come, il locale è suo? Anche questo?
«Hai fatto delle recenti acquisizioni?», gli domanda Liza.
«Diverse, e molte altre sono in arrivo. Mi sto interessando alla vita notturna di Lower Manhattan», annuncia lui compiaciuto. Poi mi prende la mano, intrecciando le nostre dita.
Le mie ricambiano, per riflesso condizionato: la mia memoria muscolare non ha ancora dimenticato certi automatismi, nonostante siano trascorsi anni.
Quanto mi piaceva Dominic. Nel momento in cui è arrivato

nella mia vita ha cancellato seduta stante tutti gli altri esseri viventi di genere maschile che avevano attirato la mia attenzione.

Con il suo ciuffo biondo grano e gli occhi acquamarina, era il sogno di ogni adolescente cresciuta a pane e boyband diventato realtà. Avevo diciassette anni e non mi sembrava vero che a lui piacessi io.

Era amico di Angelo e lo vedevo sempre più spesso a casa nostra. Lui c'è stato quando mi hanno diagnosticato la malattia, quando mi hanno operata, quando è arrivata la depressione.

È stato forse la mia prima e unica storia davvero importante, quella che pensavo fosse destinata a durare per sempre.

Mi avrebbe sposata, ne parlava spesso, almeno una volta al giorno pronunciava la frase «Quando ci sposeremo…». Io ci credevo, lo volevo.

Mi ha sempre trattata come una regina, coprendomi di regali costosi sia che vi fosse un'occasione che no. Troppi, anche. Avrei dovuto cominciare a vedere lì i segnali.

Ero una "cosa" sua, per quello mi trattava bene, ma non l'avevo capito.

Poi ho scoperto tutto il suo castello di bugie e mi sono resa conto che non lo conoscevo affatto. E ho avuto così tanta paura dell'uomo con cui stavo che ci ho messo quattro mesi per capire come lasciarlo, per trovare un modo sicuro per allontanarmi da lui.

«Mi fa piacere che i tuoi affari vadano bene», mi limito a dire. Provo a sfilare la mano dalla sua presa, ma lui me lo impedisce.

«Sarai sempre mia ospite, Julia».

«Non ti devi disturbare».

«A meno che tu non sia in compagnia di quel tizio». E a questa frase, la sua stretta s'indurisce, in una morsa possessiva.

«Quale tizio?», chiede Liza, confusa.

«Quello con cui eri al tavolo, l'altra sera al TriBe», aggiunge lui. «Giacca di pelle bianca e nera, casco da moto sul tavolo».

«Ah, Romeo!», esclama Liza. «È un collega. Lui è lo chef del *Villa's*!».

«A me sembrava più che un collega», insinua Dominic. «A

meno che da voi non sia normale farsi baciare sul collo dai colleghi». La sua presa diventa dura e cattiva.

«Dominic, puoi lasciarmi la mano? Mi fai male», dico.

Ripenso alla stretta che ci siamo scambiati io e Romeo, ieri sera, e a come le nostre mani si sono cercate, lente, curiose e morbide. Ne volevo un altro po' di quel contatto e, quando me ne sono resa conto, l'ho interrotto.

Romeo mi ha lasciata andare, Dominic invece si impone.

«Per favore, non mi piace», lo prego.

Lui esegue, sciogliendo la presa e accarezzandomi il dorso, come a volersi scusare.

«Non mi abituerò mai a vederti con altri uomini», afferma. Poi mi si avvicina, per parlarmi all'orecchio. «Io sono stato il primo. Te lo ricordi?».

Mi scosto, infastidita, e scendo dallo sgabello. «Grazie per i drink, Dominic».

«Ci vediamo presto», mi saluta senza che io gli risponda altro.

Io e Liza usciamo dal locale ma, mentre ci appostiamo in attesa di un taxi, noto che lei è taciturna e immusonita.

«Mi spiace se ce ne siamo dovute andare, è che non ho voglia di sentirmi addosso gli occhi di Dominic tutto il tempo. Sembra che sia diventato il proprietario di tutta la città», dico.

«Romeo ti ha baciata sul collo?», mi domanda lei, senza girarci intorno.

«Cosa? No! Quando mai?!».

«Dominic sembrava molto sicuro di ciò che ha visto».

«Dominic non sa cosa ha visto. L'altra sera io e Romeo ci trovavamo molto vicini e per parlarci mi sono trovata con la sua faccia accostata al mio viso, ma non mi ha baciata sul collo, te lo assicuro». Me lo ricorderei.

«Ti piace Romeo?», la sua domanda è secca e non ammette giri di parole.

«Ovvio che no! Non vedi che litighiamo un minuto sì e l'altro pure?», provo a dissuaderla.

È la pura verità, tra l'altro.

Liza fa spallucce. «Non me ne frega nulla se ti piace Romeo, ma mi farebbe piacere se per una volta tu fossi sincera con me. Non ho quindici anni, non sono gelosa se mi confessi che ti piace lo stesso uomo che piace a me, né ti metterò il muso perché "L'ho visto prima io". È l'ipocrisia che non mi va giù».

«Liza, te lo ripeto: Romeo non mi piace e tra noi due non è accaduto niente. Conosci Dominic, non sopporta che nessun altro uomo respiri la mia stessa aria».

Lei annuisce senza guardarmi. «Sarà come dici tu».

«È come dico io», insisto.

«A volte ho come l'impressione che tu voglia chiudere anche me fuori dalla tua vita», mi rimprovera. «Ancora».

C'è stato un momento in cui, poco dopo l'operazione di stomia, con Liza ho litigato in maniera pesante. Da non parlarci per mesi.

Ero arrabbiata con me stessa, con il mio corpo, e odiavo chiunque stesse bene, e lei, che scoppiava di vita e voglia di fare, era diventata la mia nemesi.

Una volta, nel momento più buio della mia depressione, l'ho cacciata via. Le ho detto parole che non mi scorderò mai più finché campo.

«Se devi venire qui a sventolarmi sotto il naso il tuo corpo perfetto, puoi anche startene a casa tua».

Liza passava da me ogni pomeriggio a truccarsi, a vestirsi, a chiedermi pareri sui suoi outfit – che le stavano tutti divinamente –, a raccontarmi le cose divertenti che faceva con l'intento di tirarmi su di morale, io invece mi sentivo affondare.

Mi sembrava che lo facesse apposta per provocarmi invidia.

La depressione è un crudele paio di occhiali neri che non fa filtrare la luce, è un urlo a squarciagola che non sente nessuno, è avere tante cose da dire ma non sapere come esprimerle, è una stanza che si fa sempre più stretta ogni giorno, dalla quale, anziché uscire, si vuole solo farsi inghiottire.

Io mi ci sono avvolta come una coperta in quella depressione perché a modo suo era diventata una certezza.

Liza mi ha lasciata sola ma senza abbandonarmi, è rientrata in punta di piedi, dosando col contagocce la sua esuberanza naturale, e io ho provato a ricominciare a volermi bene un pezzettino alla volta. È un percorso ancora in fase di completamento ma sono riuscita a rimettere insieme quasi tutti i pezzi della vecchia Julia.

Il pezzo più difficile da rintracciare è quello della sfera sentimentale.

«Non c'è nessuno nella mia vita che vorrei più di te, Liza», dico, passandole un braccio sulle spalle.

«Se tu domani ti chiudessi nella dispensa per fare sesso con Romeo, a me starebbe bene. Ma non vorrei mai che lo facessi alle mie spalle. Gli uomini vanno e vengono, però io resto».

«Davvero vorresti saperlo se io e Romeo facessimo sesso nella dispensa? Non che ci sia il rischio che accada, eh».

«Scherzi?! Nei dettagli più sordidi».

24

~~Dwight~~
Romeo

«Faraday, ho le specifiche dell'indirizzo di Park Slope che mi hai dato ieri», mi informa Bristol quando mi chiama per il nostro brief. Sono sul divano a mangiare un soufflé al cioccolato, impegnato a leggere il libro che Julia aveva in borsa quando ho fermato lo scippatore. Cioè, non è il suo-suo. L'ho comprato.

«E cosa sarebbe?»

«Uno studio di consulenza fiscale».

«Strano che Julia debba recarvisi con tanta segretezza», osservo.

«Infatti è il motivo per cui ci vai».

«Stasera ho quasi rischiato di far saltare la mia copertura», confesso.

«Faraday, non farmi salire la pressione che oggi ce l'ho perfetta, 120-80, pulsazioni 65, lasciami andare a letto tranquillo per una volta», brontola.

«Non è romantico che io sia l'ultima persona che sente prima di andare a dormire?»

«No, Faraday».

«Peccato, mi sentivo speciale».

«La copertura, non divagare».

«Sono stato invitato a ricevere i complimenti di un tavolo…».

«Bravo».

«Grazie, capo. Però era il tavolo delle compagne dei miei migliori amici. Ne sono uscito solo perché una di loro mi ha retto il gioco».

«Domani vedi di stare in campana. E porta con te il registratore, chiaro?»

«Porca puttana!», esclamo saltando sul divano, provando a non soffocare con il boccone di soufflé che mi è andato di traverso, il libro che quasi mi sfugge dalle mani.

«Che è successo?», mi chiede Bristol allarmato.

«Capitano, mi permette una domanda?»

«Dimmi, Faraday».

«Mi tolga una curiosità… Ma lei ha mai detto a sua moglie: "Metti le mani sulla testiera del letto"?»

«In che contesto, Faraday?»

«Mentre lo assemblavate… Che domande, capo, usi l'immaginazione. In che contesto potrebbe mai usare questa frase?»

«Ma come ti salta in mente?!».

«C'è scritto in un libro», mi giustifico. «Volevo capire se è una frase oggettivamente efficace o suona bene solo perché è in un romanzo e il protagonista è particolarmente figo».

«Ma che razza di libri leggi?»

«Quelli che legge Julia: devo studiare il target per capire cosa le piace. Oggi le ho offerto dei girasoli e li ha tagliati con il trinciapollo, perciò mi sa che non sono sulla strada giusta».

«Magari non rivolgerle questa battuta o rischi che ti tagli qualcos'altro».

~

Il giorno dopo trovo i ragazzi di sala e cucina davanti alla porta sul retro del ristorante.

«Avevo detto vestiti comodi», sottolineo guardando i piedi di Vinnie. «Quelli cosa sono?»

«Stivali da cowboy in pelle argentata», risponde lui in tono ovvio. «E sono comodi».

«Non per quello che dobbiamo fare», obietto.

«E cosa dobbiamo fare?», domanda Denny, seduto sulle casse di vuoti a rendere, mentre addenta un panino più grande della sua faccia.

«Ci alleniamo», rispondo.

«Allenarsi?», interviene Rob spuntando in fondo al vicolo, intento ad accendersi una sigaretta. «Scusate il ritardo. Stanotte ero in compagnia, ho dormito poco».

«Nessuno di voi ha la resistenza fisica per reggere un servi-

zio», spiego, «quindi cominciamo dalle basi: corsa, sollevamenti, piegamenti».
«Non possiamo fare yoga?», si informa Mickey.
«No».
«Si suda?», chiede Vinnie.
«Anche l'acqua del battesimo», confermo.
«Che schifo».
«Ma io faccio già un sacco di sport! Soprattutto di notte, con Louisa», scherza Rob.
«Cominciamo con un'attività leggera: dieci giri dell'isolato di corsa».
Si leva un coro sparso di «Quanti?!», «Nooo», «Perché?», «Non mi va».
«Guardatevi, siete l'anello di congiunzione tra un fermacarte e un invertebrato. Vi farà solo bene», li esorto senza successo. «Cinquanta dollari a chi completa tutto l'allenamento».
I soldi hanno il potere di arrivare dove le mie parole non riescono e, anche se controvoglia, i ragazzi mi si accodano.
Non lo sanno, ma sto per sottoporli al Boot Camp di Quantico del tenente Mitchell. Se sono sopravvissuto io che, quando sono entrato tra le reclute, avevo una massa muscolare del tre per cento, possono farcela anche loro. Almeno credo.
«Quanto manca?», si lamenta Sonny.
«Siamo al secondo giro», gli dico.
«Solo?».
Più tardi è Denny a invocare pietà. «Mi viene da vomitare».
«Mi fa male la milza», piagnucola Rob, tenendosi il fianco destro.
«Rob, la milza è dall'altra parte; lì c'è il fegato», gli spiego. «E meno male che tu saresti quello che fa "sport"».
«Ho le vesciche ai talloni», frigna Vinnie levandosi gli stivaletti quando, più tardi, sono tutti accasciati a terra, nel vicolo. «Almeno questa tortura è finita».
«Era solo il riscaldamento». Mi stendo a terra a pancia in giù, poi mi sollevo in equilibrio su gomiti e punta dei piedi. «Questo si chiama Plank, oggi terremo la posizione per trenta secondi, ma entro la fine della settimana dobbiamo arrivare a un minuto pieno. Dico dobbiamo, ma intendo che dovete».
«Ci rinuncio». Rob cede dopo tre secondi.

«Già? E con Louisa come fai?», lo punzecchio.
«Voglio la mamma», è il grido d'aiuto di Mickey.
«Fate finta di avere una bellissima donna stesa sotto di voi», li motivo.
«Io posso immaginare Ryan Gosling?», domanda Vinnie.
«Immagina chiunque ti motivi a tenere l'addome e stringere le chiappe».
«Ma a che serve tutto questo per la cucina?!», sbuffa Denny.
«Serve a non farsi portare a casa in barella dopo un servizio». Prendo una bottiglia di minerale da una delle casse d'acqua e gliela passo.
Un tizio entra nel vicolo e si muove con fare circospetto tra i bidoni.
«Serve aiuto?», gli chiedo.
«No, mi hanno già istruito», ribatte lui quasi scocciato della mia intromissione.
«Istruito, per cosa?».
Lui sbuffa, mostrando una scatola avvolta in diversi giri di scotch da pacchi. «Ho questo per una persona che sa che devo lasciarlo qui».
«Cosa contiene?», lo incalzo.
«Non sono affari tuoi», ribatte. Poi scoperchia il bidone del vetro. «Mi è stato detto d'infilarlo qua».
«Da chi?»
«Chi sa, sa», è la sua risposta prima di andarsene. Sospetto.
«Tutta questa fatica per guadagnare neanche un terzo di quello che m'intascavo con le scommesse», si lagna Rob.
«Sì, Rob, sono belli i soldi facili, finché un giorno non ti ritrovi a dividere una cella di nove metri quadri con un tizio soprannominato Mazza, che sta scontando due ergastoli per omicidio plurimo», ribatto.
«Quindi tu vuoi che ci alleniamo tutte le mattine?». Quelle negli occhi di Mickey sono lacrime.
«Vuoi fare di noi degli uomini veri?», domanda Sonny picchiandosi il petto con l'unico risultato di provocarsi una tosse da urto.
«L'obiettivo per ora è farvi evolvere da platelminti a esseri umani, per cominciare», rispondo.
Rob mi guarda confuso. «Platel… che?»

«Platelminti: una tipologia di verme», spiega Sonny.
«Adesso puzzo», constata Vinnie con aria disgustata.
«Prima ci alleniamo e poi impariamo tutte le basi della cucina. Regole: vi aspetto qui ogni giorno alle otto. Indossate tuta e scarpe da ginnastica, dico a te, Vinnie. Portatevi un cambio, non mangiate pesante a colazione. Capito, Denny? In cucina, ora».

~

Allenare i ragazzi mi serve per diventare parte del gruppo, ma alla fine è uno scambio alla pari: loro hanno bisogno di qualcuno che li rimetta in sesto e gli faccia capire che serve uno scopo nella vita; io ho bisogno di essere accettato nella famiglia del *Villa's*.
Loro sono cresciuti insieme, io sono l'elemento estraneo.
Essere incluso dalla brigata sarebbe un chiaro segnale per Gualtiero e Julia che io sono una persona degna di fiducia.
In ogni lavoro di copertura, l'ostacolo più grande è passare dall'essere "lo straniero" a "uno di loro".
Dopo due ore di tecniche culinarie, io e i ragazzi abbiamo pranzato insieme mangiando ciò che ci siamo cucinati ed è stato un momento di squadra e grande soddisfazione.
Scopro che quasi tutti hanno lasciato le scuole prima del diploma, a parte Sonny, che vorrebbe fare l'entomologo e per passione alleva insetti.
Rob ha una relazione prendimi-mollami con Louisa, capricciosa e dai gusti costosi, che lui riconquista ogni volta a suon di regali, tipo il chihuahua che lei desiderava tanto e che lui ha rubato fingendosi dog-sitter in un lavaggio cani.
Denny, invece, desidererebbe una ragazza ma tutte lo rifiutano perché è sovrappeso, così si deprime e mangia ancora di più.
Vinnie vorrebbe fare il social media manager ma nessuna azienda affiderebbe password e dati sensibili a uno che clonava documenti e carte di credito.
Mickey vorrebbe davvero imparare a cucinare, i dolci in particolare.
So tutto della vita di tutti, ora ho bisogno di stabilire un rapporto con Julia.

Ma è Julia che non vuole stabilirne uno con me.

Più tardi, mi apposto in una caffetteria di Berkeley Place, poco distante dall'indirizzo cui deve recarsi, dove fingo di prendere un caffè in attesa di vederla comparire.

Alle tre precise, un taxi si ferma davanti al portone dello studio fiscale e ne scende lei, con una borsa di quelle da palestra, blu con la scritta "Midnight Club" in bianco.

Paga la corsa, suona il citofono e sparisce nel portone.

Dopo di lei entrano altri tre uomini dall'aria distinta, ciascuno arrivato per proprio conto.

Ciò che mi stupisce è che lei ne riemerge appena dieci minuti dopo, senza borsa.

Qualunque cosa contenesse, l'ha lasciata dentro, quindi doveva trattarsi della consegna di cui parlava con suo fratello. È giunta l'ora di indagare.

Aspetto che Julia lasci i paraggi e mi reco al portone con una cartellina sottobraccio in cui ho raccolto una serie di finte fatture e altri documenti per simulare una contabilità di cui chiedere consulenza.

«Con chi ha appuntamento?», mi domanda una voce femminile attraverso il citofono.

«Anya», azzardo. E lo scatto della serratura si sblocca.

Lo studio ha sede in una casa d'inizio secolo, distribuita su tre piani e ristrutturata di recente.

La receptionist, molto elegante – fin troppo forse – per uno studio di consulenza a Brooklyn, mi accoglie sorridente.

«Buon pomeriggio, al momento Anya è impegnata, se desidera vedere lei dovrà aspettare una mezz'oretta, altrimenti è libera Rhonda».

«No, m'interessa conferire proprio con Anya».

«Uomo deciso, eh? Lei però non è un nostro cliente, è la prima volta che viene da noi?»

«Infatti, mi sono sempre appoggiato a un altro studio ma per questa contabilità avrei bisogno di un secondo parere».

«Posso chiederle come ci ha conosciuti?», continua a interrogarmi con voce suadente.

«Consiglio di un amico».

«Ovvio», commenta con un occhiolino. «A cosa servono gli amici, se non per questo?»

«Il passaparola è l'anima del marketing».

«Per curiosità», si sporge in avanti, offrendomi un panorama completo della sua generosa scollatura, «l'amico sarebbe?».

M'impongo di non guardare giù. «Villa. Angelo Villa». Nel momento in cui pronuncio il suo nome, lei sgrana gli occhi.

«Oh, un consiglio fidato, dunque. Dirò ad Anya di trattarla con un occhio di riguardo. Per l'appuntamento, non so se Angelo glielo ho detto, il pagamento è anticipato».

«Adesso?»

«È la prassi. Sono quattrocento dollari», mi comunica lei.

«Quattrocento dollari? Per una consulenza?»

«Una delle migliori consulenze in città».

L'FBI concede agli agenti speciali un fondo per l'indagine, ma va gestito con senno. Questa è un'uscita imprevista. «Carta di credito?»

«Contanti è meglio», mi spiega.

La situazione si fa sempre più strana. «Non li ho, dovrei prelevare».

«Nessun problema, c'è uno sportello dall'altro lato della strada».

«Vado e torno», dico. Mi rassicuro ripetendomi che sono qui per stanare le stranezze, non la normalità, e al momento ho già rilevato una red flag che mi dice che sono sulla strada giusta.

Finalmente in possesso del contante, torno a saldare la consulenza. La receptionist conta le banconote, le verifica con il pennarello antifrode e le incassa.

Mi sorride di nuovo. «Se vuole accomodarsi», indica il salottino alle mie spalle.

«Niente fattura?»

«Ahahah», ridacchia divertita. «Che spiritoso».

Pagamento esorbitante in contanti e nessuna ricevuta: questo studio si occupa di consulenze non proprio legali. Evidentemente sono molto bravi a nascondere i traffici dei loro clienti.

Mi siedo sul divanetto e prendo atto di altri due elementi inusuali per uno studio di consulenza fiscale: nell'aria si avvertono le note di una seducente musica lounge e la fragranza di un profumo molto intensa.

«Posso offrirle qualcosa?», mi domanda la receptionist. «Caffè? Champagne?».

Champagne?! Certo che con le loro tariffe possono permettersi di strafare nell'ospitality. «No, grazie. Sono a posto».

«Viagra?»

«Eh?». Non ho capito bene.

«Ma certo, uno come lei trasuda salute da tutti i pori. Peccato che oggi non sono di turno io. Un bel giorno fortunato per Anya. Oh, è libera: può salire nel suo ufficio. Secondo piano».

Ho un sospetto. Forse più che un sospetto.

Salendo passo davanti a due porte chiuse, da dietro le quali non provengono conversazioni ma respiri pesanti e rumori ritmici, che prima non udivo perché coperti dalla musica.

I sospetti cominciano a consolidarsi.

Al secondo piano, sulla soglia dell'unica porta aperta, mi aspetta una ragazza dai capelli biondo platino, gli occhi glaciali, anche lei fasciata in un abito molto succinto. «Di solito non mi piacciono gli appuntamenti a sorpresa, ma tu sei una gran bella sorpresa», mi saluta. «Io sono Anya».

«Romeo», mi presento, tendendole la mano destra. «Piacere».

Lei la prende e mi attira a sé, cingendomi le spalle. «Piacere mio, spero». Poi le sue dita scendono lungo il mio petto e oltre, fino al cavallo dei miei jeans, che stringe con vigore. «Decisamente piacere mio».

Lei non lo sa ma quello che sta afferrando con vibrante soddisfazione è il registratore. Spero che non abbia schiacciato il tasto "Stop".

Mi attira dentro, sbattendo la porta.

«Io sarei qui per una consulenza fiscale», dico sventolando la mia cartellina.

Lei la prende e se la lancia alle spalle. Nella stanza non vi è nulla che faccia pensare allo studio di una professionista del fisco.

Ci sono un letto e una chaise longue, su cui mi spinge, montando poi a cavalcioni su di me. «Cosa ti piace, Romeo? Dominazione soft o hard? O mi sottometto io?». Mi tira l'orlo della T-shirt e me la sfila con uno strattone, per poi lanciarla via.

«Tu non sei una commercialista abilitata all'esercizio?», chiedo per sfatare anche l'ultimo dubbio.

Anya fa di no con la testa, intenta a sbottonarmi i jeans. «Ma sono molto abile in altre cose».

«Aspetta», le impedisco di calarmi i pantaloni. Se me li levasse, salterebbe fuori il registratore... «Magari possiamo chiacchierare un po'».

«Ho capito, tu sei uno di quelli che vuole un po' di coccole e conoscersi prima...».

«Prima...?»

«Prima che ti scopi fino a consumarti». Anya si abbassa la zip del vestito, ostentando grazie molto poco velate. È filo interdentale o un reggiseno?

«Ma a me invece sta bene anche parlare e basta».

«Ti eccita che ti dica cose sporche? Vuoi sentire cosa ti farei?», mi sospira all'orecchio, sempre impegnata a frugarmi sopra e sotto i vestiti, mentre io prego che non trovi il registratore. La sua mano scende nei miei boxer e... NO! QUELLO NON È DECISAMENTE IL REGISTRATORE! «Complimenti, Romeo».

Qualunque uomo avrebbe la piena comprensione del genere maschile se, in questo frangente, perdesse il sangue freddo, ma io sono temprato da tutte le nottate passate negli strip club degli Aguilera. Sono quasi impassibile alla nudità.

Quasi. Diciamo che la pura nudità non basta più a eccitarmi.

«Per caso conosci Angelo Villa? Mi ha mandato lui», dico per riportare in campo il motivo per cui sono qui.

«Mhmmm sì, Angelo è proprio un cattivone».

«E viene qui spesso?», le domando.

«Viene eccome. Qui, qui, e anche qui», risponde toccandosi il petto, il viso e la bocca. «E a te dove piace venire?»

«Intendevo», aggancio con delicatezza ma con decisione i suoi polsi e la stacco dal mio corpo, «come frequentatore».

«Più che un frequentatore, lui è nella "gestione" ma non si fa mancare il piacere oltre al dovere».

Cose chiare: questo "ufficio" è una casa di appuntamenti e le "consulenti" sono prostitute, quindi, quanto ad attività illecite della famiglia Villa, possiamo già spuntare questa dalla lista. Mi resta da capire cosa sia venuta a fare qui Julia. Devo liberarmi di Anya e dare un'occhiata in giro.

«Ripensandoci prima ho fatto male a rifiutare l'aiutino che mi hanno offerto giù», divago.

«A me non sembra».
«È la mia prima volta con te, sono un po' emozionato e non vorrei fare brutta figura. Magari potresti recuperarmi una pillola magica?»
«Tu, brutta figura? Non vedo l'ora di cavalcarti allo sfinimento… e da quanto sento qui, mi conviene prendermi il resto del pomeriggio perché anche io sarò sfinita».
«Davvero, Anya, mi sentirei più tranquillo con una "spintarella"».
Lei annuisce. «Vado un attimo giù. Tu spogliati e mettiti a tuo agio. Sono sicura che nudo sei ancora meglio che vestito».
Anya si riallaccia l'abito e mi lascia nella stanza, così io mi metto a setacciare ogni angolo, veloce e silenzioso come un ninja.
Nel primo armadio trovo un assortimento completo di fruste e frustini, scorte industriali di preservativi e lubrificanti. Nel secondo armadio, ci sono le "divise" di Anya: costume da hostess, cameriera francese, scolaretta, poliziotta, corsetti e intimo osé ed è solo scavando in un cumulo di piume di marabù rosa che trovo la borsa blu, con scritto "Midnight Club", di Julia.
È pesante e in una frazione di secondo il mio cervello elabora due idee differenti:
- spero sia droga;
- spero non sia droga.
Il pensiero numero uno è dell'agente dell'FBI Dwight Faraday; il pensiero numero due è di Romeo.
Da un lato voglio trovare le prove, è il mio lavoro; dall'altro però non voglio incastrarla.
È come la storia del gatto di Schrödinger: finché non apro la borsa, Julia può essere sia colpevole che innocente, ma quando l'avrò aperta saprò una delle due opzioni con certezza e non voglio che sia la prima.
Tiro la cerniera e l'interno è stipato di… mazzette di banconote.
Dallo spessore e dalla capienza della borsa faccio un conteggio a occhio, Julia ha portato qui circa cinquantamila dollari in contanti.
Non è grave come una partita di droga, ma cinquantamila dollari cash, sono sospetti.

Dal rumore di tacchi per le scale capisco che Anya sta tornando, così chiudo tutto prima di farmi beccare. Meglio che vada, solo che la mia T-shirt è sparita.

Non la vedo da nessuna parte e non posso andarmene in giro a torso nudo, così, a mali estremi, prendo dall'attaccapanni una vestaglietta di raso rossa bordata di pizzo e me la infilo.

«Eccomi qui», annuncia, sventolando il blister di Viagra tra le dita. «Pronti a decollare… ma che fai?»

«Anya, sei molto disponibile ma devo davvero andare», le annuncio.

«Cosa? Perché?»

«Chiamata urgente… ho lasciato il tostapane acceso e nel mio condomino è scattato l'allarme antincendio, se non torno a staccarlo, con l'assicurazione succede un casino…», invento mentre mi precipito per le scale.

«Non vuoi neanche un massaggio?», domanda sporgendosi dal parapetto. «Un pompino?»

«Come se avessi accettato».

«Peccato… ma se tornassi mi farebbe piacere. Chiedi di me, offre la casa».

~

Per strada mi attiro diverse occhiate curiose.

Sulla metro, una signora anziana mi squadra dall'alto in basso. «Pervertito», sibila, mentre un uomo in completo da ufficio mi guarda con insistenza.

Io sventolo il nastro di raso che mi lega la vestaglia in vita con sfoggio. «Invidioso?», lo provoco.

Lui distoglie lo sguardo borbottando tra sé e sé: «Dove andremo a finire?».

Alla fermata di Jay Street mi arrendo: scendo alla ricerca di un negozio per prendermi una T-shirt di ricambio, anche perché questa vestaglia è impregnata di profumo stucchevole e ha una macchia incrostata sull'orlo che non credo sia yogurt.

Entro nel primo store di articoli sportivi e chiedo informazioni a un addetto. «Dove posso trovare delle magliette semplici, di cotone? Non abbigliamento tecnico, per favore».

«Il reparto tempo libero è al primo piano».

Mordendo il freno per levarmi di dosso la vestaglia, salgo i gradini quattro a quattro, ma scorrendo tutte le rastrelliere di indumenti capisco che sono sì nel reparto "Tempo libero", ma in quello da donna.

Sto per tornare indietro quando noto che sta salendo… Non ci credo. Non è possibile.

C'è Julia.

«Cazzo!», esclamo tra me e me. Mi ributto nel reparto donna alla ricerca disperata di qualcosa con cui cambiarmi al volo e individuo l'angolo premaman.

Cosa può andarmi bene? Sei mesi, sette… facciamo otto.

Mi sfilo la vestaglia, indosso al volo una maglietta a righe e…

«Romeo?».

25
Julia

Davanti a me c'è proprio Romeo.

Lui si volta di scatto, irrigidito. «Juliaaa… che coincidenza!».

«Già, una coincidenza davvero incontrarti proprio qui, al reparto donna», dico. «Premaman».

«Sì, sai, ieri sera mi sono reso conto di quanto bruscamente io e Jenny abbiamo interrotto la nostra relazione, senza che io mi preoccupassi del suo stato. Passavo di qui e ho pensato di prenderle un pensiero di addio prima che parta per Seattle». Stacca dall'espositore due abiti e li sventola su e giù. «Indumenti per bambino non sarebbero opportuni dato che i gemelli sono della sua collega, ma forse è meglio un vestito per lei».

«Gentile», osservo. Potrebbe essere un regalo di riconciliazione? Un primo passo per riavvicinarsi? E se l'incontro di ieri sera avesse risvegliato in lui i sentimenti sopiti donandogli lo slancio per riconquistarla?

«Mi daresti una mano?», propone Romeo di punto in bianco. «Io non so nulla di vestiti da donne, tantomeno premaman, e un consiglio sarebbe molto apprezzato».

«Forse tu conosci meglio i gusti di Jenny», è il mio blando tentativo di respingere la richiesta. Scegliere regali per le ex non è proprio l'attività migliore in cui coinvolgere una ragazza. «Ma il prendisole giallo le starebbe d'incanto».

«Provalo», dice tendendomelo.

«Io?», chiedo basita. «Ti sembro incinta?»

«È solo per vedere come sta indossato e non su una gruccia di plastica», insiste, piazzandomi l'abito in mano.

«D'accordo», sbuffo alzando gli occhi al soffitto. «Ma tieni presente che non somiglio un granché a Jenny, però».

Entro nel camerino e indosso l'abito che ha scelto Romeo, solo che è davvero molto largo e mi cade come un paracadute. «Non ha senso provarlo così», dico sbucando dallo spiraglio della tenda.

«Perché?»

«Passami uno dei palloni dell'espositore, laggiù».

«Basket o football?»

«Ti sembra che un bambino possa mai avere la forma di una palla da football?!».

«Non sei stata specifica». Romeo torna con quella da basket e me la tende. «Prego».

Rientro nel camerino, me la infilo sotto la maglia e poi riabbasso il vestito, dopodiché esco. «Era così che lo immaginavi?», gli domando.

Romeo però mi guarda e non dice nulla.

«Ho capito, non ti piace». Faccio per tornare dentro a levarmelo, quando mi soffermo sul riflesso nello specchio e mi ritrovo a fissarmi sorpresa.

Non ho mai pensato ai figli, né ho mai riflettuto davvero se li volessi oppure no; ho ventotto anni, la maternità non è neanche entrata nel mio orizzonte e vedermi così, con il ventre teso e tondo, mi spiazza.

Non capisco se mi piace o meno ciò che vedo, ma non riesco a smettere di guardarmi.

Nel riflesso c'è anche Romeo, dietro di me, con un'espressione altrettanto stolida.

Sembra il ritratto di una famiglia, ma io e Romeo siamo quanto di più lontano da una coppia e il vestito nasconde un pallone; solo che lo specchio tutto questo non lo sa e se ne frega, restituendomi un quadretto che non ero pronta a vedere.

E la mia mano, stupida e curiosa, va ad appoggiarsi sulla rotondità, percorrendola per tutta la circonferenza, quasi si aspettasse di sentire un calcio.

Non ho mai pensato al mio corpo come capace di creare, finora è stato solo capace di autodistruggersi. Quando ho subito l'intervento di stomia, il medico mi disse che gravidanze future non sarebbero state compromesse, ma a ventiquattro anni era un'informazione che ho preso e archiviato.

Chissà se Romeo vuole dei figli?

Oh, ma che accidenti mi importa se ne vuole o no?!

«Visto? Te l'ho detto, non mi sta un granché», taglio corto.

«Sei… sei…», Romeo deglutisce, lo sguardo fisso nello specchio anche lui, «sei bellissima».

Romeo non mi fa mai complimenti se non per trasformarli in prese in giro, ma stavolta nel suo tono di voce, rauco e soffiato, non colgo nessuna malizia. Sta lì a bocca aperta, a fissarci.

I miei occhi incontrano i suoi, nella realtà parallela del riflesso. «Bellissima?»

«Voglio dire… il vestito ti sta benissimo. No, scusami, intendo che il vestito sta come immagino starebbe a Jenny», si corregge in fretta, raffreddando quella strana scintilla calda che mi stava sfrigolando nel petto.

«Bene, allora hai già risolto il tuo regalo». E scompaio nel camerino, intenzionata a tornare subito nei miei panni.

Nonostante i miei buoni propositi, però, perdo ancora qualche istante a osservare la rotondità sotto la stoffa gialla, realizzando che la mia testa ha cominciato a produrre una serie di proprie fantasie: se fossi davvero incinta di sette mesi, il bimbo nascerebbe nel mese del compleanno di mia madre; a istinto sento che è un maschio… come lo chiamiamo?

Lo chiamiamo, io e chi…?

Mi picchio la mano in fronte per cancellare questa stupida catena di immagini invasive, sfilo l'abito premaman e levo il pallone da sotto la mia maglietta, restituendo al mio addome la sua verticalità. Rieccomi, nello specchio, la Julia che conosco.

Fuori trovo ancora Romeo, ma con indosso una T-shirt diversa… in effetti quella che indossava prima era un po' strana.

«Tieni», gli dico allungandogli l'abito. «Se hai deciso, puoi farlo impacchettare».

«Tu cosa hai preso?», mi chiede, accennando al mio cestino.

«Niente di che, cose che mi servivano».

«Ti serviva una muta?»

«Una tuta idrorepellente, sì».
«Interessante. Per...?», m'incalza.
«Indossarla».
«È così difficile fare conversazione con te, Julia», scuote la testa. «Ti va di bere qualcosa?»
«Con te?!».
«Sì, con me. Oggi è il giorno di chiusura del *Villa's*, possiamo fare finta di non essere dai lati opposti della barricata per dieci minuti? Se non ricordo male, un paio di sere fa ci siamo riusciti».
«Non ci siamo riusciti noi; ci è riuscito il Franciacorta. E proprio perché è il giorno di chiusura del *Villa's*, vorrei una pausa da te».
«E una pausa da te quando te la prendi?».
Incrocio le braccia al petto per difendermi dal Romeo che conosco e che è tornato dopo quel breve istante davanti allo specchio. «Non mi lascerai uscire di qui finché non ti dico di sì, vero?»
«Secondo me hai paura di scoprire che, dopotutto, non sono così male come persona e saresti costretta a rivalutarmi. Preferisci restare attaccata alle tue solide convinzioni?»
«Figurati se ho paura di un caffè con te».
«Probabilmente l'unica persona di cui hai paura sei tu stessa. Accorgerti di aver sbagliato a valutarmi e tornare sui tuoi passi ti metterebbe di fronte al fatto che sei fallibile. È un rischio serio, te la senti di affrontarlo?».

~

A Brooklyn Heights le caffetterie abbondano, quindi non ho neanche la scusa del "non ci sono bar nei pressi" e infatti, usciti dal negozio, ci ritroviamo uno Starbucks, uno dei più grossi della zona, proprio dall'altro lato della strada. Da una parte sono contenta che non ci troviamo in un locale più intimo, ma al contempo, per sederci, siamo costretti a stringerci uno accanto all'altra, su uno dei divanetti di pelle contro la parete.
Romeo è alla mia sinistra e, pur volendo evitare ogni sorta

di contatto, i nostri gomiti si toccano a ogni nostro minimo spostamento e dentro di me esulto per aver indossato un top a maniche lunghe.

Lui ha davanti un frappuccino gigante, io un caffè freddo.

Ciascuno ha pagato il suo, ho insistito.

«Giusto perché sia messo agli atti, non ti reputerei meno femminista se ti lasciassi offrire un maledetto caffè», comincia lui, immergendo il cucchiaio nella collinetta di panna striata di caramello che corona il suo bicchiere.

«Non è una questione di femminismo; non ho nulla contro il farmi offrire una cena da un uomo a un appuntamento. Finché si offre per il puro piacere di farlo non c'è nulla di male; l'offerta diventa una questione di potere nel momento in cui ci si aspetta qualcosa in cambio dall'altro. Io valgo un po' più di un caffè. O di una cena».

«Allora, perché hai insistito per pagare il tuo caffè come se ne fosse andato della tua vita?»

«Perché il nostro non è un appuntamento e deve essere chiaro», sottolineo.

«Quando esci con Liza e una delle due offre da bere all'altra cos'è?»

«Ci vediamo di continuo, all'uscita successiva l'altra ricambierebbe il gesto».

«Per noi non può funzionare allo stesso modo?», insiste lui.

«Perché funzionasse, dovrebbe esserci una seconda volta». Prendo un sorso di caffè. «E non ci sarà».

«Tu non hai idea di quanto ami le sfide, altrimenti non faresti queste affermazioni».

«Sarò felice di dimostrarti che ti sbagli».

«Dove indosserai la muta che hai comprato?», mi chiede, accennando al sacchetto accanto a me. «Non rispondermi con un'altra domanda o giuro che vado a prenderti un altro caffè e sarai obbligata a vedermi una seconda volta».

«Questo pomeriggio c'è un raduno: sono iscritta a questo gruppo che ogni settimana organizza ritrovi sportivi a New York e dintorni, e oggi facciamo il giro di Manhattan in moto d'acqua».

«Di tutta l'isola?», si informa lui incuriosito.

«Partiamo dai moli di Brooklyn Heights, risaliamo tutto l'East River verso nord, entriamo nel canale di Harlem, giriamo intorno a Inwood Hill Park e poi scendiamo dall'Hudson».

«Sembra bello».

«Dici sul serio o mi stai prendendo in giro?»

«Sono serio. Come si chiama il gruppo?»

«Non è un gruppo proprio ufficiale. Abbiamo un canale dove ogni settimana vengono pubblicati gli aggiornamenti sull'evento successivo». Prendo il cellulare e gli mostro la schermata con l'appuntamento di stasera. «Ci si iscrive, si paga, ed è fatta».

«Con questo QR code?», chiede indicando il quadratino bianco e nero.

«Da condividere per aggiungere un nuovo partecipante. È così che funziona il gruppo: non puoi farne parte se non ti ci fa entrare chi è già dentro».

«Esclusivo».

«Diciamo che non sempre dispongono delle autorizzazioni necessarie».

«È da molto che fai parte di questo giro?»

«Un annetto, circa».

«E che altre attività hai intrapreso con loro?», mi interroga ancora.

«T'interessa davvero o il tuo è solo un tentativo di dimostrare che io e te possiamo avere una conversazione normale mentre, in realtà, ti stai chiedendo se hai mai visto lo stesso piccione due volte?»

«Ora che me lo fai notare, questa storia del piccione è interessante e mediterò a riguardo, ma sono davvero interessato».

«Abbiamo fatto bungee jumping notturno dal Verrazzano Bridge, e per poco non ci hanno beccati; skydiving, lanciandoci con il paracadute da una gru di uno scalo del porto di Red Hook… cose del genere».

«Intrepida. M'intriga questo lato di te».

«Non sono una tutta casa e cucina, se era quello che ti aspettavi», ribatto.

«Non sono un fan delle aspettative: sono la strada migliore per la delusione. Nel tuo caso, poi, lasci trasparire così poco di Julia che mi è impossibile anche solo azzardare delle supposizioni. Certo, so che possiedi un vibratore a forma di pennello, ma non è un granché per tracciare un tuo profilo».

«Lo sapevo che non dovevo raccontarti del pennello. Ogni volta che vorrai sfottermi, lo userai contro di me».

«Contro di te o con te? La seconda opzione si fa interessante».

«Stai certo che non si verificherà mai una situazione in cui tu, io e il mio pennello possiamo trovarci nello stesso luogo e nello stesso momento».

«Non facciamo pronostici affrettati». Cattura la cannuccia con la punta della lingua, lasciando occhieggiare il piercing che è – purtroppo – il mio tallone d'Achille. Sorride diabolico e soddisfatto, alzando il mento con aria vittoriosa. Di Romeo si possono dire tante cose ma non che il suo profilo sia brutto. Anzi. È uno di quelli che, quando Dio distribuiva la fortuna genetica, lui ha fatto la fila due volte. Devo obbligarmi a non fissarlo, cosa che, quando gli sono così vicina, mi ritrovo a fare più di quanto non vorrei.

«Che hai lì, sul collo?», domando notando una traccia rossa tra la sua mandibola e l'orecchio destro.

«Sul collo?»

«Sì». Mi avvicino di più, tendendo il dito verso il punto incriminato. La forma della traccia assomiglia a quella di un labbro superiore. «È… rossetto».

«Rossetto?»

«E non solo». A così poca distanza, riesco anche a percepire il suo profumo. Mi accosto al suo collo e ho la conferma: non è il suo. «Hai un profumo da donna».

«Ah, si sente?». Porta la mano a coprire la scena del delitto con aria finta colpevole. Non c'è bisogno di dire altro: Romeo arriva dritto da un incontro ad alta tensione sessuale.

La mia immaginazione che oggi è particolarmente prolifica, prova a darmi alcuni spunti di lui e la sua partner – forse la cameriera del TriBe? – travolti da un'irrefrenabile passione.

Un fugace amplesso contro un muro? Lei sdraiata su un tavolo? O lei seduta sul tavolo? Accidenti! «Si sente eccome», dichiaro secca. «Ed è stucchevole. Troppo dolce, scadente e sbilanciato».

«Tu che profumo usi?», mi domanda.

«Non te lo dico».

«Posso scoprirlo da solo», ribatte. «Tu hai annusato me, io annuso te».

«Se la proprietaria del rossetto sapesse che vuoi annusarmi, non ne sarebbe felice».

«E cosa te lo fa pensare?», chiede lui con un mezzo sorriso, il labbro inferiore appena stretto tra i denti.

«Non lo penso, lo so».

«Lei non è gelosa».

«Lo dici solo perché ti fa comodo». Finisco il mio caffè raccogliendo le ultime gocce intrappolate tra i cubetti, la cannuccia che emette un risucchio ben poco aggraziato.

«Non la conosci».

«A me non piacerebbe».

Ora è Romeo a sporgersi verso di me, a un palmo dal mio viso. «Allora stai parlando di te, non di lei. Sì, ho del rossetto sul collo, ti dà fastidio?». La sua voce è bassa e roca, se fosse due centimetri più lontano non lo sentirei.

«Non mi dà fastidio», sussurro a mia volta, deglutendo a vuoto. Ogni volta che mi si avvicina, ha il potere di rubare tutto l'ossigeno di cui ho bisogno per respirare, mandandomi in apnea.

«A me sembra di sì, Julia».

«Sei tu che mi dai fastidio, Romeo».

«Provocarti qualche reazione è comunque molto meglio che lasciarti indifferente».

Restiamo lì, fermi e in silenzio, a fissarci e basta. Ci studiamo, ci misuriamo, sempre impegnati a decidere la prossima mossa.

«Devo andare alla toilette». Interrompo il nostro duello di sguardi, di proposito.

In realtà devo andarci davvero, ma questo è il momento più opportuno perché vorrei tanto che Romeo mi fosse indifferente, invece ha la capacità di infilarmisi sottopelle solo standomi vicino, senza neanche sfiorarmi. Per non parlare di quando abbiamo un contatto incidentale. O peggio, non incidentale.

Mi chiudo nel bagno e provo a lasciare Romeo e tutti i pensieri che lo riguardano fuori dalla porta.

Svuotare la stomia è un procedimento necessario, da ripetere più volte al giorno e durante il quale non mi sento del tutto umana. Benché razionalmente sappia che è un'operazione normale e che fa parte di questa nuova vita che mi è stata concessa, in me si scatena comunque un conflitto interiore che mi mette in guerra con me stessa: quella che ero prima con quella che sono adesso. Accettare il mio nuovo corpo è una sfida quotidiana: ci sono giorni in cui penso di esserci riuscita e che mi piacerò per sempre; altri in cui mi sembra che di me si veda solo quel sacchetto beige che mi pende dall'addome, anche se coperto da strati e strati di vestiti.

E la cosa peggiore è che sento di non avere nemmeno il diritto di lamentarmi perché mi vengono rivolte irritanti frasi di circostanza come "Reputati fortunata" o "Ti è andata bene, alla fine", ma mi chiedo se, al mio posto, qualcuno si riterrebbe altrettanto fortunato.

Richiudo il sacchetto, lo sistemo nella fascia contenitiva che indosso sempre quando devo svolgere una qualche attività movimentata, mi lavo le mani ed esco.

Al tavolo c'è ancora Romeo che, finito il frappuccino, ora si rigira in bocca uno dei suoi soliti lecca-lecca.

«Pronta?», mi domanda alzandosi in piedi. «È quasi ora del raduno».

«Sì, ma tu puoi restare, se ti va», rispondo, raccogliendo la mia borsa dal divanetto.

«Vengo anche io», dichiara in tono sicuro.

«A fare che? Mica vorrai stare due ore sull'attracco a fissare l'orizzonte».

«No, affatto. Vedi, mi sono iscritto», dice mostrandomi lo schermo del cellulare.

«E come, scusa?»

«Magari faresti meglio a mettere un codice al tuo cellulare», ribatte compiaciuto.

«Stai scherzando?!», prendo il telefono, apro la chat del gruppo e noto la dicitura "Nuovo membro aggiunto". «Questa è violazione della privacy!».

Lui annuisce, passandosi il lecca-lecca dalla guancia destra alla sinistra. «Tecnicamente no. Il tuo cellulare è rimasto sul tavolo quando sei andata in bagno e io non l'ho toccato. Hai lasciato aperta la schermata della chat su cui è arrivato un nuovo messaggio. A me è bastato inquadrare il QR code con il mio telefono per entrare».

«E poi ti stupisci perché non voglio passare tempo con te», sbuffo inferocita.

«Andiamo?».

26

~~Dwight~~

Romeo

Julia sarà anche difficile da conquistare, ma io sono difficile da scoraggiare.

27
Julia

Raggiunto il molo, vado in una rimessa a cambiarmi per uscirne inguainata nella muta. Quando esco, trovo Romeo che non solo si è già presentato a tutti i membri del gruppo, ma ci ride e scherza come se li conoscesse da più di me.

Gli invidio molto questo suo innato dono di fare conversazione anche con i sassi e sembra dotato di un magnete naturale che attrae le persone, che lo adorano dal primo istante.

«...E quindi, a metà della discesa mi ritrovo fuori pista e senza uno sci, così scendo in equilibrio sull'unico che mi è rimasto...», racconta tra le risate degli ascoltatori incantati. E ascoltatrici.

Le donne sono in minoranza, ma sono conquistate. Sento i loro feromoni in fermento da qui.

Avvicinandomi, noto una seconda cosa: Romeo indossa già il giubbino salvagente come tutti, ma anziché portare una muta o un costume come gli altri, è... in boxer.

La stoffa fascia i suoi glutei in un modo tale da non lasciare scampo all'immaginazione. Se ci fosse qui Liza, di certo, ne approfitterebbe per scattare una foto.

«Tu davvero vieni così?!», gli domando attonita. «In mutande?».

Lui si volta verso di me e noto il davanti dei suoi boxer. A caratteri cubitali, bianco su nero, c'è scritto: "Se stai leggendo, non mi stai guardando negli occhi".

«Preferisci senza?», chiede suscitando una risata generale.

«Ok, amici: giubbini salvagente, caschetti in testa e i vostri effetti personali nel sottosella della moto», annuncia Cliff.

«Sai, Julia», mi dice una delle ragazze dello staff, prendendomi sottobraccio. «Avresti dovuto invitare Romeo prima. È davvero un personaggio. Ma uscite insieme?»

«Cielo, Val, no!», esclamo.

«Allora, non sali in moto con lui?»

«Neanche se ne andasse della mia vita», mi affretto a rispondere. Ma l'espressione soddisfatta di Val quasi mi fa pentire di non aver detto "Sì".

«Tanto meglio per me», ribatte Romeo. «Mi rallenteresti».

«Scommetto che non riesci neanche a starmi in scia», dico, saltando sulla jet ski. Premo il tasto di accensione e la lancio in direzione di Manhattan.

Poco dopo mi ritrovo affiancata da Romeo, mentre passiamo sotto al ponte di Brooklyn. E il fatto di non vedere Val seduta dietro di lui mi fa sentire inspiegabilmente sollevata.

«Non ho nessun problema a starti dietro, Julia. Anzi, ho due ottimi motivi».

«E quali sarebbero?»

«Il primo: non vedo la tua faccia imbronciata».

«E il secondo?»

«Questa tuta aderente ti dona molto e il tuo panorama posteriore è piuttosto gradevole da contemplare».

«Fossi in te contemplerei il posteriore di quella chiatta contro cui stai per schiantarti».

Romeo scarta secco a destra, evitando la collisione per una spanna. «Grazie dell'avviso tempestivo».

Scivoliamo sull'acqua color piombo dell'East River costeggiando Manhattan, nell'aria tiepida del tardo pomeriggio e, per quanto sembri assurdo, nonostante io "guidi" per i fatti miei, mi ritrovo sempre a guardarmi intorno per individuare Romeo.

Con la coda dell'occhio cerco il puntino rosa fluo del suo caschetto, è l'unico tra tutti i ragazzi ad aver accettato di indossare un colore "da donna".

"Preferisco morire da maschio, che sopravvivere da femmina", è la loro tipica pietosa battuta, a ogni raduno.

A Romeo non importa. Lui mi sembra tanto sicuro di sé che non mi stupirei se avesse scelto il casco rosa di proposito per distinguersi.

Che sia vicino o lontano da me, davanti, dietro o di lato, in qualche modo ho bisogno di registrare la sua presenza.

E anche dimostrargli che so il fatto mio, che non sono goffa o impacciata, che non temo la velocità o di bagnarmi i capelli, come Val che per sicurezza si è infilata una cuffietta in silicone.

Mi piace sentire il vento che mi sferza sul viso e alzare ondate al mio passaggio, impennare sul pelo dell'acqua ogni volta che do gas. È come se stessi decollando, staccandomi dalla mia vita e lasciandomi alle spalle tutti i problemi. Ci siamo solo io e l'aria.

Raggiungiamo la metà del giro nel canale di Harlem, prima di curvare sotto l'Hudson Bridge per tornare indietro.

«Non te la cavi affatto male», commenta Romeo, circumnavigandomi, con il motore al minimo.

«Tu, invece, hai lo stesso brio incontenibile di un pensionato che controlla i cantieri», ribatto.

«Ti propongo una sfida», dice fermandosi accanto a me. «Chi arriva prima ai moli».

«Ci sto», raccolgo il guanto seduta stante. «E se vinco io, sarai il mio schiavo al ristorante per tutta la settimana».

«E se vinco io, uscirai con me per un altro caffè».

«Puoi stare certo che, anche se mi fosse mancata, mi hai dato la motivazione che mi serviva per mettercela tutta».

«Che crudeltà, Julia. L'idea ti fa inorridire fino a questo punto?»

«Dai il via».

«Al mio tre. Pronti!», annuncia. «Mani sul manubrio. Uno… due…».

E io apro il gas, lanciandomi nell'Hudson con tutta la spinta che ho.

Il fiume traccia il confine naturale tra New York, a sinistra, e il New Jersey, a destra; la luce del tramonto incendia l'acqua trasformandola in un mare di lava.

Romeo mi sorpassa a tavoletta, alzando una scia di schiuma dietro di sé, così io mi fiondo al suo inseguimento.

Fianco a fianco, ci rubiamo a vicenda la pole: a tratti è in vantaggio lui, a tratti sono in vantaggio io, ma sempre troppo poco per sentirmi al sicuro.

Proprio come nelle nostre conversazioni.

«Inizia a pensare a come lo vuoi, il caffè», grida.

«Stai per passare la settimana peggiore della tua vita», ribatto io.

È il momento di dare tutto e giro la manopola del gas finché ne ha, aumentando sempre più il distacco.

Non mi avrà mai.

Lo semino fino all'altezza dello snodo più trafficato, con le linee dei traghetti che fanno la spola tra Manhattan e Jersey City, dove sono obbligata a rallentare, mangiandomi la lunghezza guadagnata.

Ma tanto, se devo fermarmi io, dovrà farlo anche lui e ripartiremo in parità.

Almeno credo.

Ma mi sbaglio.

Romeo mi sorpassa a tutto gas puntando dritto alle rotte dei traghetti.

È matto. È matto da legare.

«Romeo», urlo inutilmente, la mia voce coperta dai rumori dei motori e attutita dalla distanza. «Ti ammazzerai».

Ci sono infatti due traghetti che stanno per incrociarsi e lui che si dirige al massimo della velocità nello spazio sempre più esiguo tra le due prue.

Mi sento il cuore pulsare in gola e non so se guardare o no la scena. Per quanto io non sopporti Romeo, non ci tengo ad assistere alla sua morte in diretta.

Come un filo nella cruna di un ago, lui e la sua moto s'infilano nel sempre più stretto spiraglio e io resto lì, paralizzata dal terrore.

I traghetti s'incrociano e poi si separano, ciascuno nella propria direzione, riaprendo il varco e... di Romeo non c'è traccia.

Riparto e supero lo snodo, quando noto un puntino rosa che galleggia. Mi avvicino e capisco che è il casco di Romeo. Lo recupero: i ganci di chiusura sono strappati.

«Cristo santo! Romeo», urlo. «Romeo, Romeooo».

Non so quante volte grido il suo nome, nel panico, cercandolo nell'acqua attorno a me. Se è caduto, la sua moto sarà da qualche parte. «Romeo, dove sei? Romeooo!».

Sono in preda a una furia isterica, non so se sto tremando di rabbia o di paura.

Poi il rombo sordo di un motore al minimo e l'acqua oscilla facendomi dondolare. «Che c'è da gridare?».

È lui. È Romeo, a cavallo della sua jet ski, senza casco ma tutto intero. È vivo! Grazie a Dio è vivo. Mentre registro la sua sopravvivenza, mi si appannano gli occhi.

«Hai visto un fantasma?»

«Idiota!», esclamo tirandogli il suo caschetto che mi sono stretta in grembo come fosse un orsetto.

«La cinghia era scucita e con la velocità si è strappata».

«Avresti potuto ammazzarti».

«Ti sarebbe dispiaciuto?», mi domanda. «Saresti venuta al mio funerale?»

«Vedi di arrivare al molo prima di me altrimenti, se ti prendo, rimpiangerai che quei due traghetti non ti abbiano travolto».

«Come vuoi», sgasa un po' girandomi intorno. «La gara è ancora aperta». E scivola via sull'acqua, verso la punta sud dell'isola.

Tengo la sua rotta a tutta velocità, a volte ho la sensazione che rallenti apposta per farmi avvicinare e poi, quando sono a un pelo dal sorpassarlo, ecco che riguadagna vantaggio.

Gioca all'elastico, fino al rush finale che gli assicura la vittoria.

«Competizione niente affatto scontata», dice lui appena raggiungo il molo.

«Se non fossero passati i traghetti in quel momento, sarei arrivata una vita fa».

«Sei stata un degno avversario. Ciò nonostante, ho vinto io».

«Solo perché sei un pazzo privo del minimo senso del pericolo», lo accuso.

«Vuoi la rivincita?»

«No, grazie, evito volentieri un altro mezzo infarto».

«Infarto? Addirittura?». Mi tende la mano per aiutarmi a scendere dalla moto. «Non immaginavo che ci tenessi tanto a me».

«Ho detto mezzo, Romeo», puntualizzo, rimettendo i piedi a terra. «Mezzo infarto».

«Mezzo cuore mi basta». Lui mi guarda con un sorriso che non so decifrare: è limpido, spontaneo, dolce ma anche…

sexy. E la mia mano è ancora stretta nella sua, avvolta in quella presa gentile e calda.

«Vado a rivestirmi».

Quando però torno, lui è ancora lì ad aspettarmi. E mi rendo conto che, se fosse andato via, ci sarei rimasta male.

28

~~Dwight~~

Romeo

«Sete?», domando a Julia tendendole una bottiglietta d'acqua. «Sì, l'ho pagata io; no, non mi aspetto niente in cambio e non la considero un appuntamento. Accettala come premio di consolazione per la sconfitta».

«Consolarmi con l'acqua sarà difficile, ma grazie».

«Certo, potresti sprecare una parola di congratulazioni nei miei confronti».

«Non pensavo ci tenessi. Congratulazioni per la schiacciante vittoria. Schiacciante soprattutto perché quasi ti sei fatto schiacciare da un traghetto».

«Hai fame?», le domando. «Io, molta. Pensavo di mangiare qualcosa e magari potresti unirti a me. Lo chiedo per educazione, non per trasformare il pomeriggio in una cena romantica».

«Non c'è pericolo perché la cena che vorrei io è tutto meno che romantica».

«Cioè?»

«Burrito e nachos con formaggio fuso». La voce di Julia gronda d'ingordigia. «Ovviamente mio padre non lo deve sapere».

«Mi hai letto nel pensiero, li prendo anche io».

Facciamo la fila a uno dei food truck parcheggiati nei pressi del molo, poi andiamo a sederci su una delle gradinate di cemento dell'area skate che da Brooklyn affaccia su Manhattan. Ormai è calata la sera, e da qui guardiamo i palazzi del Financial District accendersi in una costellazione di lucine.

«Questo è il cibo di Dio», mugugna addentando un nacho grondante formaggio.

«I nachos non potresti mangiarli?», le chiedo addentando il mio burrito ripieno di chili di carne, frijoles, pico de gallo, jalapenos tritati, salsa chipotle e guacamole.

«Sempre per il discorso disidratazione: troppo sale. Non hai idea di che sofferenza sia amare il salato e dover mangiare insipido», risponde ficcandosi le patatine in bocca.

Mi ritrovo a pensare che anche io vorrei essere guardato con gli stessi occhi con cui guarda la sua vaschetta di nachos.

Prima, quando sulla moto d'acqua Julia mi chiamava a squarciagola, aveva uno sguardo così preoccupato che ho pensato di rimanere in disparte per potermelo godere ancora un po'.

«Cos'altro ti manca?»

«Il piccante. Pensa che a dodici anni ho battuto tutti i miei fratelli in una gara a chi riusciva a masticare più peperoncini. Pete ha dato forfait quasi subito, Angelo invece non voleva arrendersi anche se aveva le lacrime agli occhi ed era diventato viola».

«Competitiva da sempre, eh?»

«Con due fratelli maggiori, dovevo dimostrare di essere come loro, perché mi considerassero», mi racconta. «E ora che Pete ha il suo panificio e Angelo il ristorante, sono quella che rischia di essere tagliata fuori».

«Al momento, alla guida del ristorante ci sei tu», le faccio notare.

«È temporaneo. Una volta guarito, Angelo tornerà in cucina e io sarò di nuovo relegata alle ordinazioni».

«Ed è un peccato», osservo.

«Ma se non vedi l'ora che mi levi dai piedi!».

«Un peccato per il ristorante. Angelo non ci mette l'impegno che ci metti tu». Bene che abbia introdotto lei l'argomento Angelo. «Forse lui preferirebbe altre attività?»

«Ad Angelo piace l'agio e detesta la fatica». Julia scuote il capo con rimprovero. «Papà però vuole i suoi figli tutti in prima linea. Almeno, loro due».

«La sua gamba come va?»

«Deve reputarsi fortunato di essersene rotta una sola».

«Che tipo di incidente è stato?», chiedo con velato interesse.

«Ha attraversato con il rosso e, troppo ubriaco, non ha avuto i riflessi pronti per schivare un'auto», risponde con l'automatismo di chi sembra aver imparato una risposta a memoria. «Lui è sempre stato lo scavezzacollo di casa. Se osavo rivolgergli rimproveri tipo: "Non rimettere il cartone del latte vuoto in frigo", o "Puoi gettare le tue mutande sporche nel cesto del bucato, anziché lasciarle per terra?", lui mi abbaiava contro il classico: "Piantala, non sei nostra madre". E non vuoi sapere cosa significasse cambiare le lenzuola dei loro letti nella fase "scoperta del sesso". Ho già un posto in paradiso».

«Quanti anni avevi?»

«Tredici. Al mattino andavo a scuola, al pomeriggio facevo i compiti e le faccende di casa e poi, la sera, davo una mano al ristorante che avevamo a Brooklyn», racconta. «Mi piaceva tenermi occupata, così non pensavo alla morte di mamma. Ho anestetizzato la perdita riempiendomi le giornate di ogni tipo d'impegno, e se non ne avevo abbastanza, partecipavo a ogni attività extrascolastica possibile: ero nella squadra di atletica del liceo, in quella di nuoto, in quella di pallavolo... Ma da quando si è manifestata la MdC è tutto finito».

«Puoi fare sport?»

«Certo, peccato che papà creda di no. O meglio, lo sa benissimo che sono in grado di mangiare quasi tutto, tranne certi alimenti, che posso fare attività fisica senza rischi, che posso viaggiare e stare via da casa per più di un giorno. Pensa che la prima volta che ci siamo incontrati...».

«Quando ti ho investito con l'ondata di acqua di pozzanghera», preciso. «Ti ho scambiato per una turista».

«Ero appena tornata da un viaggio che ho voluto fare a Roma per toccare con mano la vera cucina italiana e ho avuto questa "gentile concessione" solo perché Liza è venuta con me».

«Viaggi sotto scorta, fai sport di nascosto e mangi ancor più di nascosto».

«E faccio anche sesso di nascosto», aggiunge.

«Con chi?», chiedo approfittando di questo momento di scioltezza.

«Tu con chi, Romeo?», ribatte lei.

«Non hai un ragazzo, mi pare».

«E dove sta scritto che il sesso si fa solo con il proprio ragazzo?», replica con un sorriso tagliente. «Neanche tu stai con una ragazza, eppure il rossetto che avevi sul collo raccontava un'altra storia. Quando è stato che voi uomini vi siete riservati il privilegio del sesso occasionale?»

«Non saprei». Mi ritrovo stranamente incapace di ribattere. «E... le "occasioni" ti capitano spesso?»

«Abbastanza da qualificare la mia vita sessuale come attiva. Tutto con le dovute precauzioni, s'intende. In questi anni ho capito che non mi serve una relazione per stare bene, ho già tutto ciò che voglio e di cui ho bisogno. In più, richiederebbe una dose di energia e fatica non indifferente. T'immagini che strazio un appuntamento a cena con me, che mangio con questa lentezza esasperante?».

Noto infatti che il suo burrito al pollo, non piccante e senza verdure crude, non è neanche a tre quarti e ogni suo boccone dura diverso tempo. «Sarebbe il ritmo perfetto per conoscersi meglio», osservo. «Tempi lunghi e zero fretta».

«Sì, ma la persona in questione si domanderebbe perché impiego tanto a masticare e così si finirebbe inevitabilmente a parlare di Mr. Crohn che, credimi, è l'argomento meno indicato da affrontare durante un pasto, e nemmeno lontanamente sexy; ucciderebbe qualunque intenzione successiva. E poi non mangio mai prima di un "incontro ravvicinato", per evitare sgradevoli incidenti», puntualizza prendendo un sorso dalla bottiglia.

«Dunque, tirando le somme: stai mangiando in mia presenza, con la lentezza che ti è consueta, e mi stai parlando della tua malattia il che esclude un qualunque esito sessuale della serata. Prendo atto».

Alla mia frase, Julia scoppia a ridere. Ma non una risatina a fior di labbra, è proprio una risata viscerale che le fa uscire l'acqua dal naso. «Non che ci fosse mai stata questa eventualità, Romeo. Credo che tu, dopo mio padre e i miei fratelli, sia di sicuro l'uomo con cui posso fare queste tre cose senza pormi il problema del dopo», commenta asciugandosi la faccia con il dorso della mano.

«Significa che con me ti senti abbastanza a tuo agio da mostrarmi ciò che non mostri ad altri. Se aggiungiamo il mezzo infarto che ti ho fatto venire prima, per me il risultato della giornata è più che positivo».

«Come accidenti fai a essere sempre così?», mi domanda.
«Così, come?»
«Solare, allegro, propositivo. Non ti fai abbattere nemmeno da una donna che ti dice in faccia che da te non si farebbe mai sfiorare con un dito».
«Io invece mi chiedo come fai tu a essere sempre così cupa, immusonita e suscettibile», ribatto. «E per quanto odierai sentirtelo dire, almeno da me, sei molto bella quando sorridi. Perfino quando ti esce l'acqua dal naso».
«Se questa è l'immagine che ricorderai di me sorridente, posso anche accettarlo».
«No agli appuntamenti galanti, no alle cene, no alle lunghe storie… come ti relazioni con gli uomini?»
«Con *MatchMe*, la app d'incontri. Il 90% degli uomini presenti lì è alla ricerca di avventure senza impegno, il che è perfetto perché è ciò che cerco anche io».
«Credevo che le donne detestassero *MatchMe*», osservo.
«Perché sperano di incontrare il grande amore, e invece trovano solo grandi fregature. Gli uomini lo sanno; le illudono e le corteggiano facendo credere loro di essere i principi azzurri che aspettano e, dopo la prima uscita, le ghostano. Quanto a me, se mi ghostano, mi fanno un favore», decreta con incrollabile sicurezza.
«Allora, è così brutto?», le domando.
«Cosa?»
«Parlare con me».
«Parlare con te è enormemente facile e tremendamente difficile».
«Contradditorio».
«È facile perché sembra che tu sia stato quasi addestrato a conquistare le persone, metterle a loro agio, e a farti dire cose che non rivelerebbero neanche sul letto di morte. È difficile perché mi sfidi a risponderti. Sono più stanca dopo una conversazione con te che non dopo aver corso dieci chilometri senza fermarmi».
«Perché fai resistenza, è come se corressi controvento. Se non stessi sempre sulla difensiva, potresti addirittura trovarlo piacevole».
«Sai cosa non è piacevole?». Dà un altro morso al burrito e

sbuffa con aria scocciata. «Questo pollo. Senza salsa piccante, non ha personalità. Sembra cibo da ospedale».

«È un tentativo sottile di farmi capire che avresti voluto un morso del mio burrito ma che io l'ho finito senza neanche offrirtene un po', vero?», chiedo.

«Tanto non avrei potuto, ho già azzardato con i nachos. Non trovi bizzarro che siamo due cuochi e abbiamo un debole per il cibo da strada?»

«Dicono che i medici siano i peggiori pazienti», rifletto, compattando l'alluminio dell'involucro vuoto nel palmo, fino a ridurlo a una pallina. «Non è così strano che, dopo giornate intere passate a bilanciare alla perfezione sapori e nutrienti e a comporre un piatto che appaghi tanto l'occhio quanto il palato, poi abbiamo solo voglia di trangugiare un panino ripieno, avvolto in un rotolo di stagnola».

«La sindrome del pasticcere: prepara tanti dolci per lavoro che poi non vuole altro che salato». Julia si volta e mi osserva, indicandomi il viso. «Sei sporco».

«Dove?»

«Hai della salsa chipotle all'angolo della bocca». Tende la mano destra verso di me e con il polpastrello del dito medio rimuove la traccia di salsa rossa.

La guarda per un istante, poi guarda me, e si porta il dito alla bocca, stringendolo tra le labbra.

«Ti piace?», le chiedo.

29
Julia

La mia lingua raccoglie l'ombra di salsa, mentre la mia bocca si riempie dell'aroma dolce e affumicato del chipotle che scoppietta sulle papille gustative.

Io e Romeo ci fissiamo in silenzio.

«Ti piace?», mi domanda lui, con il suo mezzo sorriso da mascalzone.

«Vedi, questo è l'esatto motivo per cui non si dovrebbe mai avere ciò che si desidera».

«Perché?»

«Perché poi non ti basta e ne vuoi ancora».

«Io sono a disposizione», ribatte leccandosi il labbro superiore, con il bagliore metallico del piercing che occhieggia al riflesso di un lampione.

Già. Di certo le sue labbra e la sua lingua sanno di chipotle e bruciano come l'inferno. E Romeo mi guarda come se fosse il Diavolo che tenta l'assetato nel deserto.

Mi sporgo verso di lui, il mio viso a un soffio dal suo. «Intendi che, se volessi ancora assaggiare il sapore del chipotle, dovrei baciarti?»

«Io non l'ho detto, ma se tu lo hai pensato, vuol dire che l'ipotesi non ti sembra così assurda».

Dio! Sarei capace di baciarlo solo per sentirne ancora il gusto.

Non so che potere abbia quest'uomo su di me, ma ogni cosa che dice o fa è una picconata al mio baluardo di certezze e volontà. Fisso la sua bocca, le labbra socchiuse mi tentano come un frutto proibito.

«Non sono così disperata». Raduno l'autocontrollo che mi

è rimasto e mi alzo in piedi, rimettendo le giuste distanze tra noi due. «È ora di andare, domani si lavora».

Io e Romeo ci dirigiamo verso la fermata dell'autobus, lui al mio fianco che cammina con le mani affondate nelle tasche dei jeans. «Non è stato un pomeriggio così tremendo, no?»

«Sopportabile».

«Considerato che ti ho perfino fatto ridere, direi più che sopportabile».

«Ho passato pomeriggi peggiori», ribatto. Non sono disposta a concedergli più soddisfazioni di quelle che si è preso.

«Ricordati che mi devi una seconda uscita».

«Non sarà un'uscita. Noi non usciamo», gli rammento.

«Come vuoi chiamarla?»

«Un cordiale incontro fuori orario tra due colleghi», concludo. «Anche se di cordiale, nelle nostre conversazioni, c'è ben poco».

«Ma abbiamo delle conversazioni», obietta lui, sempre illuminato dal suo implacabile spirito ottimistico. «E quella di oggi è durata ben sei ore».

«Quasi sei», lo correggo. «E le due ore sulla moto d'acqua non valgono, perché non abbiamo conversato».

«Sono comunque quattro».

«Tu sei uno di quelli che vince le battaglie per sfinimento».

«Ah, sto vincendo?»

«Non te lo dico».

Arriva l'autobus, e ci avviciniamo alle porte dove aspettiamo che scendano tutti i passeggeri.

«Romeo, se prima sulla moto d'acqua indossavi solo i boxer... come hai fatto a rimetterti i jeans senza che si bagnassero?», chiedo stranita, accorgendomi del dettaglio.

«Semplice: non ho rimesso i boxer», risponde lui con tutta la naturalezza del mondo.

«Cioè, sei senza mutande, ora?!».

«Vuoi controllare?»

«No, grazie».

«Prego».

Salgo sull'autobus, ma Romeo rimane sul marciapiede. «Non vieni?»

«Tornerò a piedi».

«Da Brooklyn Heights a Williamsburg? Ci metterai un'ora», gli faccio notare.

«È una bella serata. E poi, hai detto tu che il nostro non è un appuntamento. Se venissi con te e poi ti accompagnassi fino a casa, rischierebbe di assomigliarci troppo: il saluto, la buonanotte, io che aspetto che tu entri... Non vorrei mai destabilizzare le tue salde convinzioni».

«Non mi sentirai mai più dirtelo, ma hai ragione».

«Ti stupirà scoprire su quante cose ho ragione».

«Oh, signorina», bercia l'autista. «Che fai, sali o scendi?»

«Sì, scusi...», dico smettendola di indugiare.

«Sai, Julia, forse da me non ti farai mai sfiorare neanche con un dito ma tu, con un dito, prima hai sfiorato me. E ti è piaciuto».

Prima che possa rispondergli, le porte si chiudono e lui mi lancia un occhiolino malizioso attraverso il vetro opaco.

Ha vinto lui, e lo sa.

Mi siedo e appoggio la mia borsa nel posto vuoto accanto a me. E penso che dopotutto non mi sarebbe dispiaciuto tanto se fossimo tornati insieme.

30

~~Dwight~~

Romeo

Avrei potuto accompagnarla a casa, Julia me lo avrebbe concesso, ma la delusione è un afrodisiaco molto più potente della soddisfazione.

31
Julia

Quando arrivo al ristorante, trovo la cucina già all'opera, con la brigata impegnata nelle preparazioni: l'aroma di agrumi che impregna l'aria è invitante, nessuno sta piangendo o perdendo sangue.

In più la stroncatura su «Manhattan Bites» non è ancora uscita quindi la giornata non è partita male.

«Buongiorno», dice Romeo porgendomi un bouquet di margherite rosa, gialle e bianche. «Le mie scuse ufficiali per aver drogato Maxime Keller».

«Grazie», replico senza prenderle. «In sala faranno un figurone».

«Non sono per il ristorante», insiste. «Sono per te».

«E io ti ringrazio e dico che le metteremo in sala», ripeto. «Sono arrivate le quaglie per il fuori menù?», domando.

«In realtà hanno portato della rana pescatrice molto bella», obietta Romeo. «Si potrebbero fare dei finti cannelloni di cuori di palma ripieni di pescatrice, patate e caciocavallo, con riduzione di agrumi».

«Avevo detto quaglia brasata in salsa di melagrana e pere», gli ricordo.

«Le quaglie erano davvero piccole e, se avessi visto quella rana pescatrice, avresti pensato la stessa cosa», ribatte Romeo.

«Aspetta, questo vuol dire che non ci sono le quaglie?»

«È un problema?», chiede lui senza neanche guardarmi, più concentrato a girare con un cucchiaio di legno la riduzione di agrumi. Sta già preparando il condimento.

«Sì, è un problema che tu ti metta a cambiare i programmi a tuo piacimento».

«Mi sa che il problema non è tanto che qualcuno proponga un diverso fuori menù, ma che quel qualcuno sia io», insinua.

«Tu che mi scavalchi, questo è il problema», puntualizzo.

«Io e te siamo chef alla pari, giusto? Se trovo un prodotto migliore di un altro, penso di avere il diritto di variare i piatti da proporre. E comunque, bastava che tu fossi qui per la consegna delle provviste», taglia corto.

Vero, gli chef devono sempre essere presenti quando i fornitori consegnano le materie prime, ma stamattina io ero in ospedale per discutere la mia terapia e non potevo essere qui.

Cerco di sopprimere l'odio per me stessa e per il mio corpo che ancora una volta palesa un limite in quello che dovrebbe essere il mio lavoro. «Potevi avvisarmi», ribatto acida.

Lui fa spallucce. «Sono solo quaglie, non credevo ci tenessi tanto».

«D'accordo. Se la metti così, allora vado».

«Basta così poco per farti abbandonare il campo? Piuttosto che cucinare un piatto proposto da me, te ne vai?»

«No. Vado a prendere le quaglie», affermo. «Tu prepara i tuoi finti cannelloni, io il mio brasato».

Quando rientro, incrocio Liza che sta consegnando a Pete un elenco di commissioni da fare per lei: tintoria, calzolaio, acquisto di prodotti per capelli. Lui si segna tutto con perizia. Tenero.

«Julia», mi chiama mio fratello prima che io sparisca in cucina, «papà ti aspetta in ufficio. Ho trovato la tua muta appesa in lavanderia e non ho fatto in tempo a nasconderla...».

«Porca put...», mi muoiono le parole in bocca. Avevo scordato qualcosa, ma non ricordavo cosa. «È arrabbiato?».

Pete si gratta la fronte. «Ha bucato la porta della lavanderia con un pugno».

«Vado ad affrontare il mio destino», sospiro sconsolata.

Nell'ufficio, lo trovo seduto alla scrivania, con lo sguardo torvo. «Sono molto deluso».

«Ascolta, papà...».

«Non usare quel tono scocciato con me. Cosa hai fatto con questa muta?», domanda sollevandola con due dita.

«Niente di che. Un giro in moto d'acqua intorno a Manhattan».

Lui picchia una manata sul piano da far sobbalzare le penne

che vi sono appoggiate. «Cosa avevamo detto quando ti ho scoperta ad arrampicare? Che se ti beccavo ancora a fare attività sportive estreme…».

«La moto d'acqua non è uno sport estremo», provo a spiegargli.

«Sai quante persone affogano ogni anno nei fiumi intorno a Manhattan? Almeno venti».

Sono piuttosto certa che la statistica l'abbia inventata al momento, conoscendolo. «Se è per questo ne affogano di più nelle piscine. E comunque avevo il salvagente».

«Per non parlare dell'acqua! Hai idea del tasso d'inquinamento? Se ne inghiottissi anche solo una goccia finiresti per avvelenarti. E pensa se ti avesse travolto un traghetto!». Il suo elenco è un crescendo di dramma e vedo la sua vena pulsare sulla tempia sinistra. «Cosa devo fare per tenerti al sicuro? Chiuderti in casa?»

«Ho ventotto anni, papà, non posso renderti conto di ogni passo che muovo».

«E invece sì, dato che, se non fosse stato per me e per ogni volta che ti ho portata in ospedale in stato di emergenza, non saresti qui. Un vaso rotto, a forza di riattaccare i cocci, alla fine non sta più insieme».

«Io non sono un vaso rotto», sussurro più a me stessa che a lui. Non sono un vaso rotto.

«Non hai cura di te stessa, non conosci i tuoi limiti e ti metti inutilmente in pericolo. Pensavo che concedendoti di entrare nella cucina del *Villa's* trovassi pace, invece no».

«La cucina non mi basta, papà; ti rendi conto che non ho una vita?»

«Eccome se ce l'hai! E ringrazia la Madonna, tua madre e tutti i morti che abbiamo in Cielo se sei ancora qui a credere di avere il privilegio di sprecarla», urla, balzando in piedi.

«Ma la sto già sprecando», ribatto con tutto il fiato che ho in corpo.

«Io ti ho dato fiducia, e tu l'hai tradita. Dovrei toglierti il grembiule».

«E poi che fai con il *Villa's*?», lo sfido, piantandomi le mani sui fianchi.

«C'è Romeo, non ho bisogno di te».

Mio padre non mi ha mai picchiata, ma questa frase mi brucia più di uno schiaffo. E mi rivedo a casa, a riempire le mie giornate di niente, a fare l'infermiera ad Angelo, e mi sento morire dentro. «Non farmi questo».

«Ti farò tenere d'occhio».

«Mi metterai alle calcagna Pete come quando ero una ragazzina?»

«Sei ancora una ragazzina!», contrattacca. «Sparisci ora».

Vorrei piangere di rabbia e ancor più di vergogna quando, nell'istante in cui entro in cucina, tutti rivolgono lo sguardo altrove.

Hanno sentito tutto.

Come faccio a guadagnarmi il rispetto di una brigata, quando mio padre è il primo a sostenere che non dovrei stare qui?

Tossisco per schiarirmi la voce. «Sotto con le pentole», dico nel tentativo di riguadagnare un po' di autorevolezza.

La brigata è di nuovo divisa in due fazioni, la mia e quella di Romeo, e anche il servizio è una lotta senza quartiere.

Per non parlare di quando uno dei suoi tavoli vuole la quaglia, che preparo io, o quando uno dei miei chiede i cannelloni di rana pescatrice, che spettano a lui.

La cucina si inceppa, gli ordini rimangono indietro, escono a metà o doppi, spingendo Sonny e Vinnie al limite della crisi di nervi.

«Il sei vuole una quaglia e invece mi avete dato due rane. Il nove voleva una rana e mi avete dato tre quaglie», sbuffa Vinnie restituendoci i piatti respinti. «Così non funziona».

«Forse perché qualcuno poteva evitare di cambiare il fuori menù», osservo.

«O forse, qualcuna poteva non intestardirsi a tutti i costi», ribatte Romeo dal fondo della cucina.

«Tirate a sorte, ma decidete cosa farci servire, per favore», ci implora Sonny.

«Saranno i clienti a decidere», decreta mio padre passando in cucina per il suo controllo pre-chiusura. «Com'è giusto che sia dato che sono loro a pagare il conto».

«E come, scusa?», gli chiedo. «Mettiamo una scheda a crocette sul tavolo?»

«No, ci baseremo sugli ordini. Sia Giulietta che Romeo ogni

giorno proporranno un proprio fuori menù e al termine della settimana vedremo quali piatti saranno i più richiesti», conclude papà, più che determinato. L'occhiata che mi lancia mi fa capire che sta cogliendo la palla al balzo per punirmi.

«E cosa ci guadagnerà chi dei due vince?», ho il coraggio di chiedere.

«Prenderà la guida della brigata», decreta papà. «Sai, Giulietta, ripensandoci avevi ragione: in cucina comanda un solo chef». Papà ha un modo sottile e affilato di imporre i suoi castighi.

«Quindi è sostanzialmente una competizione», concludo.

Romeo mi si affianca, a braccia incrociate. «Paura?»

«Non aspettavo altro», replico. «Pensa bene ai tuoi piatti. A quanto siamo al momento?», domando.

«È in vantaggio la quaglia per due ordini», risponde Sonny.

«Molto bene», commento sorridendo a Romeo. «Abbiamo appena cominciato e già devi recuperare».

«C'è una cosa di me, Julia, che ancora non hai capito: io lavoro meglio sotto pressione».

32

~~Dwight~~
Romeo

La giornata della quaglia decreta il primo successo di Julia e devo ammettere che, anche se la gara dei fuori menù non dovrebbe interessarmi più di tanto, mi sento toccato sul vivo e mi riprometto di rifarmi.

Honey trap o no, ho un amor proprio anche io. Potrei lasciarla vincere, sarebbe meglio che la lasciassi vincere, ma non voglio.

Il secondo round, infatti, lo spunto io di ben cinque ordini: il coniglio affogato al Nero d'Avola e crema di peperoni dolci ha la meglio sui suoi tagliolini agli asparagi e pancetta.

La parità momentanea ci spinge a passare al gioco sporco: ci nascondiamo gli ingredienti, gli strumenti, corrompiamo Sonny e Vinnie perché spingano più un piatto rispetto all'altro.

Julia ha promesso a Sonny due posti al Madison Square Garden per l'NBA.

Io gli ho assicurato l'abbonamento stagionale, il che ha deposto a mio favore.

Ma Julia ha calato l'asso di briscola.

Ho offerto a Vinnie l'ingresso a qualunque spettacolo di Broadway di sua scelta; lei lo ha riportato dalla sua parte sventolandogli sotto il naso una borsa di Hermès che Liza sostiene essere "caduta da un camion".

Ovviamente l'ho perso.

«Sai cosa può battere una Birkin?», mi domanda Vinnie abbracciando il suo prezioso tesoro in pelle verde acido.

«Cosa?», chiedo io ormai disposto a tutto.

«Due Birkin».

Devo vedere cosa c'è nel magazzino sequestri dell'FBI.

Il giorno tre Julia trionfa ancora. «Fregula allo scoglio batte crespelle ai porcini ventisei a ventuno», canticchia. «Che sapore ha la polvere, Romeo?».

Il giorno dopo convoco Rob all'alba per mettere a punto il contrattacco. «Pollo alla Mastro Martino», annuncio.

«Alla, che?», mi domanda lui che ancora sta stropicciandosi gli occhi.

«È un pollo ripieno con tutto: altro pollo, mele, uvetta, frutta secca; rivestito di pancetta che al forno diventa croccante, cotto nel suo brodo, e accompagnato con salsa di datteri, cuori e fegatini», spiego. «Ricco, sontuoso, barocco, l'imperatore dei polli. È un'offesa chiamarlo pollo».

La fatica viene ripagata perché chiunque, in sala, veda servire il Mastro Martino al vicino di tavolo, chiede: «Cos'è quello? Lo voglio anche io».

Il San Pietro in vasocottura di Julia viene staccato di parecchie lunghezze.

«Julia, ti va un po' di pollo alla Mas… ah, no, scusa! Non ne è avanzata neanche una porzione», è la buonanotte con cui la saluto.

L'amara sconfitta non la abbatte e il giorno dopo si presenta con un piatto insolitamente semplice per una competizione.

«Tartare di gamberi rossi?!», le chiedo stupito, passando davanti alla sua postazione. «Dillo subito che ti arrendi».

«L'hai mai provata su una purea di mango e olio alla menta, accompagnata da insalatina di arance e finocchi?»

«Io cucino, tu stai solo assemblando ingredienti nel piatto», ribatto rimettendomi ai fornelli.

«Tu cosa staresti cucinando, genio?»

«Carnaroli al marsala e noci, all'aroma di liquirizia», rispondo. Poi prendo la padella e la muovo su e giù. «Ricordati, Rob, cucinare il risotto è come fare l'amore: non ti devi fermare per ventidue minuti».

Julia scoppia in una risata sarcastica. «Ventidue minuti? Dovrei credere che duri tanto?»

«Sarò felice di dimostrartelo, anche se penso che a non durare saresti tu».

Julia si sporge verso la mia parte. «Chiacchiere. Parla di meno e cucina di più».

«Ma cucinare è fare l'amore, solo che lo si fa con il cibo».
«Regole poche e chiare: tieniti addosso le mutande, ammesso che oggi le porti, e non molestare i risotti, Romeo».
«Avanti, Julia, sciogliti! Mettici passione», la provoco. «Dimmi qualcosa per scaldare l'atmosfera».
«Datti fuoco», urla tra i vapori.
Sarà il rialzo delle temperature stagionali, ma la sua tartare fresca sorpassa il mio risotto, rispedendomi in svantaggio. Di poco, ma in svantaggio.
Le sorti le decide il fine settimana: sabato sera lei è ancora avanti grazie a una lasagna di pane carasau, così a me resta solo domenica per recuperare.
Forse lei si sente troppo sicura, o la fortuna è dalla mia, ma le mie crespelle all'astice e burrata sono un successo e tengono testa alle seadas ripiene di prosciutto e carciofini di Julia.
Sto tenendo il conto e, se non sbaglio, con l'ultimo ordine l'ho quasi raggiunta: mi basta uno scarto di tre ordinazioni per vincere.
«Goditi il momento perché questo è il tuo ultimo fuori menù», chioccia lei.
«La serata non è ancora finita», ribatto.
Alla chiusura, dopo esserci cambiati, Liza decreta il vincitore. Ha fatto le somme e scritto i risultati in una busta, Gualtiero la affianca a braccia incrociate.
«Per centoquindici piatti, contro centoquattordici, si aggiudica il titolo di unico chef del *Villa's*...», legge lei, «Romeo».
L'istinto è di esultare, Rob lo fa senza trattenersi, contento di aver contribuito all'esito della gara, ma il mio sguardo è fisso su Julia.
Ha l'aspetto di un palloncino bucato, che si affloscia piano piano. Si slaccia il grembiule e lo appallottola sul bancone.
«Bravo, Romeo», mi dice Gualtiero. «Sapevo che dopo lo scivolone del guancialino drogato ti saresti messo in riga. Vai a casa e riposati perché la settimana prossima il *Villa's* è tutto sulle tue spalle».
«Grazie dell'opportunità». Poi mi rivolgo a Julia. «Se avessi vinto tu, lo avresti meritato davvero».
Ma lei non replica. Scrolla le spalle e continua a pulire la sua postazione in silenzio e con un'energia tale da slogarsi la spalla.

Ormai so quando non è il caso di insistere, così la lascio sbollire, pulisco il mio ripiano e poi vado a cambiarmi. Quando esco, sono tutti andati a casa, ma la luce della cucina è ancora accesa.

«Julia?», chiamo.

Sento un rumore provenire dalla cella frigo, così mi accosto e busso. «Julia, sei qui dentro?»

«S-sì». La sua risposta è attutita dalla porta spessa.

«Ti avevo fatto dei biscotti», le dico. «Ho trovato una ricetta su un sito specializzato in alimentazione per persone con MdC: farina di riso, polpa di banana e burro d'arachidi. Io, però, ci ho messo anche un po' di gocce di cioccolato fondente».

«Non mi vanno».

Forse mi sbaglio, ma la sua voce mi sembra rotta. «Che stai facendo, lì dentro?», domando.

«L'inventario».

«Vuoi una mano?»

«No».

Mi rimetto il sacchetto con i biscotti nello zaino e me ne vado. Se stasera Julia la passerà chiusa nella cella frigo, io posso andare a fare un sopralluogo al *Midnight Club* e scoprire cosa va a farci.

~

Raggiungo l'indirizzo che mi ha passato Bristol e c'è un night.

La scala metallica esterna porta al primo piano dove, su una porta nera, campeggia il neon azzurro *Midnight Club* – come sulla borsa dei soldi che Julia ha portato ad Anya – accompagnato dal disegno stilizzato di una coppa da Martini con una ragazza seduta al suo interno.

All'ingresso mi perquisiscono lo zaino e il buttafuori mi guarda storto nel momento in cui trova il sacchetto di biscotti.

«Ci hai messo dei sedativi?», mi domanda.

«No». Non che io sappia. «Perché?»

«Non li offrire alle ragazze. È vietato offrire loro qualunque cosa non provenga dal bar del locale», mi redarguisce l'energumeno.

«Sono per me», mi affretto a dire. «Soffro di cali di zuccheri».
«Mangiane uno», mi ordina. «Se non sono drogati, dimostramelo».
Prendo un biscotto, lo addento e lo mastico con teatralità. Però, mi sono venuti bene... a Bristol piacerebbero. «Visto?!», dico dopo che ho deglutito.
Lui non ribatte, limitandosi a farmi cenno di entrare.
Dentro, è il classico locale per adulti: luci basse bluette e viola, cubi su cui ragazze in bikini si muovono a rallentatore, divanetti radunati intorno a pali da lap-dance, dove schiere di uomini sbavano davanti alle ballerine; alcol a fiumi e banconote sventolate a destra e sinistra.
Dopo la casa d'appuntamenti mascherata da studio di contabilità, non sono stupito.
Probabilmente il denaro portato ad Anya arrivava da qui. Julia lo raccoglie la domenica, al lunedì lo porta dalle "fiscaliste" e da lì la catena di passaggio prosegue fino a Maniscalco. E qualcosa mi dice che quel denaro è il profitto del "famoso carico" che arriva al porto.
«Ti va un ballo?», mi domanda una ragazza molto attraente e appena coperta da tre francobolli. «Io sono Cerise».
«Stavo dando un'occhiata a dire la verità».
Lei sorride, prendendomi per la mano. «Tesoro, tutti sono qui per dare un'occhiata. Il divanetto là in fondo è libero. O preferisci una room?»
«Niente room», rispondo pronto, mettendo le mani avanti. Le room hanno un costo fuori dalla portata di un agente dell'FBI, in più fare report a Bristol sta diventando davvero imbarazzante.
«Non sai che ti perdi».
«Senti, Cerise, in realtà stavo cercando una ragazza che forse avrai visto».
«Non è molto carino chiedere di un'altra ballerina, sai?», mi rimprovera con un finto broncio.
«Non è una ballerina. Credo. Spero. Non lo è di sicuro».
«E perché dovrei conoscerla?»
«Ti dice nulla il nome Julia Villa?».
Lei alza gli occhi al soffitto. «Julia Villa... Julia...».

«Riconosci questa?», dico tendendole la spilletta che era caduta a Julia e non le ho più restituito.

«Sì, è il club della nostra mamy!».

«Eh?»

«Nel backstage abbiamo due mamy che si prendono cura di tutte noi ballerine: trucco, parrucco, vestiti, ci preparano degli snack…».

«Sì, so cos'è una *house mom*». Tutti i club hanno delle signore di fiducia che si occupano delle ragazze. Procurano loro i prodotti di bellezza, igiene, intervengono come infermiere quando una delle ballerine si fa male o non si sente bene, e fanno in modo che il camerino sia la loro seconda casa e, non ultimo, sono incaricate di far rispettare ordine e disciplina, come sedare liti e risse tra rivali. «Di che club parli?»

«Nora gestisce un club proprio qui sotto».

«Un club di che?»

«Boh, non lo so», Cerise fa spallucce. «Allora? Per il ballo?»

«Aspetta, ancora una domanda?»

«Problemi, Cerise?». Il buttafuori si interpone tra di noi, in tutta la sua stazza.

«Stavamo solo parlando», replico.

«Ti ha offerto dei biscotti?», le chiede, ignorandomi.

«Ancora con questi biscotti? Non le ho offerto nulla».

«Senti, bello», il tizio mi punta il dito in faccia, «tu non me la racconti giusta, e siccome il mio lavoro qui è tenere fuori i guai, adesso ti caccio». Così dicendo, mi piazza una manata sul collo e mi spinge verso l'uscita.

Sono quasi sulla soglia quando, nel mio campo visivo, capto una borsa identica a quella che Julia aveva portato da Anya: stesso modello, stesso colore, stessa scritta. Non vedo l'uomo che tiene i manici, perché la mano del buttafuori non mi permette di alzare la testa per controllare.

Ma è un altro indizio prezioso.

Dentro di me, però, si riaccende quell'amaro dispiacere che ho provato il pomeriggio in cui ho scovato i soldi che Julia ha portato ad Anya perché, per un motivo che ancora non ho identificato, detesto pensare che lei sia coinvolta negli affari di Maniscalco.

Il mio lavoro è raccogliere prove, dovrei essere contento che i miei sospetti si consolidino, invece non è così.

Non so ancora in che modo o in che misura Julia ci sia dentro, ma senza dubbio è coinvolta. Purtroppo. E se devo essere del tutto onesto con me stesso, lunedì scorso, non mi è dispiaciuto trascorrere del tempo con lei.

Con uno strattone del buttafuori, tanto violento che quasi faccio tutte le scale di faccia, mi ritrovo fuori. Se non altro, il suo lavoro lo sa fare. «E non farti mai più rivedere», mi urla, «o i tuoi biscotti te l'infilo su per il cu...».

«Ho capito, non c'è bisogno di diventare scurrili».

Raggiunto il marciapiede, mi guardo intorno per capire a che cosa si riferisse Cerise. Il club di una mamy?

Sotto al night, da un lato, c'è una pizzeria take-away e dall'altro un negozietto di libri usati.

La luce in quest'ultimo è accesa, al suo interno vi sono sedute alcune donne.

Ritrovata la motivazione, spingo la porta ed entro, tra gli sguardi sorpresi delle presenti. Giovani, mature, coprono ogni fascia dello spettro anagrafico.

«Buonasera a tutte», dico. «C'è una Nora tra di voi?».

Una signora con i capelli corti e ricci, gli occhi azzurrissimi e un paio di occhialetti a mezzaluna si volta verso di me. È intenta a versare acqua in un bollitore, su un tavolo dove sono già disposte delle tazze a decorazioni floreali, un cestino con bustine di tè e alcuni vassoi di snack. «Sono io. Come posso aiutarti?»

«Ehm... sono qui per il Midnight Club».

Alla mia battuta, tutte si scambiano occhiatine, qualcuna ridacchia, altre mormorano frasi tipo: «Un uomo nel club?», «Forse è gay», «In effetti, è troppo bello per essere etero», bisbiglia una delle più anziane.

«Forse intendi il club al primo piano?», mi domanda Nora.

«Sono già stato di sopra, ma non è quello che m'interessa».

«Visto, Marnie?», bisbiglia la signora di prima. «Te l'ho detto che era gay».

Io mostro la spilletta con disegnato l'orologio che batte la mezzanotte. «Cerco questo Midnight Club».

Lei si sistema gli occhialetti sul naso e annuisce. «In questo caso, sei nel posto giusto… Scusa, come ti chiami?».

In quell'istante entrano Julia e Liza, con la prima che mi guarda come se volesse infilzarmi con uno spiedo e arrostirmi a fuoco lento. «Romeo!».

33
Julia

Tra un caciocavallo appeso e una matassa di salsicce piccanti, seduta su una cassetta di legno capovolta, piango lacrime di rabbia che mi scendono bollenti sulle guance fredde.

Avevo bisogno di sfogarmi, da sola, per i fatti miei.

Da piccola mi nascondevo nella cella frigo del *Regina*, per sfuggire ai tiri di Angelo, adesso mi ci chiudo per fuggire da me stessa.

Il guaio è che da te stessa non scappi neanche se ti chiami Speedy Gonzales.

E pensare che Romeo è venuto pure a offrirmi dei biscotti. Non li voglio i suoi biscotti, non voglio la sua compassione. Non voglio nulla da lui.

La punizione di papà ha funzionato nella maniera più crudele possibile, perché me la sono inflitta con le mie mani.

Papà sa che io fatico a sottostare all'autorità altrui, almeno nei campi in cui so di avere competenza e capacità, e ora mi è chiaro come in realtà lui non abbia mai davvero accettato di farmi lavorare nella cucina del ristorante.

Ha finto di concedermela, ma mi ha lentamente retrocessa: da chef a chef alla pari, usando la stupida scusa di responsabilizzare Romeo dopo l'incidente del guancialino affumicato, a sous chef per un piatto fuori menù di differenza.

E continuerà finché non sarò io ad abbandonare, per poi concludere soddisfatto con un: «Te l'avevo detto, Giulietta, la cambusa non fa per te». Il tutto senza un suo minimo sforzo.

Quando non mi sento più le dita dei piedi, esco dalla cella frigo.

Scossa da un brivido di freddo, chiudo tutto e raggiungo Liza.

«Odori di scamorza affumicata», mi dice lei quando, da casa sua, ci dirigiamo a piedi al Midnight Club.
«Ho smistato delle provviste prima di andare via», rispondo vaga.
«Vuoi dello shampoo a secco? Ce l'ho in borsa».
«Hai una gomma?»
«Alla fragola va bene?»
«No, per cancellare le ultime ventiquattro ore», sbuffo.
«Sai per caso come mai Pete, stasera, non è passato a prendermi dopo la chiusura per riportarmi a casa?», mi domanda lei con un piglio infastidito.
«Forse aveva da fare. Mio fratello ha una vita, anche se ti sembra impossibile», ribatto.
«Ma a lui fa piacere riportarmi a casa. Stasera ho dovuto prendere un taxi».
«La metro è comodissima, Liza».
«Mi fa schifo, lo sai».
Io e Liza su questo piano siamo molto diverse: io mi strapperei la lingua piuttosto che chiedere aiuto a qualcuno, lei invece ha sempre bisogno di un assistente anche per le fatiche più effimere.
«Pete ti dà fastidio tranne quando ti fa comodo», obietta la mia indole difensiva nei confronti di mio fratello.
«Non è vero che mi dà fastidio».
«Magari puoi dimostrarglielo, ogni tanto, con un po' di gentilezza, se apprezzi la sua disponibilità».
«E qui ti sbagli, Juls. Non posso, perché lui scambierebbe la mia gentilezza per interesse, si farebbe delle illusioni e poi ne soffrirebbe. Io non sono gentile con lui proprio per proteggerlo».
«Come sei magnanima».
«Però non capisco perché stasera non mi abbia detto nulla. Non un messaggio, non una chiamata per dirmi: «Ciao Liza, stasera non vengo a prenderti», ed è molto strano da parte sua. Che impegno aveva secondo te?»
«Magari è uscito con una ragazza».
Liza scoppia a ridere. «Non essere ridicola! Pete non uscirebbe con un'altra. Aspetta, c'è questa possibilità?»
«Ti preoccuperebbe?», domando incuriosita dal suo repentino cambio di tono.

«Figurati se m'importa che Pete esca con qualcun'altra. Anzi! Mi farebbe solo piacere. È che temo che qualunque altra non sarebbe in grado di sopportare la mia presenza nella sua vita…».

«Liza, non potresti semplicemente ammettere che forse per te Pete è più che un portaborse?», la punzecchio.

«Ti prego! Pete è adorabile, ma non è il mio tipo. Lo sai, a me piacciono gli uomini alti, con lui non potrei mai mettere i tacchi. Che faccio poi con tutte le mie décolleté? Le butto?»

«Potresti comprare delle ballerine».

Liza simula un conato. «È una parola che non esiste nel mio vocabolario. Meno male che adesso parleremo per un'ora di guerrieri *fae* alati, alti due metri, tatuati, che si appoggiano alle porte con aria tenebrosa».

«Ma sì, per un'ora della nostra vita fingiamo che il nostro maggior problema sia farci rapire in un regno fatato, per diventare creature immortali bellissime e che hanno il ciclo solo una volta ogni sei mesi!», esclamo. «Poesia».

«Ma quello lì è…», esclama Liza aprendo la porta della libreria.

Non ci credo. Anche qui? «Romeo!».

34

~~Dwight~~
Romeo

«Mi chiamo Romeo», ripeto rivolto a tutte le donne presenti. «Piacere».

«Tu, qui?».

È il momento di giocare la carta “faccia di bronzo”. «Perché, non posso?»

«No, che non puoi. Nora, mandiamolo via», ribatte Julia rivolgendosi alla mamy.

«Forse dovremmo discuterne, prima no?», domanda lei conciliante. «E poi, ha la spilletta».

«È mia, quella». Julia se la riprende, strappandomela dalle mani. «Ladro».

«L’ho raccolta quando ti è caduta dalla borsa il giorno dello scippo», mi difendo.

«Peccato che ti sia scordato di restituirmela. Puoi andare, per favore? Vorrei potermi godere almeno la fine di questa giornata orrenda».

«Guarda che, se è per noi, può restare», s’intromette una ragazza con le treccine lunghissime. «Piacere, Fern».

«Ciao, Fern», la saluto.

«Restare a fare cosa?», domanda lei.

«A… a…», incespico. Ma rilevo un particolare che non avevo colto prima: tutte stringono in grembo un libro. Non uno qualsiasi, dalla copertina riconosco quello che era nella borsa di Julia il giorno dello scippo. «Siete un club del libro!», mi dico, rassicurato.

«Certo», conferma Nora. «Ci incontriamo ogni domenica per parlare delle nostre letture: romanzi d’amore per la precisione. Gradisci un tè?»

«Grazie», accetto sfidando Julia con un sorriso da orecchio a orecchio. «C'è alla menta?».

Julia scuote la testa. «Vuoi farmi credere che t'importa del nostro club del libro?»

«In effetti, l'ho letto, quello», dico indicando il volume che stringe Julia.

«Balle», ribatte lei. «Se l'hai letto, dov'è?»

«Ce l'ho in ebook», rispondo pronto. «E ho portato i biscotti».

Alla parola "biscotti", la sala si riempie di gridolini entusiasti. Mi chino verso Julia. «Se non sbaglio, ho un'uscita premio da riscuotere. Me la gioco stasera».

35

Julia

«Purché ti sieda lontano da me», taglio corto, andando ad appollaiarmi su un puff dal capo opposto della sala.

«Qui c'è spazio», lo invita Liza, infilando uno sgabello nel pertugio di fianco al suo, mentre Ilana scosta con prontezza la sedia per farlo accomodare.

«Non preoccupatevi, io me ne starò in disparte, ad ascoltare». Poi, lui allunga il sacchetto con i biscotti a Nora – accidenti a me che non li ho accettati – che li sistema su un vassoio da passare di mano in mano. L'unica a non prenderne uno sono io, tutte le altre, invece, sono in visibilio.

La stanza è un coro di: «Squisiti», «Si sciolgono in bocca», «Mi daresti la ricetta?»

«Certo, Rhonda», le risponde. «Scrivi: duecentocinquanta grammi di farina di riso…».

E lei scarabocchia gli ingredienti sul frontespizio del romanzo con una devozione che neanche Mosè quando Dio gli ha dettato *I Dieci Comandamenti*.

Anche stavolta, e come sempre da quando lo conosco, Romeo ha già conquistato il gruppo all'istante.

«Dunque, oggi siamo all'incontro conclusivo su questo romanzo che ci ha accompagnato per due serate, perciò non siamo più a rischio spoiler», esordisce Nora. «Via libera alle vostre opinioni».

Nella libreria siamo in dieci, inclusa me. Ascolto il dibattito senza troppa attenzione, presa a fissare Romeo in un misto di fastidio e curiosità.

Il negozio è piccolo, straripante di libri, e già con il club al completo siamo sempre strette; Romeo, da solo, fa sembrare la stanza ancora più angusta.

È buffo guardarlo così impacciato, seduto in bilico su uno sgabellino bordato di trine troppo piccolo per la sua corporatura, le gambe piegate con le ginocchia quasi in gola, che regge il piattino del servizio da tè. Si guarda intorno spaesato, con lo sguardo che vaga sulle librerie dipinte in ogni sfumatura esistente di rosa. Tutti i titoli presenti sono romance e suddivisi in varie categorie: "Giorni nostri" o "Altri tempi", "Prime cotte" o "A tutto pepe" disposti in ordine di piccantezza.

Molti sono usati – alcuni in buone condizioni, alcuni meno –, venduti al tre per due. Sotto il cartello "Adotta un libro sfortunato", invece, ce ne sono tanti con difetti di stampa e rilegatura. Romeo studia anche gli oggetti in vendita, che producono le ragazze del club: candele profumate, custodie salva-libro, le tazze decorate da cui stiamo bevendo, segnalibri personalizzati. È del tutto ignaro delle occhiatine che tutte gli lanciano di nascosto.

Il nostro è un gruppo di sole donne per scelta, per sentirci più libere e non giudicate, in uno spazio sicuro, perciò rimango stupita di come abbiano accolto Romeo di buon grado.

Ma chi voglio prendere in giro? È figo e prepara biscotti, se fosse venuto con un cucciolo al guinzaglio lo avrebbero eletto sindaco.

Ho detto "figo"? Non permetterò mai più al mio cervello di attribuire un aggettivo del genere a Romeo. È che non mi veniva la parola giusta.

«Julia?», mi chiama Nora, riscuotendomi dai miei pensieri. «È il tuo turno, se ti va di prendere la parola».

«Credo che invece sarebbe più interessante sentire il parere di Romeo», ribatto.

A lui, per poco, non va di traverso il tè. «Il mio?!».

«Hai detto di aver letto il romanzo, o sbaglio? Ti sarai fatto un parere?», lo sfido.

«Non sono un esperto di critica», si difende.

«Nessuna di noi lo è», lo rassicura Nora. «Condividiamo impressioni».

«Hai voluto restare, Romeo? Partecipa», insisto.
«Bene». Romeo appoggia la tazza sul piattino con aria risoluta. «Avrei una curiosità, a voi qualcuno ha mai detto: "Metti le mani sulla testiera del letto"?»
«Ma magari!», esclama Liza, riscuotendo ampio consenso.
«E, secondo voi, se accadesse davvero non scoppiereste a ridere?», chiede ancora.
«Nel giusto contesto, nulla fa ridere», ribatto. «Forse, per scoprirlo, dovresti provare».
«Ti stai offrendo volontaria per un test?», replica lui, suscitando un "Uuuh" generale.
«Tutte qui le tue osservazioni sulla storia? Prevedibile che un uomo si focalizzasse sul sesso».
«Devi ammettere che di sesso, qui dentro, ce n'è davvero parecchio», ribatte prendendo il libro di Liza. «Senza sesso, avrebbe la metà delle pagine».
«Il sesso è una parte fondamentale dell'arco di sviluppo della protagonista», controbatto. «La storia racconta di un viaggio di guarigione interiore, che passa anche attraverso il sesso».
«Quando il gioco del dottore acquisisce un significato tutto nuovo», scherza lui, suscitando qualche risatina.
Io, invece, lo prendo sul serio. «La protagonista si sente rotta. Si priva dell'amore per sé stessa trascurandosi e si priva dell'amore che il protagonista maschile le offre per punirsi. Non sente di meritarlo. Il sesso diventa per lei l'unico modo per sentire qualcosa».
«Lei non è capace di comunicare», replica Romeo. «La storia sarebbe finita a pagina dieci, se avesse spiegato da subito quello che provava».
«Le persone depresse non riescono a comunicare», sottolineo con decisione. «Non comunicano neanche con sé stesse. Urlano tutto il tempo in silenzio, in bilico tra la speranza di essere ascoltate e il desiderio di essere lasciate nel proprio dolore, che è l'unica certezza che hanno, un luogo buio ma rassicurante». Le parole mi escono di getto, intrise di più emotività di quanto vorrei. «Il protagonista riesce a entrarci in punta di piedi nel suo buio… E anche in punta di qualcos'altro», aggiungo per alleggerire l'atmosfera.

«Anche un po' più della punta», commenta Ilana, la nostra ambasciatrice dello spicy, nascondendo il sorriso dietro la tazza.

«Ok, in questa chiave, la relazione tra i due acquisisce senso», mi concede Romeo, «sebbene io creda che lui abbia resistito oltre ogni limite di umana sopportazione al caratteraccio di lei».

«Il protagonista non è umano; è un generale *fae* di cinquecentotrentasei anni: la sua soglia di sopportazione è un attimo più alta della tua», obietto.

«Il dibattito è bello acceso», commenta Marnie. «Adoro le serate vivaci».

«Ma ci sarà qualcosa su cui sarete d'accordo?», chiede Willa. «Se vi è piaciuto, perché vi è piaciuto?»

«Lui non la dà mai per persa», rispondo.

«Lei gli mostra quello che nasconde a tutti gli altri», dice Romeo.

Nora fa tintinnare il cucchiaino sul bordo della tazzina come un giudice che richiama l'attenzione. «Non è questa, in fondo, la base dell'amore? Tenersi stretto l'altro nonostante i difetti perché se ne amano i pregi, e sentirsi liberi di essere sé stessi, senza maschere».

«Ora, che ne dite se scegliessimo il libro per i prossimi incontri?», propone Sidney che, oltre a essere la sorella di Nora, è anche la proprietaria della libreria. «Ciascuno infili il bigliettino con il titolo suggerito nel vasetto e poi sorteggiamo. Romeo, vuoi aggiungerne uno anche tu?»

«No, tanto Romeo non torna», dico.

«Ne ho giusto uno in mente», ribatte lui ringalluzzito.

Non tornerà, glielo posso assicurare.

Il giro si completa, poi Nora agita il vaso e pesca un bigliettino. «Uh, qui Tia abbiamo pane per i tuoi denti! Andiamo sui classici», commenta. «*Un lungo fatale inseguimento d'amore*, l'esperimento gotico della Alcott. Chi lo ha suggerito?».

Ed è Romeo ad alzare la mano.

«Proposta di gusto eccellente. Qualcuna lo conosce?»

«Io», prende la parola Tia, la nostra portabandiera dei classici, appunto. «La Alcott lo propose agli editori firmandolo con lo pseudonimo di A.M. Barnard e si distacca dalla sua produzione. Potremmo quasi riconoscerlo come un primissimo dark: la protagonista, pur di non essere costretta a un matrimonio combinato, stringe un patto col "Diavolo" e fugge dalla sua vita alla volta dell'Europa insieme all'impetuoso amante che poi...».

«Tia, fermati!», la implora Willa. «Non anticiparci la storia o ci farai passare tutta la voglia di leggerla». Willa è la sacra vestale del "no spoiler" e una volta è quasi venuta alle mani con Liza quando si è lasciata scappare un dettaglio di troppo su un romanzo che non avevamo ancora concluso.

Ai saluti, la maggior parte delle ragazze del club – siamo ragazze di tutte le stagioni, a prescindere dall'età – si complimenta con me per aver portato Romeo. Poco importa che in realtà si sia autoinvitato e io non lo voglia qui. È già la mascotte del club.

«Ho scritto a Pete, sta per venirci a prendere», dice Liza.

«Ma se siamo venute a piedi», obietto io.

«Volevo vedere se rispondeva», commenta compiaciuta. «Quindi non aveva nessun appuntamento con un'altra ragazza. O se lo aveva, l'ha bidonata per venire qui. Gli ho detto che avevo voglia di gelato».

«C'è un alimentari proprio dall'altra parte della strada», le faccio presente.

«Non voglio quello confezionato».

«Scommetto che non vuoi proprio il gelato. La tua era una scusa per tirare il guinzaglio».

«E invece mi va proprio il gelato», replica appena l'auto di Pete accosta al marciapiedi, «after eight, arachidi e caramello salato. Vieni con noi?», mi domanda aprendo la portiera.

Quasi, quasi...

In quel momento, però, Romeo esce dalla libreria, finalmente libero dalle attenzioni del gruppo.

«Andate pure». Poi punto il dito verso Romeo. «Tu! Dobbiamo parlare».

«Il fatto che tu voglia parlarmi ha già dell'incredibile in sé».

«Non fare il sarcastico, non puoi permettertelo», taglio corto. «Sei a tanto così da una denuncia per stalking, quindi dimmi perché sei venuto qui. Sono certa di non averti mai parlato di questo club».

Romeo si gratta la nuca, in imbarazzo. «Immagino di doverti una spiegazione».
«Eccome, se me la devi».
«Non ti sto stalkerando, anche se l'impressione potrebbe essere quella».
«E allora, che fai? Che tu sia stato fulminato sulla via di Damasco dalla passione per i romance non me la bevo».
«Va bene, te lo dico, ma non ti piacerà: è stato tuo padre a dirmi di seguirti».

36

~~Dwight~~

Romeo

«Mio padre?». La decisione di Julia sfuma nell'aria come un nastro di fumo che sale dalle braci dopo una secchiata.

Regola d'oro dell'undercover: usa le informazioni che hai, e la discussione che lei e suo padre hanno avuto una settimana fa mi torna utile adesso.

«Sì», le confermo. «Vuole che io ti tenga d'occhio e mi ha offerto un generoso bonus perché gli riferisca cosa fai, dove vai e soprattutto se ti metti in pericolo».

Lei allarga le braccia e poi le lascia ricadere sui fianchi. «Tipico. È proprio una cosa da lui», sbuffa alzando gli occhi al cielo. «Ma domattina mi sente».

«No!», esclamo allarmato. Ovviamente non ho ricevuto nessun mandato da Gualtiero, non sono ancora nel cerchio della fiducia, ma questo lei non può saperlo. «Mi metteresti nei guai. Se sapesse che ti ho detto tutto, mi licenzierebbe. Io ho bisogno del lavoro al *Villa's*, tuo padre paga bene, e con questa entrata extra riesco a pagare l'affitto con agio, ora che non divido più la casa con Jenny».

«Perdonami, Romeo, ma la mia libertà non sarà il tuo straordinario».

«E se ti proponessi uno scambio?», rilancio sperando di salvarmi la faccia. Julia ha l'aria arrabbiata, ma la sua non è quella rabbia furente che ormai conosco bene; è la rabbia stanca di chi non ne può più né di parlare né di ascoltare.

«Non hai niente da offrirmi».

«Invece sì: la cucina del *Villa's*. Ti passo lo scettro del comando e sono disposto a retrocedere anche al ruolo di commis al posto di Mickey, se deciderai che è lì che devo stare».

Lei incrocia le braccia al petto e si soffia via una ciocca di capelli dal viso. «E in cambio cosa vorresti?»

«Mi permetterai di seguirti come mi ha chiesto tuo padre. Io ti lascerò tutta la libertà che ti serve, non ti impedirò di fare nulla, gli riferirò ciò che vorrai. Sarò discreto».

«Discreto, tu?»

«Ne sono capace».

«E dovrei fidarmi?»

«Se Gualtiero ha scoperto del pomeriggio in moto d'acqua non è stato perché gliel'ho detto io. Tu non lasciare tracce, e io non farò parola di nulla, neanche dovessi decidere di fare parapendio dall'Empire».

L'angolo sinistro delle labbra di Julia si tende all'insù di un millimetro. Come al solito, non sono capace di impedirmi di fissare ossessivamente la sua bocca.

Se la guardo in faccia, i miei occhi vanno sempre a cadere lì.

«Riassumendo l'accordo: tu mi segui come incaricato da mio padre ma, anziché tenermi d'occhio, mi fai da copertura, così continui a intascare il tuo bonus. In cambio, io non dico a papà che so del vostro accordo e tu mi cedi la cucina. Ho capito bene?»

«Non avrei saputo riassumerlo meglio». Se funziona, riesco a sfangarla. Dopotutto, la honey trap diventa impraticabile se io e Julia non ci vediamo fuori dalla cucina del *Villa's*, luogo dove ci troviamo sempre sulle barricate opposte.

«Ci devo pensare».

«Che ne dici se ti riaccompagno a casa mentre ci pensi?», le propongo.

«Sei in moto», obietta.

«La spingo».

Lei mi guarda con un sopracciglio increspato. «La spingi?! Ci riesci?»

«Sì, sai, ha quelle due cose rotonde: le chiamano ruote. Capisco il tuo stupore; è una tecnologia piuttosto recente, i Sumeri l'hanno inventata solo cinquemila anni fa».

«Non provocarmi, ti ricordo che non ho ancora accettato la tua proposta».

«E se ti dicessi che stasera mi sono divertito?»

«Penserei che hai preso una padellata in testa e invidierei chi te l'ha data».

«E sono anche rimasto molto colpito dall'energia con cui hai difeso la protagonista. Sbaglio o ti ci sei rivista?»

«Lei è un'umana che è stata trasformata in una *fae*, abita un corpo che non le appartiene e la sua nuova vita l'ha costretta a lasciarsi alle spalle tutte le sue certezze. Anche io ho ancora qualche problema ad accettarmi ed è ciò che in realtà accomuna tutte noi del club».

«Portate tutte la sacca per stomia?», chiedo curioso. «Scusa, sono inopportuno come al solito, vero?»

«Per una volta, no. I nostri corpi difformi sono ciò che ci ha unite. Nora, come me, ha la stomia e ci siamo incontrate in ospedale. Vedeva me e Liza, che mi accompagnava, leggere i nostri romance e abbiamo fatto amicizia. Le altre le abbiamo conosciute alla terapia di gruppo: Ilana, l'amante dello spicy, ha una protesi alla gamba destra; Marnie, invece, alla sinistra; Fern ha subito una mastectomia completa; Rhonda porta sempre i foulard al collo per coprire la tracheostomia; Willa, la poliziotta dello spoiler, ha perso tutti i capelli a causa dell'alopecia; Sidney, la sorella di Nora, porta la dentiera perché la gravidanza le ha fatto cadere i denti e Tia, la paladina dei classici, ha tutta la metà sinistra del corpo ustionata a seguito di un incidente automobilistico da cui si è salvata per miracolo». Julia fa una pausa e ride tra sé e sé. «L'unica sana come un pesce è Liza e, quando la prendiamo in giro dicendole che dovremmo espellerla, lei si difende ribattendo: "Guardate che anche io ho dei difetti fisici: mi mangio le unghie!"».

«Non ho fatto caso a niente di tutto questo».

«Perché riusciamo a mascherarlo, ma ciascuna di noi sa come è fatta sotto i vestiti ed è come se ci sentissimo sempre nude», mi racconta Julia con una serenità che le ho sentito poche volte. «In terapia condividevamo le nostre paure e il nostro disagio, gli alti e i bassi. Quando il percorso è finito, ci è dispiaciuto non avere più il nostro ritrovo settimanale, così Sidney e Nora hanno lanciato l'idea del club del libro. L'abbiamo chiamato Midnight Club».

«Come il night?»

«Esatto. Una sera, aspettando che Sidney ci aprisse, si è avvicinato un tizio pensando che fossimo delle spogliarelliste del night di sopra... L'equivoco ci ha fatto molto ridere perché nessuna di noi potrebbe esibirsi in un night come quello, quindi abbiamo deciso di prendere in prestito il nome».

«E io che stavo per dire che dovresti valutarla come carriera alternativa: certo, a tuo padre verrebbe un esaurimento più che con gli sport estremi». Sembra un miracolo, ma io e Julia stiamo riuscendo di nuovo a parlare.

«Una lap-dancer con la stomia... sexy», commenta ironica. «Avrei la fila».

«Io, per te, verrei». E sono serio.

«Certo, per sfottermi».

«So che i miei complimenti non li accetteresti, anche se dubito che tu li sappia accettare in generale, quindi non sprecherò fiato per farteli».

«Se mi risparmiassi il tempo per respingerli, te ne sarei riconoscente».

«Ma una cosa voglio dirtela, Julia. Tanto perché tu lo sappia: non sei un vaso rotto».

«Hai sentito cosa ha detto mio padre».

«Chiunque abiti a Manhattan credo lo abbia udito».

Lei abbassa lo sguardo sul marciapiede. «Lo so che non sono un vaso rotto», sussurra.

«Ma sotto sotto, pensi di esserlo, vero?»

«Sono dieci anni che vivo nella paura di essere un peso; dopotutto è vero: sto insieme con la colla».

«Ce ne vuole a romperti davvero», ribatto. «Ti pieghi ma non ti spezzi».

«Si dice: "Ti spezzi ma non ti pieghi"», mi corregge.

«Non hai capito cosa intendo: i materiali duttili, come l'acciaio, sono in grado di reggere forti sollecitazioni sopportando anche grandi deformazioni prima di rompersi; quelli fragili, invece, arrivano al punto di rottura senza preavviso. Tu, Julia, sei d'acciaio».

«Che immagine poetica: ora sì che mi sento delicata e leggiadra», commenta ironica. «Non preoccuparti riguardo la questione complimenti: non sei capace di farli».

«Scommetto che nessun uomo ti ha mai detto che sei come l'acciaio».

«No, nessuno ha mai avuto tanta fantasia, Romeo».

«I ponti di cosa sono fatti? I grattacieli? Con cosa si arma il cemento?», insisto. Il mio non è un discorsetto motivazionale da guru dell'autostima che vende corsi on-line, ci credo proprio.

«Acciaio», risponde come se dovesse accontentarmi.

«Non sei un peso, tu i pesi li porti. I tuoi e pure quelli degli altri. Come l'acciaio. Ma se preferisci posso dirti qualcosa tipo: hai due stelle al posto degli occhi».

«L'acciaio mi va bene, considerato che io più che altro mi sento un calzino spaiato. Grazie per lo sforzo di essere originale». La sua voce è sincera e io sono contento. «Scusa, ma tu che ne sai di materiali duttili?».

Fisica balistica. Uno dei primi esami sostenuti a Quantico. «Tutte le scuole di cucina di alto livello hanno fisica nel programma. Un bravo chef deve conoscere i materiali migliori per cucinare: pentola di acciaio, padella di rame o vetro pirex? Le basi, proprio», rispondo in tono ovvio.

«Impressionante», commenta. «E la Alcott? Come ti è venuto di suggerire un suo romanzo per il club?»

«Quando mia nonna è arrivata a New York dall'Italia, non sapeva una parola d'inglese», racconto. «Trovò *Piccole donne* abbandonato su un autobus e, poiché lo aveva letto in italiano, cominciò a studiare la lingua con quello, poi, a seguire, con tutti gli altri. E quando ero bambino, li leggeva a me».

«Tua nonna mi sta simpatica».

«Anche tu le saresti stata simpatica. Allora, il nostro accordo?», le dico mentre svoltiamo nella strada dove abita. «Lo accetti?».

Julia inspira ed espira forte, poi annuisce. «Ci sto».

«Non te ne pentirai».

«Le ultime parole famose».

«Ti prometto più libertà di quanta tu ne abbia mai avuta prima», dico mettendomi la mano destra sul cuore.

«Sai tenere un segreto, se ti faccio vedere una cosa?», mi domanda.

«Te l'ho già dimostrato, no?»

«Vieni. Quella serranda verde è il garage di Liza, lei abita di sopra». Mi fa cenno di seguirla verso l'edificio, dove tutte le luci sono spente. Prende un telecomando dalla borsa e apre il portellone con un gran cigolio. «Qui c'è il regalo che mi sono fatta a Natale», indica una massa informe nascosta da una cerata grigia.

«Vuoi mostrarmelo o devo tirare a indovinare?».

Lei leva il telo e mostra lo scheletro di una moto, smontata in più parti. «Ecco la mia piccola».

«Sarebbe una Royal Enfield?»

«Sì. Una Bullett 350». Julia accarezza la sella, dalla pelle consumata e scucita in più punti, con la dolcezza con cui coccolerebbe un pony. «Ha bisogno di parecchi lavori e diversi ricambi, ma non ho fretta. È quanto potevo permettermi».

«La sistemerai da sola?»

«I miei fratelli truccavano motori, ho imparato qualcosa da loro. E per quello che non ho imparato ci sono i tutorial».

«Chiedere aiuto per te non è un'opzione, vero?», le domando appoggiandomi al bordo del tavolo da lavoro lì accanto.

Julia si stringe nelle spalle, mentre gira intorno alla Bullet. Da come la guarda, capisco che la vede già finita e luccicante. «L'aiuto professionale costa più di quanto l'ho pagata. Lavorarci sarà divertente. Snervante, ma divertente».

«E tuo padre, ovviamente, non sa nulla di questa due ruote?», azzardo.

«Se la vedesse, la farebbe portare via da un carroattrezzi nel giro di venti secondi, perciò ti chiedo un'estensione del nostro accordo: il tizio che me l'ha venduta sta cercando di reperirmi i pezzi che mi servono a "prezzi accessibili"».

«È un ricettatore?», chiedo.

Lei ci mette un po' a rispondere. «Ha delle conoscenze».

«È un ricettatore», confermo.

«Non posso farli arrivare a casa e neanche qui da Liza, perché ritirerebbe tutto sua madre e andrebbe subito a dirlo a papà. Al momento ho dato l'indirizzo del ristorante, perciò, se dovessero arrivare delle consegne per me da mittenti non meglio specificati, sappi che sono i ricambi della moto. Se riuscissi a intercettarli, mi aiuteresti davvero».

«Tipo quelli che un losco figuro ha infilato dentro il nostro bidone del vetro?», le chiedo.

«Tipo, sì».

«Posso farlo, ma solo se tu fai una cosa per me», dico.
«Devo avere paura?»
«No». Sfilo dalla tasca della giacca un involto arrangiato con uno dei tovaglioli di carta del book club e glielo allungo.
Julia lo apre e scuote la testa. «Uno dei tuoi biscotti».
«È avanzato e te l'ho tenuto».
«Non dovevi».
«Ho visto che non lo hai mangiato e sono più che sicuro che lo hai fatto di proposito perché eri stizzita. Ma secondo me avevi voglia di assaggiarlo». Mi avvicino a lei, prendo il biscotto dalle sue mani e lo porto davanti alla sua bocca. «Io ritiro i tuoi pacchi, se tu dai un morso».
«Tutto qui?». Mi guarda scettica. «I miei ricambi per un biscotto?»
«Ti sto chiedendo di ingoiare il tuo orgoglio e, se ti conosco un po', rischi di restare strozzata».
«Bene». Afferra il biscotto con il piglio di una che vuole dimostrarmi che mi sbaglio. Lo addenta e mastica con decisione. «Soddisfatto?»
«I tuoi pacchi sono in buone mani», rispondo.
«Levati quell'aria compiaciuta dalla faccia».
«Lasciami godere il momento: è la prima volta che assaggi qualcosa cucinato da me».
«E sarà l'ultima».
«A proposito, tu non senti odore di provola affumicata?», le chiedo. «Ho questo odore sotto al naso da quando abbiamo lasciato la libreria».
«Non mi pare». Lei s'irrigidisce, spingendosi i capelli dietro le orecchie. «Perché? Ti dà fastidio?»
«No, mi è venuta fame». Lo stomaco mi brontola e i crampi mi avvertono che sono in astinenza da spuntino. «Credo che andrò a casa a farmi un panino con la provola grigliata».
La mia risposta pare rilassarla. «Abiti lontano? Non te l'ho mai chiesto».
«Sto a due isolati da qui». M'infilo il casco e salgo a cavallo della mia moto. «Quando vuoi, per tornare dal ristorante posso darti uno strappo io. Ho un casco di riserva».
«Il problema non è il casco, sei tu. Non salirò mai in moto con te».

«Mai dire mai», abbasso la visiera e accendo il motore. «Hai appena assaggiato un mio biscotto, ci sono buone probabilità che ti farai dare un passaggio. Buonanotte, Julia».

«Non mi è piaciuto il biscotto», ribatte.

«Ah, sì? E allora come mai lo hai finito?».

37
Julia

Mi rotolo nel letto a occhi chiusi, voltandomi prima sul fianco destro, poi sulla schiena, poi sul sinistro, senza trovare pace.

Il cuscino sembra fatto d'ortica e il lenzuolo di brace. Eppure non fa così caldo stanotte.

Accendo l'abat-jour e prendo il libro che ho lasciato sul comodino – *Single part-time* di Miranda Stoller –, convinta che qualche pagina possa conciliarmi il sonno.

La convinzione si eclissa non appena mi accorgo di essere a poche pagine dal fatidico capitolo cinquantadue, che, per tradizione di Miranda, è quello in cui culmina la tensione sessuale dei cinquantuno capitoli precedenti.

Dovevamo solo fingere di stare insieme, ma ora ci vogliamo per davvero.

Lo chalet che abbiamo raggiunto dopo una lunga camminata nella neve, io in braccio a lui, odora di legno di pino. Il calore del camino non basta a scaldarmi mentre ancora tremo per le ore che ho trascorso al gelo, smarrita nel bosco.

Jayden mi spoglia degli abiti congelati, e poi fa lo stesso con i suoi, mi attira nella sua stretta, davanti alle fiamme, e non so dire se sia più caldo il fuoco o lui.

Mi bacia una spalla e poi con la lingua rovente disegna una lunga linea che mi sale dalla clavicola fino all'orecchio, solleticandomi con il piercing…

Un attimo. Jayden ha il piercing sulla lingua? Non ricordo che Miranda lo avesse scritto da qualche parte.

Riprendo la lettura, leggermente stranita dal particolare aggiunto dalla mia immaginazione.

«Guardami, Arielle», mi sussurra mentre m'invita a sedermi sul suo grembo. Gli accarezzo il viso, tracciando il suo profilo con le dita: la fronte, il naso dritto, le sopracciglia scure con una piccola cicatrice sulla sinistra...

Cicatrice? Il protagonista non ha cicatrici!

Tiro le redini della mia fantasia ma, via via che metto a fuoco l'immagine di Arielle che si cala sull'erezione di lui, Jayden ha il volto di Romeo.

E Arielle sono io!

Cosa ci fa Romeo nella mia fantasia?

Ricomincio il capitolo da capo, imponendomi di pensare a Jared Leto.

"Ti piace sentirmi dentro di te, Julia?" È ancora la voce di Romeo.

«Ahhh!», sbotto picchiandomi la fronte con il libro. «Esci dalla mia testa!».

Mi sa che sono rimasta suggestionata dalla sua presenza al club, stasera.

Richiudo *Single part-time* che mi sta facendo più male che bene e lo ripongo sul comodino, e al suo posto prendo il cellulare.

Forse ha ragione Liza, è passato troppo tempo dall'ultima volta che ho avuto un incontro soddisfacente con un ragazzo e questa condizione mi sta spingendo verso fantasie spregiudicate.

Accedo a *MatchMe* e scorro un po' di profili, ma tutti, senza appello, finiscono dritti nel "passo", con il mio dito che scorre a sinistra senza pietà.

Gary, 29 anni. Troppo bravo ragazzo. Passo.

Sean, 21 anni. Troppo giovane. Passo.

Barrett, 36 anni. Troppo hipster. Passo.

Jennings, 31 anni. Troppo finto aristocratico. Passo.

Dopo un po', non mi disturbo neanche più a guardare l'età, in seguito non noto nemmeno il nome. Passo, passo, passo. Magari non troverò nessuno, ma di sicuro mi addormenterò.

Poi, però, mi sento in colpa, penso che non sto dando davvero una possibilità a nessuna delle persone che sto cestinando indiscriminatamente, quindi cambio tecnica: li approvo tutti, d'ufficio, salvandoli a destra.

E se con qualcuno fosse match e scattasse l'intesa? In fondo, è sempre l'attrazione mentale a fare la differenza.

Perry, salvo.

Thomas, salvo.

Glen, salvo.

Ennis, salvo.

Romeo, salvo.

Oddio.

ODDIO!

Credo di aver appena salvato Romeo nei sì.

Romeo, quel Romeo.

Torno nel mio profilo per accedere all'archivio dei "sì" e clicco sulla sua foto per capire se è davvero lui.

Non ci sono dubbi: è proprio Romeo Corelli. È appoggiato sulla sua moto, gli occhiali da sole tirati sulla fronte, i capelli scompigliati dal vento, mezzo sorriso ammiccante, lecca-lecca tra le labbra. La maglietta nera a maniche corte mette in risalto la sua pelle abbronzata e un tricipite su cui Miranda Stoller sarebbe in grado di scrivere almeno tre pagine.

Che imbecille che sono! Che cretina!

Studio le impostazioni per capire come annullare il mio salvataggio, ma sembra impossibile.

L'algoritmo ha già processato la mia decisione.

Prendo a pugni il cuscino, ci affondo la faccia sperando di essere inghiottita da un altro multiverso, stretta nella morsa soffocante dell'imbarazzo.

Mando un messaggio a Liza.

"Come si annulla un salvataggio su *MatchMe*? Ti prego, è urgente".

"Perché?"

"Ho salvato una persona che non volevo".

"Se anche lui ti salva, puoi sempre bloccarlo; se lui ti scarta, non saprà mai che tu lo avevi promosso".

Vero. Magari non c'è il match. Magari mi scarta lui.

So che dovrei sperare che lui lo faccia, ma la mia parte irrazionale, probabilmente amica della stessa parte che ha sabotato il mio immaginario erotico mentre leggevo, è molto offesa all'idea.

Cioè, avanti, non può scartarmi!

Riaccedo a *MatchMe*, ma stavolta controllo il mio, di profilo: studio la mia foto, cerco i difetti, provo a guardarla con gli occhi di un uomo e decido che è carina, sensuale ma senza essere volgare. Cioè, con che coraggio Romeo dovrebbe scartarmi?!

Sì, io posso scartare lui, ma lui non può scartare me.

Anche se io non l'ho fatto. Oddio, e se lo scoprisse e pensasse che mi piace? Però, per scoprirlo, dovrebbe salvarmi anche lui, col rischio che anche io poi, potrei pensare di piacergli.

Cielo, non c'è un modo di uscirne senza farsi male!

Dlin.

Sullo schermo lampeggia la notifica di un match.

Prego che sia un Glen, un Thomas, un Perry.

La app mi chiede: "Vuoi chattare con Ennis?".

Sospiro, a metà tra il sollievo e la delusione.

Fisso la chat di Ennis in cui lui ha postato la foto di una rosa. Si può essere più prevedibili?!

Dlin. Julia, hai un nuovo match! Vuoi chattare con Romeo?

«Ooohhh», piagnucolo in un moto di ansia e dolore. «Nooo! Lo sapevooo. Mi odio!».

Un leggero bussare mi distoglie dal mio dramma interiore.

«Sì?», chiedo dissimulando calma.

«Giulietta, va tutto bene?», mi domanda papà con voce impastata.

«Certo», cinguetto con il cellulare tra le mani e la schermata della chat che mi fissa.

«Ti sento lamentarti dal piano di sotto».

«Ah, sì. Crampi, fastidio da ciclo».

«Ok, se hai bisogno, fammelo sapere».

Un metodo che non invecchia mai: vuoi levarti un uomo dai piedi? Gioca la carta ciclo e quello se la dà a gambe neanche fosse inseguito dal fisco.

Dlin! Un messaggio.

R: Ancora sveglia?

A momenti mi parte il cellulare dalle mani come fosse di sapone. Romeo mi ha scritto.

R: Abbiamo fatto un match, non è curioso?

J: Ti ho salvato per sbaglio

R: Anche io

J: Ho cliccato due volte a destra per salvare il tizio prima di te. Purtroppo ho salvato anche te

Un secondo dopo aver inviato il messaggio mi pento: troppe spiegazioni non richieste.

R: Stessa cosa per me

J: Se hai salvato me per errore, perché mi stai scrivendo?

R: Per ammazzare il tempo

J: Grazie

R: Prego

J: Ero sarcastica

R: Anche io

J: Io non ho sonno, tu che scusa hai?

Ma la risposta di Romeo si fa attendere. È ancora on-line, lo vedo, ma non sta digitando nulla.
I minuti passano e la nostra chat rimane in sospeso.

J: Mi stai ghostando?

R: No, ho fatto un altro match
e stavo rispondendo nell'altra chat

J: Sai che è maleducato portare avanti più chat in parallelo?

R: La nostra non è una chat seria, no?

La nostra non è una chat seria, però mi dà fastidio comunque sapere che sta scrivendo a un'altra.

J: Lascia perdere.
Non so nemmeno perché ti sto rispondendo

R: Tu non scrivi mai a più match in parallelo?

J: No, chatto con una persona alla volta

R: Anche se il nostro non è un vero match,
stai scrivendo solo a me?

J: Sì

Se c'è un limite alla vergogna, credo di averlo superato: ora sa che non solo non c'è nessun altro che mi sta corteggiando ma che io voglio la sua attenzione esclusiva.

R: Credo che a questo punto,
allora, chiuderò l'altra chat

J: Figurati, continua pure a scrivere a...
Come si chiama?

R: "Ally, 29 anni, make-up artist e appassionata di vela.
Abita a Homecrest ed è single da sei mesi"

J: Ti avevo chiesto solo il nome,
non ero veramente interessata

R: Le ho dato la buonanotte.
Ora sono tutto tuo

J: Che privilegio

R: Il privilegio è mio.
Ho la tua considerazione così di rado che,
ora che ne ho l'occasione, devo approfittarne

J: Sei una persona capace
di ridefinire il concetto di irritante

R: Sei tu che tiri fuori il peggio di me, Giulietta

J: La pianti di chiamarmi così?

R: Solo se cominci a sorridere di più

J: Se domani tu ti licenziassi,
comincerei a sorridere

R: Ti mancherei troppo.
La competizione per te è vitale, se non ci fossi io in cucina,
non avresti nemmeno una ragione per alzarti la mattina

J: Mi sono pentita.
Torna pure a scrivere ad Ally

R: Non mi hai nemmeno notato
la rima "cucina-mattina"

J: Pietosa. Ho preferito ignorarla

R: Che fai quando non hai sonno?
A parte rimorchiare sconosciuti su *MatchMe*

J: Stavo leggendo

R: Se hai smesso, la storia forse non era così intrigante

J: Non mi piaceva il personaggio maschile

R: Niente mani sulla testiera del letto, stavolta?

J: Ti è proprio rimasta in testa, quella scena, eh?
Romantico...

R: Io sono molto romantico.
Sto guardando *I passi dell'amore* proprio adesso

J: Dovrei crederci?

R: Riuscirà l'animo puro di Jamie
a redimere il tormentato Landon?

J: Stai sbirciando su Google

Mi arriva la foto di una TV su cui campeggia il primo piano di una giovane e sorridente Mandy Moore.

R: Landon le ha appena fatto un tatuaggio trasferibile
di una farfalla sulla spalla. Il picco erotico del film

J: Lo stai guardando veramente!

Non me lo aspettavo, sono stupita.

R: Impressionata?

J: Ti serve ben altro per impressionarmi

R: E se ti facessi un tatuaggio trasferibile sulla spalla?

J: Ne ho già, di tatuaggi

R: Mi piacerebbe vederli

J: Non sarò mai abbastanza nuda
per te perché tu possa vederli

R: Se vuoi, i miei posso farteli vedere

J: Non sono interessata

R: Neanche a sapere dove li ho fatti?

J: Dove li hai fatti?

Romeo impiega diverso tempo a digitare, e un po' sono curiosa e un po' ho paura. E un po' m'interessa la sua risposta. E un po' la mia immaginazione sta lavorando in background: sulla schiena? Sull'addome? Sull'inguine?

Sto immaginando davvero l'inguine di Romeo? Ho davvero bisogno di dormire.

Ma perché ci mette tanto a scrivere?!

R: Li ho fatti in uno studio a Soho,
sono molto bravi, te lo consiglio

J: Sei un cretino. Buonanotte

R: Perché? Che risposta ti aspettavi?

J: Questa conversazione è durata fin troppo.
Anzi, non avrebbe nemmeno dovuto aver luogo

R: Guarda che se abbiamo
fatto match è anche colpa tua.
Tu mi hai salvato

J: No, tu hai salvato me

R: Se questa chat ti indispone,
come mai continui a rispondermi?

J: E come mai tu continui a scrivermi?

R: Perché mi rispondi

J: Cosa te ne dà l'assoluta certezza?

R: Tu vuoi l'ultima parola, sempre

J: Bene, allora sappi che questo è il mio ultimo messaggio.
L'ultimo. Non intendo più risponderti. Fine. Chiuso. Stop.

E pur con tutta l'intenzione di uscire da *MatchMe*, continuo a fissare lo schermo per sincerarmi che lui abbia realmente recepito di smetterla di scrivermi. E infatti, passa un minuto e da lui arriva solo silenzio. Due minuti e ancora niente. Tre minuti. Quattro.

Mi decido a spegnere il telefono e mi impongo di dormire, anche se mi ritrovo a contemplare il buio, con uno strano senso di delusione e uno spasmodico bisogno di controllare il cellulare che frigge sul comodino.

Romeo ha smesso di scrivermi.

Era quello che volevo, no? Che mi desse retta e la piantasse di sfidarmi.

~

Mi alzo a fatica, appesantita dalle poche ore di sonno discontinuo e la mia faccia è lo specchio della nottata che ho passato.

La skincare mi prende più tempo del solito ma non ci penso neanche a farmi vedere "stropicciata" da mio padre: penserebbe che il lavoro mi stia affaticando e mi rispedirebbe in sala, e quello stronzo di Romeo ne godrebbe troppo.

Resterò lì dovessi reggere l'anima con i denti.

Quando riaccendo il cellulare, *MatchMe* mi segnala altri due match, Thomas e Perry, che maledico per il loro tempismo… Sarebbero dovuti arrivare stanotte, mentre chattavo con Romeo, così da poterlo liquidare con sdegno.

Noto però che c'è una notifica di nuovo messaggio nella chat con Romeo.

La apro.

R: Buonanotte, Julia

Mi ha scritto, dopo che avevo chiuso. E sotto, c'è un altro messaggio.

R: Stavolta l'ultima parola l'ho avuta io

38

~~Dwight~~

Romeo

«Non credo di essere portato per il movimento», sospira Rob schiantandosi a terra dopo il nostro giro dell'isolato di corsa.

«Mi fanno male parti del corpo che non sapevo neanche di avere», gli fa eco Sonny.

«Avanti, ragazzi!», li incoraggio. «State migliorando. Abbiamo finito il riscaldamento ben cinque minuti prima della settimana scorsa, Denny non ha ancora vomitato la colazione e Mickey non sta piangendo».

«Perché ho sudato così tanto che non ho neanche più lacrime», esala togliendosi la maglietta umida per scuoterla.

Vinnie rimira il suo riflesso nella vetrina del ristorante. «Il mio addome mi sembra più definito».

«Se trattieni il respiro, non vale», lo punzecchia Denny.

«La settimana prossima andrà ancora meglio», insisto. «Pronti per i sollevamenti? Se riuscite a fare tre set da venti senza chiamare la mamma – Mickey, mi riferisco soprattutto a te – c'è una fetta di crostata alle pesche proteica, senza burro e senza zucchero in premio».

«Senza burro e senza zucchero. La chiami premio?», protesta Denny.

«Alla prossima lagna, giuro che non ci metto neanche le uova».

Nonostante le proteste, riusciamo a portare a casa l'allenamento. Mentre stiamo per rientrare e passare alla nostra esercitazione di cucina, arriva il famoso tizio dei ricambi che, come la settimana precedente, fa per occultarli nei bidoni.

«Li dia a me», gli dico.

«Veramente siamo d'accordo di fare così».

«L'accordo è cambiato: mi occupo io del ritiro. È stata Julia a incaricarmi».

Lui annuisce e mi allunga due scatole di cartone un po' ammaccate e nastrate. Che sia passato oggi per me è un grande assist, così ho una scusa per incontrare Julia.

Vero che abbiamo stabilito un patto, ma se ho delle motivazioni oggettivamente valide per vederla è meglio.

Prendo il cellulare per scriverle che ho i suoi ricambi, ma noto che sulla app di *MatchMe* lampeggia la notifica di un messaggio.

È suo.

J: Avrai anche avuto l'ultima parola stanotte,
ma io avrò la prima di stamattina

Non posso fare a meno di trattenere un sorriso. Alla fine ha risposto. Era prevedibile che, anche via chat, io e lei finissimo a giocare a braccio di ferro e ho combattuto con tutte le mie forze l'istinto di scriverle subito per continuare la nostra conversazione che, per quanto sempre in punta di spada, non avevo voglia di chiudere. A dirla tutta, con lei ho sempre voglia di parlare. E di ascoltarla, soprattutto. Quando le ho scritto il messaggio, un'ora più tardi, per un po' ho cullato la speranza che rispondesse subito. Non riuscivo a dormire e speravo che anche lei fosse rimasta sveglia, invece la chat taceva e così, pur di sedare la mia smania, mi sono messo a fare la torta per i ragazzi.

R: Ho in ostaggio la tua frizione.
Comunque, buongiorno

J: Buongiorno. Sei riuscito a dormire?

R: No. Tu?

J: A meraviglia

R: Ho fatto una torta di pesche stanotte,
solo che non avevo né il burro né lo zucchero
quindi non è né dolce né morbida.
Mi sa che la chiamerò torta Julia

J: È un altro dei tuoi complimenti originali?

R: Te ne porto una fetta, insieme alla frizione

J: Non so, forse è più buona la frizione

R: Se non l'assaggi non puoi saperlo. La dolcezza delle pesche compensa la mancanza di zucchero

J: Il tuo biscotto di ieri era molto buono, anche se non te l'ho detto

R: Voglio sentirtelo ripetere a voce, mentre mi guardi in faccia. Dove e quando ti porto i tuoi pacchi?

J: Oggi alle tre ho un impegno ma ci possiamo vedere dopo

Come lunedì scorso, immagino debba andare da Anya a lasciarle un'altra "consegna". So che dovrei esultare per ogni indizio, ma mi dispiace raccogliere prove a suo carico. Se partirà una catena d'arresti, lei sarà tra i primi.

J: Magari mi puoi accompagnare in un posto

R: Ti porto dove vuoi

~

Mi dà appuntamento alla caffetteria da cui l'avevo tenuta d'occhio il lunedì precedente. Arrivo prima dell'orario concordato, sperando di sbagliarmi, che non vada dalle "fiscaliste", ma come la volta scorsa, il taxi l'accompagna davanti all'edificio. Lei entra con la borsa e poco più tardi esce senza.

Io sto per chiamare Bristol per confermare il suo spostamento, ma mi dico che non è così urgente e in fondo posso anche aspettare a riferirglielo.

Quando Julia entra nella caffetteria – una di quelle con le pareti in mattoni a vista, le sedie spaiate, il bancone sverniciato con i baristi che preparano cocktail con i guanti neri, stuzzichini vegan sul menù, cinque miscele di caffè equosolidale e piantine aromatiche su ogni tavolo ciascuna con l'etichetta del proprio nome, il basilico sul mio si chiama Simon – mi prendo due secondi per guardarla dal mio angolo prima di farle un cenno e palesarmi.

Se la vedessi per la prima volta, mi verrebbe voglia di sedermi accanto a lei, parlarle, chiederle il numero e proporle di uscire, il tutto incrociando le dita perché non entri il suo ragazzo.

Oggi indossa dei jeans sdruciti e un top rosso a fascia aderente sul seno e largo e svolazzante sul punto vita. Mi chiedo se sia per camuffare la sacca della stomia.

Quando mi individua, mi saluta con un cenno del capo, per poi raggiungermi.

«Allora sai anche essere puntuale!», commenta. «Potrei addirittura pensare che avessi voglia di vedermi».

«Ti piacerebbe l'idea?»

«Non volare troppo con la fantasia».

«Sono a tua disposizione», le dico. «Come mai mi hai dato appuntamento qui? Eri da queste parti?».

Julia stacca una fogliolina da Simon e se la solletica sulla punta del naso, inspirandone il profumo. «Dovevo sbrigare alcune commissioni per Angelo».

«Come sta?», le domando fingendomi interessato.

«Dispotico e viziato, come sempre, e l'infermità lo rende ancor più insofferente. Se già prima avevo voglia di andarmene di casa, ora non ne parliamo», taglia corto lei e capisco che il discorso è chiuso.

«Dove vuoi che ti accompagni?», le domando per cambiare argomento.

«In un posto», risponde vaga.

«Mi serve un costume?».

Lei sorride e scuote il capo. «No. Oggi tornerai a casa asciutto».

«Ho un casco anche per te», le dico indicando l'elmetto sulla sedia accanto alla mia.

«Quando, ieri sera, ti ho detto che non sarei salita su una moto guidata da te ero seria, Romeo».

«Ma non guido io», obietto. «Guidi tu».

«I-io?». Julia mi guarda sbalordita. «Come io? E tu?».

Le allungo le chiavi sul piano del tavolo. «Io salgo dietro».

39
Julia

«I-io?», balbetto sbalordita. «Come io? E tu?».
Romeo mi allunga le chiavi sul piano del tavolo. «Io salgo dietro».
«Ho solo il foglio rosa», mi appendo all'unico appiglio che ho.
Lui dà una scrollata di spalle. «Perfetto. Tu hai il foglio rosa, io la patente: è ora di fare pratica». E mi guarda con il sorriso furbo di chi sa che non ho più scuse.
Accartoccio la fogliolina di basilico tra il pollice e l'indice, nervosa.
Da una parte, questo mio sì, per lui sarebbe la vittoria di tutte le vittorie: mi concede di fare qualcosa di "vietato", e non solo sarebbe mio complice, ma anche mio patrocinatore. Se prendo quelle chiavi, mi avrà in pugno.
Dall'altra, mi prudono le mani dalla voglia di guidare la sua moto.
Ogni volta che vedo la Triumph Bonneville parcheggiata dietro il ristorante, me la mangio con gli occhi. Solo un giro… sarebbe solo un giro, dopotutto.
«So che ti va, te lo leggo in faccia», mi dice spingendo ancora di qualche centimetro le chiavi verso di me.
Al diavolo l'orgoglio! «Accetto».
«Visto?», commenta lui. Si alza in piedi, il suo casco in una mano e quello per me nell'altra. «Non era difficile».
«È che ho paura che, se inizio a dirti sì una volta, poi sarà sì per sempre».
«Me lo prometti?»
«Intanto è sì per oggi».

Usciamo dalla caffetteria e la moto è lì ad attenderci, le cromature che luccicano sotto il sole.

Devo dargliene atto: Romeo ha gusto. Il modello e i colori la rendono un classico senza tempo, si fa notare ma con eleganza.

Comincio a chiedermi perché mai Jenny abbia davvero voluto lasciarlo e addirittura trasferirsi dalla parte opposta del Paese.

«È splendida», dico. «Il mio rottame non può competere».

«Il tuo non è un rottame, ha solo bisogno di affetto». Poi si accosta al mio orecchio. «Piantala di sminuirti».

«Parlavo della mia moto, non di me».

«Bene. Julia, ti presento Bonnie. Bonnie, ti presento Julia. Oggi, con lei, saremo gentili», dice facendole pat-pat sulla scocca del serbatoio.

«Hai dato un nome alla tua moto?», gli chiedo.

«Certo. E dovresti farlo anche tu. Sarà la tua compagna di avventure».

«Comincerò a pensarci».

«Allora: la manopola destra è il gas, la leva davanti è il freno anteriore», dice indicando i vari comandi, «la leva di sinistra è la frizione e il pedale a sinistra è…».

«Il cambio», lo interrompo. «Pedale di destra, freno posteriore. Da ragazzina Pete mi ha insegnato a guidare l'Intruder di Angelo di nascosto».

«È tutta tua». Lui mi porge il casco. «Prego».

«Meno male che non ho messo la gonna», dico salendo a cavalcioni sulla sella.

«Ad alta voce, concordo con te, ma nella mia testa penso sia un peccato».

«Lo hai detto comunque ad alta voce», gli faccio notare, intenta a prendere confidenza col mezzo.

«Ho questo difetto: i miei pensieri sono rumorosi». S'infila il casco e si ferma a guardarmi, studiandomi da capo a piedi. Poi fa il giro della moto e fa la stessa cosa dall'altro lato. «Come pensavo».

«Che pensavi?»

«Che ci stai proprio bene sopra alla mia moto», osserva compiaciuto.

«Ed è l'unica cosa tua su cui mai salirò», puntualizzo.

«Ora mi siedo dietro. Tranquilla: mi terrò alla cinghia così non dovrò stringermi a te».

Non avevo considerato fino a questo momento la reale vicinanza a cui ci avrebbe costretto la posizione. Quando Romeo prende posto, con le sue ginocchia che stringono i miei fianchi, divento ipersensibile, rilevando ogni millimetro di contatto tra me e lui.

Che guaio se avessi davvero messo la gonna!

Le sue gambe sono forti e tornite con i jeans che, così seduto, gli aderiscono addosso, disegnando i suoi muscoli.

M'irrigidisco quando sento il suo petto appoggiato alla schiena, il calore che passa da me a lui. Deglutisco a vuoto e boccheggio a caccia d'aria.

«Che fai?», gli chiedo.

Romeo allunga il braccio destro e gira la chiave nel quadro. «Se non la accendi, non possiamo partire».

Ah. Già.

Bonnie borbotta e vibra, con il motore in attesa di un mio comando, che però stento a dare.

Romeo accompagna le mie mani sulle manopole, poi, col palmo sinistro, picchietta sulla mia coscia per invitarmi a inserire la marcia. «E ora gas, piano».

Strappo la partenza, sobbalzando per i primi metri, e la moto si spegne.

«Non l'ho rotta, vero?», domando.

«Devi solo calibrarti. Riparti, ti aiuto io a gestire il gas, se vuoi».

Annuisco, picchiando il casco contro il suo. «Sì, per favore».

La sua mano destra torna sulla mia e lui la sposta indietro quanto serve a partire morbidi.

Ok, sta andando tutto bene, non stiamo sobbalzando.

Poi sento la sua mano sulla mia coscia sinistra: con un picchiettio leggero, mi indica di cambiare la marcia e io eseguo.

Quando sta per toglierla, però, io la trattengo lì dov'è. Gli faccio capire di continuare a indicarmi quando cambiare.

Lui tiene il palmo fermo e, nonostante lo spessore del denim, posso percepire la pressione di ogni singolo dito, aspettando di sentirlo picchiettare con leggerezza.

«Ti piace?», mi domanda quando ci fermiamo a un semaforo.

«Cosa?»

«Guidare», risponde in tono ovvio. E mi sento stupida perché io ero concentrata sulla sua mano più che sulla guida.

«Ah, sì. Molto».

«Dove mi porti?»

«Tra un po' lo vedrai».

«Accompagna la leva della frizione, non lasciarla andare di colpo», mi suggerisce, appena dopo essere ripartiti.

Costeggiamo Prospect Park per poi immetterci sulla lunga Ocean Parkway, diretti verso sud.

«Dovevi dirmelo di portare il passaporto», commenta Romeo, mentre siamo fermi a un altro incrocio. L'occhio mi cade sull'orologio del quadro, e noto che siamo in strada da quasi mezz'ora.

«Farmi da scorta è un lavoraccio. Mi hai sottovalutata quando hai accettato l'incarico da mio padre».

«Io non sono la tua scorta, Julia. Sono la tua copertura».

Ripartiamo e stavolta gestisco bene gas e frizione, senza saltellare. Romeo mi fa il gesto del pollice in su e la bocca mi si tende in un sorriso.

Meno male che è dietro di me, non voglio che veda che sono contenta di avere la sua approvazione.

La strada sempre dritta aiuta e sto prendendo confidenza col motore, tuttavia, anche se con l'orecchio sto memorizzando il momento preciso per cambiare marcia, aspetto sempre un secondo in più a farlo. Il secondo che serve a lui per picchiettarmi sulla gamba.

Non so se siano la temperatura estiva, il motore sotto di me o Romeo alle mie spalle, ma io sento caldo dappertutto e vorrei avere addosso meno vestiti.

Venti minuti più tardi, raggiungiamo la mia meta.

«Coney Island?», mi domanda Romeo guardandosi intorno.

Siamo sul lungomare che costeggia la spiaggia dei brooklynesi.

I newyorkesi ricchi, invece, vanno negli Hamptons.

La stagione è iniziata e sulla passeggiata di legno ci sono già diverse persone: skater, bambini in bici, famiglie che prendono il gelato, gruppi di adolescenti diretti al luna park e i turisti che vogliono farsi un giro sulla famosa ruota panoramica.

«Ho un appuntamento», gli dico. «Ma puoi venire anche tu, se non hai altro da fare».

«Sono proprio curioso di vedere perché siamo venuti fino a qui».

«Il motivo è laggiù», gli indico un fabbricato di quattro piani in mattoni pitturati di rosso, scrostati qua e là, e con il cornicione giallo.

«Sembra un edificio abbandonato», osserva incerto.

«Andiamo», incalzo incamminandomi. «Guidare la moto così a lungo è faticoso: ho le braccia indolenzite, il sedere che formicola e i crampi alla gamba della frizione. Mi ci vorrebbe un massaggio».

«Al sedere?»

«Alla gamba, Romeo», lo rimprovero.

«Sono sempre pronto a dare una mano, o tutte e due».

40

~~Dwight~~
Romeo

Per tutto il viaggio, Julia ha permesso che le tenessi la mano sulla gamba.

Giuro che l'ho messa solo per indicarle il momento di cambiare e l'avrei tolta subito, ma è stata lei a trattenerla e così l'ho lasciata lì.

Per ogni metro che percorrevamo, speravo che la meta fosse ancora più lontana.

Ora però siamo a Coney Island e stiamo per entrare in un magazzino fatiscente.

Tra l'altro, proprio qui vicino, qualche hanno fa era stato fatto un importante intervento di "pulizia" da un giro di mafia russa quindi non so cosa aspettarmi.

Il portone è aperto e Julia lo spinge.

«Molti film dell'orrore sono iniziati così», commento.

«Non è necessario che tu salga, se non vuoi», mi dice.

«Io credo proprio di sì, invece», ribatto, osservando il piano terra desolato e sporco. «Cosa accidenti sei venuta a fare in questo posto dimenticato da Dio?»

«Su mi aspetta una persona, quindi astieniti dal fare battute, grazie».

Raggiungiamo l'ultimo piano dell'edificio su un montacarichi che sferraglia in maniera preoccupante e ci ritroviamo in un grande spazio, altrettanto vuoto.

Non ci sono pareti interne, solo pilastri in mattoni, e il perimetro della stanza è punteggiato da finestre opacizzate da uno spesso strato di polvere.

Polvere che ricopre anche il pavimento, su cui lasciamo le impronte al nostro passaggio.

«Julia Villa?», le domanda un tizio vestito in completo grigio, che sbuca da dietro uno dei pilastri. Ha una ventiquattrore con sé, avrà sui cinquant'anni.

«Sì, sono io. Larry Cohen, giusto?», si informa lei.

«Ci siamo sentiti al telefono». Poi lui guarda me, con aria interrogativa. «E...?»

«Romeo», mi presenta senza aggiungere altro. Julia muove qualche passo, guardandosi intorno con sguardo indagatore. «Mi sa che servono più lavori di quello che pensavo».

«È stato un deposito postale fino al 1989», spiega Larry. «Poi, la società che lo aveva in affitto ha spostato tutto a Flushing».

«Ed è vuoto da allora?», gli chiede lei.

«È per questo che l'affitto è così basso».

«Basso, quanto?», chiede Julia. «Non ne abbiamo parlato».

«Quattromila al mese».

«Quattromila non è un affitto basso», obietta lei.

«Siamo vicini al mare», ribatte lui.

«Ma la ristrutturazione è a mio carico», continua.

Affitto? Ristrutturazione? Per cosa?, vorrei chiedere.

«Una pulita e un'imbiancata cosa saranno mai?», minimizza il tipo.

«E se non vi piacciono gli open space, con un po' di cartongesso, potete ricavare una camera con bagno padronale, uno studio, una cabina armadio, una stanza per i bambini...», elenca.

«Bambini di chi?», domanda Julia.

«Non state insieme?», ribatte lui, indicandoci.

«No, Romeo è un...», ma Julia si blocca sulla parola da usare.

«Amico?», suggerisco.

«Scusate, sono giunto a conclusioni affrettate. È comunque una zona molto adatta alle famiglie, questa, ben attrezzata, nel caso... Una palestra al posto della stanza dei bambini ci starebbe senza problemi», termina.

«L'open space va più che bene», conclude Julia. «Il prezzo è trattabile?»

«Non ci sono spese condominiali», è la risposta elusiva.

Lei fa un altro giro dello spazio, osservando ogni angolo. «Ci devo pensare».

L'espressione piccata di Larry comunica che lui si aspettava tutt'altra risposta. «Credevo fossi seriamente interessata».

«Lo sono, ma ci devo comunque pensare».

La visita si conclude senza convenevoli, e io e Julia ci dirigiamo di nuovo verso il lungomare, così decido di indagare un po' sulla questione.

«Non credo di aver capito cosa siamo andati a fare», dico. «Era una specie di agente immobiliare, il tizio?»

«Un mediatore», risponde lei.

«E come mai t'interessa affittare il magazzino?». Non so se voglio avere una risposta, perché potrebbe non piacermi. Potrebbe diventare una prova.

«Se te lo dico, mio padre non lo deve sapere», mi avverte.

«Julia, hai guidato la mia moto fino a Coney Island, non ti servono ulteriori garanzie sul mio silenzio».

«Voglio andare a vivere da sola», dichiara.

Nel petto sento una leggerezza improvvisa. Nessuna prova compromettente. «Tutto qui?», dico.

«Non è "tutto qui", Romeo, non per me. Significa riappropriarmi della mia vita una volta per tutte. Voglio bene a mio padre, ma non posso più vivere con lui e con i miei fratelli, controllata come fossi in libertà vigilata. Ogni sera devo tornare a casa, come se dovessi firmare il foglio di "Non allontanamento". Se papà venisse a saperlo, farebbe di tutto per ostacolarmi, quindi glielo rivelerò solo a cose fatte».

«Per gli stessi soldi che vuole quel tizio potresti trovare qualcosa a Williamsburg. O un monolocale a Manhattan», le dico. «Con quattromila dollari potresti perfino avere una finestra».

«Hai ragione, ma in un monolocale non posso farci quello che ho in mente io».

«Ti va di fare una passeggiata sulla spiaggia?», le propongo quando arriviamo sul fronte mare.

«Già che siamo qui». Si sfila le scarpe da ginnastica e le raccoglie, così la imito.

La sabbia è tiepida nella luce del tardo pomeriggio e la battigia sta cominciando a svuotarsi.

«Cos'è che non puoi fare in un monolocale?», le chiedo mentre passeggiamo in direzione del bagnasciuga.

«Un *home restaurant*», risponde piano, come se stesse sfiorando una bolla di sapone per non bucarla. «Se vado a vivere da sola, è probabile che mio padre decida di non farmi più lavorare al ristorante, quindi mi serve un'entrata. Terrei corsi di cucina il mattino e poi farei un home restaurant alla sera».

«Magari, invece, non ti estromette dal *Villa's*», ipotizzo.

«Lo hai visto anche tu, farebbe di tutto per impedirmi di stare in cucina e, quando Angelo sarà di nuovo in forma, io sono comunque destinata a tornare in sala. Voglio la libertà di decidere delle mie giornate e, se resto dove sono, non l'avrò mai».

«È un progetto ambizioso», osservo ammirato. «Io non ho mai avuto davvero progetti nella mia vita, non saprei da che parte cominciare».

«Sei un bravo cuoco, Romeo. Mi dai sui nervi e condividere la cucina con te è un incubo a occhi aperti, ma sei innegabilmente bravo. Non hai mai neanche pensato di aprire un ristorante tuo?», m'incalza.

«Non è da te questo tono incoraggiante», osservo. Le metto una mano sulla fronte. «No, la febbre non ce l'hai, quindi mi sa che dobbiamo chiamare un esorcista».

«Sono seria. Con la tua esperienza e le tue capacità, potresti trovare un posto da executive in un ristorante molto più blasonato di Manhattan. Perché combattere nella trincea del *Villa's*?».

Perché? La risposta dovrebbe darla Bristol. «Te l'ho detto, non sono una persona che ha progetti per sé stesso. Se tu mi chiedessi: "Dove ti vedi tra cinque anni?", ti risponderei: "Non ne ho la più pallida idea" e sarebbe la verità».

E lo è in tutti i sensi. Come Dwight, tra cinque anni, mi vedo esattamente dove sono adesso, a fare quello che faccio adesso. Probabilmente avrò un'altra identità e starò recitando un'altra parte, ma è il massimo del futuro che riesco a immaginare.

«Magari verrai scoperto da un famoso critico gastronomico e verrai lanciato nel panorama delle celebrità culinarie, ti daranno uno show televisivo o diventerai un giudice in un talent di cucina».

«Improbabile».

«Tanto quanto lo è il mio piano», ribatte Julia. «Soldi miei pochi, soldi in arrivo ancora meno. Hai idea di quanto costi la mia assicurazione sanitaria? Anche quella, al momento, è a carico di mio padre».

«Ma tu lavori da quando eri una ragazzina», obietto.

«Il destino di chi, come me, ha sempre lavorato per la famiglia è di non sapere mai quale denaro è davvero tuo perché l'hai guadagnato e qual è, invece, quello di papà. Per non parlare del fatto che le banche non sono molto generose a rilasciare prestiti a chi ha una cartella clinica come la mia. Sono consapevole che potrei restare senza un soldo e di dover tornare a casa, con la coda tra le gambe. Ma se non ci provo, rischio di morire soffocata lentamente. Non voglio vivere in eterna convalescenza».

«Ammiro la tua determinazione: nell'incertezza, comunque, provi a costruire qualcosa. E sempre senza chiedere aiuto a nessuno».

Ci sediamo sulla spiaggia a pochi metri dalla battigia, con le onde che fanno avanti e indietro, allungandosi fino a sfiorarci le dita dei piedi.

«È difficile, sai, non chiedere mai aiuto», commenta lei con lo sguardo fisso all'orizzonte.

«Perché ti ostini a non farlo. Il primo ostacolo sei proprio tu», le dico.

«Non voglio che le persone pensino che chiedo aiuto perché da sola non ce la faccio per via della malattia, o che da sola non sono in grado di cavarmela».

«Chiedere aiuto non è una colpa».

«Lo so. Ma preferisco comunque trovare il modo per chiederne il meno possibile». Julia afferra un bastoncino sbiancato, portato dalla marea, e si mette a disegnare piccole spirali nella sabbia. «Fa caldo oggi», cambia discorso.

«Se tu non fossi sempre così criptica e lo avessi detto prima che saremmo venuti a Coney Island, ci potevamo portare il costume e farci un bagno», le faccio notare.

«Sono quattro anni che non faccio il bagno in costume», risponde lei. «O il bagno in mare in generale».

La osservo confuso. «Perché? Non puoi?»

«Non mi sento a mio agio. In spiaggia non ho mai visto nessuno con la sacca della stomia e non ho voglia di sentirmi osservata. Quando sono vestita sono... come gli altri. Nessuna domanda, nessuno sguardo indiscreto, niente».

«E quindi, per il timore dello sguardo di qualcuno che neanche conosci e la cui opinione non ha alcun valore nella tua vita ti privi di un bagno in mare?»

«C'è chi ci riesce. Ci sono diverse persone nella mia condizione che sono riuscite a superare il disagio di mostrarsi. Io no. E non sta scritto da nessuna parte che devo per forza».

«Ma tu te lo meriti il mare. E al mare non gliene frega niente se hai una sacca della stomia o no».

«E la fetta di torta me la merito?», mi domanda di punto in bianco. «Avevi detto che me l'avresti portata».

«La torta ce l'ho», dico prendendo l'incarto di stagnola dallo zaino, poggiato sulla sabbia, «ma devi conquistartela».

«E come?»

«Devi ammettere che ti fidi di me», ribatto.

«Non è una conquista», obietta. «È un ricatto».

«Non sei obbligata. Puoi dire di no».

«Mi fido», risponde di getto. «Mi fido di te, Romeo. Di tutte le persone al mondo di cui avrei pensato di fidarmi, tu eri proprio l'ultimo, eppure mi fido di te più di quanto avrei ritenuto possibile, ma...».

«Ma continuo a non piacerti», concludo, conoscendo la battuta a memoria.

«No. Stavo per dire che è una fiducia totale ma fragile. Io sarò anche acciaio, ma la fiducia è vetro: non si deforma per avvisarti che si sta rompendo. Va in pezzi all'improvviso e, una volta frantumata, è irrecuperabile».

La sua frase trapassa la corazza di Romeo e arriva dritta a Dwight. Per un secondo penso che lei sappia, che abbia capito tutto e me lo stia facendo intendere. Non so se sia un avviso, ma non so come rispondere. Quello che provo, io, Dwight, è solo senso di colpa.

Quello che sto facendo con lei, a lei, non è giusto. «Io...».

Ma la serietà di Julia sembra già essere sfumata e mi tende la mano a palmo in su. «Ora mi dai la torta? Ho fame».

Si allunga per afferrarla, ma io alzo il braccio in aria, togliendola dalla sua portata. «Prova a prenderla».

Lei si sporge verso di me. «Ti stai divertendo?»

«Molto».

«Lascia quella fetta», si tira su in ginocchio, sempre più decisa ad agguantarla. «Cosa me l'hai portata a fare?»

«Fino a ieri ti saresti fatta torturare pur di non darmi soddisfazione mangiando ciò che preparo io», continuo a sventolargliela sulla testa.

Julia riesce ad acchiapparla, ma poi perde l'equilibrio e cade lunga distesa su di me.

Me la sento addosso e registro un dato inconfutabile: al mio corpo piace il contatto con il suo.

Sarà che Julia è proibita su tutti i piani possibili immaginabili, che mi tiene a distanza al punto da pensare che sia immateriale, come un ologramma, ma scoprire che ha una sua consistenza, peso, temperatura, mi lascia stupidamente sorpreso. Posso toccarla? Sì. Ho il permesso di toccarla? No.

Lei è la figlia di un uomo che ha legami con la malavita, lei è il target e non si scopa con i target.

Non si sfiorano neanche con il pensiero, i target.

Potrebbe spostarsi, ma invece rimane su di me, il viso sospeso sul mio, i suoi capelli che scendono come una cortina a filtrare i raggi del sole calante.

«Sai di basilico», dico inspirando il profumo della sua pelle.

«Devo essermi toccata, prima, quando giocavo con la piantina, al bar».

«Mi piace».

«Ti confesso una cosa che non ho osato dirti ieri sera: ero io a puzzare di provola. L'odore che sentivi, mentre tornavamo a casa, ce l'avevo addosso io».

«Mi piace anche quello», ammetto.

«Ti piace che io sappia di cibo?».

Mi piace? La mangerei viva, cazzo. «Adesso me lo spiego», la voce mi esce a stento.

«Cosa?»

«Perché dopo essermi fatto il panino, la fame non mi è passata». In questo momento vorrei che non fossimo su una spiaggia pubblica e che avessimo meno vestiti addosso. «Non era fame».

L'illecito è pericolosamente vicino.

«Non so se sia fame». Il tono di Julia è a malapena un mormorio. La sua bocca schiusa sembra un invito. «Ma qualunque cosa sia, io ce l'ho adesso».

Lei mi guarda, io la guardo, il mio respiro si accorcia, il suo seno preme contro il mio petto. Quando si passa la lingua sulle labbra, mi obbligo a distogliere lo sguardo.

Voglio baciarla. Ho un bisogno vitale di baciarla.

Ma non si baciano i target.

«Non ti va la torta?», domando nel tentativo di riportare l'equilibrio tra noi due.

«Ah, sì». Julia si solleva da me, lo sguardo velato quasi d'imbarazzo. «La torta».

La scarta e addenta la fetta a piccoli bocconi, gli occhi fissi sulla sabbia.

«Com'è?»

«Molto buona», commenta laconica. «In realtà, non avevo dubbi, ma mi serve un motivo per odiarti».

Mi sollevo sui gomiti, per ascoltarla meglio. «Perché?»

«È più facile starti vicino, se ti odio». Il suo è il tono di una confessione.

«Adesso è difficile?»

«Siamo a pochi chilometri da Homecrest», lei elude la mia domanda, «se vuoi andare a trovare Ally posso tornare a casa in autobus».

«Chi?»

«La ragazza con cui hai chattato stanotte su *MatchMe*».

«Curioso che io mi sia già dimenticato di lei, ma tu invece te la ricordi ancora», insinuo.

«È anche per questo che ti odio, il mio cervello registra tutto ciò che dici e ciò che fai».

«Torneremo a casa insieme», le dico. «Il programma è sempre stato questo».

«Guido io?»

«Ogni volta che vorrai».

41
Julia

«Non serve», mi dice Romeo quando, di nuovo dietro di me, in sella a Bonnie per tornare a casa, gli prendo la mano sinistra e la poggio sulla mia coscia. «Sei già padrona del mezzo».

«Non si sa mai».

Non so se si sia accorto che gliel'ho fatta posare un po' più su rispetto a dov'era all'andata.

C'è stato un momento, prima, sulla spiaggia, in cui ho messo da parte ogni riserva nei suoi confronti. Stavo per baciarlo, l'avrei sicuramente fatto se lui non avesse cambiato discorso.

Devo venire a patti con quella parte di me, probabilmente frustrata, che ha deciso che lo desidera per qualche motivo incomprensibile.

Mentre guido la sua moto, con il vento che mi sferza sul viso e il motore che romba sotto di me, anziché godermi la sensazione di libertà, mi concentro a captare ogni contatto tra i nostri corpi, nello sforzo di capire se sia incidentale o volontario.

Quando Romeo prende a disegnarmi piccoli cerchi concentrici con il pollice sulla coscia – proprio su un lembo di pelle scoperta dallo strappo sul jeans – mi sforzo di inspirare dal naso ed espirare dalla bocca per impedirmi di andare a fuoco all'istante, mentre un incendio liquido divampa nel basso ventre.

Perché mi fa quest'effetto? Come riesce a prendere i comandi dei miei freni inibitori così?

Vorrei spostargli la mano ancora più su, dove ho bisogno di sentirlo.

D'istinto mi premo giù sulla sella, nel tentativo di darmi sollievo perché erano settimane – che dico? Mesi! – che non mi sentivo così… così…

Così eccitata.

Per Romeo.

Ecco.

L'ho detto.

Sono divisa tra l'urgenza di arrivare a casa il prima possibile per buttarmi sotto una doccia gelata, e la voglia di accostare in un vicolo e pregarlo di fare di me qualunque cosa desideri.

Dato che non sono ancora così priva delle mie facoltà mentali, scelgo l'unica opzione possibile: aprire il gas al massimo.

I semafori stanno dalla mia parte, devono aver capito che sto per implodere e mi fanno il favore di scattare al verde al mio passaggio, lasciandoci filare dritti fino a Williamsburg, dove mi fermo a due strade di distanza da casa mia.

«Meglio che scenda qui», dico. Mi affretto a scavalcare la moto e levarmi il casco.

«Sono abbastanza sicuro che abbiamo preso una multa».

«La pago io».

«La pago io, la moto è mia, la patente pure. Potevo fare l'adulto responsabile e importi di rallentare», ribatte, smontando a sua volta. Così appoggiato alla fiancata della moto, mi ricorda la sua foto profilo su *MatchMe* e capisco che lo avrei salvato nei preferiti comunque.

«Avresti dovuto».

«Ti stavi divertendo troppo».

Divertendo? Stavo evaporando dentro.

Lui pesca dalla tasca dello zaino un lecca-lecca e lo scarta, per appoggiarselo sulla lingua. Riecco la fitta al basso ventre.

«Sì, la tua moto non è male. Ora devo rincasare prima che arrivi mio padre».

«Porterò sempre il tuo casco con me, così potrai guidare quando vuoi».

«Non c'è bisogno».

«Invece sì», obietta. Si rimette al posto di guida e gira la chiave. «Mi piace vederti sorridere».

«Ma che ne sai, se sorridevo?»

«Ti ho guardata per tutto il tempo nel riflesso degli specchietti». Ingrana la marcia e imbocca la strada. Mi saluta con un occhiolino. «A domani, chef».

Mi precipito a casa, volo su in camera mia e mi chiudo dentro a doppia mandata.

Ok, mi concederò di fantasticare su di lui per una volta. Una soltanto. Giusto per mettere a tacere la mia libido.

Apro il cassetto del mio vanity, frugo tra trucchi, smalti e piastra per capelli, e trovo il mio "pennello".

È scarico.

Accidenti.

42

~~Dwight~~
Romeo

«Allora, Casanova, sei stato dalle tue amiche fiscaliste anche oggi?», mi prende in giro Bristol. Da quando gli ho raccontato del mio incontro con Anya, non perde occasione di nominare la casa di appuntamenti.

Fresco di doccia, con una birra in mano, mi godo la serata sulla mia terrazza abusiva, dove attendo all'annaffiatura serale del mio orticello aromatico. Forse anche io dovrei dare dei nomi alle piantine.

Il regolamento lo vieta, ma io ci ho messo una sdraio. E un tavolino. E due sedie. E un ombrellone. E un tappeto di erba sintetica.

E un barbecue. Piccolo, però.

Al diavolo, l'appartamento è una trappola per topi, devo pur vivere in qualche modo.

«Julia vi si è recata per "la consegna" allo stesso orario», lo informo controvoglia.

«Tienila monitorata».

«L'ho fatto. Ci siamo visti dopo e abbiamo passato tutto il pomeriggio insieme».

«Ma questa fanciulla stai riuscendo a conquistarla?»

«Credo di aver finalmente capito come fare breccia nella sua cortina: offrirle la libertà che cerca e che il padre le nega. Oggi, per esempio, le ho fatto guidare la mia moto fino a Coney Island».

«Cosa?!», esclama Bristol dall'altro capo. «Non abbiamo l'assicurazione passeggero!».

«Estendiamola».

«Estenderla?! Faraday, mi hai preso per una banca?»

«Facciamo un'eccezione», insisto.
«Ma non puoi prenderle, che ne so, una scatola di cioccolatini?»
«Julia non è una da cioccolatini e, se la conoscesse, capirebbe perché le sto chiedendo questo».
«Faraday», mi richiama con tono di paterno rimprovero. «Non ti affezionare».
«Mi stavo chiedendo se per caso la pista che abbiamo non sia sbagliata. Gli informatori potrebbero averci condotto nella direzione errata. E se i Villa non fossero in realtà affiliati a Maniscalco?».
La risata di Bristol mi fa capire che la mia domanda è di un'ingenuità disarmante. Vorrei davvero che la pista fosse falsa.
«Da quanto hai raccolto finora, le tracce portano verso una conferma delle informazioni. Perché questo dubbio improvviso?»
«Dobbiamo considerare anche l'assurdo, no?»
«No, Faraday».
«Senta, capo, c'è una questione che vorrei affrontare con discrezione».
«Così mi spaventi…».
«Quali sono esattamente i limiti fisici da rispettare in una honey trap?»
«Tutti, diamine!».
«Devo capire fino dove mi è concesso spingermi con Julia. Se la posso toccare, come, quanto, dove…».
«Arriva al punto».
«Sarebbe contrario al regolamento se io la baciassi?»
«Perdio, Faraday, non farmi domande da pivello! Certo che sì, non si baciano i target», sbotta costringendomi ad allontanare il telefono dall'orecchio. «Guarda che se sento che l'hai baciata ti spedisco a Guantanamo».
«E se mi bacia lei?», lancio l'ipotesi.
«Non essere ridicolo, le donne non fanno il primo passo». Lo sento sbuffare e mi sembra di averlo davanti, imbufalito. «Faraday, il regolamento lo conosci, non cercare scappatoie. Julia Villa è off-limits».
«Lo so», mormoro pensando, con una punta di vergogna, a quanto oggi io abbia rischiato di non essere professionale,

ritrovandomi a confondere Romeo con Dwight, cosa che non mi era mai successa prima.

Accarezzo il basilico e una nuvola di aroma si spande nell'aria; mi solletica le narici, risvegliando la sensazione di Julia, sdraiata su di me.

E in moto, poco fa, ho controllato a stento la voglia di stringermela addosso. Quella mano che le tenevo sulla coscia voleva toccarla ovunque. Avrei dovuto toglierla, ma non ci sono riuscito.

Stacco una fogliolina, me la porto al naso e inspiro. No, la mia non era fame, era voglia di lei. E c'è ancora.

43

Julia

Arrivo al ristorante prima del solito e, quando entro in cucina, vedo Liza affacciata a una delle finestre che dà sul vicolo chiuso.

«Vieni a vedere», mi fa cenno di avvicinarmi.

La raggiungo e osservo lo spettacolo sbalordita: ci sono Vinnie, Sonny, Denny, Rob, Mickey e Romeo, tutti in tenuta sportiva, che… «Cosa stanno facendo?»

«Romeo li sta allenando per sostenere la fatica del servizio». Liza solleva una padella in inox. «Non avevo mai fatto caso a quanto fossero pesanti. Come fate a muoverle con una mano sola?»

«Abitudine», rispondo più concentrata su Romeo che non sulle sue parole.

Come gli altri, anche lui sta facendo una serie di flessioni. Si piega in giù, sulle braccia, e poi si risolleva, con una fluidità e un ritmo che fanno sembrare l'esercizio di una facilità elementare. Il tutto mentre conta a voce alta, con il suo leccalecca di ordinanza in bocca.

Facile però non è, perché tutti gli altri paiono prossimi al trapasso.

«La Madonna!», urla Mickey, «vedo la Madonna».

«Io vedo tutto il presepe», lamenta Denny.

«Avanti, ragazzi, ve la state cavando alla grande, mancano solo due serie», li incita Romeo, dal cui tono non traspare la minima fatica.

«Ancora due serie?», esclama Rob, viola in volto per lo sforzo.

Il telefono del ristorante, tra le mani di Liza, squilla. «Che palle! Ancora!», brontola a denti stretti. «*Villa's*, buongiorno, come posso essere utile?», risponde con una voce flautata che non sembra neanche la stessa persona di un secondo fa. «Il form di prenotazione dal nostro sito le dà tutto esaurito fino alla settimana prossima? Mi spiace, sono desolata. Non è un guasto, è effettivamente tutto esaurito».

Ad ascoltarla mi cade la mandibola a terra. «Esaurito? Tutta la settimana?».

Lei annuisce. «Pieni-pieni, sì, come me… scusi. Facciamo così: mi lasci il suo recapito e io la metto in lista d'attesa. Se qualcuno disdice, la informo. Arrivederci».

«Abbiamo una lista d'attesa?», domando sconvolta.

«Da oggi sì», specifica lei. «Stamattina ho aperto l'elenco prenotazioni e siamo full su tutti i turni, a tutti i pasti, fino alla prossima settimana. Comincia a esserci qualche buco intorno a mercoledì, ma poca roba».

«Com'è possibile?!». Sono sconvolta. «Sono stati i fuori menù?».

Liza fa spallucce. «E io che ne so? Mica mi metto a chiederlo».

«La recensione!», esclamo. Stamattina non ho ancora controllato «Manhattan Bites».

Prendo il cellulare e apro la pagina che ho inserito tra i preferiti. Ed eccola lì, la review di Maxime Keller. Sto per sentirmi male sul serio. «Ci ha dato cinque stelle su cinque».

«Allora, quella roba di cui era fatto doveva essere proprio buona».

«Una cena stupefacente», leggo ad alta voce. «L'arredo del locale non brilla per originalità, sembra che chieda il permesso di stare a Tribeca, adeguandosi all'estetica minimalista-retrò imperante in tutti i ristoranti della zona. Il nome potrebbe far pensare a una trattoria italiana in incognito, ma il menù riserva tutte le suggestioni del Bel Paese senza cadere nella prevedibilità. Il servizio passa a malapena la sufficienza, ma per fortuna le portate compensano, appagando non solo il palato ma anche l'occhio; il locale piacerà di certo ai food influencer che potranno fotografare con orgoglio le proprie ordinazioni. L'impiattamento è pulito ed elegante, mai barocco, e le porzioni sono oneste ma non striminzite, il che permette di sbizzarrirsi a provare diverse proposte del menù senza sentirsi subito sazi. I primi sono i prevedibili "paste e risotti" che però non annoiano, ma il vero fiore all'occhiello è senz'altro la pagina dei secondi. Definirei il guancialino di maiale affumicato ai legni di Sardegna come un'esperienza mistica ai confini della realtà, un viaggio di sapori che apre tutti i sensi».

«E sul viaggio, siamo tutti d'accordo», ridacchia Liza.

«I dolci sono degni finali di un pasto al *Villa's* che consiglio a tutti gli amanti del sapore italiano ma senza la pesante coltre folcloristica. Una menzione alla loro salsa d'accompagnamento che da sola vale il conto. Mai sentito un sapore del genere in tutta New York».

Liza mi strappa il telefono dalle mani, incredula. «Affrettatevi a prenotare prima che comincino a frequentarlo i vip!», esclama.

«Ragazzi», urlo sporgendomi sulla soglia. «Maxime Keller ci ha dato cinque stelle. Siamo full fino alla prossima settimana e le prenotazioni continuano ad arrivare. Ai fornelli! Abbiamo un sacco di lavoro da fare».

Il mio annuncio viene accolto da un tripudio generale, ma sospetto che siano tutti più contenti della fine dell'allenamento che non della recensione.

Si alzano, stremati, per bere e asciugarsi il sudore.

Anche Romeo li imita. Si leva la maglietta e se la passa in viso. Non faccio neanche lo sforzo di escluderlo dal mio campo visivo e noto non solo il suo torace vergognosamente scolpito, ma anche un tatuaggio, sulla sinistra dell'addome, che gli scende sotto l'elastico della tuta.

Elastico che, al momento, è calato sui suoi fianchi più di quanto la mia immaginazione sia in grado di sopportare.

È una lucertola? Una salamandra? Un geco? Non lo so, per capire cosa sia dovrei avvicinarmi…

«Tieni», mi dice Vinnie che, entrando, mi passa il suo asciugamano. «Asciugati».

«Non sono sudata, io», replico.

«Non è per il sudore. È per la bava».

Oddio, si vedeva così tanto che lo stavo fissando?! «Vinnie, ma che stai dicendo?»

«Allora anche la regina di ghiaccio ce l'ha un punto debole», continua lui, in tono ammiccante.

«Ero sovrappensiero».

«Tranquilla, il tuo segreto è al sicuro con me».

44

~~Dwight~~

Romeo

Ringrazio la mia buona stella per la recensione positiva di Maxime Keller perché, in caso opposto, avrei perso tutto il vantaggio faticosamente guadagnato in questi giorni con Julia.

«Buongiorno», la saluto, mentre rientro in coda agli altri. «Ho un bouquet per te».

«Un altro? Non ti sei stancato?»

«Mi arrenderò quando sarò morto». Vado alla cella frigo e prendo il mio omaggio floreale. «Per te».

Julia mi fissa tra l'incredulo e il divertito. «Un mazzo di basilico? Davvero?»

«Direttamente dal mio balcone». L'ho raccolto stamattina e legato con un semplice cordino. «Non è una questione di girasoli o rose, a te non piacciono i fiori in generale. Ma le erbe aromatiche sì».

Julia prende il basilico e se lo porta al naso, inspirando il profumo a pieni polmoni. «È buonissimo. E che belle foglie brillanti e tenere».

«Travasi periodici, luce indiretta, strato drenante e due innaffiate al giorno», commento orgoglioso.

«L'odore dei fiori recisi mi ricorda il funerale di mia madre. Quando è morta, avevamo la casa piena di ceste e corone. Le piante aromatiche, invece, mi mettono allegria».

«Ti ho messo allegria? Davvero?»

«Il basilico, Romeo, non tu». Julia mi si avvicina. Molto. Accosta il viso al mio collo come per annusarmi. «Tu puzzi di maschio sudato; se vuoi mettermi allegria, vai a lavarti».

«Possiamo sempre sudare insieme, se ti va», ribatto.

Lei mi guarda, la bocca socchiusa come se ciò che stava per dire le fosse rimasto in gola.

«Intendevo all'allenamento, la mattina», replico dirigendomi verso lo spogliatoio. «Ma sono aperto ad altre proposte».

Dopo una doccia veloce, indosso la divisa e mi dirigo in cucina ma, in sala, incrocio Gualtiero e Julia che stanno parlando della recensione positiva.

«Il nostro chef ufficiale», mi saluta lui con enfasi.

«Ecco, riguardo la guida della brigata, c'è una confessione che devo farle», dico. «La competizione dei fuori menù non l'ho vinta io».

Julia sbatte le palpebre, sorpresa che io stia mantenendo la parola secondo il nostro accordo.

Gualtiero increspa il sopracciglio destro, stranito. «Non secondo i numeri delle ordinazioni».

«Sono falsati. Gli ultimi due clienti che hanno ordinato le mie crespelle all'astice, in realtà avevano chiesto le seadas salate di Julia che però erano terminate. Ho vinto ma solo perché Sonny ha proposto loro di ripiegare sulla mia alternativa. Se ve ne fossero state ancora, Julia mi avrebbe distaccato di ben tre ordinazioni», spiego.

«Stava a lei essere lungimirante e preparare seadas a sufficienza», ribatte lui, severo. «Un bravo chef sa fare anche questo».

«Non ci hanno consegnato abbastanza carciofini», spiego mandando un'occhiata di sguincio a Julia perché raccolga l'assist.

«Infatti», conferma. «Ho chiesto tre cassette ma ne hanno portate solo due. Ho fatto con ciò che avevo».

«Mhmmm», borbotta Gualtiero, poco convinto. «Perché mi stai dando questa informazione, Romeo?»

«Lei mi sembra un uomo che ci tiene alla correttezza delle persone che lavorano per lei, perciò voglio essere sincero e rimettere nelle sue mani la decisione della guida della brigata: se davvero dovevamo giocarcela sui numeri, allora la legittima vincitrice è Julia».

Lui sposta lo sguardo su sua figlia. «Che gli hai promesso?».

Lei alza le mani. «Io? Niente».

«Devo credere che lui stia rinunciando di sua spontanea

volontà all'incarico di chef? Ti conosco, Giulietta, so quanto puoi essere insistente e che nessuno è capace di tenerti testa tranne me».

«Proprio non ce la fai a riconoscere che il mio posto è in cucina, eh?», sbotta lei.

«Nessuno scambio di favori», intervengo a sedare subito il diverbio che sta per scoppiare. «Una presa di coscienza: so di aver messo in pericolo il ristorante con l'incidente del guancialino drogato e me ne sono reso davvero conto solo oggi, con l'uscita della recensione positiva. Fosse stata una stroncatura, staremmo affrontando un problema ben peggiore. Lei mi ha dato la possibilità di rifarmi, e credo che questo sia il modo migliore per ricambiare la fiducia».

Gualtiero sposta lo sguardo da Julia a me, da me a Julia, inspirando con forza, come se stesse annusando la bugia. «Dunque hai scelto: cedi la cucina a mia figlia?»

«Con convinzione», affermo.

«E sia», poi mi punta l'indice dritto tra gli occhi. «Ma non tornare a chiedermi di ridarti il comando quando ti sarai pentito. Ora vai a darti da fare che non ti pago per chiacchierare».

Ma proprio mentre rientro in cucina, un uomo fa il suo ingresso nel ristorante e raggiunge Gualtiero e Julia.

«Allora! Non mi dai il benvenuto a casa tua?», domanda con voce roca e cavernosa, in italiano.

Resto a sbirciare la scena dagli oblò.

Sulla spalla destra di Gualtiero plana una grossa mano abbronzata e inanellata.

Lui si volta e accenna una specie di mezzo inchino col capo. «Aspettavo solo una tua visita».

Il tizio, sulla sessantina e vestito di tutto punto in un completo scuro tre pezzi, lo prende a schiaffetti sulle guance. «Sei sciupato dall'ultima volta che ti ho visto. Devi mettere su qualche chilo».

«Il dottore mi ha detto che ne devo perdere due».

«I dottori non capiscono niente». L'uomo, poi, squadra Julia, che lo osserva rigida. «È tua figlia, eh? Non la vedo da quando sparecchiava i tavoli al *Regina*. Sapevo che sarebbe diventata bella come sua madre». Le porta l'indice sotto il mento perché lo sollevi. «È una santa donna come Elena?»

«Giulietta farebbe scappare il Diavolo stesso dall'Inferno», risponde Gualtiero.

«Perché tu sei sempre stato troppo tenero, ma il marito giusto vedrai come la rimette in riga». La lascia andare e, se ho imparato un po' a conoscere Julia, quell'espressione mi dice che vorrebbe morderlo. «È ora che si sposi».

«Sto bene così, grazie», risponde lei a denti stretti.

«Lei non vuole nessuno».

«E che problema c'è?», ridacchia l'uomo. «Glielo troviamo noi, il marito… Be', me lo offri un caffè? Come piace a me, mi raccomando».

Gualtiero annuisce. «Andiamo di là, in ufficio. Giulietta, portaci due corretti con l'amaretto e fatti con la moka, per favore».

Ma è quando i due uomini si voltano e io riesco a vedere il profilo del nuovo venuto, che lo riconosco.

Il suo orecchio sinistro è appuntito, e ricorda vagamente quello di un vampiro.

L'orecchio sfregiato da un proiettile e ricucito male di Don Terry Maniscalco.

Mi trovo a meno di due metri da uno dei sei Boss della Commissione. L'istinto è quello di chiamare subito a raduno tutte le forze speciali, ma non è così che si agisce. Lo lascerò bere il suo caffè e poi andare via come nulla fosse, come molte altre volte ho fatto davanti a dei criminali in attesa di arrestarli.

Mi rimprovero solo di non aver ancora microfonato l'ufficio di Gualtiero, ma al momento non ho ancora avuto modo di accedervi con buone ragioni senza destare sospetti.

Certo nessuno si sarebbe aspettato che a due settimane dall'inizio dell'operazione mi sarei trovato davanti al Supremo.

Julia entra in cucina spingendo con forza uno dei due battenti, che quasi mi rimbalza sul naso.

«Tutto ok?», le chiedo, mentre lei sbatte una moka sul fuoco con malagrazia.

«Certo», risponde laconica. Io la lascio fare, notando però i suoi gesti stizziti e il viso contratto. Prepara un vassoio con tazzine, cucchiaini, tovaglioli, cioccolatini, cicchetti di liquore e bicchierini d'acqua, il tutto con le mani che le tremano, ma non so se si tratti di paura, rabbia o un insieme di entrambe le cose.

«Mi sembri un po' tesa», osservo.

«Abbiamo il tutto esaurito, Romeo, sarà una giornata pesante», risponde con tono poco convincente mentre leva la moka gorgogliante dal fuoco. «Puoi seguire i ragazzi, intanto? Ahi... accidenti!».

Si è versata il caffè rovente sulla mano sinistra e ora la sta sventolando in aria con espressione sofferente.

«Lascia, porto io il caffè a tuo padre», mi offro. In questo modo, posso anche provare ad ascoltare cosa si stanno dicendo. «Tu curati la bruciatura, nel frattempo».

Lei però non mi ascolta e prende il vassoio, tenendolo in equilibrio sulla mano buona. «No, ci penso io».

«Non fare la dura, Julia», insisto. «Devi medicarti l'ustione».

«Ho detto di no», ribatte perentoria. «Non puoi servirlo tu, e basta».

Ricevuto: nessuno che non sia "della famiglia" può avvicinarsi a Terry Maniscalco. D'altra parte, se può ancora circolare indisturbato per Manhattan è perché la sua cerchia di affiliati gli fa da scudo.

~

Io e Julia non ci parliamo per tutto il servizio, se non per scambiarci le informazioni necessarie all'uscita dei piatti, fino alla chiusura.

«Fammi vedere la mano», le dico una volta che tutti sono andati a casa e in cucina siamo rimasti soli. «Quella ustionata».

«Sto bene, Romeo», mi risponde.

Gliela prendo e giro il palmo all'insù: è rosso e sono comparse alcune vesciche. «Tu hai cucinato in queste condizioni per tutto il giorno?»

«Mi è capitato anche di peggio», minimizza lei. «Davvero, la tua preoccupazione è inutile».

«Posso medicarti?».

Lei alza gli occhi al cielo. «Se proprio non puoi farne a meno».

«Non posso».

«Scusami per stamattina», la sento dire alle mie spalle. Le scuse, lei, non le fa mai guardandoti in faccia. «Sono stata sgarbata senza ragione, con te. Volevi solo essere gentile».

«L'ho capito che non ce l'avevi con me», replico. Prendo la cassetta del pronto soccorso e la apro sul bancone, dove lei si è seduta. «Vediamo se c'è ancora qualcosa di utilizzabile o Mickey ha già consumato tutto».

«Ogni giorno lo vedo andare via incerottato, sono convinta che prima o poi finirà come Frankie-Quattro dita», ridacchia lei.

«Bingo: garze sterili, fisiologica per pulirti e pomata per le ustioni!», esclamo. «Mano».

Stavolta Julia me la porge senza rimostranze. «Prego».

«Frankie-Quattro dita non è il tizio che ha nominato tuo padre quando ci ha minacciati il primo giorno, con la storia che la carne umana sa di maiale?»

«Frankie lavorava nella cucina del *Regina*, il ristorante che avevamo a Brooklyn», mi spiega lei. «Una volta si è mozzato le prime due falangi dell'indice sinistro mentre lavorava un quarto di manzo. Le abbiamo cercate per tutta la cucina senza trovarle e… erano cadute nello spezzatino. Per la precisione, quella porzione specifica è finita nel piatto di mio padre».

«Sai, vero, che tutti l'abbiamo interpretata come una minaccia di cannibalismo?»

«Immagino che fosse l'effetto che volesse ottenere».

Dopo che le ho pulito la bruciatura, le spalmo la crema. «Solfato d'argento, dovresti sentire sollievo».

«Che tocco leggero, dottore», mi prende in giro.

«Ho fatto tanta pratica», continuo a massaggiarle la pomata sul palmo. «Come va?»

«Meglio».

«Dovresti lasciare che qualcuno si prenda cura di te, ogni tanto».

«Qualcuno a caso o Romeo Corelli?», domanda.

«In generale. Ma se in particolare fossi io, lo farei volentieri». Il mio indice scivola avanti e indietro sul suo palmo disegnandone le linee. Non le sto più spalmando la pomata, ma lei me lo lascia fare, così proseguo.

«Quindi dovrei chiamarti ogni volta che mi faccio la bua?», scherza, sottovoce.

«Il mio numero ce l'hai», le rispondo, anch'io a fior di labbra.

Il viso di Julia è a una spanna dal mio ma non ho idea di chi dei due si sia avvicinato. Io? Lei? Entrambi?

«E posso telefonarti in qualunque momento?»

«Qualunque», ripeto.

«Anche di notte?».

Sento la sua bocca a un respiro di distanza da me e mi sento formicolare le labbra. «Soprattutto di notte».

«Sai... da piccola mi dicevano che la bua si curava con un bacio».

Porca puttana.

No.

Non posso.

Non devo.

Però non ha specificato dove.

Mi porto la sua mano all'altezza del viso e appoggio le labbra al centro del palmo, con leggerezza, per non farle male.

Lei mi chiude le dita intorno alla guancia, invitandomi ad accostare il viso al suo. «E se non mi facesse male solo la mano?»

«Indicami dove».

Julia slaccia il primo bottone della casacca, poi il secondo, lasciando scivolare giù la divisa. «Qui», dice toccandosi la punta della spalla destra. «Ogni sera ho il braccio indolenzito».

In fondo stiamo solo giocando, no? E comunque non sono davvero baci.

Appoggio le mani sul ripiano d'acciaio su cui è seduta e le chiudo lo spazio ai lati.

«Il dolore lo facciamo passare subito», ribatto io, sfiorando con le labbra la sua pelle liscia e calda dove mi ha indicato. La sua carne è così morbida che vorrei affondarci i denti.

«E anche qui». Il suo indice ora si sposta più su, nella curva tra spalla e collo, con lei che reclina la testa a sinistra per offrirmi libero accesso. «Stare china sui fornelli mi dà sempre il torcicollo».

«Ci penso io». Le scosto una ciocca di capelli e risalgo fino a lì con la bocca e, quando la graffio appena con un morso delicato, le sfugge un sospiro.

Sembra che sia io a comandare il gioco, ma è lei che sposta tutte le pedine e mi ha quasi fatto scacco matto.

«Dove ti fa male, ancora?», mormoro al suo orecchio.

Mi guarda, si lecca il labbro superiore senza dire nulla così sono io a poggiarvi l'indice. «Qui?».

Julia annuisce, reclina il capo verso di me e socchiude le palpebre.

Solo un bacio.

Uno soltanto.

Non faccio in tempo ad assaggiarla che un rumore dalla sala mi fa fare un balzo indietro di due metri, mentre lei scatta giù dal bancone.

«Ah, ci siete allora!». È suo fratello Pete che sbuca dalle porte. «Non si sentiva nulla».

«Sì, eh… stavamo…», incespica Julia.

«Finendo di pulire», le vado in aiuto.

«Già… pienone, stasera», aggiunge lei con un tono fin troppo squillante. «E tu? Cosa fai da queste parti?»

«Ho riaccompagnato Liza perché si è dimenticata il cellulare in carica dietro il bancone. Già che ci sono, vuoi venire a casa con me, Julia?».

Lei sembra colta alla sprovvista e guarda indecisa me e suo fratello. «Veramente, noi…».

«Vai pure. Tanto qui non abbiamo altro da fare». Mi costa uno sforzo titanico ma riesco a imporre la professionalità sul desiderio. È la cosa giusta da fare. L'unica scelta possibile.

Non si baciano i target.

45
Julia

Lo odio da morire.
E lo voglio da impazzire.

46

~~Dwight~~

Romeo

Julia non deve aver preso benissimo la mia decisione di ieri sera di troncare il nostro interludio intimo perché ci ritroviamo ancora una volta a parlarci per monosillabi e solo per scambiarci le informazioni necessarie a far funzionare la cucina.

Se solo sapesse che non volevo ma ho dovuto.

«Ti serve un passaggio?», le chiedo quando la vedo uscire cambiata, dallo spogliatoio, dopo un'altra giornata intensa. «Ho il tuo casco».

«No, grazie».

«Vai a casa?»

«No».

«Allora, vengo con te».

«No».

«C'è qualche domanda che posso farti senza che tu mi risponda no?», le chiedo seguendola fuori dal ristorante.

«No».

«Come ti pare. Non volevo farlo, ma mi tocca giocare la carta dell'accordo».

«Sai cosa puoi farci con la carta dell'accordo?»

«Prendi il casco», le dico e glielo allungo.

«Non mi servono passaggi, non mi servono scorte, non mi servi tu. Meno mi stai intorno, meglio è».

«Prendi. Questo. Cazzo. Di. Casco», ordino. «O riferisco a tuo padre tutto ciò che fai».

Lei se lo infila, con stizza. «Bene».

«Bene. Guidi tu?»

«Mi fa male la mano scottata».

«Ottimo, allora mi dici dove devi andare e io ti ci porto». Monto su Bonnie e la metto in moto. «Sali».

«Non mi tengo a te», dichiara, mettendosi dietro.

«Fa' un po' come vuoi, la vita è tua».

Sono frustrato a livelli che non avevo mai toccato prima. Con lei è come giocare a *Monopoly* e beccare sempre la carta che ti spedisce dritto in prigione senza passare dal via.

Dal canto suo, ieri sera è stata rifiutata. Vero che Pete ci ha interrotti, ma io non ho neanche provato a riprendere da dove ci siamo fermati, rimettendo la giusta distanza di cui abbiamo – ma soprattutto, ho – bisogno.

Mi è dispiaciuto che Pete fosse entrato? Sì, molto. Gli sono grato per avermi bloccato prima di commettere una cazzata? Altrettanto, sì.

Raggiungiamo l'indirizzo che mi dà Julia; appena scesi dal Williamsburg Bridge, c'è un capannone sgangherato. Potrebbe tranquillamente essere un deposito di merce rubata, o addirittura di droga.

«Puoi aspettare qui, tra un'ora ho finito», mi dice smontando.

«Scordatelo. Il patto è che ti seguo, quindi entro con te».

«Bene».

«Bene».

Dentro, su un pavimento in cemento grezzo, c'è una distesa di materassini su cui sono riuniti uomini in tuta, ma soprattutto donne.

«Juls, ciao! Ti stavamo aspettando per cominciare», la saluta un omone dalla folta barba rossiccia.

«Ciao, Corey. Scusa il ritardo, ristorante pieno. E, incrociando le dita, sarò in ritardo sempre più spesso».

«Vedo che non sei sola!», commenta Corey, indicandomi. «Benvenuto al nostro corso di autodifesa. Un uomo in più oggi ci fa comodo, perché senza Bert siamo dispari. Ernia al disco, deve stare fermo per un po'».

Autodifesa. Proprio da Julia. Mi sarei stupito se fosse stato un corso di meditazione o balli latino-americani.

«Io sono Romeo», mi presento.

«Lui è qui solo per fare da osservatore», chiarisce subito Julia.

«Partecipo volentieri». Perdere un'occasione per sfidarla non è da me. «Tu sei l'istruttore?»
«Sono l'assistente. I nuovi lavorano sempre in coppia con la nostra istruttrice, così che possa farsi un'idea del livello a cui ci si trova», dice indicando una ragazza che ci dà le spalle. «Te la presento. Patrice! Ehi, Pat».
E quando l'istruttrice si volta verso di noi, per poco non mi cade il lecca-lecca di bocca.
Patrice è una mia ex. Una vera, non come Summer-Jenny.
Cioè, "ex" è un parolone, non abbiamo avuto una storia seria, ma al campo reclute di Quantico siamo stati scopamici per un po'. Almeno, io avevo classificato il nostro rapporto come scopamicizia, per lei era diventato qualcosa di più e l'ho capito quando Patrice è stata assegnata a Boston, mentre io a New York, e lei ha cominciato a dire che, se avessimo dichiarato la nostra relazione, ci avrebbero destinato allo stesso distretto. Quando le ho risposto che a me andava bene così… non l'ha presa proprio benissimo.
E ora eccola qui. Magari non mi riconosce.
«Patrice, la nostra istruttrice. Ex agente federale, oggi investigatrice privata», la presenta Corey. «Nonché master di Muay Thai, Taekwondo, Jujitsu e Karate. Lui è Romeo, la new entry di stasera».
«Romeo, eh?», ripete lei. Dall'occhiata e il mezzo sorrisetto, capisco che invece mi ha riconosciuto.
Be', sono trascorsi dieci anni da allora, le sarà passata, no?
«Sì, Romeo. Piacere», le tendo la mano e lei la stringe. Molto. Moltissimo. Che dolore.
No. Non le è passata.
«Vediamo come te la cavi», ribatte lei. «Seguimi».
«Patrice», le dico appena siamo fuori della portata di udito di Julia. «Sto lavorando. Non sputtanarmi la copertura».
«L'ho capito, non sono scema. E se sei sotto copertura, significa che non puoi esibire le competenze che hai, quindi credo che mi divertirò molto», sibila. «Ok, gente. In posizione a due a due. Ora, Romeo proverà un'aggressione su di me alle spalle, perciò imitate i miei movimenti».
Faccio appena in tempo a sfiorarla con la mano che lei mi

torce tutto il braccio e mi fa finire schiena a terra. Sarà una serata difficile.

«Che ci fai con Julia?», mi domanda, sottovoce.

«È il target».

«Adesso un assalto frontale con presa alla gola», annuncia. «Alzati».

Io eseguo, mi riposiziono come se fossi un malintenzionato che vuole prenderla per il collo e Patrice mi rifila una ginocchiata nello stomaco, che mi fa afflosciare.

«Sto scontando una pena retroattiva?», le chiedo a denti stretti.

«Non credi di meritartelo?»

«Non così tanto».

Patrice mi spinge a terra, pancia in giù e mi sale sulla schiena, immobilizzandomi. «Vuoi che ti rinfreschi la memoria? Scopavamo ovunque e a tutte le ore, poi, da un giorno all'altro, mi hai scaricata come se nulla fosse».

«Ma eravamo d'accordo», obietto.

«Ti avevo detto "Ti amo"». Ah, sì. C'era stato questo dettaglio che ho ignorato e di cui potrei aver approfittato.

«Davvero?», fingo di non ricordare.

«E non mi hai mai risposto», aggiunge rigirandomi il braccio dietro la schiena.

«Se dici "Ti amo" a qualcuno e quel qualcuno non ti risponde, è già una risposta, no?».

Lei si china su di me, avvicinandosi al mio orecchio. «Stronzo».

«Avevo ventitré anni, Patrice. Ero un imbecille e ragionavo col cazzo, vuoi davvero discuterne qui adesso?»

«No, hai ragione. Non voglio discuterne». E mi rifila un calcio in un rene che, se fossi davvero un criminale, mi farebbe passare ogni voglia di delinquere. «Max, vieni tu con me. Romeo è fuori gioco».

Questo Max era "l'aggressore di Julia", così la raggiungo.

«Ti ha suonato come un tamburo, eh?», ridacchia lei compiaciuta.

«Non ho reagito».

«Certo».

«Aggressione armata», annuncia Patrice mentre Corey ci

fornisce dei pugnali di plastica con la punta a molla. «Disarmare l'assalitore».

Punto il pugnale contro Julia e lei tenta di togliermelo con una mossa che, se non la conoscessi già, sarebbe efficace ma io l'anticipo.

«Non è giusto», protesta lei.

«Tu credi davvero che un malintenzionato se ne starebbe qui ad aspettare la tua strategia per disarmarlo?»

«È un'esercitazione», obietta.

Io l'afferro per un polso e, con una piroetta, la faccio girare con la schiena contro di me, il coltello sotto la gola. «Una vera aggressione avviene quando non te l'aspetti, quando sei sovrappensiero e te ne stai andando per i fatti tuoi. L'aggressore avrà sempre il vantaggio della tua distrazione», le dico.

«Ecco perché vengo qui a esercitarmi».

«Nessun malintenzionato si muove a rallentatore, hai a malapena il tempo di vedere cosa fa, non hai la certezza che sia armato o abbia un coltello oppure una pistola. Non ci sono materassini a terra, non ci sono neon accesi che illuminano a giorno un vicolo di notte».

«E cosa vuoi dire?»

«Che la paura e la sorpresa ti faranno dimenticare tutto quello che hai imparato qui». La lascio andare e Julia prova ancora a disarmarmi, stavolta con un calcio, ma io la prendo per la caviglia e lei finisce sul tappeto.

«Ma almeno sarò preparata a rispondere». Julia mi stringe il busto tra le gambe e mi trascina giù a terra con lei.

Su di lei.

Sdraiata sul materassino, con i capelli scompigliati e le curve del seno che occhieggiano dallo scollo del top, le mani sulle mie spalle, in questo momento a tutto riesco a pensare meno che a rispondere alla sua difesa.

«Per tua informazione, questa posizione non ha nulla di dissuadente per un aggressore», le dico, puntellandomi sui gomiti per non schiacciarla sotto il mio peso. «Devi rivedere la tua tecnica».

«Potresti almeno farmi il favore di stare zitto?»

«Sto testando la tua capacità di sopportare distrazioni». Al momento quello distratto sono io.

«Sei irritante».

«Grazie», commento.

«Davvero. Sei come un prurito sottopelle impossibile da alleviare». Mi scruta con i suoi occhi enormi e infuocati. «Potrei scorticarmi viva per grattare il prurito e continueresti comunque a farmi impazzire». Le mani di Julia scivolano intorno al mio collo e le dita s'intrecciano dietro la nuca.

«Non farlo», la ammonisco.

«Cosa?»

«Non stringermi così». Le sue gambe intorno ai miei fianchi mi cingono a lei in una posizione molto differente da come dovrebbero stare un aggressore e un'aggredita.

«Ti faccio male?», mi domanda.

«Al contrario». Porto la mano destra sulla sua coscia fasciata nei leggings. «È proprio quello il problema».

«Sul serio è un problema?»

«Sì, mi piace e non dovrebbe».

Lei, anziché lasciarmi andare, mi stringe ancora di più. «E io ti piaccio?»

«Non farmelo dire, Julia», la prego.

«Ieri sera non sembrava, però».

«Ieri sera ci siamo fermati in tempo».

Lei scuote la testa come se ciò che sto dicendo non avesse senso. «In tempo per cosa, Romeo?»

«Per non commettere un errore. Io e te siamo una guerra persa in partenza: lasceremmo solo devastazione sul campo di battaglia e basta», mi obbligo a dire.

«Non m'interessa combattere. Te la do vinta a tavolino».

«Non sai cosa ti farei su quel tavolino, Julia».

«Vorrei davvero saperlo, invece».

47
Julia

Romeo posa la sua fronte sulla mia e io mi sento come se fosse scomparso tutto l'ossigeno dalla stanza e potessi trovarlo solo sulla sua bocca.

Il modo in cui ci siamo congedati ieri sera mi ha lasciato piena di rabbia, frustrazione e dubbi.

Romeo è stato così tempestivo e deciso a interrompere qualunque cosa stesse accadendo tra noi che, una volta a casa, nel mio letto, ho rivisto la scena e mi sono sentita una stupida.

Quindi la rabbia è stata, prima di tutto, verso me stessa.

Come ho potuto essere così scema da lasciargli capire che non mi è indifferente? Da rendermi vulnerabile? Finché potevo detestarlo apertamente avevo un valido scudo.

Poi si è aggiunta la frustrazione perché, come dopo il pomeriggio in spiaggia, avevo bisogno di sentirlo: baci, respiro, pelle, tutto. Ogni fibra del mio corpo gridava pietà. Se non fosse entrato Pete… Ho fantasticato su ogni scenario erotico possibile senza lesinare sui particolari.

Infine sono giunti i dubbi. Gli piaccio o no? Lui mi desiderava o ero solo un'occasione come la cameriera che gli ha lasciato il numero o la ragazza di *MatchMe*?

O forse è tornato padrone di sé stesso ricordandosi di me, della mia sacca, del fatto che dopotutto, se ha voglia di fare sesso, può trovare ben di meglio?

Così, mi sono ripromessa di farmi passare questa malsana sbornia per Romeo obbligandomi a considerarlo unicamente sul piano professionale, invece rieccoci qui a trasformare due metri quadri in tutto il nostro mondo.

E io mi appendo con tutte le mie forze alla speranza che anche lui stia come me.

«Dimmelo», sussurro. «Cosa mi faresti su quel tavolino?»

«Qualunque cosa», risponde in un sussurro. «Ma preferirei mostrartelo».

Il mio corpo reagisce prima che io abbia il tempo di pensare e il mio bacino s'inarca in una preghiera muta.

«Portami a casa tua», lo imploro senza vergogna.

Lui scuote appena la testa. È un no, forzato, ma comunque un no.

Gli prendo il coltello di gomma dalla mano e, con tutta l'energia che ho, obbligo Romeo a rotolare giù sul materasso, invertendo le nostre posizioni. Accidenti, così è pure peggio.

«Dammi un motivo per cui non dovremmo», insisto.

«Ce ne sono mille».

«Ma nessuno valido».

«Mi hai disarmato», dice.

«E allora perché ho l'impressione che il coltello dalla parte del manico ce l'abbia ancora tu?».

Romeo si tira su, io gli sono letteralmente seduta in grembo. «Uno di noi due deve tenere la testa sulle spalle».

«Perché?».

Lui mi afferra il polso con dolcezza e guida la mia mano che stringe il coltello al suo petto, con la lama finta che gli punta proprio sul cuore. «Perché se la perdiamo entrambi succede un casino».

«Aggressione al muro», urla Patrice, invadendo il nostro scambio. «La vittima schiena alla parete, l'aggressore che la tiene per le spalle».

Romeo mi solleva, io rimango stretta a lui perché alle mie gambe piace stare dove sono e il cervello ha registrato questa come "nuova posizione preferita". Quando mi appoggia al muro, il mio archivio di fantasie su noi due si arricchisce di un ulteriore scenario, che mi "riguarderò" per farmi male e frustrarmi ancora di più.

«Siamo l'aggressore e la vittima meno credibili della storia», mi sussurra, accostandosi al mio orecchio, il labbro che sfiora il lobo. «Tu non provi neanche a respingermi e io ti lascerei mettermi al tappeto quando vuoi».

In un momento di imbarazzante lucidità, mi ricordo che siamo circondati da altre persone, benché non facciano caso a noi, tutte impegnate nei propri esercizi, e mi impongo di trovare un briciolo di volontà e rimettere i piedi a terra.

Le sue mani, sulle mie spalle nude, mi marchiano a fuoco e vorrei sentirmele dappertutto. «E se provassimo a gestirlo, il casino?», domando.

«Non possiamo. Non hai idea di cosa ne verrebbe fuori».

«Tu, sì?»

«Più di te».

«Una volta sola». Gesù! Lo sto davvero pregando?

«Sarebbe una di troppo».

«Allora, Romeo, se non c'è alternativa, chiudiamola qui», dico con voce strozzata dalla delusione.

«Forse è meglio».

Ci guardiamo in un misto di freddezza e risentimento. Poteva essere, ma non è stato.

Provo a liberarmi dalla sua presa con la tecnica che Patrice ci ha insegnato, però Romeo anticipa tutte le mie mosse, come se non facesse altro nella vita.

«Queste sono tutte puttanate: se mai qualcuno ti aggredisse, l'unica via di scampo che hai è fargli male abbastanza da avere il tempo per scappare. Non dimostrare quanto sei brava», mi dice con una severità e una durezza che neanche sembra la stessa persona di poco fa. «Colpisci l'aggressore nella piega del braccio», mi dice guidandomi. «Così. Poi, col gomito, miri dritto al naso. A quel punto, si porterà le mani in faccia per reazione e lì lo colpirai, di sbieco, sull'orecchio. Una volta stordito, gli rifili un calcio nelle palle vecchio stile e te la dai a gambe. Non fai l'eroina, non ti metti a combattere, perché alla fine nessuno ti darà una medaglia».

«E tutta questa esperienza da dove arriva?»

«Ho fatto qualche corso anche io», risponde.

«Sono stanca, vado a casa», dico ad alta voce perché tutti mi possano sentire. Poi, rivolta solo a Romeo. «Da sola. Se non mi vuoi, non starmi intorno più del necessario. Lasciami lo spazio di cui ho bisogno».

48

~~Dwight~~
Romeo

Reprimo a fatica l'istinto di seguire Julia, ma in fondo anche io ho bisogno dello stesso spazio che vuole lei.

Altrimenti, so come finirebbe e a Bristol non piacerebbe.

In questo momento ho seria difficoltà a comprendere dove finisce Romeo e dove inizia Dwight.

Romeo è quello che ha provato a sedurre Julia ma, nel momento in cui ci è riuscito, Dwight ha cominciato a desiderarla per sé. Credo di essere il primo caso di persona al mondo gelosa di sé stesso.

Romeo l'attira. Dwight la respinge. Entrambi vorrebbero farci sesso.

Questa dinamica mi dilania.

È un problema di cui non posso parlare con nessuno, né con Bristol, né con i miei amici e più ci penso, più mi manca l'aria.

A cavallo della moto spenta, frugo nel mio zaino in cerca di un lecca-lecca, ma mi ritrovo in mano delle foglioline aguzze verdi e profumate: i rametti di rosmarino che avevo raccolto per Julia e che non le ho dato.

«Oh, Ro-me-o, Ro-me-o». Alle spalle mi coglie, con tono canzonatorio, Patrice. «Perché sei tu, Romeo?»

«Che vuoi?»

«Nulla, ma capisco perché dicano che la vendetta è un piatto da consumare freddo», dice squadrandomi a braccia conserte. «Julia Villa, eh?»

«Fammi indovinare: alla prima occasione le dirai chi sono e cosa faccio, mettendomi nei casini?»

«Sarebbe tempo sprecato. Non serve che qualcuno sputtani la tua copertura. Vi ho visto, non siete capaci di staccarvi le mani di dosso. Sei già fottuto, Dwight».

49
Julia

Vado a casa, sì, ma di Liza, che mi apre sorpresa.
«Da dove arrivi?», mi domanda.
«Dal corso di autodifesa a cui non vieni più», le dico. «Posso entrare?»
«Patrice mi ha strappato un'extension, quel posto non fa per me». Avevamo cominciato l'addestramento insieme dopo un incontro sgradevole in metro. «Mi sono comprata lo spray urticante».
«Devo dirti una cosa, ti prego di non odiarmi, perché sappi che ho cercato di contrastare questo sentimento con tutte le mie forze», declamo tutto d'un fiato, pronta all'autodenuncia.
«Devo avere paura?».
Mi siedo a terra, in uno dei pochi buchi liberi del suo salotto, occupato ovunque da borse contraffatte pronte per essere vendute. «Tu sai quanto io mi sia impegnata a evitare ogni tipo di contatto con lui, non lo posso soffrire, non riesco a condividerci neanche la stessa stanza… Adesso invece non faccio che sperare di ritrovarmi sola con lui».
Lei mi fissa allarmata. «Dimmi che non stiamo parlando di Dominic».
«No, figurati». Non potrebbe essere una persona più diversa da Dominic.
«Bene, perché ero già pronta a scrollarti come una tovaglia per farti tornare in te».
«È Romeo», confesso di getto. «Sono attratta da lui e credo che anche lui sia attratto da me».
«Romeo?!», esclama lei.

«Lo so», la fermo tendendo i palmi in avanti. «Piace a te, non ti pugnalerei mai alle spalle in questo modo, mi sono obbligata a respingere ogni tipo di pensiero nei suoi confronti, ma mi è scattato qualcosa, non so come né perché... Scusa, Liza, se vuoi sbattermi fuori lo capisco, ma dovevo dirtelo».

«Sei una stronza», dichiara lei, piantandosi le mani sui fianchi.

«So anche questo».

«Non per i motivi che credi tu». Liza si siede a terra accanto a me. «In onestà, non ho mai visto un uomo meno interessato a me di Romeo. Potrei farmi trovare da lui nuda e coperta di cioccolato e non mi degnerebbe di uno sguardo. Non sono abituata a faticare così tanto per attirare l'attenzione di un maschio e, a parte rifarmi gli occhi quando me lo trovo davanti, ho rinunciato. Non intendo farti il discorsetto del "Tu, amica ingrata, come hai osato?", se è ciò che ti aspetti».

«Allora, sono stronza perché?»

«Perché, per aprirti con me che sono la tua migliore amica, devi proprio trovarti con la pistola alla tempia. In questo mi sento tradita! Io avrei voluto sapere tutto da subito. Quando è iniziata? Da quanto va avanti? Che avete fatto?»

«Non è mai iniziata e non abbiamo fatto niente», rispondo.

«E perché?»

«Ieri sera tu e Pete siete tornati al ristorante interrompendoci in un momento chiave», la rimprovero.

«Definisci "chiave"».

«Stavamo per baciarci. Mancava tanto così», le dico mimando uno spazio di due millimetri con le dita.

«Ops, scuuusaaa».

«Stasera mi ha fatto da partner al corso e abbiamo rischiato una denuncia per atti osceni in luogo pubblico».

«Allora avete fatto qualcosa!».

«No. Solo flirt spudorato e vaghe simulazioni di amplessi che vivranno per sempre gratis nella mia testa», sospiro. «Un continuo stuzzicarsi a vicenda».

«Ah, i momenti migliori», sospira. «Dunque, non avete ancora concretizzato?»

«Nei miei sogni, a occhi aperti e chiusi, abbiamo fatto di

tutto. Lunedì pomeriggio mi ha lasciata guidare la sua moto, lui sedeva dietro di me e mi teneva una mano sulla coscia per indicarmi quando cambiare marcia. Liza...», mi metto a sussurrare come se in casa vi fossero altri, «sono rientrata sull'orlo dell'orgasmo. E tu sai da quanto tempo non ne ho uno con un uomo. Lui ci è quasi riuscito solo così».

Il sorriso di Liza si allarga in un ghigno malefico. «Pennello magico?»

«Il tuo pennello è sempre scarico».

«Forse sei tu che lo usi troppo».

«O è una schifezza, come tutte quelle chincaglierie contraffatte che fai arrivare da Yiwu». Inspiro ed espiro con forza per snebbiare i miei pensieri. «Stasera ho quasi implorato Romeo di portarmi a casa sua e disporre di me a suo piacimento e lui ha rifiutato perché dice che non saremmo in grado di gestire le conseguenze».

«Un po' ha ragione; se vi scoprisse tuo padre, di Romeo non resterebbe neanche la polvere».

«Sono passata dallo sperare che bruciasse per autocombustione, all'immaginare il suo peso su di me. Quando lo guardo cucinare, il modo in cui muove le mani... Liza, stasera Romeo stava impastando degli gnocchi e io ho desiderato trasformarmi in una patata per potermi sentire le sue mani addosso».

«Sono commossa, non ti vedevo così da anni».

Mi metto i palmi in faccia, strofinandomela come se potessi estrarre i miei pensieri. «Devo tornare padrona di me perché così non riesco neanche a ragionare. In più, lui non sembra intenzionato a portare avanti la faccenda».

«Però è bello, no, ogni tanto perdere la testa?»

«No, Liza, io non voglio perdere la testa, soprattutto per Romeo».

«Soluzione: sabato sera c'è la mia festa di compleanno, andiamo a divertirci, chissà che non incontrerai qualcuno in grado di farti dimenticare Romeo senza bisogno che tu debba bruciare la batteria del pennello».

~

Come faccio a levarmi Romeo dalla testa, se ogni giorno mi porta un bouquet di erbe aromatiche?

Giovedì mattina arrivo che lui e i ragazzi, Pete incluso, si stanno allenando nel vicolo – e sulla mia postazione trovo un mazzetto di salvia morbida e vellutata legata con un cordino e un biglietto. "Pace?", c'è scritto.

Venerdì, dentro un vasetto pieno d'acqua, c'è della menta.

Sabato, invece, l'erba cipollina.

E io, come una cretina, le annuso mentre non mi guarda.

Dovevo impegnarmi a dimenticarlo ma lui me lo rende impossibile.

«Julia?», mi chiama Liza dalla sala, con un tono per nulla rassicurante. «C'è Dominic che chiede di te».

Il sorriso che mi tendeva le labbra mentre annusavo l'erba cipollina mi si affloscia. «Qui? A fare che?»

«Gli ho detto che non ci sei, così si è seduto su un divanetto ad aspettarti. Non credo se ne andrà».

«Arrivo».

Non capisco cosa accidenti voglia da me, ma so che mi tocca parlarci, così la seguo in sala. «Non lasciarci soli, mettiti al bar e fingi di asciugare le tazzine».

Dominic è il ritratto della pace, seduto davanti al riquadro della vetrata. Con la luce del mattino che lo illumina, ha quasi un'aria angelica. Come può uno così cattivo, avere questo aspetto?

«Qual buon vento», lo saluto con un sorriso forzato.

«Siediti, fammi compagnia», dice indicando la poltroncina di fronte a lui.

«Ho molto da fare, in cucina», rispondo. «Siamo pieni tutto il mese».

«Non avevo dubbi», commenta guardandosi intorno. «Questo ristorante sembra proprio un buon affare».

La sua battuta mi fa aggrovigliare le viscere. «Buon affare?»

«Sarebbe il mio gioiello della corona».

«No, Dominic. Il *Villa's* non è in vendita».

«Per ora», ribatte.

«Mai», sottolineo con forza. «E poi, mio padre ha parlato con Terry Maniscalco. Il ristorante non fa parte della trattativa».

«Sai, è arrivato anche il momento che Angelo si assuma le sue responsabilità, non potrà sempre esserci tuo padre in prima linea». Possibile che io fossi davvero innamorata di quel sorriso tagliente? «Tuo fratello vuole tutti i privilegi senza nessun onere, ma deve anche ricordarsi che le cazzate si pagano».

«Sta già pagando. Terry ha accettato il compromesso che mio padre ha proposto e...», abbasso subito la voce, «per la cifra mancante stiamo sistemando, lo sai».

Dominic scuote la testa. «Sì, per i soldi è tutto a posto, ma sul piano personale no».

«Personale?»

«Non lo sai? Angelo si è scopato la moglie di mio fratello, mentre lui era in prigione».

«Ah». No, non lo sapevo. Con tutte le ragazze che gli girano intorno, proprio con Sissy De Palma doveva provarci quel cretino?

«Il problema di Angelo è che quello che ha non gli basta e ha sempre voluto avere ciò che hanno i De Palma, ma è troppo coglione per ottenerlo. Carina l'idea di mettergli su il ristorantino e provare a tenerlo occupato, ma credi forse che non se lo giocherà nel giro di un paio d'anni?».

Rischio non del tutto improbabile. «Non è in vendita», ribadisco.

Dominic si sporge verso di me. «Infatti, non sono qui per comprarlo. Vale troppo, al momento, con la recensione positiva e le liste d'attesa. Quando si svaluterà, lo comprerò per niente».

«E qui ti sbagli. Forse Angelo non sarà questo grande chef, ma io so il fatto mio e terrò il *Villa's* in pista, puoi scommetterci».

«Con la tua salute?», ribatte scettico. «Dovrebbero vergognarsi, i tuoi, di farti lavorare. Io ti tratterei da regina, non dovresti alzare un dito dalla mattina alla sera».

«Mi piace».

«Divertiti, finché non vi toccherà abbassare la serranda».

«Sogna, Dominic».

Lui si alza in piedi, facendo spallucce. «Speravo in una conversazione più amichevole, peccato. Tra vicini dovremmo andare d'accordo, nel caso a uno dei due servisse un po' di sale».

«Vicini?»

«Non hai fatto caso al ristorante greco che sta sull'altro lato della strada?»

«L'*Akropolis*?», domando senza capire.

«Sì», lui indica la vetrata. «Solo che da oggi non si chiama più *Akropolis*, e non è più greco».

Un brivido mi corre giù per la schiena. «Stai dicendo che... che lo hai comprato?»

«Sarà divertente portarvi via i clienti a uno a uno». Mi accarezza la guancia con il dorso delle dita e l'unica cosa che provo al contatto è puro ribrezzo. «Mi dispiace solo farci rimettere te».

~

Io, Liza, Pete, e i ragazzi, ancora madidi di sudore, guardiamo con orrore mentre, dirimpetto a noi, degli operai stanno montando l'insegna "De Palma" al posto di "Akropolis".

«Merda», sussurra Liza.

«Merda», le fa eco Pete.

«Già. Merda», concludo io. «E Dominic farà di tutto per farci chiudere. Qualcosa dobbiamo inventarci, per alimentare il passaparola e non farci schiacciare da lui e i suoi soldi».

«Comparire in una serie TV, potrebbe aiutare?», domanda Romeo unendosi al gruppo.

50

~~Dwight~~

Romeo

Oltre alle mie cinque reclute, alle sette, trovo anche Pete in tenuta sportiva, già intento a riscaldarsi.

«Ehi, Romeo! Visto che ogni mattina vi radunate qui ad allenarvi, ho pensato di unirmi a voi», dice tra un piegamento e l'altro.

«Ma tu non hai appena finito il turno alla panetteria?», gli domando. Di solito passa dal ristorante sul presto a portare il pane fresco e qualche colazione gustosa per Liza, poi torna a casa a dormire come chiunque lavori di notte.

«Ho preso un caffè e dello sport non può farmi che bene», replica lui sprizzando energia e buonumore da tutti i pori. Incredibile che lui e Julia siano parenti.

«Sei il benvenuto. Sarà una ventata di freschezza avere qualcuno che non si lamenta di continuo», osservo ad alta voce.

«Parli di me?», domanda Vinnie offeso.

«No, ma chiediti perché ti sei sentito chiamato in causa», ribatto.

«Ehi», Pete mi si avvicina con fare cospiratorio, «detto tra noi, mi piacerebbe mettere su un po' di fisico tipo il tuo, se puoi darmi qualche dritta. Credo che a Liza piacerebbe».

«Scusa se te lo chiedo, Pete, ma c'è qualcosa che tu non faccia pensando a Liza?»

«Sì, un sacco di cose».

«Tipo?»

«Be', per esempio...», inizia lui con lo sguardo perso nel vuoto. «Ehm...».

«Con calma, eh, non dirmele tutte insieme che non ti sto dietro», scherzo.

«Pure quando ha cambiato la macchina, ne ha scelta una che piaceva a Liza», interviene Rob.

«E si è anche fatto crescere la barba solo perché ha sentito Liza dire che le piace sentirsi sfregare il viso quando un uomo la bacia», rincara Vinnie.

«Per me Liza è la donna più bella, intelligente, simpatica e dolce del mondo», confessa a cuore aperto e con gli occhi che luccicano. La venera, senza dubbio. «Stasera è il suo compleanno. Festeggia all'*Exagon* con tutte le ragazze e volevo fare un salto a portare il regalo. Le ho preso un bracciale con le sue iniziali…».

«Potevi regalarle direttamente un guinzaglio da legarti al collo», ribatte Rob.

«Risparmiate il fiato per correre», li zittisco. «Muovete il culo, che è già tardi e col sole alto rischio di dovervi scollare dall'asfalto con la spatola».

~

Quando torniamo, noto che Julia è sul marciapiede con lo sguardo rivolto all'edificio antistante il *Villa's*.

«*De Palma's*?», domanda Pete leggendo l'insegna che stanno installando sull'entrata di quello che era un ristorante greco.

«Dominic ha rilevato l'*Akropolis* e ora sta aprendo un ristorante italiano a due passi da noi».

«Chi è Dominic?», domando a Vinnie.

«L'ex molto bastardo e molto ricco di Julia», mi sussurra. «Sono stati insieme otto anni, poi lei lo ha lasciato perché ha scoperto che lui…». In quel momento, suo fratello Sonny gli rifila una gomitata nel costato. «Niente, non so altro».

Mi accorgo che sul mio cellulare, quello di Dwight, c'è un messaggio.

È di Summer, la moglie del mio migliore amico nonché la mia finta ex.

"Chiamami subito".

«Ci sono problemi? È successo qualcosa a Blake?», le chiedo ancora stranito dal suo messaggio.

«Ho un'emergenza di lavoro: una delle serie TV che stiamo

realizzando in città ha il set bloccato perché il ristorante in cui dovevano girare è stato chiuso dagli ispettori sanitari».

Summer è una showrunner, dirige le produzioni di serie TV per la rete ABS e, a quanto pare, non è in grado di delegare il lavoro neanche durante la gravidanza.

«Vuoi che lo faccia riaprire?», chiedo.

«No. Mi serve il *Villa's*: è una location perfetta per la scena».

«Il ristorante non è mio, Summer, non so se questo dettaglio ti è sfuggito».

«Mi devi un favore, Dwight. Non farmelo riscuotere con le cattive. C'è una troupe di sessanta persone che costa alla rete un pozzo di soldi ogni giorno e in questo momento si sta girando i pollici».

«Vedo che posso fare, ma non ti assicuro nulla. Quando ti servirebbe il set?»

«Oggi».

«Oggi?!», esclamo. «Summer, è sabato. Non abbiamo un buco libero né a pranzo né a cena... tra un po' dovremo mettere la gente a mangiare in strada».

«Meno male che il ristorante non è tuo, com'è che te la prendi così a cuore?», mi canzona.

«Sono "nella parte"».

«Ascolta, Dwight, abbiamo davvero bisogno di chiudere perché stiamo rifacendo delle scene che non funzionano, siamo sotto scadenza e sto tirando tutti i costi extra. Il primo episodio deve andare in onda tra tre settimane, stiamo lavorando anche di notte, entro due giorni deve essere tutto pronto. Ti prego», il suo tono passa da imperativo a una supplica. «Salvami le chiappe...».

In questo momento, Julia e gli altri hanno problemi più grossi per la testa, ma chiedere non costa nulla. È improbabile ma non impossibile e, dopotutto, a Summer glielo devo. «Due minuti e ti scrivo», le dico.

«E Dominic farà di tutto per farci chiudere», sento dire a Julia con voce sconfortata. «Qualcosa dobbiamo inventarci, per alimentare il passaparola e non farci schiacciare da lui e i suoi soldi».

«Comparire in una serie TV, potrebbe aiutare?», butto lì, con nonchalance.

Tutti mi guardano come se avessi parlato in un'altra lingua, al che spiego loro quanto mi ha riferito Summer.

«Intendono girare una scena da noi?», chiede Julia tra il perplesso e lo sbalordito.

«Se li infiliamo tra il servizio del pranzo e quello della sera, secondo me ce la facciamo», propongo.

«Cosa devono girare? Niente sparatorie o roba che ci distrugga il locale. Ci manca solo quello».

«È una serie rom-com e forse potrebbero avere bisogno che partecipiamo come comparse».

«Ti prego, Julia, accettiamo», la implora Liza. «Il *Villa's*, sulla ABS, a copertura nazionale, e reciteremo anche noi».

«Io ci sto», Vinnie sventola la mano in aria. «Meno male che sono andato a rifare la deco ieri».

«Sarebbe un'ottima pubblicità», osserva Julia.

«Allora?», le chiedo speranzoso.

Tutti guardano Julia con gli occhi spalancati e i lucciconi, e lei annuisce. «Dai l'ok».

51
Julia

Il *Villa's* pare minuscolo con la troupe della serie sparsa in giro, le macchine da presa e il materiale ficcato sotto i tavoli, il regista e il produttore esecutivo che confabulano tra loro per poi abbaiare ordini a destra e a manca.

Mi sto ripetendo che ho fatto bene ad accettare. Una pubblicità del genere non ha prezzo.

In più noi dello staff interpreteremo dei clienti. Sono solo preoccupata che non riescano a finire per il turno serale dato che le riprese dovevano iniziare un'ora fa.

Sono tutti nervosi perché "lei" è in ritardo: la protagonista, Kyla Cole, una delle attrici più quotate del momento, nonché modello aspirazionale di Liza.

Quando arriva, l'atmosfera cambia: chi prima brontolava per le sue bizze da diva, ora si prostra al suo passaggio.

«Il mio succo di aloe», chiede rivolta a nessuno in particolare, ma una bottiglietta di detto succo si manifesta all'istante. «È caldo».

Subito un'altra mano fantasma produce una bottiglietta di succo d'aloe fredda.

«Il colore di questo vestito non mi piace», decreta.

«È dello sponsor».

«Non è in palette con la mia stagione», ribatte.

«Questo color menta può andare?».

Kyla non è ancora contenta. «Non è abbastanza scollato».

«Tesoro, il tuo personaggio è una ragazza vergine cresciuta in una comunità ultrareligiosa, una scollatura più profonda non sarebbe coerente», prova a persuaderla la costumista. «Magari mettiamo un foulard».

Ho capito perché piace a Liza. È capricciosa, ciononostante nessuno respinge le sue richieste.
«Ma è vera?», balbetta Denny con gli occhi fuori dalle orbite e la mandibola a penzoloni.
Lui, Rob, Mickey e Sonny sono praticamente in ginocchio adoranti. Perfino Pete sembra rapito.
E Liza sembra infastidita dalla perdita di interesse di mio fratello nei suoi confronti. «Piantala di adorarla in ginocchio», gli sibila. «Sei ridicolo».
Però non lo trova ridicolo quando adora in ginocchio lei, eh?
Kyla è di una bellezza magnetica: folta chioma biondo cenere di morbidi boccoli, occhi celesti incorniciati da ciglia chilometriche, labbra carnose e protese, e un fisico da pin-up.
Vorrei essere come lei, il tipo di donna per cui gli uomini si fanno venire il torcicollo.
Ho uno slancio di vanità sessista, ma sfido chiunque al posto mio a guardarsi allo specchio e dire: "No, ma io mi piaccio così". Perché essere ipocrita con me stessa?
E poi, io, quell'abito non potrei mai indossarlo, si vedrebbe la sacca della stomia.
«Come ci siamo detti: tutti seduti e fingete di conversare tra voi. Kyla, tu siederai al tavolo sotto la finestra, a destra».
«Preferisco il profilo sinistro», ribatte.
«Avresti più ombre sul viso», tenta di convincerla il regista. «Abbiamo fatto la prova luce, meglio destra».
In quell'istante sbuca dalla cucina Romeo con le bottiglie di vino chieste dalla regia. «Dove le metto, queste?».
Kyla, fino a quel momento disinteressata al contesto circostante, posa lo sguardo su di lui. «Che fine hanno fatto le buone maniere? Non me lo presentate?», domanda rivolta al regista.
«Non fa parte del cast, è dello staff del ristorante», le dicono. «Sarà tra le comparse».
«Io penso che sarebbe meglio nel ruolo dello chef», contesta lei, che poi tende la mano a Romeo. «Ciao, sono Kyla. E tu?».
Lui le rivolge un sorriso affabile e risponde con cordialità. «Romeo, ciao».
«Ti andrebbe di rivestire il ruolo dello chef?», gli propone lei, scavalcando tutti i gradi di comando.

«Ma abbiamo già preparato Ned per l'entrata in scena», obietta il responsabile casting.

«Non voglio Ned, voglio Romeo», s'intestardisce. «O non giro nulla».

L'assistente del regista sbuffa dal naso, nervosa. «Ok, Romeo, io adesso ti mostro la scena. Non c'è molto che devi fare, ma mi devi firmare il consenso al contatto fisico intimo».

«Contatto fisico intimo?», domanda lui.

«Il personaggio di Kyla è a un appuntamento che si rivela disastroso così, per liberarsi dell'accompagnatore sgradito, finge di essere innamorata dello chef e lo bacia. Hai problemi con i baci?».

Io sì, cazzo!

«No», risponde Romeo con noncuranza.

Come sarebbe a dire, no? Ci siamo corsi dietro per tre giorni e ora si mette a dispensare baci così?!

Lui firma la clausola, si cambia tornando nell'uniforme da cucina che, saranno i riflettori ma gli sta meglio del solito, e il ciak parte.

Kyla è una professionista: quando la telecamera riprende, dimostra di valere ogni centesimo pagato. È espressiva, precisa, padrona del ruolo e io mi ritrovo a odiarla ancora di più perché speravo che fosse tanto scarsa quanto presuntuosa.

E poi arriva il momento. Romeo esce dalla cucina e Kyla balza dalla sedia esclamando: «Cielo, il mio fidanzato!». Lo raggiunge e, dopo averlo apostrofato con: «Amore, sorpresa, sono venuta a trovarti», attacca le sue labbra turgide a quelle di lui.

Romeo, come da copione si finge sorpreso, per poi rendersi partecipe. Molto partecipe. Mi sa anche un po' troppo partecipe.

Un attimo… ma quanto dura questo bacio? Li scruto dal mio tavolo dove, invece, io dovrei fingere di conversare con Liza.

«Era lingua quella?», domanda Liza tra i denti. «A me sembrava proprio lingua… Attenta all'acqua!!!», mi avvisa ad alta voce. Mi stavo versando un bicchiere di minerale ma, intenta a fissarli, ho allagato il tavolo.

«Perfetto», protesta il fonico. «Si sono bagnati i cavi».

«Tanto la dobbiamo rifare», ribatte Kyla. «Avevo una ciocca di capelli sull'occhio».

«Io non la vedo», osserva il cameraman.

«Ti dico che è da rifare», insiste lei. «Romeo, credo che a un certo punto renderebbe di più se mi appoggiassi le mani sui fianchi».

«O sulla vita?», rilancia lui. Ma certo, anche direttore artistico! Accidenti a me che ho pensato potesse essere una buona idea.

«Prima sulla vita e poi scendi un po'».

Mi mordo l'interno delle guance per sopprimere l'immenso fastidio che mi pervade.

«E... azione!», annuncia il regista.

Riecco da capo Kyla che si lancia su Romeo con la foga di un'assetata davanti a un'oasi.

Bacio, mani e tutto il repertorio. Lei gli cinge le spalle, strusciandoglisi addosso senza ritegno.

Avrei dovuto fare realizzare le divise con il tessuto sintetico più scarso sul mercato, anziché in cotone, così almeno quei due potrebbero prendere fuoco con tutto quello sfregamento.

Ed ecco le mani di Romeo che si posano sui fianchi di Kyla, quando, fino a poche sere fa, stavano sui miei. Dicano quello che gli pare, ma, a me, questo bacio non sembra finto neanche un po'.

«Juls... Juls», mi sussurra Liza. «Calmati».

«Sono calma», sibilo.

«Hai piegato un cucchiaino».

Nella mia mano destra giace un serpentino di metallo flesso ad angolo retto, ormai inutilizzabile. «Stoviglie scadenti».

«Buona!», annuncia il regista. «Ce l'abbiamo».

Ma il bacio di Kyla e Romeo non s'interrompe.

«Hanno detto: "Buona"!», salto su dalla sedia, diretta da loro, a separarli. «Finitela, voi due! Romeo, torna in cucina, è quasi ora di preparare per il servizio serale».

~

Poco prima che arrivino i clienti e con la sala risistemata giusto in tempo, Liza viene da me.

«Volevo dirti che Kyla non mi piace più», mi informa in tono di scuse. «E mi dispiace per tutte le volte che ti ho fatto guardare i suoi film».

«Non preoccuparti, mi passerà e tu potrai continuare a adorarla. Ma magari aspettiamo che i suoi film escano in streaming, invece di correre subito al cinema».

«È una stronza manipolatrice. Hai visto come la guardava Pete? Sembrava che fosse la prima donna che avesse mai incontrato in vita sua. Lo facevo un po' più raffinato, quanto a gusti».

«A Pete piaci tu».

«Non mi importa eh, solo che lo credevo di gusti migliori. Quanto a Romeo, lasciami dire che non aveva l'aria di uno che baciava sotto minaccia. Secondo me, se a tre giorni dal vostro quasi-bacio, si mette a dare di lingua con la prima capitata come se nulla fosse, forse ti sei schivata un bel proiettile».

L'ho pensato anche io: se davvero voleva me, con che coraggio bacia così una sconosciuta? Anche se la sconosciuta è Kyla Cole.

«Dici che l'attrazione che sentivo era tutta fuffa?»

«Forse tu la sentivi più di lui. Mi dispiace». Liza mi dà un buffetto sulla guancia. «Ora hai un motivo per darci dentro con qualcun altro, stasera all'*Exagon*».

52

~~Dwight~~

Romeo

«Questa seppia ripiena è bruciata, rifalla»; «Le chitarrine sono scotte, ricuocile»; «L'impiattamento è sbagliato, ricomponilo», sono solo alcuni degli ordini che mi dà Julia durante il servizio serale.

Nessuno dei piatti che preparo si salva da una sua aspra critica. Sembra che io non sia più capace di fare nulla, o almeno, nulla che la soddisfi.

«Sì, chef», rispondo all'ennesima portata respinta.

«Romeooo», chiama Vinnie rientrando dalla sala.

«Lo sfincione destrutturato devo prepararlo da capo, porta al tavolo altri crostini con salsa Elena per tenerli buoni», lo anticipo.

«Prenditi il tempo che ti serve, è una coppia, i tempi lunghi gli faranno un favore», ribatte lui. «Sono venuto a portarti un messaggio».

«Di chi?», chiedo.

«Della divina Kyla Cole». Lui mi tende un biglietto. «È passata a lasciarlo di persona. Mi sono permesso di servirle un cocktail e scattarle una foto per i nostri social».

Al nome Kyla Cole, mi trovo tutti i ragazzi appollaiati alle spalle. «Cosa dice? Cosa vuole? Che ti scrive?».

Apro la bustina ed estraggo il messaggio su cui campeggia lo stampo di un bacio col rossetto.

53
Julia

Mi sforzo di ignorare la cagnara di quella sagra di affamati che assaltano Romeo attanagliati dalla curiosità.

Non sono affari miei e poi neanche m'importa.

«Party esclusivo nella mia suite al Four Season. Ti aspetto quando stacchi. XOXO, Kyla», legge ad alta voce Mickey. Ecco, proprio quello che non volevo sentire. «Romeo, ti ha invitato per una serata romantica per conoscervi meglio e scoprirvi a vicenda!».

«Kyla vuole scoprirlo senza dubbio... a partire dai vestiti», lo sfotte Rob. «Romeo, se ti fai Kyla Cole, io ti accendo un cero alto un metro».

«Due metri», rilancia Denny.

«Accidenti!». Ero così presa ad ascoltarli che ho bruciato la fregola. «Dateci un taglio, tutti quanti! Stiamo lavorando, i piatti non si cucineranno da soli», li richiamo all'ordine.

Non vedo l'ora che il servizio finisca, poi mi infilerò in uno dei vestiti più provocanti che Liza ha da offrirmi, salirò su dei tacchi assassini e asfalterò ogni mia fantasia su Romeo.

54

~~Dwight~~

Romeo

Come facilmente prevedibile, non sono stato invitato al compleanno di Liza. È una serata tra ragazze e al momento la disposizione sua e di Julia nei miei confronti è pessima, ma dato che devo tenere fede alla mia missione, mi sono inventato un diversivo per andare comunque all'*Exagon*.

Ho chiamato l'unità di crisi a rapporto e ora mi trovo davanti all'ingresso del club, uno dei tanti che popola il Flatiron District. La vita notturna più vibrante di Manhattan è qui; non c'è bar, locale, lounge in cui io o i miei amici non siamo stati.

Però, da quando si sono tutti – e dico tutti – accasati, chi in maniera ufficiale, con anello, confetti e bouquet, chi meno, le nostre serate insieme si sono diradate.

Pur vedendoci spesso, ogni volta manca qualcuno all'appello, ma non stasera: mi sono giocato la carta "favore" e nessuno si è tirato indietro.

Blake, Eric e Knight arrivano puntuali, Jesse per ultimo.

«Dovevo davvero ricattarvi per vedervi tutti insieme?», domando quando ci riuniamo.

«Io non mi sento ricattato, non ho debiti nei tuoi confronti», mette subito le mani avanti Blake.

«È una vita che ti copro le spalle, facendo la parte del deficiente per te, solo che ormai ti ci sei così abituato che hai smesso di farci caso. Mentre tu», indico Eric, «hai in sospeso con me una serie di informazioni che ti ho passato sul lavoro. "Pedinami Coso", "Intercetta Tizio"…».

«Hai ragione», si arrende subito lui.

«Io non ti ho mai chiesto favori», mi rinfaccia Jesse.

«Tu no, ma mi devi ancora duecento dollari per un poker di un mese fa. Te li condono».

Knight alza la mano. «I miei conti sono a posto».

«In effetti, Knight è l'unico che è venuto qui senza protestare... Dovrei riconsiderare la mia amicizia con voi tre, facce di cazzo», rinfaccio agli altri.

Con Blake e Knight siamo amici dai tempi del college, anche se con Knight ho riallacciato i rapporti solo di recente; Eric è un collega del Bureau; Jesse l'ho conosciuto tramite Blake.

«Sono qui perché me l'hai chiesto, vero, ma non per questo meno volentieri», si difende Blake.

«Paraculo».

«Per cosa dobbiamo farti da spalla?», interviene Jesse, sempre pratico e diretto.

«Io per voi, stasera, mi chiamo Romeo Corelli e sono un cuoco». Faccio loro cenno di avvicinarsi a me. «C'è una ragazza, con cui sto... diciamo... ehm...».

«Provando ad andare a letto?», azzarda Jesse.

«No», ribatto.

Tutti e quattro mi guardano straniti, del tipo: "Dobbiamo crederci?".

«Giuro!». Abbasso il tono di voce. «Sto indagando sulla sua famiglia, stasera Julia è qui a festeggiare il compleanno di una sua amica, vorrei approfittarne per...».

«Portarla a letto?», domanda ancora Blake.

«Julia è un target», ripeto di nuovo, seccato. «Non si scopa con i target».

«Confermo», mi fa eco Eric. «Non si scopa con i target».

«Tu sei davvero l'ultimo che può esprimersi in merito», lo rimprovero.

«Io non indagavo su Lexi!», si difende.

Lo guardiamo scettici tutti e quattro.

«Ok, forse un po'», ammette. «Ma l'indagine ora è chiusa».

«Noi fingeremo di festeggiare un addio al celibato», continuo a spiegare.

«Celibato, di chi?», chiede Knight.

«Sicuramente non il mio, perché sono ufficialmente single, quindi uno di voi quattro».

Non so chi abbia l'espressione peggiore, ma il coro di "Io no" è unanime.
«A chi si propone volontario pago da bere», annuncio.
«Io!».
«Io!».
«Io!».
«Io!».
«Uno sposo è sufficiente».
«Tiriamo a sorte?», propone Jesse.
«Mi sembra equo», concordo. Piazzo in mezzo a noi il cellulare con lo schermo rivolto verso l'alto aperto sull'app della ruota della fortuna. «Ora giro. Quando la ruota si ferma, la freccia indicherà lo sposo».
Attimi di tensione scorrono lenti finché l'indicatore decreta che il fortunato sarà Eric.
«Hai vinto questa», dico tendendogli una T-shirt con scritto "Sposo".
«Sono due testicoli quelli disegnati sotto il collo?», mi chiede Eric appoggiandosela sul petto.
«Ho preso quello che c'era; è un addio al celibato improvvisato, questo», gli spiego. «Tieni, c'è anche la fascia», e gli passo il sash azzurro con scritto "Salvatemi".
«Ti rovino», mugugna infilandosi la maglietta. «Spero che la tua carta di credito abbia un plafond molto, molto alto», mi minaccia. Gli altri, invece, tirano un sospiro di sollievo.
«Ne ho anche per voi», e allungo loro le T-shirt restanti: cugino dello sposo, testimone, cognato e fratello, che tocca a Blake.
«Scusate, ma che razza di sposo non nomina suo fratello come testimone?», protesta lui.
«Magari anche io sono suo fratello», contesta Jesse, a cui è capitata la maglia del testimone.
«Senza offesa, ma io non mi ci sento parente vostro», obietta Eric.
«Siamo adottati», ribatte Blake.
«Ho la trama!», interviene Knight. «Facciamo che Eric e Jesse sono fratelli di sangue, mentre Blake è acquisito, in quanto figlio della seconda moglie del padre di Eric e Jesse, che, dopo il divorzio, si è risposato, quindi ora siete una grande famiglia

allargata. E io sono il cognato perché Eric sta per sposare "mia sorella"».

«Ma di cosa state parlando?!», li interrompo. «L'addio al celibato è un pretesto!».

«Knight ha ragione, se dobbiamo interpretare una parte facciamolo come si deve», obietta Jesse.

«Basta così, entriamo, o passeremo tutta la serata qui sul marciapiede a parlare di diatribe parentali di una famiglia che nemmeno esiste. E ricordate, non divulgate dettagli personali: dovete essere dimenticabili».

~

L'*Exagon* è un rooftop club, si trova all'ultimo piano del palazzo, che raggiungiamo in ascensore.

Ci piazziamo al bancone del bar, proprio al centro del locale, dove mi è più facile tenere d'occhio tutti i presenti e intercettare Julia.

«Vediamo un po' il tuo target, Romeo», mi dice Jesse.

«La sto cercando».

«È carina?»

«Non è male», butto lì. Non voglio espormi troppo, se sapessero che trovo Julia qualcosa di più di "non è male", se ne approfitterebbero per mettermi in imbarazzo tutta la sera.

Cerco di individuare lei o Liza nella semioscurità del locale, con le luci che pulsano allo stesso ritmo della musica.

Ho sempre amato la vita notturna. Tra tutti, sono sempre stato quello che andava a dormire per ultimo, toccando anche record di tre notti senza dormire e passando da una festa all'altra. A volte mi sono svegliato addirittura in un altro Stato.

Forse anche per questo ho sempre funzionato bene nel ruolo di agente speciale: più di altri colleghi, magari con mogli e figli, avevo la stoffa per stare al passo con la vita al limite dei trafficanti che mi trovavo a pedinare.

Certo, nessuno però era come Julia.

La vedo emergere tra la folla, insieme a Liza. Sono dirette a un tavolo con divanetti collocato in un'area rialzata di qualche gradino rispetto al pavimento, perciò tenerla d'occhio non mi è difficile.

Ci sono le ragazze del *Midnight Club* con loro, ne riconosco qualcuna, anche se non ricordo i nomi, dato che la mia attenzione è tutta per Julia.
Anche al buio, brilla di luce propria e mi ritrovo ad aspettare con avidità l'attimo in cui il riflettore, girando, colpisca lei.
Indossa un abito rosa confetto – Julia in rosa?! – con il corpetto a fascia stretto sotto al seno da un nastro e la gonna gonfia di strati di tulle che sobbalzano a ogni passo.
Quella scollatura è illegale.
Più che l'abito, però, è il suo viso ad avere qualcosa di magnetico: sorride.
Evento raro da registrare negli annali e tramandare ai posteri.
So per certo che sta maledicendosi per aver tagliato i capelli perché continua a sistemarsi il caschetto dietro le orecchie, ma i ciuffi le scendono davanti al viso al minimo movimento.
«Tu?», mi domanda Eric.
«Io, cosa?»
«È la terza volta che te lo chiedo. Cosa prendi?»
«Ah, io prendo... un whiskey sour», dico senza neanche voltarmi, rigirandomi in bocca il lecca-lecca che, se non avessi avuto la prontezza di trattenere, mi sarebbe caduto a terra nel momento in cui ho visto Julia.
«Houston», mi chiama Jesse. «Hai lo sguardo perso».
«Non sono perso, sto monitorando il target».
«Uh, vedere!».
«Vestito rosa, lassù», rispondo con un cenno del capo.
«Quella è Julia?!», Jesse risputa il sorso di Martini nel bicchiere.
«Sì, perché?»
«Io sono un uomo innamorato e fedele quindi, nero su bianco, per me nessuna donna sarà mai meglio della mia ma... Come cazzo fai a qualificarla come "Non male"?!».
«Come dovrei qualificarla?»
«Ragazzi», Jesse chiama tutti a raccolta intorno a me. «Quella là in rosa è il target di Dwi... ROMEO».
«Ragazzi, discrezione!», protesto vedendoli fissarla in maniera plateale.
«Lui dice che, cito testuale, "Non è male"», ripete Jesse.

«Quando la volpe non arriva all'uva...», commenta acido Knight.
«Scusa, che intendi dire?», domando in tono accusatorio.
«Con una così non avresti mezza possibilità».
«È arrivato Nostradamus, ma che ne sai?», ribatto piccato.
«Spezzo una lancia nei confronti di... Romeo», salta su Blake. «Non sottovalutarlo: le donne sa farle ridere».
«A letto gli racconta le barzellette», attacca Jesse.
«Io non ci credo che l'ipotesi di andarci a letto non ti abbia mai sfiorato», interviene Eric, con aria di superiorità, sorbendo il suo mojito.
«Sono un professionista, io», sottolineo. Faccio della mia capacità di autocontrollo un vanto personale ma su Julia hanno tutti ragione. Uno: è bella da non riuscire a staccarle gli occhi di dosso; due: se io non fossi un agente e lei la sospettata su cui sto indagando, nulla mi fermerebbe dal provarci senza pietà; terzo, ma non meno importante: sono quasi sicuro che la serata finirebbe nel mio letto con grande soddisfazione di entrambi. «E, per vostra informazione, c'è un lungo elenco di donne che ho tenuto sveglie fino all'alba e non raccontando barzellette».
«Qual è il tuo record massimo in una notte?», mi domanda Jesse.
«Ci stiamo davvero inoltrando in questo argomento?», replico.
«Stupiscimi».
«Sei», ammetto candidamente, sollevando un coro di "Eh?!".
«Con o senza pause?», chiede Knight.
«Intendo un rapporto completo con tanto di gran finale per entrambi», specifica Jesse.
«Ma con la stessa donna?», domanda Blake.
«La risposta è sì a tutto».
«Bugiardo», mi accusa subito Jesse.
«Io sono arrivato a cinque e mezzo solo perché la vicina ci ha interrotti», dice Eric.
«Neanche foste atleti professionisti», commenta Knight.
«A Quantico ci hanno addestrati a mantenere la concentrazione in condizioni di estremo stress», spiego. Eric mi allunga il pugno, che io gli batto in risposta.

«Guarda un po' chi c'è!», esclama una voce familiare, alle mie spalle. Mi volto e mi ritrovo davanti Liza, insieme a Julia. Cazzo, da vicino è ancora più bella. Non che di solito non lo sia.

«Anche voi qui?», faccio il finto tonto.

«Compleanno», risponde lei aggiustandosi la coroncina di plastica sul capo. «E tu sei in... una bella compagnia!», osserva scrutando il mio gruppo con occhi curiosi. «Voi che fate?»

«Festeggiamo l'addio al celibato del mio amico», dico passando il braccio intorno alle spalle di Eric. «Saluta le ragazze».

«Tuo cugino», osserva Julia.

«Chi?», domando.

«Lo sposo è tuo cugino», ripete, stavolta indicando la mia T-shirt con scritto a caratteri cubitali "CUGINO".

«Ah, sì... cugino», recupero. «Di quarto grado».

«Praticamente non abbiamo una goccia di sangue in comune», aggiunge Eric. «Ma la maglietta "Cugino alla lontana" non c'era».

«E a parte lo sposo, qui, siete tutti single?», domanda Liza, che ora punta il dito verso Blake. «Tipo te».

«Single?! Figurati, io sto per diventare padre...», risponde lui.

«Padre?!», ripete lei e io gli lancio un'occhiata in tralice.

«Padre... Padre Santissimo», si corregge stringendo il crocifisso d'argento che gli pende al collo. «Sto per prendere i voti».

Di male in peggio.

«Senza offesa, non hai l'aria di un prete. I tatuaggi sono permessi?», domanda Julia.

«È un ordine nuovo, il Vaticano ha deciso di modernizzarsi», replica Blake, scavando una fossa sempre più profonda.

«Eppure mi sembra di averti già visto», insiste lei. «Hai un volto noto».

«Glielo dicono tutti», intervengo. «Ha una faccia molto comune».

«Idea!», esclama Liza. «Venite al nostro tavolo».

«Non mi sembra il caso», osserva Julia, non molto contenta.

«Perché? Io festeggio, loro festeggiano, festeggiamo insieme!».

«Avranno di certo altri programmi», continua lei per dissuadere l'amica.

«Accettiamo!», dico deciso.

«Vi faccio strada», si offre lei, invitandoci a seguirla. Julia, invece, sembra meno entusiasta. Ma d'altra parte quando lo è?

«Sentiti libera di esprimere la tua gioia», la punzecchio.

«Yu-hu», ribatte lei in tono scocciato.

«Che entusiasmo contagioso».

«Già devo sopportarti in cucina tutto il giorno, ora ti ritrovo tra i piedi anche quando sono fuori per i fatti miei».

«Casualità», rispondo con aria innocente. «I miei amici sono voluti venire qui».

«A proposito di amici, dove sono finiti?», mi domanda.

In effetti, una volta raggiunto il tavolo di Liza, vedo che sono l'unico del gruppo.

Prendo il cellulare e noto che nella nostra chat c'è un messaggio di Knight.

"La nostra parte l'abbiamo fatta, ora sei solo, soldato".

Sotto ce n'è uno di Eric.

"Le ragazze non sarebbero contente di saperci in compagnia di altre".

Sebbene io possa garantire sulla buona fede dei miei amici e che mai si azzarderebbero a mancare di rispetto alle proprie compagne, capisco la loro scelta.

Certo, così, io sembro un imbecille.

«Cambio di piani», replico vago.

«Credevo che andassi da Kyla Cole», butta là Julia in un tono finto disinteressato.

«Magari più tardi ci faccio un salto», commento.

Julia mi prende il drink dalle mani. «Cos'è?», mi chiede.

«Whiskey sour, perché?».

Lei se lo porta alle labbra e lo butta giù tutto d'un fiato. «Buono».

«È il tuo primo cocktail, stasera?». È adulta e autonoma, non dovrei preoccuparmi per lei o per la sua salute.

«Il terzo. Forse».

«Non dovresti esagerare».

«Passo ogni singolo istante della mia vita a controllare cosa entra nel mio corpo. Per una sera, una soltanto, vorrei comportarmi come una ventottenne senza un pensiero al mondo», ribatte lei.

«Che pensieri hai?»
«Troppi».
«Tipo?», la incalzo.
«Te».
«Ti do dieci secondi per ritrattare questa ammissione e non usartela contro».
Julia tende le braccia alla ringhiera che ci separa dal resto del locale e piega la testa all'indietro, come se volesse stiracchiarsi. «Non ti sopporto. Vorrei che mi fossi indifferente per poterti dimenticare ogni volta che esci dal mio campo visivo, invece ti detesto e questo mi costa energie e spazio mentale».
«Credevo fossimo pari, ormai».
«Cucini da Dio, la brigata ti adora, grazie a te il ristorante comparirà in una serie TV e se abbiamo una recensione positiva su "Manhattan Bites" è merito tuo», elenca. «Sei ovunque. Il *Villa's* è più tuo che mio e, se io non ci fossi, nessuno si accorgerebbe della differenza».
«Questo non è vero», la contraddico.
«Che ne sai?»
«Io me ne accorgerei».
«Certo». Julia agguanta un bicchiere dalle mani di un'amica di Liza e se lo tracanna. «Sex on the Beach… il mio preferito».
«Magari dopo questo, basta», dico prendendole il bicchiere vuoto di mano.
«Sai», mi punta il dito contro con aria minacciosa, «ci sono giorni in cui mi fai venire perfino il mal di testa da quanto ti penso. E avrei ben di meglio a cui pensare».
«Meglio di me? Ne dubito», la prendo in giro.
Poi fa una cosa che non mi sarei mai aspettato da lei, il che conferma quanto non sia del tutto lucida: afferra lo stecchino del mio lecca-lecca, me lo sfila dalla bocca e lo fa scomparire nella sua.
Non dovrei trovare il gesto sexy, ma sì, lo trovo sexy abbastanza da distogliere lo sguardo per non fissarla.
«Quindi, dato che da sobria non riesco a farti uscire dalla mia testa, voglio vedere se ci riesco almeno da sbronza».
«Sei incredibile», rido. «Riesci a flirtare con me e a insultarmi contemporaneamente».
«Io non sto flirtando con te, Romeo».

«Difficile da credere dopo che mi hai detto che non riesci a smettere di pensarmi». E dopo che si è infilata il mio lecca-lecca in bocca. «Ora non posso che domandarmi come mi pensi, o quando. Quando sei da sola? Quando sei nuda?»

«Non sono ancora abbastanza ubriaca per darti questo tipo di particolari». Nel dirlo, però, incespica nei suoi stessi tacchi e, per non finire a terra, si aggrappa alla ringhiera.

«Non sei molto convincente».

«Ma non devo convincere proprio nessuno, men che meno te. E dato che sei qui, il mio piano non può funzionare, dunque non mi resta che andare altrove, magari con qualcun altro».

«Qualcun altro?»

«Prima che ci vedessimo, c'era un ragazzo con cui era scattata un'intesa di sguardi, solo che poi ci siamo fermate da te e dai tuoi amici e l'ho perso».

«Lo conosci?», indago.

«No, ma se lo ritrovo sono ancora in tempo per conoscerlo. Uh, guarda! Mi sa che è proprio laggiù». Mi saluta con la mano a ventaglio e fa per allontanarsi.

«Julia», la chiamo.

«Che vuoi?»

«Il mio lecca-lecca. Lo hai ancora tu».

Lei fa dietrofront, sempre con il suo passo ondeggiante, si ferma a venti centimetri da me e sporge il viso in avanti, le labbra schiuse come a invitarmi a toglierglielo.

«Me lo prendo io o me lo dai tu?», le sussurro all'orecchio. «Perché se lasci fare a me, non userò le mani».

Lei si porta due dita alla bocca, afferra il bastoncino bianco tra il pollice e l'indice e, con un lento e inesorabile movimento che mi provoca una scossa all'inguine, si sfila dalle labbra il lecca-lecca, molto più piccolo di quando lo ha preso da me.

Me lo porge, picchiettando la pallina di caramella sul mio labbro inferiore. «Apri», mi ordina, proprio come io ho fatto con lei con il cubetto di ghiaccio la prima sera che siamo usciti con la brigata.

E io eseguo, lasciando che lei me lo infili tra le labbra.

Sa di panna e fragola, ma anche di vodka e liquore alla pesca. Il sapore della sua bocca in questo momento.

Me lo rigiro sulla lingua mentre la fisso recarsi dal tizio in questione.

Nella testa mi vorticano due pensieri.

Il primo: fortunato bastardo.

Il secondo: che la tratti come meriti perché, se io non fossi Dwight Faraday e lei il mio target, stanotte ci sarebbe la seria possibilità di passare da quel sei a un sette.

55
Julia

Louis è oggettivamente un ragazzo piacente, ma, seduta al bancone con lui, penso che forse mi piacesse più l'idea di sbattere in faccia a Romeo che sarei andata a casa con qualcuno che non farlo davvero.

E che Romeo stesse a guardare mentre flirto con un altro, proprio come oggi l'ho visto baciarsi con Kyla.

Rieccoci al punto di partenza: pensare a Romeo.

Nella mia testa ormai tutto ruota intorno a lui. Volevo tanto approfittare di stasera per scacciare il chiodo con un altro chiodo, ma poi me lo sono ritrovata davanti e non sono più così convinta della mia decisione.

Louis è molto fisico: cinque minuti dopo che ci siamo presentati, mi tiene già il braccio destro intorno alle spalle e la mano sinistra poggiata sul ginocchio.

Mi parla, ma non riesco a seguire quello che dice. Wall Street, *stock option*, *panic selling*, *margin call*…

La musica è alta e non voglio chiedergli continuamente: «Cos'hai detto? Che intendi? Che significa?». Annuisco tra un sorso e l'altro del Moscow Mule che mi ha offerto.

Forse sto esagerando davvero, ma non sto male. Non mi sembra.

Oscillo un po' a destra e sinistra, per seguire i movimenti della stanza che ondeggia come se fossimo a bordo di una barca.

Lo siamo? Non lo so, ma è come se la mia testa galleggiasse.

Dov'è Romeo?

Mi allungo per individuarlo nella zona del tavolo di Liza,

ma non lo vedo. E se fosse andato via? Magari da Kyla Cole? Probabile che passerà la notte con lei.

Ma chissenefrega se Romeo se n'è andato, o da chi, o con chi farà sesso… Nemmeno lo volevo qui, giusto?

«Te ne ordino un altro», dice Louis accennando al mio bicchiere vuoto.

«Meglio di no», rispondo appoggiandolo al bancone.

«La vita è breve, goditela», insiste. «A meno che non ti vada di cambiare locale. Oppure potremmo bere qualcosa da soli, da me».

«Non… non so», mugugno. Era l'obiettivo della serata, ma ora la prospettiva non mi entusiasma.

«Un cliente mi ha portato un rum pregiatissimo da L'Havana, aspettavo un'occasione per aprirlo e magari stasera è quella giusta», prova a convincermi, ammiccando.

Basta alcol. La testa ha cominciato a girarmi in maniera fastidiosa, adesso.

«Guarda che ti faccio divertire, sai?».

Al momento l'unica cosa che voglio è interromperci qui. «Credo che andrò in bagno», dico facendomi forza con le braccia per scendere dallo sgabello senza cadere.

«Ti accompagno?».

Faccio no con la testa, barcollando in direzione delle toilette.

Per mia fortuna non c'è fila ed entro subito in uno dei cubicoli, abbandonandomi di peso sul water.

Bere così tanto non è stata affatto una buona idea.

Mi tiro su a fatica, tento di rialzare gli slip con una mano mentre con l'altra mi tengo contro la parete perché il mio senso dell'equilibrio non mi sta aiutando.

In quel momento, la porta del cubicolo si apre. Non l'avevo bloccata.

«Ehi». È Louis. Cosa ci fa qui?

Si richiude la porta alle spalle, stringendosi con me nello spazio angusto. «Lasciale abbassate, quelle», dice con un ghigno, accennando alle mie mutandine.

«Perché mi hai seguita?», gli domando.

«Sei stata tu a farmi cenno con la testa», risponde. Mi preme contro la parete chiudendomi le fughe con le mani piantate ai lati della mia testa. «Era un invito», dice abbassando la testa sul mio collo.

«Non era un invito. Dovevo davvero venire in bagno», ribatto provando a scansare il suo viso.

«E non hai chiuso la porta», aggiunge.

«La serratura è rotta».

«Dai, non metterti a fare la santarellina». Mi pianta un ginocchio nello spazio tra le gambe, obbligandomi ad allargarle.

«Louis, non mi va», dichiaro.

«Poco fa non mi sembrava proprio, ma se la voglia ti è passata posso fartela tornare». Si schianta sulla mia bocca, picchiando denti contro denti, e subito dopo con la lingua forza l'accesso; le sue mani invece si spostano sul mio corpo, a frugarmi su e giù.

Mi divincolo a fatica. «Mi gira la testa, per favore, smettila».

«Che scuse ti inventi adesso? Prima ci provi, poi ti tiri indietro».

Non so dove raccolgo la forza ma ne trovo abbastanza per spintonarlo e allontanarlo da me. «Ho detto che non mi va!».

«Ah, credi di farle tu le regole?». Lui mi rende lo spintone, ripiantandomi contro la parete di compensato che vibra, tanto che la borsa che ho appeso al gancio cade a terra, dove mi troverei anche io se non fosse per il porta carta igienica a cui mi reggo. «Non penso proprio».

E ce l'ho di nuovo addosso: m'inchioda con il suo peso, le mani aggrappate alle mie spalle, a forzare di nuovo un bacio sulle mie labbra.

Al che faccio la prima cosa che mi viene in mente: gli addento il labbro inferiore. «Ho detto che non mi va», ripeto strillando.

«Che troia». Lui si tiene il labbro sanguinante. Fa per prendermi alla gola e non so quale parte del mio cervello si attiva, ma mi torna in mente la combinazione che mi aveva suggerito Romeo: gomito-mano-ginocchio.

Con la mano destra piego il braccio che usa per tenermi ferma, poi col gomito sinistro lo colpisco al naso. Quando mi molla gli picchio ancora la destra di taglio sull'orecchio e lo finisco con la ginocchiata nelle palle.

Lui si accascia sul pavimento lurido che macchierà il suo bel completo da agente di borsa, mentre borbotta un: «Maledetta puttana».

«Potevi fermarti al primo no, idiota», ed esco svelta dal cubicolo per poi rintanarmi nel bagno per persone disabili. Ho un aspetto orrendo: la mia borsa è lercia, il vestito ha una bretellina strappata e il corpetto rosa è macchiato del sangue del tizio.

Dovrei darmi una sistemata ma l'adrenalina è scesa e mi restano solo un gran giramento di testa, poca coordinazione e una gran voglia di dormire.

56

~~Dwight~~
Romeo

Sono seduto su uno dei divanetti, tra le ragazze che ballano tra loro, in un angolo da cui io posso vedere Julia, ma lei non può vedere me.

Il tizio ha le mani lunghe e sempre appoggiate su una qualche parte del suo corpo. Lei non fa nulla per spostargliele, quindi devo prendere atto del fatto che lui le piaccia.

Cosa ci trovi non so, sembra il solito damerino della finanza, un po' spocchioso e con l'aria del "sono un Dio sceso in terra", troppo patinato per una come Julia.

Non che io abbia capito quale sia il suo tipo, ma sono certo che non sia quello.

Comincio a chiedermi se non dovrei lasciarla ai fatti suoi, ne ha diritto, operazione *Mamma Mia* o no.

«Ehi, Romeo», mi saluta Pete, appena arrivato e con un mazzo di rose rosse più grande di lui.

«Ciao, Pete», ci battiamo il pugno in segno di saluto.

«Cugino dello sposo?», domanda indicando la mia maglietta.

«Ero qui con degli amici per l'addio al celibato di mio cugino e, quando ho visto Liza, sono passato a farle gli auguri».

«Anche io», dice sedendosi accanto a me, in attesa che lei lo consideri. «Sapendo che Liza festeggiava qui, ho fatto un salto per augurarle buon compleanno e lasciarle queste».

Non so come Pete sia coinvolto negli affari di famiglia, ma per come dedica anima e cuore a Liza mi fa una tenerezza indicibile. Il romanticismo su di me fa sempre presa e guardarlo venerare Liza, mentre lei lo ignora, è struggente.

«Dalle a un'altra», dico.

«Sei impazzito?». Pete sembra sconvolto dalla mia frase.

«Finché starai a fissarla con quello sguardo adorante, pronto a saltare quando schiocca le dita e coprirla di omaggi, lei non ti considererà».

«E cosa dovrei fare? Trattarla male?»

«Assolutamente no, ma non permetterle di darti per scontato». Sciolgo il fiocco che tiene legato il bouquet tirandolo per un lembo, sotto lo sguardo costernato di Pete.

«Così lo hai rovinato!».

«Dona una rosa a ogni ragazza del tavolo, fai gli auguri a Liza e poi chiacchiera con una delle altre. Forse, per una volta, se ti vede dare attenzioni a qualcuna che non è lei, potrebbe anche pensare di considerarti un po' di più».

«Dici?»

«Peggio di così non può andare, no?», ribatto.

«Provo».

«Rischiatela». Mi alzo dal divanetto e lo risaluto. «Io vado».

«Già?»

«Recupero i miei amici, magari sono ancora nei paraggi».

Julia e il suo principino sono scomparsi dall'orizzonte e m'impongo di zittire quel cicalino interno che continua a punzecchiami l'orecchio con un: «Passerà la notte con lui».

Sono quasi all'uscita quando un gruppo di ventenni mi travolge, versandomi addosso un cocktail bluastro e dall'odore stucchevole di energy drink.

«Grazie tante, eh», gli urlo di rimando, senza che mi degnino di un'occhiata.

Prima di andarmene, faccio tappa ai bagni per ripulirmi e in quello degli uomini trovo un tizio intento a tamponarsi la faccia grondante sangue davanti ai lavandini.

«Rissa?», gli chiedo, giusto per non passare da menefreghista. «L'altro è messo peggio?»

«L'altra», dice quello tenendosi il naso, testa all'indietro. «Quella puttanella me la pagherà. Sono tutte così, prima ti fanno tirare il cazzo, poi giocano alle suore. "No, ti prego, io non volevo"», piagnucola in falsetto.

«L'altra? Una ragazza?»

«Seh, una bambolina col vestito rosa tutta moine e sorrisini. Mi ha invitato in bagno e poi non voleva più fare niente».

Ora che ha il viso pulito e lo vedo da vicino, riconosco il tizio che era con Julia, e raggelo. Lo prendo e lo pianto al muro, tenendolo per la gola. «Dov'è lei, adesso?!».

«Ugh», rantola. «Cazzo ne so? Mi rifila una gomitata in faccia, una manata sull'orecchio e un calcio nelle palle e dovrei preoccuparmi di dov'è?».

Gomitata-manata-ginocchio? È la combinazione che le ho insegnato io.

«Dimmelo o finisco quello che hai iniziato lei, solo che io sarò meno buono».

«Boh, era in bagno».

Lo mollo e mi precipito nella toilette delle donne: è vuota, fatta eccezione per un cubicolo chiuso. «Julia», chiamo. «Julia!», stavolta urlo ancora più forte. «Julia, sono Romeo».

Comincio a bussare sull'uscio a pugno chiuso, senza soluzione di continuità, finché non si apre.

Solo che dentro ci sono due ragazze.

«Scusate», dico. «Cercavo un'altra».

«Romeo», mi chiama una voce sottile, alle mie spalle. Mi volto e il viso di Julia sbuca dallo spiraglio del bagno disabili.

La raggiungo, spalanco la porta e noto il suo aspetto stravolto e il vestito macchiato.

«Non sei andato da Kyla», dice con aria trasognata, appoggiata di peso al muro del bagno.

«Questo sangue», indico la sua scollatura, «è tuo?».

Lei scuote la testa. «Di un tizio che non sa cosa vuol dire la parola "No"».

«Ti ha fatto del male?»

«Si è fatto più male lui... ohhhh». L'afferro prima che cada all'indietro. «Questo bagno gira tutto».

«Dimmi esattamente cosa ti ha fatto».

«Lui... voleva scoparmi. Mi ha baciata e spintonata quando ho provato a respingerlo e... poi gli ho morso il labbro perché si staccasse da me, lui ha reagito... Voglio andare a casa, sono stanca».

«Adesso ti ci porto, Julia». Chiudo il coperchio del WC e la metto seduta, al sicuro. «Aspettami un secondo, qui».

«Dove vai?»

«Torno subito».

Piombo di nuovo nella toilette degli uomini dove il tipo sta asciugandosi la camicia davanti al soffione dell'aria e lo prendo per la cravatta. «Vieni qui, Wall Street».

So bene che non dovrei farlo, che sarò passibile di denuncia, ma non me ne frega niente. Stasera non sono l'agente Faraday.

«Ehi, ma che vuoi ancora?»

«Metterti nel posto dove gli stronzi come te devono stare». Con un calcio apro la porta di un cubicolo, ce lo trascino dentro e lo sbatto giù in ginocchio davanti alla tazza.

«Sei impazzito? Che vuoi fare ora?»

«Prendi. Un. Bel. Respiro». Dopodiché gli piego la testa dentro il water e tiro lo sciacquone, con lui che si divincola per liberarsi.

Finito il lavaggio lo ritiro su per il colletto della camicia. «Ora che ti sei ripulito la bocca, seguimi», e me lo tiro dietro fino al bagno in cui c'è Julia.

Lo sbatto sul pavimento, davanti a lei che guarda la scena sbigottita.

Il tipo prova a rialzarsi, ma io lo tengo giù, con la mano sul collo. «Chiedi scusa alla signora».

«Vaffanculo», bofonchia tossicchiando acqua di water.

Lo afferro per i capelli e gli sollevo la faccia. «La mia non era una domanda. Chiedi scusa alla signora, cazzetto moscio».

«Scusa», sussurra.

«Più forte».

«Scusa, scusa, ora lasciami, per favore. Cristo, non lo sapevo che stava con te».

«Non importa con chi stava». Lo sollevo di peso e lo schianto fuori dal bagno. «Sparisci. E ringrazia Dio che puoi ancora camminare sulle tue gambe».

Poi tendo una mano a Julia. «Andiamo a casa».

Lei la afferra e si tira su, ma ricade seduta all'indietro. «Ho le gambe liquefatte. E questi tacchi mi stanno uccidendo».

«Adesso risolviamo». M'inginocchio davanti a lei e slaccio il cinturino della décolleté che stringe la sua caviglia sinistra.

«Che fai?»

«Ti tolgo le scarpe», rispondo.

«Quanto vorrei non essere ubriaca».

«Perché?»

«Perché ho paura che non mi ricorderò di te inginocchiato ai miei piedi».
«Magari sarai fortunata». Mi sfugge un sorriso. «Ma, intanto, goditi la vista». Continuo l'operazione con l'altro piede.
«Però non posso camminare scalza».
«Infatti non devi». Le passo un braccio intorno alla vita, uno sotto le ginocchia e me la sollevo contro il petto. «Ti prendo io».
Lei non protesta, cosa che mi lascia sorpreso. Lascio i bagni, con lei tra le braccia, e le sue scarpe che mi ciondolano dalle dita.
«Grazie», mormora.
«E di cosa? Hai steso quel coglione tutto da sola: gomitata-manata-ginocchiata, eh? Brava la mia ragazza».
«Non sono la tua ragazza, Romeo», biascica.
«Vero, non lo sei ed è stata la sua fortuna. Se lo fossi, ora il tizio potrebbe parlare solo sbattendo le palpebre».
«Se fossi la tua ragazza, non gli sarei neanche andata a parlare».
«Non sei la ragazza di qualcuno da un po', a quanto mi hai detto».
«E mi sta bene così». Poi, notando la direzione che ho preso, si allarma. «Dove stiamo andando?»
«Ad avvisare Liza che ti riaccompagno a casa».
«No, ti prego. Poi farebbe troppe domande. Le scrivo io, dopo».
Ci infiliamo nell'ascensore che ci riporta giù, dove mi siedo sul sedile, con lei sulle ginocchia.
«Sei comodo, lo sai?», dice ondeggiandomi in grembo in una maniera che, in un altro tipo di situazione, mi piacerebbe molto.
«Sei ubriaca», le dico.
Si tira il colletto della mia camicia sotto il naso, e inspira forte. «Mi piace il tuo profumo».
«Sei davvero ubriaca».
«Sei in moto?»
«Stasera no».
«Peccato».
Fermo un taxi e salgo con lei sul sedile posteriore; Julia

mi si accoccola al petto, il viso appoggiato nell'incavo tra la spalla e il collo, e ora sono io che devo trattenermi perché non ho la scusa della sbronza per rilasciare i miei freni inibitori.

«Andiamo a Williamsburg. Metropolitan Avenue, per favore», dico al tassista, «all'incrocio con...».

«Non posso andare a casa», mormora Julia solleticando la base della mia gola col suo respiro. «Papà mi ucciderebbe se sapesse che ho bevuto».

«E dove ti porto, scusa?»

«Ovunque tu voglia».

~

«È casa tua?», mi domanda Julia appena apro la porta con lei in braccio e accendo la luce.

«Sì», rispondo appoggiandola sul divano. «E non è lontana dalla tua».

«Wow».

«È solo un appartamento. Piccolo per giunta», ribatto. Prendo un bicchiere dalla credenza, lo riempio d'acqua e glielo porgo. «Tieni».

«Non ho sete».

«Bevi», insisto.

Julia prende il bicchiere, portandoselo alle labbra. «Hai una casa», ripete guardandosi intorno.

«Straordinario, vero?», ribatto sedendomi sul bracciolo.

«Non ho mai pensato a come potesse essere casa tua. Sei reale, adesso».

«Prima non lo ero?»

«Ora posso immaginare anche cosa fai e dove vai, dopo il lavoro. Dove dormi...».

«Vuoi immaginarmi mentre dormo? Interessante». Non dovrei dare peso alle sue parole, ma si dice che ubriachi e bambini dicano sempre la verità.

«Dove porti le ragazze», continua lei seguendo la sua linea di pensiero. «Magari le hai fatte sdraiare proprio su questo divano dove sono io. Quante ce ne sono state?»

«Vai a ruota libera, eh?»

«Avanti». Lei mi allunga un calcetto con il piede nudo. «È per chiacchierare».

«Dei fatti miei», ribatto.

Julia inspira e corruga la fronte. «Ma questo odore rivoltante...», si annusa le braccia, le ascelle, i capelli, «è il mio odore, che schifo».

«Se può consolarti, il tuo odore non era in cima alla mia lista di priorità, mentre ti portavo via dall'*Exagon*».

Il suo viso è contratto in un'espressione nauseata. «Puzzo di gabinetto. Puzzo di lui. Mi viene da vomitare».

«Forse anche per tutti i drink che hai bevuto». Prendo una maglietta pulita ma non stirata dalla pila barcollante del mio bucato, sullo sgabello del bancone. «Vai a farti una bella doccia, sentiti libera di vomitare; sul ripiano del lavandino c'è uno spazzolino da denti nuovo, e mettiti questa T-shirt. Io, intanto, ti preparo il divano con cuscino e lenzuola».

«Fai dormire me sul divano? Che razza di cavaliere sei?»

«Il letto è incastrato in uno sgabuzzino, al mattino ci batte il sole e diventa un forno. Starai meglio qui».

«Se è così, allora apprezzo il gesto», ringrazia barcollando verso il bagno.

Mentre lei si ristora, io scaldo dell'acqua per una camomilla. Se per lei o per me, devo ancora capirlo. M'impongo di fare appello alla mia famosa professionalità, perché Julia a casa mia è un problema. Sarebbe meglio non avere mai un target nel proprio spazio personale.

In questo caso, poi, il target è anche sbronzo.

E il target a me piace pure.

M'infilo i pantaloni della tuta e una canottiera nera giusto un attimo prima che Julia torni in sala e stavolta sono io che devo appoggiarmi per non barcollare. Con l'abito rosa era stupenda ma così, con la mia maglietta del concerto degli AC/DC che le arriva a metà coscia e che porta chiaramente senza reggiseno, struccata e con i capelli bagnati, mi lascia senza parole.

«Stavo cercando dell'Advil nell'armadietto dello specchio, ma ho trovato queste», risponde rivelando da dietro la schiena un paio di manette che le pendono tra le dita. «Yuhuuu».

Cazzo.

Sì, ho delle manette nel bagno. A mia discolpa, in questo appartamento c'è così poco posto in cui mettere le cose che l'armadietto del bagno, fino a stasera, era una buona soluzione.

«Qualcuno, qui, ha delle perversioni», ridacchia. «Ti piace il sesso brutale, Romeo?»

«La vera domanda è a chi non piace?».

Julia s'incammina ciondolante verso di me, fermandosi a mezzo metro, sempre con le manette che oscillano tra l'indice e il pollice. «E dimmi, queste le metti o te le fai mettere?»

«Di solito le metto».

Lei si sporge verso di me, un sorriso pigro e sornione sulla bocca. Molto, molto vicino alla mia. «A chi?»

«A chi fa il cattivo».

«Chi è più cattivo tra me e te?»

«È una bella sfida».

«Secondo me tu, Romeo».

«Io?»

«Sì», afferma. «Stasera hai lasciato che andassi da quel tizio», mi rinfaccia.

«Era ciò che volevi, avrei dovuto impedirtelo?»

«Avesti potuto».

«Tu l'avresti voluto?», domando io.

Il viso di Julia è sempre più vicino al mio, è tesa in punta di piedi. «E tu?».

Non ci mette voce, il suo è un soffio, con le labbra che restano protese in quella "u" come se fossero in attesa di qualcosa.

Mezzo centimetro di Inferno ci separa.

Sarò anche un professionista, ma sono pure un essere umano e la mia umanità sta litigando con prepotenza con la professionalità. Deglutisco a vuoto, mi lecco le labbra d'istinto per mettere a tacere un fastidioso formicolio.

Ed è in quel momento che sento una morsa fredda intorno al polso destro, seguita da un click.

Lei solleva il braccio sinistro e il mio destro lo segue per inerzia: sono entrambi chiusi in un cerchio di acciaio. «Forse ce le meritiamo tutti e due», ribatte.

«Ci hai messo le manette», constato.

«Sì».

«Erano sul secondo ripiano, vero?», chiedo cercando di mantenere la calma.

«Perché?»
«Perché ho perso le chiavi, di queste».
«Significa che ne hai anche altre?», mi domanda mostrando di aver recepito la parte sbagliata dell'informazione che le ho dato.
«Non importa se ne ho altre. Siamo bloccati con queste fino a domani, quando troveremo un fabbro che ce le possa levare».
Lei sbatte le ciglia, riconsiderando ciò che le ho appena detto. «Ops».
«Già. Ops», ripeto. «Sembra che stanotte la passeremo molto vicini».

57

Julia

«Vuoi dire che non-non ce le possiamo le-levare?», balbetto. «Neanche se tirassimo forte dai capi opposti per rompere la catenella?»

«Se si rompessero con uno strattone, non funzionerebbero al loro scopo».

«Hai un fornitore di qualità».

«Il migliore».

«E come facciamo a dormire?», domando. «Se non possiamo allontanarci per più di dieci centimetri».

La soluzione più semplice e immediata sarebbe il letto, ma nessuno osa pronunciare la parola ad alta voce. Almeno, io non riesco.

Letto: perché qualcosa di così rassicurante e accogliente si trasforma in una minaccia alla salute mentale se si tratta di condividerlo con qualcuno?

«Tu sul divano e io a terra, sul tappeto», propone Romeo con uno sbuffo scocciato. «Non vedo altra soluzione».

«Proviamo».

Romeo spegne la luce, poi, in un maldestro tentativo di coordinarci, io mi sdraio sul divanetto e Romeo fa lo stesso sul pavimento, con il mio braccio sinistro che rimane sospeso in aria e il suo teso all'insù.

«Sei comodo?», gli chiedo.

«No».

«Nemmeno io».

«Forse avresti dovuto pensarci prima di ammanettarci», mi rimprovera.

«Forse non avresti dovuto tenere un paio di manette di cui non hai la chiave», ribatto.

«Forse tu non avresti dovuto aprire l'armadietto».

«Allora, forse, tu…».

«Tu, cosa?», mi chiede lui.

«Niente, non so più cosa dire», mi arrendo. Normalmente non farei mai questo genere di ammissione, ma stanotte il mio cervello è senza freni.

«Questa sì che è una bella notizia», mi prende in giro.

«Hai detto a Kyla Cole che non riuscirai a raggiungerla?», lo interrogo, maledicendomi un secondo dopo aver fiatato.

«No».

«Ti starà aspettando».

«Può darsi», taglia corto.

«Sei di poche parole».

«Credevo avessi sonno».

«Mi è passato». Vero, ho gli occhi spalancati e fisso la luna gialla e piena che buca l'oscurità dalle finestre.

«Mi dispiace».

«Tornerà».

«Mi dispiace non essere arrivato prima che quel tizio ti mettesse le mani addosso. Stavo lasciando l'*Exagon* e sono andato a sciacquarmi solo perché qualcuno mi ha urtato con un drink».

«Non è la prima volta che mi capita».

«Ti è già successo che qualcuno ti aggredisse?»

«Sono davvero poche le donne così fortunate da poter dire di non aver mai subito attenzioni sgradite. Ci succede in continuazione, fin da ragazzine». Mi tornano in mente i primi anni dell'adolescenza quando il seno mi è esploso in maniera così prorompente che sembrava mi avessero appiccicato la testa sul corpo di un'altra. «Palpate "involontarie", avance non richieste e, chissà perché, se abbiamo un bicchiere in mano, qualcuno lo interpreta sempre come una dichiarazione di disponibilità. O se abbiamo un vestito appena un po' rivelatore, vuol dire che siamo in cerca di avventura. Perciò, per rispondere alla tua domanda: sì, mi è già successo di respingere un uomo che voleva forzare le sue voglie su di me. Qualcuno ha desistito subito, qualcun altro è stato più insistente. Il tipo di stasera è stato forse il più prepotente tra tutti. Forse non lo hai notato ma quando ha pensato che fossi il mio ragazzo ha detto che con me non ci avrebbe provato, perché gli uomini rispettano più gli altri uomini che il "No" di una donna».

«Hai mai subìto violenza?», mi domanda Romeo, con un tono di voce che oserei definire preoccupato.

«Dipende che definizione vuoi dare a violenza: per me lo è ogni volta che qualcuno esibisce il proprio potere e cerca di prevaricare la volontà altrui. Il possesso è violenza, il controllo è violenza, la manipolazione è violenza. Si possono sperimentare molte forme di violenza senza arrivare a uno stupro. Ma se è quello ciò di cui parli, no, mai». Sono un fiume in piena, le parole mi escono senza controllo. «Ho comunque conosciuto abbastanza violenza da sentirmi più sicura con un corso di autodifesa, benché non dovrei essere io a sapermi difendere, quanto un uomo a non comportarsi come un animale. Non devi dispiacerti, la combinazione gomito-mano-ginocchio me l'hai insegnata tu».

«Posso insegnartene altre, se vuoi».

«Quando ti ho visto nei bagni sono stata felice». *Oddio... L'ho detto ad alta voce?*

L'ho detto. L'alcol su di me ha questo effetto rivelatore e, se non sto attenta, finirò davvero per dire una parola di troppo.

Eppure, quando l'ho sentito chiamarmi, mentre ero nascosta in quel gabinetto, è stata la cosa più bella che potessi udire. Era ciò che volevo udire.

Ho aperto la porta e Romeo era lì. Non solo non era andato da Kyla, ma era lì e stava cercando me.

Me.

In quell'istante ho dimenticato del lurido porco e della sua aggressione.

Volevo abbracciare Romeo, avevo un bisogno viscerale di contatto fisico, di sentirmi sì desiderata, ma protetta, al sicuro.

«Felice? Ma se non hai fatto altro che dirmi che mi detesti».

«Detestarti è il mio hobby preferito. Mi piace scorrere l'elenco mentale delle cose che odio di te».

«Hai addirittura un elenco?»

«Non sopporto la tua camminata».

«Perché? Come cammino?»

«Come se fossi sempre la persona giusta nel posto giusto al momento giusto».
«Grazie».
«E non reggo quel tuo mezzo sorrisino, da quello che la sa lunga».
«Io non ho un mezzo sorriso».
«Sì, invece», ribatto, «ti si scava un'odiosa fossetta nella guancia destra».
«Odiosa?»
«E le tue mani».
«Cos'hanno che non va le mie mani?»
«Tutto: le dita, il dorso, come le muovi, come il cibo sembra godere quando viene cucinato da te. Sono più che sicura che, quando li farcisci, i calamari hanno un orgasmo».
Lui scoppia a ridere. «I calamari non sono il mio tipo».
«La tua risata», aggiungo. «Ha una fastidiosa nota bassa che fa vibrare l'aria».
«L'elenco è ancora lungo?»
«La tua abitudine di succhiare quei maledetti lecca-lecca, che rigiri con la lingua senza tregua».
«Riguardo al rigirare la lingua senza tregua, solitamente le donne lo considerano un mio pregio», obietta.
Una fitta tremenda al basso ventre mi paralizza. Ho immaginato. Più del dovuto e più del voluto.
«La tua voce».
«Neanche quella va bene?»
«Vorrei poter smettere di ascoltarti quando parli, ma hai un timbro che si pianta in testa e mi rende impossibile ignorarti».
«Se vuoi ignorarmi, allora, fallo davvero e mettiti a dormire».
«Non posso».
«Perché?»
«Mi addormento sul fianco destro ma, legati così, con te laggiù, non posso».
«A me si è atrofizzato il braccio, a tenerlo appeso».
«Che ore sono?», borbotto spazientita.
«Le due».
«E se...?», la domanda mi si ferma in gola, come se le mie corde vocali, consapevoli del pericolo, avessero volontariamente disinnescato la verbalizzazione della proposta.

«Andassimo sul letto?», conclude lui.

È la soluzione più ovvia. Solo due cretini potrebbero pretendere di passare la notte così, eppure l'abbiamo evitata come peste.

«Tenendo tutta la debita distanza che le manette ci concedono», aggiunge.

«Sì», rispondo con una decisione e un'immediatezza che farebbero pensare che non stessi aspettando altro. «Voglio dire, sarebbe molto più pratico», mi affretto ad aggiungere. «Se a te non dà fastidio, s'intende».

«No. A te, Julia?»

«Posso sopportarlo».

Non lo so. Posso?

58

~~Dwight~~

Romeo

Sono steso sul mio letto da una piazza e mezzo accanto a Julia, sdraiata alla mia destra.

«Meglio?», le domando.

«Meglio. Per te?»

«Rispetto al pavimento, che dici?».

Io sto facendo finta che non sia il suo calore a propagarsi tra le lenzuola fino a me. Calore che il mio corpo è curioso di sentire di nuovo, come quella sera ad autodifesa.

«È strano», dico senza ben sapere perché.

«Cosa? Avere una donna nel tuo letto, tutta vestita?»

«Non sei tutta vestita, sei a malapena coperta».

«Ma non mi sono spogliata per te».

«E ti piacerebbe farlo?»

«Io non mi spoglio per nessuno».

«Neanche per i tuoi incontri di "sesso senza impegno"?», domando.

«Mai», risponde. «Sono quattro anni che nessun uomo mi vede completamente nuda. Sono quattro anni che non passo la notte con nessuno».

«E come funziona quando incontri qualcuno che ti piace?», chiedo, consapevole che non siano affari miei.

«È tutto molto veloce e nessuno dei due si spoglia del tutto. E mai, dopo, ci troviamo nella situazione per cui io trascorra la notte con quel qualcuno».

«Sveltine», concludo.

«Rapporti in cui per me non è necessario illustrare la mia cartella clinica. Capiscimi, voglio poter uscire con un uomo e godermi un po' di sano sesso senza dover ogni volta raccontare che malattia ho, che interventi ho subito, della mia sacca, e che il mio sedere oggi ha un puro scopo decorativo».

«Concedimi di dire che a livello decorativo il tuo sedere fa un figurone».

«Romeo!». Julia mi dà una gomitata.

«Che c'è? Vuoi che dica che è brutto?»

«Mi hai guardato il sedere? Cosa ti ho detto, prima, delle violenze?»

«È capitato che il tuo posteriore entrasse nel mio campo visivo, che ti devo dire?!», mi giustifico.

«Anche il tuo non è male».

«Per caso rientra nella lista delle cose che odi di me anche quello?»

«Non lo odio. Non più del resto, almeno».

«Io, di te, non odio proprio niente. Anzi, penso che tu abbia il sorriso più bello che abbia mai visto, peccato che tu sorrida così poco».

«Vuoi che sorrida per te, Romeo?»

«Essere la ragione per cui sorridi è qualcosa a cui posso aspirare?»

«Al momento sei la ragione di tutti i miei esaurimenti nervosi».

Mi giro sul fianco, verso di lei, illuminata dalla luce che penetra dalla finestra alle nostre spalle. «Anche darti sui nervi è un privilegio. Spero che nessuno ci riesca bene quanto me perché, almeno in quello, vorrei essere l'unico».

Anche lei si rotola verso di me. «Tranquillo, il tuo record è al sicuro».

«Ci tengo».

«Come mai hai usato quel tono?», mi domanda.

«Riguardo a cosa?»

«Le mie avventure di una notte. Le hai derubricate a sveltine, con un tono squalificante».

«Anche se ti senti un calzino spaiato non per questo devi buttarti via. Non pensi di valere un po' più di una botta e via?»

«Perché con una botta e via sono io a svalutarmi e non l'uomo?». Il tono è più affermativo che interrogativo. «Quante volte hai fatto sesso con donne che conoscevi appena e che non hai più richiamato? Quante volte ti sei levato lo sfizio solo perché ti andava, quando ne avevi l'occasione?».

Le sue domande mirano dritte al centro del bersaglio. «Vuoi una risposta numerica precisa?»

«No, è già sufficiente così. E quante di queste volte ti sei sentito svalutato, sapendo che non eri coinvolto in una relazione sentimentale con quella persona, che a parte una volatile attrazione fisica non c'era altro?»

«Mai», rispondo con sincerità.

«Allora perché, per me, la sveltina dev'essere qualcosa di degradante, mentre, per voi uomini, scoparvi una donna nel bagno di un locale è un trofeo di cui vantarvi?»

«Parli in maniera estremamente lucida per aver appena preso una sbronza colossale».

«Rispondi, Romeo», mi mette con le spalle al muro.

«Non so che dirti, a parte che probabilmente hai ragione. Se a entrambi sta bene che sia solo il divertimento di una notte o anche solo di mezz'ora, il sesso occasionale non dovrebbe svalutare nessuno dei due. Ma se entrambi provano qualcosa e fingono che non ci sia nulla, allora perdono tutti e due».

«Kyla Cole ti piace?», mi domanda Julia a bruciapelo. M'inchioda con i suoi occhi, che nella stanza illuminata dalla luce della luna scintillano liquidi come due pozze nere.

«No».

«E allora come hai fatto a baciarla così?»

«Così, come? In che modo l'ho baciata?»

«Come se volessi davvero farlo».

«È stato facile», rispondo in un moto di sincerità incontenibile. «Mi è bastato pensare a te».

«Tu però non vuoi baciarmi», sussurra, come se le fosse sparita la voce.

Tendo la mano ammanettata verso la sua e intreccio le nostre dita. «Cazzo, Julia, se voglio baciarti».

«Perché non lo fai?».

Mi odio. In questo momento Romeo prenderebbe a cazzotti l'agente Faraday, soprattutto perché non so più chi sono dei due. «Perché non posso».

«Ma io voglio».

«Non ti bacerò, non stanotte. Domattina potresti avere dei ripensamenti o ricordi annebbiati», mi appello a quest'ultima via di fuga.

«Non sono annebbiata, non più. Non sono mai stata così lucida come ora».

«Comunque, non posso», provo a dissuaderla in un ultimo, disperato tentativo, perché neanche io trovo più motivi per non baciarla.

Julia scivola verso di me, con le nostre gambe che si sfiorano. Il suo respiro mi solletica il viso. «Perché no?», mormora.

«Io non posso baciare te». Il regolamento dice che io non posso baciare il target, ma se è il target che bacia me, io non posso farci nulla, giusto? Fatta la legge, fatto l'inganno. «Ma tu puoi baciare me».

«Lasceresti che ti baciassi?»

«Se vuoi saperlo, devi provare».

59

Julia

Lo faccio, raccolgo il coraggio e bacio Romeo. Quando finalmente le mie labbra trovano le sue, mi sento sciogliere.

Lui mi accoglie sulla sua bocca e lascia che lo esplori, lo assaggi, mi prenda il mio tempo per conoscere questo nuovo modo di relazionarci che arriva dopo giorni di scontri e provocazioni.

È un bacio sorprendente e liberatorio, che mi fa sentire leggera, senza più quella corda che mi tirava indietro ogni volta che mi avvicinavo. Senza il bisogno di scappare.

Sono scappata quando mi sentivo minacciata dalla sua presenza al *Villa's*.

Sono scappata quando ha scoperto la mia malattia.

Sono scappata quando ho cominciato a desiderarlo.

Ho fatto dell'odio il mio scudo, che però è diventato troppo pesante, e ora ho deciso di abbandonarlo e, Dio, quanto ci si sente bene!

Sento questo bacio con una vividezza tale che sono certa lo ricorderò finché avrò un briciolo di memoria.

Romeo mi cattura il labbro inferiore tra i denti e lo succhia come se mi volesse mangiare. «Potrei diventare dipendente dal tuo sapore, Julia».

La carezza della sua lingua sulla mia, da sola, mi spinge sull'orlo delle lacrime.

Il suo piercing, quel dannato piercing che si è insinuato nelle mie fantasie senza chiedere permesso, mi solletica diabolico, come l'ho immaginato.

Anzi, meglio.

Le nostre gambe s'intrecciano, gli scivolo addosso, gli affondo la mano libera tra i capelli, mentre lui mi cinge per la vita, per impedirmi di allontanarmi.

«Ti voglio», sospiro sulla sua bocca. «Dappertutto».

«E io voglio arrivarti dappertutto».

«Devo dirti una cosa, ma prometti di non prendermi in giro».

«In questo momento è l'ultima cosa che vorrei fare».

«La prima volta che mi hai fatto guidare la tua moto, mentre tornavamo da Coney Island, mi piaceva così tanto sentire la tua mano sulla mia coscia che mi sono eccitata», confesso sfruttando il vantaggio dell'oscurità, perché non possa leggermi l'imbarazzo in faccia.

«Ora ti dico una cosa io». Romeo afferra la mia gamba e se la porta sopra al fianco, accompagnando il gesto con una lunga carezza che sale fino ai miei glutei, intorno all'orlo degli slip. «Anche io, solo che per fortuna non potevi vederlo».

«Sul serio?», chiedo tra la sorpresa e la soddisfazione. Allora, in quel momento non ero "sola".

«Mi piace vederti guidare la mia moto».

«Sono felice quando ci sei tu vicino a me, Romeo. Non mi succedeva da tanto».

«Peccato che questa felicità non la mostri mai», risponde in tono di finto rimprovero.

«Perché non volevo renderti troppo orgoglioso del potere che hai su di me».

«Davvero, ho del potere su di te?»

«Riesci a farmi sorridere». Fino a ieri avrei avuto un milione di remore a pronunciare queste parole. «Tanto che, per impedirmi di non sorridere come una scema in continuazione, mi fa perfino male la faccia».

«Adesso te lo stai impedendo?»

«Ora sto sorridendo».

Lui accosta la mano ammanettata al mio viso e scorre il profilo delle mie labbra con le dita. «I sorrisi al buio non si vedono, ma posso sentirli. Non voglio perdermene nemmeno uno».

«Prometto che non te li nasconderò più».

«Sarà meglio, altrimenti dovrò punirti».

«Come?»

«Non te lo dico».

«Così mi fai venire voglia di scoprirlo».

«Non riesci a non sfidarmi, vero? Neanche adesso».
«Sfidarti mi eccita».
«Che stronza», ridacchia piano. «Adorabile, ma stronza».
Avvolgo il suo indice tra le labbra e lo succhio piano. «Qualunque cosa di te mi eccita».
In un lampo di spregiudicatezza, guido la sua mano al mio inguine perché possa sentire attraverso la stoffa umida dei miei slip che non sto mentendo.
Lui muove appena le dita, avanti e indietro, strappandomi un gemito. «Mi piace questo mio nuovo potere», commenta soddisfatto.
«Da grandi poteri derivano grandi responsabilità. Se cominci, non devi smettere».
«Potrei farti implorare», sibila mentre giocherella sadico con l'elastico delle mutandine. Lo sposta, non lo sposta, torturandomi.
«Allora vuoi farmi diventare pazza». Quando non sento più le sue dita, annaspo in cerca d'aria. «Perché ti sei fermato?», boccheggio.
Sposta il suo peso su di me, facendomi sdraiare sulla schiena e poi scende lungo il mio corpo finché non si trova con la testa tra le mie gambe. «Non so se ti ricordi, ma una volta mi hai detto di tenere a posto le mani».
«Scherzavo», ritratto in fretta.
Afferra l'elastico dell'intimo e me lo abbassa fino alle caviglie. «Perciò, terrò le mani a posto. Ma non la lingua».

60

~~Dwight~~

Romeo

Non c'è bisogno che Bristol sappia proprio tutto.

61
Julia

Ho immaginato questa scena diverse volte e in molteplici varianti, ma nessuna mia fantasia poteva arrivare a eguagliare quello che sto provando ora.

La bocca di Romeo su di me è rovente, maleducata, non chiede permesso e si prende tutto ciò che gli offro, provocandomi brividi a ogni tocco.

La sua lingua s'insinua nella mia eccitazione, una scarica di piacere dopo l'altra, mentre io sento il bisogno fisico di aggrapparmi a qualcosa, come se stessi per cadere.

Gli affondo le dita della mano imprigionata alla sua nei capelli, mentre con l'altra accartoccio il lenzuolo nel pugno.

Sento salire l'onda calda dell'orgasmo che da tempo al mio corpo era mancata.

«Sto per venire», gli dico con il respiro mozzato. Non ci credo che sto pronunciando questa frase ad alta voce. Ci avevo rinunciato, ormai.

Lui, anziché continuare, si ferma. «No».

«Come, no?».

Romeo fa no con la testa e lo spiraglio di luna che illumina il suo viso esalta l'espressione diabolica che accende il suo sguardo. «Ti ho detto che ti avrei punita».

«Non lasciarmi così».

«Forse sì, forse no». Con la lingua mi accarezza piano fino a fermarsi a giocherellare con il piercing sul mio clitoride sfinito, provocandomi una scossa che mi percorre tutta la spina dorsale. «Hai detto che detesti i miei lecca-lecca, perciò ho trovato qualcos'altro da leccare ma non ho ancora finito».

«Ti prego», mugolo stringendomi il labbro inferiore tra i denti.

Riprende a lambirmi piano, a piccoli tocchi, mi consuma, il suo respiro che mi solletica, mentre si diverte a portarmi su e poi tirarmi di nuovo giù, prima rapido, poi lento, levandomi ogni capacità di articolare frasi di senso compiuto.

«Ti odio», piagnucolo spezzata dal piacere.

«Non mi sembra proprio». Fa scivolare due dita dentro di me con una facilità imbarazzante, togliendomi anche l'ultima stilla di autocontrollo, mentre vado incontro al ritmo con cui mi massaggia, sempre più incalzante.

Senza più interrompersi, Romeo si sposta, sale a baciarmi il collo, la gola, il mento e poi di nuovo sulla bocca, dove il mio sapore e il suo si confondono.

Mi strappa via l'anima e mi lascia nuda, concedendomi l'orgasmo che mi ha negato finora.

Il mio corpo avvolge le sue dita in una serie di dolci fitte che mi lasciano estenuata, mentre scendo dai picchi dell'estasi tra le sue braccia.

Fronte contro fronte, ci respiriamo, l'aria ancora densa di desiderio teso e bruciante.

Se è così, l'Inferno, a me sta bene andarci.

«Io non ho un orgasmo con un uomo da anni», ammetto.

«Dall'intervento di stomia?», domanda.

Annuisco. «Non mi sono mai sentita abbastanza libera da lasciarmi andare con nessuno», sussurro. «Con te, è stato diverso. Tu sei riuscito a trovarmi».

«Ne faccio un vanto».

«Il vendicatore di orgasmi», commento, ridendo.

«Non sono orgoglioso di quello, ma del fatto che con me ti sia sentita libera. E per quanto ti trovi sexy, non c'è niente di più erotico che mi potessi dire».

Attraverso il cotone della sua tuta, lo sento premere turgido contro di me, così faccio scendere la mia mano tra noi. «Posso mostrarti la mia gratitudine in un modo più concreto».

Ma Romeo non lascia nemmeno che sfiori la sua erezione, fermandomi il polso a metà strada. «No».

«Perché?»

«Stasera non voglio niente da te. Non sono il tizio del bagno, o uno che cerca una sveltina per sfogarsi».

«Ma io ne ho voglia». Forse ho sbagliato a porla nei termini di “dimostrazione di gratitudine”, pensavo di fare una battuta. «Non mi sento in debito».

«Voglio che tu, con me, ti senta a tuo agio sempre, in ogni modo possibile, prima di fare sesso. E dato che non dormi mai con nessuno, la nostra prima volta sarà dormire insieme e basta».

«Quindi non posso avere più neanche un bacio?», chiedo montando il broncio.

«Di quelli, finché ne vuoi».

62

~~Dwight~~
Romeo

Con il mio braccio destro sotto la sua testa a farle da cuscino, io e Julia abbiamo dormito a cucchiaio, girati sullo stesso fianco, fino a quando la stanza non si è riempita della luce e del caldo del mattino.

L'appartamento non ha l'aria condizionata, nonostante ciò, continuiamo a stare attaccati uno all'altra.

La sento mugolare nel sonno, mi si strofina addosso e il suo sedere contro il mio ventre mi sta risvegliando un'erezione che non si è mai davvero sopita in queste ore.

Mi sono dato una regola: se lei vuole essere baciata, la bacerò; se lei vuole godere, la farò godere, ma per quanto riguarda me, mi asterrò da qualunque piacere.

E non faremo sesso.

In questo modo mi sento al sicuro dall'infrazione del codice deontologico.

Julia rotola sull'altro fianco e ci ritroviamo faccia a faccia, il suo sguardo ancora annebbiato dal sonno.

«Per non farti scappare bastava ammanettarti. Avrei dovuto pensarci prima», commento. «Buongiorno».

«Buongiorno».

«Devo recuperare un po' di arretrati, quindi comincerò dicendoti che sei bellissima».

«Devo recuperare un po' di arretrati, perciò comincerò dicendoti che sei il cuoco migliore che abbia conosciuto».

«Oh, ma questo lo so», la prendo in giro.

«Stai già parlando troppo per essere sveglio da due minuti, credo che dovrò zittirti», ribatte lei, accostandosi a me per baciarmi.

Bacio che ci mette una manciata di secondi a prendere la pericolosa piega di un preliminare.

Solo che tra noi, c'è un ostacolo materiale.

«Accidenti», esclama lei, balzando a sedere e guardandosi l'addome, dove sotto la maglietta svetta un rigonfiamento come un palloncino. «Devo svuotare la sacca. E ieri sera mi sono scordata di cambiarla!».

«Se ti serve una mano, io ne ho una», dico sventolando la mia appesa alla manetta che ci lega.

«Scordati di venire in bagno con me. Il cambio sacca è qualcosa di troppo intimo e...».

«Per me non è un problema».

«Per me sì, invece. Non credo che mi troveresti più attraente, dopo», dichiara. «Questa è una cosa che non mi va di condividere, ho bisogno che rimanga un momento solo mio». Julia si tende in avanti la mia T-shirt, per nascondere la protuberanza.

«Non volevo risultare invadente».

«Non sei invadente ma la tua ragazza ha comunque bisogno di questo attimo personale».

«Se non ricordo male, ieri sera ci hai tenuto in maniera particolare a sottolineare che non sei la mia ragazza», dico richiamando la nostra conversazione all'*Exagon*.

«La situazione è cambiata». Julia si china su di me e mi bacia. «Io non dormo con un uomo che non è il mio ragazzo, perciò...».

«Perciò?»

«Perciò che ne pensi?».

Non so chi debba dare la risposta, se Dwight o Romeo, ma le due identità che sono entrate in conflitto per tutta la notte, ora cominciano pericolosamente a coincidere. «Penso che non dovremo dirlo a nessuno, se non vuoi che tuo padre mi faccia fare la fine di Frankie-Quattro dita».

«Sono d'accordo. Le tue dita mi servono tutte e intere».

«Andiamo a farci levare queste manette».

~

A poca distanza da casa mia c'è un meccanico che ci fa il favore di recidere le manette con un tronchese.

«Piacere, io sono Harv. Notte di fuoco, eh?», ci domanda.

«In realtà è stato più un incidente domestico», ribatto io.

«Non c'è mica da vergognarsi, non siete i primi che devo sganciare. Questa settimana mi è già capitato due volte. Per non parlare del week-end! Ormai, nella strada sono conosciuto come l'Houdini del sesso estremo. Catene, corde, cinghie, risolvo un po' di tutto. Magari vi lascio il mio numero, in caso di emergenza intervengo anche a domicilio. Alla terza chiamata vi faccio lo sconto».

Rientriamo in fretta perché Julia possa cambiarsi, e quando ha finito l'aspetto davanti alla porta del bagno. E da dietro la schiena le tendo un mazzo di rosmarino. «Per te».

Lei lo annusa, estasiata. «Potresti continuare a essere irritante, ogni tanto? Mi devo abituare con calma a questo nuovo Romeo».

«Anche io mi devo abituare a questa nuova Julia che non graffia sempre come un gatto selvatico. Vuoi fare colazione?», le domando.

«Mi piacerebbe ma devo farmi rivedere a casa prima che si scateni il panico e soprattutto devo istruire Liza sulla versione dei fatti ufficiale da raccontare a mio padre, cioè che ho passato la notte da lei perché siamo tornate tardi e non volevo svegliarlo... Cristo!», sbuffa. «Quanto devo sembrare imbecille a dire queste cose a ventotto anni».

«Conosco la tua situazione familiare, non mi sembri imbecille». Poi prendo le chiavi della moto. «Guidi tu?».

63

Julia

«Sicura che Liza sia affidabile?», mi domanda Romeo, appena arrivati dietro l'angolo di casa della diretta interessata. Il tragitto è stato breve ma l'ho fatto sempre con la sua mano sulla gamba. Ormai quello è il suo posto.

«Scherzi, Liza mi aiuterebbe a occultare un cadavere se ce ne fosse bisogno, è la depositaria di tutti i miei segreti e…».

«Mi sa che devi inventarti un'altra versione dei fatti ufficiale», mi dice.

«Perché?»

«Perché tuo fratello sta uscendo in questo momento da casa sua». Seguo il suo indice che punta verso Pete, che sguscia con fare furtivo dalla porta.

«Strano». Lo osservo sorpresa. Pete ha sempre qualche ragione per girare da queste parti ma a quest'ora dovrebbe essere in panetteria, e sul lavoro lui è sempre molto ligio e responsabile. «Magari è venuto a portarle la colazione».

«Vestito come ieri sera?»

«E tu che ne sai di com'era vestito Pete, ieri?», chiedo a Romeo.

«Perché mentre stavi con quel bastardo di Wall Street, lui è arrivato all'*Exagon* per fare gli auguri a Liza».

«Ah». In effetti, per venire dal panificio, dovrebbe essere in tenuta da lavoro. «Forse lo ha chiamato per qualche emergenza delle sue, tipo cambiarle una lampadina o…».

«Io propendo per qualunque cosa stessi per aggiungere dopo "O"».

~

Alla fine, io e Romeo decidiamo di andare diretti al ristorante, così io mi cambio subito con la divisa e lui prende le redini dell'allenamento della brigata.
Come faccia a essere così energico dopo appena poche ore di sonno, non ne ho idea.
Scatti da fermo, sollevamenti, piegamenti, passa da un esercizio all'altro senza soluzione di continuità e io lo sbircio dalla finestra ripensando a stanotte; quando Romeo incrocia il mio sguardo, mi fa l'occhiolino e io gli sorrido senza nascondermi.
«Non ti vedevo così raggiante da quando Angelo è stato bocciato all'esame della patente e l'hai presa prima tu», è il saluto di Liza.
«Così felice non so se lo sarò mai», ribatto. «Ma ho le mie buone ragioni. A proposito, se mio padre ti chiede qualcosa, stanotte ho dormito da te».
«D-da me?». Lei sbatte le palpebre con l'espressione di chi è stata presa in contropiede. «Non saprei».
«Perché, è un problema?», le chiedo, stranita. Non solo non mi chiede nulla della mia serata, ma non mi dice nulla della sua.
«No, volevo dire... Niente, lascia perdere. Hai dormito da me, come al solito».
«Che hai sul collo?», le chiedo indicando la macchia rosso scuro poco sotto l'orecchio destro.
Lei si butta in avanti i capelli, per coprirsi in fretta. «Mi sono bruciata con l'arricciacapelli, stamattina».
«I tuoi capelli sono lisci», le faccio notare.
«Infatti. Dopo essermi scottata, ho lasciato perdere e ho deciso di tenerli così», risponde, rapida.
«Hai passato la notte con qualcuno?», insisto.
«Io? Nooo! Sono crollata appena ho messo piede in casa», taglia corto. «Non hai fame? Io vorrei proprio una brioche fresca di forno. Pete non si è ancora visto?».
Sto per dirle che dovrebbe saperlo meglio di me dov'è Pete, dato che poco fa era a casa sua, ma decido di abbandonare l'interrogatorio. «Non mi chiedi dove ho passato la notte?», le domando.
«Certo! Scusa, sono ancora rintronata per il sonno. Dove hai...?»
«Da Romeo», la anticipo. «Nel suo letto, con lui, e non abbiamo dormito. Almeno, non solo».

Liza batte le mani con entusiasmo. «Quindi tu e Romeo…?»
«Io e Romeo, dopo stanotte, siamo "Io&Romeo". Questo significa che passerò più spesso la notte "a casa tua"».
«Non c'è problema, figurati».
«Pane fresco», annuncia Pete, entrando nel ristorante. «E un bombolone alla crema per Liza».
Lei si fionda a mani tese sul sacchetto macchiato di unto. «Grazie, ne avevo proprio bisogno dopo stanotte… per quanto ho ballato», si affretta ad aggiungere.
«È andata bene la festa, ti sei divertita?», le domanda mio fratello per nulla spontaneo. Pete è un pessimo bugiardo.
«Un compleanno con la "C" maiuscola», afferma lei, stentorea.
È la conversazione meno naturale del mondo. Chi vogliono prendere in giro? «Tutto bene?», chiedo loro. «Mi sembrate strani».
«Strani? Sarà una tua impressione. Ora credo che raggiungerò i ragazzi all'allenamento», taglia corto lui, diventando rosso in volto come sempre quando si sente in pericolo. «Ci vediamo dopo».
«A dopo», lo saluta Liza con troppa enfasi.
Non sono nata ieri, qualcosa tra loro è accaduto, ma non metterò Liza sulla graticola. Quando vorrà, sarà lei a dirmelo.
«Voi due», ci sorprende mio padre, arrivando al *Villa's* per il suo giro di ricognizione quotidiano. «Che avete combinato stanotte?»
«Niente», ci affrettiamo a rispondere. Anche il tono di Liza, che non avrebbe motivi per tenersi sulla difensiva, mi suona colpevole.
«Avete bevuto?»
«No», diciamo all'unisono.
«Io giusto un brindisi», aggiunge Liza.
Papà mi punta il dito contro. «Non sei tornata a casa».
«Ti ho scritto un messaggio, però», mi giustifico. «Per non svegliarvi nel cuore della notte ho preferito andare da Liza».
Il suo sguardo severo passa da me a lei. «Da te?»
«Come sempre», si affretta ad aggiungere lei.

~

A cucina chiusa, io e Romeo ci apprestiamo a lasciare il ristorante.

«Vado a prendere i caschi nello spogliatoio, poi andiamo al *Midnight Club*», mi dice Romeo, cingendomi da dietro, il suo mento appoggiato sulla mia spalla, mentre io segno alcuni appunti per rifornire la dispensa.

«Oppure potremmo saltare e andare da te», suggerisco, gettando la testa all'indietro per offrirgli il mio collo perché lo riempia di baci.

«Stasera si discute del libro che ho proposto io; vediamo se sei preparata abbastanza o ti servono delle ripetizioni».

«Mi servono un sacco di ripetizioni». Mi giro, per reclamare un bacio vero. Ora che ne posso avere finché ne voglio, non mi faccio sfuggire neanche un'occasione.

E lui non me ne rifiuta neanche uno. «Arrivo». Bacio. «Aspettami». Bacio. «Fuori».

Solo che fuori, nel vicolo sul retro del ristorante, c'è Dominic.

È appoggiato al muro che fuma tranquillo, il Rolex che gli scintilla al polso.

Quanto mi piaceva il movimento delle sue dita che accompagnavano la sigaretta alle labbra.

Il nostro primo bacio – il mio vero primo bacio – sapeva della Pepsi che stavo bevendo io, e di nicotina ed è il gusto che ho sempre associato a lui.

L'idea di risentire quel sapore mi rivolta lo stomaco.

Se oggi avessi la possibilità di incontrare la giovane me che era pazza di lui, le direi: "Lascialo perdere", e probabilmente la giovane me, dopo un consiglio del genere, gli sarebbe andata ancora più dietro.

«Sei stanca?», mi domanda appena mi vede, sbuffando una nuvola di fumo in aria.

«No».

«Non c'è bisogno che ti atteggi con me», ribatte. «Puoi farlo con tuo padre, per dimostrargli di che stoffa sei fatta; puoi fare la tosta con i tuoi fratelli, che messi insieme non valgono un tuo mignolo, ma con me non serve che reciti. Lo so che autonomia hai…».

«Sei qui per un motivo preciso o vuoi solo farmi la paternale?»

«Non ci siamo salutati bene l'altro giorno. Volevo fare pace».

«Hai aperto un cazzo di ristorante proprio di fronte a noi», lo accuso. «Come dovrei prenderla?»

«Avevo proposto una soluzione più facile». Fa spallucce,

come se la concorrenza non fosse un problema, e rotea le chiavi della sua Porsche intorno all'indice. «Vieni, ti accompagno a casa».

«No, grazie» rifiuto. «Non ne ho bisogno».

«Non voglio che tu prenda i mezzi fino a Williamsburg a quest'ora».

«Ha già un passaggio», risponde la voce di Romeo alle mie spalle. Mi raggiunge e mi passa il mio casco.

«Ho già un passaggio», ripeto infilandomi il casco. «Grazie».

Dominic squadra Romeo, facendo un lungo tiro. «Ci conosciamo?»

«Direi di no. Romeo Corelli», dice, tendendogli la mano. «Sous chef del *Villa's*».

«Dominic De Palma», risponde ma senza stringergliela. Poi torna a guardare me. «Tuo padre non sarebbe contento di sapere che sali dietro in moto con lui».

«Infatti, sono io che salgo dietro», ribatte Romeo che mi dà le chiavi di Bonnie, come a sottolineare il concetto. «Andiamo?»

«Andiamo».

64

~~Dwight~~
Romeo

Al club, dove arriviamo a tempo di record poiché Julia ha tirato Bonnie a tutto gas, la discussione è già molto animata. L'unica assente è Liza, che secondo Julia, non ha letto una riga del romanzo.

Romanzo di cui non si sta parlando perché la discussione è migrata sui dark romance.

«Io penso che dovremmo ragionare sulla romanticizzazione delle relazioni tossiche», sostiene Willa. «In molti romanzi, soprattutto i dark, non importa quanto si comporti male il personaggio maschile nei confronti della protagonista se alla fine le dichiara amore eterno. Cosa insegna alle lettrici?»

«Ma i romanzi non devono insegnare nulla a nessuno, mica sono manuali di comportamento», obietta Ilana.

«Però se una giovane lettrice prendesse un dark come esempio di relazione, non c'è da stupirsi se poi si trova anche lei in una relazione tossica».

«Scusa, Willa, stai suggerendo che se una ragazza si ritrova in una relazione tossica la colpa è sua, non dell'uomo con cui sta?», salta su Julia, con il furore negli occhi. «Perché è un ragionamento che rasenta il victim blaming: se stai vivendo una relazione tossica e hai letto dei romanzi dark, allora, te la sei cercata. Un po' come "se esci in minigonna, non stupirti se qualcuno ti palpeggia"».

«Dico solo che i romanzi dovrebbero contenere dei messaggi più educativi», replica Willa.

«Io sono d'accordo con te», la affianca Nora, «ma credo che l'educazione vada fatta parlando, con il confronto, non censurando, altrimenti si crea ancor più curiosità per il proibito».

«Perché bisogna educare sempre e solo le ragazze?», si aggiunge Sydney. «Ci preoccupiamo sempre di dare una morale e dei modelli di comportamento alle femmine, ma dei maschi non se ne parla mai. Tutti preoccupati di cosa leggono le donne, ma nessuno preoccupato di cosa guardano gli uomini. Scusa, Romeo», aggiunge ricordandosi della mia presenza.

«Non mi sento offeso», commento.

«Forse perché si pensa che le donne non siano in grado di distinguere la finzione dalla realtà», ribatte Julia.

«Non ho detto questo», sibila piccata Willa, girando il suo tè con fare nervoso.

«Da donna che l'ha vissuta, una relazione tossica, posso dirti che lo scopri sempre troppo tardi che la persona con cui stai è pericolosa. All'inizio, si presenta come il principe azzurro da sogni a occhi aperti, è per quello che non lo riconosci, il lupo. Si rivela con il tempo e i segnali sono così subdoli, che quando finalmente li riconosci è già tardi. Passi mesi o anche anni a capire se l'uomo che amavi sta cambiando o è sempre stato così, perché la caratteristica principale di un manipolatore è la bravura nel mentire per assicurarsi la tua fiducia. Se mi è capitato, non credo che la colpa sia dei pochi dark che ho letto, e nemmeno mia perché mi sono innamorata di qualcuno che sembrava migliore di quanto fosse».

Io vorrei potermi scavare una buca in mezzo alla libreria per buttarmici dentro.

Le honey trap si fondano sul conquistare e tradire quella altrui, manipolare la mente e il cuore di una persona e usare i suoi sentimenti come una leva.

Che è esattamente ciò che devo fare con Julia.

Stasera, mentre lei mi aspettava fuori con la scusa dei caschi, ho microfonato l'ufficio del *Villa's*.

Bristol non è stato contento di sapere che ci siamo persi la conversazione tra Gualtiero e Don Terry Maniscalco e ho dovuto rimediare.

Ma mi sento in colpa al punto da cercare ovunque una via di fuga. Magari posso portare a termine l'operazione senza che sia coinvolta direttamente lei?

«Romeo?», mi chiama Nora.

«Eh?», esco dal mio vortice di pensieri.

«Chiedevamo se anche tu credi che *Un lungo fatale inseguimento d'amore* fosse stato rifiutato da tutti gli editori perché troppo audace e trasgressivo per essere scritto da una donna», dice Tia.

«Se la Alcott fosse stata un uomo, probabilmente non sarebbe stato un problema», osservo.

«Oggi non sarebbe diverso», commenta Julia. «Se un uomo scrive di sesso, è un intrepido esploratore dell'intimità, se una donna scrive di sesso, è una casalinga annoiata. Se il sesso si fa in due perché solo gli uomini hanno diritto di parlarne?»

«Sono più che d'accordo», esclama Ilana. «E aggiungo che se non fossero così interessati solo alla propria di voce, avrebbero di che imparare dai romanzi erotici scritti dalle donne».

«Qualcuno, preparato sull'argomento, l'ho conosciuto», è la battuta di Julia che mi rivolge un sorriso impercettibile.

«Julia, se non ricordo male il tuo compleanno cade proprio domenica prossima: vuoi proporre tu la lettura della settimana?», chiede Nora.

«Sulla base degli spunti di stasera io proporrei *Il lupo e la colomba* di Kathleen Woodiwiss: la prima autrice a pubblicare romance ad ambientazione storica molto piccanti, stabilendo record di vendite di quasi trenta milioni di copie con soli dodici romanzi... alla faccia di chi l'ha scartata».

~

«Riguardo agli uomini preparati, prima, parlavo di te», mi dice Julia, finita la riunione del club, quando saliamo nel mio appartamento.

L'idea era di tornare a casa ma non avevamo specificato quale. Entriamo al buio, a tentoni, i caschi mollati a terra dove capita per la foga di liberarci le mani e occuparle in altro modo.

Il mio buon proposito di tenere un profilo basso e non approfittarmi della situazione che si è creata con Julia è durato il tempo di salire in moto.

Ha fatto guidare me e, quando mi si è stretta addosso, con le dita che mi solleticavano l'addome, il sangue mi è sceso dal cervello. Ci ho messo tre secondi a cambiare direzione.

La bacio con una foga che mi è estranea, non mi sono mai

sentito così famelico con nessuna prima di lei. Forse è il fascino del proibito o lei che mi piace da impazzire.

Voglio credere alla prima ipotesi perché con la seconda sono finito.

«Mi sei mancato», sussurra sulle mie labbra.

«Sono sempre stato con te».

«Mi sei mancato lo stesso». Guida le mie mani giù, a stringerle i glutei. «Ad alcune parti del mio corpo, in maniera particolare».

«Non hai avuto nessun ripensamento, del tipo: "Non deve succedere mai più"?»

«Anzi», mi sfila la maglietta. «Credo che avremmo dovuto iniziare prima».

«Abbiamo tutto il tempo per recuperare».

Piombiamo sul divano, che cigola sotto il nostro peso, Julia a cavalcioni su di me, seduta esattamente sulla mia erezione. Non solo, vi ondeggia sopra con maliziosa lentezza. Se continuasse, potrei tradire il mio proposito di non trarre alcun piacere dai nostri incontri.

E fare la figura del quattordicenne infoiato che si viene nelle mutande.

Ribalto le nostre posizioni e prendo le redini della situazione. Le sfilo i leggings e m'insinuo sotto il bordo dei suoi slip trovandola già bagnata per me. «Se questo è il risultato di una giornata intera vicini senza sfiorarsi, chissà come saresti dopo due».

«Provaci solo a non toccarmi per due giorni e... oh», geme sotto la mia prima carezza.

«E...?»

«E ci chiudo nella cella frigo finché non avrai soddisfatto ogni mio bisogno presente, passato e futuro».

«Futuro? Anche?»

«Preferisco mettermi ah... Avanti».

«Possiamo metterci come vuoi». Il suo odore, il suo sapore, il suo calore mi mandano fuori di testa, ne voglio di più; sentirla gemere sulla mia bocca, godere sulle mie dita, sta diventando una dipendenza.

L'unico gesto che mi trattengo dal fare è infilare le mani sotto il suo top. Ieri notte ho notato come, quando le ho scostato

appena la T-shirt per sfilarle gli slip, si è irrigidita e non voglio metterla a disagio.
E da come ricambia il mio bacio, come si muove in affanno sotto il mio tocco, ci sto riuscendo.
Faccio l'errore di credere che lei sia concentrata unicamente sul proprio piacere e, quando la sua mano scivola sul mio inguine, mi coglie di sorpresa.
Anziché a spostargliela, penso solo: "Ancora".
Ci sono i miei jeans a fare da barriera tra noi, ma l'illusione che possano dissuaderla dura il tempo dello "zzz" della cerniera.
Mi sforzo di pensare a immagini estremamente noiose che spengano il mio desiderio: corsi di aggiornamento di 60 ore sulle tecniche d'interrogatorio; dichiarazione dei redditi; sbrinamento del freezer, ma non funziona nulla.
«Aspetta, Julia», tento di fermarla. «Voglio far stare bene te».
«Sto già bene, ma voglio stare meglio». La sua mano si chiude leggera intorno all'asta, tesa e dura al punto che mi fa male. «Ti voglio sentire dentro di me».
«Anch'io». Sento montare l'orgasmo solo a immaginare come sarebbe penetrarla; se accadesse sul serio, non sopravviverei.
O, se sopravvivessi, ci penserebbe Bristol a uccidermi.
«Io... io...», devo inventare una scusa valida, credibile, sensata, che mi impedisca di fare sesso con lei ora perché più ci penso, più non ne trovo. «Non ho i preservativi!», esclamo in un lampo di lucidità.
«Uff...», sbuffa Julia, «neanche io».
Ci blocchiamo entrambi davanti all'ostacolo imprevisto. Io sollevato, lei delusa.
«Potremmo andare a comprarli, qui intorno è pieno di drugstore aperti 24/7», propone.
Ha ragione, la mia scusa non tiene. «Non mi va».
«No?»
«Non voglio bruciare la nostra prima volta così: interromperci a metà per cercare in fretta e furia dei preservativi», spiego nella speranza di suonare credibile. «È... squallido».
«Non ti facevo così romantico, Romeo».
«Ci tengo». Due parole che mi escono molto più sincere del

previsto. La bacio, non con l'intenzione di frenare ogni sua possibile replica, ma perché ne ho bisogno. Non mi era mai piaciuto tanto baciare prima di Julia. «Ma non per questo voglio lasciarti a metà».

Accoglie le mie dita nel suo calore e le cavalca finché il brivido dell'orgasmo non la scuote e il suo gemito di piacere mi vibra nella bocca, mentre lei è appesa alle mie spalle come se stesse per cadere.

Me la stringo addosso, ma Julia si divincola e finiamo a terra sul tappeto, lei su di me. «Neanche io voglio che tu resti a metà», dice piantandomi le mani sul petto. «E prima che tu dica che non vuoi nulla in cambio, sappi che non lo faccio perché mi sento in debito. Voglio esserci anche io in questo "noi", voglio partecipare anche io al nostro piacere. Ho bisogno di conoscerti, di viverti, non escludermi».

Mi percorre l'addome, fino all'elastico dei boxer, che abbassa insieme ai jeans.

Dovrei dirle di no, sarebbe il momento per imporre il limite che avrei l'obbligo di rispettare ma sono prigioniero dei condizionali.

È diventato il mio tempo verbale preferito, perché descrive il desiderio che un fatto si compia in dipendenza di determinate condizioni.

In questo momento io dipendo da Julia.

Dipendo dalla sua mano che massaggia su e giù, piano, la mia eccitazione, levandomi la vita un respiro dopo l'altro.

Dipendo dalla sua bocca, che mi avvolge la punta tra le labbra.

Dipendo dalla sua lingua che mi lambisce curiosa.

Mi odio.

È tutto così sbagliato, eppure così perfetto.

Mi abbandono a lei, la mia coscienza ormai disinnescata, mentre mi lancio dritto verso l'orgasmo. «Ti piace così?», mi domanda con una dolcezza che non le ho mai sentito prima.

«Molto».

«Anche a me».

«Baciami», le dico, sollevandomi a sedere. Quando le sue labbra raggiungono le mie, muoio e rinasco in una manciata di secondi.

Accoccolati a terra, stretti una all'altro, satolli di piacere, ci facciamo sfiorare dall'aria tiepida smossa dal ventilatore, che ruota pigro a destra e sinistra.

Julia si appisola su di me, mentre le accarezzo piano i capelli. Siamo accaldati, sudati, appiccicati, scomodi, eppure non c'è un posto migliore in cui vorrei essere. E non c'è nessun'altra che vorrei a dormirmi addosso per il resto della vita. Il mio petto è diventato a forma di lei.

Ho passato così tanto tempo a studiare i suoi punti deboli che ora voglio solo proteggerli.

Me la cullo pensando a tutte le opzioni che ho – nessuna, ma almeno non abbiamo fatto sesso – e rimandando il più possibile il momento di svegliarla, finché l'orologio del microonde segna l'ora in cui devo chiamare Bristol.

Per dirgli cosa? Non ne ho idea.

«Julia», sussurro. «Ti accompagno a casa».

Lei sbatte le palpebre solleticandomi il petto con le ciglia. Dio, ti prego, fammela svegliare ogni giorno.

65

Julia

Ho preferito rientrare da sola, nonostante le rimostranze di Romeo, perché, dopo ieri sera, sicuro mio padre mi aspetta in piedi, appostato alla finestra.

Infatti, già a due case di distanza, posso intravedere la sua figura piazzata davanti alla veranda del soggiorno.

«Sono a casa», annuncio.

«Sono le tre», è il suo benvenuto. «Si può sapere cosa combini ogni sera da tornare a casa sempre più tardi? O non tornare affatto?», mi domanda.

«Non combino nulla, papà. Nulla che tu ritenga pericoloso per la mia salute, almeno».

«Io e te abbiamo due metri di giudizio molto diversi, Giulietta».

«Fammi capire, pretendi che io viva tra casa e ristorante senza prendere mai nemmeno una boccata d'ossigeno? Possibile che io debba chiedere il tuo permesso per vivere la vita di una qualsiasi ragazza newyorkese?»

«Tu non sei una ragazza qualsiasi».

«Senti, papà, sono stanca, abbiamo fatto questo discorso un milione di volte e ci diciamo le stesse cose senza mai arrivare a niente». Imbocco le scale diretta verso camera mia, che spero lo sarà ancora per poco. «Sai, alla fine credo che farò come mamma. Ti ascolterò ma poi farò sempre di testa mia».

«Infatti lei è morta, a fare di testa sua», ribatte glaciale.

«E io sono ancora viva, perciò mi rifiuto di farmi tenere qui sulla mensola, insieme alla sua foto, a farmi spolverare due volte al giorno, in attesa che il tempo passi».

«Tu non ti rendi conto».

«Neanche tu. Invece di controllare a vista me, perché non stai con il fiato sul collo ad Angelo? Perché lui, maschio sano, ha sempre avuto carta bianca in questa casa e ora stiamo lavorando tutti per tamponare i suoi danni». Sto per dirgli di Sissy De Palma e di Dominic che medita vendetta per suo fratello, ma poi verrebbe fuori anche la questione delle mie "commissioni" del lunedì pomeriggio e francamente diventerebbe tutto troppo grosso per una schermaglia da rientro a tarda notte.

«Io tengo a tutti i miei figli alla stessa maniera».

«Non tieni a me, tieni al tuo controllo», ribatto. «Se tenessi a me, vorresti vedermi felice. Non voglio vivere tutta la vita da sopravvissuta e ricordarmi della mia malattia ogni giorno che Dio manda in terra».

«La verità, Giulietta, è che tu sei incontentabile. Qualunque cosa io ti dessi, non saresti contenta».

«Non ti chiedo di darmi nulla, papà. Ma neanche di togliermi il poco che ho».

«Tu non sei una che si accontenta di poco. Se ti lasciassi camminare, vorresti correre; se ti lasciassi correre, tu vorresti saltare; se ti facessi saltare, vorresti volare. Corro a perdifiato a starti dietro e neanche te ne accorgi».

«Ma tu non mi devi correre dietro, papà». È come se parlassimo due lingue diverse.

«Ti auguro di avere una figlia come te, solo allora capirai».

«E se non vuoi farmi uscire di casa, con chi la faccio una figlia?», lo provoco. «Buonanotte».

66

~~Dwight~~

Romeo

«Hai saltato la chiamata di ieri», mi redarguisce subito Bristol.

«Ero con Julia», gli dico. «L'ho recuperata da una festa dove aveva bevuto un bicchiere di troppo e per smaltire è rimasta da me».

Non c'è bisogno che sappia altro.

«Ottimo, è sicuramente un passo avanti nello stabilire un patto di fiducia tra voi. E dimmi, si è aperta con te?»

«Si è aperta», confermo. Interessante scelta di termine: dal mio punto di vista, ho già detto la verità.

«Hai microfonato l'ufficio?»

«Sì».

«Perdiamoci un altro incontro tra Gualtiero Villa e Terry Maniscalco e ti spedisco in Minnesota all'ufficio licenze per la raccolta funghi. Dobbiamo andare più in profondità. Domani che è lunedì, manderemo un altro agente sotto copertura dalle "fiscaliste" alle tre, l'orario in cui vi si reca Julia, così da assistere alla consegna».

La sua frase mi fa precipitare. «Ok», rispondo asciutto.

«Il tuo compito è semplice: fai in modo di essere con lei, offriti di accompagnarla in moto come fai di solito e mettile un GPS nella borsa, così che possiamo seguire il suo transito e vedere dove va dopo la casa d'appuntamenti».

«Ok».

«Sei di poche parole, stasera», osserva il capitano. «Stanco?»

«Un po'».

«Ti servono rinforzi?», mi domanda.

«Rinforzi? No!», mi affretto a dire per stoppare subito l'idea. L'ultima cosa che voglio, ora, è un terzo incomodo.

«Non fare il martire, Faraday», mi rimprovera in tono paternalistico. «Non saresti il primo agente sotto copertura ad avere un burnout, non c'è da vergognarsi ad ammettere di essere a corto di energie».

«Sono a posto, capitano», lo rassicuro nel tono più autorevole di cui dispongo.

«Tu sei un chiacchierone, mi riempi di battute grottesche e fuori luogo in continuazione, questa tua piega taciturna mi sorprende; non è che per caso ti stai lasciando coinvolgere sul piano personale?»

«Tra me e Julia non è successo nulla che non sia ammesso dal codice». Quasi.

«Lo spero bene».

«Però avrei bisogno di un favore. C'è una cosa che mi piacerebbe fare per lei dato che domenica prossima compie gli anni».

«Stai per chiedermi di far spendere soldi al Bureau?»

«No, solo manodopera».

«E questo tuo regalo di compleanno è del tutto disinteressato?», m'interroga.

«Certo, capitano. D'altra parte è normale, se la sto corteggiando, che voglia farle un regalo, no?»

«Lo decido io cosa è normale. Ricordati, Faraday: Minnesota», minaccia prima di chiudere la conversazione.

~

Bristol me lo sogno di notte e, quando vengo svegliato da un insistente bussare alla porta, mi alzo di soprassalto nel panico. Apro aspettandomi di trovare lui, ma invece c'è Julia. Indossa un abito lungo e svolazzante a fantasia floreale gialla e verde che le sta d'incanto e tra le mani regge una borsa di paglia. È di sicuro una visione migliore di Bristol.

«Buongiorno! Hai impegni oggi?», mi domanda.

«Quelli che hai tu». Mi scosto per farla entrare.

«Dimmi se ti piace il programma: facciamo colazione, poi

andiamo al mercato a prendere qualcosa da cucinare insieme per pranzo. Ho un impegno alle tre, ma fino ad allora possiamo coccolarci».

«Niente sport estremi, oggi?», le chiedo appoggiandomi al frigo.

«Qualcosa di estremo ce l'ho in mente». E con un sorrisetto furbo, preleva dalla borsa di paglia un paio di manette scintillanti. «Ho pensato di prendertene un altro paio, dato che le altre abbiamo dovuto buttarle per colpa mia».

«Che gentile».

«Poi, ti ho riportato questa, lavata e stirata», dice appoggiando sul bancone la T-shirt degli AC/DC che le avevo prestato. «E anche un piccolo pensiero».

«Non dovevi».

«Aspetta di vederlo». E dal sacchetto di una farmacia sfila una scatola di preservativi.

«Mi piace essere in questo genere di tuoi pensieri», commento consapevole che ora le scuse le ho davvero finite e, anche se non dovrei, sono contento.

«Non ho detto se il regalo è per me o per te», mi prende in giro.

Leggo la scritta "XL" sulla confezione. «Non so se sia un regalo per me, ma di sicuro è un gran complimento». E poi, indicando il "24 pezzi": «E una grande dichiarazione di fiducia nei confronti delle mie capacità».

«Ho visto come ti alleni alla mattina con la brigata, so che puoi farcela».

~

Facciamo colazione in una pasticceria specializzata in cheesecake, che scopro che Julia può mangiare. Siccome è indecisa tra due tipi diversi, io prendo quella che alla fine non sceglie, così che possa assaggiarle entrambe.

«No lattosio e sì frutta ma frullata, me lo ricorderò», dico mentre lei serve un po' della sua fetta alla purea di fragole e un po' della mia, ai tre cioccolati.

«Il lattosio è stato il mio nemico per molti anni prima dell'intervento di stomia, ora lo sopporto molto meglio ma ancora ho l'istinto di evitarlo, quando posso», mi spiega.

«Mi sono iscritto a un blog di cucina a prova di ileostomia ma mi pare di capire che non ci sia una regola universale di cosa vada bene e cosa no».

«Infatti. Ci sono dei principi generali abbastanza comuni, ma ogni persona con MdC o stomia ha le proprie peculiarità. Ho conosciuto alcuni in grado di mangiare perfino verdure crude tipo carote o sedano – cosa che se facessi io, finirei dritta al pronto soccorso con un'occlusione –, quindi ciascuno impara a tararsi col tempo. Certo, per chi vuole lavorare in cucina come me, anche escludere un solo alimento diventa limitante».

«Hai sempre voluto cucinare?», le chiedo.

«Ci sono cresciuta dentro, alla cucina di un ristorante, e spero di non suonare presuntuosa se dico di sentirmela nel DNA».

«Ti invidio».

«Perché? Anche tu sei un ottimo chef».

«Riguardo il sapere cosa volevi dalla vita. Io ho passato anni a capire cosa volevo fare "da grande" e non lo so nemmeno adesso», ammetto in un moto di sincerità. Credevo di essere un buon agente speciale, da un po' invece non ne sono più convinto, inoltre non mi sono mai sentito così vivo come nelle ultime due settimane ai fornelli del *Villa's*. Non so più davvero quale sia il mio posto e mi chiedo se l'ho mai saputo.

«Non ambisci a qualche stella sulla casacca?», mi chiede.

«Non credo di avere la caratura per quel livello di cucina». Né una lunga prospettiva temporale in questa veste.

«Mi rimproveri sempre di prendermi troppo sul serio», mi rimbecca. «Tu mi fai incazzare perché, invece, non ti ci prendi per niente. È come se fossi "in prestito" e domani dovessi mollare tutto per andare a fare altro».

Dio, non sa quanto ha ragione. Mi accorgo che stiamo calpestando un terreno scivoloso, così decido di cambiare discorso. «Ieri sera ti sei presa molto a cuore la discussione sulle relazioni tossiche. Cosa è successo?».

Julia abbassa lo sguardo e si mette a disegnare geroglifici con la forchetta nella salsa di fragole rimasta nel piatto. «Dominic De Palma».

«Quello che ti aspettava fuori dal ristorante». Non dovrei essere geloso, eppure, quando l'ho visto, non ho potuto che chiedermi quanto lui sia stato importante per Julia, che ricordi ha della loro storia, se è davvero finita o sono braci dormienti pronte a riaccendersi alla prima ventata.

«Lui mi ha sempre trattata come una regina, faceva sorgere e tramontare il sole per me», dice mentre io mi sforzo di non produrre espressioni facciali, «non aveva davvero nulla che gli si potesse rimproverare, finché non mi sono accorta che mi aveva tradito in tutti i modi in cui si può tradire la persona con cui si sta».

«Aveva altre donne?». Anche una sarebbe troppa, pazzo idiota.

«Non era chi diceva di essere. Mi si era presentato in un modo e si è rivelato essere altro. Mi ha ingannata, manipolata, ha usato i miei sentimenti per lui a suo beneficio. Credo sia un tradimento peggiore delle corna».

«Ehm, già», boccheggio quasi strozzandomi con l'ultimo boccone di torta. Le parole con cui sta descrivendo Dominic sono terribilmente calzanti anche per me.

«Mi avrebbe sposata, io l'ho allontanato con l'unica scusa che avrebbe fatto presa su di lui. Poiché aveva mentito a me, ho mentito a lui senza rimorso dicendogli che, dopo l'intervento, probabilmente non sarei riuscita ad avere figli e non volevo privarlo di qualcosa che desiderava tanto. Ha ceduto ma a volte mi sembra che creda che io possa tornare con lui. In qualche modo riesce a essere sempre presente nella mia vita, dato che è molto amico di Angelo, purtroppo».

Devo chiedere a Bristol un ordine restrittivo. «Ti stalkera?»

«Non lo definirei stalking, sarebbe più facile se si potesse dare un nome a quello che fa. Esiste, e per me è già troppo. Ma lasciamo perdere Dominic, lui è nel passato e là resterà. Ora ci sei tu e non sai quanto sono contenta che le cose tra noi siano iniziate nel peggior modo possibile».

«Ah... ah, sì?», incespico, nascondendomi dietro un abbondante sorso di spremuta.

«Sì, litigando, rifilandoci colpi bassi e senza nascondere all'altro il lato peggiore di sé». Julia intreccia le sue dita alle mie. «Siamo stati completamente onesti l'uno con l'altra, tanto che ora non possiamo che migliorare e scoprirci giorno dopo giorno».

Cazzo. «Già», mugugno. «Meraviglioso».
Lei balza in piedi, con il vestito che le ondeggia intorno alle gambe, e m'invita a imitarla. «Andiamo a fare la spesa?».
Mentre faccio a cazzotti con la mia coscienza, io e Julia passeggiamo mano nella mano per le strade di Williamsburg entrando in tutti i negozi di alimentari artigianali che incontriamo.
C'è il rivenditore di miele del Vermont che ce ne fa assaggiare almeno dieci qualità diverse; il raccoglitore di sciroppi d'acero del Québec; una bottega di farine biologiche sfuse; la bancarella di confetture del Maryland; compriamo almeno tre tipi diversi di formaggi dal casaro e tutto finisce nella borsa di paglia di Julia che, quando è troppo pesante, porto io.
Ci separiamo solo un momento. Mentre lei è impegnata in un piccolo spaccio agricolo a comprare uova e conserve, io vado all'ortofrutta accanto, per poi rincontrarci fuori sul marciapiede.
«Per te», dico tendendo a Julia un bouquet avvolto in carta marrone e legato con lo spago.
Lei lo guarda e ride. «Un mazzo di cipolle di Tropea».
«A gambo lungo».
Le annusa estasiata. «Le mie preferite».
Verso mezzogiorno, ci fermiamo a bere una granita da un amico dei Villa che le fa proprio dense e cremose come quelle vere siciliane. La mia è al caffè, quella di Julia al limone e quando ci baciamo non si capisce bene che sapore ne venga fuori ma va bene lo stesso.
Dove devo firmare perché tutti i giorni della mia vita siano così? Se c'è da fare un patto con il Diavolo, sono pronto a vendere la mia anima.

67

Julia

Cucinare insieme è sexy. Oppure è Romeo che è sexy e quindi trovo sexy qualunque cosa faccia.

Certo, il fatto che cucini a torso nudo aggiunge quel qualcosa in più alla scena.

Abbiamo deciso di fare le crêpes con la mousse di formaggio ed erbe. Lui si occupa dell'impasto, io della mousse.

«Che hai da guardare?», mi domanda mentre frusta energicamente la miscela. «Sto impastando male?»

«Sto solo invidiando quelle uova», confesso. Credo di avere una faccia da scema in questo momento ma non mi importa.

«Se fai la brava, ti faccio leccare il cucchiaio».

«Non stavo pensando al cucchiaio». Tuffo l'indice nel suo impasto e me lo porto alla bocca, succhiandolo avida. «Ma se non hai altro da offrirmi…».

Lui si passa la lingua sulle labbra, con quel piercing maledetto che è diventato il mio punto debole.

Potrebbe tranquillamente vincere qualunque lite semplicemente facendomi una linguaccia.

Romeo mi si avvicina e m'imprigiona contro il bancone. «È giusto di sale?», mi chiede con voce roca.

Ma che ne so? Chi ci ha fatto caso al sale! Accosto la mia bocca alla sua invitandolo ad assaggiarmi. «Dimmelo tu».

Ogni volta che Romeo mi bacia, mi sento cedere le ginocchia, quindi avere il solido piano di legno a cui appoggiarmi è una fortuna.

Troppo presi dalle nostre effusioni, veniamo interrotti di soprassalto dalla sirena dell'antincendio e da un pungente odore di bruciato.

«Merda!», esclama Romeo sventolando un canovaccio sotto il sensore. «Abbiamo fatto bruciare il burro sulla padella. Io sistemo qui, tu vai fuori sulla terrazza a prendere l'erba cipollina per la mousse al formaggio».

«Terrazza? Ma sulla finestra c'è scritto "Vietato calpestare la copertura"».

«Sì, e il primo giorno al ristorante tuo padre aveva detto: "Vietato toccare mia figlia" ma, come vedi, tendo a non prendere i divieti molto sul serio».

«Per fortuna».

~

Pranziamo fuori, all'ombra del parasole che dondola sul tavolino, sotto una brezza leggera che ci rinfresca dalla calura.

«Hai una moto, un piercing sulla lingua e un orto aromatico: sei l'uomo perfetto», dico una volta finita la nostra crêpe.

«Non credevo che ti piacessero tanto i piercing».

«Infatti, mi piace il tuo». Allungo una mano per accarezzare le foglioline del basilico e annuso l'aroma fresco dalla punta delle dita.

«Avrei dovuto giocarmela subito la carta delle erbe coltivate in casa», commenta stiracchiandosi al punto che il suo tatuaggio fa capolino dall'orlo dei suoi jeans.

«Geco», dico.

«Cosa?»

«Il tuo tatuaggio è un geco. Non ero ancora riuscita a vederlo tutto e non capivo cosa fosse».

«Potevi chiedermelo».

«Sì, certo ma poi avresti saputo che ti stavo guardando».

«Secondo te perché io mi denudavo dopo gli allenamenti?!», ribatte lui ammiccante.

«Ti mettevi in mostra apposta!», lo accuso lanciandogli un tovagliolo appallottolato.

«Ha funzionato?»

«Sei un bastardo», mi alzo, afferro la canna dell'acqua, apro il rubinetto e lo innaffio.

Lui salta dalla sedia, madido, e mi afferra prendendomi in braccio. «E tu sei nei guai».

68

~~Dwight~~

Romeo

È l'ora di mettere in atto il mio piano.

69

Julia

Si può essere schiave del piacere?
La risposta è sì.
Per Romeo potrei esserlo, perché qualunque punto del mio corpi sfiori, riesce a farmi perdere i sensi.
Stringe i miei polsi con una sola mano, poi, in un secondo sento un click-click, e mi trovo impossibilitata a muoverli. «Mi… mi hai ammanettata al letto?»
«Te l'ho detto che eri nei guai», minaccia con malizia mentre scopre le mie gambe, sollevandomi il vestito in vita. «E poi, non so se conosci la superstizione, ma le manette vanno sempre messe a chi le regala, altrimenti porta male».
«Adesso? Avrei un appuntamento tra poco…».
Con le mani sulle mie ginocchia, m'invita ad aprire le gambe per lui. «Non ho finito di pranzare».
«Magari possiamo tenere il dessert per dop-ohhh». Il contatto della sua lingua mi manda in cortocircuito il cervello.
«Sono abbastanza sicuro», depone un piccolo bacio sul monte di venere, «che se ritarderai dieci minuti», poi uno appena più in basso, «non succederà nulla», e uno infine sul centro del mio piacere, annichilendo ogni obiezione possibile.
Dieci minuti che saranno mai?
O quindici?
O venti?
«Romeo», cerco le forze per riformulare frasi di senso compiuto dopo tre orgasmi consecutivi. «Ora devo proprio andare».
Lui scuote la testa. «Ancora uno. Dammene ancora uno».

«Non so se ries...», ma le sue dita m'invadono togliendomi il respiro. Forse riesco.

«Il tuo corpo è una droga», sospira appoggiando la testa sulla mia coscia.

«Se potessi, non lascerei mai il tuo letto, ma sono in ritardissimo».

Romeo si tira su sulle braccia, pigro. «Se proprio devo, ti libero».

«Giuro che torno», lo rassicuro. «Non vedo l'ora di tornare».

«Oh, merda», esclama lui guardandosi intorno con aria smarrita. «Non mi ricordo dove ho messo la chiavetta delle manette».

Non credo alle mie orecchie. «Cosa?»

«L'avevo appoggiata al davanzale della finestra ma ora non c'è più».

«Come non c'è più?», domando allarmata. «Cioè, ora sono legata qui?»

«Vado a vedere se è caduta giù, sul marciapiede».

«E mi lasci qui, così?»

«Ti porterei con me, ma non vedo come».

«Trova quella chiave, Romeo, ti prego», lo imploro. Non ho nessuna voglia di passare dei guai per Angelo. Accidenti a me e a quando ho deciso di farmi carico delle sue cazzate.

Il tempo che Romeo cerca la chiave lo passo a rimuginare su quanto la mia vita sarebbe più semplice se mio fratello non fosse un idiota, non avesse amici deficienti e mio padre non avesse capi ancora peggio.

«Non l'ho trovata», ammette Romeo, di ritorno.

«E ora?»

«E ora...», allarga le braccia in segno di resa. «Chiamiamo Harv».

70

~~Dwight~~

Romeo

«Eh, ragazzi, mi sa che le manette non sono il vostro forte», commenta Harv mettendosi all'opera col seghetto elettrico. «Magari potreste valutare di passare alle corde».

È trascorsa un'ora da quando abbiamo "perso" la chiave. Potrei aver finto di chiamarlo e anche finto di trovare sempre occupato, ma quando ricevo un messaggio di Bristol con un sintetico "No show", capisco che il mio piano per guadagnare tempo ha funzionato.

L'agente che è stato mandato dalle "fiscaliste" ha bucato la raccolta prove.

E io potrei aver sabotato l'indagine.

«Devo proprio andare, ora», dice Julia balzando giù dal letto.

«Ti accompagno», mi offro.

«No!», esclama lei con troppa prontezza. «Intendo che non serve, Romeo, è una cosa velocissima. Grazie. Ci sentiamo dopo».

Dovrei insistere, ma non lo faccio. Se Julia sta per fare qualcosa per cui potrebbe essere incriminata, io non sarò testimone dei fatti.

71

Julia

Lungo il tragitto verso casa controllo il cellulare, su cui trovo quattro messaggi.

I primi tre sono di Angelo.

“Mi hanno detto che non ti sei presentata oggi. Dove sei?”

“Rispondi”.

“Cazzo, Julia, se non porti i soldi ad Anya, sono fottuto”.

Apro il quarto con un po’ di paura. “Sono Anya. Passa da me il prima possibile, sai che è meglio non farlo incazzare. Gli ho raccontato che avevi un impegno e avresti consegnato entro sera”.

Lo so che è meglio non farlo incazzare.

Lo so.

~

Quando rientro, vado subito da Angelo.

Busso alla porta del suo antro, ma una voce soffocata grida: «Un attimo».

Aspetto, e quando la porta del “salotto buono” si apre, ne esce una ragazza con i capelli scarmigliati e il rossetto sbavato. Mi spiace per lei, perché è la terza diversa in dieci giorni che ho visto.

«Ciao», mi saluta a occhi bassi senza nemmeno presentarsi, già diretta alla porta.

«Ciao», rispondo io, entrando poi da mio fratello. «Fai pure i tuoi comodi», gli dico.

«Si può sapere perché oggi hai tardato la consegna da

Anya? Vuoi che mi spezzino anche l'altra, di gamba?», ringhia inferocito.

«Ho una vita, scemo che non sei altro. Sai, Angelo, tu sei affetto dalla detestabile sindrome del protagonista: pensi di essere sempre al centro della scena e che tutti gli altri siano solo degli stupidi comprimari che vivono in funzione tua. Ti sbagli di grosso. Io non sarò qui per sempre a pararti il culo. Appena potrò, mi leverò di torno e non vorrò più saperne un accidente di quello che fai. Di' un po', quella ragazza di prima è libera o devo aspettarmi qualche altro marito assetato di vendetta?».

Alla mia battuta, Angelo trasecola. «Di che parli?»

«Di Sissy De Palma. Me lo ha detto Dominic».

«Ah», è tutto ciò che ha da ribattere. «Papà lo sa?»

«No».

«Grazie».

«Non gliel'ho detto mica per farti un favore. È stato per non fargli venire un colpo».

«Io le piaccio».

«Sissy De Palma è libera di tradire suo marito con chi vuole, io per prima la capisco, ma tu devi accendere il cervello e capire quando è il caso di lasciar perdere. Con i De Palma dobbiamo chiudere, ficcatelo in testa. Io ho fatto la mia parte, vedi di fare la tua».

«Ma Terry Maniscalco è d'accordo con papà; se abbiamo la sua garanzia non dovremmo preoccuparci, no?»

«Tu vuoi essere debitore di Maniscalco? Accomodati, io no», ribatto, desiderosa di chiudere il discorso.

«Sarebbe tutto più facile».

«Tu vuoi sempre tutto facile, Angelo. Cresci un po'».

~

Mi rintano in camera mia, anche se una volta era il mio rifugio e ora invece sembra sempre più una prigione.

Sono sparite tutte le tracce della Julia bambina, della Julia adolescente, della Julia giovane adulta, tranne che per le foto alle pareti, appese negli anni, alcune incorniciate, altre solo appiccicate col biadesivo. Ho tolto solo quelle in cui ero con Dominic.

E ho levato l'orsetto sul letto.

Quattro anni fa il letto singolo è stato sostituito da un matrimoniale, non tanto per l'intenzione di condividerlo con qualcuno, ma per rendermi la convalescenza più comoda.

Lo specchio è rimasto lo stesso, un coinquilino con cui non sono mai andata d'accordo.

Incrocio la Julia del riflesso con la coda dell'occhio. Mi cambio e m'infilo shorts e canottiera per andare a dormire, ma senza guardarmi perché mi piace immaginare che la Julia dello specchio non abbia un problema al mondo.

Non ha la Malattia di Crohn.

Non ha cicatrici.

Non ha la stomia.

Non ha un fratello imbecille.

Fa il lavoro dei suoi sogni.

Vive da sola.

Non so se ha un Romeo, ma glielo auguro. E se non ne ha uno, allora, per una volta è lei che può invidiare la Julia del mondo reale.

Sto per mettermi a letto, quando sento bussare al vetro della finestra.

Mi salta il cuore in gola e ci metto un po' a capire che fuori, appeso al davanzale, c'è Romeo.

«Sei matto?», bisbiglio, guardando giù. «Sono tre piani».

«Mi sono arrampicato su per la grondaia fino al cornicione. Che bel fresco che hai qui dentro».

«È il condizionatore. Entra, ma fai piano».

«No, sono solo passato a darti questo». E s'infila una mano sotto la T-shirt, per poi sfilare il mazzo di cipolle. «L'avevi scordato da me».

«Ti sei arrampicato fino a qui per portarmi queste?»

«No. Anche per un'altra cosa». Si sporge verso di me e mi bacia. «Buonanotte».

«Sei un pazzo», mormoro sulla sua bocca.

«Lo so».

«Mio padre avrebbe potuto vederti».

«Ho il mantello della notte che mi cela ai suoi occhi».

«E sei anche scemo».

«Lo so».

Dopo un ultimo bacio, lo guardo scendere dalla grondaia e lo seguo con gli occhi finché non sparisce dietro l'angolo della strada, da cui poi sento provenire il rombo di una moto.

Richiudo la finestra e annuso ancora il bouquet di cipolle di Tropea.

La Julia nello specchio fa la stessa cosa con il suo. Anche lei ha un Romeo.

Ci scambiamo un sorriso complice. Io e la Julia dello specchio siamo innamorate.

72

~~Dwight~~
Romeo

«Ho fatto male a darvi un giorno di riposo dall'allenamento», dico ai ragazzi della brigata, afflosciati a terra dopo il nostro consueto giro di riscaldamento.

«C'è troppa afa», si lamenta Denny.

«C'è troppo sole», gli fa eco Rob.

«Ho troppa sete», si accoda Pete.

«Che schifo», commenta Vinnie bevendo un sorso dalla sua borraccia, disgustato. «Quest'acqua sembra brodo».

«Vai a prendere del ghiaccio», ordina Sonny a Mickey, che scatta come un soldatino.

Ricompare dieci secondi dopo a mani vuote. «Non c'è ghiaccio».

«In che senso non c'è ghiaccio?», chiediamo tutti.

«Non c'è proprio freddo nella cella frigorifera», spiega. «È come se fosse saltata la corrente».

«*È* saltata la corrente», constato cliccando su e giù l'interruttore della luce, una volta alla cella.

«È saltata la corrente?!», domanda Julia allarmata, al suo arrivo.

«La cella frigo è calda», le comunica Mickey.

«E puzza di marcio, anche», aggiunge Vinnie, col naso tappato.

«Oh, merda!», esclama lei. «Siamo andati in corto?! Proprio il giorno di chiusura?!». Si precipita al quadro elettrico per alzare la leva del contatore, ma non succede nulla.

«Vado a dare un'occhiata alla centralina, fuori», dico tornando nel vicolo dove mi accorgo che non mi serve la chiave per aprirlo perché lo sportellino dell'armadietto grigio è chiuso, ma sbloccato. Anzi, forzato.

Quando lo apro, capisco il motivo della mancanza di elettricità: i cavi sono stati tagliati.

«Non è un corto», dico quando tutti si radunano intorno alla centralina vandalizzata. «Ci hanno sabotati».

Julia s'inginocchia a terra e raccoglie un mozzicone di sigaretta. «E so da chi». Indica il piccolo logo del marchio nel colletto sotto al filtro. «Questa è una Dunhill rossa. Come quelle che fuma Dominic».

«Che pezzo di merda», commenta Pete. È la prima volta che gli sento proferire una parolaccia, perciò immagino che sia davvero alterato.

«Probabilmente lo ha fatto domenica sera, dopo che siamo andati via», ipotizza Julia. «Così, a noi, in due giorni e con questo caldo, è andata a male tutta la scorta e lui oggi inaugura in grande stile».

«Lasciamo che inauguri», ribatto io. «Perché poi dovrà starsene mani in mano per un po'».

«Che vuoi fare?»

«Niente di che», replico vago, mentre elaboro la nostra risposta bellica. «Andiamo a ripulire la cella frigo. Sonny, credo che oggi avrai un bel po' di scarti per il tuo allevamento di larve».

~

La giornata l'abbiamo passata a ripulire il disastro, senza neanche poter usare l'aria condizionata, mentre fuori un elettricista parente dei Villa lavorava al ripristino della corrente.

«Non si è salvato nulla?», domanda Gualtiero mentre Julia spunta l'inventario.

«Dal frigo e dal freezer no. Ci costerà parecchio ma domani saremo di nuovo operativi. Tutti i vasetti di salsa Elena, però, sono andati e non ce ne sono di scorta».

«Forse ne abbiamo ancora qualcuno a casa».

«Saranno sufficienti per un servizio o due al massimo», obietta lei.

«Non possiamo prepararla noi?», propongo. «È una salsa a base di formaggi, no?»

«La ricetta è segreta», replica Gualtiero.

«Ma forse la segretezza, in questo caso, andrebbe messa da parte per risolvere un problema», insisto.

«La salsa Elena è il tratto distintivo del *Villa's*, come lo è stato del *Regina* prima», dichiara lui con orgoglio. «La preparazione resta in famiglia cosicché nessun altro ristorante possa replicarla. E per realizzarla serve tempo, non solo competenze. Finite di riordinare questo schifo».

«Papà, come facciamo con Dominic?», gli domanda Julia. «Lo conosci, quando si mette in testa qualcosa, non molla finché non ha ottenuto ciò che vuole e vuole farci chiudere».

«Dominic è un bullo, niente di più, basta non mostrargli di avere paura. Io, intanto, segnalo l'accaduto a Terry».

Maniscalco.

Perché Maniscalco dovrebbe essere informato di un vandalismo al *Villa's*? Non è il proprietario, almeno, non sulla carta. Ma se Gualtiero fosse il suo prestanome e attraverso il ristorante venissero "lavati" i suoi soldi, allora gli interesserebbe eccome.

Metto a tacere l'agente Faraday, perché le sue deduzioni fanno a botte con Romeo che vorrebbe disperatamente che Julia non avesse nulla a che fare con "il sistema".

Sto pensando a tutti i modi in cui potrei tenerla lontano dagli affari di Maniscalco e dalle indagini dell'FBI e bloccarla in casa mia, usando ogni scusa possibile, mi sembra l'unica opzione. Purtroppo, ogni voce della lista ricade sempre sotto il reato di sequestro di persona, quindi mi devo inventare qualcos'altro.

Per una sera, riusciamo a liberarci prima della cena, così io e Julia decidiamo di mangiare insieme.

Ancora una volta cuciniamo a quattro mani nello spazio angusto del mio appartamento, e io mi ritrovo a pensare a quanto, in fondo, questo rito mi piaccia.

«Vorrei restare con te, stanotte», sussurra nel mio abbraccio, mentre il salmone arrostisce in forno.

«Non devi neanche chiedere. Puoi restare ogni volta che vuoi, quanto vuoi», dice quello che non doveva avere target in casa.

«Voglio sempre. E la mia paura è che a forza di avermi intorno – tutto il giorno al lavoro, tutta la notte qui – svilupperai la sindrome del pasticcere e sarai nauseato dalla mia presenza».

«Sono abbastanza sicuro che non accadrebbe», la rassicuro. «Ehi, ma non abbiamo più parlato del tuo compleanno. Come festeggiamo?»

«Festeggiare?», il suo tono suona poco convinto.

«Sì, sai, quella cosa che di solito si fa con i regali, la torta, le candeline, gente stonata tipo me che canta *Tanti auguri* mettendoti in imbarazzo...».

Lei fa spallucce, senza entusiasmo. «È un giorno come un altro».

«È una scusa per sentirsi speciali».

«Non mi piacciono i compleanni. O, almeno, non mi piace il mio». Si siede nell'angolo del divano, con le ginocchia raccolte e i piedi nudi che fanno capolino dall'orlo del suo vestito. Julia è piuttosto alta rispetto alla media, ma in questo momento sembra piccolissima e vorrei stringermela addosso.

«Perché?», le chiedo mettendomi seduto di fronte a lei. Sto imparando a capire quando ha bisogno di distanza e questo è uno di quei momenti.

«Il giorno prima del mio diciottesimo, a scuola, si sarebbe tenuto il ballo dei senior, io e Liza ci preparavamo da settimane. Ci sarebbe stata la limousine a portarci alla festa, la polsiera con il fiore abbinato al colore dell'abito, l'elezione di Liza a reginetta, la mia premiazione come capitano della squadra di atletica poi, a mezzanotte, avremmo festeggiato il mio compleanno. Doveva essere la serata perfetta e io non me la sarei persa per nulla al mondo».

La ascolto ma credo di aver intuito cosa mi sta per raccontare. Io ho visto la sua cartella clinica, ma questo Julia non lo sa.

«Ma non è andata come previsto, vero?», chiedo.

«Erano giorni che ignoravo continue fitte all'addome. Io ho una soglia del dolore abbastanza alta, è raro che mi lamenti, e mi stavo davvero sforzando a nasconderlo perché sapevo che mio padre mi avrebbe immediatamente costretta a un giro medico di controllo, facendomi saltare il ballo. Mi imbottivo di analgesici e, se mi scappavano smorfie, davo la colpa al ciclo. Per fortuna voi uomini non sapete contare, altrimenti papà e i miei fratelli avrebbero trovato strano che mi fossero tornate le mestruazioni dopo appena due settimane da quando buttavo gli incarti dei salvaslip nella spazzatura», ridacchia, ma il suo è un sorriso amaro.

«Siamo incorreggibili, ma pure gli ingegneri della NASA hanno spedito un'astronauta nello spazio per una settimana chiedendole se cento assorbenti le bastavano».

«Mentre Liza mi truccava, sono svenuta. Mi hanno portata al pronto soccorso e lì sono rimasta tutta la sera, perdendo il ballo. Lo ha perso anche Liza, che ha voluto restare in ospedale tutto il tempo».

«Davvero?», chiedo stupito. Liza samaritana non me la immaginavo.

«So che sembra un'egoista viziata ma in realtà è una persona di cuore e darebbe un occhio per coloro a cui vuole bene». La voce di Julia è densa di affetto e mi piacerebbe sapere se ha lo stesso tono quando parla di me. «Non sono neanche riuscita a indossare l'abito costosissimo che avevo ordinato. La mattina dopo mi hanno operata perché quella che sospettavano fosse un'appendicite, si è rivelato essere un tratto dell'intestino in peritonite. In seguito all'intervento mi è stata diagnosticata la Malattia di Crohn, quindi ecco il motivo per cui non riesco più a godermi davvero il mio compleanno. Ha fatto da spartiacque tra il prima e il dopo. Almeno, uno dei lati positivi dell'età adulta è che si può ignorare il proprio compleanno senza che qualcuno ci trovi qualcosa di strano».

D'istinto prendo un lecca-lecca dalla ciotola e me lo ficco in bocca, rigirandolo con fare nervoso tra i denti. Non ho il diritto di ascoltare dei racconti così personali, sono una specie di ladro di memorie. «Mi sento un idiota», confesso.

«Perché dovresti?»

«Ho sempre desiderato avere una bella festa di compleanno a cui invitare un mucchio di amici ma l'oblio è il triste destino di chi come me è nato in piena estate. Il trenta luglio, a scuola chiusa, i compagni sono tutti o in vacanza, o da parenti in un altro Stato». Credevo di aver archiviato il mio tarlo per i compleanni mancati, invece il racconto di Julia ha smosso il ricordo di tutte quelle candeline che ho soffiato da solo.

«Quindi tu, in trentaquattro anni, non hai mai festeggiato il tuo compleanno?»

«Mia nonna, con cui stavo mentre i miei erano in giro per il mondo tra un consolato e l'altro, cercava sempre di organizzare una "finta" festa in autunno, ma era strano perché appunto suonava finta per tutti e alla fine nessuno partecipava con troppa convinzione. Poi, quando è morta, i miei hanno cominciato a portarmi in giro con loro e non mi sono mai fatto dei veri amici da nessuna parte. Ho dato per scontato che volessi festeggiare, basandomi solo su quella che è la mia aspettativa».

«Anzi, sono contenta di sapere che vorresti festeggiare con me». Julia gattona sul divano fino a salirmi in braccio. «Ma quando siamo insieme sono così felice che non riesco a immaginare come potrei esserlo di più».

«Mi vedi molto migliore di quello che sono».

«Una certezza posso dartela», mi dice solleticando la punta del suo naso contro il mio. «Quest'anno almeno una persona si ricorderà di farti gli auguri».

«Non vedo l'ora».

Mi prende il lecca-lecca dalla bocca e lo infila nella sua, come l'altra sera all'*Exagon*. «Panna e fragola», dice assaggiando la pallina semi consumata. «Ti piace proprio questo gusto, eh?»

«Mi piace, ma il mio gusto preferito è il tuo».

«Risposta perfetta». Julia stacca la caramella dallo stecchino e mi bacia, passandomela tra le labbra.

Le nostre lingue si rincorrono dribblando la sfera di zucchero, che si fa sempre più piccola, mentre il bacio diventa sempre più rovente.

Il respiro affannato e le mani in frenesia ci riportano dritti a riprendere i preliminari che avevamo interrotto ieri, solo che stavolta Julia è sopra di me senza manette, e comanda lei.

E ancora una volta, nonostante l'eccitazione alle stelle, una resistenza all'orgasmo spinta all'estremo e il bisogno di abbandonarmi al sesso come non ho mai desiderato prima, il rimorso di coscienza mi azzanna alla gola.

«Aspetta!», esclamo appena Julia cerca di abbassarmi i pantaloni della tuta, tesi dalla mia erezione senza vergogna.

«I preservativi».

«No, che preservativi?!», batto in ritirata come il peggiore dei vigliacchi. «Niente preservativi».

Lei sbatte le ciglia, confusa. «Vuoi farlo senza?»

«No!», chiarisco. «Però… non possiamo farlo oggi». Dio, ti prego dammi un'idea.

«Perché?». La delusione sul suo viso mi strazia.

«Ho… un eritema!», dico di botto. «Brutto».

«E da quando, scusa?»

«Stamattina. Mi sono fatto una doccia con il sapone sbagliato. Ho la pelle delicata e adesso pizzica troppo, non sarei in grado e non voglio ricordare la nostra prima volta come quella in cui mi bruciava l'uccello».

«Ma che sapone hai usato?», mi domanda preoccupata.

«Quello… per piatti», invento su due piedi, intercettando il dispenser verde sul lavello. «Avevo finito il bagnoschiuma così ho pensato che dopotutto uno vale l'altro, ma mi sbagliavo».

«Fammi dare un'occhiata, magari vado in farmacia a prendere una pomata».

«L'ho già messa», l'anticipo. «Ma non voglio che tu lo veda in queste condizioni. È tutto rosso, a puntini. Lascia stare, non è un bello spettacolo».

«Vuoi del ghiaccio?»

«Non c'è bisogno, mi dà fastidio, ma non è nulla di grave. In qualche giorno dovrebbe tornare tutto a posto». La scusa che ho inventato fa un po' pena e, se fosse vero, la medaglia del coglione da *Guinness dei primati* non me la leverebbe nessuno, ma nella sua pietà mi fa guadagnare tempo. «Il timer ha suonato, il salmone è pronto. Guardiamo un film?».

~

Dopo tre film – *Baby Boom*, *Il padre della sposa* e *Tutto può succedere* –, Julia è incredula che mia nonna mi abbia cresciuto a pane e Nancy Meyer. La accompagno a casa perché la scusa dell'irritazione genitale ci ha convinti a rimandare la notte insieme a quando sarò più in forma.

La saluto dietro quello che ormai è diventato il "nostro" angolo e la guardo entrare in casa da lontano. Aspetto di vedere la luce della sua stanza accendersi e poi rispegnersi.

Sto diventando completamente idiota, ma nella mia idiozia ci sto davvero bene.

Mi sveglio di buon umore, mi fermo dal fruttivendolo a comprare un mazzetto di rucola che incarto a bouquet, con tanto di bigliettino con scritto "Per Julia, sindrome del pasticcere un cazzo", e raggiungo il *Villa's* per aiutare a risistemare le nuove scorte.

Scendo dalla moto, mi sfilo il casco e mi ritrovo accanto proprio Dominic.

«Fossi in voi, terrei il numero dell'elettricista a portata di mano», sorride compiaciuto.

«Staccarci la corrente, che fantasia», commento io.

«Ho cominciato piano».

«Deve farti davvero paura un piccolo ristorante a conduzione familiare per desiderare di sabotarlo così».

«Non è per paura. È per far capire che se io fossi il proprietario sarebbe tutto molto più semplice».

«Il tuo locale è più grande, lussuoso, sul lato meglio esposto della strada, che t'importa del *Villa's*?»

«M'importa sempre, se riguarda Julia». Lui si fa sfuggire una risatina presuntuosa. «Carino quello», accenna col capo al mio mazzetto. Stacca il biglietto dal cordino e lo legge. «*Per Julia, sindrome del pasticcere un cazzo*. Romantico».

«È una cosa nostra».

«Tu la vuoi conquistare con della rucola? Guarda che lei è abituata ad altri standard».

«Sembra che ne abbia avuto abbastanza degli "altri standard"», lo punzecchio.

«Merita di essere trattata da principessa, non da fruttivendola».

«Lo merita ogni donna, a prescindere dal lavoro che fa». Troglodita. «E credo che, per quanto a lungo tu sia stato con Julia, tu non l'abbia davvero mai conosciuta».

«Io sono stato con lei in momenti che tu non puoi neanche immaginare».

«È il passato, è andata avanti». Difendo il mio rapporto con Julia come se fosse vero, destinato a durare, non una farsa. E la voglia di stenderlo a pelle d'orso sull'asfalto con due mosse mi frigge nelle mani.

«Andata avanti? Con te si è spogliata?», mi provoca. «Per intero. Tutta. Senza nascondersi. Scommetto di no, eh? E puoi stare certo che non lo farà; si spoglia solo davanti alle persone di cui si fida, alle quali affiderebbe la sua vita. Di me si fidava».

«Hai detto bene: "Fidava". A quanto pare, non è più così. Per quanto riguarda me, non ho bisogno di vedere ciò che lei non vuole mostrarmi. E anche non spogliandosi, con me si sente al sicuro».

«Certo», replica sarcastico Dominic con un'alzata di spalle, per poi spegnere la sigaretta nel mio mazzo di rucola. «Ah, occhio a lasciare la moto incustodita nel vicolo. Girano un sacco di malintenzionati da queste parti».

73
Julia

Nell'ufficio con papà tiriamo le somme dell'andamento del *Villa's* nelle sue prime settimane di avviamento.

«Stava andando bene», osserva lui, fissando gli incassi. «Peccato l'incidente di percorso».

«Sarà contento Terry», ribatto io in italiano. «Dato che i profitti andranno dritti a lui».

«Non sarà così per sempre, Giulietta».

«Per poco che sia è sempre troppo».

«Ho scelto il male minore, ma dovevo scegliere».

«Perché, quando sembra finita per sempre, non è mai finita davvero?»

«È molto difficile rompere una catena lunga tre generazioni. Sto facendo in modo che non tocchi alla quarta».

«Ci siamo già dentro anche noi, papà, nella stessa sua merda».

«Parla a modo!», mi redarguisce.

«Ai suoi affari», mi correggo. Vorrei dirgli di Angelo, o meglio, del resto che non sa su Angelo.

«Pensiamo ai nostri, di affari. Ho chiesto una spedizione urgente della "farina" che ci serve e il carico arriverà al porto martedì prossimo, in tarda mattinata. Bisognerà essere discreti».

Annuisco. «Vado io».

~

Rifare tutte le scorte da zero è altro lavoro extra che pesa sulla brigata, ma sembra che tutti i ragazzi sappiano il fatto loro.

«Il trito di verdure è tutto della stessa misura», osservo

stupita il lavoro di Denny, sul tagliere. Raccolgo un dadino finissimo di cipolla e lo guardo. È perfetto. «E tu, Rob, hai sfilettato questo branzino senza maciullarlo o buttarne più di metà», commento passando il dito sul pezzo di pesce bianco, liscio e dai bordi netti neanche fossero disegnati a matita.

«Abbiamo avuto un bravo maestro», dice indicando Romeo con le pinze per levare le lische. Lui però fa finta di non sentire, chino a ripulire dei gamberoni.

«Davvero», dico più a me che a loro.

«Va tutto bene?», domanda mio padre mettendo la testa in cucina.

«Sì, perché?», rispondo io, intenta a separare le costine.

Lui dà uno sguardo intorno, confuso. «È strano, non sento urla».

Ah, già. L'atmosfera è leggermente cambiata. «Siamo molto concentrati», divago.

«Julia, hai rubato tu uno dei miei coltelli?», chiede Romeo in tono indispettito. «Mi manca quello per disossare e io non l'ho usato».

«Non l'ho rubato», replico. «L'ho preso in prestito». Non credevo gli desse fastidio. Almeno, non più.

«Il set di lame di uno chef è come le sue mutande: una cosa privata». Romeo mi raggiunge e si riprende il coltello. Poi mi si accosta all'orecchio. «Stai al gioco o tuo padre mangerà la foglia».

«Considerando che per te le mutande sono un optional, non pensavo nemmeno ci facessi caso».

«Allora, credo che prenderò in prestito le tue».

«Ma stanno parlando di lame o mutande?», domanda Mickey.

«Lame».

«Entrambe», ribatte Romeo.

«C'è qualcosa che brucia», fa notare Rob.

«Probabilmente è l'orgoglio di Julia», mi sfida.

«A me sembra di più il tuo il tuo orzo primavera».

«Ora sì che è tutto normale», commenta papà, andandosene.

~

«Di là c'è una giornalista del "Daily" che chiede se dopo la chiusura può intervistare lo chef», annuncia Vinnie. «Che le dico?»

«Dille di sì», replico. «Qui spegniamo tutto tra dieci minuti. Quanta gente c'è ancora in sala?»

«Due tavoli: un compleanno e un anniversario che, dopo stasera, diventerà un divorzio».

«E da cosa l'hai capito?»

«La festeggiata è andata dalla coppia dell'anniversario e ha urlato: "Mi hai detto che ti stavi separando, fottuto bugiardo doppiogiochista". Dovremmo valutare di aggiungerlo al nostro profilo social: "Aperti per eventi aziendali, matrimoni e separazioni"», dice prima di tornare in sala. «Ah, la giornalista vuole anche una millefoglie di cannolo agli agrumi».

«Romeo, ci pensi tu?», chiedo.

Nessuna risposta. «Romeo?».

Ancora silenzio.

«Corelli!», chiamo più forte.

«Che c'è?!», sbotta, riemergendo dalla dispensa.

«Una millefoglie, dev'essere impeccabile. È per una giornalista del "Daily"».

«La preparo subito», risponde affiancandosi a me. «Ma dobbiamo darci delle regole: se vuoi urlare il mio cognome in cucina, prima devi urlare il mio nome in camera da letto».

«Affare fatto».

«Vai dalla giornalista, io arrivo col dolce».

~

«Sono Mitsy Mount, curo la rubrica *Cosa succede in città*, lei invece è Gretchen More, la mia fotografa. Confesso subito le mie colpe: siamo venute qui a cena proprio con la speranza di rubare un'intervista. Che piacere vedere che ai fornelli di questo ristorante c'è una donna. E giovane, anche! Quanti anni hai? Trentadue? Trentatré? Te ne do trentacinque al massimo».

«Ne faccio ventotto domenica», mi sforzo di iniettare il massimo di cordialità nella risposta, dato che comunque vuole intervistarmi.

«Oh, be'... Queste luci, che strane!».

«Comunque, il piacere è mio. Sono Julia Villa», mi presento, sedendomi al tavolo con loro. «Come mai questo interesse, se posso chiedere?»

«Ho avuto una soffiata da un amico che lavora nelle produzioni TV e mi ha detto che qui hanno girato una scena di *Single per scelta*. Non appena quella puntata andrà in onda, la rete verrà presa d'assalto per sapere quale sia la location – succede sempre così – e noi vogliamo essere i primi a parlare di voi».

«È un onore».

«Non vogliamo onorare nessuno. Stiamo parlando di migliaia, se non milioni, di click, Julia, e noi saremo l'unico articolo on-line sul *Villa's*. Quando daremo l'indiscrezione agli inserzionisti si scatenerà un'asta per gli spazi di quella settimana. Riguardo a questo», Mitsy tira fuori un foglio e una penna, «ti chiedo se puoi firmarci l'esclusiva da qui alla messa in onda della puntata, e declinare eventuali altre interviste se dovesse contattarvi qualcun altro. Le voci girano in fretta».

«Ho capito», medito scorrendo le varie clausole. Non mi fa impazzire l'idea ma parliamo di una pubblicità enorme, che surclasserà Dominic.

«Qui, qui e qui», picchietta sul foglio con l'unghia. «Dove vedi le X».

Seguono una serie di domande relative all'idea dietro il ristorante, alla mia filosofia di cucina, a come concilio tradizione e innovazione, alla salsa Elena che firma i nostri piatti, di cui ci resta un barattolo, e alla storia della mia famiglia, di cui la giornalista mi chiede di enfatizzare l'italianità.

«La millefoglie di cannolo», annuncia Romeo raggiungendo il tavolo.

«Ma buonasera!», lo saluta Mitsy con enfasi. «E lui chi è?»

«Romeo Corelli, il sous chef», si presenta lui.

Mitsy e la fotografa si scambiano un'occhiata d'intesa. «Hai gemelli, fratelli, cugini di terzo grado, Romeo?», chiede l'altra.

«Sono figlio unico, figlio di figli unici».

«Ce ne sono altri come lui, di là?», mi domanda Mitsy in tono confidenziale.

«Il resto della brigata è già andato a casa», rispondo secca, deglutendo una malsana cucchiaiata di gelosia. Non ho ragioni per impermalosirmi, ma le emozioni appartengono alla sfera dell'irrazionale e m'indispongo lo stesso.

«Secondo me, ho tutto quello che mi serve. Il pezzo verrà una bomba, a noi porterà un sacco di click e a voi parecchi clienti. Gretch, facciamo qualche scatto?»

«Certo». La fotografa si alza in piedi, prepara la macchina e mi indica la parete. «Puoi metterti lì davanti alla rastrelliera dei vini, che dà profondità?»

«Romeo, mettitici anche tu», suggerisce Mitsy.

Lui scuote il capo. «Io non c'entro con la gestione del ristorante».

«Ha ragione Mitsy», concorda Gretchen. «Mettiti accanto a Julia, fatemi una posa schiena contro schiena, braccia conserte».

Romeo mi guarda, come se sentisse il mio disagio. «Non mi sembra il caso».

«Non fare il modesto. E poi due è sempre meglio di uno», insiste Gretchen. «La composizione avrebbe un equilibrio migliore».

«Certo», dico anche io. «Vieni anche tu, Romeo».

«Vedi? Lei sì che ha fiuto per la pubblicità», commenta la giornalista, «ci vuole la donna per il femminismo e l'uomo per il marketing».

Romeo si posiziona alle mie spalle. «Tutto ok?», mi domanda sottovoce.

«Sì».

«Non sembra».

«Non è nulla, non preoccuparti».

Mi volto e i suoi occhi sono fissi su di me. Mi guarda come se gli importassi davvero.

Mi mancava essere guardata così da qualcuno.

«Bella questa!», trilla Mitsy. «A posto, siete liberi. Ovviamente torneremo a farvi visita. Oh! Dovreste pensare di creare anche una linea di prodotti con il vostro brand, tipo quella salsa...».

Ma non attendono davvero una mia risposta, le due prendono le loro borse e se ne vanno: dolce offerto e tanti saluti.

«Approccio discutibile ma su una cosa hanno ragione, dovreste prendere in considerazione di vendere i prodotti più simbolici del *Villa's*».

«Diceva per dire, a loro interessano solo i click», ribatto amareggiata, levandomi il grembiule. «E tu ne porterai chiaramente molti più di quanti avrei potuto fare io».

«Ehi, ehi», Romeo mi solleva il mento perché lo guardi, «cos'è quella faccia?»

«Lascia perdere, mi prenderesti per una scema».

«Mettimi alla prova». Si appoggia alla colonna, a braccia conserte e con l'aria di chi esige risposte.

«È evidente quanto io e te siamo diversi. Tu fai voltare ogni essere femminile che incrocia la tua strada, io… a me la giornalista ha dato sei anni in più di quelli che ho».

«A lei, invece, io darei l'ergastolo. Sul serio dai credito a una che non si è fatta scrupolo a dirmi che servo al marketing?»

«È stata spietatamente sincera, conosce il sistema meglio di noi. Mitsy non può sapere se stiamo insieme o meno, ma le è bastato un secondo per evidenziare che il bello della coppia sei tu, io… io non sono neanche quella simpatica. E un giorno, te ne accorgerai anche tu e ti chiederai perché stai buttando tante migliori occasioni per stare con me».

Eccola lì, la spietata vulnerabilità dell'innamoramento, che mi fa sentire tutti i limiti del mio corpo: la stanchezza precoce che mi si legge in viso, la riserva limitata di energia, il patchwork di cicatrici che mi segnano l'addome, il sacchetto da svuotare… Non importa quanto lavoro faccia su me stessa, ogni volta che penso di riuscire ad afferrare il filo dell'autostima, qualcosa me lo strappa dalle dita e devo ricominciare a correre in salita.

Romeo scuote il capo e mi attira a sé. «Vorrei che ti vedessi con i miei occhi».

«Cosa vedono i tuoi occhi?»

«Una donna straordinaria come mai ne ho incontrate in vita mia, forte, combattiva, determinata, dolce – quando vuoi –, bella da mozzare il fiato».

«Devi farti visitare da un bravo oculista».

«E tu da un otorino, perché non ho capito se sei sorda o fai finta di non sentirmi».

«Hai dimenticato di dire che ti piace quando odoro di provola».

Lui appoggia il viso al mio capo e inspira tra i miei capelli. «Oddio», sospira in estasi.

«Di cosa so?»
«Soffritto. Mi fa impazzire».
«Atroce».
Guida il mio palmo sul suo inguine, dove lo trovo già eccitato. «Più sincero di così».

74

~~Dwight~~

Romeo

Arriviamo a casa mia travolti come sempre da una furia cieca: incespichiamo, cadiamo, ci trasciniamo fino al letto in un vortice di mani, bocche, lingua, ansimi.

Julia è già venuta una volta. Sulla moto. Mentre guidava.

«Cosa vuoi fare?», ha sospirato quando, con la mia mano che le affondava nei leggings, ci siamo fermati a un semaforo.

«Mettere alla prova la tua guida», ho risposto, con il mio indice che la solleticava sugli slip umidi. «Adesso facciamo un gioco: ogni volta che prendiamo un verde, muoverò le dita sempre più veloce. Ogni volta che prendiamo un rosso, invece, mi fermerò e ricomincerò da capo».

Era almeno mezz'ora di strada e scesi dal ponte di Brooklyn, al semaforo di Tillary Street, avevo interrotto l'orgasmo di Julia già tre volte, portandola al suo limite di sopportazione.

«Sto per perdere la ragione».

«Puoi provare a resistere… oppure a prendere tutti i prossimi semafori verdi».

E lei ha preso tutti i verdi, ed è venuta sulle mie dita prima di imboccare Bedford Avenue.

«Dovrei fare lo stesso con te», mi minaccia ora, mentre mi sale a cavalcioni in grembo, imprigionandomi sul materasso. «Torturarti fino a farti impazzire».

«Ci sto».

Ci leviamo tutti i vestiti e lei rimane solo con una canottiera che, per quanto scollata e sottile, la copre fino alla vita e sotto la quale nasconde una fascia elastica contenitiva.

«Come va?», mi domanda disegnando l'orlo dei boxer.

«Cosa?»
«Se non ti ricordi nemmeno, allora è tutto passato», dice agganciando l'elastico. «L'irritazione da sapone per piatti».
«Ah, quella». Come un cretino me ne sono scordato.
«Meglio, no?».
Stavolta non ho davvero più nessun tipo di scusa, verosimile o assurda, e la mia voglia di fare sesso con lei è talmente evidente che la potrebbero vedere dall'Empire State Building.
Sia Dwight che Romeo desiderano Julia da impazzire.
Solo una volta, ma ho bisogno di lei.
«Dove hai messo i preservativi che ho comprato?», mi domanda.
«In bagno, vado a prenderne uno».
«Fai due», ribatte lei mentre esco dalla nicchia in cui è incastrato il letto. «O tre».
Mi accorgo però che il mio cellulare, quello di Dwight, sta vibrando.
Lo prendo e lo controllo: è Bristol.
Mi ha scritto diversi messaggi, ma apro solo l'ultimo.
"Abbiamo una svolta. Chiamami che organizziamo l'operazione".
Il bagno di realtà è gelato e mi raffredda fino all'anima, spegnendo qualunque barlume di eccitazione, risucchiata in una voragine di ghiaccio e buio.
E penso a che errore enorme stavo per commettere. Rimetto i preservativi nell'armadietto, ormai inservibili, e torno da Julia a mani vuote.
«Non dirmi che li hai persi», mi accoglie tra il terrore e lo scherzo.
«No», rispondo sedendomi accanto a lei. Non mi è rimasta che un'arma per mettere uno stop a quello che stiamo per fare, in maniera definitiva, ed è la più meschina: usare la sua insicurezza contro di lei.
«E, allora, cosa c'è?». Julia mi si inginocchia accanto, seminuda e divina.
«Non voglio fare sesso con te», le dico senza giri di parole.
Il suo volto trasfigura per lo shock. «Mi prendi in giro?»
«Non ancora. Voglio aspettare che tu sia pronta».
«Romeo, lo sono!», esclama frustrata.

«Pronta davvero. Voglio che tu ti fidi di me, che tu ti senta a tuo agio con me».

Lei mi prende il volto tra le mani, implorante. «Non c'è uomo con cui potrei sentirmi più a mio agio di te».

«Ma non abbastanza da spogliarti completamente». La mia frase è lapidaria e non le lascia via di scampo.

«Spogliarmi? Intendi, *tutta nuda*? Senza nulla?», ripete come se non avesse capito bene.

«Lo so che non ti spogli per gli uomini, ma io non voglio essere "gli uomini". Voglio essere quello che ti fa stare a tuo agio al punto che tu non senta il bisogno di nasconderti neanche da te stessa».

«Mi stai ricattando? Se non mi spoglio, niente sesso?». I suoi occhi diventano lucidi.

«Infatti è l'esatto contrario, Julia», la rassicuro. «Io non ho bisogno del sesso per stare bene con te, ma voglio che sia tu a stare bene con me, in ogni modo possibile. Un bene così grande, assoluto, completo, da farti dimenticare qualunque paura».

«E se non ci riuscissi mai?». Le cade una lacrima sulla guancia, che asciugo con il pollice.

«Prima o poi ci riusciremo». Dio, quanto vorrei credere alla mia bugia. Ho paura che dei due, quello che ha più bisogno di sentirla sia io. «Non c'è fretta, non abbiamo scadenze, possiamo prenderci tutto il tempo del mondo».

Avevo deciso di lasciare cadere le provocazioni di Dominic, le sue smargiassate sul fatto che con lui Julia si spogliava, ma quando stasera, dopo l'intervista con la giornalista, ho visto Julia vacillare sotto il peso del confronto, della percezione che gli altri hanno di lei, ho capito che quel bastardo, dopotutto, aveva ragione.

Romeo sarebbe stato disposto ad accontentarsi di mezzo cuore, di mezza fiducia, ma se questo è l'unico appiglio a cui può attaccarsi Dwight ed evitare di commettere un reato, lo userò.

Forse Julia non capirà mai che lo sto facendo per tutelarla, ma devo provarci.

Lei sospira, stringendosi nelle spalle. «Perciò a te sta bene aspettare? Settimane o mesi?»

«O anni». Le poso un bacio leggero sulle labbra, che sanno di lacrime.

«Oddio, spero proprio di no», le scappa un sorriso nervoso. «Perché io voglio davvero fare sesso con te».

«E quando avverrà, non ti preoccuperai un secondo se io vedrò una cicatrice o un angolo del sacchetto che esce dalla fascia contenitiva, perché saprai che tra noi non ci sono segreti».

La lama affilata della menzogna mi trapassa le viscere, mentre pronuncio la parola "segreti".

«Va bene», Julia annuisce. «Allora, domattina verrai con me in un posto. Se non dobbiamo avere segreti, voglio che tu ci sia».

~

Più tardi chiamo Bristol; pigio il suo numero controvoglia, pregando che non risponda. Non voglio sentire cosa ha da dirmi.

«Preparati a prenotare una vacanza alle Hawaii o in qualche posto dove puoi andare a fare surf», mi annuncia.

«Surf?»

«Sì, siamo a tanto così da chiudere il caso, e poi potrai andare in ferie!».

«Ah», è la mia risposta sommessa.

«Che brio», commenta Bristol con sarcasmo.

«Pensavo ci mettessimo di più».

«Abbiamo la conferma che i Villa riciclano il denaro per Maniscalco tramite il ristorante: c'è la registrazione di una conversazione tra Gualtiero e sua figlia, in cui parlano del fatto che gli incassi del ristorante vadano a Terry».

Mi devo sedere, ma il divano sembra fatto di chiodi. «Mi sembra poco per procedere a un'incriminazione», provo a dissuaderlo.

«Infatti, non useremo quello, ma l'altra cosa che si sono detti: martedì ci sarà una consegna della "loro farina" al porto e Julia prenderà in carico merce. Noi saremo lì ad aspettarli e a sequestrarla».

«Forse potremmo aspettare e raccogliere altre informazioni».

«Credevo che avessi voglia di chiudere il caso, Faraday».
«Come no, certo!», esclamo con un acuto. «Chiudiamo il caso».
«Non mi sembri contento», constata il capitano. Infatti non lo sono.
«È che... non mi sembra vero».
«Tu stai sempre registrando tutto, giusto?»
«Sì». No. Sono giorni che non mi porto dietro il registratore quando sto con Julia. Anche perché non saprei dove metterlo, dato che sono sempre più nudo che vestito.
«Bravo, stai in campana. E ricordati, nelle honey trap è tutta suggestione».
«Certo, capitano, tutta suggestione».

~

La mattina successiva, sul presto, non so dove accompagnerò Julia, ma spero con tutto me stesso che non sia nulla che la leghi ancor di più a Maniscalco.
E se una persona normale, a sentire nominare l'ospedale Mount Sinai dovrebbe preoccuparsi, io mi sento stupidamente sollevato.
«Perché sospiri?», mi domanda Julia, quando il taxi parte.
«Ho sospirato?»
«Sì, come se fossi in apnea da un'ora».
«È il caldo. Si bolle oggi», mi giustifico. «Perché andiamo al Mount Sinai? Ci sono ospedali più vicini».
«È il più all'avanguardia del Paese per il trattamento della Malattia di Crohn. Infatti il gastroenterologo che nel 1932 la "scoprì", lavorava proprio lì, al Mount Sinai appunto», mi spiega.
«Ma non stai male, vero?», mi accerto, davvero preoccupato.
«No, anzi. Oggi provo una nuova terapia», mi risponde con un sorriso, poi intreccia la sua mano alla mia. «E dato che durerà due ore, mi piacerebbe che mi facessi compagnia».
«Sono qui apposta».
«Fiducia a piccoli passi, giusto?».
Io annuisco, sopprimendo le parole di Bristol che mi riecheggiano in testa. «Giusto».

E non ho nessun registratore con me.

Quando entriamo nel reparto, Julia saluta alcune persone dello staff, che ricambiano con calore, segno evidente del fatto che lei qui sia di casa. La fanno accomodare su una poltrona e le preparano il braccio per una flebo.

«Dunque la stomia non è risolutiva?», le chiedo, curioso di saperne di più, mentre l'infermiere le fissa l'ago.

«È una deviazione del tratto intestinale, ma non è una cura. Quella di Crohn è un'infiammazione che riguarda tutto l'apparato digerente, a partire dalla bocca, perciò può sempre manifestare effetti sul tratto rimanente. Prima ancora dell'intervento ho provato un'infinità di terapie, ma niente si è rivelato efficace».

«Julia!», esclama una dottoressa – Padma Kaipur, dice il suo cartellino identificativo –, avvicinandosi a noi. «Quando mi hanno detto che avevi chiamato per farti mettere in lista per l'infusione non ci potevo credere! Sono dovuta venire a vedere di persona».

«Sono così inattendibile?»

«L'ultima volta che ci siamo viste mi sei sembrata molto ferma sul tuo proposito di non sottoporti a questo tentativo».

«Ho cambiato idea», risponde lei, spostando lo sguardo su di me. «E ho ritrovato anche la motivazione».

La dottoressa fissa prima lei, poi me, e poi di nuovo lei. «Sembra che tu abbia trovato anche altro».

«Lui è Romeo», mi presenta Julia.

«Piacere, dottoressa», dico allungandole la mano. «Sono stato portato qui a sorpresa, se non posso restare, esco».

«No, anzi. Incoraggiamo la compagnia ai pazienti».

«È probabile che ci rivediate spesso insieme», aggiunge Julia.

La dottoressa Kaipur annuisce, soddisfatta. «Purché venga tu, Romeo è il benvenuto».

«Mio padre non sa ancora niente», le sussurra Julia in tono confidenziale.

«Dobbiamo trovare il momento e il modo giusto per affrontare la discussione con Gualtiero», aggiungo.

La dottoressa alza le mani. «Lo conosco, non devi dire altro. Io non ho visto e sentito nulla. Ma sono contenta per voi», aggiunge con un occhiolino.

«Spero tanto che stavolta funzioni per mandare la malattia in remissione. Ci sono tante cose che voglio fare e mi servono tutte le energie possibili».

«Immagino». La dottoressa ci guarda ancora, sorridendo e scuotendo il capo. «Ma sono certa che Romeo saprà andarci piano, dosando le tue energie».

«Anche troppo».

«Va bene, mentre sparlate di me, credo che andrò a prendere da bere. Tu, Julia, vuoi qualcosa? Degli snack? Una rivista?»

«Sorprendimi».

«È valsa la pena aspettare», le sussurra la dottoressa, in confidenza. «L'attesa ti ha ripagata. Ma non dirglielo».

«Lo so».

Al bar faccio scorta di bevande, cibo e generi di conforto ma quando torno alla sala d'infusione incrocio la dottoressa nel corridoio.

«Ovviamente scherzavo, poco fa», mi dice. «Julia è un osso duro, con lei è stato un continuo braccio di ferro dalla prima visita».

«Non lo dica a me, ne so qualcosa di braccio di ferro».

«Non ricordo di averla mai vista così… solare».

«Riesce a nasconderlo bene», ribatto. «Ma anche lei sa ridere e scherzare».

«Era così decisa a non provare questo trattamento che avevo gettato la spugna e non riuscivo a capacitarmi di come fosse possibile un cambio d'intenzione così repentino. Oggi me ne sono resa conto. Julia non aveva perso solo la speranza per la remissione, l'aveva persa per tutto. Ora ha una ragione per non stare male e costruirsi un domani migliore. Le fai bene».

«Non credo di avere tutti questi meriti».

«Tu non l'hai conosciuta prima. Quando l'abbiamo operata per l'ennesima aderenza e si è svegliata con la stomia, le è crollato il mondo addosso. Ogni paziente è diverso dall'altro, molti hanno l'opportunità di avere un intervento pianificato, e disporre del tempo per abituarsi all'idea; a Julia è capitato da un giorno all'altro e credo ci odiasse tutti. Suo padre era terrorizzato che andasse incontro allo stesso destino della madre, e quello con cui stava… Non dovrei dirlo, non è professionale, ma il suo ragazzo dell'epoca era così possessivo da riempirla di paure, anziché rassicurarla. Mi parlava sopra, contestava le terapie, continuava a chiedere secondi pareri e condizionava Julia che, spaventata com'era, si attaccava a lui come fosse un'ancora di salvezza. Era circondata da persone ma non ho mai visto una ragazza più sola. Non so come abbia trovato la forza di uscirne, ma sono contenta che ci sia riuscita e abbia ripreso la sua vita in mano».

«Julia è tenace, non ha bisogno di nessuno. Neanche di me».

«Abbiamo tutti bisogno di qualcuno, ma senza che quel qualcuno trasformi il bisogno in una dipendenza». La dottoressa lancia uno sguardo alla porta, da dove s'intravede Julia che ride e scherza con un'infermiera. «Se hai anche solo un briciolo di merito in quello che sto vedendo, quella persona potresti essere tu».

«Non mi conosce abbastanza per dirlo».

La dottoressa accenna alle mie mani in cui tengo una busta di snack, un mazzetto di foglie di menta che mi sono fatto dare dal barista e due romanzi di Patricia O'Neal. «Ma conosco lei. Abbine cura».

La dottoressa mi lascia per proseguire le sue visite e a me succede quello che succede al vetro. Mi spezzo senza nessun preavviso e vado in frantumi sotto il peso delle sue parole.

Combatto per trattenere le lacrime che mi offuscano gli occhi fino a un punto del corridoio abbastanza appartato per accartocciarmi su una sedia, il viso tra le mani e i singhiozzi che mi strozzano la gola, i sacchetti con gli acquisti abbandonati a terra.

Mi odio per quello che sto facendo, perché io con Julia voglio starci davvero, perché non voglio stare a guardare quando le metteranno le manette per colpa mia.

La honey trap ha intrappolato me e ora non so come uscirne.

Sento una mano leggera posarsi sulla mia spalla. Alzo appena lo sguardo e vedo una signora anziana. «Hai ricevuto una cattiva notizia, caro?»

«Più o meno», rispondo a fatica.

Lei mi si siede accanto. «Riguardo a te o qualcuno che ami?»

«Qualcuno che amo», stavolta la risposta non porta traccia di esitazione. «Che amo da morire».

«Ma certo. Non si sta mai così male per sé stessi, è sempre per qualcun altro».

«Non so cosa fare».

La signora raccoglie i sacchetti e me li mette in grembo. «È la parte più difficile: non poter fare niente, ma dover essere forti per entrambi. Io sono stata male, sai; mi hanno data per spacciata così tante di quelle volte che ho smesso di contarle. Ero certa che sarei stata la prima ad andarmene e avevo già dato disposizioni a mio marito. Scherzavamo perfino su quanto tempo ci avrebbe messo a risposarsi perché lui non è capace di stare da solo. Quattro giorni fa, ha avuto un mal di testa così forte che si è messo a letto e non si è ancora svegliato. Hanno detto che ha una palla maligna grossa come una noce in testa, inoperabile».

«Mi dispiace».

«Oggi è il primo giorno che non piango, ora aspetto e basta. Mi rattrista solo che non riuscirò a salutarlo. Pensa che l'ultima cosa che gli ho detto è stata: "Mettiti del ghiaccio". Se avessi saputo che non ci saremmo più detti altro, avrei provato a essere più romantica».

«Magari la sente ancora».

«Io gli parlo in continuazione, finché c'è tempo».

«Mamma! Sei qui, ti abbiamo cercato dappertutto!», ci interrompe una donna sui cinquanta, trafelata, piombandoci davanti. Poi, si rivolge a me. «Mi scusi, la stava importunando?»

«No, si figuri. Mi ha raccontato delle condizioni di suo marito, mi spiace per la diagnosi. Immagino stiate passando un brutto momento».

La donna scuote il capo, stranita. «Mio padre è morto sette anni fa, ormai. Siamo qui solo per un controllo».

L'anziana fissa la figlia con diffidenza. «Cosa vuole, da noi?»

«Ogni volta è così. Veniamo a fare le visite e sparisce», mi spiega. "Alzheimer", mima con il labiale, mentre invita la madre ad alzarsi. «Il dottore ci aspetta. Scusi ancora l'invadenza».

Le guardo allontanarsi, l'anziana, che fino a pochi secondi fa era lucida e loquace, disorientata e confusa, la figlia esasperata e frustrata.

Mi asciugo il viso, prendo una serie di respiri profondi e torno da Julia.

«Che occhi rossi. Che hai fatto?»

«I vapori del disinfettante che usano per pulire. Mi sa che sono allergico».

«Mi hai preso *I diari delle sorelle Berrington*!», esclama buttandosi sui libri. Mi rivolge uno sguardo colmo di gratitudine e io decido che voglio essere il ricordo su cui la sua mente tornerà, quando sarà anziana, perché sono certo che la mia tornerà a lei.

Non posso redimere gli errori che ho fatto fino a ora, ma posso proteggerla.

Anche a costo di sabotare l'operazione.

75

Julia

Quando arriviamo al *Villa's*, troviamo tutti i ragazzi dello staff in sala col naso schiacciato contro una delle vetrine.

«Che fate?», domando loro, stranita.

«Prendete dei pop-corn e sedetevi in prima fila», ci risponde Vinnie. «Ci sono gli ispettori sanitari da Dominic».

«Ma ha appena aperto», obietto.

«Sembra che per un po' resterà chiuso», aggiunge Rob, ridacchiando.

Anch'io prendo posto accanto ai ragazzi per sbirciare quello che sta succedendo al ristorante di Dominic.

Un gruppo di uomini in divisa sta affiggendo degli avvisi sulle vetrine, mentre un altro consegna un verbale a Dominic, furioso.

«Quanto vorrei essere una mosca per sentire cosa si stanno dicendo», esclama Denny.

«Secondo me la pulizia dei locali potrebbe non essere stata all'altezza dell'ispezione», ipotizza Romeo.

«Figurati se Dominic non ha un esercito di professionisti pagati apposta per pulire perfino le fughe delle piastrelle con i cotton fioc». Conosco Dominic, è molto pignolo per tutto ciò che riguarda "le sue cose".

Ha sette automobili, una per ogni giorno della settimana, e ciascuna viene lavata e lucidata dopo l'uso perché sia perfetta per il giro successivo.

Tutti i suoi vestiti glieli fa su misura una sartoria napoletana e li fa lavare e stirare rigorosamente in tintoria, mutande incluse.

I suoi business non fanno eccezione.

Perfino a me, quando ero "una cosa sua", aveva riservato un programma di cura prestige.
«Solo il meglio per la mia donna», diceva sempre. Parrucchiere, manicure, pedicure, cerette, massaggi, tutti programmati dai suoi professionisti di fiducia. Shopping, regali costosi, gioielli.
Quando stavo con Dominic, ero la versione patinata di me stessa. Da ragazzina, mi facevo incantare dalle sue attenzioni; dopo l'intervento di stomia, mi aveva resa dipendente perché io mi vedevo orrenda e lui mi faceva sentire bellissima.
Se ripenso a quanto tempo ho impiegato ad accorgermi che le sue attenzioni erano solo una tecnica per controllarmi e distrarmi.
Quando l'ho lasciato, lui non ha voluto indietro nulla, così ho dato borse e gioielli a Liza. Lei li ha rivenduti e con il ricavato ci si è rifatta il naso.
«Rilancio e dico infestazione di blatte», contropropone Romeo, che si scambia uno sguardo complice con Sonny per poi battersi il pugno.
«Blatte?!», chiedo. «Sapete qualcosa che non so?»
«Le fogne di Manhattan pullulano di blatte col caldo, e questa primavera stiamo toccando temperature eccezionali. Potrebbero essersi infilate in un condotto di areazione», suggerisce Sonny.
«E aver infestato la cucina», aggiunge Romeo.
Dietro di me, Denny, Rob e Mickey sghignazzano e si danno pacche sulle spalle. A quanto pare, l'unica che non sa nulla sono io. «E, guarda caso, l'ufficio igiene si è presentato per un'ispezione proprio il giorno dopo l'infestazione di queste blatte», dico cercando di mantenere una parvenza di serietà.
Romeo alza gli occhi al soffitto. «Potrebbe essere giunta loro voce tramite "amici di amici"».
«Amici di amici», ripeto.
«Una multa a tre zeri e una settimana di chiusura non gliela leva nessuno», ribatte Romeo, soddisfatto.
«Con tutte le blatte che sono entrate, anche due», ridacchia Sonny.
«Come fai a sapere quante blatte sono entrate, per curiosità?», lo interrogo.

«Sono appassionato di entomologia», si giustifica lui. «Me la cavo con le stime».
«Ve li immaginate i titoli di giornale?», si aggiunge Vinnie. «Ristorante *De Palma*, l'apertura dura la vita di una blatta».
Vorrei davvero unirmi al loro giubilo, ma la preoccupazione mi frena. «Ragazzi, è tutto molto bello ma stiamo parlando di Dominic. Credete davvero che non ci farà pagare questo tiro?»
«Noi non abbiamo fatto niente», afferma Romeo con aria innocente. Poi mi si avvicina, accostando la bocca al mio orecchio. «E anche se fosse, siamo stati bravi a non lasciare tracce».
«Brindiamo?», propone Vinnie.
«A cosa?», chiede Liza sbucando dall'ufficio, trafelata.
«Gli ispettori d'igiene hanno fatto un verbale a Dominic», l'aggiorno. «Gli informati parlano di infestazione di blatte, ma chi può dirlo… Non c'entriamo nulla, noi!», dico guardando la brigata, che si scompiscia.
«Blatte da Dominic, eh? Sanno riconoscere i propri simili».
«Ho sistemato il pane fresco», annuncia mio fratello, giungendo a sua volta sempre dall'ufficio.
Lui ha un inspiegabile alone fucsia che gli circonda le labbra. Lo stesso fucsia del rossetto di Liza.
«E dove lo hai sistemato, il pane?», gli chiedo. «Nell'archivio delle fatture dei fornitori?»
«Eh? No, in cucina, come al solito. L'ho messo via prima», si giustifica.
«Prima di cosa?», mi si affianca Vinnie.
«Ma che caldo fa qui dentro», sbuffa Liza. «Accendiamo questi condizionatori o vogliamo far sciogliere i clienti?»
«Ci pensa Vinnie», dico. «Tu vieni a darmi una mano con le divise nuove?».

~

«Credi che io sia stupida?», le domando appena ci chiudiamo nello spogliatoio, dato che mio padre arriverà a momenti.
«No, perché?», dal suo tono e dalle braccia conserte, Liza è già sulla difensiva.

«Mio fratello aveva il tuo rossetto sulle labbra. E l'ho visto uscire da casa tua all'alba».
Lei deglutisce con forza e spalanca gli occhi. «Stamattina?»
«No», ribatto.
«Ehm… Ieri».
«Riprova».
«Due giorni fa?»
«La mattina dopo il tuo compleanno», le rivelo. «Stavo aspettando che mi dicessi qualcosa tu, ma a quanto pare non sono l'unica a escludere le persone. Perché non mi dici che tu e mio fratello state insieme?»
«Ssshhhh!!!», mi zittisce con forza. «Non stiamo insieme».
«Dovrei bermela?»
«È così». Lei sbuffa e si siede su una panca, la gamba accavallata che ondeggia su e giù, nervosa. «La prima volta che sono andata a letto con Pete è stato dopo la festa del mio compleanno», confessa.
«Che sorpresa», commento con sarcasmo.
«È stato un errore, un colpo di follia. All'*Exagon* l'ho visto ammiccare tutto il tempo a una ragazza del tavolo accanto al nostro e mi ha dato fastidio. Insomma, lui era venuto lì per me, no?»
«Ma se non lo avevi nemmeno invitato?»
«Non importa. Ho sentito il bisogno di richiamare la sua attenzione e, boh, saranno stati i cocktail o che ne so io… Mi sono messa a ballare con lui e l'ho baciato. Doveva finire lì ma Pete bacia davvero bene».
«Grazie dell'informazione».
«Una cosa tira l'altra, mi ha accompagnata a casa, ed è successo quel che è successo». Liza di solito è molto prodiga di dettagli, non è da lei liquidare una notte di passione con "è successo quel che è successo", ma, trattandosi di mio fratello, le sono riconoscente per la vaghezza.
«Non è andata bene?», azzardo a chiedere.
«Anzi! È stato perfetto», ribatte. «Ma sono stata chiara: non doveva più accadere. Mai più».
«E cosa non ha funzionato?»
«Non ho la capacità di resistergli. Quando lo vedo e guardo le sue mani, smanio per sentirmele addosso», continua con

voce sommessa e disperata. «Ogni sera mi riaccompagna a casa e come minimo dobbiamo farlo due volte prima che lui vada alla panetteria per il turno notturno. Poi torna da me al mattino con i bomboloni alla crema e lo rifacciamo, dopo viene al ristorante per portare il pane e ci infrattiamo dove capita: sul retro del furgone, nell'ufficio o, se è occupato da tuo padre, nella dispensa. Però, ieri c'era Mickey che sistemava le provviste e quindi siamo andati nella cella frigo».

«Frigo? Fa freddo», obietto.

«È insonorizzata. Mi ha messa sulla cassetta delle melanzane e sai quanto mi piace essere piegata in avanti... A ogni modo, non si sente un fiato».

«Ok, Liza, basta così. Ora ti dirò due cose: una bella e una brutta. Quale vuoi sentire prima?»

«La bella, che domande?!».

«Credo che mio fratello ti piaccia davvero, altrimenti non ti lasceresti coinvolgere così. Non si è trattato solo di "marcare il territorio" perché flirtava con un'altra».

«E sarebbe una bella notizia questa?»

«Per te non lo è?»

«Io e Pete non possiamo stare insieme. Ci hai visti? È più basso di me, io non mi ci figuro. Perché ci nascondiamo, secondo te?»

«Ed è qui che arriva la cattiva notizia: Pete ti adora, si butterebbe dal ponte di Brooklyn se tu glielo chiedessi, quindi se non hai intenzione di iniziare una storia seria con lui, devi dirglielo».

«L'ho fatto».

«E smettila di farci sesso». Liza non ribatte. «Lo illuderai e basta. Liza, io voglio un bene dell'anima a entrambi, ma la mia lealtà va a lui. Angelo è il bastardo dentro, io la stronza, Pete è l'unico buono della famiglia. È un ragazzo d'oro, si merita qualcuna che non si vergogni di stare con lui solo perché è più basso di tre centimetri».

«Lo so, è sprecato per un'egoista superficiale come me».

«Se solo tu fossi capace di andare oltre le apparenze, sareste felici entrambi. Alla fine tu critichi sempre la mia scelta di schivare l'amore a ogni costo, ma anche tu non hai una relazione stabile da anni, forse perché nessuno regge il confronto con Pete».

«Ma non stai più schivando l'amore. Tu e Romeo puzzate di stucchevole felicità da tre isolati di distanza. Anche i ragazzi della brigata hanno capito che tra voi è cambiato qualcosa».

Mi appoggio di schiena agli armadietti metallici, stringendomi in un autoabbraccio. «Non avrei mai osato pensarlo ma è perfetto. Non riesco a trovargli un difetto».

«E dire che all'inizio vedevi solo quelli. Certo, immagino che ora tu abbia scoperto suoi pregi nascosti molto appaganti».

«Mi fa guidare la sua moto», dico con aria trasognata.

«Intendevo altro ma certo, per te che apprezzi il genere, capisco. E poi, presto guiderete insieme, ciascuno la sua».

«Non così presto, la mia ha bisogno di molti lavori, ancora. Ah, prima ho ripescato un pacco dal bidone che credo contenga le pinze dei freni, dopo il servizio del pranzo lo porto nel tuo garage».

«Si è bloccato il portone e l'assistenza non passa fino alla prossima settimana. Però dammi la scatola che la tengo su, da me».

«Così, quando tua madre viene a farti le pulizie, la trova e la porta dritta da mio padre», brontolo. «Non si apre neanche con la chiave?»

«No, devono venire a smontarlo. Che importa? Tanto non hai fretta e poi hai la moto di Romeo da cavalcare. E anche altro».

«Al momento l'unica cosa che Romeo mi fa cavalcare, di suo, è proprio la moto», confesso. «Tu e Pete state facendo tutto il sesso che non facciamo noi».

Liza mi guarda basita. «E come passate ogni sera a casa sua? Giocando a rubamazzo?»

«Certo che no, ma non siamo ancora arrivati al rapporto completo».

«Che problemi ha?». Ora il suo sguardo è allarmato.

«È tutto ok, Liza. Romeo è molto generoso e altruista e ho avuto più orgasmi con lui in una settimana che in otto anni con Dominic».

«Continuo a non capire l'impedimento».

«Romeo dice che vuole farlo solo quando sarò così a mio agio con lui da riuscire a mostrarmi nuda. Tutta nuda».

«Ti compro un altro pennello "magico"», dice prendendo il cellulare e scorrendo lo schermo.

«Non mi serve un pennello, mi serve coraggio e quello non

lo vendono da nessuna parte». Esalo un sospiro pesante, per liberarmi il petto da un peso invisibile. «E temo che se non ci riuscirò, alla fine lui si stancherà. Le occasioni non gli mancano».

«Juls, ho sfilato davanti a lui con le mie minigonne più corte senza che mi degnasse di uno sguardo, eppure, quando vede te infagottata nella casacca macchiata di sugo, sembra che gli sia apparsa la Madonna di Lourdes», ribatte. «Se anche ha le occasioni, non credo che le consideri».

«Grazie dell'iniezione di autostima».

«Prego», risponde. «E io sono un'imbecille perché volevo flirtare con Pete solo per attirare l'attenzione e invece sono finita che mi piace davvero».

«Vedi», le dico mentre usciamo dallo spogliatoio. «Anche tu hai una coscienza e sei in grado di farti autoanalisi, se vuoi».

«Perciò, secondo te, devo chiudere davvero con lui?»

«Se ti vergogni così tanto sì, ma questo puoi saperlo solo tu». Entro in cucina dove trovo già tutti i ragazzi all'opera alle proprie postazioni, Mickey che esce dalla cella frigo con la cassetta di melanzane. «Lavale bene, quelle».

76

~~Dwight~~

Romeo

«Adesso tu mi devi spiegare una cosa e spero che tu abbia una giustificazione plausibile», è l'ordine di Bristol alla nostra chiamata notturna.

«Sì, capitano».

«I microfoni nell'ufficio di Gualtiero hanno restituito dei rumori strani».

«Strani, come?»

«Ansimi, mugolii, un cigolio ritmico di quella che presumo fosse la scrivania. Faraday, c'erano due che stavano facendo sesso», decreta. «Rispondi conciso: uno dei due eri tu?»

«No», ribatto, contento per una volta di non dover mentire.

«Dunque, chi mai erano quelli che stavano consumando un amplesso in pieno orario lavorativo?»

«Il figlio maggiore di Gualtiero e la sua figlioccia hanno una tresca segreta», rispondo.

«Il figlio e la figlioccia?», sbotta Bristol. «Non so mica se è legale».

«Non siamo la buoncostume, non ci interessa. E poi tra Pete e Liza non vi è alcun legame di sangue: i Lo Bianco e i Villa non hanno parentele in comune».

«Affari loro. Senti, quell'ispezione dell'ufficio igiene che hai chiesto: io li ho allertati, ma a che scopo?»

«Diciamo che è stato un gesto di lealtà nei confronti della famiglia Villa. Un concorrente ha aperto proprio di fronte a loro, e ha sabotato i frigo del nostro ristorante. Andava ripagato della cortesia».

«Ottima pensata», si complimenta Bristol, senza sapere che io l'ho fatto più per Julia che non per consolidare la mia copertura. «Dunque, prevedi che dovremmo sentirne altri di audio così… pittoreschi?».

La risposta è no, perché la mattina successiva, dopo l'allenamento con la brigata, sgattaiolo nell'ufficio e scollego il sistema di spionaggio.

Non lo faccio per tutelare la privacy di Liza e Pete, ma perché l'FBI non possa raccogliere altre prove contro Julia e la sua famiglia.

Questo non solo mi rende inadempiente.

Mi rende complice.

77
Julia

Per il mio compleanno non succede mai niente di speciale.
Al mattino papà mi posa due baci sulla testa. Niente auguri, solo due baci. Uno suo, uno di mamma.
Pete mi fa trovare una girella con l'uvetta, che ricade tra i vari frutti proibiti, ma che è il suo tacito regalo.
Angelo non se lo ricorda proprio e di solito mi ritrovo la girella mezza addentata, ma non quest'anno, perché non può raggiungerla dal salotto.
Al ristorante Romeo mi aspetta con un mazzo di peperoni dolci rossi, gialli e viola.
«Sono bellissimi», dico accarezzando le verdure colorate.
«Te li cucino», mi risponde, «ho in mente un piatto speciale».
Mi prepara una crêpe con gorgonzola – il modo in cui sta attento a usare ingredienti che posso mangiare è diventato il mio punto debole –, pere grigliate e marmellata di peperoni che diventa il nostro pranzo.
Non mi serve una grande festa, mi bastano piccole attenzioni e Romeo, con me, le ha sempre.
Alla fine del turno, dopo esserci cambiati, aspetto che mi porti il mio casco per andare insieme al *Midnight Club*.
«Mi spiace, non riesco a unirmi a voi», mi dice, presentandosi a mani vuote.
La sua frase mi colpisce facendomi sprofondare nella delusione. Non avevo in mente nulla di particolare, ma dopotutto stasera ci tenevo a passarla con lui. «Pensavo di trascorrere la notte da te. Mio padre non si stupirebbe se "dormissi da Liza" la sera del mio compleanno», provo a convincerlo.

«Casa mia sembra una tana di ratti e comincio a vergognarmi di ospitarti senza dare mai davvero una pulita e una riordinata come si deve», mi spiega. «E dato che domani intendo passare tutta la nostra giornata libera insieme, stasera voglio renderla accogliente o almeno igienica».
«Non ho mai trovato niente che non va a casa tua e io sono molto esigente».
Lui mi si accosta all'orecchio. «Perché stiamo solo sul letto o sul divano. Lo faccio per noi».
«Appunto», insisto. «Ti do una mano, insieme facciamo anche prima».
«Non esiste che stasera ti metta a fare le pulizie da me. E neanche un'altra sera, se è per questo». Strofina la punta del naso contro il mio e posa un bacio leggerissimo sulle mie labbra. «Vai a divertirti con Liza, anche perché da quando stai con me dopo la chiusura, si sentirà trascurata».
«Fidati, non c'è persona meno trascurata di Liza».
«Ok, allora tu vai al *Midnight Club*, che di sicuro le ragazze vorranno farti gli auguri, io do una rassettata veloce e poi ti aspetto da me».
«Questo programma mi piace di più». Mi sento ridicola, neanche fossi una sedicenne alla prima cotta che non può passare più di mezz'ora lontano dalla sua dolce metà.
Pete, da bravo chauffeur, accompagna me e Liza da lei.
«Sei la hostess meglio vestita di Manhattan, che bisogno hai di cambiarti?», le dico mentre si spoglia in mezzo al soggiorno.
«Puzzo di ristorante. So che a te non disturba emanare odore di cibo, ma a me sì. E poi potresti cambiarti anche tu una volta: è il tuo compleanno, fatti carina! Guarda qui». Mi passa un abito lungo, di quelli eleganti, da sera, in raso argento e tulle, e con la scollatura tempestata di cristalli. Accanto ce n'è un altro identico, ma azzurro.
«Non ti sembra eccessivo per il club?»
«Ne ho comprati due perché mi piacevano entrambi i colori».
«I soldi ti fanno proprio schifo, eh?», dico notando il cartellino con scritto "300 dollari".
«La proprietaria del negozio è una mia cliente. Mi ha fatto lo sconto in cambio di una Chanel che mi arriva tra dieci giorni. E al club abbiamo deciso di metterci un po' in tiro una volta

tanto, che sembriamo sempre un raduno di gattare. Su, scegli, argento o azzurro?».

~

Alla fine, il vestito argento era troppo bello per non truccarsi alla perfezione, e il trucco era troppo rifinito per non fare i capelli.

Quando scendiamo, però, davanti a casa non c'è Pete ad attenderci, ma una limousine.

«E questa?», domando.

«Ci trattiamo bene», spiega Liza.

«Il *Midnight Club* è letteralmente a cinque isolati da qui».

«E tu vuoi fare cinque isolati sui tacchi?!».

«Bastava un taxi».

«Mi sono scaricata *RentaLimo*. Sali, leviamoci uno sfizio ogni tanto!», mi tira per il gomito.

«Continuo a trovare tutto questo assurdo, a che serve?»

«Non tutto deve servire a qualcosa nella vita. Ci si può concedere qualche capriccio innocente senza stare a farsi problemi come fai tu. Guarda», dice indicando uno sportellino lucido posto tra i lunghi sedili neri. «C'è persino un frigo!».

La corsa in realtà è breve, ma mi tocca dare ragione a Liza: viaggiare in limousine ha il suo perché. E pensare che c'è gente che la usa tutti i giorni.

Arrivate alla libreria, troviamo tutto buio e la serranda abbassata.

«Questa, poi!», esclama Liza scocciata. «Sta a vedere che si sono scordate!».

«Sai che spesso non sono puntuali», la rassicuro. «Saranno tutte qui a minuti».

«A me non pare proprio, non c'è anima viva. Andiamo di sopra, al night club, a vedere se c'è Nora. Magari non ha ancora staccato e sua sorella la sta aspettando».

«Certo, andiamo a fare la figura delle scappate dal manicomio, vestite come le figlie del sultano del Brunei in mezzo alle lap-dancer», borbotto seguendola su per la scala di metallo, l'orlo del vestito tra le mani per non calpestarlo e stramazzare sui gradini.

Ma quando entriamo nel night, non c'è ombra di lap-dancer, clienti bavosi che sventolano biglietti da cinque dollari né musica techno.

La sala è immersa in una luce blu, mentre un proiettore ricrea sulle pareti la mappa di un cielo stellato e dal pavimento si leva una nebbiolina bianca.

«Ma cosa…?», stringo gli occhi per mettere a fuoco le figure alte e scure che si delineano al di là della cortina candida.

Nell'aria si diffonde una melodia, dapprima sommessa poi sempre più piena, di violini e pianoforte, molto diversa da ciò che di solito si suona qui dentro.

«Liza…?», le dico dandole una gomitata nel fianco. «Vedo bene o ci sono delle persone con… con delle ali?».

E una di quelle persone viene verso di me.

È Romeo, vestito in un completo nero decorato con ricami argentati.

Questa è una di quelle immagini che mi rimarranno stampate nella memoria finché ne avrò una.

«Respira», mi dice Liza, prima di farsi da parte.

Dietro di lui ci sono tutte le donne del *Midnight Club*, vestite da gala, i ragazzi della brigata, anche loro in completo scuro e altri uomini, sempre alati che da qui non distinguo.

Sono senza parole.

«Ma questa è… è la Notte delle Stelle Cadenti», gli dico appena lui è abbastanza vicino da sentirmi.

Romeo allunga una mano e prende il mio polso, a cui lega una polsiera decorata composta da erbe aromatiche. «Benvenuta al tuo ballo di fine anno».

Belli i piccoli gesti, ma ora sono certa di amare anche quelli grandi.

78

~~Dwight~~
Romeo

«Romeo, queste ali sono scomodissime», si lamenta Denny.

«Saranno scomode, ma hai visto come ti guarda Tia?», dico indicando una delle ragazze del club di lettura.

«In effetti, non sono più così d'impiccio».

«L'auto è arrivata», annuncia Nora che sta tenendo d'occhio la strada dallo spiraglio della porta.

Organizzare tutto di nascosto da Julia è stato difficile, ma non impossibile.

Liza mi ha dato una grossa mano per depistarla, Pete e Nora si sono occupati dell'allestimento del locale.

L'idea di partenza era organizzare una festicciola a sorpresa giù, nella libreria, poi le proposte si sono allargate fino alla mia di ricreare un ballo di fine anno del liceo, e a quel punto perché non farlo a tema? Gli spunti romantasy non mancavano e così un night è diventato solo per oggi La Corte della Notte.

Cadendo in una domenica prefestiva – domani sarà il Memorial Day – il gestore, molto amico di Nora, ci ha fatto questo favore.

La limo l'ho fatta arrivare dal magazzino sequestri del Bureau, mentre per i cavalieri *fae* ci ha pensato Fern.

«Cristo santissimo!», ha esclamato Ilana quando è arrivato un gruppo di ragazzi alti e ben piazzati. «Chi sono quelli?»

«Mio fratello allena una squadra di hockey a Yonkers e gli faccio da assistente», ha risposto Fern. «Ho chiesto ai giocatori se volevano venire a pareggiare il numero dei cavalieri vista la sovrabbondanza di dame».

«Non dire altro», la ferma Ilana. «Presentaceli!».

Al segnale di Nora, abbiamo attivato la macchina del fumo e ci siamo posizionati come concordato in attesa dell'ingresso di Julia.

Ho una certa ansia. Il fatto che si sia presentata potrebbe essere positivo, ma non sono sicuro che prenderà bene un compleanno a sorpresa in grande.

Potrebbe perdere le staffe e io aver dimostrato di non rispettare le sue scelte.

Quando sento la porta aprirsi e il ticchettio di tacchi sul pavimento, addento il lecca-lecca frantumandolo in mille pezzi, con un "crack" che sentono tutti.

È un all-in, una mossa che a poker mi guardo dal fare, ma stasera per lei voglio rischiare.

Intravedo due sagome ma, nonostante la penombra e la cortina di nebbia, riconosco subito la sua.

Il piano originale è aspettare che lei arrivi al centro della sala e il fumo si diradi, poi sollevare le luci e farle gli auguri di buon compleanno in coro, ma non resisto e devo andarle incontro.

Le parole mi muoiono in gola quando la vedo: avevo detto a Liza di "farla bella", ma non pensavo così.

Sto anche rivalutando l'idea di aver proposto d'indossare le ali nere. Lì per lì mi era sembrato un colpo di genio, ora mi chiedo se io non le sembri un cretino.

Il volto di Julia non tradisce irritazione o disagio. Si guarda intorno sbattendo le palpebre, con aria colpita, e quella tenaglia alla bocca dello stomaco mi si allenta.

«Ma questa è… è la Notte delle Stelle Cadenti!», esclama.

Il coraggio torna a scorrermi nelle vene, così le prendo la mano che lei cede alla mia stretta con una arrendevolezza disarmante, e le annodo al polso il corsage. Quando alla fioraia ho chiesto di comporlo con rametti di mirto, origano, fiori di borragine e anice stellato mi ha chiesto: «Non ho capito se questa ragazza vuoi portarla a ballare o mangiarla», le ho risposto: «Tutte e due».

«Benvenuta al tuo ballo di fine anno», la saluto.

«Dovrei odiarti, non ascolti mai quello che ti dico», replica in un finto rimprovero.

«Io ti ascolto sempre, però poi faccio di testa mia».
«In questo caso hai fatto benissimo».
«Apriamo le danze?».
Lei porta le sue mani sulle mie spalle. «Sono molto realistiche queste ali... ma riesci a muoverti?»
«Mi sono allenato a indossarle».
Intorno a noi la pista si riempie di altre coppie, che ci turbinano intorno al ritmo della musica trascinante.
«Immagino che casa tua sia ancora in disordine», mi dice lei.
«C'è il bucato che aspetta di essere messo via da una settimana, non ho più bicchieri puliti e nel frigo ci sono gli avanzi del pranzo di lunedì scorso che ormai vivono di vita propria, ma non ho mai davvero avuto in programma di sistemare».
«E in solo una settimana hai organizzato tutto questo?», mi chiede stupita.
«Non da solo. E il risultato non è nemmeno venuto come avevo in mente, ma...».
Julia mi posa l'indice sulle labbra. «Niente "ma". È perfetto. Detesto la tua capacità innata di darmi torto con eleganza, ma avevi ragione tu: non ho dei veri motivi per negarmi una festa».
«Io non volevo darti torto. Siamo così abituati a fare braccio di ferro che sembra sempre che uno dei due debba vincere sull'altro, ma non è così. Non più, comunque. Volevo solo provare a sostituire un tuo brutto ricordo con uno bello».
«Ci sei riuscito». Julia mi bacia con una dolcezza tanto disarmante che mi viene voglia di sollevarla in braccio e portarmela via. «Credo che ormai tutti sappiano di noi».
«Ho fatto giurare loro di non dire una parola con tuo padre», la rassicuro.
«Sai, sei molto sexy con queste ali. Dovresti tenerle».

~

La torta di compleanno l'ha preparata Mickey, confermando la sua inclinazione per la pasticceria; le ali fucsia di Vinnie prendono fuoco perché troppo vicino alle candeline e uno dei giocatori di Fern lo "spegne" versandogli addosso una caraffa di virgin Mojito. Denny trova il coraggio di parlare con Tia, mentre Pete si limita a guardare Liza che balla con il portiere alto due metri. La festa si prolunga fino a tarda notte, ogni canzone è sempre "l'ultima e poi basta" e quando ce ne andiamo, porto davvero via Julia in spalla.

A casa mia crolliamo abbracciati e sfiniti, ancora con i vestiti addosso, e quando suona la sveglia, Julia mugugna infilando la testa sotto il cuscino.

«Dobbiamo alzarci», le dico stanandola dal suo nascondiglio.

«È lunedì, siamo liberi oggi», protesta. «Che ore sono?»

«Le sei».

Lei mi aggancia la vita con le gambe, impedendomi di muovermi. «Appunto, spegni quell'affare e torna a dormire».

«C'è un posto in cui voglio portarti!». La tiro per le caviglie, con lei che scalcia indispettita.

«Ma mica scappa, il posto, se ci andiamo anche tra un paio d'ore». Julia si aggrappa al lenzuolo, per resistermi, ma la tiro giù con anche il coprimaterasso.

«Ne varrà la pena», la convinco, portandola in bagno in spalla, come un sacco di patate.

«Tu dovresti volermici portare, a letto, non togliermici con la forza», piagnucola.

Controvoglia e sotto una pioggia di proteste, ci vestiamo e scendiamo nella mia rimessa.

«Poco fa ho omesso un piccolo dettaglio: per raggiungere il luogo verso cui siamo diretti, io andrò con la mia moto», sollevo la saracinesca di metallo, «tu, con la tua».

Julia precipita dentro, dove la sua Royal Enfield campeggia tutta riassemblata e scintillante.

«È proprio la mia-mia?», domanda girandole intorno come per sincerarsi che non sia stata sostituita.

«La tua-tua», confermo. «Ma tutta intera».

«Come accidenti hai fatto? Quando l'hai fatto?»

«Ho le mie risorse». I pezzi c'erano tutti, metterli insieme è stato un gioco da ragazzi per un meccanico del Bureau. So che dovrei sentirmi in colpa per la mia imperdonabile negligenza nei confronti del mio lavoro – quello vero – ma ho scelto. Ho scelto lei.

«E funziona davvero?»

«Mettila in moto, se non ci credi». Le indico uno zaino ap-

poggiato sul bancone da lavoro. «E non dimenticarti quello, ti servirà».
«Ma dove andiamo?», mi chiede.
Io salgo sulla mia moto e mi riallaccio il casco. «L'unico modo per scoprirlo è starmi dietro».

79

Julia

I motivi per rimandare il giro in moto sarebbero tantissimi, ma ho aspettato questo momento così tanto – e pensavo che sarebbe passato ancora molto tempo prima di accarezzare anche solo l'idea –, che non esito un attimo ad accendere la Royal Enfield.

È la prima volta che sento il suo rombo, lo prendo come un "Ciao".

«Pronta?», mi domanda facendomi l'occhiolino, lui in sella a Bonnie.

«Pronta».

Non ho idea di dove voglia portarmi ma lo seguirei anche all'Inferno, se stesse andando lì.

Usciti dalla città, imbocchiamo la Interstate 87 e ci dirigiamo verso nord, dove posso aprire il gas sul nastro di asfalto che scivola dritto nella pianura dell'Hudson Valley, con Romeo davanti a me che accelera sempre attento a tenermi entro il suo raggio.

Ci fermiamo a Erskine, a una stazione di servizio per fare rifornimento e uno spuntino.

«Bevi», mi dice lui porgendomi una bottiglia d'acqua. «Fa caldo, non vorrei che finissi disidratata per colpa mia».

«Siamo in strada da quasi due ore», dico. «Stiamo fuggendo in Canada, per caso?»

«La tua moto aveva bisogno di un bel rodaggio, non potevamo certo fare il giro dell'isolato. Comunque siamo quasi arrivati».

«La destinazione è ancora misteriosa?»

«In realtà speravo che il tuo brillante intuito, a questo punto, ti avesse dato qualche idea, ma dato che non è così mi riservo l'effetto sorpresa».

«Sorpresa?», domando esterrefatta. «Un'altra?»

«E non siamo neanche a metà». Romeo mi bacia, le sue labbra sanno di spremuta d'arancia e lo zenzero dentro mi fa pizzicare la punta della lingua. Nel già lungo elenco delle cose che mi fanno impazzire di lui, ora c'è anche vederlo guidare la moto. Fino a oggi sono sempre stata davanti o sul suo sellino posteriore. Vederlo guidare è un'altra faccenda: mi piacciono la sua sicurezza, il suo controllo, la padronanza della strada e anche la posizione che tiene lo valorizza molto.

«Speravo di poter stare un po' con te, a rilassarci, magari con meno vestiti».

«Non ancora». Lui mi tira su la zip della giacca senza degnare di uno sguardo la mia scollatura. «Ma dato che sei del tutto fuori pista, ti do un indizio: preparati a remare».

E quando Romeo imbocca la direzione per Greenwood Lake, capisco: siamo venuti al raduno di kayak sul lago.

«Ho letto sul gruppo che non avresti partecipato perché troppo lontano da New York», mi spiega quando parcheggiamo le moto al posteggio. «Eccoci».

«Non avevo messo in conto che ci fosse questa alternativa e non avevo il coraggio di chiederti di sacrificare il tuo giorno libero per portarmi fino a qui», gli dico. «In più ho un appuntamento oggi pomeriggio e non rientreremmo in tempo».

«Anche questo lunedì?», mi domanda lui aggrottando la fronte.

«Sì», sbuffo.

«Lo stesso della settimana scorsa?». Dal suo tono sembra che voglia approfondire, ma io non ho intenzione di rivelargli altro. Non si merita i miei problemi.

«Già», confermo.

«E non puoi rimandare?»

«Sarebbe un problema». Ancora una volta mi trovo a maledire Angelo per aver incastrato me nei suoi guai, e a maledire me stessa per non avergli risposto picche.

Romeo mi prende le mani. «Quanto grosso? Di cosa si tratta?»

«Non te lo posso dire. E non è per una questione di fiducia, ma perché se potessi me ne leverei di mezzo pure io. Se te ne parlassi, invece, tirerei dentro anche te».

«Mi fai preoccupare».

«È tutto sotto controllo», cerco di rassicurarlo.

«Se è così, allora non vedo il problema di rimandare a domani», insiste.

Sto per ribattere che non è mia facoltà posticipare la consegna, ma se ora insistessi per tornare a New York, in una giornata così bella, a un passo da un lago che promette di regalarci fresco e riposo, dopo che per me Romeo ha organizzato una festa di compleanno da sogno e riparato la mia moto, non potrei uscirmene senza dargli una spiegazione decente. Romeo sta riuscendo in una missione che probabilmente non è neanche consapevole di star compiendo: mi sta rimettendo la mia vita in mano e quanto è bello stringerla forte. È come quegli oggetti che metti via per non perderli e poi non ricordi più dove li hai messi. Alla fine, quando non li stai nemmeno più cercando perché te li sei scordati, ecco che li ritrovi e capisci quanto ne avevi bisogno.

«Faccio una telefonata».

Mi allontano da lui quanto basta perché non mi senta e telefono ad Anya, le spiego che sono fuori città e di riferire che consegnerò i soldi domani. Fino a oggi sono sempre stata fedele ai patti.

«Sistemato», annuncio tornando da lui. «Ora, per fare kayak mi serve la muta… mi dici come fare?»

«Ci ha pensato Liza», risponde Romeo, con prontezza. «Nel tuo zaino ci sono tutti i cambi di cui hai bisogno».

«È stata tua complice».

«In tutto».

Quando ci troviamo con il gruppo del raduno e vado in uno dei bagni a cambiarmi, trovo un biglietto scritto da Liza.

“Riprenditi tutto quello che non ti sei concessa in questi anni”.

80

~~Dwight~~
Romeo

Quando Julia mi conferma di aver disdetto il suo "impegno", tiro un sospiro di sollievo: neanche oggi la sentinella del Bureau la intercetterà a consegnare il denaro.

«Pronta a remare», mi annuncia quando torna con muta e giubbotto salvagente indossati.

I kayak sono da due, e stavolta Julia non esita a salire con me. «La moto d'acqua, però, ti eri rifiutata di condividerla», le faccio notare.

«Ma non salgo con te per piacere, ma solo perché quando sarò stanca sarai tu a remare», ribatte sistemandosi nel sedile davanti.

«Piano quasi perfetto. Dato che sono dietro, non puoi vedere quando sarò io a fermarmi e a lasciar remare te. In più, se ti conosco un po', pur di dimostrarmi che ce la puoi fare, remerai finché non ti si staccheranno le braccia».

«Quanto detesto darti ragione».

Mi sporgo in avanti, per avvicinarmi al suo orecchio. «Non stancarti, ho altri piani per te stasera».

Lei si volta a guardarmi da sopra la spalla. «Altre sorprese?»

«Hai troppi compleanni da recuperare».

La vogata non è competitiva, nessuno ci mette fretta, e ci godiamo lo slittare placido sull'acqua fino al ristorante galleggiante dall'altro capo del lago, dove pranziamo.

Mangiamo, beviamo, ci riposiamo sulle sdraio – Julia si appisola con la testa sulla mia spalla – e dopo un breve ma meritato riposo, ci rimettiamo sui kayak, facciamo il giro di boa intorno a Fox Island, l'isolotto davanti alla riva sud, per poi tornare indietro a metà pomeriggio.

«Tu volevi privarti di questa giornata solo perché troppo lontana dalla città?», le chiedo mentre ci prepariamo a risalire in moto.

«Avevo fatto altre stime», sospira stringendosi nelle spalle.

«Con me puoi smetterla di fare stime, ti dico fin da ora che il mio impegno principale sarà dimostrare che sono sbagliate».

«Avere torto sta cominciando a piacermi». Ci baciamo, dandoci una testata con i caschi, per poi ripartire.

Sulla strada del ritorno che costeggia la sponda orientale del lago m'infilo in una strada secondaria, per poi imboccare un vialetto sterrato.

«Che ci facciamo qui?», mi domanda quando accosto a bordo strada davanti a un bungalow sull'acqua, nascosto tra il fitto del bosco.

«Stavo pensando che siamo venuti fino a Greenwood, abbiamo remato tutto il giorno, ma alla fine non abbiamo fatto neanche un tuffo».

«Un tuffo?»

«Ci starebbe un bel bagno per finire la giornata, no?», dico levandomi il casco, poi la giacca.

«E vuoi farlo adesso?»

«Una volta lasciato il lungolago non sarà più possibile, è la nostra ultima chance».

Lei ancora non sembra convinta. «Qua?»

«Perché no? C'è un pontile proprio laggiù».

«Sì, è il pontile di una casa».

«È chiusa, nessuno ci dirà che non possiamo». E a ribadire la mia intenzione, mi sfilo anche la T-shirt e i pantaloni.

«Non c'è modo di farti cambiare idea, vero?»

«Non dirmi che tu non hai voglia di lanciarti in acqua».

«Sì, ma…».

«Niente ma, nasconditi dietro il bungalow, infilati la muta e buttiamoci».

La aspetto in fondo al pontile di legno, alcune assi schiodate traballano e la casetta a cui è attaccato avrebbe bisogno di una mano di vernice, perché la pittura bianca è scrostata in più punti.

«Che fai ancora così?», le domando quando mi raggiunge tutta vestita.

«Ho lasciato la muta nel bagno del porto, quando mi sono cambiata prima».

Io, per tutta risposta, mi levo i boxer e mi tuffo in acqua. «Si sta da Dio», annuncio riemergendo.

«Grazie mille dell'informazione».

«Buttati vestita, che t'importa? Tanto hai un cambio con te, no?»

«Ho un cambio, sì», riflette. «E va bene, facciamolo». Si sfila le scarpe, le calze, poi lascia cadere i jeans, e infine la T-shirt e il reggiseno, abilmente sfilato da sotto la canotta, restando con quella e gli slip.

Si guarda intorno, destra e sinistra, davanti e dietro, poi annuisce tra sé e sé. Abbassa gli slip, che lascia cadere giù alle caviglie.

«Adesso sì, che si ragiona», commento.

Ma quando penso che stia per buttarsi, Julia afferra l'orlo della canotta tra le dita e lo alza con cautela, quasi si stesse levando una seconda pelle. Lo sfila dalla testa, se lo appallottola addosso come se stesse realizzando ciò che ha appena fatto, prima di abbandonarlo sul mucchio degli indumenti che ha già tolto.

Resta lì sul bordo del molo, nuda. Completamente nuda.

Sul suo addome si intrecciano dei rami fioriti che coprono le cicatrici degli interventi, mentre le sue mani nascondono il punto in cui sul suo ventre è attaccata la sacca della stomia.

Mi guarda in silenzio, potrei giurare che stia trattenendo il respiro, di certo lo sto trattenendo io.

«Mi butto», dice.

Il suo buttarsi non è riferito al tuffo, ma alle mani che lascia cadere lungo i fianchi, rivelandosi a me senza paura. La sua bocca si tende in un impercettibile e timido sorriso.

Il riflesso ambrato delle onde balugina sulla sua pelle, vestendola di una trama di luce. Se i miei piedi non toccassero il fondo, potrei affogare all'istante.

«Sono qui», le dico.

Julia si tuffa e io tendo le braccia per accoglierla nella mia stretta, appena riemerge.

«Ciao», mi saluta.

«Ciao». Sono senza voce e senza fiato.

«Sono qui», ripete.
«Ti sei spogliata».
«Se devono arrestarci per atti osceni, almeno ci arresteranno insieme».
«Completamente spogliata».
«Non c'è nessuno».
«Ci sono io».
«Volevo che mi vedessi tu». Julia mi cinge la vita con le gambe, i nostri corpi rallentati dall'attrito dell'acqua. Appoggia la fronte alla mia, le punte dei nostri nasi che si sfiorano. «Non dici niente?»
«Sono senza parole».
«Spero per la mia incomparabile bellezza».
«Non me l'aspettavo», confesso.
Julia sopprime una risatina nervosa. «Neanche io».
«Mi rendo conto di aver posto una condizione alla nostra relazione, ma non voglio che tu ti senta forzata a scavalcare un tuo limite solo per fare sesso con me».
«Per fare sesso, no», scuote la testa. «Con te, io voglio fare l'amore».
Io voglio fare l'amore.
Le mie difese vanno giù sotto l'assedio di quelle cinque parole, la mia volontà si sbriciola in un cumulo di macerie e polvere, mentre il bacio che ci tremava sulle labbra, in attesa che le nostre bocche s'incontrassero, ci spazza via.

81

Julia

«Ma io con te voglio fare l'amore».

Non aspetto nemmeno che lui dica altro, tanto è il bisogno di baciarlo.

Ho i brividi addosso, e non per l'acqua. Potrei fare evaporare tutto il lago da quanto mi sento bruciare.

La voglia e il bisogno si rincorrono mentre le sue mani disegnano il mio corpo in ogni sua curva, ora che finalmente tra noi non ci sono barriere.

Levarmi tutto è stata una necessità impellente, perché io nel nostro noi voglio esserci con tutta me stessa, anche con la parte che mi piace di meno.

Nell'abbraccio dell'acqua e nella stretta di Romeo mi sento al sicuro.

Mi ha guardata come se al mondo non esistesse più niente eccetto me.

La mia pelle riconosce il suo tocco e ogni punto che sfiora mi provoca un'onda calda che mi arriva dappertutto: alla testa, al cuore, ai polmoni, nelle vene.

Stringo i suoi fianchi tra le cosce e mi premo su di lui, eccitato quanto me, in preda al desiderio cieco alimentato da settimane di frustrazione.

«Mi fai perdere la testa, cazzo», ansima contro la mia bocca. Scende a baciarmi il collo, la gola, il seno che affiora dall'acqua.

«Perdila». Il mio non è un ordine è un'implorazione.

«Ora?»

«Sì, ora». La mia mano destra si abbassa per guidare la sua erezione dentro di me.

«I preservativi», sospira fermandomi.

«Prendo la pillola e, come avrai notato, i check-up non mi mancano. E… non voglio altri uomini dopo di te. Non voglio un dopo».

«Non l'ho mai fatto senza, prima», esita. «Con nessuna». Per un secondo, penso che mi trascinerà a riva per andare a prendere i preservativi, ma poi con una spinta gentile ma decisa lo sento affondare dentro di me. «E non voglio nessun'altra».

La mia carne gli fa spazio, lo accoglie, lo stringe proprio dove lo volevo, e sotto la prima sferzata di piacere mi aggrappo alle sue spalle con tutta la forza che ho.

«Nessun dopo?», ansimo.

«Nessun dopo».

Ascolto il mio corpo che si abitua alla sua presenza, ancora incredula di riuscire finalmente a sentirlo.

Ho provato a immaginarmelo mille volte come avrebbe potuto essere, ma nessuna fantasia regge il paragone.

Ondeggio il bacino e lui asseconda il mio ritmo una spinta dopo l'altra, cullandomi in una dolce tortura.

«Sei tutto», mormora sulle mie labbra. «Tutto».

«Prenditi tutto, allora».

Incalzo i suoi affondi mentre sento il piacere scivolare giù lungo la spina dorsale e addensarsi nel mio ventre, montando sotto i suoi movimenti.

«Ci sono quasi, Julia».

«Anche io».

«Guidi tu?». Romeo mi passa le chiavi della nostra prima volta, come con la sua moto, e lascia che sia io a portarci sulla strada dell'orgasmo. Con le sue mani che mi sostengono sotto i glutei, accompagna il su e giù del mio bacino, mentre imbocchiamo una curva di quelle paraboliche, con la forza centrifuga dell'estasi che ci spazza via.

Il mio gemito e il suo si uniscono e si perdono nel nostro bacio, io che cerco di rubare il respiro a lui, e lui a me.

Mi abbandono al suo abbraccio, e mi sciolgo senza sapere più dove finisce il mio corpo e inizia il lago.

«Tremi», mi dice cullandomi insieme alle onde. «Hai freddo?»

«Ho paura».

«Paura?»

«Di essere così felice. Non lo sono mai stata tanto e credevo di non poter esserlo più neanche un po'. Non so più come si fa».

«Possiamo imparare insieme».

«Non voglio tornare a casa, voglio stare qui. Vorrei che oggi non finisse mai».

«E se ti dicessi che possiamo restare?».

Sollevo la testa dalla sua spalla per guardarlo. «Restare?»

«Se il sito di affitti non mi ha fregato, dentro il vaso di gerani accanto alla porta della casa, ci dovrebbero essere le chiavi».

«Aspetta… Questa casa?», domando indicando il bungalow di cui abbiamo violato la proprietà privata.

«Nostra fino a domani. Certo, le foto sull'annuncio erano più belle, mi sa che non erano proprio recenti e speravo di fare una figura migliore ma…».

Soffoco la sua avversione in un bacio divorante. «È perfetta».

~

La chiave c'è, e la casa ci accoglie umile ma pulita.

Apro gli scuretti cigolanti per fare entrare la luce del tramonto, illuminando un'unica grande stanza in cui ci sono un divano-letto già aperto e fatto con lenzuola a stampa tartan lise, puzzle sbiaditi appesi alle pareti, una cucina in formica gialla degli anni '70 di cui ci rimane in mano uno sportello, vasetti di marmellata vuoti al posto dei bicchieri e posate scompagnate.

«Almeno il frigo è acceso e c'è quello che ho chiesto», dice Romeo indicando la spesa al suo interno. «Proviamo a vedere se funziona anche la vasca da bagno?».

Ci vuole quasi mezz'ora prima che il boilerino brontolante scaldi l'acqua e che il rubinetto smetta di emettere una strana colatura rugginosa, ma alla fine riusciamo a immergerci nella schiuma, lui dietro di me, la mia schiena contro il suo petto.

«Muschio bianco», legge lui dall'etichetta della bustina di bagnoschiuma del kit di cortesia, prima di strofinarselo tra le mani per poi passarlo su di me. «Io non sento nessun profumo».

«Ma come? Questa stanza è intrisa di muschio bianco», ribatto scherzando. «Muffa e muschio bianco».

«L'annuncio parlava di un idilliaco alloggio lacustre perfetto per una fuga romantica, testuali parole. Ora non mi stupirei se facesse irruzione un serial killer con una maschera da hockey e una motosega. Nella recensione suggerirò di correggere la descrizione con “Rivivi l’esperienza dei peggiori film horror anni 2000”».

«Per il marketing potrebbe funzionare anche meglio». Mi giro, sedendomi a cavalcioni in grembo a Romeo. «Dunque era tutto calcolato in ogni dettaglio?»

«Tutto no, il bagno di prima è stato un’improvvisazione, ma già che c’eravamo...».

«Perché sprecare l’occasione?»

«Direi che non l’abbiamo sprecata».

«Anzi...». Mi accoccolo addosso a lui, in cerca di tutto il contatto fisico possibile, la mia testa sulla sua spalla, mentre Romeo mi accarezza la schiena in punta di dita.

«Stai bene? Sei stanca?»

«Sto molto bene. Più che stanchezza, sento un languido torpore».

«Languido torpore? Stai ancora leggendo *I diari segreti delle sorelle Berrington*?»

«Se fossimo in un romanzo regency, dopo questa nostra fuga, il mio onore sarebbe irrimediabilmente compromesso e tu dovresti o sposarmi o sfidare a duello uno dei miei fratelli», lo prendo in giro.

«Tu saresti una ragazza di buona famiglia, io un modesto domestico alle dipendenze di tuo padre, non credo che il matrimonio sarebbe sul tavolo».

«Allora non torneremmo più».

«Resteremmo nella capanna ammuffita sul lago?»

«Non è una capanna ammuffita», obietto. Mi sollevo appena, quanto basta a calarmi sulla sua eccitazione e lo riaccolgo dentro di me. «È la nostra capanna ammuffita».

~

«Hai un orsetto tatuato sul sedere!», esclamo. Non lo avevo mai notato prima, ma Romeo ha davvero un peluche disegnato sulla natica destra.

Finito il bagno, ci stiamo asciugando a vicenda con degli asciugamani rigidi e sbiaditi.

«È Paddington».

«Fammi le coccole», leggo la scritta appena sotto le zampine. Lo accarezzo col palmo. «Ciao, Paddington».

«Ti piace?»

«Il tatuaggio o il sedere?», gli chiedo. «Tutti e due. Ma il sedere un po' di più», rispondo poi lanciandogli un'occhiata allusiva.

«Anche il tuo tatuaggio è molto bello». Romeo percorre con l'indice il ramo del rampicante che si snoda sul mio addome, cicatrice dopo cicatrice, punto dopo punto.

«È stato una necessità», sospiro. «Ho combattuto tanto con il mio corpo e ho cercato ogni modo possibile di nasconderlo».

«Il tuo corpo è straordinario», lui s'inginocchia davanti a me, tracciando una scia di baci dal mio addome al pube. «E io. Lo adoro. In ogni. Sua parte».

«Non ti sembro... strana?»

«Non sei strana, sei unica». La sua mano si posa sul lato destro del mio addome, proprio sulla sacca della stomia. «Insegnami a cambiarla».

«Cosa?», domando spiazzata.

«Mostrami come si fa», insiste. «Se per caso ne avessi bisogno e non ne fossi capace, posso farlo io al posto tuo. Ricordi la sera dell'*Exagon*?»

«Sì, mi ricordo». Ricordo anche l'imbarazzo della mattina dopo.

«E dato che ho intenzione di passare molte sere della mia vita futura con te, se tu dovessi addormentarti senza esserti prima cambiata, voglio riuscirci». Lui ha l'aria molto seria e mi fissa con determinazione.

«Non è un'operazione sexy, però», obietto.

«La pianti di barricarti dietro le tue paure? Sono qui a chiederti di mostrarmi come prendermi cura di te in tutti i migliori modi possibili. Incluso questo».

Inspiro e mi faccio coraggio, forte anche del fatto che ne ho messa una nuova proprio una volta finita la remata in kayak, dopodiché non ho più mangiato, quindi non dovrebbe riservare sgradevoli sorprese. «Va bene. Qui dentro c'è il mio kit cambio», dico prendendo la busta che Liza mi ha messo nello zaino. «Primo step: questo è lo spray che serve a scollare l'adesivo della placca che tiene la sacca fissata allo stoma», dico spruzzandolo.

«È normale che la tua pelle sia così arrossata?»

«A volte la colla con il sudore mi causa un po' d'irritazione. Alcuni sono fortunati e si trovano bene con ogni tipo di adesivo, altri, come me, un po' meno». Una volta staccata la flangia, il mio addome è completamente libero e il bulbo rosso della stomia emerge come uno dei fiori del mio tatuaggio. «La sacca vecchia la metto in un sacchetto che poi sigillo e butto. Ora pulisco i bordi dello stoma con la salvietta umidificata e lo asciugo. E, nel mio caso, spalmo questa pomata per prevenire le infiltrazioni».

«Se lo tocco fa male?», mi chiede tendendo l'indice con cautela dove sto passando la pomata.

«Affatto, non ci sono terminazioni nervose».

«Poi che si fa?»

«Mettiamo nella sacca nuova una di queste», dico mostrandogli un flaconcino di compresse. «Serve per assorbire gli odori».

«E ora?»

«Ora si attacca la sacca nuova, tieni», gli dico passandogliela. «Leva la pellicola e fissa l'anello intorno allo stoma, dove prima c'era quella vecchia».

«Faccio io?»

«Fai tu». Stavolta quella determinata sono io.

«Provo». Appoggia il sacchetto al mio addome e fa pressione sui bordi con le dita, lanciandomi un muta richiesta di approvazione con lo sguardo, a cui rispondo con un cenno del capo.

«Stai andando benissimo».

«Spray-salvietta-pomata-compressa-sacca nuova e via?», mi domanda stupito. «Tutto qui?»

«Tutto qui».

«Ci sono ottime probabilità che riesca a farlo da solo», commenta compiaciuto con il mento appoggiato alla mia pancia.

«Ok, tu puoi cambiare la sacca per me. Io cosa posso fare per te?».

Romeo si alza in piedi e mi chiude il viso tra le mani. «Sorridere. Non smettere di sorridere neanche per mezzo secondo».

«Anche quando non ne ho voglia?»

«Farò di tutto per fartela tornare».

82

~~Dwight~~

Romeo

Julia è il mio nuovo posto preferito.

83
Julia

Mentre Romeo prepara la cena, io mi rivesto. Si fa per dire perché nello zaino non c'è granché.

«E quello?», mi domanda Romeo sbalordito, vedendomi tornare in sala con addosso solo un body di pizzo bianco e nero. Mi beo del suo sguardo luccicante che mi fa sentire una dea scesa in terra.

«Per quanto liberatorio sia stato spogliarmi per te, il sesso con addosso uno di questi è molto più comodo», dico piroettando su me stessa. «Liza deve aver pensato che fosse l'occasione giusta per mettermelo nello zaino».

«Mi sa che devo fare un regalo anche a lei».

«Sono contenta che ti piaccia perché sarà tutto ciò che indosserò stanotte, dato che non ho un pigiama».

«Quello ce l'ho io», risponde pescando una maglietta dal suo borsone.

«È la T-shirt degli AC/DC che mi hai dato la prima notte che ho passato da te». La dispiego e la guardo, con un sorriso spontaneo che mi si allarga sul viso. «Ho un bel ricordo di questa T-shirt».

«È tua, ormai».

«Neanche tu hai un cambio?», gli domando guardandolo muoversi per la stanza in boxer aderenti e grembiule da cucina.

«Sì, ma fa caldo vicino ai fornelli».

Mi siedo sul piano di lavoro ammaccato e dalla pellicola adesiva di finto marmo scollata, accanto alla teglia in cui sta preparando una Quiche Lorraine. «E al ristorante non hai caldo?»

«Qui siamo soli». Romeo mi posa un bacio veloce sulle labbra, poi prende la teglia e si china per infornarla.

«È il primo paio di mutande sobrie che ti vedo addosso», osservo accennando ai suoi boxer grigi.

«Dici?». Lui solleva il grembiule, mostrandomi il davanti.

«Ciondolo portafortuna», leggo sulla patta. «Strofina per la buona sorte».

«Ancora convinta della sobrietà?»

«No, hai ragione. Tuttavia credo che seguirò il consiglio», dico agganciando l'indice all'elastico dei suoi boxer. «La fortuna non è mai abbastanza».

Mentre la quiche cuoce, io e Romeo ci lasciamo avvolgere da una spirale morbida di baci lenti e carezze da brividi e pelle d'oca, in cui vorrei abbandonarmi per sempre in uno stato di trance perenne.

Ceniamo sul patio, poi ci sdraiamo sull'amaca sfilacciata illuminati dal fuoco che danza nel braciere di pietra.

«Almeno quello è fedele alla descrizione: focolare sotto le stelle», commenta lui.

«Non ti manca viaggiare?», gli domando dando voce a una curiosità che da tempo mi punzecchia. Con tutti i Paesi che ha visitato, come fa ad accontentarsi di un'escursione in un bungalow scassato su un lago?

«Viaggiare?». Romeo mi guarda disorientato come se non capisse di cosa parlo.

«Hai lasciato il mondo delle crociere per stabilirti con Jenny, ma ora che non c'è più, forse la voglia di riprendere a girare il mondo potrebbe tornare a farsi sentire». Ecco, l'ho detto e non so se sono pronta a sentire un "Sì" come risposta.

«Punto primo: è vero che non c'è più Jenny, ma ci sei tu». E come a voler rimarcare il concetto, mi stringe al suo petto. «Punto secondo: avrò anche girato il mondo ma, per quanto mi riguarda, la parte più bella è sempre stata tornare a casa. Per anni, le mie parole preferite sono state quelle del pilota di turno che annunciava: "Siamo in dirittura di atterraggio all'aeroporto JFK, New York". Quindi mi sento sicuro nel risponderti di no», conclude deciso, prendendo un altro sorso di Borgogna.

Mi scappa un sospiro di sollievo, senza rendermene conto ero rimasta quasi in apnea dall'ansia. Mi merito un sorso anche io. «Me ne versi un altro po'?» gli domando.

«Avevamo detto un bicchiere solo», mi ricorda.

«La matematica del vino dice che se rabbocchi il bicchiere quando ancora non è finito, conta sempre per uno».

«Ti voglio sobria stanotte».

«Sono sobria! Non hai visto quanto ho mangiato?!», esclamo.

«E non abbiamo ancora finito». Si alza dall'amaca lasciandomi lì a dondolare, mentre lui rientra per tornare due minuti dopo con due ciotole sbeccate. «Panna cotta al caramello. Senza lattosio».

«Non puoi pensare di farmi tornare alla realtà dopo tutto questo». La prima cucchiaiata di panna cotta mi fa quasi venire le lacrime agli occhi da quanto è buona. Oppure mi sembra più buona di ogni altra mangiata in vita mia perché in questo momento sono felice.

«Posso prolungare la prenotazione di una notte, se vuoi». Romeo si risdraia accanto a me, stringendomi di nuovo al suo petto. «Credo che ormai i ragazzi possano gestire un martedì al *Villa's* senza di noi».

«Hai fatto miracoli con loro, ma non è il ristorante il vero problema. Domani mattina devo rientrare presto per occuparmi di un affare di famiglia».

«Improrogabile? Quello di oggi sei riuscita a rimandarlo».

«C'è una consegna al porto che devo ritirare e non può aspettare un secondo dall'arrivo».

«Addirittura così urgente?»

«Purtroppo sì, e sarà anche il caso di mettere la sveglia».

«Alle otto?»

«Sette».

«Sette?!», brontola lui.

«Meglio ancora le sei», ci ripenso. «E poi, diciamocelo, mio padre si sarà anche bevuto il ritiro per due giorni relax in una spa privata con Liza, ma non potremmo distrarlo oltre».

«Peccato, per la seconda notte avremmo avuto lo sconto», mugugna a bocca piena.

«Sfrutteremo al massimo questa che abbiamo a disposizione». Dal labbro inferiore e imbronciato di Romeo pende una goccia di caramello, che io mi tendo per raccogliere con la punta della lingua.

Disegno il profilo della sua bocca gustando ogni centimetro come se fosse lui il mio dessert.

«Non ti piace la panna cotta?», mi sussurra.

«Molto, ma sulla tua bocca è più buona».

Le ciotole con il dolce vengono presto messe da parte per riprendere là dove ci siamo interrotti per la cena.

Romeo mi abbassa le spalline sottili del body, afferra un cucchiaino colmo di caramello e poi lo fa scorrere sulla pelle del mio seno.

Mi sfugge un sospiro al contatto col metallo freddo della posata, ma poi arriva subito la bocca rovente di Romeo a scaldarmi, leccando via la crema con avidità.

Ogni tocco della sua lingua mi scarica una scossa incandescente lungo tutto il corpo.

Avvinghiata a lui e cosparsa di panna cotta, lo spoglio del poco che ha addosso, con le mani che mi tremano di voglia.

«Hai intenzioni serie, allora?», mi domanda quando lancio i suoi boxer della fortuna a terra.

«Dopo tutto il tempo che mi hai fatto aspettare? Ti farò rimpiangere di aver voluto organizzare questa fug… Ahhh! Che botta!».

Sotto i nostri movimenti, una delle due corde sfilacciate che reggevano l'amaca si è spezzata e io e Romeo ci ritroviamo schiantati sull'assito del patio.

Lui mi solleva in braccio e mi porta dentro, facendomi stendere sul divano-letto sfondato. «Cambio location».

«Ma il programma rimane lo stesso», lo aggancio a me cingendogli la vita tra le gambe, «tanto sento che ti basterà sfiorarmi per farmi arrivare all'orgasmo».

«Non credo proprio». Romeo si tira indietro, rialzandosi dal letto.

«Cosa fai? Dove vai?», boccheggio. Lui non mi risponde, diretto ai fornelli.

Con un sorrisetto diabolico, mi mostra il timer da cucina a forma di gallina. «Una volta ho detto che cucinare il risotto è come fare l'amore: non bisogna fermarsi per ventidue minuti».

«Non vorrai metterti a fare il risotto proprio ora?!».

«Oh, no». Lui torna da me, gira la gallinella su sé stessa e la appoggia, ticchettante, sul tavolino accanto al letto. «Ma dato che mi hai sfidato suggerendo che io non sia in grado di durare ventidue minuti, ora facciamo una prova».

«Non potrei essere più d'accordo!», esclamo, contenta. Perché non è venuta a me quest'idea meravigliosa? La leggenda dell'orgasmo multiplo si concretizza davanti ai miei occhi.

Lui scuote il capo. «Non sarei così entusiasta al posto tuo, perché neanche tu puoi venire finché non suona il timer».

«Cosa?».

Lui si china su di me, accostando la bocca al mio orecchio. «Puoi comandare la cucina del *Villa's*, ma io comando qui, adesso».

Romeo si posiziona su di me, invadendo lo spazio tra le mie gambe, poi con due dita sposta di lato il tessuto sottile del mio body trovandomi già pronta per lui.

Mi accarezza con l'indice, piano, provocandomi una piccola contrazione nervosa involontaria. Non durerò mai ventidue minuti. «E se cedessi prima tu?»

«Ce la giochiamo: vinci tu, metti la sveglia alle sei; vinco io, metto la sveglia alle otto», mi sfida.

Quando lo sento entrare dentro di me, conquistando tutto lo spazio che gli serve, i miei fianchi si sollevano per andargli incontro, come se non aspettassi altro. «Sììì», ansimo.

«Sì, accetti?».

Non era esattamente a quello che si riferiva il mio sì. «Ho alternative?»

«Non al momento».

Romeo mi bacia, scendendo dalla bocca alla gola, per poi puntare il collo e risalire fino al mio orecchio, ma senza mai muoversi, immobile nel mio calore. «Perché rimani fermo?», gli domando sopprimendo uno spasmo al ventre.

«Guarda che ti sto facendo un favore».

«Non mi sembra», borbotto frustrata. Agito le anche pur di provocare una minima frizione che mi regali sollievo.

«Volevo darti un po' di vantaggio, considerando che ti sono letteralmente scivolato dentro senza il minimo sforzo da quanto sei bagnata, ma se proprio vuoi entrare in partita subito...», una prima poderosa spinta mi mozza il respiro, «ti accontento».

Il sesso con Romeo è come vedere a colori dopo una vita di immagini in bianco e nero: una volta iniziato, è impensabile tornare indietro.

I suoi affondi sono lenti ma decisi, come se volesse sentire ogni millimetro del mio corpo. Più mi perdo nel nostro amplesso, più capisco che ha ragione: gli lascio il comando con un'arrendevolezza disarmante, può farmi tutto quello che vuole a letto, può chiedermi quello che gli pare e io gli andrò dietro senza obiettare. Ho bisogno di abbandonarmi a lui nella maniera più completa, lasciare che mi porti ovunque desideri.

«Di più», lo imploro senza neanche considerare la nostra sfida, ma lui invece rallenta il ritmo.

Scivola su un fianco, facendoci rotolare insieme sul materasso, muovendoci pigri ma sentendoci fino alle ossa.

«Quanto manca?», gli chiedo.

«Dieci minuti, circa».

Così tanto?! Il calore che mi si addensa tra le gambe mi dice che dieci minuti sono un traguardo impossibile. Stringo le palpebre dallo sforzo di rimandare indietro ogni brivido.

«Ehi». Romeo mi posa una mano sulla guancia, carezzandomi il viso. «Guardami, stai con me».

Tengo i miei occhi nei suoi, decidendo che è così che voglio essere guardata per sempre.

Nei suoi occhi sono più bella.

Non li chiudiamo nemmeno per baciarci, per non perderci nemmeno un attimo.

Romeo mi fa sdraiare di nuovo, stavolta però mi sovrasta, impossessandosi di me con tutta la forza e l'energia che ha. «Ora facciamo sul serio», mi informa con un tono di scherzosa minaccia. «Vediamo chi dei due è un millantatore».

Mi dà l'assalto, che io non mi sforzo di contrastare neanche un po', ma che anzi incoraggio a suon di "Sì, sì, sììì", che si levano della mia gola con acuti tali che domani sarò rauca.

Riecco il formicolio che mi pizzica i nervi e dalla periferia si raccoglie al mio centro.

La gallina segna che mancano due minuti. Non è impossibile, due minuti sono solo centoventi secondi.

Centoventi secondi di tortura pura con Romeo dentro di me che abbatte ogni mia resistenza un fendente dopo l'altro.

Un minuto.

Il sangue mi scorre più veloce e mi sento già pulsare l'orgasmo tra le gambe.

Scoppia tutto, la casa potrebbe affondare nel lago e io non me ne accorgerei, mentre deflagro nel piacere con un urlo liberatorio.

Estenuata, giaccio immobile tra le lenzuola sfatte, Romeo ancora dentro di me quando una manciata di secondi dopo la gallina emette un trillo metallico. Mi bacia mentre viene e io mi avvinghio a lui perché nulla me lo porti via.

«Sveglia alle otto?», mormora sulle mie labbra.

«Alle otto».

84

~~Dwight~~

Romeo

Un rimbombo sordo, seguito da uno scroscio poderoso e accompagnato dal ticchettio sul tetto, mi dice che il mio piano ha funzionato ancora una volta.

Primo: ovviamente non ho messo nessuna sveglia.

Secondo: sapevo che le previsioni meteo per il martedì mattina sarebbero state pessime.

Terzo: dovevo solo aspettare finché dal cielo non si fosse scatenata la tempesta annunciata.

Sono sveglio da un pezzo; l'idea era tenere d'occhio la situazione, ma mi sono perso a guardare Julia che dorme accoccolata contro il mio fianco destro, la T-shirt degli AC/DC buttata sopra quel body da denuncia che ha indossato ieri.

Body che ancora porta i segni della nostra lunga notte di passione sfrenata.

Senza la luce calda del sole, il bungalow sembra esattamente ciò che è: una catapecchia per pescatori accomodata alla meno peggio per poter spillare dei soldi a qualche turista – c'è una fessurazione nel tetto e la pioggia sta pure sgocciolando dentro – ma con Julia accanto è il posto migliore del mondo.

Il suo respiro leggero mi solletica la pelle e quella bocca dischiusa me la vorrei mangiare come un affamato, ma non voglio svegliarla.

Sono le nove meno venti, è stanca, ieri ha consumato ogni briciolo di energia residua tra il viaggio in moto, la vogata e il sesso.

Il sesso non era parte del piano ma non provo una singola punta di rimorso per aver contravvenuto al regolamento. Rifarei tutto.

Me la tengo stretta, giocherellando con una sua ciocca di capelli tra le dita.
In un'istante di crudele lucidità, capisco due cose: ho tutto ciò che ho desiderato, perfino di più, e sono a tanto così dal perderlo.
All'idea di perdere Julia, una paura terrificante mi torce lo stomaco, al punto che per reazione me la stringo addosso.
Non posso perderla. Ho bisogno di Julia, con lei sento di avere un senso.
Io non ho mai saputo cosa volevo nella vita, ma ora so che voglio stare con lei.
Non sono uno affamato di successo, ambizioso, uno che ha bisogno di possedere uno status symbol, e a volte mi sono chiesto cosa non andasse in me.
Ora sento che non c'è nulla che non va, sono a posto così, qui.
Julia comincia a muoversi, il suo respiro si alleggerisce, si allunga, e infine apre gli occhi ancora annebbiati dal sonno.
«Buongiorno», la saluto sfregando la punta del naso contro il suo.
«Buongiorno davvero», risponde sottovoce, con un sorriso pigro. «Che ore sono?»
«Le nove», dico con la massima calma.
Lei scatta a sedere come un pupazzo a molla. «Le nove? E la sveglia non ha suonato?»
«Piove a dirotto», le faccio notare. «L'ho spenta».
«Ma io devo tornare a New York!», esclama con la voce arrochita.
«Non penserai che ci mettiamo in strada con questo acquazzone? Hai idea di quanto sia pericoloso?»
«Avremmo potuto chiamare un taxi! O cercare un autobus», continua in preda all'ansia.
Certo, ma il piano era impedirle di andare al porto ed è pienamente riuscito, dunque la lascerò sfogare, mi prenderò tutte le colpe che vorrà darmi ma, cazzo, sono riuscito a tenerla fuori dalla trappola di Bristol.
«Mio padre sarà fuori di sé». Balza giù dal divano-letto, in cerca del suo telefono.
«Se ci tiene così tanto, perché non ci va lui al porto?»

«Non può. Lui è meglio se sta alla larga dalla consegna», ribatte vaga.

«E tu, invece, no?».

Julia stringe le labbra, inspira forte e poi distoglie lo sguardo. «Io sono incensurata».

Mi alzo dal letto, la raggiungo e fermo il suo frenetico avanti e indietro piazzandole le mani sulla spalle. «Di cosa si tratta?»

«Di qualcosa che non dovrebbe restare incustodito più del necessario; qualcosa che neanche dovrebbe arrivarci al porto». Il suo tono è carico di ansia e sembra un animale selvatico intrappolato.

«Non mi puoi dire nulla?».

Esita, si morde l'interno della guancia, nei suoi occhi leggo il bisogno di levarsi un peso. «Non riguarda solo me, quindi no. Ora devo chiamare mio padre e inventarmi qualcosa di sensato, anche se non ho idea di cosa».

«Digli di noi», propongo. «Usciamo allo scoperto del tutto».

«Certo, così licenzierà te e segregherà in casa me. Non hai idea di quanto io mi sia sudata ogni secondo di libertà, di come abbia strappato ogni permesso con i denti. Devo aspettare il momento giusto e di certo non è questo».

«Sei pentita della nostra fuga?», le domando terrorizzato che la risposta sia sì.

«No, ma è durata più di quanto potessi concedermi».

«La tua famiglia sta diventando un limite per la tua vita», le dico mentre si riveste e ficca il resto delle sue cose alla rinfusa nello zaino. «L'affetto di tuo padre è condizionante e totalizzante, e le responsabilità di cui ti fai carico sono sproporzionate rispetto a ciò che ti torna indietro».

«Lo so», concorda con voce sommessa. Non è la Julia combattiva che conosco io, questa. «Sto solo aspettando il momento giusto per… per… sganciarmi».

«E se non ci fosse un momento giusto? Arriverà sempre qualcosa che ti farà rimandare a data da destinarsi tutti i tuoi progetti. La moto l'avresti davvero riparata?»

«Certo, ma non avevo fretta, lo sai».

«Oppure sarebbe rimasta lì ad arrugginire sotto il telo», sbuffo. Afferro il mio zaino e la imito, ficcandoci tutti i miei effetti.

«Sei ingiusto, Romeo».
«La caparra per il loft a Coney Island la darai?»
«È una cifra alta».
«Siamo a New York, i prezzi sono alti ovunque», osservo. Non so perché io le stia muovendo questi rimproveri, sono l'ultima persona che può fare la morale a qualcuno. Non le ho neanche detto chi sono e cosa faccio davvero. Julia pensa di essere a Greenwood Lake con un cuoco spiantato, quando invece con lei c'è un agente sotto copertura dell'FBI che – almeno ufficialmente – dovrebbe indagare su di lei e sulla sua famiglia.

Ma le parlo da uomo innamorato, da uno che con lei vorrebbe un domani, un dopodomani e un dopodomani ancora fino all'ultimo dei propri giorni. Questa è una delle mie poche certezze e non riesco più a vedere Julia prigioniera degli affari della sua famiglia.

«E se…», dico sedendomi al tavolo. «E se io potessi tirarti fuori da qualunque problema t'impedisca di vivere la tua vita come vuoi?».

Julia inclina il capo, guardandomi stranita. «E come?».

Glielo dico. Deve sapere tutto. Dopo stanotte non posso più fingere.

E poi andrò da Bristol a ritirarmi dal caso, qualunque sia la reazione di Julia.

«Ascolta, non c'è un modo per dirlo e probabilmente, dopo che avrò finito di parlare, mi odierai, però voglio che tu sappia tutto di me, così che tu possa decidere cosa f…».

Il trillo del suo cellulare m'interrompe. «È Pete. Devo rispondere». Poi esce sul patio, incurante del vento sferzante che fa sbandierare gli scrosci di pioggia fin sotto alla tettoia.

I minuti passano e io mi agito sullo sgabello traballante, ripetendomi le tre frasi chiave per farle passare il concetto che ho mentito ma non l'ho fatto in cattiva fede. Era solo lavoro e, ora che mi sono innamorato, non voglio più bugie tra noi.

«Eccomi», rientra trafelata. «Dobbiamo tornare, papà è andato da Liza e si è accorto che non siamo insieme. È furibondo. Pete era da lei, per questo mi ha chiamato».

«Ah».

«Aspettiamo che spiova e poi ripartiamo». Julia viene a sedersi sulle mie ginocchia, circondandomi le spalle con le braccia. «Sembra che alla fine dovremo dirgli la verità, proprio come suggerivi tu; avevi ragione, il momento giusto non esiste. Pensaci, la nostra sembra proprio una fuga d'amore come Romeo e Giulietta, due nomi profetici. Ci prenderà in giro tutto il quartiere».

«Ma i nomi si cambiano, come hai fatto tu col tuo. Io posso diventare… che ne so… Dwight». Appoggio piano la frase, come a non voler fare rumore.

«Dwight?». Julia aggrotta le sopracciglia mentre guarda il soffitto come se vi fosse scritto il mio nome a caratteri cubitali. «Dwight…».

«È un'idea».

«Non hai la faccia da Dwight», ribatte decisa.

Io vorrei che il pavimento m'inghiottisse. «Non ho la faccia da Dwight?»

«Affatto, ma come Romeo sei perfetto. Sei il mio Romeo». Mi bacia, ma stavolta non sento le sue labbra, come se fossi anestetizzato. «Cosa volevi dirmi, prima che chiamasse Pete?»

«Niente. Una stupidaggine che mi passava per la testa», svicolo. «Ma tu perché hai cambiato nome?»

«Giulietta era il nome della mia nonna paterna. Funziona così, in famiglia: i figli portano i nomi dei nonni. Pietro era il padre di mio padre, Angelo da Angela, la madre di mia madre e a me è toccato Giulietta, la madre di mio padre. Ho sempre trovato strano andare al cimitero e portare i fiori su una lapide con inciso il mio nome e cognome. Dopo l'intervento di stomia, ho deciso che non volevo più chiamarmi come una morta e così l'ho cambiato».

«Hai fatto bene, neanche tu hai la faccia da Giulietta».

«Ha smesso di piovere… andiamo?».

La guardo, perso. Dio, ti prego, non togliermi la cosa più bella che ho. «Andiamo».

~

«Fai parlare me», si raccomanda Julia, mentre raggiungiamo la sua via a piedi, dopo aver rioccultato la sua Royal Enfield nella mia rimessa. «Arriverò alla nostra relazione girandoci intorno molto alla larga. Prima parlerò del compleanno, poi del contrattempo di stamattina e alla fine introdurrò la nostra frequentazione con sottili accenni...».

«Disgraziato, animale, Giuda!», urla Gualtiero in italiano, affacciato alla finestra di casa, sporgendosi tanto che potrebbe cadere da un momento all'altro. «Affrontami da uomo, se hai il coraggio. E stai a un metro di distanza da mia figlia che, se osi sfiorarle anche solo un capello, ti apro come una scatoletta di tonno, quant'è vero che mi chiamo Gualtiero Altavilla».

«Altavilla?»

«Era il cognome di suo nonno arrivato qui, negli Stati Uniti, negli anni Trenta».

«Ti appendo come un capocollo», sbraita senza tregua.

«Credo che dovremmo rivedere la tattica dei sottili accenni», osservo.

«L'importante è che tu non gli dica mai, ma proprio mai, di stare calmo o lo farai incazzare ancora di più».

«Più di così?».

Raggiungiamo casa di Julia e suo padre ci apre mentre siamo ancora sui gradini. «Dentro».

«Papà, posso spiegare».

«No, lui», bercia puntando l'indice verso Romeo, «deve spiegarmi cosa sta facendo».

«Gualtiero...», provo a inserirmi.

«Sono il Signor Villa, per te. Stamattina mi sono trovato queste sull'uscio di casa». Suo padre ci mostra due foto di me e Julia che ci baciamo: una mi ritrae appeso al davanzale della finestra della sua camera, l'altra mentre siamo appoggiati alla mia moto. «Cos'hai da dire?»

«Che, con un po' di ritocco luci, sarebbero da incorniciare», commento.

«Fai lo spiritoso? Cosa non hai capito di "Nessuno deve mettere le proprie manacce addosso a mia figlia", lurido parassita?»

«Certo, papà, fai come se non ci fossi», sbotta Julia.

«Con te facciamo i conti dopo».

«No, li facciamo adesso», lo affronta. «Perché non consideri per un secondo l'ipotesi che io invece voglia le mani di Romeo addosso?».

A Gualtiero schizzano gli occhi dalle orbite, boccheggia senza che gli esca un suono dalle labbra.

«Sono adulta, papà, nel pieno della mia maturità fisica e so riconoscere quando voglio un uomo. E voglio Romeo».

«Giulietta, non ti ci mettere anche tu».

«Per l'ultima volta, il mio nome è Julia. E ho diritto alla stessa vita sentimentale e sessuale appagante che hanno i miei fratelli. Le ragazze di Angelo entrano ed escono da questa casa neanche fosse un albergo a ore, e sottolineo "ragazze" al plurale; e perché credi che Pete fosse a casa di Liza, stamattina?», elenca lei a tamburo battente. «Per quale motivo non posso avere una relazione? Perché sono una femmina? Perché sono la piccola di casa? Perché sono malata?»

«Ti voglio solo proteggere», ribatte lui, «è così difficile da capire?»

«Io non voglio essere protetta».

«E non ne ha neanche bisogno», aggiungo io.

«Eccome, invece. Dagli approfittatori come te», Gualtiero mi guarda come fossi un insetto, «la consideri un passatempo, vero? Una testa da appendere alla parete insieme ai tuoi trofei di caccia? Ne ho visti a dozzine di tipi come te, fare avanti e indietro dalle mie cucine: bellocci, divertenti, finti stupidi sempre pieni di donne che cambiano a giorni alterni. Apri le orecchie, Corelli: mia figlia non è il tuo giocattolo».

«Lo so».

«No, che non lo sai», controbatte Gualtiero. Ha una vena, sulla tempia destra, che gli pulsa in maniera preoccupante. «Non sai niente di lei».

«Papà, Romeo sa tutto della mia malattia, degli interventi, della stomia. Gliel'ho mostrata».

Quest'ultima informazione fa cambiare espressione a Gualtiero. Il suo viso contratto e paonazzo si distende e sbianca. «Gliel'hai mo... Non ti fai più vedere neanche da me, da quando...». Non gli escono le parole da quanto è stravolto.

«Julia non è il giocattolo di nessuno, meno che mai mio», gli spiego. «Noi ci siamo innamorati. Almeno, io mi sono innamorato».

«Ci siamo innamorati», conferma Julia senza spostare gli occhi dai miei. «Tutti e due. Moltissimo».

Gualtiero guarda a turno me e lei, con il sopracciglio sinistro alzato, mentre sbuffa con forza dal naso. «Innamorati?»

«Lo dici come se fosse una cosa brutta», osserva Julia.

«L'amore è una cosa brutta, perché non è eterno. Finisce sempre». Gualtiero raggiunge la mensola del camino che è praticamente un altare votivo dedicato alla moglie, tanti sono i cerini accesi e vasi di fiori che contornano la sua foto. «O ci si lascia, o prima o poi uno dei due muore».

«Ma adesso siamo vivi», gli ricordo.

«Elena era la luce dei miei occhi. Suo padre non voleva che ci sposassimo, desiderava un bravo ragazzo sardo per lei e io non ero né sardo né bravo. Ci frequentavamo di nascosto, poi lei è rimasta incinta e ci siamo sposati. La sua cantante preferita era Madonna e cantava tutte le sue canzoni sotto la doccia. Le ho fatto la proposta proprio al suo concerto, durante *Papa don't preach*. Lei era una che ferma non ci sapeva stare: se c'erano tre cose da fare, lei ne faceva cinque; se ce n'erano cinque, lei ne faceva sette; non solo non accettava un no come risposta, ma neanche l'aspettava la risposta. E io l'amavo tanto da lasciarla libera fino a trascurarsi. Adorava il nostro ristorante, il *Regina* era la sua vera casa e passare un giorno lontano dalle sue cucine per lei era una tortura. Quando le hanno diagnosticato la Malattia di Crohn, la prima cosa che ha chiesto ai medici è stata: "Ma posso continuare a lavorare, giusto?". Sembrava che rispondesse bene alle terapie e non ho mai sentito il bisogno di trattarla diversamente. Anzi, Elena sarebbe diventata una iena se l'avessi trattata da malata». Gualtiero sta parlando con noi, ma non ci guarda, rivolto al ritratto di sua moglie. «Quando, dopo uno dei controlli, le hanno diagnosticato il cancro nessuno di noi se lo aspettava. Le terapie si sono fatte inevitabilmente più toste, ma lei non voleva starsene a casa a curarsi e io, pur sapendo che avrei dovuto impormi, non riuscivo a impedirle di venire al *Regina*. La amavo così tanto da desiderare solo vederla felice e la lasciavo fare di testa sua». Si prende una pausa di qualche secondo e si volta verso me e Julia, in piedi nella sala da pranzo. «E ho sbagliato».

«Papà, lo sai che non è stata colpa tua».

«Se l'avessi costretta a prendersi cura della sua salute, se l'avessi controllata, protetta anche e soprattutto dalla sua cocciutaggine, magari sarebbe ancora qui. Forse mi avrebbe odiato, ma sarebbe qui. E siccome tu, Julia, sei come lei, non commetterò lo stesso errore due volte. Non ce la metto la tua foto, qua sopra!», urla con gli occhi lucidi. «Non ce la metto!».

«E non ce la metterà», gli dico io.

«Perciò mia figlia io l'affido solo a qualcuno di cui mi posso fidare, che so che si preoccuperà per lei e avrà il coraggio di contestare le sue decisioni, se queste la mettono a rischio. Tu, Romeo, pensi di poterti fare carico di questa responsabilità?»

«La felicità e la salute di Julia sono la mia priorità», affermo senza indugio.

«Si è stampato la lista degli alimenti che posso mangiare o no e se l'è attaccata al frigo», interviene lei. «Proprio come te, papà».

«Eravate insieme, stanotte?», domanda lui con piglio interrogatorio.

«Sì», confermo.

«Dove?»

«Greenwood Lake, in un bungalow».

«Ha preso le sue medicine? I suoi integratori? Ha bevuto regolarmente?»

«Sì, sì e sì», rispondo.

«Ha cambiato la sacca prima di andare a dormire?»

«Sì e mi ha insegnato come fare, nel caso non possa cambiarsela da sola».

«Avete fatto sesso?»

«Papà!!!», strilla Julia. «Adesso basta farci l'interrogatorio».

Gualtiero viene verso di me, puntandomi il dito in faccia. «Sarò chiaro e conciso: mia figlia uscirà da questa casa con una fede al dito, non prima. E non voglio sentire boiate come "il matrimonio è solo un contratto" perché è la tipica frase di chi non vuole assumersi una responsabilità e vuole tenersi la porta aperta per scappare. Se hai intenzioni serie come dici, vi sposerete».

Indica una cornice appesa al muro, che ritrae un gruppo di giovani vestiti a festa: la madre di Julia è in bianco e il bouquet che ha tra le mani non basta a nascondere la pancia tonda.

Gualtiero, accanto a lei in completo scuro, sorride come non l'ho mai visto fare.

Alla sua destra c'è un giovane Terry Maniscalco.

«Se non lo hai spaventato prima, lo stai spaventando ora», lo rimprovera Julia.

«Meglio, se si fa spaventare dal matrimonio vuol dire che non è serio».

«Non ho paura del matrimonio».

«E farò quello che ha fatto mio suocero con me: se diventerai parte della famiglia, ti farai carico anche degli affari della famiglia. A giorni arriverà un carico al porto, una consegna importante e riservata».

«Non doveva arrivare oggi?», domanda Julia stranita.

«C'è stato un contrattempo e la spedizione è stata spostata».

«Non mi hai detto nulla».

«Stavo per avvertirti, poi ho trovato queste foto», spiega indicando gli scatti poggiati sul ripiano del tavolo. «Andrete insieme e vi occuperete del carico».

Annuisco, ma con un peso sul cuore che diventa sempre più grande: l'operazione sotto copertura.

Mi trovo nella posizione che era l'obiettivo della missione: entrare nel cerchio della fiducia di Gualtiero e accedere ai suoi affari.

Tuttavia è l'ultima situazione in cui mi vorrei trovare.

«Quindi, papà, non ci dobbiamo nascondere più da te? Che io e Romeo stiamo insieme ti sta bene».

«Approvo», conclude lui. «Ma non voglio più vederti sulla sua moto, chiaro?»

«Certo, non ti preoccupare. Non salirò più sulla moto di Romeo».

«Brava».

«Adesso ho la mia».

85
Julia

«Mi avevi promesso che con Pete avresti chiuso. Che ci faceva da te stamattina?», chiedo a Liza appena arriva al ristorante, con i sacchetti dello shopping che le penzolano dalle dita come al solito.

«Io ci ho provato a troncare, credimi».

«Senza grandi sforzi, mi pare», osservo. «E quel giocatore di hockey con cui ballavi al mio compleanno?»

«Eamon, dici?»

«Non so il suo nome, ma ricordo benissimo che stavate sempre appiccicati».

«È noioso, è vanitoso… si guarda negli specchi più di me».

«Ma è alto», le faccio notare. «Non è forse un pregio in grado di eclissare tutti questi trascurabili difetti?»

«Mi ha invitata a casa sua per passare la notte insieme, ma quando ho visto Pete salire da solo sulla sua auto, ho piantato Eamon sul marciapiede e sono corsa da lui».

«Dunque pensi di poter superare questo tuo impasse dell'altezza per stare con un uomo che ti fa stare bene?»

«Ci sto lavorando. Guarda». Tende una delle sue shopper verso di me e ne estraggo una scatola da scarpe.

«Sono… ballerine», commento sbalordita.

Liza annuisce. «Dai qua, fammele indossare prima che cambi idea e le riporti al negozio», dice calciando via le décolleté che ha ai piedi.

Il resto sono sneaker, ciabattine, mocassini, tutti rigorosamente rasoterra. «Tu che rinunci ai tacchi?»

«Ho provato a stare tre giorni senza Pete, non può essere peggio».

«E che fai con la tua collezione di grattacieli a spillo? La butti?»

«Scherzi? Mi scatterò delle foto e poi le venderò su un sito di feticisti: ci guadagno più di quanto le ho pagate».

«Sai, Liza, anche io sono riuscita a superare un problema. Anzi, chiamiamolo IL problema», mi avvicino a lei, e abbasso la voce fino a un sussurro. «Io e Romeo abbiamo fatto il bagno nel lago nudi. Lui era nudo e io ero nuda-nuda senza neanche un vestito addosso».

Liza applaude e saltella sul posto. «Ahi, che dolore! Mi sa che mi sono storta una caviglia».

«Ma come hai fatto? Ti sei messa le ballerine».

«Non sono abituata. Quindi è successo? Avete fatto sesso finalmente?»

«Molto. E ci tenevo a ringraziarti perché so che sei stata fondamentale nel suo piano di fuga a sorpresa».

Liza si scosta una ciocca di capelli dalla spalla, con aria sbarazzina. «Non c'è di che».

86

~~Dwight~~
Romeo

Bristol mi ha convocato in ufficio. Sono contento: se non lo avesse fatto lui, lo avrei chiesto io.

Mordo nervoso il lecca-lecca mentre attendo di essere ammesso alla sua presenza, ripensando al discorso che voglio fargli.

Quando entro, però, lui non mi dà il tempo.

«Stiamo perdendo le tracce di Julia o sbaglio? Anche questo lunedì il nostro uomo la stava aspettando dalle "fiscaliste" ma non si è vista, e stamattina al porto non è venuto nessuno».

«Forse, qualunque cosa la coinvolgesse è decaduta, oppure se n'è occupato qualcun altro».

«Non abbiamo captato conversazioni dall'ufficio del ristorante».

«Ah, no?», chiedo stupito. «Strano. Controllerò che il sistema non sia stato manomesso».

«Le tue registrazioni? Non abbiamo più neanche quelle».

«Gliel'ho detto, capo: Gualtiero Villa ci perquisisce a sorpresa, sarebbe troppo pericoloso se portassi con me un registratore».

Bristol si alza e si mette a misurare l'ufficio con larghe falcate. «Eravamo partiti col piede giusto, abbiamo raccolto informazioni importanti, ma ora ho la sensazione che ci stia scivolando tutto via come sabbia tra le mani».

«Oppure non abbiamo mai avuto davvero nulla», butto lì.

Lui incrocia le braccia al petto. «Come stai gestendo la honey trap?»

«Bene!», mi affretto a rispondere.

«Bene-bene o bene-non un granché?».

Abbasso lo sguardo a terra. «Non un granché», ammetto. Rimastico il bastoncino di plastica tra i denti ritorcendolo su sé stesso dal nervoso. «Da schifo».

Il capitano fa il giro della scrivania e si siede sulla poltrona accanto alla mia. «Ora mi prendo un momento per ascoltarti non da tuo superiore. Puoi spiegarmi perché?»

«Credo di essermi innamorato, molto, di Julia. Non riesco e non voglio più incastrarla nella honey trap. Mi sa che quello caduto in trappola sono io».

«È normale», risponde con fermezza. «È solo suggestione».

«Voglio ritirarmi dal caso».

«Dwight, guardami», mi ordina. «Esci dalla tua testa e stai con me. Hai perso la bussola, ma ora la cerchiamo insieme».

«Non mi crede?»

«Ti credo, ma credo anche che sedurre una persona per carpirle informazioni sia una grande prova per chiunque. Non siamo robot, conosco agenti divenuti così amici – quasi fratelli – dei loro target, da essere caduti in depressione una volta che li hanno fatti arrestare. È successo a uomini con molta più esperienza di te».

«E che fine hanno fatto?»

«Gli altri non lo so, ma uno lo hai davanti ora».

«Lei?»

«Richard Urbino, venticinque anni fa, corrompeva pubblici ufficiali e smistava lo spaccio su Atlantic City per la famiglia Gotti. Mi hanno messo ad affiancarlo sotto copertura come suo autista. Portavo lui in giro, sua moglie a fare shopping, i suoi figli a scuola. Poi sono diventato suo compagno di tennis, poi mi ha invitato in vacanza a Copacabana, poi mi chiamava a casa sua a Natale. Richard Urbino era un figlio di puttana, ma con le persone che amava era leale, buono, educato, aveva dei principi e i suoi bambini lo veneravano. Li guardavo giocare insieme, faceva fare loro i compiti, una sera si è perfino messo a costruire un vulcano per la loro mostra di scienze. Alla veglia funebre di suo padre ha voluto che restassi con lui tutta la notte. Posso dire, senza alcun dubbio, che io di Richard mi ci sentivo amico. L'ho visto far ammazzare di botte un tizio che gli aveva rubato dei soldi e ho pensato che avesse ragione. Che avesse fatto bene».

Ascolto Bristol senza dire niente, ma la sua voce è rotta e il suo sguardo è offuscato. «Quando l'ho attirato nella retata per arrestarlo, lui ha messo a terra due agenti. Gli ho sparato alla testa, a Richard Urbino. Me lo sogno ancora di notte come mi guardava quando gli ho puntato contro la Glock 17. Non se lo aspettava, non ha neanche reagito».

«Non lo sapevo», sussurro.

«Ehm, ehm», si schiarisce la voce e si rialza in piedi. «Questo per farti capire che il coinvolgimento personale nelle missioni sotto copertura ad alto contatto è inevitabile, succede di affezionarsi ai target, ciò non cambia quello che facciamo. Loro sono i criminali». Si china su di me, le mani appoggiate ai braccioli della mia sedia. «Noi siamo i buoni. Il nostro è un lavoro di merda, ma noi siamo i buoni, Faraday».

«Gualtiero dice che, se ho intenzioni serie con Julia, devo fare la mia parte negli affari di famiglia», dico in un rigurgito di lealtà verso il distintivo. «Che al prossimo arrivo del container al porto, andrò con lei».

«È per questo che tu sei il migliore agente che potevamo mettere su questo caso», si complimenta lui dandomi una pacca d'incoraggiamento sulla spalla. «Informaci quando sarà organizzato il "ritiro" e metteremo una squadra pronta a intervenire. Dopodiché ti prenderai la vacanza che ti meriti. Ti farà bene».

«E se Julia fosse innocente?», domando.

«Mentre tu eri qui fuori, aspettando di entrare, il nostro uomo ha confermato che è andata a consegnare la borsa alla casa di appuntamenti», mi comunica Bristol, in tono asettico. «Mi dispiace».

«Anche a me».

Serro la mandibola, e non ribatto. Mi alzo e mi avvio alla porta.

«Smetti di guardarla negli occhi», mi dice Bristol.

«Che intende?»

«È un consiglio che ti do: smetti di guardare Julia negli occhi. Devi distaccarti da lei, se non la guardi più negli occhi sarà più facile».

~

So che Bristol ha capito cosa è accaduto tra me e Julia anche se non gliel'ho detto, ed è assolutamente necessario che metta una salutare distanza tra me e lei.

Non so se sono capace di evitare il suo sguardo, standole fianco a fianco.

Oggi l'ho informata che ho la febbre e mi servono un paio di giorni di riposo dal ristorante.

Ovviamente non è vero.

Sono un vigliacco di proporzioni cosmiche e mi vergogno di me stesso.

«L'ufficio passaporti in Ohio non è poi un'idea così cattiva», dico tra me e me guardando la mia faccia tirata allo specchio del bagno.

Pur non stando davvero male, ho un aspetto orrendo.

Passo la giornata a vegetare sul divano, con il ventilatore puntato addosso, entrando e uscendo da un sonno annebbiato, finché non sento bussare alla porta.

«Ho portato i rifornimenti», annuncia Julia quando le apro. Fa dondolare un sacchetto in ciascuna mano, in attesa che la faccia entrare.

Abbasso subito gli occhi a terra, per non incrociare i suoi. «Non dovevi, mi spiacerebbe infettarti».

«Mi si stringeva il cuore a saperti solo e sofferente», ribatte avanzando nell'appartamento. «Ti ho preparato una cena leggera ma gustosa e nutriente. Sì, in questa bottiglia c'è del brodo e no, non fa mai troppo caldo per del brodo».

«Grazie».

Mi appoggia una mano sulla fronte. «Strano, eppure non sei caldo».

«Perché sono imbottito di paracetamolo fino agli occhi, ma ho i brividi, dolori dappertutto, la testa che scoppia… sto da schifo», mento. Sì che sto da schifo, ma non fisicamente. «Sul serio, non devi stare qui».

«Invece sì», Julia dispone tutti i contenitori di allumino sul piano di lavoro e li apre uno dopo l'altro, «vai a sdraiarti che a te ci penso io».

La osservo affaccendarsi ai fornelli mentre riscalda un petto di pollo erborinato cotto a bassa temperatura. Ho la guardia abbassata e succede: Julia si volta verso di me, i nostri occhi s'incontrano e lei mi soffia un bacio a distanza con uno schiocco delle labbra. «Una volta mi hai detto che non c'è nessuno che si preoccupi per te quando stai male. Non più».

Mi concentro, ripenso a Bristol e mi sembra di averlo appollaiato sulla spalla a dirmi: "Pure Richard Urbino leggeva le favole della buonanotte ai suoi bambini".

Ma anche se mi sforzo con tutta la mia buona volontà di cercare il lato oscuro, moralmente grigio di Julia, non riesco a trovarlo. Io ci vorrei insieme a mangiare gli avanzi riscaldati del ristorante ogni sera finché avremo denti per masticare.

«Pronti», annuncia imbracciando un vassoio straripante di ogni ben di Dio, che appoggia sul tavolino da caffè. «La cena per il paziente è servita».

«Non lo definirei affatto un pasto da ospedale», dico annusando il profumo che si alza dai piatti.

«Be', in ospedale le infermiere non indossano nemmeno questo». E così dicendo, in piedi davanti a me, si sbottona il vestito rivelando un body nero con reggicalze da farmi schizzare gli occhi dalle orbite.

Accarezzo la sua gamba sinistra dal ginocchio in su, lungo la coscia. «Anche perché andrebbero in tilt tutti i pacemaker».

«Sapevi che uno dei modi migliori per far scendere la febbre è sudare?», suggerisce in tono malizioso, sedendosi su di me. «Pensavo di proporti una terapia da affiancare all'antipiretico, però mi sembra che ti sia già passata».

«Ma non vogliamo certo che torni», obietto.

Tutti i progressi fatti oggi, riflettendo e riavvolgendo il nastro dell'operazione, riascoltandomi le parole di Bristol, facendomi l'autoesame di coscienza sul perché faccio l'agente speciale e qual è l'obiettivo del mio lavoro, diventano cenere nel momento in cui Julia mi bacia.

Bacio a cui rispondo senza farmi pregare. E non è certo un bacio da convalescente senza forze.

Anzi, la rovescio sul divano, imprigionata tra le mie braccia.

«Si fredda la cena», ride.

«Non è un problema». Faccio scendere la mia mano verso il suo inguine, sul bordo del body. «Ho trovato qualcos'altro di caldo».

Ci ho provato, capitano, lo giuro, ma non ci riesco.

87

Julia

Uno dei rituali che io e Romeo abbiamo adottato è trascorrere la pausa tra il servizio del pranzo e quello della cena in spiaggia, a Coney Island.

È un blando tentativo di ricreare la nostra fuga al Greenwood Lake ma con le ore contate; l'effetto non è lo stesso, sulla spiaggia c'è decisamente più gente che sul nostro molo privato, ma ci godiamo il nostro momento.

«Considerando che passiamo metà della nostra giornata tra forni, fornelli e vapore, dobbiamo essere dei masochisti latenti per venire a surriscaldarci in spiaggia anche nelle ore di riposo», osservo scavando una buchetta nella sabbia con i piedi per non scottarmeli. «Quanti gradi ci sono oggi? Quaranta?»

«Andiamo in acqua», propone Romeo, già in piedi pronto a tuffarsi.

«Non è il caso: avevo solo un vecchio costume due pezzi da mettere e non mi sono portata una seconda maglia, se mi buttassi così, poi non avrei altro con cui cambiarmi», spiego.

«Perciò piuttosto che levarti la T-shirt e buttarti in mare preferisci restare ad arrostirti al sole? Al lago ti sei spogliata», ribatte lui.

«Eravamo solo io e te, là; qui è diverso». Con un cenno del capo indico tutta la gente intorno a noi.

Romeo mi guarda senza dire nulla, poi si risiede sul telo accanto a me. «Ho capito».

«Ma tu vai pure. Non devi mica stare con me per forza».

«Dammi la tua borsa», dice, con piglio deciso.

«Perché?»

«Dammi la borsa, per favore».

Non capisco che intenzioni abbia ma gliel'allungo. La apre e vi scava dentro finché non trova la pochette con il mio kit d'emergenza. «Che vuoi fare?».

Prende una delle mie sacche di scorta, leva la linguetta dell'adesivo, si solleva la maglietta per scoprire l'addome, e se la appiccica nell'esatto punto dove porto la mia. «Di sicuro non potrò mai capire cosa significhi vivere davvero con una stomia, ma se il disagio deriva dalla paura di essere l'unica su questa spiaggia con una sacca che pende dalla pancia e temi di essere osservata, sai che ti dico?», Romeo si rialza in piedi, si sfila la maglietta e la getta sul telo. «Ci guarderanno in due».

«Io...», tentenno.

«Ti meriti il mare, Julia». Lui mi tende la mano. «Vieni a riprendertelo».

Le gocce di sudore che mi scorrono giù per lo scollo, e che hanno formato una striscia scura sul tessuto della T-shirt all'altezza del seno, mi dicono che il mio corpo mi ringrazierebbe molto per il sollievo di un bagno. Mi guardo a destra e sinistra come se dovessi attraversare una strada trafficata con il rischio che un camion mi travolga all'improvviso, ma vedo solo un papà che spalma la crema solare al figlio troppo scalmanato per stare fermo; un gruppo di ragazze che gioca a beach volley; un ragazzo con una camicia fluorescente *tie-dye* intento a leggere un libro, un signore che stana i rifiuti residui dalla spiaggia con un retino e li raccoglie in un sacchetto; due signore che mangiano il gelato. Nessun camion in vista.

Prendo la mano di Romeo e mi sollevo in piedi. «Proviamo».

«Se vuoi, la maglietta te la sfilo io. Sono molto bravo in quello».

«Sì, per favore», rispondo, per poi ripensarci subito dopo. «Anzi, no. Faccio da sola».

Afferro l'orlo, lo torturo per qualche secondo, dicendomi che posso comunque ripensarci e rimettermi giù a sedere sul telo.

Ma ormai non conta più nulla, chissenefrega della paura! Se ho superato quella di morire, posso superare anche quella di farmi vedere. Chissenefrega dei giudizi degli altri, al mare non frega niente se ho una stomia. Chissenefrega.

Io sono ancora qui, non sono una foto sulla mensola del camino.

In un secondo, la maglietta vola accanto a quella di Romeo. «Andiamo a prenderci il mare».

Mano nella mano corriamo verso la riva, le due sacche beige che sobbalzano contro i nostri addomi, e sul bagnasciuga Romeo mi solleva in braccio e ci tuffiamo insieme nell'acqua.

«Com'è stato?», mi domanda. «Tremendo?»

«Ogni persona che ha provato a convincermi che mi stavo perdendo qualcosa e che avrei dovuto superare la mia paura non ha mai capito che le paure sono irrazionali: non si accendono o spengono a comando. Il mio timore di mostrarmi in pubblico a pancia scoperta non era legato al giudizio, ma al sentirmi sola. Tu non mi hai fatta sentire sola. Non mi fai mai sentire sola».

«Ti ho sprecato una sacca».

«Non l'hai sprecata. Non avresti potuto usarla meglio. Questo è il mio primo vero bagno dall'intervento».

«Ricordi la prima volta che siamo venuti qui?», mi domanda.

«Certo che mi ricordo, mi hai fatta guidare la tua moto», rispondo.

«Io quel pomeriggio volevo baciarti da impazzire».

«Fallo ora», gli dico. «Baciami ogni volta che vuoi».

Restiamo lì a galleggiare tra le onde, stretti uno all'altra, con la marea che ci riporta piano piano verso riva, finché ci ritroviamo semisdraiati in una spanna di acqua, sul bagnasciuga, dove ci crogioliamo nel nostro abbraccio.

«Sarebbe molto romantico se fossimo sull'arenile di qualche spiaggia bianca caraibica, immersi nell'acqua cristallina e non… È l'incarto di un assorbente, quello?», dico indicando una bustina viola che galleggia a mezzo metro da noi.

«Non è importante il dove. È qui che ce l'hai fatta, è questa spiaggia che ricorderai con affetto».

«Usciamo!», gli dico sollevandomi.

«Già?», domanda lui stranito. «È presto per prepararci al turno serale».

«Prima voglio fermarmi a fare una cosa».

Romeo mi segue fuori dall'acqua, sempre tenendomi per mano, dopo avermi riallacciato il fiocchetto del reggiseno che nelle nostre effusioni si è allentato. Mentre risaliamo la spiaggia mano nella mano verso i nostri teli, il ragazzo che stava leggendo si sbottona la camicia, sotto cui rivela una sacca da stomia.

Non vedo il suo sguardo, coperto dagli occhiali da sole, ma il suo viso è rivolto verso di noi; la sua bocca si muove senza che esca alcun suono, ma sulle sue labbra leggo un "Ciao".

Ricambio il saluto.

Guardo Romeo, intento ad asciugarsi, e penso davvero che quella che ha addosso sia la migliore sacca mai utilizzata.

~

Lasciamo il lungomare, diretti verso Neptune Avenue, e gli indico la vetrina di un locale senza insegna.

«Non ho appuntamento, vediamo se sono fortunata e mi ricevono anche senza».

È un ufficio e l'aria condizionata è così gelida che rabbrividisco all'istante; l'interno è disadorno, essenziale, con tre scrivanie grigie, due delle quali occupate da altri clienti. Alla terza, c'è una donna che scrolla il monitor con sguardo annoiato.

«È libera?», le chiedo.

Lei si rianima, contenta di aver qualcosa di cui occuparsi. «Prego», ci invita a prendere posto.

«Julia Villa, ho visitato il magazzino all'ultimo piano della ex Caliber qualche settimana fa con Larry Cohen, uno dei vostri mediatori».

Lei cerca il mio nome sul database e annuisce quando trova la mia scheda. «Sì, ma non sono stati finalizzati accordi, vedo».

«Avevo bisogno di riflettere sul progetto. Il locale è ancora libero?»

«Nessuno ha fato a pugni per affittarlo che io sappia».

«Ottimo», commento.

Romeo mi guarda sbalordito. «Siamo venuti qui per affittare il magazzino? Sul serio?»

«Oggi mi sento in vena di tagliare traguardi».

La consulente si sporge sulla scrivania, verso di me. «Non dovrei dare questa informazione», bisbiglia, «ma tra una settimana me ne vado da questa agenzia di tira-bidoni, perciò non mi cambia nulla: i proprietari hanno quel magazzino sul collo da così tanto tempo che sarebbero disposti a lasciarlo anche alla metà, purché qualcuno se lo prenda. Io non vi ho detto nulla».

«Allora, lo prendo».

«Vado a recuperare la modulistica per la proposta di affitto», dice alzandosi.

«Sei sicura, vero?», mi domanda lui. «Questo è ben più di un tuffo in mare».

«Ho pensato a quello che mi hai detto l'altra mattina al lago. Aspetto sempre il momento giusto sapendo che in fondo ci sarà sempre qualcosa che mi darà un'ottima scusa per rimandare. Voglio prendere in mano la mia vita là dove l'avevo lasciata in sospeso. Da quando ci sei tu, ho ricominciato ad apprezzare tante cose e ora non voglio più privarmi di nessuna possibilità».

«Ci saresti arrivata comunque da sola».

Gli prendo la mano e intreccio le mie dita alle sue. «Tu lo hai reso più facile».

88

~~Dwight~~
Romeo

Io e Julia arriviamo tardi al servizio serale perché ci è scappato di fare l'amore su una scala antincendio.

Eravamo in un vicolo chiuso, lontano dal passaggio pubblico e il momento ci ha presi.

«Le cozze gratinate su purea di ceci a che punto sono? La catalana di rana pescatrice? Le cialde di polpo fritto?», domanda Julia entrando in cucina mentre ancora stiamo abbottonandoci la divisa.

«Io ho gratinato le cozze», risponde Denny.

«La rana pescatrice l'ho marinata io», gli fa eco Rob.

«Il polpo sta friggendo in questo momento», si aggiunge Mickey.

Ciascuno svolge le proprie mansioni con padronanza dei gesti e lucidità.

«Noi possiamo anche andarcene a questo punto», dico, contento di vedere i ragazzi così inseriti in un contesto in cui, fino a un mese fa, sembravano stati buttati per caso.

«Non ci provare, tu devi occuparti di quel filetto di vitello che aspetta di diventare carpaccio», mi ordina Julia con il suo piglio da chef. «Con prugne sciroppate, spuma di pecorino e granella di pistacchi».

È un tono completamente diverso da quello con cui poco fa mugolava nella mia bocca, con le lacrime agli occhi, costretta a non fare rumore, perciò decido di sfidarla. «Io credo che una granella di nocciole ci starebbe meglio».

«Il sale del pistacchio crea contrasto con il dolce della prugna».

«Ma il tostato della nocciola dà carattere alla carne».

«Ho detto pistacchio», ribadisce Julia.
«Nocciola».
Julia mi fulmina con lo sguardo. «Vuoi continuare a difendere questa presa di posizione?»
«Fino a mezz'ora fa mi sembravi piuttosto d'accordo ad assecondare la mia posizione».
«Be', ora sarai tu ad assecondare la mia», ribatte lei piantandosi le mani sui fianchi.
«Anche subito, se vuoi», mormoro a fior di labbra, «nella dispensa?»
«Meglio la cella frigo, è insonorizzata».
«Amore in casa e guerra in cucina: che bello vedere che certe cose non cambiano mai», ci prende in giro Vinnie. «Vi ricordo le istruzioni che ci hanno lasciato gli ospiti della cena: no foglie di prezzemolo, no aglio, no cipolla cruda».
«E solo vini bianchi, che non macchiano», aggiunge Sonny uscendo dalla cantina con due bottiglie di chardonnay per braccio.
Quello del venerdì è uno dei nostri servizi cena più pieni, ma stasera il *Villa's* è stato affittato per il cinquantesimo compleanno di una Ape Regina della Manhattan che conta, organizzato dall'agenzia di Lexi Sloan.
Tra menù e vini scelti, l'incasso della serata va a coprire quasi quello di due giorni perciò, oltre ad aver accettato la proposta al volo, siamo tenuti ad assecondare le richieste alla lettera.
«Ah, eccovi, voi due disgraziati!», abbaia Gualtiero, entrando in cucina. «Vi sembra l'orario di arrivare?»
«Abbiamo sforato di dieci minuti, papà», ribatte Julia.
«Sono ancora io il proprietario, qui. Se dico che siete in ritardo, siete in ritardo. Stasera vediamo di fare bella figura, così da acquisire nuovi clienti», ci intima. «Venite nel mio ufficio, vi devo parlare».
Senza alcuna intenzione di replicare, lo seguiamo nello stanzino dove aspetta di farci entrare per poi chiudere la porta.
«Buone notizie, il container me lo danno in consegna per domani notte, dunque andrete a ritirare il carico dopo la chiusura del ristorante, al terminal merci del porto, a Newark», ci comunica Gualtiero. «Siate svelti ed efficienti».

«Prenderemo il furgone di Pete, come sempre», concorda Julia che evidentemente sa di cosa sta parlando.

«E porterete la consegna nel suo magazzino». Gualtiero mi scruta dall'alto in basso, misurandomi. «Dato che entrerai a fare parte della famiglia, è giusto che tu prenda confidenza con il nostro core business. Occhi aperti e bocca chiusa, chiaro?»

«Chiaro», rispondo.

Io ho un solo pensiero: per fortuna che non ho riattivato le cimici che avevo piazzato nell'ufficio e tutto questo l'FBI non può captarlo.

~

Che non sto più facendo il lavoro per cui sono pagato è chiaro da un pezzo, ma da una posizione di trasgressione passiva, ossia non dare più informazioni chiave alla squadra, passo a quella di trasgressione attiva: il depistaggio.

Dopo la chiusura e dopo aver riaccompagnato Julia a casa sua, mi tocca il solito briefing con Bristol, che aspetta aggiornamenti operativi.

«La consegna del container al porto è stata fissata», gli comunico.

«È quello che aspettavamo. Quando sarà?»

«Dom... domenica». Ci ho provato a dire la verità, ero partito benissimo con quel "Dom", ma il resto mi è morto in gola, subito incalzato dalla bugia.

«Domenica, quando?»

«Notte».

«Perfetto, allerto la squadra d'intervento», conferma Bristol. «Vedi? In fondo, non è stato difficile razionalizzare i fatti e distinguere realtà e illusione. Il nostro è un lavoro difficile, fosse facile lo farebbe chiunque».

«Ha ragione, capitano», rispondo deglutendo a fatica neanche avessi ingoiato un sasso.

«Inizia a pensare a dove vorrai trascorrere le tue ferie. Avrai molto bisogno di staccare, stavolta, per far ripartire la testa. E prometto che non ti richiamerò in servizio con urgenza».

«Non vedo l'ora».

Ho cominciato quest'indagine mentendo a Julia, poi a me stesso e ora anche a Bristol. Non so come uscirne.

~

Sabato sera la chiusura si allunga sempre rispetto agli altri giorni, perché i clienti sono rilassati e indugiano nelle conversazioni, si concedono il dessert, non hanno sonno arretrato che gli pesa sugli occhi. Siccome il *Villa's* non è fiscale come i ristoranti di proprietà dei newyorkesi, non affrettiamo l'uscita di nessuno.

Gli ultimi due clienti se ne vanno lasciandoci giusto il tempo di mangiare un boccone prima di partire alla volta di Newark.

«Questo prosciutto al forno con le mele è una bomba», mugugna Julia a bocca piena, finendo un avanzo del nostro fuori menù di oggi. «Dobbiamo riproporlo con la salsa Elena. Manderà in visibilio le papille gustative».

Ne inforchetto un pezzo dal suo piatto e lo assaggio. «Non so se sono stato più bravo io a cuocerlo o tu a fare la purea di mele».

«Tutti e due. Qualunque cosa io e te facciamo insieme è un capolavoro».

Che non si riferisce solo al cibo lo capisco dal suo sorriso, che ormai è diventato la sua espressione fissa. Quasi non me la ricordo la Julia imbronciata e cinica che ho conosciuto. «Ti amo», le dico di getto. «Ti amo in un modo che non so neanche descrivere».

«Lo so che mi ami. Non c'è bisogno che tu me lo descriva, lo vedo. Lo sento in tutto ciò che fai».

«Avevo bisogno di dirtelo».

«Anche io ti amo come non ho mai amato prima. E spero che anche tu lo senta».

«Sì, lo sento molto. Per quello ho voluto dirtelo, perché ho paura che tu pensi che io ti ami meno. Ascolta, Julia, c'è una cosa che devo e voglio dirti da tempo; c'è in gioco il nostro futuro e io voglio essere completamente sincero con te da ora in avanti».

Ho nascosto la questione della copertura fin troppo a lungo, e credo sia giusto che lei sappia chi sono e cosa faccio prima che io venga a conoscenza degli affari di famiglia, così che abbia la libertà di decidere come e se andare avanti.

«Dopo, adesso dobbiamo andare a Newark», mi dice. «Una volta sistemata questa consegna, avrai tutta la notte per spiegarmi ciò che vorrai».

«Ma è importante», insisto.

«Appunto, non voglio affrontare una discussione importante proprio mentre siamo di corsa!».

Non accetta repliche, balza giù dal ripiano su cui è seduta e m'invita a seguirla fuori. Accanto al marciapiede è parcheggiato già il furgone bianco con scritto "Pane fresco by Villa".

Dato che lei è stanca, mi chiede se posso guidare io, poi si allunga sul sedile e appoggia i piedi sul cruscotto, per rilassare le gambe lungo il tragitto.

Sbucati dall'altro capo dell'Holland tunnel, ci troviamo in New Jersey e per un attimo penso che dopotutto potremmo andarcene via, in un altro Stato, ignorando l'FBI, la sua famiglia e Maniscalco.

In Pennsylvania, magari, o in Maryland?

Invece seguo le sue indicazioni senza prendere iniziative.

Lo scalo merci del Newark-Elizabeth è uno dei più importanti della costa Est ed è praticamente una città nella città, solo che al posto dei grattacieli, su di noi incombono pile di container anonimi. Se non fosse che Julia sa esattamente dove dobbiamo andare, mi sarei già perso.

Non si potrebbe entrare dopo l'orario di chiusura, eppure lei ha una scorciatoia anche per quello.

Parcheggiamo su uno dei due moli che affacciano sul canale, accanto a un container che sembra un po' più piccolo degli altri, blu o verde scuro, al buio non capisco.

«Mi raccomando, il freno a mano. La prima volta che sono venuta con Angelo, si è dimenticato di inserirlo e per poco il furgone non ci è finito in acqua», si raccomanda. «Pronto a faticare?».

Scende dal veicolo e, dopo essersi guardata intorno, rompe i sigilli del container mentre io illumino i suoi gesti con la torcia.

«Non è legale, vero, quello che c'è qui dentro?», chiedo con la gola stretta.

«Diciamo che è meglio che la Homeland Security non sappia mai cosa contiene». Apre i due portelloni e il silenzio del porto si riempie del sinistro cigolio metallico.

Entriamo nel container, più grande di molti appartamenti di Manhattan, e illuminiamo una serie di casse di legno.

Tuttavia mi stranisco all'odore che mi riempie le narici, dopo due passi: sono entrato molte volte nei magazzini di coca degli Aguilera, riconoscerei quella puzza di benzina che quasi brucia la gola in un attimo, ma questo è diverso. Non l'ho mai sentito in vita mia.

È un odore grasso, denso, penetrante e nel mio archivio olfattivo non riesco ad associarlo a nessuna droga.

«Allora, bambini», dice Julia rivolta a una delle casse. «Vediamo come state». Ne scoperchia una e…

«FBI, armi a terra e mani in alto», ci urla una voce alle spalle.

Julia si volta e lascia cadere l'asse di legno.

Sulla soglia del container ci sono le figure nere di tre agenti che ci puntano le loro pistole addosso, e dietro di loro due volanti ci abbagliano con i fanali.

«Cazzo», mormoro tra me e me. «Sono qui».

Julia è paralizzata, con lo spavento dipinto in volto.

«Procediamo, agente Faraday?», domanda uno dei tre. Riconosco la voce: è Bristol.

Avevo provato a immaginare ogni tipo di scenario ma non avevo considerato questo. Nell'imboscata ci sono finito anche io.

«Agente Faraday», mi richiama. Mi lancia un paio di manette che cadono proprio davanti ai miei piedi.

«Sì, capitano», rispondo ma senza raccoglierle. Sento lo sguardo di Julia che si sposta su di me e stavolta ho davvero paura di guardarla negli occhi perché non so cosa ci vedrò.

«Faraday?», boccheggia. «Chi… chi è?»

«Dwight Faraday, sono io», confesso con la vergogna che mi strozza. «Agente speciale dell'FBI, matricola 0124».

«Peterson, pensaci tu», ordina Bristol vedendo che io non accenno a muovermi. «Marvin, sequestra il carico».

«Julia Villa, la dichiaro in arresto». Un collega esegue pronto, mentre l'altro scoperchia tutte le casse del container. «Ha diritto a una telefonata, e se non ha un avvocato…».

«Ma questa non è droga», esclama Marvin. «È… formaggio».

«Formaggio?», chiediamo tutti noi agenti, insieme.

«Sì!», conferma quello, in tono disgustato. «Ed è pieno di vermi».

89

Julia

«Come ha detto che si scrive?», mi domanda ancora una volta l'agente che mi ha accompagnato in centrale, impegnato a scrivere la mia deposizione.

«*Casu Marzu*», rispondo.

«Martsoo?», ripete lui. «Può farmi lo spelling?»

«C-a-s-u, M-a-r-z-u», sillabo come un automa. Sto ancora cercando di metabolizzare tutto quello che è successo ma sono ancora confusa e atterrita. Ho tante domande, però ho paura delle risposte.

«Ed è un formaggio con i vermi?!», chiede stupito. «Davvero si mangia?»

«È pecorino colonizzato da una mosca, la *piophila casei*, che nel suo ciclo di vita trasforma la pasta del formaggio da dura a cremosa», spiego. «È un prodotto tipico della Sardegna».

«Che non solo è vietato importare negli Stati Uniti, ma anche vendere e produrre. È classificato come il più pericoloso formaggio al mondo», aggiunge un altro agente. «Spiegazioni del perché l'abbiamo trovata in possesso di questo prodotto?»

«Uso personale».

«Di un container intero?»

«Siamo una famiglia grande».

«Una famiglia grande che gestisce un ristorante».

«Ispezionate pure il *Villa's*, se credete», rispondo con sicurezza. Con il senno di poi, devo ringraziare Dominic per aver manomesso il nostro quadro elettrico, facendo deteriorare tutto il contenuto della cella frigo.

«Importare un container di prodotti alimentari proibiti è un reato grave», mi informa l'agente che si sta occupando del verbale del sequestro.

Grave, certo, ma non tanto quanto l'importazione di un container di sostanze stupefacenti. Anche se gli agenti sono del tutto stupefatti, comunque.

Vengo informata che il caso sarà passato alla *Food and Drug Administration* e al CDC, il centro controllo malattie, per un'istruttoria circa la contaminazione alimentare, e alle tre e mezza di notte mi rilasciano.

Un federale mi accompagna al piano terra e, quando esco dall'edificio, nello spiazzo di Federal Plaza, c'è... Non so chi è quest'uomo che fino a poco fa chiamavo Romeo, baciavo e a cui ho detto che l'amavo.

«Non doveva andare così», mi dice. «Mi dispiace».

90
Dwight

Vorrei poter seguire Julia alla sua deposizione, ma Bristol mi convoca nel suo ufficio.

«Spero che tu sappia che sei nei guai, Faraday», mi avvisa subito.

«Lo so».

«Manomissione di sistemi di registrazione, occultamento di prove, depistaggio delle indagini… Potrei continuare, ma ho abbastanza capi d'accusa per ritirarti il distintivo ora».

«Lo vuole subito o posso riconsegnarlo domattina?»

«Sei fortunato che il blitz di stanotte si sia concluso con un buco nell'acqua e sembra che siamo su una falsa pista, dunque possiamo mettere agli atti che tu nutrissi già dei sospetti e, prima di portare a termine l'intervento, volessi accertarti che il container contenesse effettivamente un carico illegale. Fino a prova contraria, Terry Maniscalco non traffica in formaggi con i vermi».

«Io lo sapevo che Julia era innocente».

«No, che non lo sapevi», ribatte in tono di rimprovero. «Ma eri pronto a sacrificarti per lei e l'ho capito quando sei venuto qui a dirmi che volevi ritirarti dal caso. Non mi sono più fidato di te e ho cominciato a farti seguire».

«Non mi sono accorto di nulla».

«Certo, che pedinamento sarebbe, altrimenti? Eri fuori fuoco, non ti saresti reso conto di avere una squadra addosso neanche se ci avessi sbattuto contro». Il suo tono è intriso di delusione e detesto aver deluso Bristol.

«Ci ho provato, capitano, ma non sono stato all'altezza».

«Sì, Faraday, non sei stato all'altezza e devo rivedere anche la mia capacità di giudizio sul tuo conto. Tuttavia, non so chi al tuo posto avrebbe potuto fare di meglio. Ciò detto, le indagini sui Villa continueranno, l'unica cosa certa è che tu sarai sollevato dal caso».

«Posso vedere Julia?», chiedo. Dal porto, abbiamo raggiunto il quartier generale dell'FBI su due auto diverse e non ho più avuto occasione di parlarle. «Voglio sapere se sta bene».

«Sta bene ma non puoi vederla», decreta lapidario. «Non c'è bisogno che ti spieghi perché. Domattina riporta tutto il materiale che ti abbiamo consegnato per l'identità di Romeo Corelli. Questo è quanto».

91
Julia

Lui non mi guarda, le mani affondate nelle tasche e il capo chino.

«Come doveva andare?», gli domando. «Di che ti dispiace? Di non essere riuscito ad arrestarmi? Di non aver trovato… Cosa credevi di trovare? Droga?»

«Mi dispiace di averti mentito».

«Certo, sei il ritratto del dispiacere».

«Ho fatto il mio lavoro. L'FBI si occupa di questo, indagare sul crimine, nel mio caso sotto copertura. Avevamo delle informazioni circa il legame tra Terry Maniscalco e la tua famiglia, e per raccogliere prove ho dovuto infiltrarmi nella cucina del ristorante. Mi hanno dato degli ordini, io li ho eseguiti».

«È per quello, allora, che hai accettato il ruolo di lavapiatti anche se era una posizione nettamente inferiore a quella per cui ti eri presentato», rifletto a voce alta, riesaminando il nostro trascorso alla luce delle nuove informazioni. «Tutto chiaro».

«E dato che era un ruolo lontano dalla catena di comando, l'input è stato attuare una honey trap: una strategia che consiste nel corteggiare un target per acquisire informazioni».

«E il target ero io», constato amaramente. La parola "strategia" mi brucia addosso come se mi fosse stata marchiata a fuoco sulla pelle. «Non mi hai solo mentito, mi hai usata».

«Ho fatto il mio lavoro», ripete come un mantra.

Mi sento una povera stupida ad aver pensato anche solo per un attimo che lui potesse essere davvero innamorato di me. Ero solo lavoro, nient'altro.

«Quindi era tutto falso? Non mi pedinavi perché te l'aveva chiesto mio padre?»

«No, me lo sono inventato».

«La tua ex, Jenny, gli amici dell'addio al celibato?», continuo a domandargli come se non sapessi già che erano tutte balle.

«Anche».

«Sapevi già della mia malattia?», gli domando con un filo di voce.

«No. Quando ho scoperto che avevi una stomia, dopo il furto, mi sono fatto mandare la tua cartella clinica».

«Per studiare il mio punto debole? Bravo, lo hai sfruttato proprio bene». Ripensando a tutti i momenti insieme, mi sento come se mi avessero buttata sulle rotaie, davanti a un treno merci in corsa. «La festa di compleanno, la moto, la fuga al lago...». Rivedo l'istante in cui ho scelto di spogliarmi davanti a lui, e un brivido gelato di vergogna mi paralizza. «Io sono sempre stata sincera con te, tu hai sempre finto. Mi hai tolto anche l'ultimo briciolo di dignità».

«Questo non è vero, Julia», ribatte. Muove un passo verso di me, ma io arretro. «Sì, nei primi giorni in cucina ammetto di aver provato ad avvicinarti per conquistare la tua fiducia, facendo in modo che mi trovassi simpatico».

«E poi?»

«Poi ti ho conosciuta e ho scoperto che mi piacevi come persona e come donna, e ho iniziato a provare qualcosa per te».

«Basta bugie», lo fermo alzando la mano verso di lui, come se potessi farmi scudo dalle sue parole.

«Non è una bugia. Ho combattuto contro me stesso con tutte le mie forze e non ero pronto a innamorarmi. Quando è successo, ti assicuro che il mio primo pensiero è stato proteggerti».

«Proteggermi da cosa?»

«Da un'incriminazione, da un arresto, dalle indagini, dalla tua famiglia, da Maniscalco», elenca senza sosta. «Da tutto».

«Da tutto tranne che da te».

«Ho sabotato le indagini pur di salvaguardarti. Ho trasmesso informazioni false, ti ho tenuta lontana da imboscate che avrebbero potuto incriminarti, ho manomesso le cimici in ufficio da tuo padre».

«Cimici?»
«Procedura standard».
Deglutisco a vuoto per l'ansia e l'imbarazzo. L'idea che ogni cosa che ci siamo detti o fatti sia verbalizzata mi scava un solco dentro. «Anche a casa tua eravamo registrati?»
«No. Come ti ho detto, ho volutamente interrotto le comunicazioni per insabbiare le indagini e scagionarti».
«Scagionarmi? Io non ho fatto nulla».
«Ascolta, stasera al porto vi è andata quasi bene, ma le indagini continueranno perché le strade che partono dal *Villa's* arrivano a Maniscalco. Tuo padre è uno dei suoi uomini, l'ho visto quando si sono incontrati e...».
«Mio padre non lavora per Maniscalco», dichiaro con forza.
«È stato alle sue nozze, era nella foto che avete in sala, e gli ha donato un rene. Mi sbaglio?»
«Pensi di sapere tutto, ma non sai nulla», ribatto disgustata. «La storia è questa: il mio bisnonno Pietro Altavilla è arrivato a New York dalla Sicilia negli anni '30 insieme a quello di Terry Maniscalco, Vito. Erano amici e hanno fatto la traversata sulla stessa nave. Vivevano alla giornata, non avevano soldi, Vito Maniscalco non parlava inglese ma il mio bisnonno un po' sì, perciò aveva bisogno di lui. Vito è entrato in un giro di contrabbando, mentre mio nonno voleva starne fuori; hanno litigato e si sono messi le mani addosso: mio nonno è inciampato ed è caduto nel fiume, non sapeva nuotare. Vito Maniscalco si è tuffato e gli ha salvato la vita», gli racconto. «Sulla base di quel debito, il mio bisnonno, poi mio nonno e mio padre hanno sempre servito i Maniscalco, che negli anni sono diventati sempre più potenti».
«Dunque tuo padre è coinvolto».
«Era», lo correggo, «quando ha conosciuto mia madre e si sono innamorati è cambiato tutto. Mio nonno Enzo non voleva un ragazzo invischiato nella malavita per sua figlia, così lo ha messo davanti a una scelta: avrebbe potuto sposarla solo se avesse lasciato il giro e cominciato a lavorare nel suo ristorante, il *Regina*. Mio padre ha scelto di uscirne, ma non è stato facile, ci è voluto tempo. Terry Maniscalco era alle sue nozze perché sarebbe stata un'offesa gravissima non invitarlo, ma ha smesso di servirlo, col patto di non fare mai

parola con nessuno dei suoi affari. Morto mio nonno Enzo, però, Maniscalco ha preso a frequentare il *Regina*, usandolo come suo quartier generale e sembrava impossibile liberarsene. L'occasione si è presentata quando è stato ricoverato per insufficienza renale. Mio padre si è offerto di donargli un rene, essendo entrambi gruppo sanguigno AB. La donazione ha estinto il debito contratto dal mio bisnonno e, da allora, mio padre si sta adoperando con tutto sé stesso per tenere lontani dalla malavita tutti quei ragazzi che in qualche modo sono finiti nei giri sbagliati, proprio come ha fatto nonno Enzo con lui».

«La seconda possibilità che diceva di aver avuto quando non mi ha licenziato dopo aver drogato Maxime Keller».

«Esatto, perciò sciacquati la bocca prima di parlare di mio padre, perché ha fatto più lui per salvare i ragazzi dalla strada che non voi federali. E alcuni di loro li hai conosciuti: Denny, Rob, Mickey, Sonny, Vinnie. Gualtiero Villa è un eroe per quello che fa ogni giorno, non è un soldato di Maniscalco», rimarco. «Se vuoi sapere chi è il suo pupillo, devi citofonare a Dominic. Sono anni che lo sta allevando».

«Dominic De Palma? Il tuo ex?»

«Secondo te perché è diventato ex? Mi sono messa con lui che ero una ragazzina e non avevo idea di come facesse tanti soldi. Sapevo che vendeva polizze assicurative e non mi ponevo domande, tantomeno quando, nonostante la mia malattia, lui era lì a prendersi cura di me, a riempirmi di attenzioni. Oggi sono certa che andasse a letto anche con altre ragazze perché, dopo l'intervento di stomia, non mi sono fatta sfiorare neanche con un dito da lui per oltre un anno, ma non m'importava finché c'era. Non mi ha neanche mai visto nuda».

Di tutte le cose che gli ho detto fino a ora, questa sembra essere quella che lo sciocca di più. «Io credevo che con lui ti fossi spogliata. Mi ha detto che era stato l'unico con cui lo avessi fatto».

«No, Rom…», il nome mi muore sulle labbra. Un nome senza significato. Lui non è Romeo, non lo è mai stato. «Sei tu l'unico».

Lui chiude le palpebre ma non dice nulla.

Al pensiero di quel pomeriggio al lago, di me sul molo che mi levo tutto, sento la voragine della vergogna allargarmisi sotto i piedi.

«Scusa, non volevo interromperti. Come hai scoperto i legami di Dominic con la malavita?».

Riprendo fiato per mandare indietro le lacrime di rabbia. «Dominic aveva deciso di comprare un appartamento e io, da ingenua, pensavo che fosse per vivere insieme. Gli chiedevo quando ci saremmo trasferiti, ma lui rimandava sempre con qualche scusa. Un giorno ho deciso di andare a prendere le misure delle stanze per cominciare a cercare gli arredi e fargli una sorpresa. Quando sono entrata in quella che avevo battezzato come "la camera dei bambini", l'ho trovata stipata fino al soffitto di scatoloni colmi di banconote: ci saranno stati tre milioni di dollari».

«Era una cassaforte».

«In quel momento ho capito che Dominic non "vendeva assicurazioni" e quella non l'aveva mai comprata con l'intenzione di farne la nostra casa. Ho realizzato che la persona con cui stavo da otto anni era un bugiardo, che sfruttava il mio affetto per lui perché nella mia ingenuità avrei rappresentato la copertura perfetta. Non potevo prestarmi al suo gioco, non dopo tutta la fatica che mio padre aveva fatto per uscire dalla rete di Maniscalco, così l'ho lasciato».

«Perché non lo denunci, allora?», mi domanda con slancio. «Con tutte le cose che sai, potresti non solo liberare tuo padre dai sospetti, ma far sì che la giustizia non permetta più a Dominic di nuocere».

«Non posso».

«E allora non importa che tu lo abbia lasciato. Se taci su di lui, sei sua complice».

«Non posso senza tirare dentro anche mio fratello Angelo», ribatto. Qui, nel buio e nel deserto della notte, sembriamo due cowboy alla resa dei conti. «È per lui che hai visto Terry Maniscalco al nostro ristorante. Angelo ha il vizio del gioco, gli è sempre piaciuto l'azzardo e si è indebitato ai tavoli di Maniscalco per centocinquanta mila dollari. I modi per uscirne sono due: o lo ripaghi, o lavori per lui. Mio padre si è accordato con Terry per restituirgli l'ammanco con i proventi del ristorante. Quello che papà non sa è che quei soldi sono solo la metà di quelli che si è giocato, gli altri centocinquanta se li è fatti prestare da Dominic. Sono tre mesi che glieli deve rendere e gli interessi dei prestiti dei De Palma sono alti: la gamba rotta non è stato un incidente causato da un pirata della strada, ma un avviso».

«E glieli sta restituendo?»

«Stiamo», rispondo ormai senza più paura di nascondere la polvere sotto il tappeto. «Angelo, che è fermo con la gamba immobilizzata a casa, organizza tavoli di poker virtuale su una piattaforma che non ti dirò. Una volta a settimana, gira il guadagno del banco al *Midnight Club*, quello di lap-dance. Essendo un locale per adulti ha ampia disponibilità in contante, mi prepara il corrispettivo versato in banconote e io, il lunedì, lo consegno a una persona di fiducia di Dominic».

«Anya».

«Le hai fatto visita?», gli chiedo con la bocca allagata da un fiotto acido. Nonostante tutto, un'irrazionale gelosia mi annebbia i pensieri. Anya è bella da mozzare il fiato, seducente, molto esperta nel campo del piacere. Poiché quest'uomo mi ha mentito su ogni cosa, nulla toglie che sia stato anche con lei.

Un secondo pensiero mi allarma: non abbiamo mai usato preservativi.

«Ho seguito te e sono arrivato a lei. Ti ho vista entrare con la borsa e sapevo che avevi consegnato del denaro, ma io e Anya non abbiamo avuto alcuna interazione. Sono stato professionale, almeno in quell'occasione».

«Devo crederti?»

«Che senso avrebbe mentirti ora?»

«Dimmi come siete arrivati a sospettare che il nostro ristorante fosse un'attività affiliata a Maniscalco, se vuoi essere sincero, per una volta».

«Una soffiata da un detenuto del carcere statale. Spesso i prigionieri collaborano con le forze dell'ordine per ottenere miglioramenti di condizioni o sconti».

«Carcere statale, eh? Sai chi altri è detenuto lì? Freddy De Palma, il fratello di Dominic, che ha un conto in sospeso con Angelo perché quel disgraziato ha avuto la stupida idea di andare a letto con sua moglie, Sissy De Palma. Quindi la vostra pista altro non è che una vendetta personale».

«Immagino di non poter riferire nulla di tutto ciò».

«No. Metteresti nei casini troppe persone che non hanno colpa, tipo Anya che verrebbe espulsa e rispedita in Russia».

«Ah, perché è meglio come sta adesso?»

«La casa di appuntamenti è un altro dei business di Dominic».

«Angelo è dentro anche a quella? So che la frequenta».

«Gli procura clienti. Loro due sono amici dai tempi della scuola e a mio fratello piace da morire la vita ricca e facile di Dominic, soprattutto negli ultimi anni in cui la sua scalata nei ranghi di Maniscalco si è impennata. Quando gli ho detto cosa avevo scoperto nell'appartamento, anziché prendere le distanze, Angelo gli si è attaccato ancora di più: non voleva impastare pane di notte come Pete. Così papà ha deciso di tornare nel mondo della ristorazione aprendo il *Villa's* a Tribeca: per dare ad Angelo qualcosa di suo da coltivare, qualcosa di onesto. E gli ha persino donato la ricetta della salsa Elena, una crema di formaggio a base di casu marzu che fa parte della famiglia di nostra madre da generazioni. Ma grazie per averci ricordato di essere degli avanzi di galera».

«Io posso aiutarti, però».

«Non so neanche chi sei», ribatto.

«Sono Dwight Faraday, un agente federale, e non ho nessun diploma di cucina o esperienza sulle navi da crociera, ma ti posso garantire che, al di fuori di questo, non c'è una singola parola che ti abbia detto che non corrisponda alla verità».

Ci guardiamo, illuminati da un lampione solitario. Nel cono di luce c'è la verità, fuori nel buio, una grossa bugia.

«Non ti ho raccontato di Dominic per il piacere di una conversazione; l'ho fatto perché tu sappia che, per quanto lui mi abbia detto bugie, non ha mai usato la mia malattia contro di me. E se non ho potuto perdonare lui, figurati se posso farlo con te».

«Ho sempre saputo di star sbagliando, ho smesso di contare le volte in cui ho cercato le parole giuste per dirti chi fossi, le occasioni che ho perso, ma se c'è una cosa assolutamente vera e che non cambia è che ti amo, che io sia Romeo o Dwight».

«È cambiato tutto, Dwight», mi sforzo di usare il suo nome vero. «È cambiato nel momento in cui i tuoi colleghi mi hanno puntato una pistola addosso. Non riesco più a credere a nulla. Ricordi cosa ti ho detto sulla fiducia? Che è fragile, proprio come il vetro: si frantuma senza preavviso».

Il silenzio riempie lo spazio che ci divide.

«C'è qualcosa che posso dire o fare per dimostrarti quanto ci tengo a te?»

«Sì, dimenticami».

92
Dwight

Ho perso tutto.

93
Julia

Sono stata una stupida.

Se c'è qualcosa che ho imparato è che l'innamorato è sempre un perdente e io sono stanca di perdere.

D'ora in poi, metterò il mio interesse davanti a tutto e tutti, prima che qualcun altro lo faccia di nuovo con me.

Luglio

94
Dwight

«Benvenuto a Lewiston, agente Faraday».

Oggi è il mio primo giorno nel nuovo quartiere generale a cui sono stato trasferito, in Idaho, il terzo Stato del Paese per tasso di sicurezza dopo il New Hampshire e il Maine.

Lewiston: trentaquattromila abitanti; economie principali: agricoltura, produzione di carta e legno.

Mezzo di locomozione prevalente: pick-up.

«Salve», saluto il collega al mio arrivo in ufficio.

«Qui soprintendiamo alle contee di Clearwater, Latah, Lewis, e Nez Perce. Tu vieni da New York, giusto?»

«Ero al crimine organizzato».

Fischia ammirato. «Un uomo d'assalto! Ti eri stancato dell'azione?»

«Più o meno». Probabilmente non lo hanno informato del perché sono stato spostato qui e a me non va di spiegarglielo.

«Io sono Turpin Fence, saremo vicini di scrivania. Sulla tua troverai già i casi di cui ci stiamo occupando, se vuoi dare un'occhiata», dice indicandomi il tavolo accanto al suo.

«Ci sono due cartelline», ribatto, indicando le due pratiche striminzite che vi sono poggiate sopra.

«Già, mese pieno, questo».

Un caso è palesemente un mitomane, l'altro è un furto telematico di dati volto a stipulare finti contratti telefonici.

«Ti piace l'attività all'aria aperta?», mi domanda Fence.

«Tipo?»

«Qua, sui fiumi, organizziamo molti ritrovi sportivi. Hai mai provato il rafting?».

No, non l'ho mai provato, ma so a chi piacerebbe. E anche se mi sto sforzando di scollegare la mia testa e il mio cuore da tutto ciò che è accaduto a New York, il mio pensiero corre subito a Julia.

Ottobre

95
Julia

Arrivo al *Villa's* a metà mattina, per controllare le prenotazioni per la giornata, passare in rassegna la sala, infine rivedere i conti dei fornitori.

Angelo è tornato ai fornelli e, con sorpresa di tutti, si sta dando da fare oltre ogni aspettativa.

Io in cucina non vado più, perché questo non è più il solo ristorante che seguo.

«Credo che oggi avremo un picco di prenotazioni», mi comunica Liza al mio ingresso. «Wow, che borsa magnifica. È nuova?»

«Sì», rispondo senza manifestare troppo entusiasmo.

Lei, invece, afferra la catena della tracolla con presa famelica e la studia, se la gira tra le mani, la apre e la annusa. «Questa odora di pelle vera, non di petrolio come le mie. Caspita, costerà diecimila dollari», commenta accarezzando le due C dorate che sormontano la chiusura.

«Undicimila», preciso. «Perché dici che avremo più prenotazioni?»

«Ieri sera è andata in onda la puntata della serie *Single per scelta* che hanno girato qui, ed è uscito l'articolo su di noi». Liza apre il giornale e mi mostra il pezzo, dal titolo *I Giulietta e Romeo di Tribeca*.

Subito sotto c'è la nostra foto: io che guardo Romeo come se fosse l'alpha e l'omega del mio mondo.

«Butta questa spazzatura», le dico accartocciando la pagina.

«L'articolo è molto lusinghiero».

«Non m'interessa».

«Però...», continua con voce tentennante. «Nella foto siete venuti bene. Eravate una bella coppia».

«Liza, quante volte devo ripetertelo? Non eravamo niente, non siamo mai esistiti».

«Be', almeno con lui eri felice», mugugna.

«Lo sono anche adesso».

«Se lo dici tu».

«Lo dico io, sì», ribadisco. «Vado, ho altro da fare». E senza aggiungere una parola, esco dal ristorante e salgo sull'auto che mi aspetta fuori.

Marzo

96
Dwight

Le mie piante aromatiche sono morte.

Me le sono portate dietro ma ho smesso di curarle e i loro vasetti ora non contengono altro che un mucchietto di terra secca.

Io mi sento un po' così: secco, abbandonato e improduttivo.

L'unico che ha sfidato il clima invernale dell'Idaho e tenuto duro fino alla primavera è il rosmarino. Mi domando come ci sia riuscito.

Sono passati mesi dal mio trasferimento e li ho trascorsi a cercare di capire in che modo avrei potuto evitare tutti gli errori che ho commesso, come avrei potuto salvare la storia con Julia senza arrivare al punto di non ritorno. Ma non ho trovato alcuna soluzione.

Comunque avessi agito, avrei sbagliato. Ero destinato al disastro fin dall'inizio.

Inoltre, non mi riconosco più in quello che faccio.

Fino all'operazione *Mamma mia* ho sempre pensato che quella dell'agente speciale fosse la mia professione ideale, ma non c'è giorno che mi manchi l'allenamento del mattino con la brigata, sistemare le provviste in dispensa, il servizio in cucina. Era una routine che sentivo mia.

Invece ora mi trascino in ufficio, apatico.

Sulla mia scrivania c'è poco o niente da fare, il più delle volte mi ritrovo a smistare burocrazia, quindi, una mattina qualsiasi di marzo, rimango sorpreso di trovare una busta.

O meglio, una busta dentro a una busta postale comune.

È color crema, di carta spessa, elegante, di quelle che si usano per gli inviti formali.

La apro e sfilo il cartoncino e, nel leggerlo, mi coglie un capogiro fortissimo di quelli che danno la nausea.

Dominic De Palma e Julia Villa,
insieme alle loro famiglie,
sono lieti di annunciare il loro matrimonio.
La cerimonia si terrà il giorno 7 marzo c.a. alle ore 16:00
nella serra del giardino botanico di Brooklyn.

Julia sposa Dominic? Come cazzo è possibile?!

Sul retro della partecipazione c'è un numero di telefono scarabocchiato a biro, che chiamo subito.

«Pronto?», mi risponde una voce familiare dall'altro capo.

«Vinnie!», esclamo sorpreso.

«Hai ricevuto il messaggio, vedo».

«Julia? Dominic? Perché lo sposa? È impazzita».

«Senti, Romeo...».

«Dwight», lo correggo.

«Che nome orrendo, per me rimarrai sempre Romeo».

«Dwight era il padre di mio padre. Potremmo parlare di Julia? Quando si è rimessa con Dominic? Perché?»

«Hanno riallacciato i contatti in estate e a metà autunno si sono fidanzati. Non avrei dovuto dirtelo, sappi che il tuo nome è stato bandito dal *Villa's*, nessuno può nominarti in presenza di Julia, quindi non dovremmo neanche stare parlando, ora. Io e i ragazzi della brigata, però non la vediamo felice e abbiamo deciso di rintracciarti per informarti».

«Il matrimonio è tra una settimana», gli faccio notare.

«Sì, è tardi, ma non eravamo sicuri che fosse il caso di ficcarci negli affari di Julia e Dominic. Soprattutto Dominic».

«Comprendo», ribatto. «Però non vedo cosa dovrei fare con questa informazione. Lei ha deciso, è la sua vita. Se ha scelto di tornare con lui, avrà i suoi motivi».

«Io non so con chi sto parlando ma di sicuro non con il Romeo che conosco io», abbaia Vinnie con grinta. «Alza le chiappe e vieni a fermare questa follia prima che Julia si rovini».

«Ci penserò», mugugno.

«Vedi di pensarci per davvero o verrò a prenderti di persona lì, in Idaho».

«Vinnie, a proposito, come accidenti mi hai trovato?»

«Ding-dong, clonavo carte di credito, ricordi? Ho trovato la tua tramite il sito sul quale hai prenotato la casa al lago e rintracciarti in base alle tue ultime transazioni è stato uno scherzo. Ah, e se mi posso permettere: secondo me neanche tu te la stai passando alla grande».

«E da cosa lo deduci?»

«Dagli ordini che fai: Jack in the box, Mc Donald, Wendy's. I tuoi pasti consistono in alette di pollo fritte e nachos con il formaggio fuso, tutti i giorni, consegnati sempre al solito indirizzo. Mi è bastato cercare su Google per scoprire che è la sede dei federali. Che fine ha fatto l'uomo che cucinava il risotto al tartufo e champagne?»

«Non è mai esistito».

«No, tu ora non esisti. Data e posto li sai. L'unico che può ancora fermarla sei tu».

97
Julia

«Sei meravigliosa, mi ricordi tua madre quando si è sposata», si complimenta Cetty, mentre mi ritocca il velo. «La truccatrice ti ha messo il mascara waterproof, vero?»

«Sì».

«Hai attaccato l'adesivo antiscivolo sotto la suola delle scarpe?»

«Sì».

«Hai qualcosa di nuovo, qualcosa di vecchio, qualcosa di prestato e qualcosa di blu?»

«Ha tutto, mamma, basta assillare Julia», interviene Liza. «Puoi andare, ci penso io ad aiutarla con gli ultimi preparativi».

«Va bene, non c'è bisogno di essere così sgarbata», ribatte Cetty. «E poi, almeno lei si sposa, prima di fare figli… mica come te», accenna alla leggera curva della pancia di Liza che si nota appena sotto l'abito.

«Mamma, ti prego, almeno oggi risparmiami le prediche. E vai a ricevere gli invitati!».

«Tua madre è più agitata di me», osservo, mentre Liza m'infila i guanti.

«Questo è vero, non hai l'aria della sposa al settimo cielo».

«Come vorresti vedermi? In lacrime? Tremante? Dovresti conoscermi, almeno tu».

«Non te lo dico quello che penso, già lo sai», risponde la mia amica, asciutta.

«Anche perché me lo hai ripetuto mille volte, una in più sarebbe di troppo», replico stizzita.

«Julia», sospira, «Dominic è…».

«Dominic mi ama», sottolineo con forza. «Lui sa cosa vuol

dire proteggere una famiglia a ogni costo, lui metterà me sempre davanti a tutto. Ok, non è un santo, ma chi lo è? Tu compri e vendi borse contraffatte, vuoi davvero fare la moralista?»

«C'è un po' di differenza tra quello che faccio io e quello che fa Dominic. E, tanto perché tu lo sappia, neanche Pete è convinto di questo matrimonio».

«Per fortuna che non deve sposarlo lui, Dominic, allora», taglio corto.

«Non devi nemmeno tu, se è per questo».

«Vuoi davvero litigare il giorno del mio matrimonio?».

Liza incrocia le braccia e mette il muso. «No, infatti, è inutile. Oggi non cambia proprio nulla perché, di fatto, sei la signora De Palma già da tempo».

Si riferisce al mio coinvolgimento nelle attività di Dominic: la gestione dei suoi locali, del personale, l'accoglienza, i menù. L'ultimo fiore all'occhiello del suo business è un vecchio hotel che ha rilevato dal precedente proprietario con lo scopo di trasformarlo nel Plaza di Brooklyn e la ristrutturazione l'ha interamente posta nelle mie mani.

«Dominic si fida di me».

«Spero che abbia la coscienza di tenerti fuori dagli impicci, almeno».

«Non mi metterà in pericolo, Dominic mi ama».

«E tu lo ami?».

Odio il suo tono inquisitorio. «Non lo amo più con il trasporto della Julia ragazzina. Lo amo con la consapevolezza di una donna».

«E sai spiegarmi a parole tue che accidenti significa?»

«Che solo perché è un diverso tipo di amore, non significa che non lo sia».

«Sei molto brava ad autoconvincerti, ma con me non attacca». Liza apre la porta della mia stanza. «L'auto ci aspetta».

Scendo le scale reggendo con cura l'abito per non pestarlo e sbircio in sala, dove papà mi dà le spalle, rivolto alla foto di mamma.

«Fai ancora in tempo a vestirti, se hai cambiato idea», gli dico.

«Non ho cambiato idea», risponde senza voltarsi.

Come immaginavo. «Non porterai la tua unica figlia all'altare?»
«Ti ci porterà Angelo. Io, nelle mani di De Palma, non ti ci metto».

~

L'auto risale il vialetto del parco fino alla fontana che zampilla davanti alla Palm House, il giardino d'inverno in cui si terrà la cerimonia, facendovi il giro intorno.
Sto per scendere, quando noto un uomo appoggiato a una delle due fioriere che affiancano l'ingresso alla serra.
Strano, gli ospiti dovrebbero essere già tutti dentro, in attesa della mia entrata.
Ma quello non è un ospite.
Quando solleva il viso e guarda nella mia direzione, riconosco Ro…
Dwight.
Si è fatto crescere la barba e lo stupido pensiero intrusivo "è bellissimo" mi fa vacillare.
«Che ci fa lui, qui?», domando. «Chi lo ha chiamato?».
Ringrazio il cielo che l'auto abbia i vetri oscurati e lui, da fuori, non possa vedermi.
«Liza, Angelo», li richiamo. «Chi lo ha chiamato?»
«Io no», risponde lei.
«Io nemmeno».
Merda. Lui non ci voleva.

98
Dwight

Quando Julia esce dall'automobile nera, vestita da sposa, mi si ferma il cuore da quanto è bella.

«Che accidenti fai qui? Vattene subito», mi apostrofa in tono imperativo.

«Julia, io ti amo ancora, ho bisogno che tu lo sappia prima che entri. Lo so, tra di noi ho compromesso tutto ma i miei sentimenti sono sinceri e, se ci pensi, sposare Dominic non è la soluzione giusta».

«Non sai neanche di cosa parli, non sai niente di me, non sai niente del matrimonio, se non te ne vai ora, rovinerai tutto».

«Meglio, sono qui apposta!», insisto, deciso.

«Levati di mezzo e fammi entrare», mi ordina.

«Tu non vuoi Dominic».

«Non sono affari tuoi».

«Invece sì».

«Conto fino a cinque, poi chiamo la sicurezza e ti faccio portare via», mi minaccia.

«Andiamo via noi due! Partiamo per dove vuoi tu».

«Uno…».

«Metto la mia vita al tuo servizio, Julia».

«Due…».

«Non c'è nulla a cui io tenga di più di te, in questi mesi non ho fatto altro che pensarti».

«Tre… Spostati dall'ingresso».

«Sposa me».

«Quattro…».

«Ma anche se non vuoi sposarmi, non sposare lui».

«Cinque. Hai finito?». La freddezza nelle parole e nello sguardo di Julia è spaventosa.

«Purtroppo, sì», rispondo, mesto.

«Bene, addio». Mi scavalca, procedendo a passo deciso verso le porte che si spalancano per lei.

«Rose bianche e calle», dico.

«Cosa?», lei si volta e mi guarda con la fronte corrugata.

«Il tuo bouquet è fatto con rose bianche e calle».

«E allora?»

«Lo sposo dovrebbe sapere che a te non piacciono i fiori».

Ma lei non mi risponde ed entra nella serra, con il quartetto d'archi che attacca il *Canone* di Pachelbel.

Rimango a osservare la scena dalle vetrate della serra, desolato, pensando nella mia testa a tutto ciò che avrebbe potuto essere e non è stato.

Potrei esserci io, al posto di Dominic.

Vorrei vedere ciò che sta guardando lui, vorrei entrare nella sua testa per fargli capire quanto è fortunato e, quando le prende la mano, mi sento morire dentro. È finita.

Mentre la celebrazione comincia, io lascio vagare lo sguardo sulla sala, impegnato a trattenere le lacrime.

Noto che manca Gualtiero mentre, dal lato dello sposo, intercetto l'inconfondibile orecchio da vampiro di Terry Maniscalco.

I suoi gerarchi sono tutti presenti, perché le nozze di un capo sono un evento importante, segnano un rito di passaggio, perché gli uomini d'onore si sposano.

E Julia ha scelto di essere sua moglie. Ha scelto da che parte stare. E prima o poi, tornerà a entrare nel mirino dell'FBI.

Scruto i presenti uno per uno, provando a identificarne il più possibile – voglio individuare ogni persona che potrà nuocere a Julia – ma mi è difficile data la quantità di composizioni floreali che addobbano la sala.

E dire che Julia odia i fiori, come è possibile che ne abbia voluti tanti per il suo matrimonio?

Non la riconosco più e mi domando dubbioso se io l'abbia mai conosciuta davvero.

Sto per andarmene, amareggiato e sconfitto, quando l'occhio mi cade su un potatore che sta sforbiciando una siepe da quando sono arrivato. E la siepe non è cambiata di una virgola.

E su un addetto alla manutenzione che sta lavorando su uno dei lampioncini neanche fosse l'albero di Natale del Rockfeller Center.

Entrambi hanno un auricolare.

Guardo meglio le persone che circondano l'area della serra e rilevo dei comportamenti anomali a cui finora non avevo dato peso.

La donna seduta sulla panca a leggere non degna di uno sguardo la carrozzina che ha "parcheggiato" accanto a sé, eppure il lettino ormai è interamente al sole, quale genitore non si preoccuperebbe di proteggere un neonato?

Un sospetto si fa strada nella mia mente, così torno a studiare la sala.

Il viso del celebrante, un ragazzo giovane, mi pare di averlo già visto.

Ma dove?

Sì, è F.P.! La recluta che faceva da assistente a Bristol!

E il fotografo è un altro mio collega! E anche i violinisti del quartetto d'archi!

Rimetto insieme i pezzi e capisco che l'FBI ha deciso di usare il matrimonio per organizzare una retata, in cui finirà anche Julia.

Il mio unico scopo nella vita ora è avvertirla per tirarla fuori prima che arrestino anche lei.

Comincio a bussare sulla vetrata per attirare l'attenzione.

«Julia!», la chiamo con tutto il fiato che ho in corpo. «Julia!».

Lei si volta e mi rifila un'occhiata carica di astio, poi fa un cenno a due uomini che escono dalla serra a passo spedito e mi agguantano di peso, uno a destra e l'altro a sinistra.

«Lasciatemi! Devo avvertirla di andarsene», mi divincolo.

«Non è il momento di fare l'innamorato disperato, bello», ribatte uno.

«I giochi sono fatti, datti una calmata», aggiunge il secondo mentre entrambi mi trascinano via di peso.

E poi succede tutto molto velocemente: il giardiniere molla le cesoie a terra ed estrae una pistola, così anche il manutentore del lampione. La donna prende uno shotgun a pompa dalla carrozzina e, insieme agli altri due, punta alla serra.

Una batteria di volanti si allinea nel vialetto, mentre dalla sala del ricevimento escono in quel momento in processione, ammanettati e scortati ciascuno da un agente: Dominic e Freddie De Palma, Julia e Sissy, gli altri capi Nanni Bellocchiò, Rocco Lanza, Paul Campanella, i due viceboss Nick Polizzi e Joe Gambetta, il consigliere Walt Del Vecchio e, infine, Terry Maniscalco.

Io e Julia ci scambiamo uno sguardo di un secondo.

"Ci ho provato, mi dispiace", le dico solo muovendo le labbra.

"Lo so", leggo sulle sue.

~

«Se non ricordo male, ti avevo detto di non cercare più contatti con Julia, o sbaglio?», mi redarguisce Bristol. Siamo da soli nella sala riunioni della centrale.

«Non sbaglia, capitano».

«Lo so che non sbaglio; era una domanda retorica, la mia!», sbotta. «E sei venuto qui fin dall'Idaho! Mi dici dove devo spedirti? In Alaska, così magari ti iberni».

«Nessun posto sarebbe stato abbastanza lontano», rispondo. «Dovevo vederla».

«I miei complimenti, Faraday, stavi per mandare a monte un'operazione complessa e durata mesi, che ci ha permesso di prendere Terry Maniscalco e tutta la sua piramide di potere quando meno se lo aspettavano».

«Che ne sarà di Julia?»

«Ti interessa sapere solo di lei, eh? Non come abbiamo organizzato la retata, come abbiamo raccolto le prove? Niente di niente?»

«Con tutto il rispetto, niente di niente, capitano».

«Peccato», ribatte lui con un colpo di spalle. «Perché magari poteva spiegartelo la diretta interessata».

La porta della stanza si schiude ed entra Julia, ancora vestita con l'abito da sposa, su cui indossa una felpa blu, con la zip e la scritta bianca "FBI".

L'acconciatura è sfatta e i capelli, di nuovo lunghi, le ricadono sulle spalle in morbide onde.

Scatto in piedi in un secondo. «Sei… sei libera», dico osservando i suoi polsi.

«Non sono mai stata davvero in arresto», replica. «E il mio non è mai stato davvero un matrimonio. Era una honey trap».

99
Julia

«Vi lascio soli», annuncia Bristol, uscendo. «Quasi: quella è una telecamera».

La testa mi fa ancora male nei punti in cui il velo era fissato con clip e forcine, i piedi mi dolgono dove le scarpe mi hanno provocato le vesciche e devo assolutamente svuotare la sacca.

Ma prima ci sono dei cerchi da chiudere.

«Una honey trap?!», ripete Romeo incredulo. Vorrei che il mio cervello s'impegnasse a chiamarlo Dwight, ma non ne vuole sapere.

Annuisco. «Dopo la notte al porto ho capito che la mia famiglia non sarebbe mai stata al sicuro né dalle vostre indagini né da Maniscalco, ma con una denuncia non avrei fatto altro che esporci a una rappresaglia», racconto. «Quando sono andata a consegnare l'ultima tranche dei soldi che mio fratello doveva a Dominic, ho trovato Anya con un occhio nero. Suo fratello Freddie gestisce la casa d'appuntamenti e, appena uscito di prigione, è tornato a far sentire chi comanda. Le ho detto che l'avrei aiutata ad andarsene, ma i suoi documenti li avevano loro. Mi sono resa conto che non si trattava solo di me o di mio fratello, ma di tutte le persone coinvolte nel sistema dei De Palma. Quando Dominic mi ha ricontattata, anziché respingerlo, sono venuta qui e mi sono messa a servizio del Bureau».

«Chi altri era a conoscenza dell'operazione?»

«Nessuno a parte Anya. In questi mesi io e lei abbiamo raccolto abbastanza prove da incriminare tutta la filiera da Dominic e suo fratello in su. Mi sono mostrata disponibile a ricominciare a frequentarlo, il tutto fotografando, registrando e trasmettendo all'FBI ogni suo traffico».

«Registrando? Dominic non si è mai accorto che sotto ai vestiti avevi il microfono o il registratore?»

«Perché avrebbe dovuto?»

«Ci saranno stati momenti in cui… be', lo avrebbe visto». Il tono di Romeo vacilla.

«Vuoi sapere se ci ho fatto sesso?»

«Non ne ho il diritto».

«La risposta è no. In questo, sono stata più professionale di te, ma c'è da dire che provando repulsione per lui non è stato così difficile. Dominic conosce le mie insicurezze e i miei problemi di fiducia, dunque non si è stranito davanti alla mia richiesta di aspettare la prima notte di nozze per "consumare" la nostra intimità». Una parte di me avrebbe voluto sbattere in faccia a Romeo un vendicativo "Sì. Abbiamo scopato come animali in ogni luogo chiuso o aperto di Brooklyn", ma il mio bisogno di dirgli la verità ha preso il sopravvento. Ho finto bene, ma così tanto non sarei riuscita.

«L'ho convinto della mia buona fede raccontandogli che noi Villa avevamo i federali addosso e che solo lui avrebbe potuto proteggerci. Oro colato per un megalomane come Dominic. In più gli facevo comodo. Dom, come tutti i malavitosi, aveva necessità di una moglie dato che…».

«Le mogli non possono testimoniare contro i mariti in sede di processo», mi anticipa lui. «Ma ora siete sposati».

«L'agente sotto copertura che celebrava non aveva la licenza matrimoniale, dunque il rito non ha valore; è stato solo un cosplay, ma era l'occasione migliore per avere la catena di comando completa, dai De Palma fino a Maniscalco, tutti nella stessa stanza».

«Tuo padre però non c'era».

«Mi sono resa conto di quanto sia frustrante e doloroso mentire alle persone che si ama di più. Far credere a mio padre, Pete, Angelo e Liza che ero davvero innamorata di Dominic al punto da volerlo sposare mi ha logorata. Ho dovuto sopportare liti continue perché provavano a farmi cambiare idea, ignari di cosa stessi facendo. Non vedevo l'ora che arrivasse oggi per potermi liberare di questo carico emotivo che ogni giorno diventava sempre più pesante», sospiro. «Il tuo è un lavoro di merda».

«Lo so».
«Come fate voi agenti a restare sani di mente?»
«Forse non lo siamo».
Ci guardiamo ancora, e le memorie dei giorni passati insieme mi travolgono in una mareggiata di emozioni che mi annebbiano gli occhi di lacrime.
«Ti ho odiato con un'energia che non credevo di avere, ti odio ancora, ma ho capito che forse io e te non siamo così diversi. L'ultima volta che ci siamo visti, pensavo che io non avrei mai potuto fare a nessuno ciò che tu hai fatto a me, ma mi sbagliavo».
«Potrai mai perdonarmi?»
«Non lo so, prima devo vedere se sono in grado di perdonare me stessa. Pur sapendo di aver fatto la cosa giusta, ho tradito Dominic, ho usato i suoi sentimenti come un mezzo per un fine, e non mi sono piaciuta».
«Questo non fa di te una persona cattiva».
«Quando mi sono trovata io dall'altra parte, ho capito il perché di alcune tue scelte, e di quanto non fossero facili», ammetto.
«Sei stata brava», si complimenta con me.
«Ho imparato dal migliore».
«Bristol è una gran persona».
«No, tu».
«Io non ho fatto niente».
«Tu hai fatto tutto», ammetto. «Se tu non avessi attuato la honey trap nei miei confronti, io non avrei pensato di utilizzarla per Dominic e sarei rimasta barricata dietro il mio paravento di paura e omertà. Avevi ragione: sapevo e avevo visto troppo per tacere, e proteggere Angelo non era una scusa sufficiente».
«Allora, qualcosa di giusto l'ho fatto».
«È la prima cosa che ho detto a Bristol quando abbiamo avuto il colloquio. Se non fosse stato per te, non mi sarei mai resa disponibile ad agire».
«Lo apprezzo».
«Ti ringrazio anche per ciò che hai fatto per il *Villa's*. Anche se stavi cercando di integrarti per guadagnare la fiducia della cucina, hai trasformato i ragazzi da pigri satelliti fuori orbita

a una squadra unita e motivata. Quando Angelo è tornato al lavoro, trovandosi in un gruppo così affiatato, ha deciso di metterci del suo ed essere uno chef alla loro altezza».

«Al posto mio ti saresti comportata allo stesso modo».

Le parole mi escono senza dargli spazio. «L'ultimo grazie che voglio riservarti è il più personale. Nonostante la delusione e la rabbia, mi hai fatto ritrovare la Julia che voglio essere e che forse, per certi versi, non ero neanche mai stata. Non voglio più tornare indietro». Forse questa è l'ammissione più grossa che faccio ma sento di dovergliela.

«E in questo posso leggerci una probabilità di riavvicinamento?»

Io e lui, alle sponde opposte del tavolo, ci guardiamo in silenzio come tante volte ci siamo confrontati tra i fuochi del *Villa's*.

«No», è la mia risposta decisa. «Ho bisogno di spazio per essere quella Julia, da sola. Ho cambiato il mio nome perché non volevo chiamarmi come una morta eppure ho continuato a comportarmi come tale. Ma non posso ritrovarmi appoggiandomi a qualcun altro, perché altrimenti non capirò se ci sto riuscendo con le mie capacità o grazie all'influenza altrui».

Romeo china il capo e si lascia sfuggire un sospiro. «Speravo in una risposta diversa, ma capisco cosa intendi».

«Mi hai dato tanto, e ora con quel tanto io voglio farci qualcosa».

«Non cercherò di farti cambiare idea». Solleva lo sguardo dal bordo del tavolo e incrocia il mio. Mi mancano i suoi occhi. Ha sempre avuto gli occhi buoni.

«Immagino che questo sia il momento in cui ci salutiamo».

«Esci tu o esco io?», mi domanda lui.

Preferirei una roulette russa, piuttosto che scegliere. «Cosa proponi?»

«Esci tu. Se uscissi prima io, probabilmente resterei fuori ad aspettarti».

Detesto la sua risposta, come fa a essere tanto giusta e tanto sbagliata?

«Allora...», esito. «Vado».

«Vai».

M'incammino verso la porta pensando di fermarmi a ogni

passo, ma quando la raggiungo, afferro la maniglia come fosse l'unico appiglio per impedirmi di correre da lui. «Ciao Ro... Dwight».

«Romeo va bene. Non ho la faccia da Dwight, giusto?»

«Ti ho odiato ogni giorno, ma non per questo non mi sei mancato».

«Per favore, se vuoi andare, vai adesso».

«Perché?»

«Perché non so per quanto ancora riuscirò a non seguirti».

Nessuno dei due ha più il coraggio di dire niente, apro la porta ed esco, allungando il passo sempre di più finché non mi trovo a correre e lasciare l'edificio con le ali ai piedi.

Ho solo una certezza: che la quantità di amore che ho lasciato in quella stanza, probabilmente era tutta quella che avevo a disposizione per una vita intera.

100
Dwight

Dalla vetrata guardo in giù, sul piazzale: Julia è un puntino bianco che corre fino al ciglio del marciapiede in cerca di un taxi.

Di tutte le forme di dolore, l'amore è la più spietata, perché ti costringe a essere felice per aver lasciato libero chi ami.

Maggio

101
Julia

Ogni tanto mi chiedo se lui mi pensi.

102
Dwight

Sto spulciando le offerte di lavoro su un sito specializzato in ristorazione, ma nel New Jersey al momento si trovano quasi esclusivamente posti stagionali nelle località di vacanza, così allargo la ricerca territoriale.

Quando in cima alla lista mi spuntano gli annunci di New York, mi rendo conto che mi sono dimenticato di escludere la Grande Mela dalla selezione.

Ho cercato di evitarla con tutto me stesso e ci ero riuscito fino a oggi.

La mia debolezza mi spinge a scrollare la pagina, con le new entry che lampeggiano.

Non so cosa sto cercando, i miei occhi però si soffermano su ogni ristorante il cui nome inizia per "V".

In uno slancio di puro masochismo, lo inserisco come criterio di ricerca.

Valery, *Veliero*, *Viktor's*, *Voodoo*…

Mi prenderei a schiaffi per la delusione che provo quando mi accorgo che al *Villa's* non ci sono posti vacanti. Come se potessi davvero presentarmici, poi!

Torno alla pagina principale e ricomincio la mia panoramica.

Dai requisiti riduco i posti a sedere, riduco il servizio a part-time, riduco il livello di esperienza richiesto.

"Cercasi assistente per scuola di cucina e servizio ai tavoli solo serale", dice uno degli annunci.

Con i ragazzi della brigata non me la sono cavata male. Ogni tanto controllo le recensioni del *Villa's* su Google e sono tutte ottime, tranne una in cui il cliente si lamenta del conto: "Prezzo ingiustificato: abbiamo preso solo tre bottiglie"; la risposta, presumo di Vinnie, dice: "Sì, tre bottiglie di Sassicaia, tesoro". Ammetto di averne scritte un paio io fasulle a cinque stelle per risollevare la media.

Apro l'annuncio e le informazioni mi suonano stranamente familiari.

Si tratta di un home restaurant, *Da me*, quindi italiano.

Fa solo il servizio serale, massimo venti coperti, e le preparazioni vengono cucinate durante il corso della mattina, dove l'assistente affianca lo chef nella formazione di dieci apprendisti.

Ci sono alcune foto dell'ambiente: un loft ricavato da un ex edificio industriale d'inizio secolo, con le pareti di mattoni a vista tinteggiate di bianco crema, un pavimento in legno grezzo e le travi del soffitto sostenute da pilastrini in acciaio. Una di queste foto ritrae un lungo tavolo apparecchiato alle cui spalle c'è una grande libreria fitta di volumi.

Seleziono la foto e la ingrandisco: titolo dopo titolo, riconosco i libri che ha letto Julia. Ci sono anche quelli che le ho comprato il giorno che l'ho accompagnata in ospedale.

Nel mio cuore so che è lei, ma clicco su "Visita il sito".

"Ci vediamo a cena *Da me*?", dice l'headline, e appena sotto c'è la foto di Julia in posa davanti ai fornelli che mostra alla fotocamera un vassoio con un dolce, come se stesse invitando chi guarda a un assaggio.

E sorride.

Quel sorriso che ha faticato tanto a conquistare.

Leggo il menù – ce n'è uno per ogni giorno della settimana, tranne lunedì e martedì che è chiuso – e scorro i piatti: sono i nostri fuori menù, quelli della nostra competizione al *Villa's*.

Un'ondata di nostalgia mista a orgoglio mi sommerge.

Scrivo a Vinnie.

D: Ho visto che Julia ha aperto il suo home restaurant

V: Da un pezzo.
Ti aveva invitato all'inaugurazione un mese fa

Per poco non mi vola il telefono dalle mani.

D: Cosa?

V: Ti ha spedito l'invito,
le avevo dato il tuo indirizzo lì, a Lewiston

D: Non sono più nell'Idaho

V: Non lo sapevo

D: Per forza, ho cambiato la carta di credito.
Sono cambiate anche molte altre cose

V: Avrei voluto dirtelo ma ci teneva a farlo lei e,
dato che l'ultima volta che ti ho informato di qualcosa,
ho quasi fottuto una retata dell'FBI, stavolta mi sono arreso

D: Cazzo

V: Diciamo che, dalla faccia che ha fatto
quando non ti sei presentato, mi sembrava che ci tenesse

D: Davvero?

V: Non faceva che guardare la porta

Giugno

103

Julia

Il citofono suona alle sette meno cinque e vado in panico perché la prenotazione della cena era per le sette e mezza e contavo in questa mezz'oretta per farmi una doccia e cambiarmi.

A meno che non sia mio padre. Da quando mi sono trasferita, passa a "trovarmi" due volte al giorno. Lo so che lo fa per controllarmi, ma mi ero raccomandata che non si presentasse a ridosso dell'orario della cena e mi sembrava avesse compreso.

Controllo il form del sito e non mi sto sbagliando, gli ospiti sono in anticipo.

Potrei farli aspettare di sotto ma lasciare i commensali in strada non fa proprio rima con ospitalità, alla faccia del motto "Sentitevi come a casa vostra".

Magari posso servirgli un aperitivo al volo per tenerli impegnati.

Pigio l'interruttore per far aprire il portone e lascio socchiusa la porta, poi, nell'attesa che salgano, vado a prendere due bottiglie dalla cantinetta-frigo.

Il calpestio di passi sul parquet mi annuncia che sono entrati.

«Benvenuti, mettetevi comodi. Visto il leggero anticipo pensavo di farvi godere il tramonto sulla terrazza con un bel bicchiere di pro…». Ma quando mi volto, mi trovo davanti Romeo, con il casco sottobraccio. «… secco».

«Terrazza e prosecco, l'idea mi piace», risponde. «Sono in ritardo per l'inaugurazione, vero?»

«Ti ho aspettato, ma non sei venuto».

Lui annuisce. «C'è stato un errore di comunicazione».

«Tra poco arriveranno delle persone», gli dico. «Per cena».

«La prenotazione di stasera è mia, tutta mia», replica. «Ho prenotato tutti i posti».

Ci metto un attimo a processare le sue parole. «Quindi, non c'è nessuna festa di compleanno?»

«No, quella c'è: la tua. Avrei voluto prenotare la settimana scorsa ma era tutto pieno e la prima serata libera era oggi».

Si è ricordato del mio compleanno.

«Sì, be'... l'attività è partita bene». Vorrei dirgli tante cose, ma mi escono solo mezze frasi impacciate. Non mi aspettavo di vederlo e in cuor mio avevo smesso di sperarci.

«Come stai?», mi domanda ancora. «Di salute, intendo».

«C'è una bella novità. Ricordi la terapia che avevo iniziato? Sembra che abbia funzionato. I medici hanno detto che sono in piena remissione». Remissione era una parola che non credevo mai nemmeno di sentire, figurarsi pronunciare. Infatti la mormoro appena.

Lui però la sente e il suo viso s'illumina all'istante. «È fantastico! Sono davvero contento. E non lo dico per circostanza».

«Non ci speravo più, e invece...». Poi, mi rendo conto che nello shock dell'arrivo imprevisto, l'ho lasciato in piedi sulla porta. «Ti faccio fare un piccolo tour, vuoi?»

«Quasi dimenticavo, questo è per te», dice lui appoggiando lo zaino a terra ed estraendone un vasetto di rosmarino che sistema sulla consolle all'ingresso. «È l'unico sopravvissuto del mio orto aromatico».

«E tutte le altre erbe?»

«Diciamo che non le ho protette abbastanza».

«È stato un inverno difficile?»

«Molto».

«Anche qui». Non stiamo parlando di clima e lo sappiamo entrambi.

«È un bellissimo loft», si complimenta guardandosi intorno. «Accogliente, arredato con gusto, ti rispecchia».

«Mi sento a casa. Finalmente, per la prima volta, ho potuto decidere tutto da sola», dico spalancando le vetrate che danno sulla terrazza. «La vista, dal tuo appartamento, era più bella, però».

«La mia terrazza era abusiva», ribatte. «Qui siamo a Manhattan, a due passi da Battery Park, costerà una fortuna di affitto; quel magazzino che avevamo visto a Coney Island che fine ha fatto?»

«Ho ritirato l'offerta il giorno dopo…». Non serve che dica dopo cosa: la notte al porto è stata uno spartiacque per tutti e due. «Questo magazzino lo ha comprato Dominic per i suoi affari e lo aveva intestato a me così da "ripulirlo". L'FBI me lo ha lasciato tenere».

«Considerato l'aiuto che hai dato, mi pare il minimo».

«E tu, invece? Cosa fai?». È come se camminassimo in punta di piedi sulle parole, con il terrore di calpestare quella sbagliata, quasi potesse aprirsi una botola e farci precipitare in una fossa. Domande vaghe, risposte brevi e tutti i non detti che restano nell'aria, appesi a fili sottili.

«Ho visto che hai messo un annuncio per un assistente e ho pensato di portarti il mio curriculum di persona».

«Assistente cuoco? L'FBI te lo permette?»

«Ho rassegnato il distintivo. Quando ci siamo parlati l'ultima volta, dopo il tuo "matrimonio", e hai detto che avevi bisogno di spazio per essere la Julia che avevi ritrovato, ho capito che anche a me serviva lo stesso tempo. Tu mi hai ringraziato per ciò che ti ho dato, ma anche io devo ringraziare te, perché ho capito cosa mi rende felice e cosa voglio fare. Mi piace cucinare, davanti ai fornelli sto bene. L'FBI mi ha insegnato tanto, e se non avessi intrapreso la carriera di agente forse non ti avrei mai incontrata, ma non è la mia strada, quindi…». Lui prende un foglio piegato dalla tasca dei jeans e me lo tende, «se non hai ancora preso in considerazione altri candidati, magari puoi concedermi un colloquio».

Nel prendere il foglio, le nostre dita si sfiorano: le mie riconoscono il contatto e subito si ricordano di quanto mi piaceva. Con le mani che mi tremano, lo dispiego: è un curriculum. «Qui dice Romeo Corelli, però», sottolineo. «Lo sai che è illegale mentire ai colloqui?»

«Ho richiesto il cambio nome. Non è raro che lo concedano a ex agenti che hanno lavorato a stretto contatto con la criminalità e poi hai detto che non ho la faccia da Dwight».

«Mi dispiace, sono stata sgradevole».

«Non potevi saperlo. E comunque ora sono di nuovo e per sempre Romeo. Magari, per sempre tuo?».

Vorrei fare una battuta, tipo "Una rosa non avrebbe lo stesso profumo anche se con un nome diverso?", ma non siamo più così in confidenza. «Hai fatto tutto questo per me?»

«Per noi. L'ho fatto per noi, perché credo che se siamo sopravvissuti a tutto quello che ci è successo, ci è rimasta una possibilità. Io ti amo anche più di quanto ti amavo prima. Una volta hai detto che ti sentivi un calzino spaiato e per me è lo stesso. Ma se ci pensi, anche due calzini spaiati fanno comunque un paio, perciò ti chiedo...». Romeo s'inginocchia davanti a me e io devo appoggiarmi al parapetto della balconata. «Posso essere il tuo calzino spaiato finché morte non ci separi?».

Sta succedendo davvero? «Romeo, io...».

«Voglio che tu sappia che non mi sarei mai permesso di presentarmi qui se non avessi saputo che volevi rivedermi, ma se tu vuoi stare con me e io voglio stare con te, non facciamoci del male rimanendo lontani».

«Mi sei mancato nell'attimo stesso in cui ho lasciato la sede dell'FBI, subito dopo averti detto di voler stare da sola».

«Ti ho guardato andare via, affacciato alla finestra, e ho sperato che non fosse l'ultima volta che ti avrei vista».

«Ho ancora la T-shirt del concerto degli AC/DC, la uso come pigiama», confesso. «Vorrei dirti "Ti amo" ma non credo che quelle due parole bastino a descrivere quello che sento per te».

«Io so esattamente cosa sento: tu sei la mia città. Ricordi quando ti ho detto che pur avendo girato il mondo, per me la parte più bella era tornare a casa e che nessuna sensazione era paragonabile a quando, dall'oblò dell'aereo, vedevo New York? Ecco, io ora rivivo quella sensazione ogni volta che vedo te, Julia. Sei la mia città».

«E tu sei la mia».

Epilogo

Julia

«Fiori di zucca, basilico, perfino cipolle di Tropea!», esclama Cetty. «Mica ci dovrai fare l'arrosto?»

«È un bouquet», confermo annusandolo con avidità. Romeo me lo ha fatto trovare stamattina sul comodino. «Bellissimo».

«Ma poi scalza, ti sposi!». Il suo tono degrada dalla protesta all'indignazione. «E io che ti avevo pure preso delle décolleté».

«Siamo su un molo, Cetty, mi si incastrerebbero i tacchi tra le assi», le spiego. «Siamo tra pochi intimi, non servono fronzoli».

«Quello alla serra sì che era un vero matrimonio».

«Era finto», le ricordo. «Così finto che il termine "finto" non rende l'idea».

«Be', a me piaceva di più», s'imbroncia incrociando le braccia. «Se tua madre vedesse».

«Elena troverebbe tutto perfetto», commenta papà infilando la testa nella stanza.

«Gualtiero, chiudi, che lo sposo poi la vede! Porta male».

«Mamma, lei e Romeo hanno letteralmente dormito qui, insieme», le fa notare Liza. «Nello stesso letto».

«Taci, che tu e Pete vivete nel peccato, cosa vuoi saperne di cose fatte a dovere?»

«Sei pronta, Julia?», mi chiede papà. «Se non andiamo adesso, verrà lui a prenderti di peso».

Mi liscio una piega dell'abito, lo stesso del compleanno a sorpresa, stringo il bouquet e raggiungo mio padre. «Pronta! Stavolta, quindi, mi accompagni senza remore?»

«Io ti avrei accompagnata solo da Romeo».

Romeo

«Agitato?», mi domanda Blake.

«Abbastanza», rispondo prendendo un respiro pesante. «Perché, si vede?»

«Per niente. Hai solo fatto un buco nel pontile a forza di camminare avanti e indietro», ribatte lui, sarcastico.

«Per Dio, Faraday, togliti quel lecca-lecca di bocca!», mi rimprovera Bristol. «Volevo dire, Corelli… sai, l'abitudine».

«Quando arriva Julia, lo levo. Ah, grazie per aver accettato di celebrare il rito, capitano».

«Non sono più il tuo capitano».

«Allora, posso chiamarla con il suo nome di battesimo? Roland. Rolls?», domando dandogli di gomito. «Rollie?»

«Capitano va benissimo».

«È molto carino il cottage», osserva Blake. «Da come me lo avevi descritto sembrava più un nascondiglio per latitanti».

«Non escludo che lo fosse, ma lo stiamo sistemando. Certo, non è una villa agli Hamptons, ma è perfetto per noi. Solo, meglio se non ti appoggi alle pareti, abbiamo finito d'imbiancarle ieri».

Io e Julia abbiamo fatto un'offerta per la casetta al lago che avevo affittato per il suo compleanno e ce la siamo regalata come dono di nozze, rimettendola a nuovo un pezzo alla volta. Ci è dispiaciuto smontare la cucina gialla ma abbiamo dovuto scegliere: o noi o la muffa. Il timer a forma di gallina lo abbiamo tenuto, però.

«Arriva», mi avverte Blake. «Spero che tu sappia quanto sei fortunato».

«Lo so».

«Non credevo che avrei mai visto questo giorno: esiste una donna che vuole passare tutta la vita con te».

«Infatti è per quello che sei il mio testimone».

«Solo una domanda: perché ti sei messo delle maledette ali?», mi chiede.

«È una cosa nostra». E impazzisco quando Julia le nota e scuote la testa sorridendo.

Gualtiero mi tende la mano di Julia e, quando la stringo, sento che non la lascerò mai andare.

«Sei pazzo», mi sussurra a fior di labbra.

«Mi sposi anche per quello».

«Soprattutto per quello», sorride. «Buon compleanno».

«Sarà il miglior compleanno di sempre».

«Mi dispiace non esserci stata per quello dell'anno scorso».

«L'importante è che tu ci sia per tutti quelli che verranno».

«Ehm, ehm», tossicchia Bristol. «Posso cominciare o disturbo?»

«Per favore, inizi, che questi due mi stanno facendo cariare i denti… Ah!», brontola Blake, che si becca una gomitata da Summer.

Il capitano mi guarda, scuotendo il capo. «Per fortuna che la prima volta che abbiamo parlato di lei, ti ho detto: "Mica te la devi sposare"».

Il rito è breve, sento una parola su cinque, tanto sono ipnotizzato da Julia. Al "Vi dichiaro marito e moglie", mi tuffo sulle labbra di Julia, il suo viso stretto tra le mani, prima ancora che Bristol mi dica che posso baciare la sposa.

«Io e te abbiamo ancora un conto in sospeso», mi sussurra.

«Ah, sì?»

«Sì». E un secondo dopo, mi piazza le mani sul petto, spingendomi all'indietro, in acqua. Un attimo prima di finire nel lago, l'agguanto per il polso e la tiro giù con me.

Riemergiamo dal nostro tuffo, sotto gli sguardi sbalorditi degli invitati: i miei amici, le loro compagne, i Villa, i Lo Bianco e lo staff del ristorante e le ragazze del book club.

«E questo, perché?», le chiedo cingendola a me, il suo vestito che mi fluttua intorno.

«È iniziata così, tra noi, con te che mi hai travolta con l'acqua di una pozzanghera».

«Credevo fossimo pari».

«Ora lo siamo». Julia appoggia la fronte grondante contro la mia. «Alla fine ci sono cascata. La prima volta che mi hai proposto di guidare la tua moto ti ho risposto che avevo paura che, se ti avessi detto sì, poi sarebbe stato sì per sempre».

Mi ricordo bene. «Ed è per sempre?»

«È sì per sempre».

Note dell'autrice e ringraziamenti

Di solito ringrazio sempre prima te, che stai leggendo, ma spero che stavolta mi perdonerai se do la precedenza a un'altra persona.

Serena B. mi ha dato l'idea e lo slancio per scrivere la storia di Julia, e raccontare di chi convive con una patologia e cambiamenti fisici che l'hanno sfidata a rifondare il rapporto con sé stessa e con il proprio corpo. Cara Serena, con la tua forza e la tua tenacia ci si costruisce una città.

Per quanto riguarda la Malattia di Crohn, ci tengo a precisare che il personaggio di Julia non vuole in alcun modo ritrarre un profilo assoluto; le mie ricerche e le fonti che ho consultato sono state estremamente chiare riguardo il fatto che ogni persona che ne soffre ha una condizione unica e personale. Quello che mi premeva trasmettere è che la persona non è la sua malattia e spero di esserci riuscita.

Per il personaggio di Dwight, mi sono ispirata alla storia di Joaquin "Jack" Garcia, uno degli agenti sotto copertura più efficaci e di successo dell'FBI che nei primi anni 2000 si è infiltrato nella rete newyorkese di Cosa Nostra, nella famiglia criminale dei Gambino, con l'identità di Jack Falcone. Nel suo libro *Making Jack Falcone: An Undercover* FBI *Agent Takes Down a Mafia Family* spiega nei dettagli il suo addestramento e lo svolgimento delle indagini sotto copertura regalandomi spunti come quello dell'interrogatorio nella casa d'appuntamenti o della retata mascherata da finto matrimonio.

Infine, per il panorama culinario e la vita di brigata, ho tratto spunto dalle storie raccontate dal compianto Anthony Bourdain in *Kitchen Confidential*, *Al sangue* e *Avventure agrodolci* in cui racconta senza peli sulla lingua vizi e virtù delle cucine di New York.

La scrittura di questo romanzo è stata una sfida, ma mi ha anche divertito molto e spero che leggendo tu abbia potuto percepire il mio affetto per la storia e per i personaggi.

Grazie per avermi dato l'occasione di raccontarti di loro.

Un grande grazie va alla mia famiglia e alle mie amiche che mi sostengono e credono nei miei progetti, ma soprattutto non se la prendono quando divento intrattabile, brontolona. Non sono io, è colpa delle persone che ho in testa e mi parlano.

Grazie ad Azzurra Sichera per iniziare le mattine con me a disquisire sull'etica, la morale, la coscienza di sé prima ancora di prenderci il caffè.

Grazie a Lea Landucci, Naike Ror e Paola Chiozza per rendermi una persona peggiore ogni giorno che passa. Naike, smettila di fare i meme con le mie foto.

Grazie a tutta la mia casa editrice (che ormai è casa in tutti i sensi possibili, prima o poi troverete il mio spazzolino in bagno): Antonella Sarandrea, Bianca Giordano e Beatrice Maione, le Newton's Angels; Clelia Frasca, l'unica capace di restare seria durante le riunioni; Giovanna Iuliano, i viaggi in taxi con te sono i migliori; Massimo, Gabriele e Gianluca; Carol Gullo che non mi ha ancora messa nello spam per tutte le mie email per modificare le cover; Raffaello Avanzini, l'editore, grazie a cui è cominciato tutto e andiamo avanti insieme.

E grazie a Vladimiro, che è diventato il mio punto fermo.

Cara (editor) Elena Paganelli, credevi che mi fossi scordata di te? No, ma ti ringrazio a parte per ricordarti il progetto di presentarci all'asilo di mio figlio: il giorno che verranno i piloti (due a caso) a salutare i bambini, io e te ci fingeremo madre e zia single.

Ho scordato qualcuno? Come sempre, ne sono certa, ma mi sdebiterò col solito spritz.

In attesa della prossima storia, ci vediamo sui miei canali Instagram e TikTok @felicia_kingsley.

Un abbraccio,

F

Playlist

Come consuetudine, lascio qui tutte le canzoni che mi hanno ispirata e accompagnata nella stesura della storia di Julia e ~~Dwight~~ Romeo. Buon ascolto!

Stereo Hearts, Gym Class Heroes, Adam Levine
Night Changes, One Direction
Kings & Queens, Ava Max
I'll make a Man Out of You, Peyton Parrish
Anti-Hero, Taylor Swift
You Found Me, The Fray
Beautiful Things, Benson Boone
End of Beginning, Djo
Va Va Voom, Nicki Minaj
I'm Yours, Isabel La Rosa
I Wanna Be Yours, Arctic Monkeys
So Contagious, Phantom
As Long As You Love Me, Justin Bieber, Big Sean
Here Without You, Three Doors Down
Love Show, Skye
But Daddy I Love Him, Taylor Swift
This House Is Not for Sale, Bon Jovi

Indice

Steamy
Spicy